हिन्द पॉकेट बुक्स

अन्तर्यात्रा के पथ पर

ओशो, जिन्हें भगवान श्री रजनीश, ओशो रजनीश, या केवल रजनीश के नाम से भी जाना जाता है, एक भारतीय विचारक, धर्मगुरु और रजनीश आंदोलन के प्रणेता-नेता थे। उनका असली नाम चंद्र मोहन जैन था, लेकिन लोगों ने उन्हें 'ओशो' बना दिया। यह शब्द लैटिन भाषा के 'ओशनिक' शब्द से लिया गया है जिसका अर्थ है सागर में विलीन हो जाना।

अपने संपूर्ण जीवनकाल में आचार्य रजनीश को एक रहस्यदर्शी, गुरु और आध्यात्मिक शिक्षक के रूप में देखा गया। वे धार्मिक रूढ़िवादिता के बहुत कठोर आलोचक थे। 1960 के दशक में उन्होंने पूरे भारत में एक सार्वजनिक वक्ता के रूप में यात्रा की और वे समाजवाद, महात्मा गाँधी और हिंदू धार्मिक रूढ़िवाद के प्रखर आलोचक रहे। उन्होंने मानव कामुकता के प्रति ज्यादा खुले रवैये की वकालत की, जिसके कारण वे भारत तथा पश्चिमी देशों में भी आलोचना के पात्र रहे, हालाँकि बाद में उनका यह दृष्टिकोण अधिक स्वीकार्य हो गया।

अन्तर्यात्रा के पथ पर

(Sufis the People of the Path के उत्तरार्द्ध का हिन्दी रूपांतरण)

ओशो

अनुवाद
स्वामी ज्ञानभेद

एक पेंगुइन रैंडम हाउस कंपनी

हिन्द पॉकेट बुक्स

यूएसए । कनाडा । यूके । आयरलैंड । ऑस्ट्रेलिया
न्यू ज़ीलैंड । भारत । दक्षिण अफ्रीका । चीन

हिन्द पॉकेट बुक्स, पेंगुइन रैंडम हाउस ग्रुप ऑफ़ कम्पनीज़ का हिस्सा है, जिसका पता www.hindpocketbooks.com पर मिलेगा

हिन्द पॉकेट बुक्स
पेंगुइन रैंडम हाउस इंडिया प्रा. लि.,
सातवीं मंजिल, इनफिनिटी टावर सी, डी एल एफ साइबर सिटी,
गुड़गांव 122002, हरियाणा, भारत

प्रथम हिन्दी संस्करण हिन्द पॉकेट बुक्स द्वारा 2009 में प्रकाशित
यह हिन्दी संस्करण 2019 में प्रकाशित

10 9 8 7 6 5 4 3 2 1

ISBN 9788121620703

मुद्रक : रेप्लिका प्रेस प्रा. लि., इंडिया

www.hindpocketbooks.com

अनुक्रम

पहिला प्रवचन

सहभागिता और सहअस्तित्व का असीम अनुभव

19 अगस्त, 1977

एक दिन राबिया, ध्यानी साधकों के मध्य जब सत्संग में बैठी हुई थी, तभी वहाँ हसन आया और बोला, "मैंने पानी पर चलने की क्षमता अर्जित कर ली है, मेरे साथ चलिए, हम दोनों साथ-साथ पानी पर ही चलते हुए वहीं बैठकर आध्यात्मिक चर्चा और विवेचन करें।"

राबिया ने कहा, "यदि तुम्हारी इच्छा, इस अमूल्य सत्संग से अपने को अलग रखने की है, तो मेरे साथ बाहर चलो, जिससे हम लोग हवा में उड़ते हुए शून्य में बैठकर ही बातचीत करें।"

हसन ने कहा, "मैं ऐसा नहीं कर सकता, क्योंकि जिस शक्ति का आपने उल्लेख किया है, उसे मैं अभी भी प्राप्त नहीं कर सका हूँ।"

राबिया ने कहा, "तुम्हारी पानी के ऊपर थिर बने रहने की शक्ति तो एक मछली के भी पास है, और मेरी हवा में उड़ने की क्षमता एक मक्खी के भी पास है। यह क्षमताएँ और शक्तियाँ, प्रामाणिक रूप से सत्य का भाग नहीं हैं, यह प्रतियोगिता के लिए और स्वयं को सम्मानित बनाने का आधार तो बन सकती है, लेकिन हमें धार्मिक होने जैसा कुछ भी नहीं है।"

अहंकार के खेल बहुत सूक्ष्म और रहस्यमय हैं। और यदि कोई भी व्यक्ति जो अहंकार को गिराने का प्रयास कर रहा है, तो उसके लिए यह और भी अधिक रहस्यमय हो जाते हैं, तो अपने को बचाने के लिए अहंकार जो अन्तिम व्यूह रचना करता है वह है–निरहंकारी बन जाने की, दीन और विनम्र होने का बहाना करने की, यह प्रदर्शित करने की कि–देखो, अब तुम्हें मेरे साथ संघर्ष करने की कोई जरूरत ही नहीं है। मैं तो अब बचा ही नहीं।

अहंकार ही सबसे अधिक बुनियादी समस्याओं में प्रमुख समस्या है, जिसका मनुष्य को सामना करना पड़ता है–अहंकार के सभी रास्तों को ठीक से समझ लेना है, अन्यथा तुम कभी भी इससे छुटकारा पाने में समर्थ न हो सकोगे। और जब तक अहंकार से छुटकारा नहीं पा लेते तुम, तब तक वहाँ परमात्मा से मिलने की कोई भी सम्भावना नहीं है। यह अहंकार ही है, जो तुम्हारे और सत्य के बीच, बाधा खड़ी करने का कार्य करता है।

अहंकार, एक अवरोधक की भाँति कार्य करता है, क्योंकि जितनी भी नकली और अवास्तविक चीज़ें हैं, अहंकार उनमें सबसे प्रमुख है। अहंकार एक तथ्य न होकर एक धारणा है। इसे धर्म और और समाज ने अनुशासन और आदतों का एक ढांचा देकर तुम्हें सम्मोहित कर निर्मित किया है, इसको सहारा देने और बनाने वाले एक हज़ार एक खम्भे हैं। यह एक काल्पनिक कथा जैसा है। अस्तित्व एक और केवल एक ही केन्द्र हो सकता है, उसके लाखों केन्द्र नहीं हो सकते।

अहंकार आख़िर है क्या? अहंकार वह विचार है कि-"मैं ही हूँ इस पूरे ब्रह्माण्ड का केन्द्र।'' यह अहंकार है क्या, इसका आधार संसार का केन्द्र कभी भी हो नहीं सकता, लेकिन प्रत्येक व्यक्ति का यही ख्याल है कि मैं ही संसार का केन्द्र हूँ।

और अहंकार का जो दूसरा भाग है, वह तुम्हें सभी से पृथक कर देता है, तुम अपनी कल्पना में पूरे संसार से, पृथक हो जाते हो। वह तुम्हें यह विचार देता है कि तुम पूर्ण स्वतन्त्र, एक द्वीप की भाँति हो। और तुम हो ही नहीं। पूरा अस्तित्व जैसे एक विराट और अनन्त महाद्वीप जैसा है, और वहाँ कोई भी द्वीप नहीं है। तुम न तो पृथक हो और न स्वतन्त्र।

और स्मरण रहे, जब मैं कहता हूँ कि तुम स्वतन्त्र नहीं हो, तो मेरे कहने का यह अर्थ नहीं है कि तुम आश्रित हो–क्योंकि किसी पर निर्भर होने का यह विचार ही फिर अहंकार की ही पूर्व धारणा या कल्पना होगी। यहाँ पर न तो कोई भी स्वतन्त्र होने के लिए है और न कोई किसी पर निर्भर होकर निश्चिन्त हो सकता है। हम सभी एक दूसरे पर निर्भर रहते हुए एक सहअस्तित्व और सहभागिता में जीते हैं। हम सभी एक दूसरे के लिए उसी पूर्ण के एक भाग और सदस्य हैं। वृक्ष तुम्हें पोषित कर रहे हैं, चट्टानें तुम्हें उपहार दे रही हैं, और नदियाँ तुम्हारे जीवन को समृद्ध बना रही हैं–और तुम ही वृक्षों, चट्टानों और नदियों द्वारा मरने के बाद अवशोषित कर लिए जाते हो। सुदूर चमकता सितारा भी तुमसे जुड़ा हुआ है, और जब तुम अपनी पलक झपकाते हो, तो पूरे अस्तित्व में गुणात्मक परिवर्तन हो जाता है। सभी कुछ एक दूसरे से अन्तर्सम्बन्धित हैं और एक दूसरे के ताने-बाने से ही यह अस्तित्व की विराट चादर बुनी गई है। यहाँ कोई भी दूसरे से पृथक नहीं है।

इसलिए न तो कोई भी व्यक्ति स्वतन्त्र हो सकता है, और न कोई भी किसी के आश्रित है। स्वतन्त्रता और निर्भरता यह दोनों अहंकार के सिक्के के ही दो पहलू हैं। एक प्रामाणिक मनुष्य इनमें से कुछ भी नहीं होता। एक प्रामाणिक मनुष्य का तो एक व्यक्ति के रूप में कोई अस्तित्व होता ही नहीं। उसकी कोई सीमाएँ नहीं होतीं। वह एक व्यक्ति की भाँति नहीं, एक परमात्मा की भाँति रहता है।

कल ही किसी व्यक्ति ने एक प्रश्न पूछा है–**भगवान होने का क्या अर्थ है?** इसका अर्थ होता है सहअस्तित्व में जीने का अनुभव। इसका अर्थ होता है–अनंत सहभागिता का अनुभव, इसका अर्थ होता है–अखण्ड के साथ एक होने का अनुभव। इसका अर्थ होता है–अब मैं किसी से भी पृथक नहीं रहा, मैं हूँ ही नहीं, क्योंकि मैं केवल तभी हो

सकता हूँ, जब मैं सभी से प्रथक होऊँ। बिना पृथक हुए यहाँ रहने का कोई उपाय है ही नहीं।

इसलिए अहंकार एक ओर तो पृथकता उत्पन्न करता है और दूसरी ओर वह व्यग्रता और मृत्य का भय उत्पन्न करता है। मरने का भय, अहंकार से ही उत्पन्न होता है, अन्यथा वहाँ मृत्यु होती ही नहीं, वहाँ कभी कोई मृत्यु हुई नहीं। मृत्यु का वहाँ कोई अस्तित्व है ही नहीं। यदि मैं अखण्ड के साथ एक हो जाऊँ, तब मृत्यु का अस्तित्व कैसे हो सकता है? अखण्ड कभी भी मरता नहीं, वह सदा से ही वहाँ रहा है और सदा बना भी रहेगा, वह शाश्वत है।

सागर की कभी मृत्य ही नहीं होती। केवल उठती-गिरती शोर मचाती लहरे आती हैं और चली जाती हैं। एक बार लहर यह सोच ले कि मैं सागर से पृथक हूँ, तो उसे बहुत व्यग्रता होगी, कि देर-सबेर मृत्यु आ रही है, वह रास्ते में है, और वह आ ही रही है। और यह भय और व्यग्रता...लेकिन यदि लहर यह जान ले, कि मैं सागर से पृथक नहीं हूँ, फिर वह कैसे मर सकती है? मरने के लिए तुम्हें पृथक होना होगा। यदि मैं सागर के साथ एक हो जाऊँ, फिर मैं लहर जैसा रहूँ अथवा नहीं, इससे क्या फर्क पड़ता है? वह, जो कुछ मेरे अन्दर है, वह सागर ही है। वह मेरे सामने भी है, वह मेरे जाने के बाद भी रहेगा। वास्तव में, मैं कभी न तो आया और न कभी गया, यह केवल अस्तित्व का ही एक खेल अथवा अभिव्यक्ति थी, इस समझ ही से जीवन और मृत्यु दोनों ही मिट जाते हैं। अन्यथा अहंकार यह भय उत्पन्न करता है, कि मैं मरने जा रहा हूँ, और हृदय निरन्तर कांपता रहता है।

तुम कभी भी अहंकार के साथ आराम से रह ही नहीं सकते। तुम्हारी वेदना ही तुम्हारा अहंकार है और वह अन्य कुछ भी नहीं है। 'भगवान' का वह अर्थ नहीं है, जिसे अग्रेजी में 'God' कहा जाता है–जो ग़लत चीज़ों के साथ सम्मलित होकर बहुत गंदा शब्द बन गया है–भगवान का अर्थ है, अस्तित्व के साथ एकत्व की अनुभूति, एक ऐसा अनुभव, जहाँ अखण्ड–अस्तित्व और मेरे मध्य कोई भी दीवार न रही, मेरे पास अब कोई ऐसी सीमा-रेखा न रही। अब मैं नहीं हूँ और वह अखण्ड अस्तित्व ही है। यदि तुम्हें सीमा रेखा का अनुभव होता है, तो तुम बहुत छोटे और

सीमित हो जाते हो। तब तुम्हारी सीमाएँ ही तुम्हें चोट पहुँचाती हैं, पीड़ित करती हैं–कि तुम इतने अधिक छोटे और सीमित हो; तब तुम बड़े बनना चाहते हो।

अहंकार की इस यांत्रिक चतुराई को ठीक से समझो। पहिले तो अहंकार तुम्हें छोटे होने का अहसास कराता है, तुम्हारे अन्दर एक तरह का ही भाव उत्पन्न करता है कि मैं इस इतने बड़े संसार में कितना अधिक छोटा हूँ, मुझे बड़ा बनना है–बड़ा बनना है धन कमाकर; बड़ा बनना है, शक्ति और सत्ता पाकर। मुझे राष्ट्राध्यक्ष अथवा प्रधानमन्त्री अथवा कुछ अन्य बनना है। अहंकार तुम्हें सीमित होने का अहसास कराता है, और कोई भी व्यक्ति सीमाओं में आबद्ध नहीं रहना चाहता। जब बड़ा बनते हो तुम उतने ही अहंकारी बन जाते हैं, क्योंकि अब तुम अहंकार को अपने साथ लिए चल रहे हो।

इसकी निरर्थकता को ठीक से समझो! तुम जितने अधिक बड़े बनते जाते हो–तुम सोचना शुरू कर देते हो–'अब मैं भी कुछ हूँ'। और तुम जितने ही अधिक अहंकारी बनते हो, तुम्हें अनुभव होता है कि तुम उतने ही अधिक छोटे बन गये हो। यह विरोधाभासी प्रतीत होता है–तुम जितने अधिक बड़े बनते हो तुम्हें उतना ही अधिक छोटा होने का अहसास होता है। और फिर बार-बार और बड़ा बनने की कामना उत्पन्न होती है। अहंकार के साथ कभी भी व्यक्ति बड़ा नहीं बन सकता। यह असम्भव है।

केवल अहंकार गिराते ही कोई भी अचानक बड़ा बन जाता है–बड़ा ही नहीं, वास्तव में वह असीम हो जाता है, क्योंकि तब तुम्हारी कोई सीमाएँ नहीं रहती। और यदि वहाँ सीमाओं का कोई अस्तित्व रहता भी है, तो वह तुम्हारी ही सीमाएँ हैं–और वहाँ कुछ भी नहीं है। अस्तित्व तो बिना सीमाओं के असीम है, उसके कहीं भी अंत होने की कोई सम्भावना ही नहीं है, न तो समय में और न स्थान में। दोनों ही आयामों में वह अनन्त है, असीमित रूप से असीम है।

लेकिन अहंकार को गिराने से शुरूआत मत करो। तुम उसे गिरा नहीं सकते, क्योंकि वह एक धारणा है, वह एक तथ्य नहीं है। यदि तुम उसे छोड़ने की शुरूआत करोगे, तो तुम एक नई धारणा उत्पन्न कर लोगे कि तुम्हें निरहंकारी बनना है। यदि तुम दीन-हीन बनने का अभ्यास करना शुरू

करोगे, तो तुम फिर एक नये-तरह के अहंकारी बन जाओगे। तुम यह सोचना शुरू कर दोगे, मैं इस संसार में सबसे अधिक विनम्र और दीन व्यक्ति हूँ।

तीन ईसाई साधु आपस में बातचीत कर रहे थे। उनमें से पहिला साधु, शरीर को सताने वाली कठोर साधना करने वाले ट्रेपिस्ट सम्प्रदाय का था। उसने कहा, "जहाँ तक एक तपस्वी योगी होने का सम्बन्ध है, कोई भी व्यक्ति हम लोगों का मुकाबला नहीं कर सकता।" ट्रेपिस्ट साधू वास्तव में सभी तरह के ईसाई साधुओं में सबसे अधिक मानसिक रूप से विक्षिप्त व्यक्ति की भाँति होते हैं।

दूसरा साधु कैथोलिक था। उसने कहा, "आप ठीक कह रहे हैं। लेकिन जहाँ तक धर्मशास्त्रों के ज्ञान का सम्बन्ध है, हम लोगों की बराबरी कोई भी नहीं कर सकता।"

और वे दोनों उस तीसरे बेपटिस्ट साधू की ओर देखने लगे। वे चाहते थे कि उसके पास भी जो अच्छाइयाँ और गुण हों, वह भी उनकी घोषणा करे। उस साधू ने कहा, "जहाँ तक तपस्वी योगी होने का सम्बन्ध है, हम लोग कहीं भी नहीं ठहरते। और जहाँ तक ज्ञान का सम्बन्ध है, हम लोग कुछ भी नहीं हैं, लेकिन जहाँ तक विनम्रता का सम्बन्ध है, हम लोग सभी से ऊँचे हैं, शीर्ष पर हैं।"

विनम्रता...और हम लोग शीर्ष पर हैं।

मनुष्य का अहंकार इसी तरह से कार्य करता है। तुम इसे छोड़ नहीं सकते, क्योंकि वह है ही नहीं; तुम उसे गिराओगे कैसे? तुम किसी ऐसी चीज़ को गिरा सकते हो जो अस्तित्व में हो। तुम उससे लड़ नहीं सकते। तुम किसी ऐसी चीज़ से कैसे लड़ सकते हो, जो हो ही नहीं। तुम उसे मार भी नहीं सकते। तुम उसे कैसे मार सकते हो, जो है ही नहीं।

तब तक व्यक्ति आख़िर क्या कर सकता है? एक व्यक्ति केवल उसे समझ सकता है।

एक व्यक्ति उसकी यांत्रिक प्रक्रिया को समझ सकता है कि यह पूरी काल्पनिक धारणा किस तरह कार्य करती है। यदि एक बार तुम इस काल्पनिक धारणा के आर-पार उसमें से गुजर कर, उसे एक कोने से दूसरे कोने तक, ए से जेड तक अच्छी तरह समझ लो, तो तुम पाओगे कि तुम्हें

उसे गिराने की कोई जरूरत नहीं–उस अन्तर्दृष्टि से देखने और समझने में ही वह स्वयं मिट गया। वास्तव में यह कहना भी ठीक नहीं है कि वह मिट गया, अथवा विसर्जित हो गया वह कभी वहाँ था ही नहीं। तुम्हें यह अनुभव होगा कि तुम ऐसी चीज़ पर विश्वास कर रहे थे, जिसका कोई अस्तित्व था ही नहीं। वह शुरू से ही वहाँ नहीं था।

यह ठीक इस तरह है, जैसे मानो तुम एक कमरे में ठहरे हुए हो, कोई व्यक्ति तुमसे कहे कि इस कमरे में एक भूत रहता है। अब तुम सो नहीं सकते। ऐसा इसलिए नहीं, कि वहाँ कोई भूत है, यह वह विचार अथवा धारणा है कि वहाँ कोई भूत है और यदि तुम्हें नींद आ गई तो वहाँ कुछ भी खतरा होकर तुम्हारा खून पी सकता है अथवा कुछ और कर सकता है। भूत बहुत ही अविश्वसनीय लोग होते हैं। कोई कभी भी नहीं जान पाता, कि भूत आख़िर करेगा क्या? तुम सोच नहीं सकते।

और नींद जितनी अधिक कम होती है, तुम उतने ही अधिक थक जाते हो और तुम्हें भूत में विश्वास होने लगेगा–क्योंकि तुम जितने अधिक निर्बल होते जाते हो, भूत उतना ही मतबूत होता जाता है। आधी रात में, जब पूरा संसार गहरी नींद में सो रहा होता है और प्रत्येक चीज़ खामोश होती है, तुम और अधिक भयभीत हो जाओगे, क्योंकि अब तुम अकेले हो। प्रत्येक व्यक्ति सो गया है और यहाँ तक कि सड़क का यातायात भी रूक गया है। अब यहाँ कोई भी नहीं है। यदि भूत आता है, तो तुम्हें अकेले छोड़ दिया गया है। यदि तुम चीखो चिल्लाओ भी तो अब कोई भी उसे सुनने वाला नहीं है। अब तुम और अधिक मुसीबत में पड़ जाओगे। और एक छोटा-सा चूहा गुजर जाता है, अथवा बाहर पेड़ पर बैठी कोई चिड़िया पंख फड़फड़ाने लगती है, अथवा कोई सूखा पत्ता हवा में खड़खड़ाता हुआ सड़क पर गिरने लगता है, तो यह पर्याप्त है। तुम अपनी पूरी चेतना खो सकते हो।

और वहाँ शुरू से ही कुछ भी न था। यह सभी कुछ तुम्हारा ही सृजन है। तुमने एक धारणा की और वह धारणा ही यथार्थ बन गई। अब तुम इस भूत से लड़ नहीं सकते। तुम्हें केवल यह देखना है कि भूत वास्तव में है अथवा नहीं। तुम्हें केवल समझना-भर है। तुम्हें मन की इस यान्त्रिक प्रणाली को समझना है कि भूत के विचार ने तुम्हें अपने कब्जें में ले लिया। यह केवल एक धारणा है, तुम्हारा अपना ही विचार है।

ठीक ऐसा ही मामला अहंकार के भी साथ है। अहंकार एक भूत ही है। वह अवास्तविक है। वह पूरी तरह से झूठा है। लेकिन कुछ विशिष्ट कारणों से उसने तुम्हारे अन्दर अपनी जड़ें जमा ली हैं। पहिले तो समाज को इसकी जरूरत है। तुम्हारे अन्दर एक खास किस्म का अहंकार उत्पन्न किए बिना, तुम खतरनाक हो जाओगे। इस अहंकार के द्वारा तुम नियंत्रित किए जा सकते हो। जरा सोचो–यदि तुम्हारे अन्दर कोई अहंकार न हो तो कोई भी तुम्हें भयभीत नहीं कर सकता। ऐसा करना असम्भव है, क्योंकि अब तुम्हारे पास कोई मृत्यु नहीं है। तुम केवल मृत्यु के द्वारा ही भयभीत किए जा सकते हो।

यही कारण है जीसस को भयभीत न किया जा सका, मंसूर भी भयभीत नहीं हुआ। बहुत से सूफ़ी फकीर मार डाले गये। जब मंसूर का सिर कलम किया जाने वाला था, तो उसे मरता देखने के लिए एक लाख लोगों की भीड़ उमड़ पड़ी थी; और वह हँसे ही जा रहा था, एक पागल की तरह ठहाके लगा रहा था–इसलिए किसी ने उससे पूछा–''मंसूर! कहीं तुम पागल तो नहीं हो गये? वे तुम्हारी हत्या करने जा रहे हैं और तुम हँस क्यों रहे हो? यह तो मौत आ रही है, क्या तुम इस तथ्य के प्रति सचेत नहीं हो?" और मंसूर ने जवाब दिया–''मैं इसी वजह से ही तो हँस रहा हूँ। वे लोग किसी ऐसे व्यक्ति को मारने जा रहे हैं; जो है ही नहीं। यह पूरी बात ही बेतुकी और हास्यास्पद है, इसलिए मैं हँस रहा हूँ।'' यह ऐसा है, जैसे मानो कोई एक लहर को मारने जा रहा हो। हो सकता है कि लहर स्वयं मिट जाए, लेकिन तुम एक लहर को कैसे मार सकते हो? वह रहेगी तो सागर में ही, वह फिर भी रहेगी वहाँ, वह पूरी तरह से वहीं रहेगी, जैसी वह पहिले थी। केवल वह आकृति नहीं रहेगी, लेकिन रूप या आकृति के न रहने से कोई फर्क नहीं पड़ता।

मंसूर कहता है–''ये लोग किसी ऐसे व्यक्ति को मारने का प्रयास कर रहे हैं, जो पहिले ही से वहाँ है ही नहीं; और यही कारण है मेरे हँसने का।

बहुत से सूफ़ी फकीरों की इसी तरह हत्या कर दी गयी और उन्होंने बहुत प्रसन्नता के साथ मृत्यु को स्वीकार किया। यह प्रसन्नता, यह आनन्द और यह साहस उनमें कहाँ से आया?

यह साहस किसी सैनिक के साहस की भाँति नहीं है। नहीं, बिल्कुल भी नहीं। यह साहस एक ऐसे व्यक्ति का है, जिसने यह अनुभव किया है कि वहाँ अहंकार जैसी कोई चीज़ है ही नहीं, कि मैं हूँ ही नहीं, इसलिए तुम मुझे कैसे मार सकते हो? एक सिपाही पर सैनिक का साहस, एक संत के साहस से कुछ अलग होता है, लेकिन अन्दर गहरे में वह भयभीत है, अपने अन्दर गहरे में वह एक छोटे-से बच्चे की तरह कांप रहा है, लेकिन उसे वर्षों तक बहादुर या साहसी बनने का प्रशिक्षण दिया गया है। सेना में उसे साहसी बनने के लिए प्रशिक्षित किया गया है–साहसी बनना एक प्रशिक्षित मुद्रा है। साहसी बनना उसकी आदत बन गयी है। लेकिन उसके गहरे में वहाँ संदेह है, उसके गहरे में भय है। यहाँ तक कि महान सैनिक भी भय का अनुभव करते हैं, जो स्वाभाविक है।

एब बहादुर सैनिक और एक कायर सैनिक के मध्य अन्तर केवल एक भय ही नहीं है, अन्तर केवल इतना-सा है कि एक साहसी सैनिक युद्धक्षेत्र में, मृत्यु के मुँह और जलती आग में भय के बावजूद भी जाता है और कायर नहीं जाता। वह उससे पलायन कर जाता है। लेकिन भय दोनों में ही रहता है। साहसी व्यक्ति के पास केवल साहस की एक धारणा और एक विचार होता है। इसके लिए उसे अनुशासनबद्ध तरीक़े से आदत के ढाँचे में ढाला गया है। उसके अहंकार को इस तरह से दृढ़ बनाया गया है कि वह साहसी बना रहे। युद्ध से पलायन कर जाना, दूर भाग जाना, यह उसके अहंकार के विरूद्ध है। अन्यथा वह भी अन्दर ही अन्दर भय से तेज हवा में एक पत्ते की तरह काँपते रहते हैं। एक संत का साहस पूरी तरह भिन्न होता है। उसकी एक सैनिक के साहस के साथ तुलना ही नहीं की जा सकती। वह भली-भाँति जानता है कि वह है ही नहीं, इसलिए तुम उसे कैसे मार सकते हो? वह जानता है कि वहाँ कोई मरता ही नहीं, क्योंकि वहाँ कुछ भी कभी जन्मा ही नहीं। उसने जन्म लेने का भ्रम गिरा दिया है, इसलिए मृत्यु का भी भ्रम मिट गया। उसने भटकाने वाले अहंकार के भ्रम को ही गिरा दिया, इसलिए अन्य सभी भ्रम मिट गये। सभी अन्य भ्रम, अहंकार के मूलभ्रम के ही चारों ओर लटके रहते हैं।

और कोई उसे कैसे गिरा सकता है?–केवल उसके सभी रास्तों को समझने और देखने से कि वह किस तरह आता है। तुम उसे खींचकर एक ओर से निकालो, तुम उसे धकेल कर एक दरवाजे से बाहर निकालो, तो वह दूसरे पीछे वाले दरवाजे से इतने सूक्ष्मतम रूप से वापस आ जाता है, कि तुम उसे पहिचान भी नहीं सकते।

समाज को अहंकार की आवश्यकता है, अन्यथा लोग अनियन्त्रित हो जाएंगे, राज्य को उसकी जरूरत है, अन्यथा लोग विद्रोही बन जाएंगे, लोग स्वयं ही इतने अधिक प्रामाणिक बन जाएंगे कि उनको फिर से गुलाम बनाना, उन्हें अनुशासित पत्रचालित रोबेट बनाना और उनकी बुद्धि को निष्क्रिय और कुंद बनाना असम्भव हो जाएगा। तुम जो लोग सड़कों पर चलते हुए कार्यालयों और कारखानों में काम करते हुए, इसे और उसे, अथवा जिसे भी देखते हो, वे ऐसे ही अनुशासित और यंत्रचालित लोग हैं। लोगों को धोखा देने की यह एक राजनीतिक चाल है।

और यह उपयोगी भी है। तुम्हें किसी तरह से स्वयं अपने को ही स्वयं से आदेश लेने उसके पास जाना है। यदि तुम अपने ही नाम का स्वयं के लिए ही प्रयोग करना शुरू कर दो, तो यह बहुत उलझनपूर्ण होगा।

एक हिन्दू रहस्यदर्शी स्वामी रामतार्थ इसका प्रयोग किया करते थे। वह कभी भी 'मैं' शब्द का प्रयोग नहीं करते थे, वह अपने नाम 'राम' शब्द का प्रयोग करते थे। यदि उन्हें भूख लगती थी, तो वह कहते थे–''राम बहुत भूखा है।'' लेकिन यह कठिनाई खड़ी करता है। तब वे कहना शुरू कर देंगे, "कौन है यह राम?" वह किसके बाबत बात कर रहे हैं?

वह न्यूयार्क में थे और किसी व्यक्ति ने उनका अपमान किया। न्यूयार्क में गेरूवे वस्त्रों में देखकर उन्हें लोगों ने थोड़ा-सा विचित्र सनकी जरूर समझा होगा। यह घटना साठ सत्तर वर्ष पूर्व घटी, जब वहाँ गेरुए वस्त्रों के बारे में लोग कुछ भी जानते ही नहीं थे। अमेरिका जाने वाले वह पहले संन्यासी थे। लोग उनके बेतुके वस्त्रों पर हँसे। वह भी हंसते हुए वापस आ गये, जहाँ वह ठहरे हुए थे।

मेज़बान ने पूछा– "आख़िर हुआ क्या? आप इतने अधिक क्यों हँस रहे हैं?'' उन्होंने कहा, ''राम को अपमानित किया गया और लोग राम को बेतुका मानकर उपहास कर रहे थे, राम ने इसका खूब आनन्द लिया।"

"राम" ? मेज़बान ने पूछा, "क्या यह आपका नाम नहीं है?'' वह फिर हँस पड़े। उन्होंने कहा–''मेरा कोई भी नाम नहीं है, न मेरे पास कोई नाम हो सकता है। मैं यहाँ तक 'मैं' शब्द का भी प्रयोग नहीं करता। मैं 'राम' का प्रयोग तीसरे व्यक्ति के लिए करता हूँ। मैं भी इस राम से उतनी ही दूर हूँ, जितने की आप हैं। मैं भी राम का उतना अधिक ही साक्षी हूँ, जितने आप हैं।"

लेकिन इससे कई समस्याएँ उत्पन्न हो जाएँगी। यदि प्रत्येक व्यक्ति 'मैं' शब्द के स्थान पर अपने नाम का प्रयोग करना शुरू कर देगा, तो ऐसा करना सम्भव न हो सकेगा; इससे कई उलझने उत्पन्न हो जाएँगी। मैं भाषा की दृष्टि से बहुत उपयोगी और महत्त्वपूर्ण है।

इसका प्रयोग करने में ग़लत कुछ भी नहीं है। मैं तुमसे इसका प्रयोग बन्द करने के लिए नहीं कहूँगा–केवल इसे ठीक से समझ लो कि यह केवल एक उपयोगी शब्द है, लेकिन इसके पीछे कोई भी सत्यता नहीं है।

वास्तव में यदि स्वामी राम से मेरी भेंट हुई होती, तो मैंने उनसे कहा होता, "आप 'मैं' से बचने के लिए इस शब्द को बहुत अधिक महत्त्व दे रहे हैं। आप इसे जितना अधिक महत्त्वपूर्ण बना रहे हैं, उतना वह है नहीं। उससे इतना अधिक भयभीत होने की क्या जरूरत है? एक व्यक्ति को केवल ये देखना आवश्यक है कि वह उसे देखकर यह समझ ले, कि वह केवल एक शब्द है, एक लेबिल है–वह है पूरी तरह से उपयोगी, पर उसके पीछे कोई भी सत्यता नहीं है, और न उसके पीछे कोई भी सार है। आप उससे बचकर क्यों दूर भागना चाहते हैं? इससे पूरी तरह बचने के तथ्य यही अर्थ निकलता प्रतीत होता है कि आप अभी भी इससे थोड़े से भयभीत हैं, कि यदि आपने 'मैं' शब्द का प्रयोग किया, तो हो सकता है कि अहंकार फिर वापस लौट आये। इसलिए आप अहंकार को 'मैं' शब्द का प्रयोग न करते हुए अपने से दूर रख रहे हैं। लेकिन इससे कोई भी सहायता मिलने वाली नहीं। वह तीसरे व्यक्ति राम में भी आ सकता है। वह इतना अधिक गूढ़ और सूक्ष्म है।"

पहिले समाज को तुम्हारे अन्दर अहंकार को उत्पन्न करने की आवश्यकता होती है, जिससे वह आसानी से तुम्हें नियन्त्रित करने की व्यवस्था कर सके।

यह किस प्रकार होता है? एक बार जब अहंकार उत्पन्न हो जाता है, तो फिर बच्चे को नियंत्रित किया जाना संभव हो जाता है। तब तुम उससे कह सकते हो कि तुम्हें दर्जे में प्रथम आना है। यदि उसके पास अहंकार नहीं है तो तुम उसमें महत्त्वकांक्षा उत्पन्न नहीं कर सकते। वह पूरे विचार पर ही हँसेगा। प्रथम क्यों? मुझी को प्रथम क्यों आना है, दूसरों को क्यों नहीं? इसमें ग़लत क्या है। यदि कोई दूसरा प्रथम आता है?

छोटे बच्चे इसकी आवश्यकता को नहीं समझ सकते, क्योंकि उनके अन्दर अभी भी अहंकार के विचार इतने अधिक सघन और मजबूत नहीं हुए हैं। एक छोटा बच्चा स्कूल से घर आकर यह घोषणा प्रसन्नता से कर सकता है कि मैं फिर फेल हो गया। अभी भी उसका मन विषाक्त नहीं हुआ है। लेकिन देर-सबेर...वह कितनी अवधि तक विषक्त बने बिना रह सकता है? पूरी शिक्षा व्यवस्था ही अहंकार उत्पन्न महत्त्वाकांक्षा है–प्रथम बनो, योग्यता सूची में शीर्ष पर रहो, स्वर्ण पदक विजेता बनो।

और यह सभी कुछ चलता ही चला जाता है। यह स्कूल के साथ ही समाप्त नहीं होता, यह आगे भी चलता रहता है। यहाँ तक कि बूढ़े लोगों में भी पुरस्कार और सम्मान पाने की तीव्र लालसा बनी रहती है, नोबेल पुरस्कार और इसी तरह की बहुत चीज़ों की वे कामना करते रहते हैं। इन लोगों में अभी भी वही बचपना है।

एक बार यह विचार तुम्हारे प्रवाह में प्रविष्ट हो जाए कि 'मैं हूँ' तब प्रत्येक बात सम्भव है। तुम्हारे अन्दर यह भय उत्पन्न किया जा सकता है कि यदि तुमने ऐसा नहीं किया तो तुम्हारी हानि होगी, तुम कुछ खो दोगे और यदि तुमने वैसा किया, तो तुम्हें लाभ होगा। यदि तुम इसे करते हो तो तुम सफल हो जाओगे, और यदि तुम उसे करते हो और लाभ के लिए लालच होना सम्भव है। यह पूरा समाज ही लोभ और भय में ही जीता है।

एक बार बच्चा लालच के तरीक़ों को सीख लेता है, तो वह अपने पूरे जीवन भर धन अथवा शक्ति और सत्ता के पीछे दौड़ता ही रहेगा। वह अपना पूरा जीवन अनावश्यक चीज़ों में, व्यर्थ के कार्य नष्ट कर देगा। याद रहे धन इतना महत्त्वपूर्ण नहीं है तुम्हारे लिए, धन इसलिए महत्पूर्ण हो गया है, क्योंकि तुमने अहंकार की धारणा को गले लगा लिया है।

बहुत से लोग धन-सम्पत्ति छोड़ देते हैं, वे उसको त्याग देते हैं। भारत में ऐसा होता है कि लोग धन का त्याग कर यह सोचने लगते हैं कि उन्होंने वास्तव में किसी बहुत सारभूत चीज़ का त्याग किया है। यह कुछ भी नहीं है, क्योंकि धन की खातिर कभी भी प्रेम नहीं करता वह धन से प्रेम करता है, अपने अहंकार के लिए। तुम्हारे पास दस लाख डालर हैं, तुम्हारा अहंकार गर्व का अनुभव करता है। तुम दस लाख डालर कर त्याग कर हिमालय पर जा सकते हो और तुम यह ख्याल कर अभी भी गर्व कर सकते हो कि मैंने दस लाख डालर का त्याग कर दिया। बहुत से लोगों के पास दस लाख डालर हैं, लेकिन उनमें से कितने लोग त्याग सकते हैं। यह विचार ही कि इतना अधिक धन बहुत कम लोग ही इतनी सरलता से त्याग सकते हैं, तुम्हारे अहंकार को थोड़ा और बड़ा बना देते हैं। इसलिए जो लोग धन का त्याग करते हैं; उनका अहंकार बहुत सूक्ष्म होता है।

यदि तुम किसी राष्ट्र के अध्यक्ष हो और तुम पद का त्याग करते हुए यह कहते हो कि मैं अब संन्यासी बनकर हिमालय जाकर वहाँ ध्यान करूँगा–लेकिन वहाँ हिमालय की किसी गुफा में बैठकर भी तुम यह ख्याल करते हुए आनन्द मनाओगे, कि आज से पहिले किसी भी अन्य व्यक्ति ने ऐसा त्याग नहीं किया। तुमने एक देश का राष्ट्राध्यक्ष बने रहते हुए भी उस पद को त्याग दिया–और अब तुम संसार भर में सबसे महान संन्यासी हो। अहंकार एक साये की तरह तुम्हारा पीछा करते हुए आ गया। वह तुम्हारी हिमालय की गुफा में भी बना रहेगा, तुम इतनी आसानी उससे पीछा नहीं छुड़ा सकते।

यह बहुत ही सूक्ष्म और तुरन्त समझ में न आने वाली चीज़ है। इसे गिराने के लिए बहुत अधिक होश की जरूरत है। तुम स्वयं अपने आप से भाग कर कहाँ जा सकते हो? और यह यांत्रिक व्यवस्था तुम्हारे बाहर नहीं तुम्हारे अन्दर है। यदि तुम्हारा ही एक भाग बन चुकी है। यह तुम्हारी एक जीवन शैली बन चुकी है। तुम उसके साथ इतनी अधिक लम्बी अवधि तक रहते रहे हो, कि तुम नहीं समझ पाते कि उसके बिना कैसे रहा जाए। इसलिए तुम जीने का जो भी तरीक़ा चुनोगे, वहाँ उसके पीछे छिपा अहंकार रहेगा ही।

उसकी जरूरत समाज को है, उसकी जरूरत राज्य को है, उसकी जरूरत तुम्हारे माता-पिता को है, उसकी जरूरत नेताओं और राजनीतिज्ञों को है, उसकी जरूरत पुरोहितों और पुजारियों को है, प्रत्येक को अहंकार की जरूरत है। उसके कारण केवल तुम्हीं मुसीबत में पड़ गये हो, क्योंकि इसके कारण तुम परमात्मा के राज्य में प्रवेश करने से चूके जा रहे हो।

इसलिए तुम्हें बहुत-बहुत सजग बने रहना है, अन्यथा पूरा समाज और राज्य और प्रत्येक व्यक्ति तुम्हारे विरुद्ध षड़यन्त्र रच रहे होंगे। वे चाहते हैं कि यह अहंकार बना ही रहे।

यह निर्णय तुम्हें लेना है कि क्या तुम इस यात्रा में उसके साथ जाना चाहते हो अथवा उनकी यात्रा में साथ ही नहीं जाना चाहते। यह तुम्हें समझना है कि अब तक की यात्रा में उनके साथ चलते हुए तुमने आख़िर क्या प्राप्त किया है? तुम्हारी उपलब्धि क्या है? क्या प्रसन्नता मिली तुम्हें? कौन-सा परमानन्द घटा तुम्हें? तुम इसे बदल सकते हो। तुम दूसरे संसार के व्यक्ति बन सकते हो–जो वास्तव में दूसरे अन्य सांसारिक व्यक्तियों जैसा न हो। तुम कह सकते हो–''इस संसार में वहाँ कुछ भी तो नहीं है, यह पूरा संसार ही अर्थहीन है। मृत्यु आती है और हर चीज़ अपने साथ ले जाती है। मैं अब किसी शाश्वत शक्ति की खोज करूँगा।" लेकिन यह अभी भी शक्ति और सत्ता की दौड़ है। तुम सोच सकते हो–''इस संसार का इतना धन अधिक महत्वपूर्ण नहीं है। मैं अब किसी दूसरी तरह की सम्पदा के कोष की खोज करूँगा, जो शाश्वत हो, और वह सदा मेरे साथ बना रहेगा। तब तुम से नये नामों के अहंकारी बन जाओगे–जिसके पास आध्यात्मिक शक्ति के साथ चामत्कारिक शक्तियां भी हों।

ऐसा तथाकथित आध्यात्मिक व्यक्ति, तीन, तरह से इस जाल में फिर से गिर सकता है। या तो बहुत बन जाए–तब उसे यह अहंकार होगा कि मैं जानता हूँ और अन्य किसी भी व्यक्ति से बहुत अधिक जानता हूँ। अथवा वह एक संन्यासी बनकर स्वयं अपने शरीर को कष्ट और पीड़ाएं देकर सुख पाने वाला विकृत चरित्र का व्यक्ति बन सकता है। वह उपवास कर सकता है, वह धीमे-धीमे स्वयं को मारते हुए संसार में यह घोषणा कर सकता है–''मैं एक महान महात्मा हूँ देखो, मैंने सभी कुछ त्याग दिया और अब मैं

अपने शरीर को भी छोड़ रहा हूँ।" अथवा तीसरा रास्ता है कि वह अपनी आध्यात्मिक ऊर्जा का शक्ति के रूप में प्रयोग करना शुरू कर दे। वह चमत्कारों का व्यापार करने वाला व्यापारी बन सकता है। अध्यात्म के पथ पर यात्रा करते हुए महान ऊर्जाएँ जागृत होती हैं। और जब तुम गहरे ध्यान में उतरना शुरू करते हो, तो वे ऊर्जाएँ जागने लगती हैं। सच्चा आध्यात्मिक व्यक्ति कभी भी उनका प्रयोग नहीं करेगा, क्योंकि वह जानता है कि वह एक जाल है, जिसमें फँसकर तुम वापस इस संसार के दलदल में जा गिरोगे। एक सच्चा आध्यात्मिक व्यक्ति कभी भी किसी शक्ति का प्रयोग करता ही नहीं। यदि ऐसे प्रामाणिक आध्यात्मिक व्यक्ति के चारों और यदि कभी-कभी चमत्कार होते भी हैं, तो वे अपने आप होते हैं, वह व्यक्ति उनको करने वाला नहीं होता।

एक व्यक्ति जीसस के पास आया, उसने उनके वस्त्रों का स्पर्श किया और वह रोगमुक्त हो गया। उसने जीसस को धन्यवाद देना चाहा। वह कृतज्ञ था, वह वर्षों से बीमार था और चिकित्सकों ने कह दिया था कि उस रोग का कोई भी उपचार नहीं है, और अब वह बिल्कुल ठीक हो गया था। वह स्वयं अपनी आँखों पर विश्वास नहीं कर पा रहा था। वह उन्हें धन्यवाद देने उनके चरणों में गिर पड़ा। जीसस ने कहा–''तुम्हें धन्यवाद देने की कोई भी जरूरत नहीं। धन्यवाद परमात्मा को दो। और वास्तव में तुम स्वयं को ही दो धन्यवाद–यह तुम्हारी अपनी ही आस्था है, जिसने तुम्हें ठीक किया है। मेरा इससे कुछ भी लेना-देना नहीं है!"

एक आध्यात्मिक मनुष्य के आसपास चमत्कार होते हैं, प्रामाणिक चमत्कार। प्रामाणिक चमत्कार यह नहीं है–कि तुम हवा से राख उत्पन्न कर दो अथवा स्विज़ घड़ी प्रकट कर दो–यह चमत्कार हैं ही नहीं, ये तो साधारण तरकीबें और हाथ की सफाई हैं। प्रामाणिक आध्यात्मिक मनुष्य के पास प्रामाणिक चमत्कार घटते हैं–लोग बदल जाते हैं, उनका रूपान्तरण हो जाता है, लोग अस्तित्वगत शून्यता की नूतन उपलब्धि को महसूसना शुरू कर देते हैं। लोग, जीवन, आनन्द और शून्यता के नये आयामों की ओर गतिशील होना शुरू हो जाते हैं। लोग और अधिक प्रेमपूर्ण और करूणामय होने लगते हैं। लोगों में खिलावट होने लगती है;

वे सुवासित हो उठते हैं। नृत्य में उनके पैर थिरकना शुरू कर देते हैं। उनके हृदय पहिली बार उत्सवमय होकर धड़कने लगते हैं। ये ही प्रामाणिक चमत्कार हैं। लोगों को यह अनुभव होने लगता है कि परमात्मा है, लोगों में परमात्मा के प्रति श्रद्धा का भाव उमड़ने लगता है। लोगों में, 'वे कौन हैं' इसके प्रति वे होशपूर्ण होने लगते हैं। उनकी मूर्च्छा टूटने लगती हैं, उनकी आँखें खुलना शुरू हो जाती हैं। वे अधिक समय तक विभाजित और खण्डित न बने रहकर, अखण्ड बनते हैं। ये ही प्रामाणिक चमत्कार हैं, जो स्वतः घटते हैं। लेकिन उन्हें कोई करता नहीं, वे किसी भी व्यक्ति के द्वारा नहीं किए जा रहे हैं। और अहंकार के साथ सारा संसार है, और अहंकार के साथ ही अंधकार और मूर्च्छा है।

इसलिए तुम्हें सजग बने रहना है, तुम्हारी पत्नी पक्ष में नहीं होगी, तुम्हारा पति इसके पक्ष में नहीं होगा, तुम्हारे बच्चे इसके पक्ष में नहीं होंगे–क्योंकि एक बार पति अहंकार छोड़ दे, फिर उसकी कोई कामनाएँ नहीं रह जाती हैं कि तुम धन कमाते ही जाओ जिससे बड़े-से-बड़ा नया घर खरीदा जा सके, उसके पास और अधिक हीरे-जवाहरात और सोना है, बैंक में कहीं अधिक धन जमा हो और बड़ी धनराशि की बीमा पालिसी तथा अन्य सभी कुछ हो।

यदि तुम अहंकार छोड़ देते हो, तो तुम्हारी सभी कामनाएँ भी गिर जाती हैं। तुम्हारी कामनाओं के प्रति अब और दिलचस्पी रहती ही नहीं, तुम अब और पागल न बनकर स्वयं ही अपने आपका संचालन करते हो। निश्चित रूप से अब तुम स्वस्थ हो जाओगे, लेकिन इस बारे में फिक्र कौन करता है कि पति स्वस्थ हो? यह ठीक है कि तुम्हारे उदर में अल्सर या घाव नहीं होंगे; लेकिन पत्नियों की दिलचस्पी इसमें नहीं है कि तुम्हें अल्सर हैं अथवा नहीं उनकी दिलचस्पी तो और अधिक बड़े मकान में और दो मकानों की होती है–एक शहर में और दूसरा देहात में। उनकी अधिक दिलचस्पी होती है, जल क्रीड़ा करने के लिए एक मोटर बोट की। उनकी अधिक दिलचस्पी इस बात में होती है कि तुम्हारे हाथों में शक्ति और सत्ता हो और ऊँचे रसूख हों। यदि तुम्हारे उदर में घाव या अल्सर हो गये हैं, तो यह तुम्हारी अपनी समस्या है।

एक बार अहंकार विसर्जित हो जाए, फिर तुम्हारे उदर में घाव रहेंगे ही नहीं। वे पूरी तरह ठीक हो जाएंगे। उदर में अल्सर होना तो तीव्र कामनाओं के पद चिन्ह होते हैं। फिर तुम्हें कैंसर जैसे रोग की सम्भावना नहीं होगी, क्योंकि तीव्र लालसा की असाध्य चाह ही कैंसर उत्पन्न करती है। जब लालसाएँ अत्यधिक सघन हो जाती हैं, तो शरीर उन्हें बरदाश्त नहीं कर पाता और शरीर मृत्यु की ओर बढ़ना शुरू कर देता है। शरीर ऐसी परिस्थितयाँ उत्पन्न करना शुरू कर देता है, जिससे वह आसानी से शीघ्र मर सके। कैंसर, मरने के लिए, शरीर के द्वारा ही किया गया प्रयास है—क्योंकि जब चीज़ें बरदाश्त के बाहर हो जाती हैं, फिर और जीने की जरूरत रह ही नहीं जाती। तुम स्वयं मर जाना चाहते हो। कैंसर पूरी तरह से यह प्रदर्शित करता है कि तुम्हारी मरने की ही इच्छा है। यह हो सकता है कि तुम्हें इसे पहिचानने का साहस न हो, लेकिन तुम्हारा अचेतन तुम्हें आसानी से मरने में सहायता दे रहा है—यही कारण है कैंसर का कोई उपचार नहीं है। इस व्यक्ति ने वास्तव में जीवन की सारी प्रसन्नता और आनन्द खो दिया है, और वह भी व्यर्थ की चीज़ों के लिए।

लेकिन पत्नियों की दिलचस्पी बड़े-बड़े आलीशान मकानों और अपने निजी वायुयान की होती है—तुम्हें कैंसर हो सकता है?, सब कुछ ठीक है, उसे तुम गवारा कर सकते हो। बच्चों की भी दिलचस्पी, इसी बात में होती है अपने पिता के पागलपन को स्वयं आगे बढ़ायें।

और पति की भी दिलचस्पी इस बात में होती है कि उसकी पत्नी को सुन्दर होना चाहिए—इसलिए नहीं कि वह अपनी पत्नी से प्रेम करता है, वह उसके लिए एक प्रदर्शन की वस्तु है, जिसे अपने साथ वह समाज में चारों ओर ले जाता है। वह चाहता है कि वह सभी के बीच यह शेखी हाँक सके कि उसके पास संसार भर में सबसे अधिक सुन्दर पत्नी है। यों वह उसकी थोड़ी-सी भी फिक्र नहीं करता। हो सकता है, उसने उसका चेहरा वर्षों से न देखा हो, और उसके साथ प्रेम करते हुए भी वह दूसरी स्त्रियों के बारे में ही सोचता रहा हो, अथवा एक हज़ार एक ख्यालों में खोया रहा हो, लेकिन वह चाहता यही है कि उसकी पत्नी को युवा, सुन्दर और आकर्षक ही बने रहना चाहिए, जिससे वह उसे अपने साथ गर्व से समाज में साथ ले जा सके। वह उसके लिए कुछ ऐसी चीज़ है, जो उसके अहंकार के लिए सहायक है।

अहंकार तब बहुत अधिक आहत होता है, जब तुम एक कुरूप स्त्री के साथ घूमना शुरू कर दो, लोग कहते हैं–''तो यह है वह जो तुम्हें मिली है।'' और यह स्वाभाविक है। व्यक्तिगत रूप से उस स्त्री में क्या गुण हैं, इसमें किसी की भी दिलचस्पी नहीं है, उनकी दिलचस्पी तो बाह्य व्यक्तित्व में है–और यह भी सांसारिक उद्देश्यों के लिए।

इससे स्पष्ट होता है कि यहाँ सब कुछ कैसे चल रहा है। इसलिए यदि तुम अपना अहंकार छोड़ने लगो तो कोई भी तुम्हारा समर्थन करने नहीं जा रहा है। प्रत्येक व्यक्ति उसके विरोध में होगा, क्योंकि प्रत्येक व्यक्ति की दिलचस्पी यही है कि तुम अहंकारी ही बने रहो। जो लोग तुम्हें निर्हंकारी होने की शिक्षा देते हैं–यदि तुम वास्तव में अहंकार छोड़ दो, तो उन्हें भी यह अच्छा न लगेगा, क्योंकि फिर वे किसको निहँकारी होने की शिक्षा देंगे। यहाँ तक कि वे धर्माचार्य भी जो तुम्हें अहंकार से मुक्त होने की शिक्षा देते हैं। यहाँ तक कि वे धर्माचार्य भी जो तुम्हें अहंकार से मुक्त होने की शिक्षा देते हैं, यदि तुम वास्तव में निर्हंकारी बन जाओ, तो वे भी परेशान हो जाएंगे। वे इस बात को जरा भी पसन्द न करेंगे।

मैंने एक कुत्ते के बारे में सुना है, जो एक तरह का उपदेशक था। वह शहर भर के दूसरे कुत्तों को उपदेश दिया करता था कि परमात्मा ने कुत्तों को बनाते हुए उन्हें स्वयं अपनी ही छवि दी है। वह कहा करता था कि जरा DOG शब्द को समझो, इसमें वे ही अक्षर हैं, जिनसे GOD शब्द बनता है। इन अक्षरों को उल्टे क्रम को पढ़ो तो वह DOG है। प्रश्न केवल दिशा बदलने का है और DOG, GOD बन सकता है। तुम कुत्ते से परमात्मा बन सकते हो।

यह बात दूसरे कुत्तों को बहुत अच्छी लगी। केवल कठिनाई एक बात की थी कि वह भौंकने के विरूद्ध था। पादरी पुरोहित हमेशा किसी ऐसी चीज़ के विरुद्ध भौंकने का मजा लेते हैं, यही उनकी प्रसन्नता की अभिव्यक्ति है, यही उनकी कविता, यही उनका नृत्य और यही उनका उत्सव आनन्द है। जब वे लोग खुश होते हैं, तो इसके सिवा वे और क्या कर सकते हैं कि वे भौंकें। जब पूर्णिमा की रात में पूरा चन्द्रमा चाँदनी छिटकाता है, वे भौंकते हैं। पूर्णिमा की रात कुत्तों के लिए समारोह की रात होती है। वे भौंक-भौंक कर

लगभग पागल हो जाते हैं। वह होता ही इतना अधिक सुन्दर है–कि इसके सिवा वे और क्या कर सकते थे?

वह अपने साथियों के भौंकने के विरुद्ध था। पादरी-पुरोहित बहुत-बहुत चालाकी से ऐसी चीज़ें खोजते हैं, जिन्हें तुम छोड़ नहीं सकते। उन्होंने सेक्स को खोजा, तुम उसे छोड़ नहीं सकते। वे लोग उसके विरुद्ध हैं। उन लोगों ने सभी उन चीज़ों की खोज की है, जिन्हें छोड़ना तुम्हारे लिए कठिन है। वे उनके विरुद्ध हैं। तुम उन्हें छोड़ने नहीं जा रहे, और वे तुम्हें उपदेश दिए जाएंगे-उन्हें छोड़ दो।

वह रात दिन उपदेश ही देता रहता था। वह जब भी किसी कुत्ते को भौंकते हुए पाता, वह तुरन्त उसे उपदेश देना शुरू कर देता। सभी कुत्ते उसके उपदेश सुन-सुनकर थक चुके थे, यद्यपि वे जानते थे कि वह ठीक कह रहा है–भौंकना निरर्थक है, इसे वे भी जानते थे, उन्हें इस बात को समझाने की भी कोई जरूरत नहीं थी। और वह बहुत तर्कपूर्ण था भी।

लेकिन एक दिन उन सभी ने तय किया–हमारा नेता इतना अधिक बूढ़ा हो गया है और हम लोगों ने उसे कभी भी कोई खुशी नहीं दी, इसलिए कम-से-कम एक रात तो हमें नहीं भौंकना चाहिए। वह दिन उनके महान नेता का जन्म दिवस भी था। इसलिए उन लोगों ने विचार किया–ऐसा करना उसके लिए सबसे अच्छा उपहार होगा। उसे कम-से-कम एक बार खुश होने का अवसर मिल सके। उन लोगों ने तय किया–आज रात हम लोग भौकेंगे नहीं।

वह पूर्णिमा की रात थी और उनके लिए न भौंकना एक कठिन बात थी। ऐसा करना लगभग असम्भव जैसा था। वे सभी लोग इधर-उधर अन्धेरे कोनों में, किसी तरह अपने आप पर काबू किए हुए, योग मुद्रा में चुपचाप लेटे थे। वे जितना अधिक उसे रोकने और भौंकने का दमन करने का प्रयास कर रहे थे, उतना ही अधिक भौंकना उनके गलों तक आकर रुक जाता था।

और उनका नेता चारों ओर घूमता रहा और देखता रहा, लेकिन उसे कहीं भी एक कुत्ता भौंकता हुआ नहीं मिला। वह उलझन में पड़ गया। आख़िर यह हुआ क्या? उसे जो आश्चर्यजनक भेंट दी जाने वाली थी, इसके बाबत में सभी लोग बदल गये? तब वह चिन्तित हो उठा। अब मैं करूँगा क्या?

यदि उन लोगों ने वास्तव में भौंकना बन्द कर दिया, तब मेरा उपदेश का पूरा व्यापार तो चौपट हो जाएगा। तब आख़िर मैं करूँगा क्या? वह चारों ओर घूमता रहा। उसे कुत्तों की प्रकृति और स्वभाव पर पूरा भरोसा था, वे भौकेंगे ही। वह उन सभी को भली-भाँति जानता था। उसका पूरा जीवन इसी की शिक्षा देते बीत गया था, लेकिन किसी ने भी भौंकना बन्द नहीं किया था। कभी-कभी उसे ऐसे थोड़े से शिष्य मिल जाते थे, जो एक या दो दिनों तक नहीं भौंकते थे और फिर वे पीछा छुड़ाकर भाग जाते थे। वे कहते थे, यह सब कुछ तो बहुत अधिक है। हम नहीं जाना चाहते परमात्मा के पास। कृपया हमें कुत्ता ही बना रहने दें।

लेकिन आख़िर हुआ क्या? यह तो एक चमत्कार हो गया? वह चारों ओर घूमता रहा और उसे कहीं कोई कुत्ता भी नहीं दिखाई दिया, और न कोई कहीं भौंक रहा था, और वह किसी को उपदेश भी नहीं दे पा रहा था। और अब बहुत देर होती जा रही थी और रात आधी बीत चुकी थी, और पहिली बार उसे स्वयं अपने अन्दर भौंकने की जरूरत महसूस होने लगी। वास्तव में इससे पहिले वह जरूरत उसे इसलिए महसूस नहीं होती थी, क्योंकि उसे सुबह-शाम और रात बहुत अधिक बातचीत करनी होती थी, और तब भौंकने के लिए उसके पास कोई ऊर्जा बचती ही नहीं थी। पहिली बार आज उसे उपदेश देने के लिए एक भी शिष्य न मिला।

उसके अन्दर ऊर्जा इकट्ठी हो गई–और उसके अन्दर भौंकने की तीव्र प्रवृत्ति जागृत हुई। वह आश्चर्यचकित रह गया, क्योंकि वह वर्षों से नहीं भौंका था। वह लगभग यह भूल ही चुका था कि कैसे भौंका जाता है। वह बहुत अधिक रोमांचित हो उठा और उसने सोचा, "यहाँ कोई और कुत्ता भी नहीं है, तो मुझे क्यों न प्रयास करना चाहिए? आख़िर इसमें ग़लत क्या है?"–और वे सभी तरह के ख्याल, जो प्रत्येक को आते हैं, उसके अन्दर भी उठ रहे थे–"एक बार तो ऐसा कर लेना ठीक है। इसमें पाप करने जैसा कुछ भी नहीं है। सभी कुत्ते तो नर्क जाते नहीं।" वह जानता था कि भौंकना, सहज स्वाभाविक है, लेकिन उसने तो अभी तक एक धर्म-उपदेशक का अस्वाभाविक जीवन जिया था।

इसलिए वह अन्धेरी सड़क के एक कोने में गया और वहाँ जाकर उसने भौंकना शुरू कर दिया। जिस क्षण उसने भौंकना शुरू किया अचानक पूरे शहर में जैसे एक विस्फोट हो गया। सभी कुत्तों ने एक साथ भौंकना शुरू कर दिया। प्रत्येक कुत्ता अपने अन्दर-ही-अन्दर उबल रहा था, और जब उन्होंने देखा कि किसी एक ने की गई प्रतिज्ञा को तोड़ दिया, तो उन्होंने सोचा वह उन्हीं लोगो के बीच ही का होना चाहिए–लेकिन वे कभी यह सोच ही नहीं सकते थे कि उनका धर्म प्रचारक ही ऐसा कर सकता है। यह असम्भव था। वे सभी लोग उसे वर्षों से जानते थे, क्योंकि किसी एक ने ली गई शपथ को तोड़ दिया था, इसलिए अब भौंकने का और अधिक दमन करना जरूरी न था। उन सभी के साथ भौंकने से पूरे नगर भर में जैसे विस्फोट हो गया। इस तरह का विस्फोट पहिले कभी भी नहीं हुआ था।

और तब उनका पथ प्रदर्शक निकल कर बाहर आया और उन्हें फिर से उपदेश देना प्रारम्भ कर दिया–''यह अच्छी बात नहीं है। केवल इस भौंकने के कारण ही हम लोग इस पृथ्वी के राजा नहीं बन सके, अन्यथा हम सभी का राज्य पूरी पृथ्वी पर होता। केवल यही एक चीज़ हमारी सम्भावना को नष्ट कर रही है।''

धर्म उपदेशक और पुरोहित, जो तुमसे अहंकार को छोड़ने को कहे चले जाते हैं, और यदि तुम अंहकार छोड़ दो, तो वे प्रसन्न न होंगे–क्योंकि जिस क्षण तुम सभी अपने-अपने अहंकारों को छोड़ दोगे, तुम पादरी-पुरोहितों के नियन्त्रण से मुक्त हो जाओगे।

इसलिए तुम्हें दिशा में अकेले, पूरी तरह ही अकेले होकर आगे बढ़ना है। न कोई भी व्यक्ति इसमें तुम्हारी सहायता करेगा और प्रत्येक व्यक्ति तुम्हारे विरुद्ध ही होगा।

लेकिन जब तक तुम यह समझ लेते कि अहंकार ही तुम्हारा 'नर्क' है, तुम पूर्णानन्द नहीं पा सकते।

अब इस सुन्दर सुन्दर बोध कथा को समझें–

एक दिन जब राबिया बहुत से ध्यानी जिज्ञासुओं के बीच बैठी हुई थी, तभी वहाँ हसन आया, और उसने कहा–

राबिया-एल अदाविया, पूरी मनुष्यता के इतिहास में अनूठी और दुर्लभ स्त्रियों में से एक है। वहाँ बहुत थोड़े से नाम हैं, जो उसके समकक्ष रखे जा सकते हैं, लेकिन उन थोड़े से नामों–यीरा, थेरेसा औरा लल्ला के मध्य वह फिर भी अनूठी है। ये थोड़े से ही नाम हैं, लेकिन फिर भी राबिया अनूठी है। आज तक जितनी भी कीमती स्त्रियों ने जन्म लिया, उनमें राबिया एक कोहेनूर जैसी है। उसकी अन्तर्दृष्टि बहुत विराट है।

हसन भी एक प्रसिद्ध रहस्यदर्शी है, लेकिन बहुत नीचे तल का। और हसन और राबिया के बारे में वहाँ बहुत-सी कहानियाँ कही जाती हैं।

एक दिन राबिया अपनी झोपड़ी के अन्दर बैठी हुई है। भोर का समय है। हसन उससे भेंट करने आता है। सूर्योदय हो रहा है, पक्षी बाहर गीत गा रहे हैं और वृक्ष हवा में मस्ती में झूमते हुए नृत्य कर रहे हैं। वास्तव में एक बहुत सुहानी सुबह है।

और वह बाहर ही से बुलाते हुए उससे कहता है–"राबिया! तुम अन्दर बैठी क्या कर रही हो? बाहर तो आओ। अल्लाह ने आज कितनी सुन्दर सुहानी सुबह को जन्म दिया है।"

राबिया हँसती है और कहती है–"हसन! बाहर तो केवल अल्लाह की सृष्टि है और यहाँ अन्दर अल्लाह खुद मौजूद हैं। तुम ही अन्दर क्यों नहीं आ जाते। हाँ! यह ठीक है कि सुबह बहुत खुशनुमा है, लेकिन इसका उस सृजनहार से कोई भी मुकाबला नहीं जो सभी सुबहों का सृजन करता है। हाँ! पक्षी बहुत सुन्दर गीत गा रहे हैं, लेकिन अल्लाह के गाये गीत से उसकी कोई तुलना ही नहीं है।" यह केवल तभी घटता है, जब तुम अन्दर होते हो। "तुम ही अन्दर क्यों नहीं आ जाते हसन?"

अभी तक जो कुछ बाहर है, क्या वह तुम्हारे लिए अभी भी समाप्त नहीं हुआ है। उसके बिना तुम कब अन्दर आने में समर्थ हो सकोगे?

ऐसी कहानियाँ बहुत छोटी हैं, लेकिन उनका महत्त्व बहुत अधिक है।

एक शाम लोगों ने देखा कि वह अपनी झोपड़ी के आगे सड़क पर किसी चीज़ की तलाश कर रही थी। सभी लोग वहाँ इकट्ठे हो गये–बेचारी बूढ़ी औरत किसी चीज़ की तलाश कर रही है। उन लोगों ने पूछा–आख़िर मामला क्या है? तुम किस चीज़ की तलाश कर रही है? उसने कहा–"मेरी

सूई खो गई है।" इसलिए उसकी सहायता करने के लिए वे लोग भी उसे ढूँढ़ने लगे।

तब किसी व्यक्ति ने पूछा–"राबिया! यह सड़क तो बहुत बड़ी है और बहुत जल्द रात होने वाली है, तब वहाँ कोई भी रोशनी नहीं होगी, और सूई है इतनी छोटी-सी चीज़, कि जब तुम ठीक-ठीक वह जगह न बतलाओ कि सूई कहाँ गिरी थी, उसे खोजना बहुत मुश्किल है।"

राबिया ने कहा–"यह बात पूछो ही मत। इस प्रश्न को उठाओ ही मत। यदि तुम मेरी सहायता कर सकते हो तो करो, अन्यथा मत करो, लेकिन इस प्रश्न को सामने मत लाओ।"

जो लोग उसे ढूँढ़ रहे थे, वे सभी रुक गये और उन्होंने कहा–"आख़िर यह मामला क्या है? हम लोग इसके बाबत क्यों नहीं पूछ सकते? यदि तुम यह नहीं बतलाती कि वह गिरी कहाँ थी, तो हम लोग तुम्हारी सहायता किस तरह कर सकते हैं?"

उसने कहा–"सूई तो मेरे घर के अन्दर कहीं गिर गयी थी।"

उन लोगों ने कहा–"तब तो पागल ही हो गयी हो। यदि सूई घर के अन्दर गिरी है, फिर तुम इसे बाहर यहाँ क्यों ढूँढ़ रही हो?

और उसने कहा–"क्योंकि यहाँ अभी कुछ रोशनी है। घर के अन्दर तो अन्धेरा है। वहाँ कोई भी रोशनी नहीं है।"

उनमें से किसी एक ने कहा–यदि यहाँ रोशनी भी है, फिर भी हम यहाँ उसे कैसे ढूँढ़ सकते हैं, यदि सुई यहाँ गिरी ही नहीं है। ठीक यही होगा कि रोशनी घर के अन्दर ले जाई जाए, जिससे तुम वहाँ सूई ढूँढ़ सको।"

और राबिया हँस पड़ी। उसने कहा–"तुम लोग छोटी-छोटी चीज़ों के बारे में तो बहुत चतुर और होशियार हो, लेकिन तुम अपने अन्दरूनी और रूहानी जीवन के लिए अपनी बुद्धि का प्रयोग फिर क्यों नहीं करते? मैंने देखा है कि तुम सभी लोग उसे बाहर ही ढूंढ़ रहे हो और मैं अपने अनुभव से यह अच्छी तरह जानती हूँ, कि तुम जिस चीज़ को बाहर ढूँढ़ रहे हो, वह तुमने अपने अन्दर ही खोई है। जिस अल्लाह की रहमत और नूर की खोज तुम बाहर कर रहे हो, उसे तुमने अन्दर ही खोया है, और तुम उसे व्यर्थ ही बाहर खोज रहे हो।

और तुम्हारा तर्क है, क्योंकि बाहर आसानी से देख सकती हैं और तुम्हारे हाथ बाहर आसानी से उसे टटोल सकते हैं, और क्योंकि रोशनी बाहर ही है, इसी वजह से तुम उसे बाहर ढूँढ़ रहे हो।

राबिया ने कहा–''यदि तुम लोग वाकई होशियार हो, तब अपनी बुद्धि का प्रयोग तुम उस परमानन्द को बाहर खोजने में क्यों व्यर्थ नष्ट कर रहे हो? क्या तुमने उसे कहीं बाहर खोया है?

वे सभी हत्बुद्धि होकर वहीं स्तब्ध बने खड़े रहे और राबिया अपने झोपड़े के अन्दर चली गयी।

इस तरह की बहुत-सी कहानियाँ हैं–और उनमें गहरी अन्तर्दृष्टि है।

यह बोध कथा भी बहुत सुन्दर है।

एक दिन जब राबिया बहुत से ध्यान करने वाले साधकों के साथ बैठी हुई थी, तभी हसन वहाँ आया।

सूफ़ी धर्म में ध्यान को 'जिक्र' कहते हैं; इसका अर्थ होता है, कि लोग परमात्मा के गहरे स्मरण में डूबे हुए बैठे हैं–किसी नाम को दोहरा नहीं रहे, शाब्दिक रूप से कुछ कह नहीं रहे, किसी मन्त्र का प्रयोग करते हुए उसे जप भी नहीं रहे, सिर्फ शान्त, मौन बैठे हुए 'उसे' अपने में जज्ब कर रहे हैं। और जब तुम राबिया जैसी सिद्ध रहस्यदर्शिनी के चारों ओर बैठे हो, तो तुम इसके सिवा अन्य क्या कर सकते हो? झरना झर रहा है, प्रवाहित हो रहा है, तुम जितना चाहो, उतना पी सकते हो। वे सभी लोग जरूर ही उससे निःसृत प्रकाश किरणों में स्नान कर रहे होंगे, वे लोग जरूर ही राबिया की उपस्थिति में उत्पन्न ऊर्जा को पी रहे होंगे, वे लोग जरूर ही उसकी उपस्थिति और मौन को पी रहे होंगे। यही है वह ध्यान, जो सूफ़ी धर्म में किया जाता है।

ध्यान या 'जिक्र' के लिए अग्रेजी में ऐसा कोई ठीक शब्द है ही नहीं जो इसके मूल अर्थ में सत्य को साथ लिए हुए हो। अंग्रेजी जिस शब्द Contem-pletion (कनटेम्प्लेशन) का इसके लिए प्रयोग किया जाता है, इसका अर्थ होता है–विचार करना। सूफ़ी धर्म में इसका अर्थ विचार करने से बिल्कुल भी होता ही नहीं। वे लोग वहाँ बैठे हुए किसी भी चीज़ का विचार या चिन्तन नहीं कर रहे थे। वे बिल्कुल सोच नहीं रहे थे, वे बस प्रामाणिक रूप से वहाँ थे–इसी को हम भारत में सत्संग कहते हैं, केवल सद्गुरु की उपस्थिति में बने

रहना। कोई कुछ भी विशेष नहीं कर रहा था। एक-एक व्यक्ति केवल सद्गुरु की उपस्थिति में, अपने हृदय के द्वार खोले हुए ग्रहण करने को तैयार बैठा था, बिना किसी आशा अथवा अपेक्षा के और बिना इस विचार के, कि क्या कुछ घटने जा रहा है। यदि सद्गुरु की ओर से कुछ भी आता है, तो प्रत्येक उसे प्राप्त करने के द्वार खोले हुए प्राप्त करने को तैयार था।

सद्गुरु से 'बर्क' अथवा अनुग्रह हमेशा प्रवाहित ही होता रहता है। यदि तुम तैयार हो, तुम उसे प्राप्त कर लोगे। यदि तुम्हारे हृदय के द्वार खुले हैं, तो तुम उससे लबालब भर जाओगे। यदि तुम बन्द हो, तो तुम चूक जाओगे। सद्गुरु का पूरा अस्तित्व ही एक अनुग्रह अथवा 'बर्क' है। उसके अस्तित्व से ऊर्जा तरंगें निरन्तर चारों ओर फैलती हैं। और केवल इतना ही नहीं कि तुम शारीरिक रूप से सद्गुरु के सामने उपस्थित रहो, यदि तुम्हें उस पर श्रद्धा है, तब तुम्हारे किसी दूसरे ग्रह पर होने से कुछ फर्क नहीं पड़ता। तुम अपने सद्गुरु के अनुग्रह का अमृत वहाँ होते हुए भी पी सकते हो।

जीसस भी इसी झरने की बात करते हैं। एक दिन वह एक कुँए के निकट आते हैं। वह बहुत थके हुए हैं, और वह कुँए से पानी खींचकर निकालने वाली स्त्री से कहते हैं–"मैं प्यासा हूँ। मुझे पानी पिला दो।" और वह स्त्री जीसस की ओर देखकर कहती है–"लेकिन मैं समाज के सबसे अधिक निम्न तल की जाति की हूँ और मेरा ख्याल है कि लोग हमारा स्पर्श तक नहीं करना चाहते, और मेरे बर्तन और हाथों ने पानी को छूकर पहिले ही आश्चर्य बना दिया है।" जीसस हँसते हैं और कहते हैं–"तुम चिंता मत करो। मुझे अपना पानी पिलाओ यदि तुम मुझे अपना पानी पिलाओगी, तो मैं भी तुम्हें कुछ दूसरी तरह का पानी दूँगा–उस पानी में कुछ ऐसे गुण होंगे, जिससे तुम्हारी प्यास हमेशा के लिए बुझ जाएगी।"

उस स्त्री ने जीसस की ओर देखा। उनका वक्तव्य इतना आकस्मिक था उसके लिए, कि वह चकित रह गई। वह वक्तव्य इतना अधिक असंगत और आकस्मिक था कि उसने निश्चित रूप से उसकी थोड़ी-सी मुर्च्छा को तोड़ दिया। और जब जीसस, या जीसस जैसा ही एक व्यक्ति कुँए पर किसी स्त्री से थोड़ा-सा जल माँगता है, तो वह वास्तव में अपने लिए पानी नहीं माँगता–वह प्रामाणिक रूप से इस स्त्री के साथ सम्पर्क जोड़ना चाहते हैं।

वास्तव में जीसस जैसा व्यक्ति, तुमसे कुछ भी नहीं चाहता। यदि कभी वह तुमसे कोई चीज़ माँगता है, तो केवल तुम्हें कुछ देने के लिए ही, एक ऐसी चीज़ देने के लिए, जो अत्यधिक मूल्यवान है।

और वह स्त्री इस बात को समझ गई। वह झुकी और उसने जीसस के चरण स्पर्श किए और फिर वह बस्ती की ओर भागी और कस्बे के प्रत्येक व्यक्ति से कहा–''मेरे पास आकर मेरी बात सुनो, मैं जीवन भर कुँए से पानी खींचती रही और आख़िर मुझें वह व्यक्ति मिल गया, जिसने मेरी प्यास हमेशा के लिए बुझा दी। ऐसा सिर्फ उसकी आँखों में देखने भर से हुआ। मेरे साथ ऐसे अनूठे व्यक्ति को देखने चलो।''

यह स्त्री जीसस के संदेश को फैलाने वाले बारह संदेशवाहकों में से एक बनी। वह उसकी धर्म दूत बनी। केवल मात्र जीसस की उपस्थिति मात्र से, केवल एक बार उनकी आँखों में झाँकने भर से उस स्त्री में गुणात्मक परिवर्तन हो गया। वह जाग गई।

ज़ेन में इस तरह के जागरण को सटोरी कहा जाता है।

जब राबिया थोड़े से ध्यानी साधकों के साथ बैठी हुई है...उन्हें चिन्तक पर Contemplation कहने से अधिक अच्छा Meditation कहना होगा। Meditation शब्द भी उतना अधिक ठीक नहीं है, क्योंकि इसका अर्थ अंग्रेजी में किसी चीज़ पर विचार या चेतना को एकाग्र करने से होता है। अग्रेज़ी में ध्यान के समानार्थी कोई शब्द है ही नहीं, क्योंकि ध्यान जैसा पश्चिम में कुछ भी अस्तित्व में आया ही नहीं–वह केवल विचार करता है, चित्त एकाग्र करता है। इसीलिए Concentration, Meditation और Centemplation में ध्यान जैसा कुछ है ही नहीं। ध्यान का अर्थ होता है–अपनी दशा। ध्यान का अर्थ होता है–शान्त, मौन बैठे हुए कुछ भी न करना। ध्यान का अर्थ होता है एक अन्तराल, एक निर्विचार अन्तराल, एक ऐसा अवकाश जहाँ कोई भी विचार न चल रहा हो। जब विचार नहीं चलते अन्दर, तब तुम्हारे उस शून्याकाश में सद्गुरु प्रवेश कर सकता है। जब एक क्षण के लिए भी विचार रूक जाते हैं, तभी अचानक सद्गुरु की ऊर्जा, तुम्हारी ओर तेजी से आगे बढ़ती है। इसी को 'बर्क' या अनुग्रह कहा जाता है।

एक दिन राबिया, ध्यानी साधकों के बीच–

जब सत्संग में बैठी हुई थी, तभी वहाँ हसन आया और बोला, "मैंने पानी पर चलने की क्षमता अर्जित कर ली है, मेरे साथ चलिए, हम दोनों पानी पर चलते हुए वहीं बैठकर आध्यात्मिक चर्चा करें।"

अब यह हसन के लिए पूरी तरह मूर्खतापूर्ण कृत्य था। लेकिन वह सत्य साईं बाबा के ही समान था। उसकी दिलचस्पी शक्तियों को पाने की थी। उसने यह जरूर सीखा होगा कि पानी पर कैसे चला जा सकता था, अब वह इसे राबिया को दिखाना चाहता था। वह राबिया से प्रमाण-पत्र प्राप्त करना चाहता था। वह चाहता था कि राबिया भी पहिचान ले कि वह भी अब एक महान रहस्यदर्शी अथवा कोई 'चीज़' बन गया है। उसने उन लोगों को नहीं देखा, जो वहाँ बैठे हुए थे, उसने यह भी नहीं देखा कि वे वहाँ बैठे हुए थे, उसने यह भी नहीं देखा कि वे वहाँ बैठे हुए क्या कर रहे थे? वह तो केवल अपनी आध्यात्मिक शक्ति का प्रदर्शन करने को उत्सुक था, जो उसने प्राप्त की थी।

जब तुम्हारे आध्यात्मिक विकास में कुछ विशिष्ट शक्तियों का घटना शुरू होता है, तो उन्हें प्रदर्शित न किए जाने के लिए बहुत बड़े साहस की जरूरत होती है।

ज़ेन सद्‌गुरु रिनझाई के एक शिष्य के बारे में यह कहा जाता है कि किसी अन्य धर्म के किसी सद्‌गुरु के एक शिष्य ने बातचीत के दौरान उससे कहा–"हमारा सद्‌गुरु तो बहुत बड़े-बड़े चमत्कार करते हैं, वह जो चाहते हैं, वही कर सकते हैं। मैंने स्वयं उन्हें बहुत से चमत्कार करते हुए देखा है। मैं उनका स्वयं गवाह हूँ। तुम्हारे सद्‌गुरु के बारे में ऐसी महान उपलब्धियाँ कौन-सी हैं? वह क्या चमत्कार कर सकते हैं?"

और रिनझाई के शिष्य ने उत्तर दिया–"मेरे सद्‌गुरु सबसे बड़ा चमत्कार यही कर सकते हैं कि वह कोई भी चमत्कार नहीं करते।"

इसी बात पर ध्यान करो–"मेरे सद्‌गुरु सबसे बड़ा यही कर सकते हैं कि वह कोई भी चमत्कार नहीं करते।" जब चमत्कारी शक्तियाँ घटना शुरू होती हैं, तो केवल दुर्बल मनुष्य ही उनका प्रयोग करेंगे। जो शक्तिशाली है, वह उन्हें करेगा नहीं, क्योंकि वह जानता है कि अब उसके लिए यह दूसरा जाल

है। संसार फिर से उसे अपनी ओर खींचना चाहता है। यह आख़िरी जाल है। यदि तुम इन आध्यात्मिक शक्तियों से बचते हुए शान्त बने उनके साक्षी बने रह सकते हो, यदि तुम उनमें उलझे बिना उनके जाल में बन्दी बने बिना, उनसे होकर गुजर सकते हो केवल तभी तुम अपने शाश्वत घर में पहुंचते हो। यह एक बहुत बड़ा जाल है।

यह हसन, जरूर ही संयोग से इन शक्तियों से टकराया होगा, अब वह उनका प्रदर्शन करना चाहता है। स्वाभाविक रूप से वह जरूर ही राबिया के पास, जो उन दिनों सबसे महान रहस्यदर्शिनी थी, इसीलिए आया होगा।

मेरे पास पानी पर चलने की क्षमता है। आइए, हम दोनों को पानी पर चलते हुए...

और हो सकता है, वह अपने अन्दर गहरे में यह भी सोच रहा हो कि सम्भवतः राबिया के पास भी यह शक्ति न हो।

...वहीं बैठकर आध्यात्मिक चर्चा करें।

अब वहाँ किसी भी आध्यात्मिक चर्चा की कोई सम्भावना ही नहीं है। आध्यात्मिकता, चर्चा जैसा कुछ भी नहीं जानती। आध्यात्मिकता तो संवाद जानती है, वह चर्चा-परिचर्चा जैसी कुछ बात जानती ही नहीं। आध्यात्मिकता कोई तर्क-वितर्क नहीं जानती। उससे ज्ञान तो होता है, लेकिन उसमें कोई भी तर्क नहीं होता। एक सद्गुरु जो कुछ जानता है, वह उसमें दूसरों को सहभागी बना सकता है, लेकिन उसमें वहाँ कोई भी विवाद या विवेचन नहीं है।

जिन दिनों मैं कई वर्षों तक भारत भर में यात्राएँ करता रहा, उन दिनों लगभग प्रत्येक दिन ऐसा ही होता था। बहुत से ज्ञानीजन–पंडित, शिक्षाविद् और विद्वान आदि मेरे पास आकर मुझसे कहते थे–''हम आपके साथ कुछ चीज़ों पर चर्चा और विवेचन करना चाहते हैं।'' और मेरा उत्तर हमेशा होता था–''यदि आप कुछ जानते हैं, तो मुझे बतलाइये। मेरे साथ उसमें मुझे सहभागी बनाइये। मैं उसे प्रसन्नता के ग्रहण करूँगा। यदि आप नहीं जानते, तब जो थोड़ा-बहुत जानता हूँ, मैं आपको उसका सहभागी बना सकता हूँ, तब आप उसे ग्रहण कीजिए। और यदि हम दोनों ही जानते हैं, तब फिर बातचीत करने की जरूरत क्या है? यदि हम दोनों

भी नहीं जानते तब भी बात करने की क्या जरूरत, विवाद या विवेचन करना, चर्चा-परिचर्चा करना अर्थहीन है। केवल यही सम्भावनाएं हैं, या तो हम दोनों ही नहीं जानते, तब हम लोग कितना भी तर्क-वितर्क करते रहें, उससे किसी भी निष्कर्ष पर नहीं पहुंचेंगे। इसी तरह से मनुष्य सदियों से तर्क-वितर्क करता रहा है–और इन महान वाद-विवादों का कभी कोई अन्त हुआ ही नहीं। अथवा हम दोनों ही जानते हैं, तब वहां कुछ भी कहने की कोई आवश्यकता ही नहीं है।

दो महान रहस्यदर्शियों, कबीर और फरीद मिले, और अड़तालीस घंटों तक मौन बैठे रहे। किसी ने भी एक शब्द तक नहीं कहा। कुछ कहने की वहाँ कोई आवश्यकता ही नहीं थी। दोनों ही एक दूसरे की आँखों में झाँकते रहे और एक ही सत्य को पाया। हाँ! यही घटेगा-यदि जीसस बुद्ध से मिलने आते हैं; तो घटेगा। यदि जरथुस्त, लाओत्से से भेंट करने आते हैं, वह तब भी ऐसा ही होगा। वहाँ कहने को है ही क्या? तुम जानते हो, दूसरा भी जानता है, फिर वहाँ बातचीत करने का कुछ भी उपाय नहीं, किसी भी बारे में कुछ भी बात हो ही नहीं सकती।

तीसरी सम्भावना यह है कि एक जानता है और एक नहीं जानता, तब जो कभी भी जानता है...मेरे निकट आने का यही ढंग है। मैं अपने लोगों से ही कुछ कहता हूँ। यदि तुम जानते हो, तो मुझे बतलाओ। मैं उसे ग्रहण करूँगा। यदि तुम नहीं जानते तो मूर्ख बनकर तर्क-वितर्क मत करो। जो कुछ भी मैं जानता हूँ, मैं उसमें तुम्हें सहभागी बनाने के लिए तैयार हूँ, तब तुम उसे ग्रहण करो। लेकिन मैं नहीं समझता कि इसमें विवाद या विवेचन करने की कोई आवश्यकता है।

यह हसन जरूर ही एक अहंकारी व्यक्ति रहा होगा। पहिली बात तो यह कि वह अपनी चमत्कारी शक्ति को, जो उसने प्राप्त की है, उसे दिखाना चाहता है और दूसरी बात यह, कि वह चर्चा या विवेचन करना चाहता है। जो सत्य है, तुम उसके बारे में तर्क-वितर्क नहीं कर सकते। या तो तुम जानते हो, अथवा तुम नहीं जानते हो। अन्य कोई दूसरा रास्ता ही नहीं है। केवल यह ही दो सामान्य विकल्प हैं–या तुम जानते हो अथवा तुम नहीं जानते। यदि तुम जानते हो, तो जानते हो, यदि तुम नहीं जानते हो, तो नहीं ही जानते।

राबिया ने कहा, "यदि तुम्हारी इस अमूल्य सत्संग से अपने को अलग रखने की इच्छा है, तो तुम मेरे साथ बाहर चलो जिससे हम लोग हवा में उड़ते हुए वहीं शून्य में बैठकर बातचीत करें।"

उसने इस आदमी की मूर्खता को निश्चत रूप से समझ लिया होगा। उसने इस व्यक्ति में कार्य करते हुए अहंकार को जरूर समझ लिया होगा। वह किसी शक्ति रूपी खिलौने से संयोगवश टकरा गया है, जो हमेशा ही होता है, जब भी संयोगवश तुम किसी आध्यात्मिक शक्ति से टकराते हो, तो तुम सोचते हो कि तुम सत्य को उपलब्ध हो गये।

ऐसी ही घटना रामकृष्ण के समय में भी हुई...उनका एक शिष्य था-विवेकानन्द; जिसे अब पहिली बार सटोरी घटी तो उसने अपने अन्दर एक दिव्य शक्ति का अनुभव किया। और रामकृष्ण के आश्रम में ही कालू नाम का एक साधारण-सा भोला-भाला व्यक्ति था। वह इतना अधिक सीधा सादा और एक बच्चे की तरह भोला था कि विवेकानन्द उसका हमेशा उपहास उड़ाते हुए उसे बहुत तंग किया करते थे। विवेकानंद बहुत अधिक विद्वान और तर्कनिष्ठ थे, जब कि यह कालू एक साधारण-सा देहाती था। और वह पूजा पाठ किया करता था। उसकी कोठरी या कमरा ही एक पूरा मंदिर था, जिसमें सैकड़ों देवी-देवताओं की मूर्तियाँ थी–और भारत में तुम जितने भी देवताओं की मूर्तियां चाहो, उन्हें खरीद सकते हो। कोई भी पत्थर देवता बन जाता है। तुम उस पर बस लाल-नारंगी रंग पोत दो और वह देवता बन सकता है। इसलिए उसके छोटे से कमरे में तीन सौ देवी देवताओं की मूर्तियाँ थीं। यहाँ तक कि उसके सोने के लिए भी पर्याप्त स्थान नहीं बचा था। और तीन सौ देवताओं की वह प्रतिदिन पूजा पाठ किया करता था, जिसमें उसे छः से लेकर आठ घण्टे तक लग जाते थे, और शाम तक पूजा पाठ समाप्त करने के बाद ही वह भोजन किया करता था।

विवेकानंद उससे हमेशा कहते रहते थे–तू मूर्ख है, तू किस मूढ़ता में पड़ा है। तू इन सभी मूर्तियों को गंगा जी में विसर्जित कर दे। लेकिन कालू इतना अधिक सीधा सादा था कि वह उत्तर देता था–मैं इन मूर्तियों से प्रेम करता हूँ। बहुत सुन्दर हैं, और मैंने इन शालिग्राम जैसे पत्थरों को गंगा जी से ही तो प्राप्त किया है, स्वयं गंगा जी ने ही इन्हें मुझे भेंट किया

है। अब मैं इन्हें वापस गंगा जी में कैसे फेंक सकता हूँ? नहीं, मैं ऐसा नहीं कर सकता।

जिस दिन विवेकानंद को पहिली सटोरी लगी, वह कालू के कमरे के ही निकट वाले दूसरे कमरे में बैठे हुए थे। पहिली शक्ति मिलते ही उनके मन में तेजी से यह विचार आया कि कालू जरूर ही इस समय पूजा पाठ कर रहा होगा। इसलिए केवल खेल-खेल में उन्हें एक विचार सूझा और अपने कमरे में बैठे हुए ही उन्होंने वह विचार कालू के मन में प्रक्षेपित करते हुए आदेश दिया–''कालू, अब तुम अपने देवताओं की सभी मूर्तियों को ले जाकर गंगाजी में फेंक दो।" उन्होंने वहाँ उन शक्ति का अनुभव किया था, इसलिए वह यह विचार प्रक्षेपित कर सके और वह कालू द्वारा प्राप्त किया गया।

रामकृष्ण बाहर बैठे हुए थे। उन्होंने अपने अंतर्ज्ञान से उस खेल को देखा–जो कुछ विवेकानन्द ने खेला था। उन्होंने जरूर ही उस विचार को प्रक्षेपित होते हुए देखा था। लेकिन उन्होंने प्रतीक्षा की। तभी कालू एक बड़ा बंडल लिए बाहर निकला। वह सभी देवताओं की मूर्तियों को एक बड़े थैले में ले जा रहा था। रामकृष्ण ने उसे रोकते हुए कहा, "रुको, तुम कहाँ जा रहे हो।"

कालू ने उत्तर दिया, "मेरे मन में अचानक एक विचार आया कि यह सभी कुछ मूढ़ता है, इसलिए मैं सभी मूर्तियों को फेंकने जा रहा हूँ मैं खत्म ही हो गया।"

रामकृष्ण ने कहा, "तुम ठहरो। मैं विवेकानंद को बुलाता हूँ।"

विवेकानंद को बुलाया गया और रामकृष्ण ने चीखते हुए क्रोधित होकर उनसे कहा, "क्या शक्ति के प्रयोग करने का यही तरीका है?'' और उन्होंने कालू ने कहा, "तू अपने कमरे में वापस जा और अपने देवताओं को वापस वहीं रख दे, जहाँ से उन्हें उठाया था। यह तेरा विचार न होकर विवेकानंद का विचार है।"

तब कालू ने कहा, "मैंने ऐसा अनुभव किया जैसे कोई व्यक्ति मुझ पर पत्थर जैसी चोट कर रहा था और मैं कुछ भी समझ ही नहीं सका कि क्या कुछ घट रहा है। और उस विचार ने जैसे मुझे पूरी तरह अपने कब्जे में ले लिया और भय से बुरी तरह काँपने लगा–मैं क्या कर रहा था, मुझे कुछ भी

पता नहीं, लेकिन मैं लगभग किसी के द्वारा नियन्त्रित होकर ही वह सब कुछ कर रहा था।"

रामकृष्ण, विवेकानंद से इतने अधिक रुष्ट हो गये कि उन्होंने उनसे कहा, "अब मैं तुम्हारी कुंजी, अपने पास रखूँगा। तुम इस कुंजी को अपनी मृत्यु के तीन दिनों पहले ही प्राप्त कर सकोगे, तुम्हें अब कभी भी कोई सटोरी नहीं घटेगी।''

और यह सब कुछ ऐसे ही हुआ। विवेकानन्द को फिर कोई दूसरी सटोरी नहीं लगी। वह वर्षों तक रोते और बिलखते रहे, पर फिर भी वह उसे पा न सके। उन्होंने कठोर प्रयास किए। जब रामकृष्ण शरीर छोड़ रहे थे, तो उन्होंने रोते बिलखते हुए कहा, "कृपया, मुझे कुंजी वापस दे दीजिए।" और रामकृष्ण ने कहा–''तुम उसे मरने के ठीक तीन दिन पहिले ही प्राप्त कर सकोगे, क्योंकि तुम खतरनाक बनते दिखाई देते हो। ऐसी शक्ति का प्रयोग इस तरह से नहीं किया जा जाता। तुम अभी भी परिपूर्ण शुद्ध नहीं हो। तुम प्रतीक्षा करो। तुम रोते बिलखते रहो, और ध्यान भी करते रहो।"

और विवेकानन्द के मरने के ठीक तीन दिन पहिले उन्हें दूसरी सटोरी लगी। तभी उन्होंने जाना कि उनकी मृत्यु आ पहुँची है और केवल तीन दिन ही बचे हैं।

यह हसन सोच रहा है कि उसने उससे बहुत बड़ी शक्ति प्राप्त कर ली है। राबिया मजाक कर रही है। राबिया कह रही है–

"यदि तुम्हारी इच्छा इस अमूल्य सत्संग से अपने को अलग रखने की है, तो मेरे साथ बाहर चलो, जिससे हम लोग हवा में उड़ते हुए शून्य में बैठकर ही बातचीत करें।'' हसन ने कहा–''मैं ऐसा नहीं कर सकता, क्योंकि जिस शक्ति का आपने उल्लेख किया है, उसे मैं अभी प्राप्त नहीं कर सका हूँ।"

स्मरण रहे, तुम शक्ति को अधिकार और नियन्त्रण में कर सकते हो, पर परमात्मा को नहीं–लेकिन ऐसी शक्ति आध्यात्मिक नहीं हो सकती। परमात्मा को तुम अपने अधिकार में नहीं रख सकते, तुम्हें ही परमात्मा के अधिकार में रहना होगा।

यदि तुम किसी वस्तु पर अधिकार कर लेते हो, तो वहाँ अहंकार बना रहेगा। वह एक कौन है, जो यह दावा कर रहा है–वह वस्तु मेरे अधिकार में

मेरे पास है। मेरे अधिकार में धन हो सकता है, राजनीतिक पद हो सकता है अथवा मेरे नियन्त्रण में आध्यात्मिक शक्ति है–लेकिन यह 'मैं' निरन्तर अपने अधिकार की, अपने पास कुछ होने की घोषणा किए जाता है। यह मैं ही परिग्रह है। परिग्रह पर पकड़ के द्वारा ही अहंकार का अस्तित्व है। इसी कारण ही कि अहंकार कुछ प्राप्त करते हुए, उसे अपने अधिकार में किए चले जाता है। जितना अधिक-से-अधिक सम्भव हो उतना ही अपने अधिकार में किए चले जाता है। वह सभी कुछ बटोरकर अपने नियंत्रण में रखना चाहता है। वह कभी संतुष्ट होता ही नहीं, तुम जो कुछ भी प्राप्त कर लेते हो, उस प्राप्त करने के क्षण में ही वह चीज़ अर्थहीन हो जाती है। तुम्हारी लालसा और अधिक पाने के लिए होती है...वह हमेशा कुछ और अधिक पाना चाहती है। तुम पूरा संसार भी अपने अधिकार में कर लो, लेकिन फिर भी और अधिक पाने की लालसा बनी ही रहेगी।

यह कहा जाता है कि एक बार एक ज्योतिषी ने सिकन्दर के हाथ को देखा, और उसके हाथ की रेखाएँ देखकर कहा, "श्रीमान! मैं एक बात आपको बताना चाहता हूँ–आप विजय प्राप्त करेंगे और आप पूरे संसार के सम्राट बनेंगे, लेकिन कृपया स्मरण रखिए, यहाँ जीतने के लिए केवल एक ही संसार है।"

और यह कहा जाता है कि इस विचार के आते ही कि यहाँ जीतने के लिए केवल एक ही संसार है, वह उदास हो गया। तब वह आख़िर फिर उसके बाद करेगा क्या? फिर उस 'और-अधिक' का क्या होगा, मन में जिसकी निरन्तर लालसा बनी रहती है? अभी वह विजेता बना भी नहीं है–वहाँ केवल एक विचार है अभी, एक दिन मैं विजेता बनूँगा और पूरे संसार का सम्राट बनूँगा।

उस ज्योतिषी ने कहा, "लेकिन तब श्रीमान्! आप कठिनाई में पड़ जाएँगे, क्योंकि यहाँ केवल एक ही संसार है, इसलिए तब उसके बाद आप करेंगे क्या? आप अपने 'कहीं अधिक और' को कहाँ प्रक्षेपित करेंगे? आप आपनी आशा को कहाँ केन्द्रित करेंगें? कैसे आप कोई नई कामना करेंगे? बिना किसी कामना के तो आप शक्तिहीन होकर जड़ हो जाएंगे।"

यह सब ऐसे ही चले जा रहा है। तुम प्राप्त कर सकते हो और तब और अधिक पाने की लालसा होती है। राबिया ने तुरन्त उसे सचेत बताया कि

अभी उसने हवा में उड़ने की शक्ति प्राप्त नहीं की है। उसने तुरन्त ही हीनता का अनुभव किया। अब उसकी वह शेखी और अधिक समय तक नहीं बनी रही। अचानक वह वापस भूमि पर गिर पड़ा।

उसने कहा–मैं ऐसा नहीं कर सकता आपने जिस शक्ति का जिक्र किया है उसे मैंने अभी तक प्राप्त नहीं किया है।

वह फिर से दीन-हीन हो गया। राबिया ने केवल 'कुछ और' की कामना का सृजन कर उसके गुब्बारे से फूले अहंकार को पंक्चर कर दिया। यही उस ज्योतिषी ने किया था। उसे निश्चित रूप से एक प्रज्ञावान व्यक्ति जरूर होना चाहिए। उसने यह कहकर कि 'यहाँ अन्य कोई दूसरा संसार नहीं है,' सिकन्दर के अहंकार के गुब्बारे को पंक्चर कर दिया था।

ऐसा कहा जाता है कि महान सम्राट अकबर के समय में वहाँ एक महान बुद्धिमान व्यक्ति बीरबल था। एक दिन सम्राट ने दरबार से कहा–''आप लोगों को कुछ ऐसा रास्ता तलाश करना है, कि मैंने दीवार पर जो रेखा खींची है, वह छोटी हो जाए–लेकिन आप लोगों की इस रेखा को छूने की इजाजत नहीं है। उसे बिना छुए हुए ही छोटी बना देना है।"

यह असम्भव दिखाई पड़ता था। यदि तुम उसका स्पर्श तक नहीं कर सकते, फिर वह छोटी कैसे बनेगी? तुम उसे छूकर थोड़ा-सा मिटाकर कम कर सकते हो। और तब बीरबल आया और उसने दीवार पर उस रेखा के नीचे उससे कहीं अधिक बड़ी रेखा खींच दी। बिना पहिली रेखा को स्पर्श किए हुए वह तुलनात्मक रूप से, सापेक्षता में छोटी लगने लगी।

क्या है यह छोटा होना? अपने आप में न कुछ छोटा होता है और न कुछ बड़ा। यह सब कुछ तुलनात्मक है।

राबिया ने एक बड़ी रेखा खींच दी। उसने कहा, **"यदि तुम वास्तव में बाहर चलकर बातचीत करना चाहते हो, तो हम लोगों को हवा में उड़ते हुए शून्य में चलना चाहिए।"** उसने जरूर ही अपने को दीन-हीन होने का अनुभव किया होगा। इस क्षण अहंकार शेखी नहीं हांक सकता था। उसे चोट लगी। अहंकार आहत हुआ।

उसने कहा, "यह शक्ति तो मैंने अभी तक प्राप्त नहीं की है।"

राबिया ने कहा, "तुम्हारी पानी के ऊपर थिर बने रहने की शक्ति तो, एक मछली के भी पास है।"

यह शक्ति कुछ भी मूल्यवान नहीं है, अन्यथा सभी मछलियाँ आध्यात्मिक संत बन जातीं।

और मेरी हवा में उड़ने की क्षमता एक मक्खी के पास है।

इसलिए यह भी कोई बड़ी शक्ति नहीं है, अन्यथा सभी मूर्ख मक्खियाँ बुद्ध बन जातीं।

यह क्षमताएँ और शक्तियाँ, प्रामाणिक सत्य का भाग नहीं हैं।

यह प्रतियोगिता के लिए और स्वयं को सम्मानित बनाने का आधार तो बन सकती हैं।

लेकिन इनमें आध्यात्मिक होने जैसा कुछ भी नहीं है।

यह याद रखने के लिए एक बहुत बड़ा सबक है। यदि तुम्हारे मन में प्रतियोगिता करने जैसी कोई चीज़ प्रविष्ट हो जाती है, तो तुम नीचे गिरकर परमात्मा से दूर हो जाते हो—क्योंकि प्रतियोगिता के साथ अहंकार हो जाता है। प्रतियोगी बनना और कुछ भी नहीं, बल्कि यह अहंकार को निर्मित करने का ही प्रयास है।

हाँ, तुम्हारे अन्दर महान आत्म सम्मान हो सकता है, लेकिन तुम्हारे अन्दर स्वयं को सम्मान देने की भावना जितनी अधिक प्रबल होगी तुम व्यापक अस्तित्व से उतनी ही दूर होते जाओगे।

तुम अपने महान होने जितना अधिक ख्याल करोगे, तुम भटक कर उतने ही दूर हटते जाओगे। और स्मरण रहे, मैं यह नहीं कह रहा हूँ कि तुम्हें यह कहना शुरू कर देना चाहिए–''मैं बहुत छोटा हूँ। मैं तुम्हारे चरणों की धूल के बराबर हूँ। नहीं, मैं ऐसा भी नहीं कह रहा हूँ–क्योंकि फिर यह भी एक तरह का दावा करना होगा।"

एक प्रामाणिक आध्यात्मिक अथवा धार्मिक व्यक्ति के पास ऐसा कोई विचार अथवा धारणा होती ही नहीं कि वह छोटा है अथवा बड़ा, वह इस बात का कभी ख्याल करता ही नहीं।

जब चीन के सम्राट वू ने बोधिधर्म से पूछा–''आप कौन हैं?''

बोधिधर्म ने कहा, "मैं नहीं जानता।"

यह एक धार्मिक उत्तर है। ''मैं नहीं जानता'', और फिर एक गहन मौन छा गया। ऐसा मौन, जिसे अभिव्यक्त नहीं किया जा सकता, जिसे परिभाषित नहीं किया जा सकता। पूर्ण शान्ति। "मैं 'नहीं' जानता"।

एक धार्मिक मनुष्य यह नहीं जानता कि वह कौन है? उसे स्पष्ट या अभिव्यक्त करने का कोई भी उपाय नहीं है। वास्तव में, वह तो अब और कुछ रहा ही नहीं। वह अखण्ड अस्तित्व का ही एक भाग बन, वह अस्तित्व के महान आरकेस्ट्रा में विसर्जित हो गया। वह विभिन्न वाद्यों से उत्पन्न किया जाने वाले महान और समृद्ध संगीत की एक तान है। वह इस इन्द्रधनुषी अस्तित्व का एक छोटा-सा रंग है। वह अब उससे जरा भी पृथक नहीं है। वह है ही नहीं, और न उसके पास कोई भी चीज़ है–न तो इस संसार की कोई शक्ति, और न उस दूसरे संसार की कोई शक्ति। उसके पास कुछ भी नहीं है। उसे परमात्मा ने अपने अधिकार में ले लिया है।

यही कारण है कि सूफ़ी धर्म, समर्पण करने पर जोर देता है। अपने को समर्पित कर परमात्मा की शरण में उसके अधिकार में चले जाओ। परमात्मा पर अधिकार करने की कोशिश मत करो, उससे कुछ छीनने की कोशिश मत करो। बहुत से लोगों की शुरूआत ही इस विचार से होती है कि उन्हें परमात्मा को प्राप्त करना है। बहुत से खोजी साधक इसी अत्यधिक अहंकार के साथ इस पथ पर आगे बढ़ते हैं कि उन्हें उसे खोज ही लेना है, क्योंकि उनका अहंकार दाँव पर लगा हुआ है। लेकिन ये लोग उसे कभी न पा सकेंगे। तुम केवल तभी परमात्मा को खोज सकते हो, जब तुम स्वयं ही मिट जाओ। जब खोजने वाला ही न बचे, अकस्मात् फिर केवल परमात्मा ही बच जाता है। और तब तुम हँसने लगते हो–क्योंकि परमात्मा तो हमेशा से वहाँ था ही। केवल इसलिए क्योंकि तुम इतने अधिक खोज करने वाले बने हुए थे, तुम अपने स्वयं से इतने अधिक भरे हुए थे कि तुम उसे देख ही न सके। वह तो हमेशा ही से वही था। वही प्रामाणिक अस्तित्व है। तुम उसे अपने अधिकार में नहीं ले सकते। तुम परमात्मा को अपनी मुट्ठी में नहीं रख सकते। यदि तुम उसे मुट्ठी में करना चाहते हो, तो तुम उससे चुकते ही जाओगे, उसे केवल खुले हुए हाथों से वह तुम्हारे पास हो सकता है।

जब तुम्हारा हृदय एक बन्द मुट्ठी जैसा न होकर खुले हाथों जैसा होता है, वह वहीं मिल जाता है। तब तुम उसी में होते हो। तब केवल वही होता है।

यह बहुत बड़ा सबक है, जिसे याद रखना है। तुम्हें अहंकार के सभी रास्तों और तरीक़ों को समझना है।

यह हसन, अहंकार के फिर एक सूक्ष्म जाल में गिर पड़ा। उसने संसार को तो छोड़ दिया था, अब उसने आध्यात्मिक शक्ति प्राप्त कर ली, उसने उसे अपने अधिकार में कर लिया। अब वह पानी पर चल सकता है।

एक बार एक व्यक्ति रामकृष्ण के पास आया। वह एक महान योगी था। और उसने रामकृष्ण के सामने इसी बात की घोषणा की। उसने रामकृष्ण से कहा, "मैं पानी पर चल सकता हूँ, क्या आप भी उस पर चल सकते हैं?"

और यह सुनकर रामकृष्ण हँस पड़े और उन्होंने कहा, "इसकी आख़िर आवश्यकता क्या है? आपने इसे सीखने में कितना अधिक प्रयास किया, कितनी अधिक ऊर्जा खर्च की, और कितना अधिक समय लगाया?"

उसने उत्तर दिया, "अट्ठारह वर्ष।"

रामकृष्ण ने कहा, "यह पूरी बात ही मूखर्तापूर्ण है। केवल नाव वाले को दो पैसे देने पर वह मुझे नदी के दूसरे किनारे पर ले जाएगा। केवल दो पैसे की कीमत की चीज़ के लिए–आपने अट्ठारह वर्ष नष्ट कर दिए। या तो आप मूर्ख हैं अथवा कुछ अलग चीज़ हैं?''

रामकृष्ण या राबिया जैसे प्रामाणिक धार्मिक व्यक्ति का हमेशा से ही यही रास्ता रहा है। आख़िर जरूरत क्या है? यदि तुम पानी पर भी चल सकते हो, तो इसमें खास बात क्या है? यह कैसे तुम्हारी सहायता करेगा? इससे तुम अधिक आनन्दित कैसे बन सकते हो? क्या केवल पानी पर चलने से ही तुम आनन्दित हो सकोगे? जब तुम पृथ्वी पर चल रहे हो, तो तुम इतने आनन्दित क्यों नहीं हो सकते? तुम्हे कौन रोक रहा है प्रसन्न होने से?

यह धार्मिक रास्ता नहीं है। यह अहंकार का मार्ग है। इस अहंकार से सावधान रहो, क्योंकि तुम्हारे और परमात्मा के बीच केवल अहंकार ही एक दीवार बना खड़ा है।

दूसरा प्रवचन

मौलिक हस्ताक्षर

20 अगस्त, 1977

पहिला प्रश्न–ध्यान, निश्चित रूप से रहस्यदर्शियों के लिए ही है। आप इसे सामान्य लोगों और उनके बच्चों को, क्यों करने के लिए कहते हैं?

उत्तर-पहिली बात मैंने कभी भी एक साधारण व्यक्ति देखा ही नहीं, उनका कोई अस्तित्व ही नहीं है। उनका सृजन केवल अहंकारी व्यक्तियों द्वारा ही किया गया है। अहंकारी व्यक्ति को साधारण का सृजन करना पड़ता है। केवल यही एक रास्ता है, जिससे अहंकार अस्तित्व में बना रह सकता है। यहाँ कोई भी व्यक्ति साधारण नहीं है, क्योंकि प्रत्येक मनुष्य का अस्तित्व बहुत अनूठा है। प्रत्येक मनुष्य की सृष्टि परमात्मा ने की है, वह साधारण ही कैसे हो सकता है? परमात्मा कभी साधारण व्यक्ति का सृजन करता ही नहीं। उसकी पूरी सृष्टि दुर्लभ है। प्रत्येक व्यक्तिगत रूप से इतना अधिक अनूठा है कि वह कभी भी दोबारा नहीं जन्मता। तुम कभी पहिले भी नहीं थे और न तुम कभी फिर से होंगे। तुम यहाँ ऐसा कोई भी व्यक्ति नहीं पा सकते, जो ठीक तुम्हारे जैसा हो।

मनुष्यों के बारे में भूल ही जाओ...यहाँ तक कि पशु, वृक्ष और समुद्र तट की पारदर्शी चट्टानें भी, और यहाँ तक कि दो मोती भी एक जैसे नहीं हैं। तुम जहाँ कहीं भी परमात्मा के हस्ताक्षर पाओगे, वह कभी भी साधारण न होकर, हमेशा मौलिक होंगे।

परमात्मा निर्माणकर्ता न होकर, एक सृष्टा हैं। वह मनुष्यों का उस तरह निर्माण नहीं करता, जैसे पुर्जे जोड़कर कारों का उत्पादन किया जाता है। तुम्हारे पास ही एक जैसी कई फोर्ड कारें हो सकती हैं–यही अन्तर होता है एक मनुष्य और मशीन के मध्य। बिल्कुल एक जैसी दूसरी मशीन बनाई जा सकती है, पर ठीक उस जैसा ही दूसरा मनुष्य नहीं हो सकता। और जिस क्षण तुम नकल करना और ठीक उस जैसी ही चीज़ बनाना शुरू कर देते हो, तुम भी फिर

एक मशीन जैसे ही हो जाते हो–तब तुम अपनी मनुष्यता के प्रति फिट और आदरपूर्ण नहीं रह जाते।

इसी तरह से तुम मुझसे पूछ रहे हो–निसन्देह ध्यान तो रहस्यदर्शियों के लिए होता है। वह अवश्य ही रहस्यदर्शियों के लिए होता है, लेकिन यहाँ प्रत्येक व्यक्ति अपने अन्दर एक महान रहस्य लिये हुए ही उत्पन्न होता है, जिसका उसे अनुभव करना है। प्रत्येक व्यक्ति एक भविष्य के साथ जन्म लेता है। प्रत्येक व्यक्ति के पास आशाएँ होती हैं।

एक रहस्यदर्शी से आख़िर तुम्हारा अर्थ क्या है? एक रहस्यदर्शी, वह व्यक्ति होता है, जो जीवन के रहस्य का अनुभव करने का प्रयास कर रहा है, जो अज्ञात की ओर बिना किसी नक्शे के आगे बढ़ता जा रहा है, जिसका जीवन एक साहसिक अनुसंधान का जीवन है।

लेकिन प्रत्येक बच्चे की शुरूआत इसी तरह से होती है–भय के साथ, विस्मय के साथ और अपने हृदय में उत्पन्न पूछताछ के साथ। प्रत्येक बच्चा एक रहस्यदर्शी है, लेकिन तुम अपने तथाकथित विकास के पथ पर रहस्यदर्शी बनने की आन्तरिक सम्भावना के साथ सम्पर्क खो देते हो, और तुम एक व्यापारी बन जाते हो, अथवा तुम एक क्लर्क अथवा एक कलेक्टर, अथवा एक मन्त्री बन जाते हो। तुम कुछ अन्य दूसरे ही बन जाते हो, और यह सोचना शुरू कर देते हो कि तुम यही हो। और जब तुम यह विश्वास कर लेते हो, तो वैसे ही हो जाते हो।

मेरा यहाँ प्रयास तुम्हारी स्वयं तुम्हारे अपने बारे में की गई ग़लत धारणाओं को नष्ट करना है और तुम्हें रहस्यदर्शी बनने के लिए मुक्त करना है। ध्यान, रहस्यवाद की दिशा में तुम्हें मुक्त करने की एक विधि है, यह प्रत्येक व्यक्ति के लिए बिना किसी अपवाद के है, यह अपवाद करना जानता ही नहीं।

निसन्देह ध्यान रहस्यदर्शियों के लिए है। फिर आप इसे साधारण लोगों और उनके बच्चों के लिए क्यों प्रस्तावित करते हैं?

यहाँ पर कोई भी साधारण नहीं है, और बच्चे सबसे अधिक समर्थ हैं। वे स्वाभाविक रूप से रहस्यदर्शी ही हैं। और इससे पहिले वे समाज द्वारा भ्रष्ट कर दिए जाएँ, इससे पहिले वे दूसरे यन्त्रचालित मनुष्यों और दूसरे प्रदूषित लोगों

द्वारा बरबाद कर दिए जाएँ, अच्छा यही है कि उन्हें ध्यान के बारे में कुछ जानने की दिशा में उनकी सहायता की जाए।

ध्यान, नियमों और अनुशासनों की आदतों का कोई ढांचा नहीं है, क्योंकि ध्यान कोई विचार नहीं है। ध्यान उन्हें किसी पन्थ में दीक्षित करना नहीं है। यदि तुम एक बच्चे को ईसाई बनना सिखाते हो तो तुम्हें उसे एक सिद्धान्त देना होगा, तुम्हें उसे उन चीज़ों पर विश्वास करने के लिए विवश करना होगा, जो स्वाभाविक रूप से व्यर्थ दिखाई देती हैं। तुम्हें बच्चे को यह बताना होगा कि जीसस का जन्म कुंवारी माँ से हुआ–यही एक बुनियाद बन जाती है। अब तुम बच्चे की सहज स्वाभाविक बुद्धि को भ्रष्ट कर रहे हो। यदि वह तुम्हारी बात पर विश्वास नहीं करता है, तो तुम नाराज हो और वास्तव में तुम शक्तिशाली हो और तुम बच्चे को दण्ड भी दे सकते हो। यदि वह तुम पर विश्वास करता है, तो वह अपनी सहज स्वाभाविक बुद्धि के विरुद्ध जाता है। यह उसे व्यर्थ दिखाई देता है, लेकिन उसे तुम्हारे साथ समझौता करना पड़ता है। और एक बार जब वह समझौता करना शुरू कर देता है, तो वह अपनी सहज बुद्धि को खोकर मूढ़ बन जाता है।

यदि तुम बच्चे को मुसलमान बनना सिखाते हो, तब फिर तुम्हें उसे हज़ार मूर्खतापूर्ण बातें सिखानी होंगी। और यही स्थिति हिन्दू धर्म और सभी तरह के पन्थों और उनके संस्कारों के साथ है। यदि तुम बच्चे को ध्यान सिखाते हो तो तुम उसे कोई भी विचार नहीं दे रहे हो। तुम यह नहीं कहते कि उसे किसी चीज़ पर विश्वास करना है, तुम उसे निर्विचार में प्रयोग करने को आमन्त्रित करते हो। निर्विचार होना कोई सिद्धान्त नहीं है, क्योंकि वे मूल स्रोत के अत्यधिक निकट हैं। वे ठीक अभी ही परमात्मा से आ रहे हैं। उन्हें अभी भी उस रहस्य की थोड़ी बहुत याद है। वे ठीक अभी उस दूसरे संसार से आए हैं, वे अभी भी पूरी तरह भूले नहीं हैं। देर-सबेर वे उसे भुला देंगे, लेकिन अभी भी उनके चारों ओर उसी की सुवास फैली हुई है। इसी वजह से सभी बच्चे इतने अधिक सुन्दर और आकर्षक दिखाई देते हैं। क्या तुमने कभी भी कोई कुरूप बच्चा देखा है?

तब इन सभी सुन्दर बच्चों के साथ आख़िर हुआ क्या? वे कहाँ जाकर गायब हो गये? बाद में आगे चलकर सुन्दर लोग बहुत कम मिलते

हैं। तब इन सभी सुन्दर बच्चों के साथ आख़िर क्या घटता है? वे कुरूप व्यक्तियों में क्यों बदल जाते हैं? उनके रास्ते में ऐसी कौन-सी दुर्घटना या हादसा हो जाता है? जिस दिन से वे अपनी सहज बुद्धि को खोना शुरू कर देते हैं। वे अपनी स्वाभाविक लय और स्वाभाविक गरिमा खोना प्रारम्भ कर देते हैं और अपने को आचरण के एक ढांचे में ढालना शुरू कर देते हैं। वे सहज स्वाभाविक रूप से फिर और न तो हँस सकते हैं और न रो सकते हैं, फिर वे सहज स्वाभाविक ढंग से फिर और नाच भी नहीं सकते। तुमने उन्हें नैतिक नियमों के अनुशासन में बने रहने के एक सुरक्षा कवच में बन्दी बना दिया।

यह जन्जीरें बहुत सूक्ष्म हैं, ये दिखाई नहीं देती। यह जंजीरें, हिन्दू, ईसाई अथवा मुसलमान होने की धारणाओं की हैं। तुमने बच्चे को नियम और अनुशासन की अदृश्य जंजीरों से बाँध दिया है, लेकिन वह इन्हें देखने में समर्थ नहीं हो पाता कि उसे किस तरह से जंजीरों में जकड़ दिया गया है। और वह जीवन भर इसे भुगतता रहेगा, क्योंकि यह एक विशिष्ट तरह की क़ैद है। यह किसी व्यक्ति को जेल में ठूस देने की तरह नहीं है। एक मनुष्य के चारों ओर यह इस तरह के बन्दी घर को निर्मित करने जैसा है, जिससे वह जहाँ भी जाता है। यह बन्दीगृह भी उसके साथ ही उसके चारों ओर निरन्तर बना रहता है। वह हिमालय जाकर वहाँ एक गुफा में भी बैठ सकता है, लेकिन वह एक हिन्दू ही बना रहेगा, वह एक ईसाई ही बना रहेगा, और तब भी वह उन्हीं विचारों को सोचता रहेगा।

ध्यान वह मार्ग है, जो तुम्हें स्वयं तुम्हारे अन्दर उस गहराई में ले जाता है जहाँ विचारों का कोई अस्तित्व नहीं होता, इसलिए यह कोई विचार नहीं है। यह तुम्हें कुछ भी सिखाता नहीं है, यह वास्तव में तुम्हें, तुम्हारी बिना विचारों में बने रहने की आन्तरिक क्षमता को केवल सजग बनाना भर है, यह तुम्हें अमन में प्रतिष्ठित करने के लिए है। और इसके लिए ठीक समय तभी है, जब बच्चे के मन में प्रतिष्ठित न किया गया हो।

• दूसरा प्रश्न–क्या यहाँ संसार में ऐसा कोई व्यक्ति है, जो पूर्ण विकसित और पूर्ण निर्दोष हो?

उत्तर–चरमोत्कर्ष अथवा पराकाष्ठा पर पहुँचने और पूर्ण होने का विचार, एक कुरूप विचार है पूर्ण रूप से धार्मिक और नैतिक व्यक्ति बनने का प्रयास एक मानसिक रुग्णता है। कट्टर धार्मिक और नैतिक बनना एक मनोवैज्ञानिक बीमारी है।

इसलिए पहिली चीज़ तो यह याद रखने की है, कि मैं किसी भी तरह से पूर्ण धार्मिक और नैतिक व्यक्ति बनने के पक्ष में नहीं हूँ। मैं तुम्हें अखण्ड बनाना चाहता हूँ, कुशल विद्वान अथवा नैतिक व्यक्ति नहीं। मैं तुम्हें समग्र बनाना चाहता हूँ, पूर्ण नहीं। परिपूर्णता की पराकाष्ठा पर पहुँचने से बचो, क्योंकि पराकाष्ठा पर पहुँचने का अर्थ है–मृत्यु; परिपूर्णता का अर्थ है कि अब कोई और विकास होना सम्भव नहीं है। परिपूर्णता का अर्थ है कि अस्तित्वगत रूप से तुम एक तंग अन्धी और आगे से बन्द गली में प्रविष्ट हो गये, तुम अपनी जानकारी की पराकाष्ठा पर पहुँच गये। अब वहाँ से कहीं और नहीं जाना है, तुम अब हमेशा के लिए थिर और जड़ हो गये–क्योंकि तुम परिपूर्ण बन गये हो।

इस भयानक स्थिति के सम्बन्ध में जरा विचार करो कि तुम अब थिर और जड़ हो गए हो, तुम्हें आगे कहीं और नहीं जाना है; तुम्हें कुछ करने को अब बचा ही नहीं; विकास की अब और कोई सम्भावना नहीं रही, अब आगे बढ़ने के लिए कोई दिशा है ही नहीं। तुम वहाँ ठीक एक चट्टान की तरह खड़े हो।

जीवन एक प्रवाह है। अपूर्णता बहुत सुन्दर है। असुरक्षित बनो और कभी भी परिपूर्ण बनने के लिए कठिन प्रयास मत करो। इसमें अन्तर क्या है? जब मैं कहता हूँ–समग्र अथवा अखण्ड बनो, तो मेरे कहने का अर्थ है, तुम जो कुछ भी करो, उसे समग्रता से करो, परिपूर्ण कुशलता से नहीं–ये दो भिन्न आयाम हैं। तुम्हें पूर्ण कुशल और पराकाष्ठा पर पहुँचना सिखलाया गया है।

उदाहरण के लिए यदि तुम क्रोधित हो, तो कट्टर धार्मिक और नैतिकवादी तुमसे कहेंगे–'यह ठीक नहीं है, क्रोध छोड़ो।' एक परिपूर्ण मनुष्य बनने के लिए क्रोध करने की अनुमति नहीं है, एक पूर्ण मनुष्य क्रोधी बनकर नहीं रह सकता। यही कारण है कि भारत में तथाकथित धार्मिक लोग, जीसस को बहुत अधिक

आदर नहीं दे सकते, क्योंकि वहाँ ऐसे भी क्षण थे, जब वे क्रोधित हो गये। यहूदियों के मन्दिर में वे बहुत क्रोधित हो गये। उन्होंने सूदखोरों और धन उधार देने वालों को बाहर फेंक दिया। वह वास्तव में बहुत क्रोधित थे। अब हिन्दू कहेंगे–यह परिपूर्णता नहीं है।

जीसस तो क्रोधित हो गये? इसका सामान्य अर्थ है कि वह एक अपूर्ण और अधूरे धार्मिक मनुष्य हैं।

नैतिकतावादी कट्टर धार्मिक लोग कहते हैं–'क्रोध बिल्कुल नहीं।' वास्तव में वे यह भी कहते हैं 'प्रेम भी नहीं–क्योंकि यदि तुम प्रेम कर रहे हो, तो इससे भी यह प्रदर्शित होता है कि तुम्हें किसी की जरूरत है। इसलिए जैन यह नहीं कहते हैं कि वे अहिंसक थे। अब किसी प्रेमपूर्ण व्यक्ति की इस तरह से व्याख्या करना–उसका नकारात्मक रूप से वर्णन करना, एक तरह की कुरुपता है। केवल यह कहना कि वह अहिंसक थे और किसी व्यक्ति को चोट नहीं पहुँचाते थे, इतना सब कुछ कहना पर्याप्त है। लेकिन वह किसी को प्रेम नहीं करेंगे। वह प्रेम कैसे कर सकते हैं? वह परिपूर्ण हैं। उन्हें किसी भी मनुष्य से कोई भी रिश्ता या सम्बन्ध जोड़ने की कोई जरूरत ही नहीं है, उनकी सारी आवश्यकताएँ मिट चुकी हैं।

प्रेम करना, एक जरूरत है। तुम किसी से प्रेम करना चाहते हो, और चाहते हो कोई दूसरा भी तुमसे प्रेम करे। इसी तरह से यह अपूर्णता चली आ रही है। महावीर परिपूर्ण हैं। वह किसी से भी प्रेम नहीं कर सकते। इसलिए जैन उनका चित्रण कुछ इसी तरह से करते हैं जैसे वह लगभग ठण्डे हैं, उनमें जैसे प्रेम की उष्णता है ही नहीं। उनका यह चित्रित ठंडापन मृत्यु का ठंडापन है।

पूर्ण नैतिकतावादी उस सभी से इनकार किए चले जाते हैं, जो सब कुछ मानवीय है। पूर्ण नैतिकतावाद एक तरह का अमानवीय आदर्श है। तुम रोते हुए बुद्ध के बारे में सोच भी नहीं सकते, तुम बुद्ध की आँखों से गिरते हुए आँसुओं को नहीं देख सकते।

ऐसा हुआ कि एक माहन ज़ेन सद्‌गुरु की मृत्यु हुई। और उसके प्रधान शिष्य ने रोना और चीखना शुरु कर दिया। वहाँ हज़ारों लोग इकट्ठे हुए थे और उन सभी का यह विश्वास था कि यह प्रधान शिष्य बुद्धत्व को उपलब्ध हो

चुका है। और अब वह रो रहा था इसलिए उनमें से कुछ लोगों ने उससे कहा, "ऐसा करना आपको शोभा नहीं देता। यह आपकी प्रतिष्ठा के प्रतिकूल है। लोगों का ख्याल है कि आप बुद्धत्व को उपलब्ध हो गये हैं और आप रो रहे हैं। ये सभी लोग आपके बारे में क्या सोचेंगे?"

उस शिष्य ने उत्तर दिया, "मैं बुद्धत्व होने को छोड़ सकता हूँ, लेकिन मैं झूठा और अप्रामाणिक नहीं बन सकता।"

उन लोगों ने कहा, "लेकिन आप ही हमें यह बताते रहे हैं कि आत्मा कभी भी नहीं मरती, इसलिए आपके सद्गुरु तो अभी भी यहाँ हैं, फिर आप क्यों रो रहे हैं?"

उस शिष्य ने उत्तर दिया, "मैं उनकी आत्मा के लिए नहीं रो रहा हूँ–आत्मा तो शाश्वत है–लेकिन मैं उनके इस शरीर के लिए रो रहा हूँ। उनका शरीर इतना अधिक सुन्दर था और यह फिर कभी नहीं होगा। क्या मैं इसके लिए नहीं रो सकता? मैं अपने प्यारे सद्गुरु के इस शरीर को फिर कभी नहीं देख सकूँगा।''

अब परम्परावादी बौद्ध इसे स्वीकार नहीं करेंगे कि बुद्धत्व को उपलब्ध व्यक्ति रो सकता है। ये सभी पूर्ण नैतिकतावादी आदर्श हैं। तुम्हें एक व्यक्ति से वह सभी कुछ छीन लेना होगा, जो मानवीय है–तब फिर पीछे से बचेगा क्या, केवल संगमरमर की एक जड़ मूर्ति भर।

मैं समग्र होना सिखाता हूँ। मैं सभी का योग बनना सिखाता हूँ। यदि तुम रो रहे हो, तब उसमें समग्रता से बने रहो, तब अपने पूरे हृदय को रोने दो। तब आधे अधूरे रूप से, कुनकुने बनकर मत रहो, उसके अन्दर जाकर पूरी तरह रोना ही बन जाओ। उस क्षण में तुम्हारा पूरा अस्तित्व ही एक रुदन बन जाए। आँसुओं को तुम अपने अस्तित्व के रोम-रोम से झरने दो। यदि तुम क्रोध कर रहे हो, तो समग्रता से क्रोध ही बन जाओ–जैसे मन्दिर में जीसस क्रोध कर रहे थे। जो कुछ भी घटे, तुम उसमें समग्रता से बने रहो।

और अब मैं कुछ बहुत ही विरोधाभासी बात कहना चाहता हूँ; यदि तुम समग्रता से क्रोध कर सकते हो तो धीमे-धीमे क्रोध मिट ही जाता है। यदि तुम किसी भी चीज़ में समग्रता से बने रह सकते हो, तब वहाँ एक

महान रूपान्तरण होता है, पूरी ऊर्जा ही रूपान्तरित हो जाती है, क्योंकि तुम समझना शुरू कर देते हो कि क्रोध है क्या? ऐसा नहीं है कि तुम क्रोध को किसी सचेतन प्रयास से छोड़ते हो, या उसे भली-भाँति विचार करके छोड़ते हो, लेकिन तुम उसे पूरी तरह से इसलिए छोड़ते हो, क्योंकि समझ लेने के कारण वह अब संगत नहीं रह गया अथवा, यदि कभी उसकी आवश्यकता होती है, तो उसके लिए वहाँ कोई अवरोध भी नहीं होता। तुम क्रोध कर सकते हो। मैं जीसस से इसीलिए प्रेम करता हूँ, क्योंकि वे क्रोधित हो सके। वह इतने अधिक मानवीय थे। बुद्ध, अमानवीय दिखाई देते हैं–कम से कम जिस तरह से अमानवीय होने का चित्रण किया गया है। महावीर तो पूरी तरह अमानवीय हैं–कम से कम जिस तरीक़े से उनका जैन शास्त्रों में उल्लेख किया गया है। इसी वजह से वह ऐसे लगते हैं, जैसे मानो उनके पास हृदय है ही नहीं।

लेकिन कट्टर धार्मिक और नैतिकतावादियों का यही लक्ष्य होता है। जीसस कहीं अधिक मानवीय हैं। बाइबिल में जीसस कई बार इस बात का उल्लेख करते हैं–''मैं मनुष्य का पुत्र हूँ।'' कभी-कभी वे यह भी कहते हैं–''मैं परमात्मा का बेटा हूँ।'' वे दोनों बातें कहते हैं । वह कह रहे हैं–मैं दोनों ही हूँ–उतना ही पूर्ण जितना परमात्मा है, और उतना ही अधूरा जितना कि एक मनुष्य है।

उतना ही उच्च, जितना कि परमात्मा होता है और उतना ही निम्न, जितना कि एक मनुष्य होता है–मैं इन दोनों के मध्य का सेतु हूँ।

मैं तुम्हें समग्रता सिखाता हूँ। समग्र बनो–जो कुछ भी करो तुम, उसे समग्रता से करो। यदि तुम प्रेम करते हो तो समग्रता से प्रेम करो। यदि तुम क्रोध करते हो, तो समग्र रूप से क्रोध ही हो जाओ। ठण्डा अथवा कुनकुना क्रोध एक पाप है। क्रोध में उत्तप्त और लाल हो जाना पूरी तरह से मानवीय है। ठण्डे क्रोध से बचना चाहिए। लेकिन ऐसा तभी होता है, जब तुम्हारे पास काल्पनिक आदर्श होते हैं, क्रोध होता है, क्योंकि तुम कभी उसे समझने में समर्थ हो ही न सके। तुम उसे कैसे समझ सकते, यदि तुमने कभी समग्रता से क्रोध किया ही नहीं? केवल समग्रता से क्रोध की ज्वाला में जलकर ही कोई उसे समझ सकता है, उसका साक्षात्कार कर सकता है। इसलिए तुम

उसका दमन किए जा रहे हो। परिधि पर बाहर तो तुम क्रोधित न होने का मुखौटा लगाये हुए हो, लेकिन अन्दर गहरे में तुम क्रोध से उबल रहे हो, एक ज्वालामुखी के समान विस्फोट करने को तैयार बैठे हो। इसलिए तुम करोगे क्या? तुम्हें यह सीखना होगा कि बाहर परिधि पर तुम कैसे शीतल बने रहो, बर्फ जैसे ठण्डे। और यदि तुम सतह पर बर्फ की तरह ठण्डे हो, तो तुम उन चीज़ों को किए जाओगे जो हैं तो क्रोध ही–केवल तुम अपने क्रोध को प्रकट नहीं करोगे। और अत्तप्त और समग्र क्रोध में वहाँ कुछ और ही आकर्षण, कुछ और ही सौन्दर्य होता है, एक मनुष्य अपनी पूरी ऊर्जा और सम्पूर्ण दीप्ति के साथ वहाँ होता है। ठण्डे क्रोध में केवल एक मृत्यु होती है, यदि कोई व्यक्ति समग्रता से क्रोध से भरकर तुम पर कोई चोट करता है, तो तुम उसे क्षमा भी कर सकते हो, लेकिन यदि कोई व्यक्ति पूरी तरह ठण्डा हो और तब तुम पर प्रहार करे तो तुम उसे क्षमा करने के लिए कभी भी समर्थ न हो सकोगे।

इसी वजह से कोर्ट में भी भेदभाव किया जाता है। यदि एक व्यक्ति क्रोध में पागल होकर उत्तेजित दशा में किसी की हत्या कर देता है, तो उसका अपराध उतना बड़ा नहीं माना जाता। लेकिन यदि एक व्यक्ति ठण्डे दिमाग से, प्रत्येक चीज़ की पूरी तरह व्यवस्था करके पूरा हिसाब-किताब लगाकर, पहिले से पूरी योजना बनाकर नपे-तुले ढंग से उसे करता है, तो वह व्यक्ति बहुत खतरनाक होता है। वह एक क्षण में आगे बढ़ने की बात नहीं होती, वह एक योजनाबद्ध चीज़ होती है। वह महीनों तक नाप-जोख करता रहता था कि हत्या कब और कैसे करनी है, कैसे उसे इतनी परिपूर्ण कुशलता से करना है कि वह पकड़ा न जाए। विश्व भर में सभी अदालतें इस अन्तर को मानती हैं–कि क्या यह व्यक्ति वास्तव में खतरनाक है, क्या यह व्यक्ति वास्तव में एक अपराधी है।

एक क्षण भर के आवेग में तुम आगे बढ़कर कोई काम अचानक कर देते हो, तुम वास्तव में किसी दूसरे व्यक्ति की हत्या करने का प्रयास नहीं कर रहे थे, केवल संयोगवश बस वैसा हो गया–हाँ! तुम क्रोधित हो गये थे। स्मरण रहे, मैं तुम्हें क्रोध करना नहीं सिखा रहा हूँ। समग्रता से क्रोध किया जाए तो वह विसर्जित हो जाता है, लेकिन तुम कभी पूर्ण बनते ही नहीं, तुम हमेशा विकसित होने की प्रक्रिया में बने रहते हो।

तुम मुझसे पूछ रहे हो–क्या इस संसार में ऐसा भी कोई व्यक्ति है, जो पूर्ण निर्दोष, कुशल और पूरी तौर से विकसित हो? मैं तुम्हें इस छोटी सी कहानी का स्मरण दिलाना चाहता हूँ।

लोगों को जगाने के लिए धर्म-प्रचार सभा में एक धर्म प्रचारक ने खनकती आवाज में पूछा, "कौन है सबसे अधिक पूर्ण निर्दोष, कुशल और पूर्ण रूप से विकसित व्यक्ति? क्या यहाँ ऐसा कोई व्यक्ति है? क्या किसी ने कभी ऐसे व्यक्ति को देखा है? यदि हाँ, तो वह खड़ा हो जाए।" ।

हाल में पीछे की ओर बैठा एक छोटे कद का व्यक्ति घबड़ा कर उठ कर खड़ा हो गया। धर्म प्रचारक ने उसकी ओर आश्चर्य से देखते हुए पूछा, "श्रीमान! क्या आपके कहने का यह अर्थ है कि आप उस पूर्ण निर्दोष और विकसित व्यक्ति को जानते हैं।"

–"मैं निश्चित रूप से ऐसा कर सकता हूँ।"

–"ऐसा व्यक्ति कैसे हो सकता है?"

–"मेरी पत्नी का पहिला पति ।"

एक पूर्ण कुशल और निर्दोष व्यक्ति को खोजने का केवल यही ढंग है–तुम्हारी पत्नी का पहिला पति।

किसी सामने वाले व्यक्ति को निंदित करने के लिए ही पूर्ण निर्दोष और विकसित व्यक्ति को तुम्हारे सामने तुलना के लिए लाकर खड़ा किया जाता है। वह तम्हारी निंदा करना चाहती है, इसलिए वह अपने पहिले पति की एक पूर्ण निर्दोष और विकसित व्यक्ति की छवि सृजित करती है, जिससे उसकी तुलना में वह तुम्हें निंदित कर सके।

पुरोहितों और पादरियों ने जीसस, बुद्ध, महावीर की कल्पना एक पूर्ण विकसित और परम निर्दोष अति-मानव के रूप में की, सामान्य मनुष्यता को निंदित करने के लिए, सहज स्वाभाविक मनुष्यों को हीन सिद्ध करने के लिए, तुम्हें निंदित करने के लिए। बुद्ध अपने जीवन के अन्तिम क्षण तक विकसित होते रहे, मृत्यु की कगार पर खड़े हुए भी वह विकसित ही हो रहे थे। विकास ही जीवन है, जीवन्तता है। लेकिन बौद्धों के द्वारा जिस बुद्ध की कल्पना की गयी, वह वास्तविक यथार्थ बुद्ध नहीं हैं, वह तुम्हें निंदित करने के लिए, एक पूर्ण निर्दोष और पूर्ण मनुष्य की चित्रित की गयी एक छवि

या प्रतिमा है। तुम्हें केवल तभी निंदित किया जा सकता है यदि वहाँ तुम्हारे साथ तुलना करने के लिए एक पूर्ण निर्दोष छवि हो, अन्यथा तुम्हें निंदित कैसे किया जा सकता है? एक बार एक पूर्ण विकसित और निर्दोष की छवि अंकित कर दी गयी, कि तुम मुसीबत में पड़े। तुम्हें अपराध–बोध होना शुरू हो जाएगा। मैं कैसे बुद्ध बनूं? कब? और तुम कभी भी बुद्ध न बन सकोगे, क्योंकि बुद्ध भी उस चित्रित प्रतिमा जैसे नहीं हैं। कोई भी व्यक्ति कभी भी वैसा नहीं हो सकता। वैसा काल्पनिक व्यक्ति तो केवल शास्त्रों में है, और यही पुजारियों-पुराहितों की व्यूह-रचना है इसी कारण जब बद्ध जीवित रहते हैं, तम्हारी कोई दिलचस्पी उनमें नहीं होती। पुरोहितों की भी उनमें जरा भी दिलचस्पी नहीं होती। जब बुद्ध जीवित होता है, तो लोगों की उनमें कोई दिलचस्पी नहीं होती, क्योंकि वे अपनी सभी अपूर्णताओं और कमियों के साथ जीवित हैं। जीवन को अपूर्णताओं और अधूरेपन की जरूरत होती है, क्योंकि वह भी भूलें कर सकता है, यदि तुम पीछे लौटकर देखोगे तो कृष्ण के पूर्णावतार होने के तुम्हारे जो पुराने विचार होंगे कृष्ण पूर्ण हैं, राम पूर्ण हैं, मोज़ेज पूर्ण हैं और तुम बुद्ध की उनसे तुलना करने लगोगे और बुद्ध क्योंकि अभी भी जीवित हैं, इसलिए वे तुम्हें अपूर्ण लगेंगे। और वे तुलनाएँ तुमसे कहेंगी, "नहीं, वह एक भले आदमी हो सकते हैं, लेकिन वे अभी उपलब्ध नहीं हुए हैं।

एक बार वह विदा हो जाएं, तब चित्रकार उन्हें चित्रित करने लग जाते हैं, तब स्वप्नदर्शी और कवि एक साथ इकट्ठे हो जाते हैं और वे विद्वानों के साथ मिलकर एक पूर्ण निर्दोष बुद्ध का सृजन करते हैं। एक नकली बुद्ध का सृजन–और वह इतना अधिक नकली होता है कि कभी-कभी तो हास्यास्पद या बेतुका हो जाता है। यहाँ तक उसका कद भी...। वह बुद्ध को फिर छः फिट लम्बा चित्रित नहीं कर सकते। बुद्ध केवल छः फिट लम्बे ही कैसे हो सकते हैं? उन्हें तो सभी मनुष्यों से कहीं अधिक लम्बा होना चाहिए।

श्री लंका के कैंडी में एक मन्दिर है, जहाँ बुद्ध के एक दाँत की पूजा की जाती है। वह संरक्षित है। और वह बुद्ध का दाँत नहीं है, यहाँ तक कि वह किसी भी मनुष्य का दाँत हो ही नहीं सकता। वह जरूर किसी वनमानुष का होना चाहिए, क्योंकि वह बहुत अधिक लम्बा है। यदि वैसा दांत बुद्ध

के मुँह में होता वे बहुत अधिक कुरुप लगते। लेकिन उसकी पूजा और आराधना की जाती है और तुम उन लोगों के सामने इस बात को इशारे तक से नहीं कह सकते कि तुम इस बेतुके दाँत के साथ आख़िर यह सब क्या कर रहे हो? यह तो मनुष्य नाम के किसी प्राणी का दाँत हो ही नहीं सकता, अब वैज्ञानिक उस पर कार्य कर रहे हैं और उन्होंने सिद्ध किया है कि यह दाँत किसी भी मनुष्य का नहीं है–लेकिन कौन सुनता है? वे कहते हैं कि बुद्ध इतने अधिक लम्बे थे, अतिमानव, इसीलिए दाँत इतना लम्बा है।

यदि तुम जैन शास्त्रों को टटोलो तो तुम आश्चर्यचकित रह जाओगे। उनके प्राचीन सद्गुरु, पुराने तीर्थंकर हजार, दो हजार, तीन हजार फिट ऊंचे चित्रित किये गये हैं, और वे हज़ारों वर्ष जीवित रहे। केवल झूठी धारणाएँ। लेकिन ये झूठी धारणाएँ क्यों सृजित की गई? तुम्हें निंदित करने के लिए। पुजारी पुरोहित चाहते हैं कि किसी ढंग से तुम अपराध बोध का अनुभव करो।

महावीर को पसीना नहीं आता था। वह उत्तरी भारत में तपती हुई धूप में नग्न खड़े रहते थे, पर उन्हें पसीना नहीं आता था, महावीर को पसीना कैसे आ सकता है? उन्हें कभी पसीना आया ही नहीं। उन्होंने कभी भी अपने आप को हल्का नहीं किया। वह मल-मूत्र का विसर्जन करने कभी जाते ही नहीं थे। प्रत्येक चीज़ पूरी तरह उनमें जाकर विसर्जित हो जाती थी। इससे प्रतीत होता है कि कब्जियत के पुराने मरीज रहे होंगे। वह कभी शौच करने जाते ही नहीं थे। पुजारी पुरोहित यह कैसे गवारा कर सकते हैं, पुजारी पुरोहित महावीर को, टायलेट में बैठने जैसे साधारण और तुच्छ कार्य करने की कैसे आज्ञा दे सकते हैं? यह उन्हें बहुत बेहूदा और व्यर्थ लगता होगा। केवल यह कल्पना करना ही कि महावीर टायलेट में बैठे हुए हैं? यह अच्छा नहीं लगता किसी भी तरह भला दिखाई ही नहीं देता। वह तो एक वृक्ष के नीचे योग मुद्रा में बैठे हुए ही परिपूर्ण निर्दोष और भले दिखाई देते हैं। और इसी तरह की सोच सदियों तक निरन्तर बनी रही।

स्मरण रहे, जीवन, निरन्तर एक विकास है। विकास केवल तभी सम्भव है जब तुम अधूरे हो, तुममें कुछ कमियाँ हैं। अधूरा और थोड़ा

अविकसित बने रहने में कुछ भी ग़लत नहीं है परिपूर्ण बनने का प्रयास करने की कोई आवश्यकता ही नहीं है। यदि तुम पूर्ण बनने का प्रयास करोगे, तो तुम स्वयं अपने लिए ही, दुःख, कुंठा और पीड़ा उत्पन्न कर लोगे, तुम अपने लिए ही एक बहुत बड़ा तनाव पैदा कर लोगे, और तुम नर्क में जीना शुरू कर दोगे।

पूर्ण निर्दोष और विकसित होने का विचार ही मन में भविष्य को ले आता है। तुम ठीक अभी तो परिपूर्ण हो नहीं सकते। तुम ठीक अभी समग्र और अखण्ड तो हो सकते हो, लेकिन ठीक अभी परिपूर्ण नहीं हो सकते। परिपूर्ण बनने के लिए तुम्हें जन्म-जन्मों तक कठोर श्रम करना होगा। इसके लिए एक ही जीवन पर्याप्त न होगा। तब कहीं हज़ारों जन्मों में तुम परिपूर्ण हो सकोगे। इसलिए परिपूर्णता तो भविष्य में है, और तुम उसे इसीलिए निरन्तर आगे लिए स्थगित किए जाओगे। आज तो तुम्हें एक आधे-अधूरे मनुष्य की ही तरह जीना होगा, और केवल कल के लिए ही तुम यह आशा कर सकते हो वैसे ही बने रहोगे। तुम्हारा पूर्ण बनने का विचार ही तुम्हारे अन्दर एक अपराध-बोध उत्पन्न कर देता है। यह तुमको रूपान्तरित नहीं करता।

समग्र होने का विचार ही तुम्हें तुरन्त रूपान्तरित करता है, क्योंकि यह ठीक अभी किया जा सकता है। यदि तुम मुझे सुन रहे हो, तो समग्रता से सुनो। यदि तुम मुझे नहीं सुनना चाहते हो, तो यहाँ बिल्कुल आओ ही मत। कोई भी तुम्हें यहाँ आने को विवश नहीं कर रहा है। तब तुम कहीं दूसरी जगह जा सकते हो। किसी सिनेमा या होटल में जाकर बैठो और मेरे बारे में सोचो भी मत, लेकिन यहाँ बैठकर सिनेमाघर के बारे में सोचो ही मत। जहाँ कहीं भी तुम रहो, वहाँ के साथ लयबद्ध होकर समग्रता से रहो। तब तुम तेजी से विकसित होना शुरू करोगे और तुम्हारा जीवन समृद्ध बनने लगेगा। समग्रता का प्रत्येक क्षण नये-नये खजानों के द्वार खोलता है। लेकिन मैं तुम्हें एक बात फिर बताना चाहूँगा, कि तुम कभी भी परिपूर्ण न बन सकोगे, तुम हमेशा और अधिक विकसित होने के लिए, अपने को खुला रखोगे। जब हम कहते हैं कि परमात्मा शाश्वत है, तो उसके कहने का यही अर्थ है लेकिन मैं तुमसे कहना चाहता हूँ कि परमात्मा भी परिपूर्ण

नहीं है। एक परिपूर्ण परमात्मा एक मृत-परमात्मा है। परमात्मा भी विकसित हो रहा है, वह नयी सृष्टि में संलग्न है। परमात्मा प्रति क्षण विकसित होते हुए फैल रहा है।

पूर्णता की ईसाई धारणा के कारण ही, विकासवाद की धारणा और ईसाई चर्च के मध्य बहुत बड़ा संघर्ष है, क्योंकि ईसाई सोच के अनुसार जब परमात्मा ने संसार का सृजन किया, तो केवल एक परिपूर्ण परमात्मा ही एक पूर्ण संसार का निश्चित सृजन कर सकता था, फिर वहां विकास कैसे हो सकता है? चर्च और डार्विन को मानने वालों के मध्य यही बुनियादी समस्या है–परमात्मा एक आधे-अधूरे संसार का सृजन कैसे कर सकता था, जब कि डार्विन कहता है कि तब उसका विकास होना शुरू हुआ। नहीं, परमात्मा ने संसार का सृजन पूर्णता से किया था, और यह संसार वैसा ही है। अब उसके विकसित होने की कोई आवश्यकता ही नहीं है, वह विकसित हो ही नहीं सकता। वह पहिले से बेहतर हो कैसे सकता है? वह जैसा है, वैसा ही अपने आपमें परिपूर्ण है।

इस धारणा के रहते हए जब डार्विन अपना विकासवाद का सिद्धान्त लाया, तो ईसाई उससे बहुत अधिक नाराज हुए। वह उनके पूर्ण परमात्मा और उनके पूर्ण सृष्टि के सिद्धान्त को ही जड़ों से नष्ट कर रहा था। लेकिन धीमे-धीमे उन्हें अपनी हार स्वीकार करनी पड़ी, क्योंकि विकासवाद का विचार एक वास्तविक सच्चाई है। डार्विन ने कभी यह कहने का साहस नहीं किया कि परमात्मा भी अभी विकसित हो रहा है, लेकिन मैं तुमसे यह कहना चाहता हूँ कि यह केवल संसार ही नहीं है, जो विकसित हो रहा है, परमात्मा भी विकसित हो रहा है। वास्तव में प्रत्येक चीज़ का विकास हो रहा है। और न वहाँ उसका काई अन्त है। यह यात्रा तो शाश्वत है। वहाँ कभी ऐसा क्षण आयेगा ही नहीं जब चीज़ों का विकास रूक जाए, और कोई व्यक्ति यह घोषणा कर सके–"अब यहाँ प्रत्येक चीज़ पूरी तरह विकसित होकर पूर्ण हो चुकी है।"

और यह अच्छा ही है कि संसार में पूर्णता का होना सम्भव है ही नही। धन्यवाद दो उसे, क्योंकि पूर्ण बनना सम्भव नहीं है, और अभी भी विकास हो रहा है।

• तीसरा प्रश्न–मैं समर्पण करने, अपनी जिम्मेदारी स्वयं लेने अथवा अपने पूर्ण विकसित और स्वतन्त्र होने के मध्य कोई संश्लेषण नहीं खोज पा रहा हूँ।

उत्तर-पहली बात तो यह, कि तुम अभी हो ही नहीं, अभी भी तुम्हें अपने होने का बोध हुआ कहाँ है, इसलिए तुम स्वयं अपनी जिम्मेदारी अभी ले ही नहीं सकते। सबसे पहिले तो तुम्हें अपने 'होने का अनुभव करना होगा, तभी तुम स्वयं अपनी जिम्मेदारी ले सकते हो। अभी तो तुम अपने साथ अहंकार की एक धारणा साथ लिए चल रहे हो कि अहंकार है, तुम नहीं हो। और यह सत्य है कि अहंकार के साथ तुम्हें कुछ भी नहीं करना है।

केवल समर्पण करने का विचार ही, मन में एक समस्या उत्पन्न कर देता है, क्योंकि तुम वास्तविक 'मैं' (आत्मा) और झूठे 'मैं' के मध्य भेद नहीं कर पाते हो। जब तुम समर्पण करते हो तो केवल अपने नकली 'मैं' का समर्पण करते हो, असली आत्मा अर्थात आत्मा का समर्पण हो ही नहीं सकता। तुम केवल अपने अहंकार का समर्पण करते हो, आत्मा का नहीं। और अहंकार का समर्पण करने के बाद ही तुम पहिली बार आत्मवान बनते हो। यह विरोधाभासी नहीं है, इसमें कहीं कोई भी विरोध है ही नहीं, क्योंकि तुम कभी भी अहंकार थे ही नहीं। वह केवल मन का एक भ्रम था। तुम हो कौन? क्या तुम यह ठीक-ठीक जानते हो, कि तुम कौन हो? यदि तुम इस पर विचार करने का प्रयास करो, तो तुम पाओगे कि तुम नहीं जानते और जितना सब तुम जानते हो, उसका कुछ भी अर्थ नहीं है। तुम यही जानते हो कि तुम एक विशिष्ट परिवार के हो, तुम्हारा फलां-फलां नाम है, तुम्हारी यह जाति और तुम्हारा यह धर्म है, लेकिन इस सारी जानकारी से कुछ भी स्पष्ट नहीं होता। यह तुम्हारे बारे में कुछ भी नहीं बताती। तुम अपना धर्म और पूजाघर बदल सकते हो, और एक कुछ ऐसे काग़ज़ी प्रमाण तुम्हारे सामने आ सकते हैं, जो सिद्ध कर दे तुम्हारे पिता, तुम्हारे असली पिता नहीं हैं और कोई दूसरा व्यक्ति ही तुम्हारा पिता है, लेकिन फिर भी तुम वही बने रहोगे। एक दिन तुम भी जान सकते हो कि जो स्त्री तुम्हारी माँ होने का बहाना बना रही थी, वह तुम्हारी असली माँ नहीं थी और जब तुम एक छोटे से बच्चे थे, तो उसने तुम्हें गोद लिया था, लेकिन इससे भी तुममें कोई

परिवर्तन नहीं आयेगा, और तुम वही बने रहोगे। इसलिए तुम कौन हो? तुम्हारा नाम भी बहुत आसानी से बदला जा सकता है और तुम तब भी नहीं बदलोगे।

इसलिए तुम्हारे अन्दर वहाँ कुछ ऐसा है, जिसके बारे में तुम अभी सचेत नहीं हो। समर्पण करते हुए तुम अपने इसी तथाकथित अहंकार का समर्पण करते हो—अपने आप के बारे में इस झूठे विचार और मान्यता का समर्पण। और जब तुम समर्पण करते हो, तभी तुम्हारे वास्तविक आत्मा का द्वार खुलने की भी सम्भावना होती है। इसलिए वास्तव में वहाँ कोई विरोधाभास है नहीं; वह केवल दिखाई देता है।

तुम पूछ रहे हो; **मैं समर्पण करने और स्वयं अपना दायित्व लेने के मध्य संश्लेषण या होने वाले संकलन को कहीं खोज नहीं पाता**... वहाँ किसी संश्लेषण को खोजने की जरूरत ही नहीं है, क्योंकि वहाँ कोई विरोध है। ही नहीं। वे एक दूसरे के विपरीत नहीं हैं, दोनों एक ही धारणाएँ हैं। तुम नकली 'मैं' का समर्पण करते ही वास्तविक रूप से आत्मवान होने का अनुभव करते हो। तुम नकली का समर्पण करके ही असली बनते हो। और केवल अभी तुम अपना दायित्व स्वयं ले सकते हो, केवल तभी तुम विकसित हो सकते हो।

लेकिन पहिली बात...**तुम पूछ रहे हो—मैं समर्पण करने, अपना दायित्व लेने अथवा विकसित तथा स्वतन्त्र होने के मध्य कोई संश्लेषण नहीं खोज पा रहा हूँ।**

परिपक्वता, स्वतन्त्रता जैसी कोई चीज़ जानती ही नहीं, जबकि अपरिपक्ता दो चीज़ें जानती हैं: परतन्त्रता और स्वतन्त्रता। दोनों ही अविकसित मन की स्थितियाँ हैं। परिपक्वता अर्थात् पूरी तरह विकसित होने से पारस्परिक-आश्रय की जानकारी होती है। अविकसित होने की दशा में तुम पूरी तरह से विसर्जित होकर उस अखण्ड का एक भाग बन जाते हो। एक परिपक्व या विकसित व्यक्ति का अस्तित्व से पृथक होने का कोई दावा नहीं होता, क्योंकि वह अस्तित्व के साथ एक होता ही है।

कृपया किसी संश्लेषण को बनाने की कोशिश करो ही मत। केवल इसी चीज़ को देखो अभी तक तुम्हें आत्मवान होने का अनुभव नहीं हुआ है।

एक व्यक्ति गुरुजिएफ के पास आया और कहा, "मैं मनुष्यता की सेवा करना चाहता हूँ।"

गुरुजिएफ ने उसकी उसकी ओर देखा और हँस पड़ा। फिर उसने पूछा–लेकिन तुम अभी हो ही कहाँ? मैं तुम्हें कहीं भी नहीं देख पा रहा हूँ। मुझे यह कहते हुए अफसोस हो रहा है कि मुझे तुम्हारा अस्तित्व जैसा कुछ कहीं दिखाई ही नहीं देता। फिर मनुष्यता की सेवा करेगा कौन?"

ठीक इसी तरह की घटना का उल्लेख बौद्ध शास्त्रों में भी मिलता है।

एक व्यक्ति बुद्ध के पास आया और उसने कहा, "मेरे पास बहुत अधिक धन है और मेरे पास काफी अधिक शक्ति भी है।" वह व्यक्ति उन दिनों सर्वाधिक समृद्ध व्यक्तियों में से एक था, और उसने कहा, "कृपया मुझे बताएँ कि मैं कैसे लोगों की और मनुष्यता की सेवा करूं?"

और यह कहा जाता है कि बुद्ध मौन रहे और उन्होंने अपनी आँखें मूंद ली। वह व्यक्ति परेशान होकर उलझन में पड़ गया। उसने बेचैन होकर पूछा, "आपने अपनी आँखें क्यों बंद कर लीं और आप इतने उदास क्यों हो गये?''

बुद्ध ने अपने नेत्र खोले और कहा, "मुझे तुम्हारे लिए बहुत करुणा हो रही है। तुम मनुष्यता की सेवा करना चाहते हो और तुम स्वयं हो ही नहीं। पहिले स्वयं में होना जानो।"

पहिले स्वयं में होना ही बुनियादी जरूरत है, समर्पण के द्वारा तुम पहिली बार अस्तित्वगत होने को उपलब्ध होते हो। तुम वह सब कुछ समर्पित करते हो, जो तुम नहीं हो, तुम केवल जो नकली है, उसका समर्पण करते हो, जो स्वीकार करने योग्य नहीं है, तुम उसका समर्पण करते हो, तुम केवल उसी का समर्पण करते हो, जिसके बारे में तुम सोचते हो कि वह तुम्हारे पास है, लेकिन वास्तव में वैसा कुछ भी तुम्हारे पास होता नहीं है, तुम उसी को उपलब्ध होते हो जो तुम्हारे पास पहिले से है और जो तुम्हारे पास हमेशा ही से था। प्रामाणिक के प्रकट होने के लिए नकली को सिर्फ मिटना होता है। यही विकास है।

लेकिन विकास तुम्हें कभी भी स्वतंत्र नहीं बनाता है। स्वतंत्रता का प्रामाणिक विचार ही, उन गुलामी के दिनों का कड़वा प्रभाव ही है। तुम

अभी भी परतंत्रता और स्वतंत्रता की भाषा में ही सोच रहे हो। एक विकसित मनुष्य, अस्तित्व से पृथक नहीं होता, वह एक द्वीप बनकर नहीं रहता। वह अस्तित्व के इस अनंत महाद्वीप में साथ मिलकर उसी में समाहित हो जाता है।

• चौथा प्रश्न–कोई भी व्यक्ति कहाँ हमेशा प्रसन्नता पा सकता है?

उत्तर-भाषाकोश में 'प' अक्षर के नीचे लिखे शब्दों में ही तुम हमेशा प्रसन्नता खोज सकोगे। जीवन में तो सभी चीज़ें पूरी तरह मिली-जुली होती हैं। दिन और रात एक साथ हैं, ऐसे ही प्रसन्नता और अप्रसन्नता है। जीवन और मृत्यु एक साथ है, ऐसा ही प्रत्येक वस्तु के साथ है। जीवन दो विरोधी विपरीतताओं के कारण ही समृद्ध है। यह विचार कि कोई व्यक्ति हमेशा प्रसन्न ही बना रहे, मूर्खतापूर्ण है। यह विचार ही केवल अप्रसन्नता और दुःख के अतिरिक्त और कुछ भी न देगा। तुम अधिक-से-अधिक दुःखी होते जाओगे, और तुम अपनी तथाकथित शाश्वत प्रसन्नता या आनन्द से निरन्तर चूके जाओगे। तुम्हारा लालच अत्यधिक है।

तब प्रसन्न व्यक्ति है कौन? प्रसन्न व्यक्ति वह नहीं है, जो हमेशा खुश रहता है प्रसन्न व्यक्ति वह होता है, जो तब भी प्रसन्न रहे जब वहाँ अप्रसन्नता और दुख हों। इसे समझने का प्रयास करें। प्रसन्न व्यक्ति वह होता है, जो जीवन को समझता है और दो विपरीत ध्रुवों को स्वीकार करता है। जो यह जानता है कि सफलता तभी सम्भव है, क्योंकि जब असफल होना भी सम्भव है। इसलिए जब असफलता आती है, वह उसे स्वीकार करता है।

मुझे अपने बचपन की एक घटना याद आ रही है। मेरे कस्बे में एक बहुत महान पहलवान आया। प्रत्येक व्यक्ति उसकी कुश्ती देखने के लिए बहुत उत्सुक था, इसलिए पूरा कस्बा वहाँ इकट्ठा हुआ। मैंने अपने जीवन में बहुत से व्यक्तियों और बहुत से पहलवानों को देखा है, लेकिन वह पहलवान वास्तव में बेजोड़ था, उसके अन्दर 'ज़ेन' जैसी कुछ चीज़ थी।

दस दिनों तक कुश्तियाँ चलती रहीं और प्रत्येक दिन वह किसी न किसी प्रसिद्ध पहलवान को परास्त कर देता था। अन्त में उसे विजेता घोषित

कर दिया गया। जिस दिन वह विजेता घोषित किए जाने वाला था, उस दिन अखाड़े में उसने चारों ओर घूमते हुए उन सभी दसों व्यक्तियों के पैर छुए, जिन्हें उसने परास्त किया था।

प्रत्येक व्यक्ति इस बारे में उलझन में पड़ गया, कि ऐसा उसने क्यों किया। मैं तब एक छोटा-सा बच्चा था। मैं उसके पास गया और मैंने उससे पूछा, "ऐसा आपने क्यों किया? यह तो बड़ी अजीब बात है।"

उसने कहा, "ऐसा मैंने इसलिए किया, क्योंकि उन लोगों के कारण ही मैं विजेता बना। यदि वे लोग पराजित न होते, यदि उन लोगों ने स्वयं पराजय स्वीकार न की होती, तो मैं विजेता भी नहीं बनता। इसलिए मैं उनका अहसानमंद हूँ। उनके बिना मैं कैसे विजेता बन सकता था? मेरी जीत उनकी हार पर ही निर्भर है, और मेरी जीत उन लोगों से स्वतन्त्र नहीं है। इसलिए उनके प्रति मैं कृतज्ञता का अनुभव करता हूँ। वहाँ केवल एक ही सम्भावना थी कि या तो मुझे हराया जाता अथवा वे लोग हार जाते। और ये सभी भले लोग हैं, जिन्होंने अपनी पराजय स्वीकार कर ली।"

यह प्रामाणिक रूप से एक सूफ़ी या ज़ेन धारणा है। सभी वस्तुएँ परस्पर एक-दूसरे पर आश्रित हैं। सफलता/असफलता, प्रसन्नता/अप्रसन्नता, गर्मी जाड़ा, युवावस्था/ बुढ़ापा, सुन्दरता/कुरूपता–यह सभी एक दूसरे पर आश्रित हैं, इन दोनों का अस्तित्व एक साथ है। और एक व्यक्ति, जो एक छोर के विरुद्ध, दूसरे छोर को खोजने का प्रयास करता है, वह अनावश्यक रूप से मुसीबत में पड़ता है। यह सम्भव ही नहीं है, वह असम्भव की कामना कर रहा है, और उसे असफल होना ही पड़ेगा।

तब हमारा व्यवहार कैसा होना चाहिए? जब खुशी आये, खुशी का मज़ा लें, जब दुख आयें, तो दुःखों का स्वाद लो। जब वहाँ प्रसन्नता आये, तो उसके साथ नृत्य करो, जब वहाँ दुःख हों, तो उनके साथ आँसू भी बहाओ। मेरे कहने का यही अर्थ है, जब मैं कहता हूँ–खुशी मनाओ। दुःख भी जरूरी है। जैसे तुम खशी का स्वागत जिस सरलता से कर सकते हो, तो वैसे ही दुख का भी स्वागत करो, और तुम दोनों के पार चले जाओगे। पूरी तरह से उसे स्वीकार करते ही, तुम दोनों का अतिक्रमण कर जाते हो। तब तुम्हारे लिए सुख और दुख में बहुत अधिक अन्तर नहीं रहेगा, और तुम वैसे ही बने रहोगे।

जब वहाँ उदासी होगी, तब तुम उसका स्वाद लोगे, और वहाँ खुशी होगी तो तुम उसका भी स्वाद लोगे। और कभी-कभी कड़ुवी चीज़ों का स्वाद भी अच्छा लगता है।

और उदासी में भी गहराई जैसी कुछ ऐसी चीज़ होती है, जो कभी कोई खुशी भी नहीं दे सकती। खुशी में थोड़ा-सा उथलापन होता है। हँसी हमेशा छिछली दिखाई देती है, जब कि आँसुओं में हमेशा गहराई दिखायी देती है। यदि तुम हमेशा प्रसन्न ही बने रहना चाहते हो, तुम एक हल्के और उथले व्यक्ति बन जाओगे। कभी-कभी निराशा और दुःख की अंधेरी और गहरी घाटियों में उतरना भी अच्छा होता है। दोनों ही अच्छी हैं। और एक व्यक्ति को दोनों ही स्थितियों में समग्रता से होना चाहिए। जो कुछ भी घटता हो, उसमें समग्रता से डूबो। जब रो रहे हो, तो रोना ही बन जाओ, जब नाच रहे हो, तो नाच ही बन जाओ। तभी सर्वोच्च आनन्द घटता है तुम्हें, धीमे-धीमे तुम यह भेद ही भूल जाते हो कि प्रसन्नता और अप्रसन्नता हैं क्या तुम दोनों का आनन्द लेते हो और धीमे-धीमे दोनों का अन्तर मिट जाता है। और जब यह अन्तर मिट जाता है, तो किसी ऐसी चीज़ का उद्भव होता है, जो शाश्वत रूप से वहाँ पहिले ही थी, और जो वहाँ हमेशा ही रहती है। यह है तुम्हारा साक्षी, जो करने और देखने वाले को तटस्थ गवाह बना देख रहा है।

और सूफ़ी कहते हैं कि जो भी कुछ तुम्हें घट रहा है, यदि तुम उस सभी के साक्षी बने रह सकते हो तो तुम अपने घर पहुँच गये।

• चौथा प्रश्न–संसार में वहां इतने अधिक धर्म क्यों हैं?

उत्तर–क्योंकि वहाँ इतने अधिक तरह के लोग हैं, क्योंकि वहाँ भिन्न-भिन्न किस्मों और प्रकृति के इतने सारे व्यक्ति हैं।

धर्म एक है, लेकिन धर्म की भाषाएँ भिन्न-भिन्न हैं यहूदी एक भाषा को समझते हैं, ईसाई दूसरी भाषा ही समझते हैं अन्तर केवल भाषा का है। जो भाषा हिन्दू अभी भी बोलते हैं वह कोई अन्य भाषा है–लेकिन सभी अन्तर भाषागत हैं। ठीक जैसे कि अग्रेजी भाषा का अनुवाद फ्रेंच में और फ्रेंच भाषा का अनुवाद इटैलियन में किया जा सकता है, और उसमें वहाँ कोई संघर्ष नहीं

है, इसी तरह ईसाइयत का हिन्दुत्व में और हिन्दुत्व जुडिज्म में अनुवाद किया जा सकता है–और वहाँ उस बारे में कोई भी समस्या नहीं है। एक को उसे स्पष्ट रूप से समझना जरूरी है।

एक धार्मिक देखेगा और समझेगा कि यहाँ संसार भर में केवल एक ही धर्म है, यद्यपि उसकी अभिव्यक्तियाँ अनेक हैं। और इसमें कुछ भी ग़लत नहीं है। यह अच्छा है। यदि ये सभी धर्म एक-दूसरे से न लड़े और आपस में झगड़ा न करें, तो यह पूरी तरह से ठीक है, इससे समृद्धि होती है। यह चीज़ संसार को कहीं अधिक जीवन्त और कहीं अधिक प्रेमपूर्ण बनाती है। जरा उस शहर के बारे में विचार करो, जहाँ केवल मन्दिर-ही-मन्दिर हों, न वहाँ कोई मस्जिद हो, न चर्च और न कोई सिनेगॉग (यहूदियों का पूजागृह) हो, तो वह शहर थोड़ा कम समृद्ध है। जब वहाँ सभी तरह के पूजाघर और सभी तरह के तीर्थ होते हैं, जब वहाँ सभी तरह की प्रार्थनाएँ गूँजती हैं, तो उसमें एक सौन्दर्य होता है। परमात्मा की आराधना बहुत से मार्गों से की जा सकती है, और तुम्हें बस अपना मार्ग चुन लेना है।

समस्या यह नहीं है कि यहाँ इतने अधिक धर्म क्यों हैं, समस्या है। उनका आपस में लड़ना, संघर्ष करना; समस्या है एक दूसरे के बारे में उनका निरन्तर सक्रिय विरोध और शत्रुता का भाव। यदि उनके बीच की यह शत्रुता मिट जाए, तो मैं नहीं समझता कि वहाँ कोई भी समस्या है। वास्तव में एक सुन्दर और समृद्ध संसार में जितने भी धर्म इस जगह अभी तक हैं, उससे भी अधिक धर्म होंगे, क्योंकि बुनियादी रूप से प्रत्येक मनुष्य इतना अधिक व्यैक्तिक और अनूठा है कि उसके पास अपना धर्म होगा, वह उसे अपनी भाषा में अपने ढंग से समझेगा। और वास्तव में यथार्थ वास्तविकता यही है; दो ईसाई भी एक जैसे नहीं हैं। एक ही चर्च में प्रार्थना करते हुए और एक ही बाइबिल को पढ़ते हुए, दो ईसाई भी एक जैसे नहीं होते। उनकी पहुँच और समझ थोड़ी-सी अलग होगी। उनकी समझ और निष्कर्ष में कुछ उनकी अपनी व्यैक्तिकता थोड़ा-सा रंग और स्वाद होगा। उनके मनों की भी कोई चीज़ उसमें सम्मलित होगी।

उनमें बीच यह संघर्ष मिटना चाहिए और उसके स्थान पर एक मित्रता उत्पन्न होनी चाहिए। वे सभी लोग परमात्मा के लिए ही कार्य कर रहे हैं,

फिर उन्हें आपस में संघर्ष क्यों करना चाहिए? संघर्ष होता है, क्योंकि उनके अन्दर राजनीति है। ईसाई पादरी चाहते हैं कि पूरा संसार ईसाई बन जाए। ठीक इस तरह से साम्यवादी चाहता है कि पूरा संसार साम्यवादी बन जाए। पूरे संसार के बारे में यह फिक्र क्यों? यदि वहाँ थोड़े से भले और गुणी ईसाई हों, तो यह आवश्यकता से अधिक है। उन्हें ईसाई बन कर रहना चाहिए, यही मुख्य चीज़ है। उन्हें क्राइस्ट में ही जीना चाहिए, यही असली चीज़ है। अब तुम्हारे पास पीछे चलने वाली यदि एक बड़ी भीड़ है, तो उस भीड़ में महत्त्वपूर्ण बात क्या है, वह कैसे कार्य करती है? लेकिन यह भीड़ या समूह ही राजनीति के संसार में शक्ति और सत्ता को उत्पन्न करती है।

यदि तुम्हारे पास कैथोलिक ईसाइयों की संख्या अधिक है, तो कैथोलिक धर्म अधिक शक्ति सम्पन्न होता है। तब वेटिकन का पोप अधिक शक्तिशाली बन जाता है, यदि तुम्हारे पास हिंदुओं की संख्या अधिक है तो पुरी के शंकराचार्य अधिक शक्ति सम्पन्न बन जाते हैं। यह वास्तव में शक्ति और सत्ता की राजनीति है।

लोग भिन्न-भिन्न तरह के हैं और उन सभी को परमात्मा की ओर जाने के लिए भिन्न-भिन्न तरीक़ों की जरूरत है। प्रत्येक को केवल एक ही चीज़ का स्मरण रखना चाहिए, कि वह परमात्मा की ओर गतिशील है। वह उस तक कैसे आगे बढ़ रहा है, वह किन वस्त्रों में और किस भाषा में प्रार्थना कर रहा है, यह सभी कुछ असंगत है। लेकिन इस बारे में यही झगड़ा और संघर्ष है, इसी स्थान पर राजनीति है और राजनीति है अहंकारों की एक छाया। इतने अधिक धर्मों का होना कोई समस्या नहीं है, समस्या है इतने अधिक अहंकारों का होना।

मैने सुना है...

ईसाई धर्म के चार पन्थों, बेपटिस्ट, प्रेसनाइटेरियन, कर्मकाण्डी मेथोडिस्ट और रोमन कैथोलिक के चार पादरी स्वादिष्ट मछली के डिनर पर एक साथ मिलने के लिए सहमत हुए। डिनर के पूर्व परमात्मा के प्रति धन्यवाद वचन समाप्त होते ही कैथोलिक ने अपने हाथों में छुरी और काँटा लेकर उठा और उसने मछली का लगभग एक तिहाई भाग जिसमें उसका सिर भी शामिल था,

प्लेट में लेते हुए कहा, "चर्च का प्रमुख पोप है, इसलिए मैं मछली का प्रमुख भाग ले रहा हूँ।"

तुरन्त ही कर्मकाण्डी पादरी ने खड़े होकर डिनर प्लेट से मछली का एक तिहाई भाग जिसमें उसकी पूँछ सम्मलित थी, लेते हुए कहा, "मछली का अन्तिम पूँछ वाला भाग लेकर, मैं सुन्दर समापन कर रहा हूँ।"

प्रेसनाइटेरियन पन्थी ने मछली का शेष मध्य भाग अपनी प्लेट में लेते हुए घोषणा की–''सत्य सदा दो पराकाष्ठाओं के मध्य में होता है।"

बेपटिस्ट पादरी, जो जल छिड़क कर सर्वप्रथम शुद्धि करते हैं, उसके सामने सिवाय खाली प्लेट के कारण डिनर लेने की कोई सम्भावना ही नहीं रह गई थी, इसलिए उसने पिघले मक्खन का बाउल से उन तीनों पर मक्खन छिड़कते हुए घोषणा की, "मैं तुम तीनों को पवित्र जल छिड़कते हुए शुद्ध कर अपने पन्थ में दीक्षित करता हूँ।''

यही है, जो आजकल भी चले जा रहा है। यह धर्मों का नहीं, अहंकारों का ही संघर्ष है। धर्म कैसे संघर्ष कर सकते हैं? यह सूक्ष्म अहंकार ही है, जो सतत संघर्ष करते रहते हैं। ऐसे अहंकारों से सावधान रहो, यह अहंकार तुम्हारे अन्दर भी क्रियाशील हैं। यदि तुम सत्य से प्रेम करते हो, तो सत्य की सभी तरह की अभिव्यक्तियों का तुम स्वागत करोगे। तुम किसी हिन्दू को ईसाई बनाने में अथवा किसी ईसाई को हिन्दू नहीं बनाना चाहोगे। तुम्हारी पूरी प्रार्थना यही होगी कि एक ईसाई को प्रामाणिक रूप से एक ईसाई बनना चाहिए। एक प्रामाणिक हिन्दू और एक प्रामाणिक ईसाई में निश्चित रूप से एक ही तत्व हैं, वे ठीक-ठीक एक जैसे ही हैं।

यह नहीं भूलना चाहिए, कि पूरी दुनिया में यदि लगभग एक ही धर्म रह जाए, तो कितनी अधिक एकरसता और बोरियत होगी। ऐसा होना शुभ न होगा। जरा सोचो–यदि पूरे संसार में सभी एक ही धर्म मानने लगें, तो वे एक धर्म स्थल के बाड़े में भेड़ों के झुण्ड की तरह कैद होकर रह जाएंगे। यह केवल मात्र एक असहनीय ऊबाहट या बोरियत होगी। इस अस्तित्व में इतनी विभिन्नताओं के कारण ही इतना अधिक आनन्द है और प्रत्येक किस्म की प्रत्येक चीज़ अच्छी है। यहाँ इतनी अधिक प्रजातियों के वृक्ष हैं। जरा सोचो-यदि पूरी पृथ्वी एक ही प्रजाति के वृक्षों से भर जाए...तो उन वृक्षों की ओर

देखेगा कौन? यदि पूरी गुलाब की झाड़ियों से भी भर जाये तो गुलाब की झाड़ी की ओर फिर देखेगा कौन?

विभिन्न किस्मों का होना ही एक समारोह जैसा है। हज़ारों रंगों रूपों और हज़ारों किस्मों के जानवर, और वृक्ष और पक्षी–और प्रत्येक चीज़ अपने अन्तर और विशेषता से समृद्ध हैं।

और यही स्थिति जीवन के प्रत्येक आयाम में होनी चाहिए।

रबी हीरिश्च, अपराध स्वीकार करने वाले केबिन में पादरी डोलन के साथ बैठा हुआ कैथोलिक धर्म के सिद्धान्तों का निरीक्षण और अध्ययन कर रहा था।

दो स्त्रियों ने प्रायश्चित करते हुए अपने दो पुरुष मित्रों के साथ प्रेम करने का अपराध स्वीकार किया और फादर द्वारा और प्रश्न किए जाने पर यह स्वीकार किया कि उन्होंने उनसे एक बार ही नहीं, तीन बार प्रेम किया है। प्रायश्चित स्वरूप उनसे तीन बार प्रार्थनाएँ करने को और निर्धनों की सहायता के लिए दान-पेटी में दस डालर डालने को कहा गया।

तभी फोन की घण्टी बजी और पादरी डोलन को एक मरते हुए व्यक्ति की आत्मा की सद्गति के लिए धार्मिक कृत्यों के लिए बुलाया गया।

पादरी ने अपने रबी मित्र से कहा, "तुम यहा रूक कर बचे हुए लोगों की अपराध स्वीकृति का काम निपटा दो, क्योंकि आज शनिवार की रात के बाद कल इनसे सम्पर्क हो न सकेगा। आख़िरकार यह सब कुछ एक ही परमात्मा की खातिर किया जाने वाला काम है, केवल दस डालर लेने की बात जरूरी है।"

वह उसे छोड़कर चला गया और केबिन के काउन्टर के पीछे हुआ रबी घबड़ा रहा था। तभी पहिली लड़की ने अपने प्रेमी के साथ प्रेम सम्बन्धों का पाप स्वीकार करने के लिए केबिन में प्रवेश किया।

रबी ने पूछा–"क्या तीन बार?"

–"नहीं फादर, केवल एक बार।"

–"ऐसा तीन बार नहीं हुआ।"

–"नहीं फादर! केवल एक बार।"

रबी ने कहा, "अब मैं तुमसे जो कहता हूँ, वह करो। वापस जाओ और दो बार और करो। हम लोग इसे विशेष सप्ताह के रूप में मना रहे हैं। तीन पापों के लिए केवल दस डालर।"

लेकिन यह किस्म भी अपने आप में प्यारी है। अथवा इसे सुनो...

एक लम्बी रेलयात्रा में पहिले दर्जे के कूपे में एक पादरी और एक रबी को सहभागी होकर यात्रा करने का संयोग प्राप्त हुआ। अपनी धार्मिक कट्टरता की दुश्मनी भुलाकर दोनों धर्म के सत्यों के सम्बन्ध में चर्चा कर रहे थे और जब पादरी ने अनुभव किया कि वह तर्क द्वारा हार रहा है, तो अचानक उसने तेजी से कहा, "रबी! मेरी ओर देखकर एक धार्मिक मनुष्य की भाँति तुम शपथ लेकर यह कह सकते हो कि आपने कभी सुअर के गोश्त के स्वाद का मज़ा नहीं लिया?

रबी के चेहरे की रंगत बदल गई। क्षण भर वह अपने विवेक के साथ कुश्ती लड़ता रहा, फिर उसने कहा, "ठीक है फादर! मैं यह स्वीकार करूँगा कि मैंने सुअर का गोश्त खाया है।"

पादरी ने रोमन विजेता की भाँति हर्ष से कहा, "और वह तुम्हें बहुत स्वादिष्ट लगा था। लगा या नहीं?"

रबी अपने यहूदी जीवन के बिताये लम्बे समय के ख्यालों में खो गया। अचानक ख्यालों से बाहर आकर उसने कहा, "हाँ! तो मैं बता रहा था..."

–हाँ मेरे भाई! आप क्या बता रहे थे?"

रबी ने कहा–''फादर! क्या आप एक सच्चे ईसाई की भाँति शपथ लेकर यह कह सकते हैं कि आपने समूह से अलग हुई किसी लड़की के साथ कभी सेक्स का आनन्द नहीं लिया?"

पादरी ने क्षमा याचना कर बात टालने का बहुत प्रयास किया, लेकिन रबी ने आग्रह करते हुए कहा, "सत्य को प्रकट होना ही चाहिए, केवल नग्न सत्य को।"

–"फिर ठीक है रबी! मैं स्वीकार करता हूँ कि मैंने ऐसा किया।"

–''क्या वह अनुभव सुअर के गोश्त से भी स्वादिष्ट था? था या नहीं?''

यह अच्छा है–भिन्न-भिन्न तरह के लोग, भिन्न-भिन्न किस्म के धर्म, अलग-अलग दृष्टिकोण और अलग-अलग निष्कर्ष–यह सभी अच्छे हैं। बस

उनके बीच कोई संघर्ष नहीं होना चाहिए। और इसकी वहाँ जरूरत भी नहीं है। अहंकारों को मिटना चाहिए, धर्मों को नहीं। यदि सभी के अहंकार विसर्जित हो जाएँ तब तुम जितने चाहो, उतने धर्म हो सकते हैं। और यह अत्यधिक तृप्तिदायी होगा, क्योंकि तब प्रत्येक व्यक्ति अपना मार्ग चुन भी सकता है और उसे प्राप्त भी कर सकता है।

धर्म के बारे में मेरा अपना विचार है कि किसी भी व्यक्ति को जन्म से ही धर्म नहीं दिया जाना चाहिए। जन्म से ही किसी को भी उसके बन्धन में नहीं जकड़ना चाहिए। बच्चे को सभी तरह के धर्मों को यथासम्भव निकट से निरीक्षण करने का अवसर दिया जाना चाहिए। उसे यहूदियों के मन्दिर सिनेगांग में, चर्च में, मन्दिर में और गुरुद्वारे में जाने की अनुमति दी जानी चाहिए। उसे सभी तरह के धर्मों का परिचय प्राप्त करने में हर तरह से उसकी सहायता की जानी चाहिए, जिससे वह चारों ओर घूम फिर कर अपना धर्म स्वयं चुन सके। उसके माता-पिता को उसे सभी तरह के धर्मों के बारे में सजग बनने में सहायता करनी चाहिए और उस पर कोई भी धर्म थोपने की कोशिश नहीं करनी चाहिए। तब यदि उसे लगता है कि वह एक सिख बनना चाहता है, तो यह पूरी तरह से ठीक है। सभी के आशीर्वादों के साथ उसे सिख बन जाना चाहिए, और उसे गुरुद्वारा जाना शुरू कर देना चाहिए। यदि वह बौद्ध बनना चाहता है, तो भी पूरी तरह से ठीक है।

एक कहीं अधिक सुन्दर संसार में जो कहीं अधिक समझपूर्ण होगा, प्रत्येक परिवार में उस जगह कई धर्म होंगे–पिता बौद्ध है और माँ ईसाई है, पुत्र हिन्दू है, पुत्री मुसलमान बन गई है और इसी तरह आगे भी होता रहेगा।

प्रत्येक परिवार में सभी किस्म के धर्म होने चाहिए। और वह जीवन बहुत अधिक समृद्ध होगा। और वह परिवार कहीं अधिक समझदार, और कहीं अधिक धार्मिक होगा, क्योंकि सभी सदस्यों की भिन्न-भिन्न मार्गों से की गई खोज एक नूतन समझ लाएगी और वे परिवार के सरोवर में उड़ेल देंगे। इस बारे में राजनीति उत्पन्न करने की कोई आवश्यकता ही नहीं है। और न एक-दूसरे से इतना अधिक डरने की ही कोई आवश्यकता है। प्रत्येक व्यक्ति को एक दूसरे के लिए कहीं अधिक उपलब्ध रहना चाहिए।

और यदि तुम्हें हिन्दू बनकर अच्छा महसूस न हो रहा हो और तुम्हें ऐसा लग रहा हो कि वह तुम्हारे लिए उपयुक्त नहीं है, तो पूरी तरह से उचित होगा कि तुम एक ईसाई अथवा मुसलमान बन जाओ। और यदि तुम्हें मुसलमान बनकर घुटन हो रही हो, तो यह बिल्कुल ठीक होगा कि तुम दूसरे धर्म को चुन लो। यह कोई गद्दारी करना नहीं है। वास्तव में यदि तुम मुसलमान बनकर नहीं रहना चाहते और फिर भी मुसलमान बने रहते हो, तो तुम परमात्मा को ही धोखा दे रहे हो, तुम्हारी पूरी खोज ही छलपूर्ण हो जाएगी। यदि तुम्हें इस्लाम की पूरी विचारधारा ही घृणित लगने लगी है, और तब भी तुम एक मुसलमान ही बने रहते हो, क्योंकि संयोग वश तुम्हारा जन्म ही एक मुस्लिम परिवार में हुआ है, अधार्मिक व्यक्ति बनकर रहोगे। तुम्हारा इस्लाम तुम्हें आनन्दित नहीं बनाएगा और तुम अपना धर्म न बदल सकोगे। और हो सकता है हिन्दुओं का मन्दिर ही तुम्हारे लिए ठीक स्थान हो, जहाँ तुम नाचते-गाते हुए कहीं अधिक परमात्मा के निकट हो सको।

धर्म जन्म से नहीं, तुम्हारे चुनाव से होना चाहिए और यहाँ उतनी ही तरह के धर्म होने चाहिए, जितनी तरह के यहाँ लोग रहते हैं।

• छठवाँ प्रश्न–भगवान! आपको यहाँ पुरानी परम्परा को शाश्वत न बनाकर नयी परम्परा की घोषणा करने के लिए अधिक जाना जाता है। ऐसा क्यों है और आप किस तरह का भविष्य देख रहे हैं?

उत्तर-पहिली बात तो यह–पुरानी परम्परा को शाश्वत बनाने का केवल एक ही मार्ग है, और वह है एक नूतन परम्परा का सृजन, केवल यही एक उपाय है। पुराने को बार-बार नया बनना ही होगा, केवल तभी वह शाश्वत बन सकता है। यह ठीक ऐसा है, जैसे बुद्ध, बोद्धिवृक्ष के नीचे बैठे हुए बुद्धतत्व को उपलब्ध हो रहे हों, यह अभी भी जीवित है, ठीक-ठीक वही वृक्ष तो नहीं, लेकिन बार-बार उसी वृक्ष की शाखाएँ रोपी गईं–ऐसा तीन बार हुआ। पुराना वृक्ष मर गया और जब वह वृक्ष मर रहा था तो उसकी एक शाखा रोप दी गई। तब वह वृक्ष मर गया, लेकिन मरने से पूर्व उसकी एक शाखा, नया वृक्ष बनने लगी थी। तब विकसित होकर वह वृक्ष भी मर गया, लेकिन उसके मरने से पूर्व उसकी एक अन्य शाखा पृथ्वी में

रोप दी। वह उस मूल वृक्ष की अटूट संवेदनाओं के साथ विकसित हुई। एक अर्थ में यह वही वृक्ष तो नहीं है। जैसे तुम्हारा बेटा तो है, पर एक अर्थ में वह तुम नहीं हो। पर दूसरे अर्थ में यह वही वृक्ष है–जैसे अपने बेटे में एक अर्थ में अपनी निरन्तरता में तुम ही एक दूसरे रूप में हो।

प्रत्येक युग में विश्व चेतना एक नई करवट लेती है और एक नूतन धर्म का जन्म होता है–और यह नया धर्म एक अर्थ में पूरी तरह नूतन होगा और एक अन्य अर्थ में वह पूरी तरह पुराना ही होगा। उसमें वह सभी कुछ सत्य होगा जो पुरानी परम्परा में था, लेकिन उसका नया जन्मऔर नया शरीर होगा। शराब वही पुरानी होगी, लेकिन बोतल नयी हागी।

सत्य नया अथवा पुराना हो ही नहीं सकता, सत्य तो सदा वही होता है। समय से उसमें कोई भी अन्तर नहीं आता। जो सत्य बुद्ध को उपलब्ध हुआ, उसी सत्य को मैं भी उपलब्ध हुआ। जो सत्य मुझे प्राप्त हुआ, वही सत्ये तुम्हें भी प्राप्त होगा। ऐसा नहीं है कि सत्य अनेक हों–सत्य एक ही है। लेकिन बुद्ध की भाषा अब और संगत नहीं रह गई है; और मेरी भाषा आज के समय की संगति में है। बुद्ध ढाई हजार साल पूर्व के एक भिन्न तरह के जन समुदाय, एक भिन्न तरह के समाज और एक भिन्न प्रकार के मनुष्य चित्त से बात कर रहे थे। स्वाभाविक था उन्हें उस भाषा में बोलना पड़ा, जिसे उस युग के लोग समझने में समर्थ थे। मैं एक अलग तरह के मनुष्य चित्त को सम्बोधित कर रहा हूँ। मुझे एक अलग तरह के संसार को, एक अलग तरह के समय का और एक अलग तरह के मनुष्य चित्त को सम्बोधित कर रहा हूँ। मुझे एक दूसरी ही भाषा में, आज के लोगों की भाषा में बोलना होगा। सत्य वही है, शराब वही है, केवल बोतल भिन्न है।

तुम मुझसे पूछ रहे हो; आप यहाँ पुरानी परम्परा को शाश्वत बनाने के लिए नहीं, नयी परम्परा की उद्घोषणा करने वाले के रूप में जाने जाते हैं। एक नयी परम्परा की उद्घोषणा करना, पुरानी परम्परा को ही शाश्वत बनाने का एक उपाय है। यदि तुम पुरानी परम्परा पर ही जोर देते रहो, तो तुम किसी ऐसी चीज़ का आग्रह कर रहे हो जो मृत है। यदि तुम पुराने से बंधे हुए हो तो तुम एक मुर्दे से लिपटे हुए हो। यदि तुम पुराने के साथ अटके और बंधे हो,

तो तुम मृत्यु से और अपने मुर्दा अतीत से बंधे हुए हो। प्रत्येक युग, प्रत्येक काल को अपना सत्य स्वयं खोजना होता है, उसे अभिव्यक्त करने के लिए स्वयं अपना तरीक़ा खोजना होता है, स्वयं अपनी तरह का नृत्य, अपनी ही तरह का गीत-संगीत खोजना होता है, उसे अपनी तरह के प्रवचन और उपदेश, अपने नये शास्त्र और अपना सद्‌गुरु खोजना होता है। प्रत्येग युग को सत्य को बार-बार खोजना होता है। सत्य वही है, लेकिन उसे बार-बार खोजना होता है।

यह विज्ञान की भाँति नहीं है। विज्ञान में तुमने एक चीज़ की खोज कर ली, तो वह चीज़ हमेशा के लिए खोज ली जाती है। तब उसे फिर खोजने की जरूरत नहीं होती। धार्मिक सत्य इससे पूरी तरह भिन्न होता है, इसे बार-बार खोजना होता है। यह केवल तभी जीवन्त बना रह सकता है। मैं एक नये धर्म की घोषणा कर रहा हूँ, लेकिन एक धर्म नया हो कैसे सकता है? यह तो प्राचीनतम सत्य है। लेकिन केवल यही एक तरीक़ा है—उसे एक नया शरीर, नये वस्त्र, नयी भाषा, नयी धारणाएँ नये विचार नयी गतिशीलता और नया रोमांच देकर तुम्हारे लिए जीवन्त बनाया जाए। मैं तुम्हारे लिए वही धर्म ला रहा हूँ, जो दूसरों के द्वारा दूसरों के लिए लाया गया था। एक अर्थ में यह नूतन है और दूसरे अर्थ में यह प्राचीनतम है।

इसलिए जो लोग मुझे समझते हैं, वे पाएंगे...यदि उन्होंने जीसस को प्रेम किया है, वे मुझमें जीसस को पा लेंगे, यदि उन्होंने बुद्ध से प्रेम किया है, तो वे मुझमें बुद्ध को खोज लेंगे, और उन्हें मुहम्मद से प्रेम है, तो वे मुझमें मुहम्मद को पा लेंगे। यही कारण है कि इतने अधिक लोग मेरे चारों ओर इकट्‌ठे हो गये हैं। यह एक दुर्लभ घटना है। हिन्दू हैं, यहाँ जैन, बौद्ध और मुसलमान भी हैं। ईसाई और यहूदी भी हैं यहाँ। तुम यहाँ सभी तरह के और सभी किस्मों के लोग मेरे चारों ओर पाओगे। ऐसा बहुत कम होता है, ऐसा पहिले इस तरीक़े से कभी आज तक हुआ ही नहीं।

पहिले इस तरह से कभी होना सम्भव ही नहीं हो सकता, क्योंकि इस बीसवी सदी में ही मूर्खतापूर्ण चीज़ों के बारे में चेतना इतनी अधिक सजग बनी है। अन्धविश्वासों के बारे में वह इतनी अधिक सजग हो गई है कि वह उन्हें छोड़ने को तैयार है। यदि एक हज़ार वर्ष पूर्व मैंने किसी मुस्लिम

देश में, जिस तरह की भाषा में मैं आज बोलता हूँ, उसी तरह बोला होता, तो उन्होंने मुझे पहिले दिन ही जान से मार दिया होता। तब वैसा बोलना सम्भव ही नहीं था, लेकिन अब यह सम्भव है। तुम यह बात कृष्ण मुहम्मद से पूछ सकते हो, तुम यह बात राधा मुहम्मद से पूछ सकते हो ...मेरे पर यहाँ मुसलमान संन्यासी भी हैं। यह एक दुर्लभ घटना है। वे मुझे प्रेम करते हैं, वह मुझमें मुहम्मद के मध्य कोई संघर्ष देखते ही नहीं। वास्तव में वे मुझमें मुहम्मद ही को पाते हैं। मेरे द्वारा वे अब पहिले से बेहतर मुसलमान हैं।

यहूदी भी हैं यहाँ, और वे बहुत बड़ी संख्या में हैं। सामान्य रूप से यहूदी लोग बहुत अधिक कट्टर धार्मिक होते हैं। वे अपनी इस धारणा पर दृढ़ रहते हैं कि वे लोग ही परमात्मा के द्वारा चुने गये लोग हैं और उनका ही धर्म सबसे प्रामाणिक धर्म है और परमात्मा ने केवल उनके लोगों से ही सीधे बात की। यहूदी लोग अपने ही पुत्र जीसस तक को स्वीकार न कर सके, लेकिन यहाँ उपस्थित लोगों में से लगभग पचास प्रतिशत यहूदी ही हैं। तुम्हें आश्चर्य होगा–पचास प्रतिशत यहूदी? और यह कोई अतिश्योक्ति नहीं है, यह प्रतिशत अधिक ही हो सकता है। ऐसा होना एक दुर्लभ घटना है। तुम अपने ही बेटे जीसस को स्वीकार न कर सके, लेकिन तुम मुझे स्वीकार कर सकते हो। आख़िर यह हुआ क्या?

यह बीसवीं सदी इस संसार में एक नयी चेतना लायी है, यह बहुत ऊँची छलाँग है। अब तुम इसे देख सकते हो। अब तुम जरा भी शब्दों और भाषा की फ़िक्र नहीं करते हो। तुम मेरी आँखों की गहराई में झाँक सकते हो, और उसी सत्य को देख सकते हो, जो मोज़ेज में अथवा बालशेम में प्रकट हुआ था।

मैं एक नये धर्म की घोषणा कर रहा हूँ–एक सारभूत धर्म। इस्लाम में इसे सूफ़ी धर्म कहा जाता है, बौद्धों में इसे ज़ेन कहा जाता है और यहूदियों में इसे हसीदी धर्म के नाम से जाना जाता है। लेकिन मैं तुम्हारी भाषा में बोल रहा हूँ, मैं उस ढंग से बोल रहा हूँ जिसे तुम समझते हो, जिस तरीक़े से तुम समझ सकते हो, जिस तरीक़े से तुम समझते हो। मैं अत्यंत ही धर्म विहीन भाषा में बोल रहा हूँ जैसे मानो मैं धार्मिक हूँ ही नहीं। इस संसार

में आज इसी की आवश्यकता है। इस बीसवी सदी को एक ऐसे धर्म की जरूरत है, जो पूरी तरह से सभी तरह के अन्धविश्वासों से मुक्त हो, जो पूरी तरह आवरणहीन और नग्न हो।

यह सदी वैज्ञानिक रूप से प्रशिक्षित है, यह बहुत तर्कपूर्ण ढंग से प्रशिक्षित है। इससे पूर्व कभी-भी कोई भी अन्य मनुष्य समाज इतने तर्कपूर्ण ढंग से प्रशिक्षित नहीं हुआ। मैं किसी ऐसी चीज़ के बारे में बात कर रहा हूँ, जो बुनियादी रूप से तर्क के पार है, लेकिन मुझे यह बात तार्किक ढंग से ही समझाना है। यदि तुम किसी सूफ़ी के पास जाओ तो वह अतार्किक बात के बारे में तर्करहित तरीक़े से ही बतलाएगा। यदि तुम किसी ज़ेन सद्गुरु के पास जाओ तो पूरी तरह से तर्कहीन ढंग से ही बात करेगा! तुम अपने और उसके बीच कोई पुल बनाने में समर्थ न हो सकोगे। मेरे साथ पुल बनाना बहुत आसान है। मैं तुम्हें अपने साथ आगे ले जाने के लिए तुम्हारे साथ ही चलता हूँ।

पहिली बात यह , मैं तुम्हारे साथ चलता हूँ। मैं तुम्हें पूरी तरह प्रसन्न और प्रभुदित बनाते हुए तुममें यह अहसास उत्पन्न करता हूँ कि मैं तुम्हारे ही साथ आ रहा हूँ। देर-सबेर जब तुम मेरे साथ आना शुरू करोगे, और जब चीज़ें बदलेंगी तो तुम यह भूल ही जाओगे। मैं तुम्हारी सबसे अधिक अंधेरी घाटी में, जहाँ तुम हो, आने को तैयार हूँ, मैं तुम्हारे अचेतन की गुफा में आने को तैयार हूँ...और उसी तरीक़े से जैसा कि तुम चाहते हो। मैं वहाँ आने को पूरी तरह तैयार हूँ। एक बार मैं वहाँ प्रविष्ट हो गया तो मैं वहाँ से तम्हें बाहर ला सकता हूँ। जब मैं कहता हूँ कि मैं एक नये धर्म की घोषणा कर रहा हूँ, तो मेरे कहने का केवल यही अर्थ है।

और तुम मुझसे पूछ रहे हो कि मैं किस तरह का भविष्य देख रहा हूँ? भविष्य महान है, क्योंकि वर्तमान ही महान है। मैं भविष्य के बारे में सोचता ही नहीं यह वर्तमान ही मेरे लिए आवश्यकता से अधिक है।

लेकिन यदि वर्तमान ही जब इतना अधिक सुन्दर है, तो उससे जन्म लेने वाला भविष्य भी सुन्दर होने ही जा रहा है। उस भविष्य में यह वर्तमान भी होगा। हमें भविष्य के बारे में फिक्र करने की कोई जरूरत ही नहीं है, हमें भविष्य के सम्बन्ध में एक शब्द भी कहने की कोई जरूरत ही नहीं है। हमें इसी

क्षण में प्रभुदित और प्रसन्न रहना चाहिए। और इस क्षण से ही अगले क्षण का भी जन्म होगा। वह इस क्षण के उत्सव आनन्द के समारोह के साथ दिव्यतम बन जाएगा और स्वाभाविक रूप से वह तुम्हें सर्वोच्च आनन्द के समारोह तक ले जाएगा।

भविष्य का जन्म, इसी क्षण के गर्भ से ही होने जा रहा है।

यहाँ दो तरह के लोग हैं–एक वे, जो भविष्य के बारे में सोचते ही रहते हैं, और जो वर्तमान में सम्बन्ध में थोड़ी-सी भी चिन्ता नहीं करते। वह भविष्य कभी आने वाला नहीं, वह कल्पित भविष्य केवल एक मूर्ख की कल्पना मात्र है। मैं भविष्य के बारे में कभी सोचता ही नहीं। मैं एक पूरी तरह से अलग तरह का मनुष्य हूँ। मैं भविष्य के बारे में बिल्कुल कभी सोचता ही नहीं, वह असंगत है। मेरा पूरा प्रयास यही है कि कैसे इस वर्तमान के क्षण को सुन्दर बनाया जाए, कैसे लोगों को अधिक-से-अधिक उत्सवमय बनाया जाए, कैसे उन्हें परमानन्द की थोड़ी-सी झलक दी जाए, और तब भविष्य फिर अपनी फिक्र स्वयं करता है। तुम्हें आने वाले कल के बारे में सोचने की जरूरत ही नहीं है, वह अपने आप आता है। वह इस क्षण से जन्म लेता है। इसी क्षण को तुम एक महान समारोह बना लो।

• अंतिम प्रश्न–जब दो स्त्रियों अथवा दो पुरुष एक दूसरे से प्रेम करते हैं, तो इससे उनकी ऊर्जाओं की कोई क्षति होती है?

उत्तर–प्रेम सदा, प्रेम विहीन स्थिति से पसन्द किए जाने जैसा है, यह याद रखने की पहिली चीज़ है। प्रेम किसी भी रूप और किसी भी किस्म में अप्रेम की अपेक्षा वरीयता देने योग्य है। मेरी यही बुनियादी धारणा है। लेकिन यहाँ प्रेम के तीन तल हैं। उन्हें भली-भाँति समझ लेना है।

पहिला है–स्वयं से प्रेम, दूसरा है समलिंगी से प्रेम और तीसरा है–स्त्री-पुरुष का प्रेम।

कोई भी व्यक्ति स्वयं को ही सर्वाधिक प्रेम करने वाला हो सकता है, स्वयं से प्रेम करने की विधि हस्त मैथुन है। इसके कई आयाम हैं। यह पहिली किस्म का प्रेम है, सबसे अधिक आदिम। प्रत्येक बच्चा स्वयं से ही प्रेम करने की स्थिति से गुजरता है–वह केवल स्वयं ही से प्रेम करता है। और

उसका अपना अलग संसार होता है। यह अच्छा है, जैसा यह चले जा रहा है। प्रत्येक व्यक्ति को स्वयं से प्रेम करना ही चाहिए, यह बुनियाद तो रखनी ही चाहिए। यदि तुम स्वयं ही से प्रेम नहीं कर सकते, तो तुम किसी दूसरे से भी प्रेम नहीं कर सकते।

इसलिए प्रेम की बनियाद है–स्वयं से प्रेम करना, अपनी ही जननेन्द्रिय का स्पर्श करना। प्रत्येक बच्चे को स्वयं से प्रेम करना ही होता है, और सदियों से माता-पिता उसे रोकने का प्रयास करते आये हैं। बच्चों को इस खेल का मजा लेने की अनुमति दी जानी चाहिए, इसमें कुछ भी ग़लत नहीं है। वास्तव में वे प्रेम का पहिला बुनियादी सबक सीख रहे हैं–और वे केवल स्वयं से ही प्रेम कर सकते हैं। उनकी चेतना अभी इतनी विकसित नहीं है कि वे किसी अन्य के साथ कोई सेतु बना सकें। उनके पास ऊर्जा का एक छोटा सा वर्तुल है, जो स्वयं उनके ही अन्दर घूमता रहता है।

इसलिए पहिला है हस्त मैथुन जो सहज, स्वाभाविक है। इसमें इतनी अधिक बाधा उत्पन्न की गई है कि यह निरन्तर पूरे जीवन भर परेशान करती रहती है। तब दूसरी किस्म का और अन्य तलों का प्रेम भी कभी उतना परिपूर्ण नहीं हो पाता जितना कि वह हो सकता था। इस सदी में ही यह केवल मनोवैज्ञानिक परीक्षणों द्वारा सिद्ध हुआ है कि आत्मरति पूरी तरह सहज स्वाभाविक है और प्रत्येक बच्चे की इसमें दिलचस्पी होगी ही और उसे ऐसा करने से रोकना नहीं चाहिए। प्रत्येक बच्चे को अपने ही शरीर से खेलना होता है, जिससे वह अपने शरीर को प्रेम करना शुरू कर देता है, जिससे वह अपने शरीर और अपनी इन्द्रियों के बारे अधिक से अधिक संवेदनशील बनता है, जिससे उसे अपने शरीर में बने रहने का आनन्द मिलता है। उस आनन्द से तुम चूके जा रहे हो।

यदि तुमने कभी भी अपने शरीर से ही प्रेम नहीं किया है, तो जब कोई दूसरा तुम्हारे शरीर से प्रेम करता है, तो तुम सिकुड़ जाते हो, क्योंकि तुम जानते ही नहीं कि कैसे खुला जाए। और यदि तुमने कभी भी अपने शरीर से प्रेम नहीं किया है और तुम्हें उससे घृणा करना सिखाया गया है, घृणा ही नहीं, उसे निंदित करना भी सिखाया गया है, जब कोई दूसरा व्यक्ति तुम्हारे शरीर से प्रेम करना शुरू करता है, तो तुम्हें अनुभव होगा कि कितना

मूर्खतापूर्ण कार्य है, यह कैसे सम्भव है? कोई अन्य व्यक्ति मेरे शरीर से कैसे प्रेम कर सकता है? और तुम किसी अन्य व्यक्ति के शरीर से प्रेम करने में कैसे समर्थ हो सकते हो, क्योंकि शरीर तो आख़िर शरीर है–तुम्हारे हों अथवा वे दूसरों के हों, इससे कोई भी फर्क नहीं पड़ता, शरीर-तो-शरीर है।

पहिली बात है कि शरीर से गहरी श्रद्धा के साथ प्रेम करना है कुछ अधिक बोध प्राप्त होने की आयु में बच्चों को सिखाना होगा कि वे कैसे अपने शरीर को सम्मान और श्रद्धा से प्रेम करें, क्योंकि शरीर ही परमात्मा का मन्दिर है। और वहाँ से ही उनके प्रेम की खिलावट होनी शुरू होगी और एक सही दिशा की ओर उन्मुख होगी।

दूसरी तरह का प्रेम है–समान लिंग से प्रेम। यह भी सामान्य और स्वाभाविक है कि वह किसी दूसरे से प्रेम करता है, और तब स्वाभाविक है कि वह किसी दूसरे से प्रेम करता है, जो उस जैसा ही हो–यह स्वाभाविक विकास है। एक लड़का अचानक किसी लड़की से प्रेम नहीं कर सकता, अभी यह बहुत दूर जाने की बात है। लड़की उसके लिए इतनी अधिक भिन्न होती है, जैसे वह किसी दूसरी प्रजाति की हो, लड़की भी किसी लड़के से तुरन्त प्रेम नहीं कर सकती, उनके बीच एक पुल बनना जरूरी है। स्वयं अपने छोर से दूसरे विपरीत छोर पर जाने के लिए एक को अपने जैसे ही किसी अन्य के द्वारा ही जाना होता है। इसलिए हस्त मैथुन की स्थिति से प्रेम समलैंगिक स्थिति की ओर गतिशील होता है। एक लड़का, लड़के से प्रेम करेगा और एक लड़की, लड़की से प्रेम करेगी। यह पूरी तरह से स्वाभाविक है, और इसमें व्याधि जैसी कुछ भी बात नहीं है।

व्याधि तो केवल तब उत्पन्न होती है, जब कोई व्यक्ति दुविधा में पड़कर वहीं रूक जाता है। यदि कोई व्यक्ति पहिली स्थिति में ही दुविधा में पड़कर रूक जाता है, तो वह किसी अन्य व्यक्ति को प्रेम करने योग्य नहीं रह जाता, तब वहाँ कुछ व्याधि उत्पन्न होती है। तब कोई व्यक्ति दूसरी स्थिति में दुविधा में पड़कर रूक सकता है–दूसरी स्थिति, पहिली से बेहतर है, लेकिन तीसरी स्थिति से एक व्यक्ति को इस स्थिति में एक छलांग लगानी चाहिए, और एक लड़की से प्रेम करने योग्य बनना चाहिए, और एक लड़की को भी

एक लड़के से प्रेम करने योग्य बनना चाहिए। यह विपरीत-लिंग से प्रेम करने की स्थिति है, जो सहज और स्वाभाविक है।

और तब वहाँ एक चौथी स्थिति है–वह है सेक्स का अतिक्रमण करना, उसके पार जाना। जब तुम स्वाभाविक रूप से इन तीनों स्थितियों से समग्रता से गुजर जाते हो, तभी एक क्षण ऐसा आता है जब तुम काम वासना के पार चले जाते हो। तुम्हारी सेक्स में कोई भी दिलचस्पी नहीं रह जाती, सेक्स ठीक ऐसा हो जाता है, जैसे वह तुम्हारा या किसी अन्य व्यक्ति का शरीर जैसा ही हो। पुरुष या स्त्री के शरीरों में तुम्हारी कोई उत्सुकता नहीं रह जाती। ऐसा नहीं कि तुम्हारा शरीर के प्रति कोई निंदा का भाव होता है, वास्तव में शरीर विसर्जित हो जाते हैं और वहाँ केवल आत्माएँ ही रह जाती हैं। शरीर केवल बाहरी केन्द्र मात्र रह जाता है, यह तुम्हारी चेतना का एक महान स्थान-परिवर्तन है। यह चौथी स्थिति है, यह एक सिद्ध की स्थिति है। भारत में इसी चौथी स्थिति को हम ब्रह्मचर्य कहते हैं–यह दिव्य बनने की स्थिति है।

लेकिन यह स्थिति तीसरी को नकारते हुए, उससे इनकार करते हुए नहीं आती। यह स्थिति केवल तभी आती है, जब तुम प्रत्येक तल को परिपूर्णता से जीते हुए उसे सम्मानपूर्ण ढंग से स्वीकार करते हो।

अब यहाँ थोड़ी-सी चीज़ें समझ लेने जैसी हैं विपरीत-लिंगी सम्बन्ध सबसे अधिक जटिल, असुविधाजनक और संघर्षमय सम्बन्ध है क्योंकि दो विपरीत छोर, स्त्री और पुरुष एक दूसरे के सामने होते हैं। उनका अस्तित्व भिन्न-भिन्न है और इसीलिए वे एक दूसरे की ओर आकर्षित होते हैं... क्योंकि वे इतने अधिक भिन्न होते हैं, इसीलिए एक दूसरे के लिए रहस्यमय होते हैं। पुरुष कभी भी यह समझने में समर्थ नहीं होता कि स्त्री का मन किस प्रकार कार्य करता है और यही स्थिति स्त्री की ओर से भी है। वे दोनों इतने भिन्न-भिन्न आयाम हैं, और इसलिए एक दूसरे की खोज करने में इतना अधिक आकर्षण होता है। लेकिन कठिनाई भी है वहाँ। स्त्री और पुरुष एक दूसरे को प्रेम करते हैं और एक दूसरे से साथ-साथ घृणा भी करते हैं, वे दोनों एक दूसरे से निरन्तर लड़ते-झगड़ते और संघर्ष करते रहते हैं। वहाँ एक दूसरे पर अधिकार जमाने का निरन्तर प्रयास चलता रहता है।

इसलिए विपरीत लिंगी सम्बन्ध सबसे अधिक असुविधाजनक होते हैं, यद्यपि वे सबसे अधिक तृप्तिदायक भी होते हैं। इसीलिए उसमें एक खतरा होता है, लेकिन इसके ही साथ उत्तेजना भी होती है। खतरा होता है, लेकिन इस संघर्ष के द्वारा ही किसी एक को पूर्ण सन्तुष्टि मिलती है और केवल इस संघर्ष के द्वारा ही कोई सेक्स का अतिक्रमण कर उसके पार चला जाता है।

दूसरी समलैंगिकता की स्थिति, जहाँ तक सविधा का सम्बन्ध है, यह उससे कहीं अधिक बेहतर है। दो पुरुष और दो स्त्रियाँ एक दूसरे के एक जैसे मन और एक ही ऊर्जा का वही गुण होता है। समलैंगिक सम्बन्धों में कम कठिनाइयाँ हैं। इसी वजह से समलैंगिक लोग अधिक प्रभुदित दिखाई देते हैं, तो विपरीत लिंगी बहुत अधिक उदास दिखाई देते हैं। वे सुखी और प्रसन्न रहते हैं, क्योंकि उनमें निरन्तर संघर्ष, और लड़ाई-झगड़े नहीं होते। वे एक दूसरे को समझते हैं–क्योंकि वहाँ उनके मध्य एक लयबद्धता और समरचना होती है। वे दोनों एक जैसी सूक्ष्म तरंगों पर ही कार्य करते हैं, लेकिन सन्तुष्टि और तृप्ति कम होती है।

सदा स्मरण रहे–उच्चतम के लिए तुम्हें ऊँची कीमत चुकानी होती है। यदि तुम गहरी सन्तुष्टि और तृप्ति चाहते हो, तो तुम्हें कठिनाई से गुजरना ही होगा, तुम्हें अपने जीवन को दाँव पर लगाना होगा। यह जोखिम भरा काम है।

बहुत अधिक जोखिम होने के कारण, इस संसार में बहुत से लोग समलैंगिक हो गये–विशेष रूप से इस संसार की इस सदी में। लोग विपरीत लिंगी सम्बन्ध की कुरुपता देखकर उस बारे में सजग हो गये–निरन्तर लड़ाई-झगड़ा और संघर्ष, कौन पड़े इस बबाल में? पूरा जीवन इतनी अधिक जटिलताओं से भरा होता है और कोई व्यक्ति कहीं-न-कहीं कम-से-कम प्रसन्न तो रहना ही चाहता है। और प्रेम करने में भी वहाँ वैसी ही कठिनाई और वैसा ही संघर्ष और वही अहंकारों की टकराहट है। इसी से लोग समलैंगिकता की ओर उन्मुख हो रहे हैं। यह फिर से पीछे की ओर लौटने जैसा है, जो शुभ नहीं है।

पहिला है–आत्मरति, स्वयं से प्रेम करने का सम्बन्ध, तुम स्वयं अपने ही साथ, हस्त-मैथुन करते हो, सबसे अधिक सुविधाजनक है, लेकिन

इसमें पूर्ण तृप्ति और सन्तुष्टि नहीं है। इस पहिले के साथ कोई असुविधा तो नहीं है, पर पूर्ण तृप्ति भी नहीं है–अधिक-से-अधिक सेक्स ऊर्जा का मुक्त हो जाना भर है। दूसरे के साथ वहाँ थोड़ी-सी कठिनाई है और थोड़ी-सी सन्तुष्टि है। तीसरे साथ वहाँ दोनों ही बातों की बहुत बड़ी सम्भावना है–कठिनाइयों की भी और पूर्ण तृप्ति की भी। यह दोनों एक ही अनुपात में उत्पन्न होती हैं।

और एक व्यक्ति को पहिले सम्बन्ध से दूसरे सम्बन्ध की ओर, और दूसरे से तीसरे सम्बन्ध की ओर बढ़ते हुए बहुत सजग हाने की जरूरत है। केवल तभी तुम चौथे की ओर, ब्रह्मचर्य की ओर बढ़ सकते हो।

अब पूरे संसार में सभी धार्मिक लोग ब्रह्मचर्य के लिए प्रयास करते हैं, लेकिन उन्होंने वैज्ञानिक ढंग से प्रयास नहीं किया है। कोई व्यक्ति अपने बचपन से ही ब्रह्मचर्य में छलांग लगा जाता है। तब तुम्हारे तथाकथित साधु-संत हस्त मैथुन में लगे रहते हैं। यह सन्देह मनोविश्लेषणों का है–और मेरे ख्याल में बिल्कुल ठीक है–बौद्ध भिक्षु, कैथोलिक साधु, और सभी तरह के संत और नन, हस्त मैथुन करते हैं, अथवा दूसरी सम्भावना यह भी है। कि वे बदलकर समलैंगिक बन जाएँ। क्योंकि कैथोलिक साधु और ननों को एक दूसरे से मिलने की अनुमति नहीं है, इसलिए वहाँ पूरी सम्भावना यही है कि वे समलैंगिक बन जाएँगे। यही सब कुछ स्कूलों, छात्रावासों और फौज में भी हो रहा है, जहाँ कभी भी केवल एक ही सेक्स के लोग रहते हैं–लोगों का झुकाव समलैंगिक बनने में हो जाता है। सेना के लोग समलैंगिक होते हैं।

यदि तुम संसार में समलैंगिकता से दूर रहना चाहते हो, तो सेना में एक ही सेक्स के लोग नहीं होना चाहिए–वहाँ स्त्री और पुरुष दोनों ही होने चाहिए। और छात्रवास भी लड़के और लड़कियों दोनों के लिए अलग-अलग नहीं होना चाहिए। समलैंगिकता स्वयं मिट जाएगी।

समलैंगिकता का कार्य है कि वह विकसित होते हुए बच्चे को सन्तुष्ट करे। जहाँ कहीं भी बच्चा वर्ष से सात वर्ष की आयु तक हस्त मैथुन करता है। सात वर्ष से चौदह वर्ष की आयु के मध्य में बच्चा समलैंगिक बन जाता है। यदि सभी चीज़ें स्वाभाविक रूप से होती जाएँ तो स्वाभाविक रूप से उसे

चौदह वर्ष की आयु के बाद विपरीत लिंगी हो जाना चाहिए। और बयालीस वर्ष की आयु आने पर ब्रह्मचर्य घटना शुरू हो जाएगा। और वह ब्रह्मचर्य स्वाभाविक और एक सहज घटना होगी, वह कोई दमन न होगा।

तुम पूछ रहे हो : **जब दो स्त्रियाँ अथवा दो पुरुष आपस में एक-दूसरे से प्रेम करते हैं, तो इससे क्या उनकी ऊर्जाओं की कोई क्षति होती है?**

इससे क्षति या नुकसान तो नहीं होता, लेकिन इससे कोई लाभ नहीं होता। न तो यह हानिकारक है और न लाभदायक। हस्त मैथुन हानिकारक है–एक विशिष्ट स्थिति के पार वह हानिप्रद है, विध्ववंशक है। हस्त मैथुन करने वाले व्यक्ति का पूरे संसार के साथ सम्बन्ध समाप्त हो जाता है, वह सभी सम्बन्धों से कटकर बहुत अहंकारी बन जाता है, क्योंकि वह यह अनुभव करता है कि स्वयं अपने लिए वह पर्याप्त है। उसे किसी दूसरे पर आश्रित रहने की, यहाँ तक कि प्रेम के लिए भी आश्रित होने की कोई आवश्यकता नहीं है। यह हानिकारक है।

समलैंगिकता न तो हानिकारक है और न लाभदायक। विपरीत-लैंगिकता अथवा स्त्री-पुरुष का प्रेम बहुत लाभदायक है।

मैं इस बारे में एक प्रसंग का उल्लेख करना चाहता हूँ।

चर्च के एक धार्मिक-समारोह में, लोगों को पापों से मुक्त कर धार्मिक उत्साह का संचार करने के लिए पादरी ने जोर से चिल्लाकर कहा, "जिन लोगों ने मुँह से न बताये जा सकने वाले अवैध स्त्री-पुरुष सम्बन्ध वाले पाप किये हों खड़े हो जाएं और पश्चाताप प्रकट करें।" यह सुनकर समारोह में एकत्रित तीन चौथाई लोग उठकर खड़े हो गये।

–"और जिन लोगों ने पापों का पाप, दो पाप एक साथ किये हों अर्थात पुरुष ने पुरुष के साथ प्रेम करने का पाप किया हो, वे लोग उठकर खड़े जो जाएँ।"

शेष सभी पुरुष उठकर खड़े हो गये।

पादरी ने फिर चिल्लाकर कहा, "और मैं निश्चित रूप से यह जानता हूँ यहाँ वे लोग भी हैं जिन्होंने तीन पाप एक साथ किए हैं : अर्थात् स्त्री ने स्त्री से प्रेम सम्बन्ध जोड़ा है।"

–"बुर्जुगवार" वह फुसफुसाते हुए बोला–"तुम कैसे खड़े हो सकते थे; तुम तो स्वयं ही स्वयं से प्रेम करने का काम करते हो?"

यह चार सम्भावनाएँ हैं। वास्तव में इनमें से तीन सम्भावनाएँ तुम्हारी सेक्स ऊर्जा से सम्बन्धित हैं। या तो हस्त मैथुन, लेकिन इससे तुम अपने में बंद और सीमित होकर एक द्वीप बनकर रह जाते हो अथवा समलैंगिकता– तुम एक सेतु बनाते हो, एक सेतु पुरुष और पुरुष के मध्य, और स्त्री का स्त्री के मध्य बनता है। यह पुल से अधिक और कुछ भी नहीं होता, क्योंकि दोनों एक जैसे ही होते हैं। उनमें कोई अधिक अन्तर नहीं होता। अथवा विपरीत लैंगिकता, स्त्री-पुरुष के बीच सेक्स सम्बन्ध। इसमें दो प्रामाणिक विपरीत ध्रुवों के मध्य एक प्रामाणिक सेतु बनता है। और केवल जब तुम दोनों अपनी सेक्स ऊर्जाओं के मध्य पुल बनाते हो तो तुम्हारे अन्दर एक पूर्ण होने का, एक नयी किस्म के एक हो जाने का भाव उत्पन्न होता है, और यही भाव ब्रह्मचर्य बन सकता है।

यह हरगिज मत सोचो कि ये सभी कुछ पाप हैं। यह स्वाभाविक रूप से विकसित होने वाले स्थान हैं। याद रखने की केवल एक ही बात है कि कहीं भी दुविधा या कठिनाई में पड़कर रुक मत जाना। लक्ष्य तो ब्रह्मचर्य है, और प्रत्येक को सेक्स के पार जाना है। ऐसा नहीं है कि वहाँ सेक्स करने में कहीं कुछ ग़लत है, लेकिन सेक्स हो, और तुम उसे पूरी तरह तभी प्राप्त करते हो, जब उसके पार जाते हो। सेक्स के प्रेम के शिखर पर, क्षण भर के लिए अहंकार भी मिट जाता है। क्षण भर के लिए तुम शून्य ब्रह्माण्ड में खो जाते हो, यही कारण है कि इतने अधिक परमानन्द का अनुभव होता है। यही संयोग का शिखर आनन्द होता है, जिसमें व्यैक्तिता, समग्रता या अखण्ड में लीन हो जाती है।

लेकिन यह केवल एक क्षण के लिए घटता है और हमेशा घटता भी नहीं है। सेक्स एक छोटी-सी खिड़की खोलता है और उसे फिर बन्द कर लेता है। तुम्हें सेक्स का अतिक्रमण कर उसके पार जाना और मुक्त, आकाश के नीचे जाना और खुली हुई कुनकुनी धूप के नीचे बैठना। तब यह परमानंद तुम्हारा है, तुम निरन्तर उसकी खुमारी में शाश्वत रूप में डूबे रहते हो। एक सच्चा और प्रामाणिक संत जिसे मैं संत कहता हूँ, निरन्तर आनन्द के सर्वोच्च शिखर पर रहता है–मेरी संत की यही परिभाषा है।

तुमने इस तरह की परिभाषा शायद आज तक न सुनी हो, लेकिन मेरी परिभाषा यही है। जीसस अथवा बुद्ध अथवा मुहम्मद यह सभी निरन्तर परमानंद में मग्न रहते हैं। उन्हें किसी की भी जरूरत नहीं होती, उन्हें किसी भी व्यक्ति से सम्बन्ध जोड़ने की कोई आवश्यकता ही नहीं है। उन्हें किसी भी किस्म के सेक्स की कोई आवश्यकता ही नहीं है। उनकी ऊर्जा निरन्तर आनन्द के रूप में व्याप्त है, क्योंकि वे अखण्ड होने का दावा करे। खण्ड ही अखण्ड बन गया, लहर ही सागर बन गयी–और वह उनका आनन्द का गौरीशंकर शिखर है, वह उनके परम चैतन्य का परमानंद है।

इसी महान परमानंद से महान गीतों का जन्म हुआ–उपनिषद, धम्मपद, जीसस के वचन। यह सभी और कुछ भी नहीं बल्कि मस्ती और खुमारी में की गई अभिव्यक्तियाँ अथवा अस्तित्व के कंठ से गूंजे गीत हैं। इनमें अपार सौन्दर्य और महान काव्य है।

स्मरण रहे–यह तीन स्थितियाँ हैं, जो सामान्य हैं, स्वाभाविक हैं। इनमें ऐसा कुछ भी नहीं है, जिसकी निंदा की जाए, लेकिन किसी भी स्थिति में, कहीं भी दुविधा या कठिनाई में पड़कर रुकना नहीं है, हमेशा उसके पार जाना है। तुम्हें उसका अतिक्रमण करना है, तुम्हें सभी तरह की काम वासना के पार जाना है।

सेक्स सहज स्वाभाविक है, सुन्दर है लेकिन उसी में डूबकर रूक जाना, उसमें सुप्त या मूर्छित हो जाने जैसा है। सेक्स का आनन्द तुम्हें परमात्मा की झलक देता है। वह तुम्हें परमात्मा के प्रति होशपूर्ण बनाता है। तब प्रत्येक को अपनी निर्मलता शुचिता में ही परमात्मा की खोज करनी है।

तीसरा प्रवचन

लोग सोये हुए हैं।

21 अगस्त, 1977

हसन ने आज़मी से पूछा–

“आप अपने वर्तमान आध्यात्मिक उपलब्धि के शिखर तक कैसे पहुंचे? आज़मी ने उत्तर दिया–

“ध्यान में हृदय को पवित्र, शुभ और धवल बनाकर लिख-लिख कर काग़ज़ों को काला बनाकर नहीं।”

एक छोटा लड़का, अपने लकड़ी के चौकोर रंगीन टुकड़ों के साथ खेल रहा था, तभी उसके पिता ने कमरे में प्रवेश किया।

–डैडी! आप कृपया खामोश और शान्त रहें, मैं इस ब्लोक्स से एक गिरजा बना रहा हूँ।

उसके पिता ने यह सोचते हुए कि वह अपने पुत्र के धार्मिक ज्ञान की परीक्षा लेकर यह जान सकें कि वह दिशा की ओर ही बढ़ रहा है, उससे पूछा, "हम लोगों से चर्च में खामोश और शान्त होने के लिए क्यों कहा जाता है?"

–हमें शान्त और खामोश इसलिए बैठना होता है, क्योंकि लोग वहाँ सो रहे होते हैं।

मनुष्य सोया हुआ है, यह नींद कोई साधारण नींद नहीं है। यह अहंकार पूर्ण नकली नींद है। इस जिस समय तुम अपने ख्याल से जागे हुए होते हो, तुम नींद में ही होते हो। खुली आँखों से सड़क पर चलते हुए, अपने आफ़िस में काम करते हुए, तुम नींद में ही बने रहते हो। यह केवल गिरजाघर या पूजा स्थान ही नहीं है, जहाँ तुम सोते रहते हो, तुम हर जगह नींद में बने रहते हो। तुम पूरी तरह नींद में गाफिल हो।

आत्मज्ञान में बाधक इसी सूक्ष्म नींद को तोड़ना है। इस सूक्ष्म नींद अथवा मूर्च्छा को पूरी तरह छोड़ देना है। एक-एक को चेतना की ज्योति बन जाना है। केवल तभी जीवन अर्थपूर्ण बनना शुरू होता है, केवल तभी जीवन महत्व प्राप्त करता है, केवल तभी लगता है कि रोजमर्रा की सामान्य बुझी-बुझी-सी दिनचर्या ही जीवन नहीं है, जीवन में एक काव्य है और उसके हृदय में हज़ारों कमल खिले हैं। तभी वहाँ परमात्मा होता है।

परमात्मा कोई सिद्धान्त नहीं है, वह कोई तार्किक निष्पत्ति नहीं है। वह जीवन में होने वाला अर्थपूर्ण अनुभव है और इसका महत्त्व तथा प्रभाव का केवल तभी अनुभव किया जा सकता है, जब तुम सोये हुए न रहो। तुम नींद की मूर्च्छा में जीवन के महत्त्व का अनुभव कैसे कर सकते हो? जीवन महत्त्वपूर्ण है, अत्यधिक मत्वपूर्ण। केवल जागी हुई आँखें ही इसके महत्त्व को देख सकती हैं, इस महत्त्व को जीकर देखो।

कुछ दिनों पूर्व, मुझसे किसी ने एक प्रश्न किया। किसी व्यक्ति ने मुझसे पूछा, **"भगवान! आप हमें जीवन को समारोह बनाकर उत्सुकतापूर्ण ढंग से जीने को कहे चले जाते हैं। यहाँ समारोह मनाने जैसा है ही क्या?"**

मैं समझ सकता हूँ। उसका प्रश्न तर्कसंगत है। यहाँ उत्सव मनाने जैसा कुछ भी तो नहीं दिखाई देता। यहाँ ऐसा है क्या जिसका उत्सव मनाया जाए? उसका प्रश्न, तुम्हारा ही प्रश्न है, यह प्रत्येक व्यक्ति का प्रश्न है।

लेकिन वास्तविकता या सच्चाई ठीक इससे उल्टी है। यहाँ प्रत्येक चीज़ उत्सव मनाने जैसी है। प्रत्येक क्षण इतना अधिक असाधारण और विचित्र है, प्रत्येक क्षण इतना अधिक परमानंद लिए हुए है...लेकिन तुम सोये हुए हो। परमानंद आता है, तुम्हारे चारों ओर आसपास हवा में डोलता है और चला जाता है। ठण्डी हवा का झोंका आता है, तुम्हारे चारों ओर नाचता और गुनगुनाता है और चला जाता है और तुम सोते ही रहते हो। फूल खिलते हैं और उनकी सुवास तुम तक आती है, लेकिन तुम सो रहे हो। परमात्मा अनेक ढंगों से गीत गुनगुनाये चला जा रहा है, परमात्मा तुम्हारे चारों ओर नृत्य कर रहा है, लेकिन तुम सोये हुए हो।

तुम मुझसे पूछ रहे हो–**"उत्सव मनाने जैसा यहाँ आख़िर है क्या?"** उत्सव आनन्द मनाने के लिए यहाँ क्या नहीं है? प्रत्येक वह चीज़, जिसकी कल्पना भी की जा सकती है, यहाँ है। प्रत्येक वह वस्तु जिसकी कोई कामना कर सकता है, यहाँ है। और जितनी तुम कल्पना कर सकते हो, वह उससे भी कहीं अधिक है। वह बहुत प्रचुरता में है। जीवन एक अभिजात्य है।

जरा एक अन्धे व्यक्ति के बारे में सोचो। उसने कभी भी एक गुलाब का फूल खिलते हुए नहीं देखा। वह किससे चूक गया, क्या तुम यह जानते हो? क्या उसके लिए तुम किसी करुणा का अनुभव नहीं करते? वह किसी ऐसी

चीज़ से चूक गया है, जो दिव्य है। उसने कभी इन्द्रधनुष नहीं देखा। उसने कभी सूर्योदय और सूर्यास्त नहीं देखा। उसने कभी भी वृक्षों का हरा-भरा झुरमुट नहीं देखा। उसने कभी विविध रंगों को नहीं देखा। कितनी बुझी-बुझी सी चेतना है उसकी। और तुम्हारे पास आँखें हैं और तुम कह रहे हो–**ऐसा क्या है यहाँ उत्सव मनाने जैसा**? यहाँ इन्द्रधनुष है, यहाँ सूर्यास्त, यहाँ हरे-भरे वृक्ष हैं और यहाँ रंग-बिरंगा अस्तित्व है।

फिर भी मैं समझ सकता हूँ। तुम्हारा प्रश्न तर्क संगत है। मैं समझ सकता हूँ कि इस प्रश्न का कुछ अर्थ है। इस स्थान पर इन्द्रधनुष भी है, सूर्यास्त भी है, सागर भी है, बादल भी हैं, और सब कुछ है इस स्थान में–लेकिन तुम सोये हुए हो। तुमने कभी-भी गुलाब के फूल को देखा भी–मैं यह नहीं कह रहा हूँ कि तुमने उसे नहीं देखा, तुम्हारे पास आँखें हैं, इसलिए तुम देखते हो–लेकिन तुमने उसकी ओर निहारा नहीं। तुमने उस पर कभी ध्यान नहीं किया, तुमने अपने ध्यान का एक क्षण भी उसे नहीं दिया, तुमने कभी भी उसके साथ लयबद्धता स्थापित नहीं की, तमने कभी भी उसके निकट बैठकर उससे संवाद स्थापित नहीं किया, तुमने कभी भी प्रेम से उसे देखते हुए 'हैलो' नहीं कहा, और न तुम उसके कभी सहभागी बने। जिन्दगी तुम्हारे निकट से गुजरती है, तुम इसी स्थान पर बने भी रहते हो, पर उसके साथ तुम शामिल नहीं होते। तुम जीवन के साथ निकट सम्पर्क में नहीं रहते, इसी कारण तुम्हारा प्रश्न अर्थपूर्ण है। तुम्हारे पास आँखें हैं और तुम फिर भी देख नहीं पाते, तुम्हारे पास कान हैं, पर फिर भी तुम सुन नहीं पाते, तुम्हारे पास हृदय है, पर फिर भी तुम प्रेम नहीं कर पाते–तुम गहरी नींद में सोये हुए हो।

इसे ठीक से समझ लेना है, इसी वजह से मैं इसे बार-बार दोहरा रहा हूँ। यदि तुम यह समझ गये, कि तुम सोये हुए हो, तो जागरण की पहिली किरण तुम्हारे अन्दर प्रविष्ट हो गयी। यदि तुम यह अनुभव कर सकते हो, कि तुम सोये हुए हो, तब तुम रहे ही नहीं, तब तुम ठीक उस सीमा रेखा पर हो, जहाँ दिन उगता है, भोर होता है और सुबह उजास फैलता है।

लेकिन पहिली सारभूत बात यही समझने की है कि 'मैं सोया हुआ हूं'। यदि तुम यह सोच रहे हो कि तुम सोये हुए नहीं हो, तब तुम कभी भी न जाग सकोगे। यदि तुम सोचते हो कि यह जीवन, जिसे तुम अब तक जीते रहो

हो एक जागे हुए प्राणी का जीवन है, तब फिर तुम क्यों अपने जागने के ढंग और उपायों की खोज कर रहे हो? जब कोई मनुष्य सपना देखता है और सपने में अपने को जागा हुआ देखता है, तो फिर उसे जागने की कोशिश क्यों करनी चाहिए? वह पहिले ही से यह विश्वास करता है कि वह जागा हुआ है। यह मन की सबसे बड़ी चाल, तुम्हें वह होने का विचार देना है, जो तुम नहीं हो और यह अनुभव करने में तुम्हारी सहायता करना है कि तुम वह पहिले ही से हो।

गुरुजिएफ एक बोध कथा सुनाया करता था...

वहाँ एक जादूगर रहता था, जो एक गड़रिया था। उसके पास देखभाल के लिए हज़ारों भेड़ें थीं, लेकिन वह बहुत कंजूस था, इसलिए वह न तो अधिक नौकर ही रखना चाहता था और न रखवाले ही। वह किसी भी व्यक्ति पर कोई धन खर्च भी नहीं करना चाहता था और वह यह भी नहीं चाहता था कि उसकी कोई भी भेड़ खो जाए अथवा भेड़िये द्वारा झपट ली जाए। लेकिन अकेले ही सभी भेड़ों की देखभाल करना उसके लिए बहुत कठिन था। वह बहुत अधिक धनी व्यक्ति था और उसके पास बहुत-सी भेड़े भी थीं, इसलिए उसने भेड़ों के साथ एक चाल चली। वह चूँकि एक जादूगर था इसलिए उसने भेड़ों को सम्मोहित कर दिया। उसने प्रत्येक भेड़ को सम्मोहित कर प्रत्येक भेड़ से कहा, "तुम अब एक भेड़ नहीं हो। डरो मत।" किसी से उसने कहा, "तुम एक शेर हो।" किसी से उसने कहा, "तुम एक चीता हो।" किसी से उसने यह भी कहा, "तुम एक मनुष्य हो। तुम्हें कोई भी मारने नहीं जा रहा। इसलिए डरो मत और न यहाँ से कहीं भागने की कोई कोशिश करो।"

उसके द्वारा किए सम्मोहन से भेड़ों ने वैसा ही विश वास करना शुरू कर दिया। प्रत्येक दिन वह कुछ भेड़ों को काटकर कसाई को बेच देता था। लेकिन दूसरी भेड़ें सोचती थीं–' 'हम लोग भेड़ें थोड़े ही हैं। वह केवल भेड़ का कत्ल कर रहा है। हम तो शेर हैं, हम तो चीता हैं, हम तो भेड़िए हैं, हम 'यह' हैं, हम 'वह' हैं'...यहाँ तक कि वे मनुष्य भी थीं। कुछ को तो सम्मोहित कर उनसे उसने कहा था–तुम जादूगर हो–और वे वैसा विश वास करती थीं। और हमेशा वह कोई भेड़ होती थी, जा काटी जाती थी। वे सभी

उससे दूर, अलग बनी रही थीं। वे फिक्र भी नहीं करती थीं। और धीमे-धीमे वे सभी काट डाली गईं।

–"यही तुम्हारी स्थिति है।" गुरुजिएफ कहा जाता था।

जब किसी व्यक्ति की मृत्यु होती है, क्या तुम्हारे अन्दर यह प्रश्न उठता है कि यह तुम्हारी ही मृत्यु है? नहीं, मन अपना खेल, खेले चला जाता है। मन कहता है – जिसकी मृत्यु होती है, वह हमेशा दूसरा होता है, वह कभी भी तुम नहीं होते।

कभी-कभी एक वृद्ध सज्जन मेरे पास आते थे, वह बहुत वृद्ध थे। और वह हमेशा मेरी मृत्यु के बारे में चिन्तित रहते थे। वह मुझसे पूछते थे–"भगवान! यदि आप मर गये, तो फिर मेरा क्या होगा?" उनकी आयु लगभग पछत्तर वर्ष थी। मैं हमेशा आश्चर्य में पड़ जाता था, जब वह कहते थे–"यदि आप मर गये तो फिर मेरा क्या होगा?" भगवान तो मरते जा रहे हैं, लेकिन वह मरने नहीं जा रहे। इस बात की पूरी सम्भावना है कि मुझसे पहिले वे मरेंगे, लेकिन अपने मरने के बारे में वह कभी भी नहीं पूछते थे। वह जब भी मेरे पास आते थे, उनका यही प्रश्न होता था–"आप मुझे छोड़कर मत जाइएगा। यदि आप मर गये, तो फिर मेरा क्या होगा?"

यह मन इसी तरह से कार्य किए चले जाता है। जो मरता है, वह हमेशा कोई दूसरा होता है। क्या तुमने लोगों को अपनी कारों में पागल गति से दौड़ते हुए नहीं देखा है? आख़िर क्यों? उनके मन के गहरे में वहाँ एक ही विचार है कि दुर्घटनाएँ तो दूसरों के साथ घटती हैं। ये दुर्घटनाएँ, हाँ, ये होती हैं, लेकिन ये कभी मेरे साथ नहीं होतीं। यह विचार बना ही रहता है। गुरुजिएफ की बोध कथा, मात्र एक कथा मात्र ही नहीं है।

वह सब कुछ जो ग़लत है, हमेशा किसी दूसरे व्यक्ति के साथ घटता है। यहाँ तक कि मृत्यु भी। तुम अपनी मृत्यु के बारे में तो सोच भी नहीं सकते। और यदि तुम अपनी मृत्यु के बारे में नहीं सोच सकते, तो तुम धार्मिक नहीं बन सकते। इसके बारे में सोचना भी असम्भव जैसा लगता है–आखिर मैं कैसे मर सकता हूँ? कैसे...?

प्रत्येक अपने आपको दूसरे सभी लोगों से अलग रखते हुए चला जा रहा है और यह विश्वास किए चले जाता है कि वही एक इसका अपवाद है।

इसका निरीक्षण करो। जब कभी तुम यह अनुभव करो कि तुम एक अपवाद हो, तो स्मरण रहे, कि मन तुम्हें धोखा देने जा रहा है। मन का जादूगर तुम्हारे साथ चालबाजी कर रहा है। और उसने प्रत्येक व्यक्ति के साथ छल किया है। यह एक अहंकारपूर्ण काल्पनिक नींद का विचार है, "कि मृत्यु मेरे साथ घटने नहीं जा रही, और मैं वह पहले ही से हूँ, जो मैं होना चाहता था, और प्रत्येक चीज़ अच्छी है मैं जागा हुआ हूं, और मैं सब कुछ पहिले ही से जानता हूँ। इसलिए इस जगह ऐसा क्या है, जिसके लिए खोज या तलाश की जाए?"

यह नकली और निरर्थक विचार मन बहुत लम्बे समय से दोहराता आ रहा है कि तुम उनके द्वारा सम्मोहित हो गये हो। तुम स्वयं ही आत्मसम्मोहित हो गये हो यह सम्मोहन करने वाला बाजीगर कहीं बाहर नहीं बैठा है, यह तुम्हारा ही मन है, उसने तुमसे तुम्हारा सब कुछ अर्थपूर्ण और महत्त्वपूर्ण ले लिया है।

महत्त्व और अर्थ तो केवल चेतना में होता है, महत्त्वपूर्ण तो चेतना है। यह एक तरह की दीप्ति होती है। जब तुम होशपूर्ण होकर चेतना की एक दीपशिखा बन जाते हो तो प्रत्येक वस्तु प्रज्ज्वलित होकर प्रभावी और अर्थपूर्ण हो जाती है।

यह तुम ही हो जो अस्तित्व में प्रतिबिम्बित हो रहे हो–अस्तित्व एक दर्पण की भाँति कार्य करता है। यदि तुम बुझे-बुझे से और मृतप्राय हो तो इस स्थान पर उत्सव मनाने जैसा कुछ भी नहीं है, क्योंकि अस्तित्व पूरी तरह से तुम्हारा बुझा-बुझा-सा मृत चेहरा ही प्रतिबिम्बित कर रहा है। इस जगह उत्सव मनाने को है ही क्या? यदि तुम जीवन्त हो, तुम एक फूल की तरह खिल रहे हो, कोई गीत गाते हुए नाच रहे हो, तो अस्तित्व का दर्पण आनन्द मनाने जैसा है। जब तुम उत्सव मनाते हो, तो वहाँ उत्सव आनन्द मनाने के लिए बहुत अधिक होता है। और यह बढ़ता ही चला जाता है। इसका कहीं कोई अन्त होता ही नहीं। यदि तुम समारोह नहीं मनाते, तो धीमे-धीमे तुम अधिक-से-अधिक मृत और अधिक-से-अधिक धुंधले और बुझे-बुझे से होते जाते हो। फिर यहाँ समारोह मनाने को कम से कम होता जाता है, और एक दिन अचानक जीवन पूरी तरह से अर्थहीन हो जाता है।

बच्चे अधिक सजग हैं और इतने अधिक सजग वे अपने जीवन में फिर कभी हो न सकेंगे, जब तक कि वे स्वयं समझ-बूझकर किसी होशपूर्ण ध्यान के मार्ग की खोज शुरू न कर दें। जब तक किसी संयोग से वे किसी सूफ़ी, ज़ेन अथवा हसीद सद्गुरु के निकट सम्पर्क में न आ जाएँ, वे अधिक से अधिक इस नींद की दलदल में फँसते जाएँगे। बच्चे जागे हुए ही उत्पन्न होते हैं और बूढ़े लोग गहरी नींद से सोये खर्राटे भरते हुए मर जाते हैं। यदि तुम सोये हुए हो, तो यहाँ तुम कोई समारोह मना ही नहीं सकते।

लेकिन आखिर क्यों–मनुष्य क्यों सोया हुआ है? यह बचकर निकल जाने का एक रास्ता है; नींद समस्याओं से दूर बने रहने का एक तरीक़ा है। जीवन में यहाँ बहुत-सी समस्याएँ हैं। स्पष्ट रूप से वे यहाँ हैं। जब मैं कहता हूँ कि उत्सव-आनन्द मनाओ, तो मेरे कहने का यह अर्थ नहीं है कि यहाँ समस्याएँ नहीं हैं। सभी जानते हैं कि समस्याएँ हैं और उनका सामना करना है, और उनके पार जाना है। समारोह मनाना, उन समस्याओं का आमना-सामना करने का एक तरीक़ा है।

मैं यह हरगिज़ नहीं कर रहा हूँ कि यहाँ समस्याएँ नहीं हैं, मैं तुम्हें परियों की कहानियाँ नहीं सुना रहा हूँ, और न यह कह रहा हूँ कि जीवन पूर्ण रूप से सुन्दर है और यहाँ काँटे न होकर केवल गुलाब के फूल हैं। प्रत्येक गुलाब के एक फूल के लिए वहाँ बहुत से कांटे होते हैं। मैं तुम्हारे लिए किसी सर्व सुविधा सम्पन्न, पूर्ण काल्पनिक और आदर्श समाज का अथवा किसी सपने का सृजन नहीं कर रहा हूँ। मैं पूरी तरह यथार्थवादी और मनुष्य की दिलचस्पी के सभी व्यावहारिक सिद्धान्तों को स्वीकार करता हूँ।

लेकिन जीवन को समारोह बनाकर जीना ही काँटों से पार जाने का रास्ता है। एक फूल के होने का उत्सव मनाना वास्तव में कहीं अधिक मूल्यवान इसलिए है, क्योंकि यहाँ हज़ारों काँटें हैं और फूल एक ही है। यदि यहाँ सभी फूल ही फूल हों, और काँटें न हों, तो फूल भी अर्थहीन हो जाएँगे। क्योंकि अन्धकार है, इसलिए सुबह इतनी अधिक सुहानी और सुन्दर लगती है, क्योंकि मृत्यु है, इसीलिए जीवन इतना अधिक आनन्दपूर्ण है, क्योंकि बीमारी है, इसलिए स्वास्थ्य महत्त्वपूर्ण है।

मैं यह नहीं कर रहा हूँ कि यहाँ चिन्ता करने जैसा कुछ भी नहीं है। यहाँ ऐसी बहुत-सी चीज़े हैं, लेकिन उनके बारे में चिन्ता करने कोई आवश्यकता नहीं है। उनका मुकाबला किया जा सकता है। बिना किसी चिन्ता के उनका साक्षात्कार किया जा सकता है। उनसे मुकाबला करने के दो ही रास्ते हैं– एक रास्ता है चिन्ता करने का और दूसरा रास्ता है–उत्सव आनन्द मनाने का। चिन्ता या फिक्र करने का रास्ता संसार का रास्ता है–और उत्सव मनाने का रास्ता धर्म का है। फिक्र करने के रास्ते से नींद उत्पन्न होती है, क्योंकि जब यहाँ इतनी अधिक चिंताएँ हैं, फिर उनसे छुटकारा कैसे पाया जाए? तुम नहीं जानते कि एक अकेली चिन्ता से भी कैसे छुटकारा पाया जाए।

उदाहरण के लिए, यहाँ मृत्यु है। तुम इस समस्या या चिन्ता का हल कैसे निकाल सकते हो? इसे सुलझाने के लिए तुम आख़िर क्या कर सकते हो? यह तुम्हारे सामने अपने नग्नता में खड़ी है। तुम उससे बच भी नहीं सकते, वह प्रति क्षण घटित हो रही है। हमने उससे दूर रहने के हर तरह के प्रबन्ध कर लिए हैं। हम अपने श्मशान, शहर के बाहर बनाते हैं, हम अपनी कब्रों पर सुन्दर संगमरमर लगवाकर उन पर सुन्दर नीति वाक्य लिख देते हैं, हम उन कब्रों पर जाकर फूल रख आते हैं। ये सभी वे तरीक़े हैं जिनसे मृत्यु के आघात को कुछ कम किया जा सके। जब कोई व्यक्ति मरता है, तो हम कहते हैं कि उसकी आत्मा अमर है। यह फिर एक चाल है। मैं यह नहीं कर रहा हूँ कि आत्मा शाश्वत नहीं है–वह है–लेकिन वह तुम्हारे लिए नहीं है, वह केवल उनके लिए है, जो जाग गये हैं। तुम पूरी तरह से सान्त्वना के रूप में उसका उपयोग कर रहे हो। यह मृत्यु से दूर रहने का एक अवलम्ब है।

हम मृत व्यक्ति का साज-श्रृंगार करते हैं, हम मुर्दे को सुन्दर वस्त्र पहिनाते हैं। अब पश्चिम में इस सम्बन्ध में एक पूरा व्यापार सज्जा विकसित हो गया है कि मृत शरीर की कैसे इस तरह की साज-सज्जा की जाए कि वह कम-से-कम देखने में जीवन्त जैसा लगे। और कभी-कभी तो ऐसा भी होता है कि एक मृत शरीर को इतनी कुशलता से सजाया जाता है कि जीवित रहते हुए भी वह व्यक्ति कभी इतना दीप्तिवान नहीं दिखायी देता था, जितना कि वह अब मरने के बाद दिखायी दे रहा है।

मैंने एक धनी व्यक्ति के बारे में सुना है। उसने एक सुन्दर केडीलैक

कार खरीदी और खरीदने के ठीक तीन दिनों बाद ही उसकी मृत्यु हो गयी। डाक्टरों ने कहा कि उसकी बीमारी इतनी आकस्मिक थी कि उसके सम्बन्ध में कुछ भी नहीं किया जा सकता था और वह चौबीस घण्टों में ही मर गया। इसलिए उसने अपनी एक वसीयत की, जिसमें उसने कहा, "मैंने अपने लिए केडीलैक कार ठीक अभी-अभी खरीदी थी और वह मेरे विशेष आदेश देने पर ही मँगाई गयी थी, और मैं उसे ड्राइव भी न कर सका, इसलिए एक काम करना–मुझे मेरी केडीलैक कार के साथ ही दफन कर देना।

उसकी वसीयत में लिखी इच्छा का पालन किया गया। एक बहुत बड़ी कब्र खोदी गई। और उसके मृत शरीर को केडीलैक में रखकर, एक क्रेन के द्वारा कब्र में रख दिया गया।

इस घटना को देखने के लिए पूरा शहर उमड़ पड़ा था। वहाँ सभी लोग मौजूद थे। दो भिखारी भी वहाँ आये हुए थे और एक भिखारी ने दूसरे से कहा, "यही है वह ढंग, जिस ढंग से एक व्यक्ति को जीना चाहिए। यही है वह तरीक़ा, जिसे मैं जीना कहता हूँ। मेरे भाई! यही जीवन है।

ऐसा ही होता है। तुम अपने जीवन में इतने अधिक मृत हो कि कभी-कभी तुम्हें तुलनात्मक रूप से अपनी मृत्यु भी कहीं अधिक जीवन्त दिखाई दे सकती है।

तुम मृत्यु की समस्या को नहीं सुलझा सकते। इसका कोई रास्ता है ही नहीं यहाँ। तब कोई भी करने के लिए क्या सोच सकता है? सबसे . अधिक आसान रास्ता जो मनुष्य ने अभी तक मृत्यु के बारे में खोजा है, वह है–उसकी ओर देखना ही नहीं, उससे बचने के लिए सो जाना। आँखों में आँखें डालकर उसके चेहरे को सामने कभी देखना ही नहीं। उससे दूर रहना। उससे बचते हुए दूर रहना ही मनुष्य का ढंग है।

यहाँ संसार में बहुत-सी समस्याएँ हैं–यहाँ खराब स्वास्थ्य है, यहाँ बीमारियाँ हैं, यहाँ कैन्सर हैं, यहाँ तपेदिक है और यहाँ अन्य बहुत-सी चीज़ें हैं। और यहाँ कोई भी सुरक्षित नहीं है, न कोई भी कभी हो सकता है–क्योंकि जीवन असुरक्षा में ही जीता है। तुम्हारे पास बैंक में एक अच्छी ख़ासी रकम जमा हो सकती है, लेकिन बैंक का किसी भी दिन दिवाला निकल सकता है अथवा देश साम्यवादी बन सकता है। कोई भी चीज़ हो

सकती है यहाँ। तुम्हारी एक पत्नी है और वह अचानक किसी अजनबी के प्रेम में पड़कर उसके साथ भाग सकती है। तुम्हारा एक पुत्र है और तुम उस पर बहुत अधिक विश्वास करते रहे हो और वह अचानक एक हिप्पी अथवा एक संन्यासी बन जाता है। कौन क्या जान सकता है यहाँ? जीवन बहुत असुरक्षित है, यहाँ कोई सुरक्षा है ही नहीं। तुम केवल सुरक्षित होने का बहाना बना सकते हो, हमेशा कुछ भी नहीं रहता।

तब किया क्या जाए? बचाव करने के लिए नींद में डूब जाओ। तुम अपने चारों ओर एक धुंध उत्पन्न कर लो, जिससे तुम स्पष्ट रूप से यह देख ही न सको कि कौन-सी चीज़ क्या है। लोग इसी धुंध के साथ जीते हैं, यह धुंध नकली और काल्पनिक है, जो विचारों की धुंध है, जिसे लोग अपने चारों ओर एक कोहरे की भाँति उत्पन्न कर लेते हैं, जिससे वे वही विश्वास कर सकें, जो वे विश्वास करना चाहते हैं।

मैंने एक ऐसे व्यक्ति के बारे में सुना है, जो अपनी कार चलाते हुए चला ज़ा रहा था। एक युवा हिप्पी सड़क के किनारे खड़ा हुआ था। उसने कार में लिफ्ट लेनी चाही। कार चालक ने बहुत प्रेम के दरवाजा खोलकर उसे कार के अन्दर ले किया। और कार ने फिर पागल गति से तेजी से दौड़ना शुरू कर दिया।

तभी वर्षा शुरू हो गयी। और जैसे ही पानी बरसना शुरू हुआ, कार चालक ने गति और बढ़ा दी। कार के वाइपर भी कार्य नहीं कर रहे थे। हिप्पी, विंड स्क्रीन के पार कुछ भी नहीं देख पा रहा था, इसलिए उसने कार चालक से कहा–"वाइपर काम नहीं कर रहे हैं और आप इतनी अधिक तेज गति से कार चल रहे हैं। मेरी आँखें बिल्कुल ठीक हैं और मैं कोई भी चीज़ नहीं देख सकता और आप एक वृद्ध व्यक्ति हैं; आखिर आप कैसे चला रहे हैं कार?"

कार चालक हँसा और उससे कहा, "आप जरा भी फिक्र मत करें। इससे कुछ भी फर्क नहीं पड़ता कि वाइपर काम कर रहे हैं या नहीं, क्योंकि मैं अपना चश्मा घर भूल आया हूँ।"

जब तुम कुछ देख ही नहीं सकते, तो तुम सोचते हो कि कहीं कुछ फर्क पड़ता ही नहीं। तुम अपने चारों ओर विचारों का एक कोहरा और धुंध

सृजित कर लेते हो, तब तुम अपने सामने कुछ देख ही नहीं सकते। मृत्यु वहाँ सामने खड़ी है, लेकिन तुम देख नहीं सकते; वहाँ सब कुछ असुरक्षित है, तुम देख नहीं पाते, क्योंकि वहाँ धुंध और कोहरा है तुम्हारे सामने। तुम सोये हुए हो।

नींद, समस्या से बचने का प्रयास है। यह जीवन की वास्तविक समस्याओं को टालने की मन की एक चाल है। यह मनुष्य द्वारा खोजी गयी एक नशीली दवा की भाँति है। लेकिन इससे कोई भी सहायता नहीं मिलती। वास्तविकता ज्यों-की-त्यों बनी रहती है, खतरा वैसे-का-वैसा ही बना रहता है और असुरक्षा भी उतनी ही बनी रहती है, वास्तव में वह और खराब बन जाती है, क्योंकि तुम सचेत नहीं होते। तुम कुछ कर भी सकते थे, लेकिन अब तुम इसलिए नहीं कर सकते, क्योंकि तुम सृजित की गई धुंध के कारण कुछ भी देख नहीं सकते। तुम्हारी नींद और तुम्हारे द्वारा सृजित की गयी धुंध ने समस्याएँ और अधिक बढ़ा दी हैं और वे हल नहीं हो रही हैं। तुम्हारी नींद के कारण कुछ भी नहीं हल होता। लेकिन तुम्हें एक तरह की सान्त्वना होती है कि वहाँ कोई समस्या है ही नहीं।

तुमने शुतुरमुर्ग और उसके तर्क के बारे में जरूर सुना होगा। जब शुतुरमुर्ग सामने से अपने शत्रु को आते हुए देखता है, वह अपने सिर को पूरी तरह रेत में गड़ा देता है और वहाँ पूरी तरह निर्भय बना खड़ा रहता है, क्योंकि वह अब कुछ देख ही नहीं सकता। रेत मे सिर गड़ा होने से उसकी आँखें बन्द रहती है और वे शत्रु को देख ही नहीं सकता। और उसका तर्क है कि यदि शत्रु को तुम देख नहीं सकते, तब वहाँ शत्रु है ही नहीं।

यह शुतुरमुर्ग का तर्क बहुत मानवीय है। तुम शुतुरमुर्ग पर हँसों मत। तुम भी तो यही करते रहे हो, और लाखों करोड़ों लोगों ने भी ऐसा ही किया है, और निन्नानबे प्रतिशत मनुष्यता यही कर रही है। शत्रु की ओर देखो ही मत, बस यह विशेष किए जाओ कि प्रत्येक चीज़ ठीक है, इसलिए फिक्र क्या करनी? इसी नशे की बेहोशी में जीते रहो।

लेकिन यही वह निश्चित तरीक़ा है, जिससे उत्सव मनाने की तुम्हारी चित्तवृत्ति होगी ही नहीं। तुम उत्सव मनाने में कभी समर्थ होंगे ही नहीं, क्योंकि उत्सव आनन्द तो तर्क, विश्वास और सिद्धान्तों के पार जाने पर ही

आता है–जब तुम समस्याओं का अतिक्रमण कर जाते हो। स्मरण रहे... मैं तर्क विश्वास के पार जाने के वाक्य का प्रयोग कर रहा हूँ, मैं 'समस्या के समाधान' वाक्य का नहीं। कोई भी समस्या आज तक कभी सुलझी ही नहीं, और न कभी सुलझ ही सकती है–क्योंकि वास्तव में उन्हें समस्याएँ कहना ही ग़लत है, वे समस्याएँ हैं ही नहीं।

इसे समझने का प्रयास करें। क्या असुरक्षा में रहना कोई समस्या है? हम इसे समस्या कहते हैं, लेकिन यह एक जीवन शैली है। तुम यह नहीं कहते कि चूँकि वृक्ष हरा है, इसलिए उसका हरा होना एक समस्या है। यह तो केवल वृक्षों के होने का स्वभाव या एक ढंग है। तुम यह नहीं कहते कि सूरज में गर्मी है, इसलिए यह एक समस्या है। यह समस्या नहीं है। सूरज गर्म है–यह एक प्रामाणिक तथ्य है कि सूरज ऐसा ही है।

असुरक्षा, जीवन का बुनियादी तत्व है। वास्तव में बिना असुरक्षा के जीवन का कोई अस्तित्व ही नहीं है। बिना असुरक्षा के जीवन मृत होगा–केवल असुरक्षा के द्वारा ही वह जीवन्त और आशापूर्ण होकर धड़कता रहता है। असुरक्षा ही जीवन के लिए परिवर्तन को सम्भव बनाती है। बदलाव या परिवर्तन होना बहुत आवश्यक है। यदि तुम बदलते हो, तो असुरक्षा बढ़ेगी, और यदि तुम नहीं बदलते, तो वहाँ कोई असुरक्षा भी नहीं होती–लेकिन यदि तुम नहीं बदलते तो तुम एक कठोर चट्टान की भाँति हो। एक चट्टान, एक गुलाब की झाड़ी की अपेक्षा कहीं अधिक सुरक्षित होती है। स्वाभाविक भी है यह, क्योंकि एक चट्टान इतनी तेजी से नहीं बदलती। लाखों वर्षों तक वह ज्यों-की-त्यों बनी रह सकती है। इसमें कोई समस्या ही नहीं है। लेकिन गुलाब के झाड़ के लिए कई समस्याएँ होती हैं। यदि दो दिनों तक पानी न दिया जाए तो गुलाब के फूल मिटना शुरू हो जाते हैं, उसकी हरियाली बिदा होने लगती है और झाड़ सूखना शुरू हो जाता है। अथवा यदि धूप बहुत तेज हो, अथवा कोई पागल व्यक्ति आता है अथवा बगीचे में कोई जानवर प्रविष्ट हो जाता है, तो भी वह मर जाएगा। गुलाब के झाड़ को इतनी अधिक असुरक्षाओं के साथ जीना होता है–जबकि चट्टान के लिए यहाँ कोई समस्या ही नहीं है।

जानवर कम जीवन्त हैं, मनुष्य कहीं अधिक जीवन्त है–अथवा कम से कम वह ऐसा बन सकता है, कहीं अधिक जीवन्त बनना उसकी

सम्भावना है। लेकिन तब वहाँ उसके लिए असुरक्षा और बढ़ जाती है। कोई भी जानवर मृत्यु के प्रति सचेत नहीं होता, इसलिए उसके लिए कोई समस्या होती ही नहीं। केवल मनुष्य ही मृत्यु के प्रति सचेत होता है लेकिन यदि तुम मृत्यु के प्रति सचेत हो, तब वह एक चुनौती बन जाती है। उसका कैसे सामना किया जाए, कैसे उसका अतिक्रमण किया जाए, मृत्यु के रहते कैसे जीवित रहा जाए, उसे टालते हुए नहीं, उसे समग्रता से स्वीकार करते, यह पूरी तरह जानते हुए कि वह यहाँ है, कैसे जीवित रहा जाए।

यह जानते हुए कि मृत्यु घटने जा रही है, कैसे जीवित रहा जाए? वास्तव में जब मृत्यु का बोध हो जाता है, तो जीवन में बहुत अधिक त्वरा आ जाएगी। तुम जानते हो, कि यह सम्भव है कल मृत्यु आ ही जाए– अथवा हो सकता है वह अगले ही क्षण आ जाए, इसलिए तुम्हारे पास एक समय केवल एक ही क्षण होता है। उसे नष्ट मत करो। कुनकुने होकर मत जीओ, क्योंकि कौन जानता है, अगले क्षण का कोई भरोसा नहीं। वह हो भी सकता है और नहीं भी हो सकता है, तुम उस पर निर्भर नहीं रह सकते।

तुम उसे आगे के लिए स्थगित नहीं कर सकते, तुम अनिश्चित भविष्य के लिए वर्तमान को बलिदान नहीं कर सकते। यदि तुम मुत्यु को स्वीकार करते हो, यदि तुम मृत्यु का सामना करते हो तो तुम वर्तमान में जीना शुरू कर दोगे, मृत्यु कोई समस्या नहीं है, मृत्यु तुम्हें जीने में, अधिक त्वरा से जीते हुए जीवन्त बने रहने में तुम्हारी सहायता ही करेगी। तुम समग्रता से जीना शुरू कर दोगे, क्योंकि फिर भविष्य के लिए कोई भी आशा के बचने का कोई रास्ता होगा ही नहीं। फिर भविष्य का कोई अस्तित्व होता ही नहीं। यदि मृत्यु का बोध हो जाए, उसे स्वीकार कर लिया जाए, तब भविष्य विसर्जित हो जाता है।

और भविष्य के मिटने के साथ ही, तुम्हारे हाथों में केवल एक ही चीज़ रह जाती है–अभी और अब। तब तुम वर्तमान के इस क्षण में, तुम कुछ भी कर रहे हो, उसमें गहरे उतर सकते हो। तुम भोजन कर रहे हो, अथवा नाच रहे हो, अथवा किसी स्त्री से प्रेम कर रहे हो, अथवा गीत गुनगुना रहे हो, अथवा जमीन में कोई गड्ढा खोद रहे हो, तुम चाहे कुछ भी कर रहे हो, बस केवल तुम्हारे पास यही समय है, फिर उसे तुम समग्रता से क्यों नहीं करते?

फिर तुम समारोह क्यों नहीं मनाते? उत्सव आनन्द मनाना और किसी कार्य में समग्रता से बने रहने का एक ही अर्थ है, यह दोनों एक ही चीजें हैं। तुम उत्सवमय केवल तभी होते हो, जब तुम समग्र होते हो। और जब तुम किसी चीज़ें से समग्रता से डूब जाते हो, तुम उसका समारोह मनाते हो।

क्या तुमने कभी स्वयं इसका निरीक्षण नहीं किया है? जब भी तुम किसी चीज़ में समग्र होते हो, वहाँ उत्सव आनन्द ही होता है। उदाहरण के लिए, यदि मुझे सुनते हुए तुम समग्रता से श्रवण ही करते हो, तो वहाँ एक महान उत्सव होता है। तुम कुछ भी नहीं कर रहे हो, तुम बस वहाँ बैठे हुए हो। लेकिन मुझे समग्रता से अत्यधिक त्वरा और गहराई सुनते हुए एक आनन्द सृजित नहीं कर रहे हो, आनन्द तो वहाँ पहिले ही से है–तुम्हें केवल यहाँ बने रहना है, यहीं और अभी। 'यहीं–है केवल स्थान, और 'अभी' है केवल समय–केवल वहाँ, भविष्य में तो मृत्यु है।

मृत्यु के बारे में एक समस्या की तरह सोचना, ग़लत दिशा में मुड़ जाना है। तब तुम उससे बचना शुरू कर देते हो। जब तुम उससे बचना चाहते हो, तो तुम सो जाते हो। मृत्यु को स्वीकार करो...हाँ, मृत्यु है वहाँ, वह जीवन का एक भाग है। वह तुममें उसी दिन प्रविष्ट हो गयी थी, जिस दिन तुम्हारा जन्म हुआ था, जन्म और मृत्यु, यह दोनों एक ही सिक्के के दो पहलू हैं। जिस दिन तुम्हारा जन्म हुआ था, तुम मृत्यु का आघात करने में समर्थ हो गये थे।

हाँ! मैं यह जानता हूँ, औषधि विज्ञान, मनुष्य को दो सौ अथवा तीन सौ वर्ष जीने में सहायता कर सकता है, पर इससे कोई भी फर्क नहीं पड़ता। तुम चाहे तीस वर्ष जीवित रहो अथवा तीन सौ वर्ष, उससे कोई भी फर्क नहीं पड़ता। अन्तर तो केवल एक चीज़ से पड़ सकता है–तुम कैसे जीवित रहते हो, तुम कितनी देर तक जीते हो, यह बात ही व्यर्थ है। यदि तुम सोते हुए जीते हो, तो तुम तीस वर्ष, अथवा तीन हज़ार वर्ष भी जी सकते हो, इससे कोई भी अन्तर नहीं पड़ता। फिर वहाँ कोई भी उत्सव आनन्द नहीं होगा। यदि तुम समग्रता से, ध्यान में जीते हो, तब तीन मिनट भी पर्याप्त हो सकते हैं, एक क्षण भी पर्याप्त हो सकता है। पूर्ण परमानंद का एक अकेला क्षण भी तुम्हें शाश्वत का स्वाद दे देता है। वह यथेष्ट है, वह पर्याप्त से भी

अधिक है। फिर तुम्हें किसी और चीज़ की कोई लालसा या उत्कंठा होगी तो नहीं, क्योंकि वह इतनी अधिक परिपूर्ण और तृप्तिदायक होता है।

टालो मत, अन्यथा तुम सोते ही रहोगे। मृत्यु से बचने का प्रयास मत करो, समस्याओं को टालो मत, व्यग्रताओं से दूर रहने की कोशिश मत करो, उन सभी को स्वीकारो, उनका आमना-सामना करो, उनका साक्षात्कार करो, वे सभी इस खेल का ही एक भाग हैं।

कुछ ही दिन पूर्व मैं बरनार्ड शेनन की पुस्तक का एक अंश पढ़ रहा था। उसमें लगभग सूफी बोध कथा जैसा ही एक प्रसंग लिखा है

जहाज के एक केबिन में अचानक एक व्यक्ति जागता है और अनुभव करता है कि उसे यह भी याद नहीं कि वह जहाज पर कब से है और न इस बात की जानकारी है कि वह कहाँ से आ रहा है और उसे कहाँ जाना है। इस आशा में वह किसी ऐसे व्यक्ति की खोज में अपना केबिन छोड़कर ऊपर के डेक पर आता है, जहाँ उसे कोई सही स्थिति का बोध करा सके, वहाँ वह लोगों की भीड़ को पूरी तन्मयता से कई तरह के खेलों के खेलने में डूबे हुए पाता है।

वह व्यक्ति सबसे अधिक निकट के समूह के पास पहुँचता है और झिझकते हुए जहाज की मंजिल के बारे में कि वह कहाँ जा रहा है, पूछताछ करता है। पूरा समूह उसे शून्य दृष्टि से देखता हुआ बताता है कि वे भी कुछ नहीं जानते। वह व्यक्ति उलझन में पड़कर फिर पूछता है कि यह जहाज कहाँ से किस समय रवाना हुआ था, लेकिन उसे फिर कोरी नज़रों से नकारात्मक उत्तर ही मिलते हैं। उसी क्षण उनमें से एक खिलाड़ी किसी अदृश्य शक्ति द्वारा रेलिंग की ओर खींच लिया जाता है और वह उसके ऊपर से नीचे समुद्र में गिरकर सो जाता है। पूरा समूह फिर भी खेल में ही खोया दिखाई देता है, इसलिए वह व्यक्ति उत्तेजित होकर उस ओर इशारा कर बताता है कि उनके समूह का ही एक व्यक्ति उस ओर ऊपर से नीचे गिर गया। सभी खेलने वाले अपने कन्धे उचकाकर बताते हैं कि ऐसा तो हर वक्त होता ही रहता है और लोग इसी तरह गायब हो जाते हैं और फिर कभी भी दिखायी ही नहीं देते।

उन लोगों की संवेदनहीनता का अनुभव कर वह मनुष्य डेक के दूसरी

ओर आगे बढ़ता है, केवल यह देखने के लिए ही कि दूसरे खिलाड़ियों में से भी लोग, बीमारियों, दुर्घटना अथवा दुःखों से पीड़ित होकर अचानक मर जाते हैं।

उसे पूरी तरह खतरे की घंटी बजती सुनाई देती है। कितनी विचित्र और असाधारण स्थिति बनती जा रही है। एक यात्री जहाज पर यात्रा कर रहा है, बिना यह जाने हुए कि वह कैसे आया वहाँ, और न उसे यह पता कि जहाज कहाँ से आ रहा है और कहाँ तेजी से आगे बढ़ा जा रहा है। दूसरे यात्री भी अपने-अपने खेलों में खोए हुए हैं और मुक्त भाव से यह स्वीकार कर रहे हैं वे–नहीं जानते कि वे कितनी अवधि तक वहाँ रहेंगे, किसी भी क्षण कोई अदृश्य शक्ति उन्हें रोगों, पीड़ाओं का आघात दे सकती है अथवा उन्हें अपंग और असमर्थ बनाकर उनका नामोनिशान मिटा सकती है।

पूरी स्थिति उग्र रूप से अतर्कपूर्ण है, लेकिन फिर भी इस अजीब स्थिति को दूसरे यात्रियों द्वारा स्वाभाविक मानकर स्वीकार कर लिया गया है। वे अभी उस बारे में सोचना ही नही चाहते और इसके स्थान पर वे डेक पर चलने वाले विविध खेलों की ओर अपना ध्यान लगाकर, उनमें होने वाली हार-जीत में खोना अधिक पसन्द कर रहे हैं। ये सभी खेल निश्चित नियमों और तर्क द्वारा निर्दिष्ट हैं।"

यही सब कुछ तो इस पृथ्वी पर भी हो रहा है। यह पृथ्वी जैसे एक जहाज है, जिस पर अचानक एक दिन तुम अपने को वहाँ पाते हो, बिना यह जाने हुए कि तुम कहाँ से आए हो और तुम्हें कहाँ जाना है, तुम लोगों को रोगों और दुःखों से पीड़ित होते, बुढ़ाते और मरते हुए देखते हो। तुम लोगों से पूछना शुरू करते हो पर तुम्हारे प्रश्न में किसी की कोई भी दिलचस्पी नहीं है। वास्तव में जब तुम किसी से पूछते हो–'मृत्यु क्या है?' वह बेचैनी का अनुभव करने लगता है। वह उसे टालना चाहता है, वह चाहता है, इस विषय को छोड़ ही दिया जाए। वह सोचेगा तुम थोड़े से मानसिक रूप से अस्वस्थ व्यक्ति, अथवा कुछ इसी तरह के अजीब व्यक्ति हो। इतने कुरूप विषय को चर्चा में क्यों लाते हो? आखिर क्यों मृत्यु के बाबत बात करते हो?

'मृत्यु' का शब्द मात्र ही तुम्हारी रीढ़ में एक कँपकँपी उत्पन्न कर देता है। लोग 'मृत्यु' शब्द का प्रयोग करते ही नहीं, जब कोई मर जाता है, वे कहते हैं–वह हमें छोड़कर चला गया अथवा उसे परमात्मा ने अपने पास बुला लिया अथवा वह अपने शाश्वत घर में जाकर स्वर्गवासी बन गया। लोग चालबाज हैं। केवल बस एक मृत्यु के शब्द से बचने के लिए ही, इस तथ्य को टालने के लिए ही कि वह मर गया है–क्योंकि मृत्यु से तुम्हें आघात लग सकता है, और यह विचार कि तुम भी एक दिन मर सकते हो, तुम्हें चोट पहुँचा सकता है–वे कहते हैं, वह स्वर्गवासी होकर अपने घर वापस चला गया। अब यह पूरी तरह से ठीक है, उसे चला जाने दो। वह परमात्मा के सान्निध्य में जरूर ही आनन्दित होगा। यही स्थिति है यहाँ।

और लोग अपने-अपने खेलों में उलझे हुए हैं। कोई राजनीति का खेल खेल रहा है–वह प्रधानमंत्री अथवा राष्ट्राध्यक्ष अथवा कुछ और बनना चाहता है। वह पूरी तरह उसी में डूबा है।

ठीक कुछ ही दिनों पूर्व मोरारजी देसाई प्रधानमंत्री बने। वह बियासी वर्ष के हैं। उनकी दिलचस्पी अभी भी प्रधानमंत्री बनने में है, मृत्यु के बारे में तो उनकी बिल्कुल दिलचस्पी है ही नहीं। यही समय है–मृत्यु के बारे में मनन करने का, लेकिन नहीं, उनकी मृत्यु में जरा भी दिलचस्पी नहीं है। वह कहे चले जाते हैं कि दस वर्षों में वह देश की सभी समस्याओं को हल कर देंगे। दस वर्षों में...वह कैसे सोचते हैं कि इतने वर्षों तक जीवित ही रहेंगे? नहीं, इस बारे में उन्होंने कभी सोचा ही नहीं। कोई भी नहीं सोचता। वह इसका अपवाद नहीं है।

और लोग यहाँ पूरी तौर से अपने खेलों में सिर से पैरों तक डूबे हैं। कोई व्यक्ति अपने धन कमाने के खेल में डूबा है–कैसे अधिक धन प्राप्त किया जाए, कैसे अधिक-से-अधिक धन-छीन-झपट कर प्राप्त किया जाए। और कोई व्यक्ति जानकारी या ज्ञान बटोरने में लगा है। ये सभी खेलों के प्रकार हैं और मनुष्य ने जीवन की वास्तविक समस्याओं से बचने के लिए इन खेलों की ईजाद की है। ये खेल तुम्हें चीज़ों को हल करने का एक अवसर देते हैं। तुम अपने यथार्थ जीवन में कोई भी चीज़ हल नहीं कर सकते, क्योंकि असली जीवन एक समस्या न होकर एक रहस्य है। मृत्यु भी

एक समस्या न होकर एक रहस्य है। तुम इसे हल नहीं कर सकते। यह शब्दों की कोई वर्ग-पहेली नहीं है। यह एक रहस्य है। यह रहस्यमय ही बना रहा है। जैसे यह है, तुम्हें इसी रूप में इसे स्वीकार करने के द्वारा ही तुम उसके पार चले जाते हो। स्वीकार भाव से ही तुम्हारा रूपान्तरण हो जाता है।

समस्या तो वहाँ बनी रहती है, लेकिन फिर वह समस्या जैसी बनी नहीं रहती। तुम फिर उसके विरुद्ध नहीं होते। समस्या शब्द से यह प्रदर्शित होता है कि तुम उसके विरुद्ध हो, उससे डरे हुए हो, वह तुम्हारी दुश्मन है। जब तुम उसे स्वीकार कर लेते हो, वह तुम्हारी मित्र बन जाती है और तुम उसके मित्र हो जाते हो। असुरक्षा तो वहाँ रहती है, लेकिन फिर वह एक समस्या नहीं रह जाती। वास्तव में वह तुम्हें रोमांचित करती है।

और सचमुच यदि तुम्हारी पत्नी कल तुम्हें छोड़ देती है, तो इस बारे में फिक्र मत करना। उसे एक रोमांच बनने दो, उसे एक साहसिक कार्य समझ लो। उसमें कुछ भी ग़लत नहीं है।

यदि तुम्हारा पुत्र कल हिप्पी बन जाए, तुम चिन्तित मत होना। उसने कम-से-कम कुछ चीज़ ऐसी तो की, जिसे तुमने कभी नहीं किया था। तुम किसी चीज़ से चूक गये थे, वह उससे चूकने नहीं जा रहा है। उसे तुम अपने ढंग से जीवन जीने दो। उसमें कहीं अधिक जीवन है। वह तुम्हारे निरर्थक खेलों की अपेक्षा यथार्थ जीवन में कहीं अधिक रस लेता है। तुम उसे एक धनी व्यक्ति बनाना चाहते थे। और वह एक भिखारी बन गया। तुम चाहते थे कि वह एक राष्ट्र अध्यक्ष अथवा राज्यपाल अथवा किसी ऐसे ही निरर्थक पद को प्राप्त करे, और वह एक संन्यासी बन गया। जरा भी फिक्र मत करो। यह कोई भी समस्या है ही नहीं। तुमने एक जीवन्त व्यक्ति को जन्म दिया है–प्रभुदित होकर धन्यवादी हो अनुभव करो। यह शुभ है, हो सकता है कि उसके इन अज्ञात पथों की ओर मुड़ जाने से, तुम्हारे मन की भी कोई खिड़की खुल जाए, तुम्हारे मृत जीवन्त में भी प्रकाश की कोई किरण प्रविष्ट हो जाए, तुम फिर से स्पन्दित और रोमांचित होना शुरू हो जाओ। कौन जानता है? तुम वास्तव में मरे नहीं हो, तुम केवल मृतवत् होकर भी जी रहे हो, तुम अपने चारों ओर एक सुरक्षा कवच खड़ा कर लिया है, जिससे तुम दिन-प्रतिदिन भारी और भययुक्त होते जाते हो और उसके साथ तुम्हें

इधर-उधर आने-जाने में भी कठिनाई होती है। यह देखकर कि तुम्हारा पुत्र अज्ञात पथ की ओर मुड़ गया है, हो सकता है। कि तुम अपना सुरक्षा कवच छोड़ दो और पहिली बार जीवन के रहस्यमय भूल-भुलइयों से भरे पथ की ओर बढ़ना शुरू हो। तब पहिली बार तुम्हें सजग बनकर अनुभव होता है कि अभी तक जीवन में तुम जिन खेलों को खेल रहे थे, सभी निरर्थक थे, और वे केवल खेल थे।

क्या तुमने कभी लोगों को शतरंज खेलते हुए देखा है कि वे उसे खेल मे कितना अधिक खो जाते हैं? और उसमें राजा-रानी, हाथी-घोड़े सभी नकली होते हैं...हर मोहरा उसमें नकली होता है–ठीक प्रतीकात्मक। लेकिन उन प्रतीकों में खोकर लोग यह भी भूल जाते हैं कि जीवन प्रतीकात्मक नहीं, वास्तविक है।

मैंने सुना है...

एक कार चालक देहात की ओर जाने वाली सड़क पर जब अपनी कार चलाता हुआ जा रहा था, तो उसने एक बड़ा बोर्ड देखा, जिस पर लिखा था–कुत्ते से सावधान। सड़क से कुछ ओर चलने पर नीचे की ओर फिर दूसरा उससे भी बड़े अक्षरों में लिखा बोर्ड लगा था–कुत्ते से सावधान रहो। अन्त में जब वह फार्महाउस पहुँचा तो वहाँ घर के सामने उसने एक छोटा-सा सुन्दर बालों वाला कुत्ता देखा।

उसने किसान से पूछा, "क्या तुम्हारे कहने का यह मतलब है कि यह छोटा-सा कुत्ता अजनबियों को यहाँ से दूर रखता है?

किसान ने उत्तर दिया, "नहीं, लेकिन प्रतीक रूप से जो बोर्ड लगे हैं, सब कुछ वे ही कर देते हैं।"

कुत्ते की ओर देखने की जहमत कौन उठाता है? लोग, चिन्हों, प्रतीकों, शब्दों और भाषा से ही मानसिक रूप से इतने अधिक उद्विग्न हो जाते हैं–फिर यह फिक्र करता कौन है कि वास्तव में वहाँ कुत्ता है भी अथवा नहीं ?

यह चीज़ काम करती है, मैं इसे भली-भाँति जानता हूँ–क्योंकि मैंने इस अजमाया हैं। जब मैं एक कस्बे में रहा करता था, तो मेरे पास कोई भी कुत्ता न था। लेकिन मैंने दरवाजे पर ठीक प्रतीक के रूप में एक बोर्ड लगा

रखा था–कुत्ते से सावधान और अजनबी लोग घर से दूर रहते थे। उन्हें दूर रखने के लिए इतना करना ही पर्याप्त था। तुम्हें इसके लिए वास्तव में किसी कुत्ते की जरूरत ही नहीं। वास्तविकता के बारे में कौन करता है फिक्र?

सभी खेल प्रतीकात्मक हैं। और लोग उस जहाज पर खेल-खेलने में मग्न थे, वहाँ जो कुछ वास्तव में घट रहा था, उसमें उनकी कोई दिलचस्पी ही नहीं थी, कि वे कहाँ से आ रहे थे और वे कहाँ जा रहे थे, और उन व्यक्तियों के साथ कुछ घट रहा था, जो एक दिन अचानक गायब हो जाते थे और फिर कभी भी दोबारा दिखायी नहीं देते थे। और इस रहस्यमय तथ्य को, बिना इस तरह ध्यान किए हुए उन्होंने स्वीकार कर लिया था। वे कहते थे, "हाँ! ऐसा तो हर वक्त होता ही रहता है।" लोग गायब हो जाते थे, मिट जाते थे, लेकिन फिर भी वे लोग अपने खेलों में ही मग्न बने रहते थे, वे लोग इस तथ्य की ओर देखना ही नहीं चाहते थे। यह बात परेशान करने वाली थी, यह चीज़ असुविधा में डालने वाली थी। इससे उनकी नींद में विघ्न पड़ सकता था। इसीलिए लोग नीचे में चले जाते हैं, क्योंकि वे उससे बचने का प्रयास करते हैं। और वे उनसे बचने का प्रयास इसलिए कर रहे हैं, क्योंकि उन्होंने उन रहस्यों को ग़लती से समस्याएँ समझ लिया है। असुरक्षा एक रहस्य है। मृत्यु एक रहस्य है। सभी कुछ रहस्यपूर्ण है। और रहस्यमय से मेरा अर्थ है जो तर्क पूर्ण नहीं है, जो अतर्कपूर्ण है। कोई भी कभी भी नहीं जानता इसे।

जब तुम किसी स्त्री अथवा पुरुष के प्रेम में पड़ जाते हो, तो क्या तुम उसे जानते हो? क्या तुम्हारे पास इसका कोई उत्तर होता है कि आखिरक्यों? क्या तुम उसका उत्तर दे सकते हो? यह बस घट जाता है। यह अचानक ऐसे हो जाता है जैसे बसंत में चारों ओर फूल खिल गये हों। तुम किसी अजनबी स्त्री के सम्पर्क में आते हो और अचानक जैसे कोई चीज़ क्लिक कर जाती है। तुम उसका उत्तर नहीं दे सकते। वह भी उसका उत्तर नहीं दे सकती। अचानक तुम अपने को उसके साथ एक ही दिशा की ओर बढ़ते हुए पाते हो। अचानक तुम पाते हो कि तुम दोनों की ध्वनि तरंगे लयबद्ध हो गयी हैं। और जिस तरह यह अचानक घटता है, वैसे ही अचानक विलुप्त भी हो सकता है। यह एक रहस्य है। तुम एक स्त्री के साथ बीस

वर्षों तक और प्रेम के सभी आनन्द लेते हुए रह सकते हो और तब अचानक एक दिन पाते हो कि अब वो आबोहवा पहिले जैसी न रहीं, अब वे प्रेम की तरंगें और धड़कने विलुप्त हो गयीं। तुम भी वहाँ हो, वह स्त्री भी वहाँ है, और ऐसा भी नहीं है, कि तुम दोनों ने एक-दूसरे से प्रेम नहीं किया है—तुम लोगों ने बीस वर्षों तक एक दूसरे से प्रेम किया है—लेकिन अचानक जो प्रेम शून्यता से उत्पन्न हुआ था, वह शून्यता में जाकर विलुप्त हो जाता है। वह वहाँ रहता ही नहीं। अब तुम बहाना बना सकते हो—और पति पत्नी ऐसा ही किए जाते हैं। तुम लोग बहाना बना सकते हो कि दोनों के बीच प्रेम अभी है, लेकिन अब जीवन बस घिसटता जाएगा। अब वहाँ कोई उत्सव आनन्द न होगा।

न तो प्रेम का बहाना बनाया जा सकता है और न प्रेम को नियन्त्रित करने का वहाँ कोई उपाय है ही नहीं, वह तुमसे कहीं अधिक विराट है। वह उसी स्रोत से आता है, जहाँ से जीवन और मृत्यु, ये सभी अज्ञात से आती हैं। ये अचानक हवा के एक झोकों की तरह तुममें प्रवेश करती हैं और अचानक ही लुप्त हो जाती हैं।

तुम इन समस्याओं को हल नहीं कर सकते, लेकिन तुम इनके पार जा सकते हो। और इनके पार जाने का एक ही उपाय है— कि वे जहाँ भी हैं, उन्हें वहीं वैसा ही स्वीकार करना। और यह सोचो ही मत कि वे समस्याएँ हैं, वे तो रहस्य हैं।

एक बार तुम यह अनुभव करना शुरू कर दो कि ये रहस्य हैं, अचानक तभी जीवन के साथ तुम्हारा एक रिशता जुड़ जाता है और वहाँ एक श्रद्धा होती है, फिर वहाँ उत्सव आनन्द होता है।

यह केवल तभी सम्भव है यदि मन को खेल-खेलने की अनुमति न दी जाए। हृदय ही वह केन्द्र है, जहाँ प्रेम घटता है, जहां जन्म और मृत्यु घटती है जब मृत्यु घटती है तो वह हृदय ही है, जो धड़कना बंद कर देता है। जब प्रेम घटता है तो वह हृदय ही है जो नृत्य करता है। जब जन्म होता है तो वह हृदय ही है जो धड़कना शुरू कर देता है। वह सब कुछ जो असली है, प्रामाणिक है, वह हृदय ही में घटता है। मन की क्षमता और योग्यता है, नकली चीज़ों के लिए, कल्पनाओं का जाल बुनने के लिए, तरह-तरह के खेल-खेलने के लिए।

इसलिए सूफ़ी धर्म में केवल एक ही रूपान्तरण की जरूरत है कि तुम कैसे अपनी ऊर्जा को मस्तिष्क या मन से हटाकर हृदय की ओर मोड़ दो।

हसन ने आज़मी से पूछा, "आप अपने वर्तमान आध्यात्मिक उपलब्धि के शिखर पर कैसे पहुंचे?"

आज़मी ने उत्तर दिया, "ध्यान में हृदय को शुद्ध और धवल बनाकर ...लिख-लिखकर काग़ज़ों को काला बनाकर नहीं।"

एक बहुत छोटा-सा वक्तव्य है, लेकिन अत्यधिक सुन्दर अर्थपूर्ण और सत्य। हसन का प्रश्न तो बहुत मामूली-सा है। आज़मी एक महान सद्गुरु था। अन्त में जाकर हसन भी एक सद्गुरु बना, लेकिन ऐसा होने में उसे एक लम्बा समय लगा। वह बहुत से सद्गुरुओं के पास गया। वह बहुत बड़ा खोजी था–लेकिन जैसे कि खोजी हो जाते हैं, उसकी दिलचस्पी सत्य को जानने की अपेक्षा उसके बारे में ज्ञान बटोरने की अधिक थी। इसीलिए उसे इतना अधिक समय लगा। और अन्त में वह आख़िर सत्य को उपलब्ध हुआ। अन्त में जाकर तो प्रत्येक व्यक्ति को उपलब्ध होना है—इसी जन्म में अथवा अगले जन्म में अन्तिम रूप से प्रत्येक व्यक्ति उसे प्राप्त करने में ही लगा है।

हसन, राबिया, आज़मी और दूसरे सद्गुरुओं के पास और जब भी उसे जो भी सद्गुरु मिल जाता था, उसी के पास जाता था—और उसके प्रश्न भी उसी तरह के होते थे। जैसे एक जानकारी बटोरने वाले विद्वान के होते हैं। इन्हीं सूत्र वचनों को ठीक से समझना है।

हसन ने आज़मी से पूछा-आप अपने इस वर्तमान आध्यात्मिक उपलब्धि के शिखर पर कैसे पहुँचे?

अब वह जिन शब्दों का भी प्रयोग कर रहा है, वे सभी अधार्मिक हैं। पहिला—आप कैसे पहुँचे...आध्यात्मिक रूप से ऐसा कोई स्थान या चीज़ है ही नहीं, जहाँ और जिसके लिए तुम्हें पहुँचना हो, वह सब कुछ पहिले ही से तुम्हारे पास है। वह ऐसा कोई लक्ष्य या मंजिल नहीं है, जहाँ तुम्हें जाना हो, वह तुम्हें पहले ही मिली हुई है। वह वहाँ तुम्हारे हृदय में है। लेकिन तुम वहाँ, आप हृदय में हो ही नहीं, और इसीलिए तुम उसे चूके जा रहे हो। वह खजाना तो तुम्हारे हृदय में है, और तुम हो अपने सिर में, बुद्धि में।

परमात्मा और तुम्हारे मध्य केवल यही एक अन्तर है—सिर और हृदय के बीच का अन्तर। यह अन्तर कोई बहुत अधिक नहीं है–यह एक या डेढ़ फुट का अन्तर हो सकता है, कोई बड़ा अन्तर नहीं है।

किसी व्यक्ति ने राबिया अल-अदाविया से पूछा, "सच और झूठ के बीच कितना अन्तर है?"

और राबिया ने उत्तर दिया–"चार इंच का।"

वह व्यक्ति तो उलझन में पड़ गया। उसने फिर पूछा, "मैं कुछ समझा ही नहीं। आपके कहने का आख़िर क्या अर्थ है?"

उसने कहा, "जितना अन्तर कान और आँख के बीच है, उतना ही अन्तर झूठ और सच के बीच है वह सब कुछ जो तुम कानों से सुनते हो—वह झूठ है और जो अपनी आँखों से देखा जाता है, वही सच है।

सत्य है—तुम्हारा अपना अनुभव, तुम्हारी अपनी दृष्टि। यदि मैंने स्वयं सत्य को देखा है और मैं तुम्हें वह बताऊँ, तो मेरे बताने के ही क्षण, वह तुम्हारे लिए सत्य न होकर असत्य मेरी आँखों के द्वारा पहुँचा था। वह मेरी दृष्टि थी। तुम्हारे लिए वह तुम्हारी दृष्टि न होगी, वह एक उधार ली हुई चीज़ होगी। वह एक विश्वास होगा, वह एक जानकारी होगी–वह जानना न होगा। वह कान के द्वारा आयेगा। और यदि तुम उस पर विश्वास करने लगे, तो तुम एक झूठ पर विश्वास करोगे। अब यह स्मरण रहे—एक सत्य भी असत्य बन जाता है, यदि वह तुम्हारे अस्तित्व में ग़लत द्वार के माध्यम से प्रविष्ट हो। सत्य को सामने के द्वार से प्रविष्ट होना चाहिए, आँखों के माध्यम से। सत्य एक दृष्टि है, एक अन्तर्दृष्टि। किसी को उसे स्वयं देखना और समझना होता है।

और यही तुम्हारे और परमात्मा के बारे में भी कहा जा सकता है—तुम्हारे और उसके मध्य यह अन्तर डेढ़ या दो फुट से अधिक नहीं है। तुम बुद्धि में, अपने सिर में रहते हो, तुम हमेशा वहीं बने रहते हो एक बादल की तरह वहीं हिलोगे या लटके हुए। और वहाँ हृदय भी है, उत्सव आनन्द से लबालब भरा हुआ, तुम्हारे घर वापस लौटने की प्रतीक्षा करता हुआ। वहीं खजाना छिपा है, लेकिन तुम उसकी खोज में पूरी दुनिया में इधर-उधर भटक रहे हो।

एक बहुत ही प्रसिद्ध हसीद कहानी है—

एक व्यक्ति ने एक सपना देखा कि राजधानी के शहर में एक ख़ास पुल के निकट वहाँ एक बहुत बड़ा खजाना दबा है और यदि वह वहाँ जाए तो उसे प्राप्त कर सकता है। सुबह उठने पर वह सपने की बात पर हँसा। वह एक निर्धन व्यक्ति था, एक बेचारा रबी। उसने हँसते हुए मन-ही-मन कहा—'सब बकवास है एक तो राजधानी यहाँ से कितनी अधिक दूर है। एक हज़ार मील दूर। और सपना तो बस सपना होता है।'

लेकिन वह सपना फिर दिखायी दिया। तब उसे थोड़ा-सा संशय हुआ। हो सकता है वह महज एक सपना ही न हो। हो सकता है परमात्मा ने उसे एक संकेत दिया हो। लेकिन फिर भी वह महज एक सपने की खातिर, एक हज़ार मील दूर जाने का साहस न जुटा सका। वह एक निर्धन व्यक्ति था और उतनी दूर का टिकट खरीदने के लिए उसे वह धन किसी से माँगना होगा। और कौन जाने, वैसा कोई पुल वास्तव में है भी अथवा नहीं? वह इससे पहिले कभी राजधानी गया भी न था।

लेकिन तीसरे दिन वह सपना फिर आया, जिसमें उससे आग्रह करते हुए कहा गया–"तुम वहाँ जाओ और उसे पा लो। वह सारा खजाना तुम्हारा है और वह ठीक पुल की बगल में है।' सपने में उसे वह ठीक जगह भी दिखायी गयी। इतना ही नहीं वह आस-पास चारों ओर का पूरा स्थान देख सका। यह सब कुछ इतना स्पष्ट था कि उसे जाना ही पड़ा।

उसने एक हज़ार मील लम्बी यात्रा की। कई बार उसके मन में संशय जगा, कई बार संदेहों ने आ घेरा, लेकिन उसने मन-ही-मन कहा–"अब तो सब कुछ समाप्त ही करना है। मुझे वहाँ जाना ही है और जाकर देखना है।"

आख़िरकार वह वहाँ पहुँचा और देख कर आश्चर्यचकित रह गया। वह पुल भी था वहाँ ठीक वैसा ही पुल, जैसा उसने सपने में देखा था। हू-ब-हू ठीक वैसा ही पुल। ठीक आसपास का वैसा ही वातावरण वैसे ही पेड़, और ठीक वही जगह, जो उसे सपने में दिखायी गयी थी। लेकिन वहाँ एक समस्या थी। सपने में वहाँ उसे पहरा देता कोई पुलिस का सिपाही न दिखायी दिया था, लेकिन अब उसने पाया कि सिपाही वहाँ निरन्तर बना रहता है। ड्यूटी बदलने पर दूसरा सिपाही आ जाता था। चौबीस घंटे वहाँ कोई-न-कोई बना रहता था।

उसने पूछताछ की आख़िर सिपाही वहाँ क्यों खड़ा रहता है। लोगों ने बताया–"क्योंकि कुछ लोगों ने पुल से नीचे नदी में कूदकर आत्महत्या कर ली थी।" लेकिन अब उसके लिए यही एक समस्या बन गयी। वह पूरी जगह में निरन्तर इधर-से-उधर घूमता ही रहता था और सिपाही को उस पर शक हो गया।

उसको कई बार इधर-से-उधर आते-जाते देखकर एक दिन सिपाही ने उससे पूछा, "आख़िर मामला क्या है? कहीं तुम आत्महत्या करने के बारे में तो नहीं सोच रहे? मेरे लिए कोई मुसीबत खड़ी मत करो। तुम यहाँ निरन्तर क्यों घूमते रहते हो?"

आख़िरकार रबी ने उससे कहा, "सुनो, मुझे तुम्हारे इस पुल से कोई लेना-देना नहीं है। मैं यहा इसलिए हूँ क्योंकि मैंने एक सपना देखा था, और सपने के निरन्तर आग्रह के कारण मुझे यहाँ आना पड़ा', और उसने सपने की पूरी बात सिपाही को बताते हुए उससे कहा, "सपने के अनुसार, जहाँ इस समय तुम खड़े हो, उसके तीन फीट के आस-पास ही वह खजाना गड़ा है।"

और वह सिपाही खिलखिला कर हँस पड़ा और उसने कहा, "तुम बेवकूफ हो। लेकिन यह एक रहस्य है। मैंने भी सपने में एक ख़ास कस्बा देखा' –और वह वही कस्बा था जिसमें कि रबी रहा करता था। उसने कहा, "वहाँ एक रबी रहता है और उसका फलां-फलां नाम हैं।" और यह नाम उसी का था। वह कहता गया–"और मैं निरन्तर सपना देखता आ रहा हूँ कि वहाँ जाओ, क्योंकि उसकी चारपाई के नीचे बहुत बड़ा खजाना गड़ा है। लेकिन मैं सपनों की बात पर कभी ध्यान ही नहीं देता। सपने तो बस सपने होते हैं। तुम्हीं बेवकूफ हो। मैं तुम जैसा बेवकूफ नहीं हूँ। मैं एक हज़ार मील दूर उस छोटे से कस्बे की खोज में, और फिर उस गरीब रबी और उसके बिस्तरे की खोज में हरगिज नहीं जाऊँगा, क्योंकि सपने तो बस सपने होते हैं। तुम अपने घर वापस जाओ।"

रबी तेजी से अपने घर लौटा। उसने वहाँ अपने बिस्तरे के नीचे जब गड्ढा खोदा, तो वहाँ उसे एक बहुत बड़ा खजाना मिला।

यह एक सुन्दर बोध-कथा है। वह खजाना तुम्हारे ही घर के अन्दर तुममें ही है। तुम्हें वारसा अथवा नयी दिल्ली अथवा वाशिंगटन जाने की कोई भी

जरूरत नहीं। तुम्हारे ही अन्दर ठीक तुम्हारी चेतना के नीचे ही परमात्मा का राज्य है। वह केवल इसीलिए नहीं पाया जा सका, क्योंकि तुम्हारे खोजने का अर्थ ही बाहर खोजने से रहा। केवल जरूरत है अपने ही अन्दर जाने की। वहाँ पहुँचना नहीं है, वास्तव में वहाँ लौटकर आना है? यह कहीं भी जाना नहीं है, यह जाने की पूरी यात्रा को रोक देना है, जिससे अचानक तुम अपने को वहाँ होने का अनुभव करो, जहाँ तुम्हें होना चाहिए था।

हसन ने पूछा–आप वहाँ कैसे पहुँचे? आपकी आध्यात्मिक उपलब्धि के वर्तमान अब शिखर की ऊँचाइयाँ तो दिखाई दे रही हैं, लेकिन वे गहराइयों पर निर्भर हैं–ठीक एक वृक्ष की भाँति। एक वृक्ष सौ फिट ऊँचा उठकर, आसमान में तैरते बादलों से गुफ्तगू करता है, वह चाँद सितारों से फुसफुसा कर बात करता है, वह सूरज की किरणों से आँख मिचौनी खेलता है–लेकिन यह असली वृक्ष नहीं है। वृक्ष की ऊँचाई तो जड़ों पर निर्भर है। बिना वृक्ष के जड़ों का अस्तित्व बना रहता है। तुम वृक्ष को काट सकते हो, लेकिन जड़ें फिर भी बनी रहेंगी और उनसे फिर एक नया वृक्ष उत्पन्न हो जाएगा। लेकिन यदि तुम जड़ों को काट दो, तो वहाँ कोई भी वृक्ष नहीं रहेगा। और फिर कभी वह दुबारा नहीं उगेगा। इसलिए वृक्ष का सारभूत जड़ों में है और जड़ें गहराइयों में हैं। जो पृथ्वी पर खड़ा दिखाई देता है, वह सारभूत भाग नहीं है। शाखाएँ, पत्ते, फल और फूल ये वृक्ष के आवश्यक भाग नहीं हैं। सारभूत भाग अथवा उसका जीवन तो जमीन के नीचे छिपा है। वह जड़ों में है, वही जीवन का स्त्रोत है और वही आत्मा का स्त्रोत है।

एक मनुष्य जो ठीक समझ रखता है, वह ऊँचाइयों के बारे में नहीं, गहराइयों के बारे में पूछेगा। ऊँचाईयों से कोई फर्क नहीं पड़ता, गहराइयाँ ही प्रमुख हैं। एक को अपने ही अन्दर गहरे जाना होता है। हाँ, जब तुम गहराई में उतरते हो, तो वहाँ से शाखाएँ आसमान में ऊँचे उठ जाती हैं और तुम ऊँचाइयों के शिखर पर पहुँच जाते हो। और यह ऊँचाई प्रत्येक व्यक्ति को दिखायी देती है। यह दृश्यमान है। सदा स्मरण रहे जो दिखायी देता है वह असली नहीं होता, जो असली होता है वह हमेशा अदृश्य रहता है। असली स्त्रोत तो जड़ों में है, अदृश्यता में है। जड़े अदृश्य क्यों बनी रहती हैं? क्योंकि परमात्मा अदृश्य है,

जड़े अदृय क्यों बनी रहती हैं। उन्हें होना होता है, अन्यथा वे नष्ट हो जाएँ। और एक बार यदि स्त्रोत नष्ट हो जाए तो फिर वृक्ष की कोई सम्भावना नहीं रह जाती। वृक्ष बाहर अस्तित्व में रहना गवारा कर सकता है, पर जड़े ऐसा नहीं कर सकतीं। वे इतनी बहुमूल्य हैं कि उन्हें छिप कर ही रहना होता है, जिससे कोई भी व्यक्ति उनके बारे में कुछ भी न जाने।

यही कारण है कि प्रामाणिक धर्म इतना गुह्य और गूढ़ है। इस्लाम वृक्ष है, सूफ़ी धर्म उसकी जड़े हैं। बौद्ध धर्म एक वृक्ष है, ज़ेन उसकी जड़ें हैं, यहूदी धर्म एक वृक्ष है हसीदी धर्म इसका मूल है, प्रामाणिक धर्म हमेशा छिपा ही रहता है, असली धर्म सदा गुह्य और गुप्त होता है–वह गूढ़ है, रहस्यमय है, क्योंकि वह गहराइयों में है।

और तुम इसे प्रत्येक स्थान में देख सकते हो। यदि तुम एक बीज पृथ्वी पर रख दो, वह अंकुरित नहीं हो सकता।...वह उग ही नहीं सकता। वह प्रत्येक व्यक्ति को दिखायी दे रहा है, वह प्रत्येक के सामने खुला पड़ा है, वह अंकुरित नहीं हो सकता। अंकुरण के लिए गहराई और अन्धेरे की जरूरत होती है। उसी बीज को जमीन की नीचे गहराई में दबा दो और तब वह अंकुरित होने लगता है।

एक बच्चा माँ के अन्धेरे गर्भ में विकसित होता है। इसी वजह से पूरब में हम हमेशा स्त्री को 'पृथ्वी' या 'धरती' कहते रहे हैं। बच्चा एक बीज है, वह स्त्री के गर्भाशय से गहरे जाकर विलुप्त हो जाता है। यहाँ तक कि स्त्री भी उसे देख नहीं सकती–दूसरों के बारे में तो कहना ही व्यर्थ है। उसे कोई भी नहीं देख सकता। वह गहराइयों में जाकर विलुप्त हो जाता है, और तब वहीं से वह विकसित होना शुरू करता है।

परमात्मा बहुत गोपनीयता और रहस्यात्मक रूप से कार्य करता है। और जैसे यह बात गर्भ में शिशु के साथ सत्य है, वैसे यह पृथ्वी के गर्भ में बीज के साथ सत्य है, वैसे ही यह तुम्हारे सारभूत स्वभाव और सर्वोच्च विकास के सम्बन्ध में भी सत्य है। उगने के लिए, विकसित होने के लिए प्रकाश की नहीं, अन्धेरे की जरूरत होती है, क्योंकि गोपनीयता आवश्यक है।

जन्म में एक गोपनीयता है। जन्म लेने की तिथि असली जन्म तिथि नहीं होती। इससे पहले ही बच्चा नौ महीनों तक जीवित रहा। तुम्हारी जन्म तिथि

ठीक तिथि नहीं है। असली जन्म का क्षण तो वह होता है जब बच्चा गर्भ में आया। यह पूरी तरह गोपनीय था।

और ऐसा किसी संयोगवश नहीं है कि लोग प्रेम में भी गोपनीयता चाहते हैं। वह इसका ही एक भाग है। सार्वजनिक स्थान में प्रेम करना भद्दा और अश्लील दिखायी देता है। यह ठीक एक कुरुपता दिखायी देती है। प्रेम इतना अधिक मूल्यवान और नाज़ुक है, कि उसे प्रकट नहीं किया जा सकता। जब लोग वहाँ खड़े हुए तुम्हें प्रेम करते हुए देख रहे हैं, तो तुम जीवन के विरुद्ध एक भद्दा कार्य कर रहे हो। यह एक अधार्मिक कृत्य है प्रेम करने का ठीक समय दिन न होकर रात है, जब अन्धकार हो, गोपनीयता हो।

क्या तुमने इस बात का निरीक्षण किया है? जब तुम किसी स्त्री से प्रेम करते हो, तो वह अपनी आँखें भी बन्द कर लेती है। वह पुरुष की अपेक्षा यह बात कहीं अच्छी तरह से जानती है। केवल पुरुषों की दिलचस्पी ही स्त्री का नग्न शरीर देखने की नहीं होती है। जबकि किसी स्त्री की दिलचस्पी पुरुष का शरीर देखने की नहीं होती। उनके पास कहीं अधिक समझ और सम्मान होता है। उस दिव्य ऊर्जा के साथ उनकी अन्तर्दृष्टि कहीं अधिक लयबद्ध होती है। काम कृत्य को देखने वाले में एक कुरुपता है। उस एक व्यक्ति को मुंदे नेत्रों से ही अनुभव करना चाहिए। जब तुम किसी स्त्री से प्रेम करते हो, वह अपनी आँखें मूंद लेती है। मूंदे नेत्रों से ही वह अपने पूरे अस्तित्व को महसूस करती है। जब तुम एक स्त्री को खुले नेत्रों से देख रहे हो, तो तुम उसे अपने समग्र अस्तित्व से महसूस न कर सकोगे। तुम एक दर्शक बने रहोगे।

और इससे कोई अधिक अन्तर नहीं पड़ता कि तुम किसी सेक्स पत्रिका में नग्न स्त्री का चित्र देख रहे हो अथवा असली स्त्री को नग्न देख रहे हो। दोनों ही अश्लीलताएँ हैं। पुरुष अश्लील है, स्त्री नहीं। वह प्रकृति के साथ कहीं अधिक लयबद्ध है।

जब दो प्रेमी वास्तव में प्रेम में होते हैं, तो पुरुष भी अपनी आँखें बन्द कर लेगा। वे दोनों प्रेम की अज्ञात गहराइयों में खो जाएँगे, वहाँ दो प्रेमी एक-दूसरे से मिल रहे हैं। वह मिलन मात्र दो शरीरों का न होकर ही आत्माओं का मिलन

है। और जब एक बच्चा गर्भ में प्रविष्ट होता है, तो गर्भ में भी घना अन्धकार होता है।

और ऐसी मृत्यु भी है। तुम्हारी मृत्यु भी निजी होगी, कोई भी उसका साक्षी न होगा। लोग तुम्हारे मृत शरीर को तो देखेंगे, लेकिन कोई भी तुम्हें मरता हुआ न देख सकेगा। जैसे किसी ने भी कभी तुम्हें जन्म लेते हुए नहीं देखा है, वैसे ही किसी ने तुम्हें कभी मरते हुए भी नहीं देखा। मृत्यु के क्षण में तुम फिर अकेले ही होंगे। वह तुम्हारी निजता में, परम गोपनीय रूप से ही घटेगी। वहाँ कोई भी न होगा। तुम किसी व्यक्ति को आमन्त्रित नहीं कर सकते। तुम अपनी मृत्यु में किसी को सहभागी नहीं बना सकते। लोग बाहर ही खड़े रहेंगे, वे जो कुछ भी देखेंगे वह बस शरीर को ही देखेंगे और शरीर से किसी चीज़ को विलुप्त होते हुए देखेंगे, लेकिन वे यह नहीं जान सकेंगे कि क्या विलुप्त हुआ और वह गया कहाँ है।

जीवन अदृश्य रूप से ही प्रवेश करता है और मृत्यु अदृश्य रूप से विलुप्त होती है। और ऐसा ही प्रेम के साथ भी होता है वह कहीं अज्ञात से अचानक प्रकट होता है और कहीं अज्ञात में ही अचानक खो जाता है।

हसन से पूछा–"आप अपने वर्तमान आध्यात्मिक सर्वोच्च शिखर पर कैसे पहुंचे?"

एक सच्चा और प्रामाणिक खोजी, जो समझदार है वह गहराइयों में उतरने के बारे में पूछेगा। वह आत्मा के प्राप्त होने के बाबत कोई बात ही न करेगा। वह कोई ऐसी चीज़ नहीं है, जिसे तुम प्राप्त करते हो। वह कोई उपलब्धि नहीं है, वह किसी महत्त्वाकांक्षा की पूर्ति नहीं है। नहीं, वह तो सभी महत्त्वाकांक्षाओं और कामनाओं का मिटना है, वह तो प्राप्त करने वाले मन का ही मिट जाना है। प्राप्त करने की आकांक्षा करने वाला मन फिर क्रियाशील होता ही नहीं। तुम फिर प्राप्त करने वाले रह ही नहीं जाते। तुम फिर खोजी भी नहीं रह जाते। खोजना, पाना और पहुँचना–सभी कुछ मिट जाते हैं। फिर वहाँ न तो काई महत्त्वकांक्षा होती है और न कोई कामना। यह कामना शून्य स्थिति होती है। जब तुम्हारी कोई कामना नहीं रह जाती, तभी अचानक तुम्हारे हृदय में कोई इच्छा भी नहीं होती, तो तुम अपने अस्तित्व के केन्द्र पर फेंक दिये जाते हो। यह कोई उपलब्धि नहीं है, यह तो एक अनुभव और अनुभूति होती है।

बुद्धत्व की खिलावट होने के बाद जब बुद्ध से पूछा गया–"आपने क्या प्राप्त किया?" वह हँस पड़े और उन्होंने उत्तर दिया–"मैंने कोई भी चीज़ प्राप्त नहीं की। वास्तव में मैंने बहुत कुछ खोया है। मैंने अपना अज्ञान खो दिया, मैंने अपना अहंकार खो दिया, और मैंने अपना मन खो दिया, और मैंने प्राप्त कुछ भी नहीं किया।'' लोग उलझन में पड़ गये। उन्होंने कहा, "लेकिन हम लोग तो हमेशा यही सोचते थे कि आत्मिक अनुभव एक बहुत बड़ी उपलब्धि है और आप कहते हैं कि आपने कुछ भी प्राप्त नहीं किया।'' और बद्ध ने कहा– "नहीं, जो कछ मैंने प्राप्त किया, वह यहाँ सदा पहिले ही से था, इसलिए मैं उसे उपलब्धि नहीं कह सकता, मैंने तो उसे देखा और समझा है, मुझे उसका बोध हुआ है। यह कोई नयी खोज नहीं है, यह तो खोज से पहिले ही से मौजूद थी। यह तो मेरे साथ हज़ारों वर्षों से थी, जो मुझे अनुग्रहपूर्वक अस्तित्व से भेंट स्वरूप पहिले ही से मिली थी। एक क्षण के लिए भी मैंने कभी उसे खोया ही नहीं था। बस केवल मैं उसका विस्मरण कर बैठा था। इसलिए यह केवल प्रतिभिक्षा है, एक पहिचान है। मैंने उसे पहिचान लिया है।''

यह ठीक इस तरह है, जैसे जब तुम्हारे जेब में धन तो होता है और तुम उसके बारे में भूल जाते हो और अचानक तुम भिखारी बन जाते हो, क्योंकि तुम्हारे पास कोई भी धन नहीं है। और तब अचानक कुछ वर्षों बाद एक दिन किसी और चीज़ की खोज करते हुए, तुम अपना हाथ अपनी जेब में ले जाते हो और तुम्हें वहाँ पहिले ही से रखा धन मिल जाता है। वह कभी भी कहीं और तुमसे दूर नहीं हुआ था, वह हमेशा तुम्हारे ही पास रखा था। तुम केवल उसके बारे में भूल गये थे।

इसलिए सूफ़ी कहते हैं कि परमात्मा को तुमने खोया नहीं है, बल्कि तुम केवल उसे भूल गये हो। इसलिए परमात्मा को पाना नहीं है, केवल उसे याद करना है, स्मरण करना है। सफ़ी इसे 'जिक्र कहते हैं। हिन्द इसे 'सुरति' और बौद्ध इसे 'स्मृति' कहते हैं–बस स्मरण भर करना है। यह तुम्हारा ही स्वभाव है, फिर पूछने की जरूरत क्या? यदि तुम नहीं भी पूछो, फिर भी वह तुम्हारा ही है।

आज़मी ने उत्तर दिया–"ध्यान में हृदय को शुभ और पवित्र बनाकर, लिख-लिखकर काग़ज़ों को काला करके नहीं।"

आज़मी कह रहा है–"सोचने से नहीं, बल्कि ध्यान के द्वारा, विचारों के द्वारा नहीं प्रेम के द्वारा; सिर या बुद्धि के द्वारा नहीं, हृदय के द्वारा ही यह सब कुछ अपने आप घटा।"

पहिले तो थोड़ा-सा सोचने के बारे में समझे–केवल तभी तुम ध्यान के बारे में समझने में समर्थ हो सकोगे। कुछ बात इस सिर या खोपड़ी के बारे में समझ लेने जैसी है, केवल तभी हृदय तक उतरने में समर्थ हो सकोगे।

सोचना, वास्तविकता से पृथक है। सोचना और कुछ भी नहीं बल्कि हवा के गर्म हो जाने जैसा है। मैं तुम्हें एक कहानी सुना रहा हूँ, जिससे यह बात स्पष्ट हो जाएगी।

मुल्ला नसरूद्दीन रेल के एक डिब्बे में सफ़र कर रहा था और वहाँ उसके साथ तीन अन्य स्त्रियाँ भी बैठी थीं। ये तीनों स्त्रियाँ एक दूसरे को प्रभावित करने की जी-तोड़ कोशिश कर रही थीं–जैसे कि स्त्रियाँ किया करती हैं। उनका पूरा जीवन दूसरी स्त्रियों को इस बात का कायल करने का प्रयास होता है कि वे कितनी अधिक सुन्दर, कितनी अधिक धनी और कितनी अधिक प्रसिद्ध हैं।

एक स्त्री ने कहा–"मेरे पति मेरे लिए पचास हज़ार रुपयों का एक ब्रेसलेट खरीदकर लाये, लेकिन मैंने उसे जौहरी को वापस लेटा दिया, क्योंकि मुझे प्लेटिनम से एलर्जी है।"

दूसरी स्त्री ने कहा–"मेरे पति पिछत्तर हजार रुपयों की कीमत का एक 'मिंक कोट' खरीद कर लाये, लेकिन मैंने उसे फरों के व्यापारी को वापस लौटा दिया, क्योंकि मुझे फर से एलर्जी है।"

इससे पहिले कि तीसरी स्त्री अपनी बात शुरु करे, और वह यह कहने ही जा रही थी कि मेरे पति ने..., कि तभी मुल्ला नसरूद्दीन गश खाकर नीचे गिर पड़ा। जब कुछ देर बाद उसे होश आया, तो उन तीनों स्त्रियों ने उससे पूछा–"आख़िर ऐसा हुआ क्या, जिसकी वजह से अचानक आप गश खाकर गिर पड़े?" और मुल्ला अब इतना अधिक स्वस्थ और पूरी तरह से ठीक दिखायी दे रहा था। उसने उत्तर दिया–"ऐसा सिर्फ इस वजह से हुआ, क्योंकि मुझे हवा के गर्म हो जाने से 'एलर्जी' है।"

सोचना, हवा का गर्म हो जाने जैसा है। यह नकली है, कृत्रिम है। यह उन्हीं सूक्ष्म तत्वों से बना है, जिनसे सपने जन्मते हैं। यदि तुम वास्तविकता या सत्य से सम्पर्क सम्बन्ध जोड़ना चाहते हो, तो विचार उसके लिए सेतु नहीं है, वे सेतु बन ही नहीं सकते। वे तो उसमें बाधक हैं। सत्य से तो सम्बन्ध तभी जुड़ सकता है, जब वहाँ कोई भी विचार न हो। केवल निर्विचार में ही तुम सत्य के साथ एक हो सकते हो। फिर वहाँ कोई बाधा है ही नहीं। विचार एक पर्दे जैसा काम करते हैं; वे तुम्हारे चारों ओर एक धुंध भरा कोहरा उत्पन्न कर देते हैं। उससे सोने में सहायता मिलती है। यह सिद्धान्तों पर आधारित अहंकारपूर्ण नकली मूर्च्छा और नींद जैसी है, जिसके बारे में चर्चा करता रहा हूँ। तुम जितना अधिक सोचते हो, तुम सत्य से उतनी ही दूर चले जाते हो। सोच-विचार का अर्थ है सत्य से भटक जाना। सत्य को सोच-विचार की जरूरत ही नहीं है। उसे तो केवल चेतना की जरूरत होती है। यही होता है ध्यान। ध्यान का अर्थ है–सजग बने रहना, इस बारे में बिना कुछ सोचे हुए देखते रहना।

प्रयास करके देखो। प्रारम्भ में तुम्हें यह थोड़ा कठिन लगेगा, लेकिन धीमे-धीमे तुम इसमें कुशल होते जाओगे। और तब यह अत्यधिक सुन्दर होगा। यह वह महानतम अनुभव है जो जीवन तुम्हें दे सकता है, ये सबसे गहरा परमानंद है, जो जीवन के द्वारा उपलब्ध हो सकता है। एक गुलाब के फूल की ओर देखो और बस उसकी ओर देखते ही रहो। कुछ भी सोचो मत। किन्हीं भी शब्दों का प्रयोग मत करो। कोई भी भाषा मत लाओ बीच में। यह भी मत कहो कि यह फूल सुन्दर है। कुछ भी सोचा या भाषा प्रयुक्त की तो तुम उससे चूक जाओगे।

मैंने सुना है... ।

लाओत्से सुबह टहलने के लिए जा रहा रहा था। एक पड़ोसी जो उनके साथ टहलने जाया करता था, उनको जानता था, और यह भी जानता था कि वह बिल्कुल मौन में रहने वाले व्यक्ति हैं और बातें करना उन्हें पसन्द नहीं है।

एक बार टहलने में उस पड़ोसी ने इस बात का जिक्र कर दिया कि आज की सुबह बहुत सुन्दर और खुशनुमा है–और वास्तव में वह सुबह

बहुत सुहानी थी। लाओत्से यह सुनकर परेशान-सा हो गया। उसने उसकी ओर इस दृष्टि से देखा जैसे उसने कोई पागलपन से भरी बात कह दी हो। वह व्यक्ति बहुत बेचैन हो उठा। उसने कहा–"आख़िर मामला क्या है? आप मेरी ओर इस तरह से क्या देख रहे हैं? क्या मुझसे कुछ ग़लती हो गयी?"

और लाआत्से ने कहा–"मैं भी इस सुबह को देख रहा हूँ, इसलिए यह कहने की जरूरत क्या थी कि यह सुन्दर है। क्या तुम्हारे ख्याल में मैं एक मुर्दा हूँ, क्या मैं मूर्च्छित और सोया हुआ हूँ? सुबह बहुत सुहानी है, लेकिन इसके कहने की जरूरत क्या है? जितने तुम यहाँ उपस्थित हो, उतना मैं भी यहाँ उपस्थित हूँ।"

उस दिन से पड़ोसी का बात करना बन्द हुआ। वह उनके साथ टहलते हुए उनका अनुसरण किया करता और वर्षों तक लाओत्से के साथ टहलते हुए वह भी इस बारे में सजग बना कि ध्यान क्या होता है?

तब उस पड़ोसी के यहाँ एक अतिथि आया और उसने भी उसके साथ टहलने की इच्छा प्रकट की। और टहलते हुए उस दिन उस पड़ोसी ने उसे ठीक से समझा। वह भी वैसे ही परेशान होकर देखने लगा, जैसे एक बार लाओत्से ने उसे परेशान करने वाली दृष्टि से देखा था और उसने अपने अतिथि से कहा–"आपको इसका उल्लेख करने की जरूरत क्या है? मैं भी तो यहीं हूँ और यह देख रहा हूँ।"

और लाओत्से ने कहा–"अब तम इसे ठीक से समझ गये।''

बिना शब्दों के, निःशब्द मौन में अस्तित्व के साथ निकट सम्पर्क में बने रहने का यह एक तरीक़ा है। वास्तव में यहाँ केवल यही एक मार्ग है। शब्द इसमें सहायता न कर बाधक बनते हैं।

इसलिए जब कभी गुलाब की झाड़ी के निकट बैठो, बस उसे देखो। कभी निस्तब्ध-रात सितारों के साथ उन्हें देखते हुए गुजारो, लेकिन जरा भी सोचो मत। कभी यह सोचो ही मत कि सितारे का नाम क्या है? सितारों के कोई भी नाम होते ही नहीं। गुलाब भी यह नहीं जानता कि उसे 'गुलाब' कहकर पुकारते हैं और सूरज भी इस बारे में सजग और सचेत नहीं है कि उसके उगने और डूबने में इतनी अधिक सुंदरता है। ये सभी चीज़ें भूलकर, केवल वहाँ बने

रहो। तुम्हारा वहाँ बने रहना, तुम्हारा होना, और केवल तुम्हारी उपस्थिति ही ध्यान है।

और जब आज़मी ने कहा-"ध्यान में हृदय को उग्र और पावन बनाकर, लिख-लिखकर काग़ज़ों को काला करके नहीं।"

उसके कहने का अर्थ है, "मैं शास्त्रों को नहीं पढ़ता रहा हूँ और मैं न पुस्तकें लिखता हूँ, मैं दर्शनशास्त्र के कोई सिद्धान्त नहीं गढ़ता रहा हूँ, मेरी धर्मशास्त्रों, विश्वासों और शब्दों में जरा भी दिलचस्पी नहीं है, और न मेरी कोई दिलचस्पी तर्कशास्त्र और तर्क-वितर्क में है, मेरा पूरा प्रयास सोच-विचार करने में ऊर्जा में रूपान्तरण करने का है। मैं सिर से गिरकर हृदय में आ गया हूँ।"

और जब तुम गिरकर हृदय में पहुँचते हो, तो वहाँ एक नयी घटना घटती है–सिर ठंडा होता है और हृदय उष्ण, क्योंकि हृदय जीवन्त होता है। सिर उतना ही ठंडा होता है, जितनी कि एक कब्र और हृदय परमात्मा की भाँति ही जीवन्त और उष्ण होता है। सिर के द्वारा तुम महान-से-महानतम तर्क का पहाड़ खड़ा कर सकते हो और हृदय के द्वारा तुम अधिक-से-अधिक प्रेम ला सकते हो।

ध्यान में हृदय को शुभ्र और पावन बनाकर...ध्यान में हृदय में गिरना या डूबना और जब तुम हृदय में डूबते हो तो प्रेम उत्पन्न होता है। प्रेम सदा ध्यान का अनुसरण करता है और इसका विपरीत भी उतना ही सत्य है; यदि तुम एक प्रेमी बनते हो तो ध्यान उसका अनुसरण करता है। वे दोनों साथ-साथ चलते हैं। वे दोनों एक ही तरह की ऊर्जा है, वे दो नहीं हैं। या तो तुम ध्यान करो तो तुम एक महान प्रेमी बन जाओगे, तुम्हारे पास इतना अधिक प्रेम होगा कि वह तुम्हारे चारों ओर उमड़ता हुआ बहेगा, वह अतिरेक बनकर छलकेगा अथवा तुम एक प्रेमी बनते हुए उसी गुण की चेतना पालोगे जिसे ध्यान कहते हैं, जहाँ विचार विसर्जित हो जाते हैं, जहाँ तुम्हारे अस्तित्व में फिर विचारों के बादल और अधिक रहते ही नहीं, फिर जहाँ तुम्हें चारों ओर से घेरने वाली नींद की बाड़ भी फिर वहाँ नहीं रह जाती–सुहानी सुबह आ जाती है, तुम जाग जाते हो और तुम एक बुद्ध बन जाते हो।

आज़मी बता रहा है–"मैंने दिव्यता के आयाम में, उस परमात्मा में इसी तरह प्रवेश किया। चारों और परमात्मा ही है–तुम्हें बस अपने ही हृदय में बने रहना होगा और तुम परमात्मा के साथ लयबद्ध हो जाओगे।"

परमात्मा तो स्वयं चारों ओर अपनी घोषणा स्वयं प्रसारित कर रहा है, लेकिन तुम्हारी ही यांत्रिक प्रणाली ठीक से कार्य नहीं कर रही है। यह ऐसा है, जैसे मानो तुम्हारा रेडियो ठीक से कार्य न कर रहा हो अथवा तुमने नॉब को ठीक से न घुमाते हुए सही स्टेशन की ठीक से ट्यूनिंग न की हो–और इसीलिए तुम्हारा जीवन बासी और बुझा-बुझा-सा हो। इसीलिए तुम पर आनन्द की वर्षा नहीं हो रही है और न वहाँ उत्सव आनन्द है।

और तुम मुझसे पूछ रहे हो–**वहाँ उत्सव आनन्द मनाने जैसा आख़िर है क्या**? वहाँ क्या नहीं है? किस चीज़ से चूक रहे हो तुम? यहाँ तो सभी कुछ है, केवल तुम ही सोये हुए हो। अपनी नींद से बाहर आओ, तो मेरे कहने का अर्थ है कि तुम अपने मुर्दा सिर से बाहर निकलकर अपने हृदय में आओ। अब हृदय ही को धड़कने दो। और तब धर्मशास्त्रियों के सैद्धान्तिक परमात्मा के बारे में जरा भी चिन्ता को पा लोगे। तब तुम मुसलमानों, हिन्दुओं और ईसाइयों के परमात्मा के बारे में जरा भी चिन्ता मत करो, तब तुम उस परमात्मा को पा लोगे, जिसने यह सभी कुछ सृजित किया है। प्रामाणिक परमात्मा, हिन्दुओं, मुसलमानों और ईसाइयों का नहीं है, प्रामाणिक परमात्मा तो पूरी तरह परमात्मा ही है। सभी कुछ उसी के अधिकार में है, और वह एक सम्पत्ति की भाँति किसी के भी अधिकार में नहीं है।

सूफ़ियों में एक बहुत प्यारी कहावत है–वे कहते हैं–"ये संसार ही परमात्मा है, यद्यपि परमात्मा संसार नहीं है।" यह संसार बहुत छोटी-सी चीज़ है। परमात्मा है एक बहुत-बहुत बड़ा पुर्त्तल और संसार उसके अन्दर एक बहुत छोटा-सा वृत्त है। हम कह सकते हैं कि छोटा वृत्त तो बड़ा वृत्त है।

लेकिन हम यह नहीं कह सकते कि बड़ा वृत्त, छोटा वृत्त है। यह संसार तो परमात्मा है, लेकिन परमात्मा संसार नहीं है। परमात्मा में अनन्त ऊर्जा और अनन्त संभावनाएँ हैं। यह संसार परमात्मा का केवल एक छोटा-सा अंश, जो वास्तविक बनकर दिखाई देता है।

लेकिन तुम यहाँ परमात्मा को पा सकते हो। वह प्रत्येक स्थान और प्रत्येक वस्तु में है। वह प्रत्येक वृक्ष में है, वह प्रत्येक सरिता, प्रत्येक पर्वत, और प्रत्येक व्यक्ति में है। जब एक बच्चा मुस्कराता है, तो वह ही मुस्कराता है, जब एक स्त्री रोती हुई अश्रु बहाती है, तो यह वह ही है, जो रो रहा है। वह भिखारी में भी है और सम्राट में भी, वह मुझमें भी है और तुममें भी–क्योंकि केवल वही है, केवल परमात्मा ही है।

लेकिन किसी-न-किसी तरह हम उसे चूके चले जाते हैं। और हम उसे खोजना और तलाशना चाहते हैं और हम हिमालय अथवा काबा अथवा कैलाश जाना चाहते हैं–जब कि कहीं भी–जाने की कोई जरूरत ही नहीं है। वह इतना ही अधिक यहाँ है, जितना कहीं और है, वह उतना ही अधिक तुम्हारे अन्दर है जितना वह मुहम्मद अथवा महावीर अथवा कृष्ण अथवा क्राइस्ट में है। वह सभी जगह बराबर और समान है, वहाँ कहीं भी कोई असमानता नहीं है, तुम्हें केवल उस तरह की लयबद्धता सृजित करनी है, जहाँ तुम उससे सम्बन्ध बनाकर उसे ग्रहण कर सको। वह ग्राह्ययता घटती है हृदय में, वह कभी भी सिर में नहीं घटती।

एक सद्गुरु का पूरा कार्य ही अपने शिष्यों को सिर विहीन, अहंकारशून्य और निर्विचार बनाने का होता है–और मैं यहाँ वही सब कुछ कर रहा हूँ। तुम्हारे पास अपने सिर के सिवा यहाँ और कुछ भी खोने को नहीं है।

चौथा प्रवचन

रोग का तुरन्त निदान

22 अगस्त, 1977

पहिला प्रश्न : आजकल इतने अधिक लोगों ने शीघ्रताशीघ्र बुद्धत्व घटने को बुद्धिगत खोज बना लिया है और चारों ओर घूमते हुए गुरु उनसे कह रहे हैं–'मेरा अनुसरण करो' और अभी भी यह संदेहास्पद है कि इस बारे में कोई उत्तर वहाँ है भी या नहीं। क्या आप इसे ठीक मानते हैं?

उत्तर–प्रत्येक युग के अपने विशिष्ट रोग होते हैं। आज के युग की विशिष्ट व्याधि है–समय की अत्यधिक चेतना। आधुनिक मन समय के प्रति बहुत अधिक सचेत है और चाहता है कि प्रत्येक कार्य तुरन्त हो जाए।

इसके यहाँ कारण भी हैं। पहिली बात यह कि आधुनिक मन पश्चिम की ओर उन्मुख है। आज चेतना से पूरब तो जैसे लुप्त हो गया है, क्योंकि पूरब में भी, पश्चिम ही वहाँ का यथार्थ बन चुका है। पूरब का अस्तित्व अब बचा ही नहीं है। पूरब की चेतना समयहीन शाश्वत थी। पश्चिम समय के प्रति अत्यधिक सचेत है।

कारण है–ईसाइयत। ईसाइयत के ख्याल मे वहाँ केवल एक ही जन्म है। इससे व्यग्रता उत्पन्न होती है। यदि वहाँ केवल एक ही जन्म है, तो प्रत्येक कार्य इसी जीवन में कर लेना, है, क्योंकि कोई दूसरा जन्म है ही नहीं।

पूरब के पास बहुत-बहुत लम्बा फैलाव है–लाखों करोड़ों जन्मों का। इसलिए इस बारे में उन्हें कोई भी जल्दी नहीं है। उनके लिए धैर्य रखना इसीलिए सम्भव है। कोई भी प्रतीक्षा कर सकता है। यदि यह जीवन समाप्त हो जाता है, तो कुछ भी समाप्त नहीं होता। तुम बार-बार लौटकर वापस आओगे। तुम्हें तेजी से भागने की कोई भी ज़रूरत नहीं है। संसार के प्रति समयहीनता और शाश्वतता का यह दृष्टिकोण, पूरी तौर

से एक भिन्न दृष्टिकोण था। पूरब समय और उसकी कमी के बारे में कभी चिन्तित रहा ही नहीं। पूरब ने यह कभी भी नहीं कहा कि समय ही धन है। यह पूरा विचार कि समय ही धन है, केवल मूर्खतापूर्ण है।

समय जैसा है, वैसा अस्तित्व में नहीं होता। समय होता है तुम्हारी कामना में, तुम्हारे मन में जो वास्तव में अस्तित्व में है, वह है शाश्वतता। यह वहाँ सदा रहती है और सदा रही भी है। इसलिए पूरब एक तरह से परिपूर्ण धैर्य में जीता रहा है।

लेकिन अब संसार से पूरब लुप्त हो गया है। पश्चिमी दृष्टि कहती है कि यहाँ केवल एक ही जीवन है और वह कितने समय तक बना रहेगा, यह निश्चित नहीं। तृतीय विश्व युद्ध की आशंका के कारण, आणविक ऊर्जा और उद्जन बम के कारण यह निश्चित नहीं है कि तुम अपना पूरा जीवन जीने में समर्थ हो सकोगे। किसी भी क्षण...इन पागल राजनीतिज्ञों पर निर्भर रहा ही नहीं जा सकता। यह लोग इतने अधिक पागल हैं कि किसी भी क्षण यह पूरा संसार नष्ट हो सकता है। बहुत अधिक भय उत्पन्न हो गया है, इससे।

इसी कारण युवा पीढ़ी में से जो लोग पृथ्वी पर द्वितीय महायुद्ध के बाद आये हैं, उनके अन्दर शीघ्रताशीघ्र बुद्धत्व घटने की व्यग्रता कहीं अधिक है। उसे जल्दी-से-जल्दी होना चाहिए यदि वह घटने ही जा रहा है, जो उसे शीघ्र घटना चाहिए। कोई भी अपनी मृत्यु के बारे में कुछ भी नहीं जानता। जो लोग हीरोशिमा और नागासाकी में मर गये उन्होंने अणु बम के बारे मे सपने तक में नहीं सोचा था, इन्होंने कभी ऐसा दुःस्वप्न भी नहीं देखा था कि कुछ ही क्षणों में सभी कुछ नष्ट हो गये। वे सभी तुम्हारे जैसे ही मनुष्य थे। तुम भी पाँच मिनटों में मर सकते हो। राजनीतिज्ञों के पास पूरी पृथ्वी को नष्ट करने की शक्ति है।

मनुष्य जाति के इतिहास में पहली बार राजनीतिज्ञ इतने अधिक शक्तिशाली और शक्तिसम्पन्न हैं। राजनीतिज्ञ हमेशा ही से खतरनाक रहे हैं। राजनेता उतना ही पागल है, जितना अधिक पागलपन एक व्यक्ति में होना सम्भव है। लेकिन वह हमेशा से पागल तो रहा है, लेकिन इस बार इस पागल के पास हाइड्रोजन बम है।

इसीलिए जो बच्चे द्वितीय–विश्व–युद्ध के बाद जन्मे हैं, वे इस बारे में बहुत सचेत हैं कि कोई चीज़ शीघ्रताशीघ्र और तेजी से तुरन्त घटनी ही चाहिए। इसलिए यह शब्द Instant अथार्त 'तुरन्त' बहुत-बहुत महत्त्वपूर्ण बन गया है। तुरन्त, इसी क्षण तैयार कॉफी चाहिए, तुरन्त इसी क्षण सेक्स की सन्तुष्टि चाहिए। और तुरन्त बुद्धत्व घटना चाहिए। प्रत्येक चीज़ ठीक अभी होनी चाहिए अभी या कभी नहीं। कौन जानता है कल के बारे में? तुम कल का विश्वास नहीं कर सकते। आने वाला कल अभी भी इतना अधिक अनिश्चित कभी भी नहीं रहा, जितना कि आज है।

इसका पहिला कारण है–पश्चिम की एक ही जन्म होने की धारणा और दूसरा कारण है–पश्चिम में हाइड्रोजन बम का आविष्कार होना, जिससे पूरे विश्व की आग की लपटों में नष्ट हो जाने की सम्भावना ने, प्रेम करने की, स्वयं को जानने और उपलब्ध होने की कामना को जन्म दिया है।

अत्यधिक बढ़ती समय चेतना ही तुम्हारे अस्तित्व में एक तत्त्व बन गयी है। यह तुम्हें विश्राममय होने की अनुमति देती ही नहीं। और अब असमंजस की स्थिति आ जाती है। यदि तुम वास्तव में बोध को उपलब्ध होना चाहते हो, तो उसके लिए सबसे बड़ी आवश्यकता है–तनाव का न होना। और यदि तुम तुरन्त बुद्ध होना चाहते हो, तब यह असम्भव है, क्योंकि तुम अधिक तनाव से भरे हुए हो। यही कारण है कि तुम उसके ठीक अभी होने के बारे में पूछ रहे हो।

यदि तुम चाहते हो कि तुम्हें कभी बुद्धत्व घटे, तो तुम्हें प्रतीक्षा करने के लिए तैयार रहना होगा। यदि वह अनन्त काल के बाद भी आता है, तुम उसे स्वीकार करने के लिए तैयार रहो, तुम शीघ्रता में मत रहो। तब वह तुरन्त भी आ सकता है। जो व्यक्ति सदा के लिए अनन्त प्रतीक्षा करने को तैयार है, वह बहुत विश्राममय होता है, वह कोई भी तनाव, कोई भी व्यग्रता और कोई भी दुःख जानता ही नहीं। इन्हीं विश्राममय क्षणों में, सटोरी, समाधि और बुद्धत्व सभी कुछ सम्भव है।

मैं तुम्हें एक बहुत पुरानी हिन्दुओं की एक कथा सुनाना चाहूँगा।

एक महान भक्त नारद, स्वर्ग जा रहे थे। वह स्वर्ग और पृथ्वी के मध्य निरन्तर आते-जाते रहते थे। वह इस संसार और उस संसार के

बीच एक डाकिए की तरह कार्य करते थे। वह दोनों के मध्य एक सेतु के समान थे।

वह रास्ते में एक बहुत बूढ़े साधु से मिले, जो एक वृक्ष के नीचे बैठा मन्त्र जपते हुए भावातीत ध्यान कर रहा था। वह उस मन्त्र को कई वर्षों से नहीं, कई जन्मों से दोहरा रहा था। नारद ने उससे कहा–"क्या किसी भी चीज़ के बारे में कुछ पूछना चाहते हो। क्या तुम भगवान के लिए कोई संदेश भेजना चाहते हो?"

उस वृद्ध साधु ने अपनी आँखें खोलकर कहा–"आप केवल एक ही चीज़ के बारे में परमात्मा से पूछ कर बताइए कि मुझे अब कितनी लम्बी प्रतीक्षा और करनी होगी! उनसे कहिएगा, अब मेरा ध्यान तो बहुत अधिक हो चुका। मैं कई जन्मों से इस मंत्र को जप रहा हूँ, अब मुझे इसे कितने और समय तक जपना होगा? बस मुझे केवल यही पूछना है। मैं अब थक चुका हूँ, बहुत अधिक ऊब चुका हूँ।"

उन्हीं पुराने साधु के बगल में, एक दूसरा वृक्ष भी था जिसके नीचे एक युवा अपना एकतारा बजाता हुआ मस्ती से नृत्य कर रहा था। वह जरूर ही एक बाउल जैसा ही रहा होगा।

नारद ने उससे हँसी-हँसी में पूछा–"क्या तुम भी अपने बुद्धत्व घटने के बारे में परमात्मा से यह जानना चाहते हो कि उसे घटने में कितना समय और लगेगा?''

लेकिन वह युवक हँस पड़ा और फिर उसी तरह नाचने लगा।

नारद स्वर्ग गये। और कुछ दिनों बाद जब वे लौटकर पृथ्वी पर आये तो उन्होंने उस वृद्ध साधु से कहा–"मैंने परमात्मा से आपके बारे में पूछा था और उन्होंने कहा कि आपको कम-से-कम तीन जन्मों तक और प्रतीक्षा करनी होगी।''

वह वृद्ध साधु यह सुनकर इतना अधिक नाराज हो गया कि उसने अपनी माला नीचे उतार फेंकी। वह लगभग नारद पर प्रहार करने को जैसे तैयार था। उसने बड़बड़ाते हुए कहा–"मैं सभी तरह के कठोर तप, मन्त्र जाप, उपवास और सभी संस्कार और धर्म में बतलायी गयी सारी जरूरतें पूरी करता हुआ बस प्रतीक्षा और प्रतीक्षा करता आ रहा हूँ। अब तो यह

बात बहुत अधिक हो चुकी। तीन जन्म और लगेंगे–यह तो सरासर अन्याय है।

तब नारद जी को उस युवक से कुछ बताने कहने में भी डर लगा क्योंकि वह युवक अभी भी उसी वृक्ष के नीचे बहुत आनन्द से नृत्य कर रहा था। नारद जी डर के बावजूद भी उस युवा के निकट गये और उससे कहा–"यद्यपि तुमने परमात्मा से कुछ भी पूछने को कहा तो न था, लेकिन फिर भी अपनी ही उत्सुकता से मैंने परमात्मा से पूछ ही लिया। जब परमात्मा ने उस वृद्ध साधु के बारे में यह बताया कि उसे मुक्त होने के लिए अभी तीन जन्मों तक प्रतीक्षा और करनी होगी, तब मैंने पेड़ के नीचे एकतारा बजाते और नाचते तुम्हारे बारे में भी पूछ लिया। और उन्होंने कहा–वह युवक...उसे तो अभी उतने जन्मों तक और प्रतीक्षा करनी होगी, जितने उस वृक्ष में पत्ते हैं, जिसके नीचे वह नृत्य कर रहा है।

यह सुनकर वह युवक और अधिक तेजी और मस्ती से नृत्य करता हुआ बोला–"तब तो वह अधिक दूर नहीं है। केवल उतने ही जन्म जितने इस वृक्ष में पत्ते हैं। तब यह अधिक दूर नहीं है और मैं तो लगभग पहुँच ही गया हूँ–क्योंकि जरा विचार करें इस पूरी पृथ्वी पर वहाँ कितने अधिक वृक्ष हैं। उनकी तुलना में यह अवधि बहुत निकट है। बहुत-बहुत धन्यवाद, जो आपने परमात्मा से पूछा श्रीमान!"

और उसने फिर से नाचना शुरू कर दिया। और कहानी यह कहती है कि वह युवक उसी क्षण बुद्धत्व को उपलब्ध हो गया। लेकिन यह कहानी उस बूढ़े साधु के बारे में कुछ भी नहीं बताती। मेरे ख्याल मे उसे अभी भी यहीं कहीं जरूर होना चाहिए। उसकी पहुँच ही ग़लत थी। उसकी प्रार्थना और पूजा में तनाव भरा चित्र लगा हुआ था। उसकी प्रार्थना, एक अहंकार युक्त माँग के कारण थी।

तुम केवल तभी बुद्धत्व को उपलब्ध होते हो, जब वहाँ माँगने वाला कोई अहंकार होता ही नहीं–जब वहाँ न कोई माँग होती है और न कोई माँगने वाला।

समय, अहंकार सृजित करता है। जानवरों में नहीं होता अहंकार, क्योंकि उन्हें समय की कोई चेतना या बोध नहीं होता। अहंकार, बच्चों में भी नहीं

होता, क्योंकि वे भी उसी समय के प्रति सचेत नहीं हैं। जब तुम समय के प्रति सचेत हो जाते हो, तुम बहुत-सी अन्य चीज़ों के बारे में सजग हो जाते हो। पहिली बात तो यह कि समय की चेतना से मृत्यु के प्रति भय उत्पन्न होता है। तुम तुरन्त ही मृत्यु के प्रति सचेत बन जाते हो।

इसी कारण संस्कृत में इन दोनों के लिए हमारे पास एक ही नाम है–और समय को काल कहकर पुकारते हैं, और मृत्यु को भी काल कहते हैं। इन दोनों के लिए एक ही नाम हमारे पास केवल इसीलिए है, क्योंकि यह एक ही घटना के दो पक्ष हैं। समय और मृत्यु, यह दोनों एक दूसरे से जुदा नहीं हैं। जिस क्षण तुम समय के बारे में सजग हो जाते हो, तुम मृत्यु के बारे में भी सचेत बनते हो, क्योंकि समय बहुत तेजी से गुजरता जा रहा है, मृत्यु निकट आती जा रही है। मृत्यु वहाँ है, और इससे पहिले मृत्यु तुम्हें अपने पंजों में जकड़े, तुम्हें उससे पूर्व ही कुछ करना होगा। तब भय, व्यग्रता...

उसी भय, व्यग्रता और अधैर्य में तुम उसे खोजने जा सकते हो, लेकिन तुम उसे पाओगे नहीं। वह इस भाँति नहीं है कि तुम्हें जैसे परमात्मा को खोजना है, वह कुछ ऐसा है कि तुम्हें इसके लिए सहमत होना पड़ेगा कि वह तुम्हें पा ले। इसलिए तुम्हें कामनामुक्त बिना किसी मांग विश्राममय और ग्राह्य चित्तवृत्ति के साथ कुछ इस तरह का बनना होगा, जैसे मानो वह पहिले ही घट चकी हो। इस मौन, शांत और इस तनावमुक्त चित्त दशा में ही वह घटता है।

तुम पूछ रहे हो–इन दिनों इतने अधिक लोग शीघ्रताशीघ्र बुद्धत्व घटने की ओर आतुरता से देख रहे हैं-'मेरा अनुसरण करो और यह अभी भी एक प्रश्नचिन्ह है, कि इस बारे में कोई उत्तर क्या वहाँ है?'

वह उत्तर तुम्हारे ही अन्दर है, वह कहीं किसी अन्य स्थान पर नहीं है। इसलिए यदि तुम किसी व्यक्ति का अनुसरण करना चाहते हो, तो ऐसे व्यक्ति का अनुसरण करो, जो तुम्हें वापस तुम्हारे ही केन्द्र पर फेंक दे–क्योंकि वह उत्तर तुम्हारे ही अन्दर है। बाहर के गुरु का कार्य तुम्हारी इतनी ही सहायता करना है, जिससे तुम अपने अन्दर ही गुरु को पा सको।

यदि बाहर का गुरु तुम्हें अपने में बाँध लेना चाहता है, जिससे तुम उसके चारों ओर घूमते रहो यदि वह चाहता है कि तुम उसके आश्रित होकर रहो, तब वह गुरु खतरनाक है। उससे दूर रहो। तब वह एक सद्गुरु नहीं है। तब उसे अनुयाइयों की जरूरत है, लेकिन वह एक सद्गुरु नहीं है। तब अपने अनुसरण करने वालों के द्वारा वह अपने अहंकार को सन्तुष्ट कर रहा है। उसे अच्छा लगता है, क्योंकि उसके पास इतने अधिक अनुसरण करने वाले हैं? उसके अच्छे लगने का बुद्धत्व से कुछ भी लेना-देना नहीं है, उसका अच्छा लगना उतना ही राजनीतिक है, जैसा किसी राजनीतिज्ञ को तब अनुभव होता है, जब वह सत्ता में होता है। जब तुम यह जानते हो कि तुम्हारे इतने अधिक शिष्य हैं, इतने अधिक लोग तुम्हारा अनुसरण करते हैं, जिनकी संख्या हज़ारों में है, तो यह विचार तुम्हें एक तरह की शक्ति देता है। यह शक्ति और सत्ता की दौड़ में लगा है, तो वह तुम्हें, तुम्हारे आंतरिक केन्द्र तक पहुँचाने में कोई भी सहायता नहीं करेगा। वह तुम्हारी सहायता करने वाला आख़िरी व्यक्ति ही होगा। वह तो बाधाएँ उत्पन्न करेगा। वह सभी तरह के अवरोध निर्मित करेगा, जिससे तुम स्वयं अपने केन्द्र पर न पहुँच सको, क्योंकि यदि तुम अपने केन्द्र पर पहुँच जाते हो, तो तुम उस तथाकथित गुरु से अपने आपको मुक्त कर लोगे। फिर उसकी जरूरत ही नहीं रह जाएगी। हाँ, तुम उसे धन्यवाद दोगे और तुम अपने रास्ते पर आगे बढ़ जाओगे। तुम उसके प्रति कृतज्ञ रहोगे कि उसने तुम्हारी सहायता की, तुम्हें अपने अस्तित्व के केन्द्र तक पहुँचने में उसने मार्ग निर्देशन दिया, लेकिन सभी कुछ बस इतना ही होगा। तुम अब स्वयं आगे बढ़ने के लिए तैयार हो, अब तुम पहले ही से अपने ही अस्तित्व को होने का स्वाद लेने को तैयार हो।

इसलिए स्मरण रहे, यह बात तुम्हारे लिए एक कसौटी बन जाए। यदि तुम अनुभव करो कि कोई भी गुरु इतने अधिक शिष्यों के होने के विचार से ही प्रसन हो रहा हो और तुम्हें तुम्हारे अन्दर ही प्रविष्ट होने में अवरोध उत्पन्न कर रहा हो और यह चाहता हो कि तुम्हें उससे बंधकर रहना चाहिए, और वह तुम्हें अधिक-से-अधिक असहाय और अपने आश्रित बना रहा हो, जो तुम्हारे अन्दर अधिक से अधिक भय उत्पन्न कर तुम्हारे अन्दर

अपराधबोध उत्पन्न कर रहा हो और यह कहे चले जाता हो कि केवल मेरे द्वारा ही तुम्हारी मुक्ति सम्भव है, ऐसा गुरु तुम्हारी स्वतंत्रता लेकर तुम्हें नष्ट कर देता है–तब ऐसे व्यक्ति से बचकर दूर चले जाना, ऐसा व्यक्ति शैतान का अवतार है। उससे बचकर रहना।

किसी ऐसे व्यक्ति की खोज करो, जिसे अपना अनुसरण करने वालों की कोई जरूरत ही नहीं हो, जिसे अपने चारों ओर एक बड़ी भीड़ इकट्ठी करने की कोई आवश्यकता ही न हो, जो स्वयं अपने आपमें परिपूर्ण संतुष्ट हो, जब वह अकेला भी हो फिर भी वह पूर्ण रूप से स्वयं अपने आप में तृप्त और आनन्दित हो। तब ऐसा ही व्यक्ति अत्यधिक सहायता कर सकता है।

लेकिन फिर याद दिला दूँ, उत्तर कहीं और बाहर नहीं है, वह उत्तर तुम्हारे ही अन्दर है। परमात्मा का राज्य तुम्हारे ही अन्दर है। तुम पहिले ही से वह उत्तर अपने साथ लिए चल रहे हो। यह हो सकता है कि तुमने कभी उसकी ओर देखा न हो, उसे पढ़ा न हो, यह भी हो सकता है कि तुम उसके संकेतों का रहस्य खोलना अभी न जानते हो और यह भी हो सकता है कि तुम्हारे अपने आंतरिक तीर्थ में द्वार की कुंजी कहीं खो दी हो। तुम्हारी सहायता करते हुए तुम्हारा पथ प्रदर्शन कर सकता है।

बुद्ध ने कहा है–"बुद्ध केवल मार्ग दिखलाते हैं, यात्रा तुम्हें ही करनी है।" वह तुम्हारे लिए यात्रा नहीं कर सकते। कोई भी तुम्हारी मुक्ति या मोक्ष को सृजित नहीं कर सकता। यह केवल तुम्हारी ही जिम्मेदारी है, क्योंकि यह तुम ही हो, जिसने यह बन्धन निर्मित किए हैं और वह तुम ही हो तो उसे छोड़ सकते हो। हाँ कोई दूसरा व्यक्ति इस स्थिति के बारे में तुम्हें सजग और सचेत बनने में तुम्हारी अत्यधिक सहायता कर सकता है।

आज के युग के बारे में एक बात और है। अब पुराने अवलम्ब और सहारे नष्ट हो चुके हैं। अब ईसाई, इस्लाम, हिन्दू और बौद्ध धर्मों में उस किस्म की पकड़ और आकर्षण नहीं रह गया है, जैसा अतीत में कभी हुआ करता था। गिरजाघर, मंदिर, मस्जिद और सभी पूजागृह अब केवल सजावट भरे औपचारिक स्थान भर रह गये हैं। अब किसी का भी हृदय वहाँ है। ही नहीं।

फ्रेड्रिक नीत्शे इस युग का मसीहा है। उसने घोषणा की है कि परमात्मा अब मर गया है और मनुष्य स्वतन्त्र है–कम-से-कम वह परमात्मा, जिस पर लोग विश्वास किया करते थे वह अब वहाँ है ही नहीं, वह मर चुका है। विश्वास करने वालों का परमात्मा मर चुका है, ईसाइयों, मुसलमानों और हिन्दुओं का परमात्मा मर चुका है। वास्तव में प्रामाणिक परमात्मा का सामान्य अर्थ होता है–शाश्वत जीवन, अन्य और कुछ भी नहीं। यदि पूरा अस्तित्व जीवित है, तो प्रामाणिक परमात्मा कभी मर ही नहीं सकता! प्रामाणिक परमात्मा का प्रामाणिक अर्थ है–अस्तित्व, जीवन, यह पूरा ब्रह्माण्ड। लेकिन मैं फ्रेड्रिक नीत्शे के आधे वक्तव्य का ही समर्थन करता हूँ–लेकिन मनुष्य स्वतन्त्र नहीं है। वास्तव में मनुष्य बहुत बड़ी उलझन या भ्रम में है।

मनुष्य हमेशा विश्वासों पर, पूजाघरों, संगठित धर्मों और शास्त्रों पर निर्भर रहा है–और ये सभी मिट गये। और मनुष्य अभी भी विकसित न हो सका है। उसे अभी भी ऐसे किसी व्यक्ति की आवश्यकता है, जिस पर वह निर्भर हो सके–इसीलिए वह गुरुओं की खोज किए चले जा रहा है।

पुराने दिनों में ईसाइयों के पास अपने पादरी, हिन्दुओं के पास अपने गुरु और मुसलमानों के पास अपने मौलाना हुआ करते थे, अब वे अधिक संगत नहीं रह गये हैं। लेकिन मनुष्य के गहरे में अभी भी एक किस्म की निःसहायता है। मनुष्य अभी भी स्वयं अपने होने का स्वाद लेने में समर्थ नहीं हुआ है, वह अभी भी अपने पैरों पर खड़ा होने योग्य नहीं बना है। वह अभी भी भयभीत है। वह व्यक्ति के आगे झुकना चाहता है। इसलिए वह किसी भी ऐसे व्यक्ति के जाल में गिरने को तैयार है, जो यह दावा कर सके कि मैं तुम्हारा सहारा बनने जा रहा हूँ।"

"तुम मुझसे पूछ रहे हो, "क्या आप इसे ठीक समझते हैं?"

यहाँ क्यों इतने अधिक लोग तुरन्त बुद्धत्व को उपलब्ध होना चाहते हैं? और क्यों इतने अधिक लोग यहाँ यह दावा कर रहे हैं कि वे तुम्हें यह चीज़ें दे सकते हैं? यह अर्थशास्त्र का एक साधारण नियम है : जब वहाँ किसी चीज़ की माँग होती है, तो उसकी पूर्ति भी होती है। यदि तुम तुरन्त बुद्धत्व के बारे

में पूछ रहे हो, तो वहाँ कोई-न-कोई किसी ऐसे चतुर और चालाक व्यक्ति का होना जरूरी है, जो यह दावा करना शुरू कर सके कि वह तुम्हें उसे दे सकता है। तुम बस माँगते हो और तुम पाओगे कि उसे देने वाले लोग मौजूद हैं। माँगी हुई कोई भी चीज़ मिल सकती है। हर चीज़ को पैदा करने वाले लोग हमेशा ही होते हैं वहाँ।

मैं पिछली ही रात एक पुस्तक पढ़ रहा था। मैं आश्चर्यचकित रह गया। आज के युग में ऐसी पुस्तकें भी लिखी जा सकती हैं और वह भी कहीं और नहीं केवल अमेरिका में ही। लेखक उस पुस्तक की भूमिका में लिखता है– "क्या तुम बेरोजगार हो? क्या तुम बीमार हो? क्या तुम बिना किसी स्त्री के अथवा बिना किसी पुरुष के रह रहे हो? क्या तुम निर्धन हो? क्या तुम चाहते हो कि तुम्हारे पास एक सुन्दर स्वास्थ्य और अधिक धन हो? क्या तुम अपने शत्रु को पराजित करना चाहते हो? अथवा कोई भी अन्य चीज़ चाहते हो? तब उसकी कुंजी यहाँ है।

और इसका लेखक अपने को एक आध्यात्मिक सद्‌गुरु होने का दावा कर रहा है। और प्रमाण देते हुए वह कहता है–"मेरी ओर देखो। ठीक तीन वर्ष पूर्व मैं भी निर्धन था, अपनी पत्नी के साथ मेरे जीवन में निरन्तर झगड़े और फसाद थे, मैं इतना अधिक दुःखी था कि मैं आत्महत्या करने के बारे में सोचा करता था। मैं संसार भर में सबसे अधिक दुःखी लोगों में से एक था। लेकिन इस रहस्य की कुंजी तिब्बत में मुझे एक गुरु से मिली।

अब यह तिब्बत बहुत सुन्दर है। तुम तिब्बत से कोई भी चीज़ हमेशा खोज सकते हो। और इस रहस्य ने जादू जैसा असर किया। अब मेरे पास एक कैडीलैक कार है, रहने के लिए मकान है, पाँचों अंकों में मेरी बैंक में जमा धनराशि है, मेरा जीवन पूरी तरह से सुन्दर और सुखी है। मेरे और मेरी पत्नी के बीच प्यार का पुष्प फिर से खिल उठा है और मैं अब एक प्रसिद्ध व्यक्ति हूँ।"

और वह अपना पता देते हुए आगे लिखता है–"तुम मेरे पास किसी भी समय आ सकते हो।" वह मान्ट्रियल में रहता है। तुम उसके पास कभी भी जा सकते हो और वह यह भी लिखता है–"स्वयं आकर देख सकते हो कि मेरे

गुरु के आशीर्वाद से मेरे साथ कैसे-कैसे चमत्कार घटे हैं। और मैं तुम्हें भी वह रहस्य दे सकता हूँ।

पुराने समय में इस तरह की आध्यात्मिकता पर लोग हँसते। लेकिन अब इस तरह के लोग यहाँ उपलब्ध हैं, और इस तरह के लोग बहुत प्रमुख बन रहे हैं। तुम जो चाहे माँगों, वे पहिले ही से देने को तैयार बैठे हैं–कम से कम वे देने का वायदा तो करते हैं। वास्तव में उसे देने की कोई जरूरत भी नहीं है। वह वायदा ही पर्याप्त है। तुम एक गुरु के पास जाते हो, और तुम असफल हो जाते हो, यदि तुम्हें वह उपलब्ध नहीं होता है, तो तुम दूसरे की ओर बढ़ जाते हो। और पहिले गुरु के पास फिर कोई दूसरा व्यक्ति आता है और इस तरह से लोग अपनी कामना के साथ एक गुरु से दूसरे गुरु के पास घूमते रहते हैं कि कहीं-न-कहीं तो आख़िर कुछ घटेगा ही।

पहिली बात तो यह कि यह संसार एक बाजार ही नहीं, एक सुपर बाजार है, उसके प्रति सजग बने रहो। इस स्थान पर सभी तरह के दावे करने वाले लोग हैं। वे तुम्हारी कामनाओं की माँग सुनते हैं और दावा करने लगते हैं। वे तुम्हारी कामनाओं की भाषा में ही तुमसे बात करते हैं।

एक प्रामाणिक सद्‌गुरु तुम्हारी माँगों और तुम्हारी कामनाओं की भाषा में तुमसे बात नहीं करता। एक प्रामाणिक सद्‌गुरु केवल एक ही चीज़ का वायदा करता है–और वह है मृत्यु। एक प्रामाणिक सद्‌गुरु कहता है–"मैं तुम्हारी ही सलीब बनने जा रहा हूँ। मैं तुम्हें मरने और मिटने में सहायता कर सकता हूँ।" एक प्रामाणिक सद्‌गुरु तुमसे तुम्हें केवल सूली पर लटकाने का ही वायदा कर सकता है, क्योंकि केवल सूली पर चढ़ने के बाद ही तुम्हारा पुनर्जन्म होगा। केवल जब तुम एक मनुष्य की भाँति मिट जाओगे, तुम्हारे अन्दर परमात्मा का जन्म होगा। केवल जब तुम नहीं होते हो, तभी परमात्मा होता है।

इसलिए तुम जब भी कभी ऐसा खतरनाक सद्‌गुरु पाओ, जो तुम्हें जलती आग में ज्वालाओं में फेंकने को तैयार हो, जो तुम्हें पूरी तरह मिटाने के लिए तैयार हो, जिसे तुम्हें अपना अनुसरणकर्ता बनाने की कोई जरूरत न हो, जो इस बात की जरा भी फिक्र न करे कि तुम उसका अनुसरण करते हो अथवा नहीं, केवल वही सद्‌गुरु तुम्हारी कुछ सहायता कर सकता

है। लेकिन हमेशा स्मरण रहे, उत्तर तुम्हारे ही अन्दर है। केवल वही तुम्हें अपने अन्दर जाने में निर्देशित करेगा, क्योंकि तुम स्वयं अपने अन्दर जाने में समर्थ नहीं हों, तुम्हें एक तरह की सहायता की जरूरत है–तुम्हें, किसी ऐसे व्यक्ति की जरूरत है, जो इस मार्ग को जानता हो, जो स्वयं अपने अस्तित्व के केन्द्र तक पहुँचा हो, जो पूरी तरह से उस मार्ग में भटक जाने की सम्भावनाओं के प्रति सचेत हो, जो यह जानता हो कि उस रास्ते में कितने गड्ढ़े हैं।

और उस रास्ते में कितने ग़लत मोड़ हैं, जो इसके प्रति भी सचेत हो कि इस मार्ग में कितने नकली द्वार हैं और जो इसके प्रति भी पूरी सचेत हो कि उसे जो भी काम करना है, वह कितना अधिक कठिन और श्रमपूर्ण है। और एक प्रामाणिक सद्गुरु तुम्हें शीघ्र ही बुद्धत्व को उपलब्ध घटने का वायदा नहीं करेगा–जो केवल मात्र एक मूर्खता है, इसके लिए छोटे रास्ते होते ही नहीं। एक व्यक्ति को धीमे-धीमे धैर्यपूर्वक विकसित होना होता है। शीघ्रता से धन प्राप्त किया जा सकता है, तुम एक चोर बनकर उसे चुरा सकते हो, लेकिन तुम परमात्मा को नहीं चुरा सकते, तुम उस तरह के चोर नहीं बन सकते। धन की संभावना है–तुम आयकर अधिकारी अथवा आयकर कार्यालय को धोखा दे सकते हो–लेकिन तुम परमात्मा को धोखा कैसे दे सकते हो?

यदि तुम ग़लत साधनों का प्रयोग कर रहे हो, तो शीघ्रता से धन प्राप्त करना सम्भव है, लेकिन यदि तुम अपने आध्यात्मिक विकास में ग़लत साधनों का प्रयोग कर रहे हो, तो तुम स्वयं अपने को ही नष्ट करोगे। उस मार्ग में ग़लत साधनों का प्रयोग नहीं कर सकते। साधारण संसार में तुम ऐसा कर सकते हो। साधारण संसार उन लोगों के लिए पूरी तरह प्राप्य है, जो शोषण और उत्पीड़न करना चाहते हैं, लेकिन शोषकों के लिए परमात्मा उपलब्ध नहीं है। परमात्मा केवल उन लोगों को ही उपलब्ध है, जो सच्चे हैं, प्रामाणिक और निर्दोष हैं। वहाँ साधन और साध्य पृथक नहीं हैं, वे दोनों एक जैसे ही हैं। केवल ठीक साधन ही तुम्हें ठीक अन्त तक ले जा सकेंगे।

यदि कोई भी व्यक्ति तुम्हें शीघ्रताशीघ्र तुरन्त बुद्धत्व घटने का वायदा कर रहा है, तो निश्चित रूप से वह तुम्हें धोखा देने जा रहा है। और यदि

तुम इस जाल में गिरते हो तुम्हीं इसके लिए जिम्मेदार हो–क्योंकि पहिली बात तो यह है कि तुम ही तुरन्त बुद्धत्व को उपलब्ध होना चाहते हो। यह मूर्खतापूर्ण है। यह विचार ही तुम्हें इस मूढ़ता और इस बंदीघर तक ले आया है। आदेश देकर परमात्मा की फरमाइश नहीं की जा सकती। तुम्हें स्वयं अपने को तैयार करना होगा, तुम्हें स्वयं उसके योग्य बनना होगा। और यह लम्बी यात्रा है। तुम भाग्यशाली होंगे, यदि तुम कभी इसे प्राप्त कर सको। यदि वह तुम्हें कभी घटता है, तो तुम धन्यभागी होंगे। तुम पर परमात्मा के आशीर्वाद बरसेंगे। और याद रहे, मैं यह नहीं कह रहा हूँ कि वह अभी घट ही नहीं सकता। यदि तुम पहिले से तैयार हो, यदि तुम अनन्त काल तक प्रतीक्षा करने को तैयार हो, तो वह अभी इसी क्षण घट सकता है, क्योंकि इस क्षण में भी सम्भावित शक्ति और ऊर्जा है, जो किसी अन्य क्षण में हो सकती है। इस समय भी परमात्मा का द्वार वैसा ही खुला हुआ है, जैसा वह हमेशा खुला रहता है। लेकिन देखने के लिए तुम्हें उस दृष्टि और उन आँखों की जरूरत होगी, तुम्हें उड़ने के लिए पंखों की जरूरत होगी, तुम्हें जरूरत होगी एक गर्भ की भाँति उसे ग्रहण करने की, तुम्हें जरूरत होगी एक निर्दोष, निर्विचार, प्रेमपूर्ण और करुणामय शुद्ध मन और हृदय की। ये चीज़ें फैलने में कुछ समय लगता ही है।

• दूसरा प्रश्न–नदी की धारा के विरुद्ध संघर्ष करना क्या मेरे वश में है?

उत्तर-पहिली बात, यदि तुम ऐसा करते भी हो, तो भी तुम उससे संघर्ष करने में समर्थ न हो सकोगे। एक क्षण के लिए तुम शक्तिशाली होने का अनुभव कर सकते हो–कि तुम नदी की धारा से संघर्ष कर रहे हो–लेकिन अन्त में तुम उससे पराजित हो जाओगे। नदी बहुत बड़ी है। और उसकी ऊर्जा भी बहुत अधिक है, वह तुम्हें अपने साथ बहा ले जाएगी। अन्त में तुम केवल पराजित और निराश होने का ही अनुभव करोगे।

यही है वह जिसे लोग कर रहे हैं, और इसी वजह से लोग इतने अधिक हताश, और उदास, इतने अधिक पराजित और निराश दिखाई देते हैं। वे नदी को धकेल रहे हैं, जीवन से संघर्ष कर रहे हैं–जीवन पर आस्था न कर उससे लड़े चले जा रहे हैं।

एक बहुत विषैला विचार मनुष्य के मन में प्रविष्ट हो गया है–कि जीवन संघर्ष है, कि प्रत्येक व्यक्ति को उससे लड़ना है, कि यह संघर्ष जीवित बने रहने के लिए है और यहाँ प्रत्येक व्यक्ति तुम्हारा शत्रु है। तुम प्रत्येक व्यक्ति को दुश्मन समझ कर उससे सावधान रहो। प्रत्येक व्यक्ति तुम्हें नष्ट करने जा रहा है, इसलिए पहिले वह तुम्हें नष्ट करे, अच्छा यही है कि तुम्हें उस पर छलांग लगा देना चाहिए।

कुछ ही दिन पूर्व मैं एक नया 'दैवी आदेश' पढ रहा था–"दूसरे लोग जो कुछ भी तुम्हारे साथ करें, उससे पहले ही वह सब कुछ तुम उनके साथ कर दो! यह बहुत विषैला और अधार्मिक विचार है।"

धर्म का अर्थ होता है–श्रद्धा और समर्पण से नदी के प्रवाह के साथ बहना, परमात्मा के साथ-साथ चलना। हम इसी संसार में रहने वाले लोग हैं, किसी अन्य ग्रह से आये विदेशी नहीं हैं और न यहाँ कोई भी व्यक्ति तुम्हारा शत्रु है। यहां तक कि शत्रु भी तुम्हारा शत्रु नहीं है, तुमने जरूर ही इसे ग़लती से अपना शत्रु मान लिया है। चरित्र का अन्तिम रूप से संश्लेषण करने में तुम्हारे शत्रु भी मित्र हो जाएँगे। वे तुम्हें चुनौतियाँ देने के लिए थे, वे तुम्हारे विकसित होने के लिए स्थितियाँ निर्मित कर रहे थे।

जीवन से लड़ो मत, उससे संघर्ष मत करो। यदि तुम उसे लड़ते हो तो उससे कभी भी जीत न पाओगे। मैं तुम्हें उस विरोधाभासी वक्तव्य की याद दिलाना चाहता हूँ–और सभी महान वक्तव्य विरोधाभासी ही होते हैं। "यदि तुम जीतना चाहते हो तो जीतने का प्रयास ही मत करो। यदि तुम पराजित होना चाहते हो, तो जीतने का प्रयास करो।"

मैं सिकन्दर महान के बारे में और उसके अन्तिम शब्दों के बारे में एक पुस्तक पढ़ रहा था। मरने से पूर्व उसने जो अन्तिम शब्द कहे. वे अत्यधिक महत्त्वपूर्ण हैं। उन्हें स्मरण रखना। उसने जो अन्तिम शब्द कहे, वे सिकन्दर द्वारा कहे जाने वाले शब्द लगते ही नहीं, क्योंकि वास्तव में वह बहुत देर से समझ तक पहुँचा था। लेकिन फिर भी उसने देर न की थी। यदि सूर्यास्त के समय भी घर वापस लौट आओ, तो भी यह बहुत अधिक देरी नहीं है।

सूर्य डूब रहा था और सिकन्दर अन्तिम साँसें ले रहा था। वह अपने स्वर्ण

महल में मर रहा था। उसका महल सर्वाधिक सुन्दर महलों में से एक था, जो कभी भी उससे पूर्व किसी ने बनवाए थे। उसके पास वह सारी शक्ति और समृद्धि थी, और सर्वाधिक सुन्दर स्त्रियाँ उसके पास बैठी थीं, जो किसी व्यक्ति के पास हो सकती है। उसकी देखभाल करने के लिए संसार भर के महानतम चिकित्सक उसके चारों ओर बैठे थे और वह अधिक आयु का भी न था, लेकिन फिर भी वह मर रहा था।

और उन चिकित्सकों ने कहा–"अब हम असहाय हैं।" और वह कम से कम केवल चौबीस घण्टे, ठीक चौबीस घंटे और जीना चाहता था, क्योंकि वह अपनी माँ को देखना चाहता था। उसने अपनी माँ से वायदा किया था कि वह लौटकर वापस आएगा। उसे विश्व विजय करने के लिए घर छोड़कर जाना पड़ा था, और चलते समय अपनी माँ से वायदा किया था कि वह वापस लौटकर आएगा। उसके और माँ के बीच फासला बहुत थोड़ा-सा ही था, लेकिन फिर भी वहाँ पहुँचने के लिए, अथवा उसकी माँ को वहाँ तक लाने के लिए कम-से-कम चौबीस घंटों के समय की जरूरत थी। और वह केवल चौबीस घंटे और जीवित रहना चाहता था–संसार भर की सारी सम्पदा और शक्ति उसके पास थी, लेकिन चिकित्सकों ने कहा, "यह असम्भव है। अब आप चौबीस मिनट भी और जीवित नहीं रह सकते, जीवन आपके हाथों से तेजी से फिसलता जा रहा है। हम लोगों को बहुत अफसोस और खेद है कि हम लोग इसमें कुछ भी नहीं कर सकते।"

बहुमूल्य रत्न जड़ित सोने की शैय्या पर लेटे हुए सिकन्दर ने जरूर ही अपनी असहायता का शिद्दत से अनुभव किया होगा। वह अधिक नहीं, केवल चौबीस घण्टों का जीवन और माँग रहा था। वह कोई भिखारी नहीं था। सिकन्दर जैसे व्यक्ति के लिए चौबीस घंटों का समय माँगना कोई बहुत अधिक न था, लेकिन वह भी सम्भव न था।

और जब उसकी अन्तिम जीवन ज्योति बुझने ही जा रही थी, तो उसने अपनी आँखें खोलीं, अपने स्वर्णमय महल की ओर देखा, अपने चारों ओर खड़े सेनापतियों को देखा, फिर उसने अपनी अत्यधिक बहुमूल्य शैय्या को देखा, जिस पर एक निर्धन भिखारी की तरह लेटा हुआ वह

अन्तिम साँसें ले रहा था, और फिर इस पूरे व्यर्थ के बेतुके तामझाम को देखकर वह हँस पड़ा।

और वह केवल चौबीस घंटे का समय ही और माँग रहा था। और । उसके अन्तिम शब्द थे, जो उसने कहे, 'यह सभी कुछ व्यर्थ है।' और यह कहकर उसने अपनी आँखें मूंद ली' और मर गया।

यह सभी कुछ व्यर्थ और इसी व्यर्थता के लिए उसने अपने पूरे जीवन भर संघर्ष किया था। और वह पूरी तरह खाली, निर्धन, थका हुआ और सभी भ्रमों से मुक्त होकर मरा।

वह एक विश्व विजेता था। वह जीवन की सरिता को अपनी इच्छानुसार धकेल रहा था। वह अस्तित्व पर स्वयं अपने आपको स्थापित करना चाहता था।

कृपया नदी के प्रवाह के साथ बहें। तुम एक खण्ड हो। तुम अपने आपको अखण्ड पर आरोपित नहीं कर सकते, यह अखण्ड अस्तित्व तो अनन्त है। यह वैसी ही मूर्खता है, जैसे कोई छोटी-सी लहर पूरे सागर को निर्देशित करने का प्रयास करे, जैसे वह सागर को नियन्त्रित करना चाहे, अथवा वह सागर को एक विशिष्ट दिशा और विशिष्ट लक्ष्य की ओर खींचकर ले जाने का प्रयास करे। यह असम्भव है। एक छोटी-सी लहर एक विशाल सागर को कैसे नियन्त्रित कर सकती है? और हम लोग तो लहरों जैसे भी न होकर ठीक रेत पर लहरों और हवा के द्वारा उत्पन्न सिकुड़नों की तरह हैं। हम एक क्षण के लिए वहाँ हैं, और दूसरे ही क्षण हम हमेशा के लिए मिट जाते हैं।

इस क्षणभंगुर जीवन के साथ तुम जो कुछ सीख सकते हो, वह केवल एक ही चीज़ है–समर्पण करना, परम विश्राम में जाना, और कुछ भी बलात, संघर्षमय प्रयास न करना। बलात् संघर्ष करते हुए ग़लत दिशा की ओर बढ़ना है और वह दिशा है अहंकार की। समर्पण करो। सभी संघर्ष और झगड़ा-फसाद अहंकार से ही उत्पन्न होता है। इसलिए तैरो भी मत, बस नदी की धारा के साथ बहो, वह तुम्हें चाहे जहाँ ले जाए। अन्त में वह तुम्हें सागर तक ले जाती है। यदि एक मनुष्य समर्पण करने का पर्याप्त साहस जुटाए, तब परमात्मा उसे अपने अधिकार में ले लेता है। तब तुम समझ, प्रेम और ऊर्जा

के अनन्त स्त्रोतों से निर्देशित होते हो। फिर तुम्हें स्वयं अब ओर आगे कोई भी निर्णय नहीं लेना पड़ता। और जब तुम्हें स्वयं कोई भी निर्णय नहीं लेना पड़ता, तो सारी व्यग्रता समाप्त हो जाती है।

मैंने एक ऐसे व्यक्ति के बारे में सुना है, जो एक महान दार्शनिक था। वह जब एक कस्बे से दूसरे की ओर जा रहा था, तो रास्ते में वह लुटेरों द्वारा लूट लिया गया, और उसके पास एक पैसा तक न बचा। इसलिए वह एक किसान के पास गया–लेकिन वह एक स्वाभिमानी व्यक्ति था। इसलिए उसने उससे कहा–"मैं भूखा हूँ और रास्ते में मुझे लूट लिया गया। मैं तुम्हारा कोई भी कार्य कर दूंगा जो तुम मुझे करने के लिए कहोगे–जिससे तुम मुझे खाने को रोटी और रात भर सोने का स्थान दे सको। सुबह होने पर मैं फिर आगे बढ़ जाऊँगा।"

किसान को उस पर दया आ गयी। वह एक निर्धन व्यक्ति था और वास्तव में उसके पास कराने को कुछ काम भी न था, लेकिन वह इस व्यक्ति के स्वाभिमान को समझ गया। इसलिए उसने कहा–"ठीक है।" और वह उन्हें अपने भण्डार-गृह में ले गया। जहाँ आयरिश आलुओं का एक बड़ा ढेर पड़ा हुआ था और उसने उससे कहा, "आपको इनमें से छाँट कर सबसे बड़े, सबसे छोटे और मझोले आकार के जो दोनों के बीच के न बड़े और न छोटे हों तीन अलग-अलग ढेरियाँ लगा देनी हैं।" और वह उन्हें वहाँ छोड़कर बाहर चला गया।

चार-पाँच घंटे बाद जब वह वापस लौटा तो उसने देखा अपनी जगह से एक आलू भी इधर से उधर हिलाया तक न गया था और वह दार्शनिक पसीने-पसीने होता हुआ परेशान बैठा था। किसान ने उनसे पूछा, "आख़िर क्या हुआ" आप इतने अधिक थके-थके दिखाई देते हैं और मैं देख रहा हूँ कि आपने कोई भी कार्य किया नहीं है।"

उस दार्शनिक ने उत्तर दिया–"तुमने जो कुछ मुझसे करने के लिए कहा था, उसी के बारे में किसी निर्णय पर पहुँचना, मुझे पागल बना रहा है। अब इनमें से कौन-सा आलू सबसे अधिक बड़ा, कौन-सा सबसे अधिक छोटा और कौन-सा मझौला है–यही सब कुछ तय करना मुझे पागल बना रहा है। मैं कुछ भी निर्णय कर ही नहीं पा रहा हूँ।"

यदि तुम्हारे जीवन में कुछ पागलपन बढ़ रहा है, तो अपनी गहराई में जरा झाँक कर देखो–और तुम पाओगे कि निर्णय लेना ही तुम्हें भी पागल बना रहा है। क्या किया जाए और क्या न किया जाए? कहाँ जाया जाए और कहाँ न जाया जाए? सभी कुछ अज्ञात और रहस्यमय है। और तुम जो कुछ भी करते हो, उसके बारे में तुम्हें संदेह बना रहता है कि वह ठीक है अथवा ग़लत यदि तुम उसे नहीं करते हो, तो वहाँ एक संदेह बना रहता है कि हो सकता है वह ठीक हो। यह सभी कुछ निर्णय लेना–यदि तुम नदी की धारा के विरुद्ध बलपूर्वक आगे बढ़ते हो, तो तुम पागल हो जाओगे।

विश्राम पूर्ण बने रहो। उस काम को परमात्मा पर छोड़ दो। सूफ़ी धर्म के सबसे बुनियादी सिद्धान्तों में से यह एक है–कर्ता मत बनो। उस काम को परमात्मा को करने दो।

मैंने सुना है...

एक बेपटिस्ट पादरी प्रतिदिन बिना नागा सनसेट लि. ट्रेन को गुजरते हुए देखने के लिए रेलवे स्टेशन जरूर जाता था। इस बेतुके कार्य और आदत को किए जाने के बारे में वह कोई भी स्पष्टीकरण नहीं दे पाता था।

चर्च के सम्मानित सदस्यों ने उसे इस बचकानी सनक को छोड़ देने का आग्रह किया।

उसने दृढ़ता से उत्तर दिया–"प्रिय सज्जनों! मैं आप लोगों को धार्मिक उपदेश देता हूँ। रविवारीय स्कूल में सिखाता हूँ, आप लोगों के विवाह और मृतक संस्कार करता हूं, लेकिन मैं किसी भी हाल में सदर्न पैसेफिक ट्रेन को गुजरते हुए देखना नहीं छोड़ सकता। मुझे इस आदत से बहुत प्रेम है। इस शहर में यही तो अकेला एक ऐसा काम है, जिसे मुझे बलात प्रयास से नहीं करना पड़ता।

तुम्हें बलपूर्वक किसी कार्य को करने में संघर्ष करने की कोई भी जरूरत नहीं है। तुम बस विश्राम करो और उसे परमात्मा पर छोड़ दो। तुम केवल एक वाहन बन सकते हो, तुम एक उपकरण बन सकते हो उसके लिए–इसी को भारत में हम निमित्त होना कहते हैं। तुम उसके माध्यम या उपकरण बन सकते हो।

श्रीमद्भागवत गीता में कृष्ण अर्जुन को यही शिक्षा दिये चले जाते हैं। उनके पूरे उपदेश का निचोड़ और सार यही है तुम्हें कर्ता बनने की कोई जरूरत नहीं है। उस कार्य को परमात्मा को समर्पित कर दो। वही कर्ता है।

अर्जुन बहुत अधिक उद्विग्न था, और यह स्वाभाविक था, क्योंकि वह यह सोच रहा था कि उसे युद्ध करना है अथवा नहीं? उसे किसी को मारना है अथवा नहीं? उसे इस हत्याकाण्ड में भाग लेना है अथवा नहीं? यह निर्णय उसे करना है। बहुत बड़ा महान युद्ध होने जा रहा था, जहाँ बहुत से लोग मारने जा रहे थे, भयंकर मारकाट होनी थी वहाँ। और इस बारे में जब उसने सोचना शुरू किया तो वह उद्विग्न हो उठा कि यह युद्ध लड़े जाने योग्य है भी अथवा नहीं? उसके मन में एक महान धार्मिक विचार उठा कि युद्ध बहुत अधिक हिंसक और अर्थहीन होता है और उससे आख़िर मिलेगा क्या? जो मिलेगा–वह निर्मूल्य होगा। इस पूरे विचार से वह अत्यधिक दुःख, संताप और निराशा में डूब गया।

कृष्ण, जो उसके मित्र, उसके रथ के सारथी और उसके सद्गुरु थे, उन्होंने तर्कपूर्ण ढंग से समझाते हुए उसे आश्वस्त किया, "जो कुछ होने जा रहा है, उसे तो होना ही है। परमात्मा ने पहिले ही से इस बारे में निर्णय ले रखा है। तुम युद्ध करो या न करो, उससे कोई भी फर्क नहीं पड़ता, कोई दूसरा उसे पूरा करेगा। जिन लोगों को तुम जीवित देख रहे हो, वे पहिले ही से मरे हुए हैं। उनकी मृत्यु पहले ही हो चुकी है, तुम यह निर्णय लेने वाले हो ही नहीं कि उन लोगों से जीवित रहना चाहिए अथवा मर जाना चाहिए। तुम होते कौन हो? तुम स्वयं अपने जीवन तक के बारे में कुछ भी निर्णय नहीं ले सकते, फिर तुम किसी अन्य व्यक्ति के बारे में निर्णय लेने वाले होते कौन हो? परमात्मा ने पहिले ही से निर्णय ले लिया। है। उसने तुम्हें एक उपकरण अथवा माध्यम के रूप में चुना है, यदि वह तुम्हें मारना चाहता है, तो विश्रामपूर्ण बने रहो, यदि वह चाहता है कि तुम सब कुछ छोड़कर पलायन कर जाओ, तो यह निर्णय भी तुम उस पर ही छोड़ दो। तुम कोई भी निर्णय मत लो, क्योंकि निर्णय लेने वाला तुम्हारा अहंकार ही है।

स्मरण रहे, कृष्ण यह नहीं कह रहे हैं कि तुम्हें अनिवार्य रूप से युद्ध में भाग लेना ही है। यह एक भ्रम है, और बहुत से लोग ऐसा सोचते हैं। कि कृष्ण, अर्जुन को युद्ध करने के लिए विवश कर रहे हैं। बाहर-ही-बाहर परिधि पर ऐसा लगता है कि अर्जुन तो शांतिवादी हैं और कृष्ण युद्ध प्रेमी हैं। ऐसा कुछ भी नहीं है। कृष्ण वास्तव में युद्ध करने के बारे में कुछ भी नहीं कह रहे हैं और कोई भी नहीं जानता कि ऐसा युद्ध कभी हुआ भी अथवा नहीं? यह ठीक एक काल्पनिक बोध कथा भी हो सकती है, जिसकी सर्वाधिक सम्भावना है। वह एक आलंकारिक संकेत कथा भी हो सकती है।

लेकिन इसका सन्देश अत्यधिक महत्त्वपूर्ण है। सन्देश यही है–कि तुम कोई भी निर्णय स्वयं मत लो, तुम परमात्मा के रास्ते में बाधा बनकर खड़े मत रहो, तुम मिट ही जाओ। यदि परमात्मा चाहता है कि तुम सब कुछ छोड़कर हिमालय चले जाओ, तो जरूर जाओ, लेकिन इसे परमात्मा की ही मर्जी पर छोड़ दो, तुम स्वयं कुछ भी निर्णय ही मत लो। और यदि वह चाहता है कि तुम युद्ध करो, तब यह भी पूरी तरह ठीक है और जब तुम स्वयं कोई निर्णय ले ही नहीं रहे हो, तो तुम उसके लिए जिम्मेदार भी नहीं हो।

ऐसा ही होता है एक संन्यासी का जीवन भी। एक संन्यासी का जीवन एक ऐसा जीवन होता है, जिसमें उसने स्वयं कोई भी निर्णय लेना ही छोड़ दिया है, जो परम विश्राममय होकर कहता है–"जो कुछ परमात्मा करे, वही ठीक। मैं तो उसका एक उपकरण बनकर कार्य करूंगा। मैं तो बाँस की खाली पोंगरी बन जाऊँगा। यदि वह कोई गीत गाना चाहता है, तो वह मुझे अपनी बांसुरी बना लेगा, और यदि वह ऐसा नहीं करना चाहता, तो मैं एक पोला बाँस ही बना रहूँगा। लेकिन मैं बाँस की खाली पोंगरी बना रहूंगा।"

तुम स्वयं अपनी मर्जी से कोई भी गीत नहीं गा सकते। सभी गीत उसके ही हैं। और जब तुम नृत्य करते हो, तो यह वह ही है, जो नृत्य करता है, और जब तुम उत्सव आनन्द मनाते हो तो यह वह ही है जो उत्सव आनन्द मनाता है। तुम्हारा जीवन वास्तव में तुम्हारा जीवन है ही नहीं, यह उसी का जीवन है। सभी जीवन उसी के हैं।

इसलिए कृपया, नदी की धारा के साथ संघर्ष मत करो। नदी में विश्रामपूर्ण रहकर बहो। नदी पहिले ही से अपने अन्तिम लक्ष्य की ओर जा रही है। वह तुम्हें अपने साथ ले जाएगी।

• तीसरा प्रश्न–विपरीत लिंगी सम्बन्धों में उलझने और मुसीबतें खड़ी होती हैं। क्या यह कोई नई चीज़ है अथवा ऐसा हमेशा से होता रहा है?

उत्तर : मुसीबतें और उलझने उत्पन्न होती ही हैं, क्योंकि ये दो विपरीत सेक्स हैं। मुसीबत इसलिए उत्पन्न होती है, क्योंकि यह दो विपरीत ध्रुवों या छोरों के मध्य का सम्बन्ध है। उलझने इसलिए उत्पन्न होती हैं, क्योंकि ये दो भिन्न प्रजातियों, स्त्री और पुरुष के बीच की बात है।

पुरुष की प्रजाति और वर्ग भिन्न है और स्त्री भी भिन्न प्रजाति की है। ये दोनों दो विरोधी दिशाओं में रहते हैं–इसलिए उनके बीच आकर्षण होता है। दो विपरीतताएँ एक दूसरे की ओर आकर्षित होती ही हैं। ऋणात्मक विद्युत ऊर्जा धनात्मक विद्युत ऊर्जा की ओर आकर्षित होती है। यदि तुम दो चुम्बकों के धनात्मक ध्रुवों को एक दूसरे के सामने लाओ तो उनमें विकर्षण उत्पन्न होता है, वे दोनों एक-दूसरे से दूर भागते हैं। समान ध्रुव दूर भागते । हैं। और विपरीत ध्रुव एक दूसरे की ओर आकर्षित होते हैं।

स्त्री पुरुष की ओर आकर्षित होती है। और पुरुष स्त्री की ओर आकर्षित होता है, क्योंकि वे दोनों एक दूसरे के विपरीत हैं–यिन-यांग, दिन-रात, जीवन-मृत्यु, पृथ्वी और आकाश, सभी एक दूसरे की ओर परस्पर आकर्षित होते हैं।

लेकिन स्मरण रहे, यह आकर्षण उनके विपरीत सेक्स का होने के कारण है। वे दोनों एक दूसरे के निकट आते हैं, तो कठिनाइयाँ आना एक बाध्यता है, क्योंकि तुम दोनों, दो भिन्न-भिन्न भाषाएँ बोलोगे, तुम दोनों अपने अस्तित्व के दो भिन्न-भिन्न भागों से कार्य कर रहे होंगे।

स्त्री अतर्कपूर्ण ढंग से कार्य करती है, जबकि पुरुष तर्कपूर्ण ढंग से कार्य करता है। तर्क और अतर्क कभी नहीं मिलते। स्त्री अधिक काव्यमय होती है, जबकि मनुष्य एक रुखे गद्य जैसा है। दोनों के जीवन के प्रति

दृष्टिकोण भिन्न हैं। स्त्री की अधिक दिलचस्पी तुरन्त निकट की चीज़ों में होती है, जबकि पुरुष की दिलचस्पी दूर की चीज़ों में होती है। तुम इसे दिन प्रतिदिन के जीवन में देख सकते हो। स्त्री यह विश्वास ही नहीं कर पाती कि पुरुष की चाँद और मंगल ग्रह में इतनी अधिक दिलचस्पी आख़िर क्यों होती है? उसे यह मूर्खतापूर्ण लगता है। इसमें ऐसा जरूरी क्या है? स्त्री की दिलचस्पी केवल अपने पास-पड़ोस में होती है, अड़ोसी-पड़ोसी से गप्पे हाँकना ही उसके लिए धर्म-उपदेश जैसा होता है। पुरुष, महान चीज़ों के बारे में, दूर की चीजों के बारे में बातें करता है। स्त्री कभी भी इन प्रश्नों को नहीं उठाती। उसके लिए यह प्रश्न असंगत है। उसकी दिलचस्पी आस-पास की तुरन्त घटने वाली चीज़ों में है। पुरुष बात करता है कि वियतनाम में क्या घट रहा है, कोरिया और इजरायल में क्या हो रहा है, और स्त्री बात करती है कि उसकी पड़ोसिन के साथ क्या घट रहा है, वह अपने चारों ओर किसे कैसे बेवकूफ बना रही है और उसके निकट आसपास के संसार में क्या घट रहा है।

पुरुष के मस्तिष्क के बाएँ खण्ड से और स्त्री अपने मस्तिष्क के दाएँ खण्ड से कार्य करती है। वे दोनों एक दूसरे से नहीं मिलते और न एक दूसरे को समझ सकते हैं। वे एक दूसरे को आकर्षित करते हैं पर एक दूसरे को समझ नहीं सकते। इसलिए उन दोनों में निरन्तर एक दूसरे के पास आने और दूर हट जाने का खेल चलता ही रहता है। यही समस्या है–सम्बन्ध जुड़ने और दूर हट जाने की। दोनों एक साथ चलते रहते हैं।

तुम एक स्त्री के निकट एक विशिष्ट बिन्दु तक आते हो, जहाँ मिलन घटता है और तब तुम दूर जाना शुरू हो जाते हो। तुम दोनों दो पेंडुलमों की तरह गतिशील होते हो–तुम पास आते हो और तब तुम दूर चले जाते हो, फिर पास आते हो और दूर चले जाते हो।

और यह कुछ भी नया नहीं है–क्योंकि पुरुष और स्त्री में नया कुछ भी नहीं है।

इस छोसी-सी कहानी को सुनो–

परमात्मा ने आदम को स्वर्ग के उद्यान से बुलाकर उससे कहा–"मैं तुम्हें चुम्बन लेना सिखा रहा हूँ।"

—"चुम्बन क्या होता है?" आदम ने पूछा।

—"तुम इस के पास जाकर अपने होंठों को उसके होंठों पर रख दो।" आदम ने ऐसा ही किया और कुछ देर बाद वापस लौटा।

परमात्मा ने कहा—"अब मैं तुम्हें प्रेम करना सिखाऊँगा।"

—"प्रेम क्या होता है?"

और तब परमात्मा ने आदम को प्रेम करने के बारे में विस्तार से स्पष्ट किया। फिर आदम ने जो कुछ उसने परमात्मा से सीखा था, उसे आजमाने की कोशिश की।

बहुत जल्द वापस आकर आदम ने परमात्मा से पूछा—"मेरे मालिक! यह सिर दर्द क्या होता है?"

इस तरह से यह सिर दर्द चला आ रहा है। इसलिए जब तुम्हारी स्त्री कहती है कि उसके सिर में दर्द हो रहा है, उसकी बहुत फिक्र मत करो। वह कोई नयी चीज़ नहीं है। वह तो ईव के साथ ही शुरू हुआ था, जब आदम ने उससे पहिली बार प्रेम किया था।

तब वहीं से अधिकार जमाने का निन्तर प्रयास जारी है। यह भी इतना ही स्वाभाविक है, जितना कि स्वाभाविक पुरुष का पुरुष बने रहना और स्त्री का स्त्री बने रहना स्वाभाविक है। पुरुष अपने ढंग से स्त्री को नियंत्रित करना चाहता है, अपनी शक्ति प्रदर्शन के द्वारा और स्त्री पुरुष पर अपने स्त्रैण तरीकों, आँसुओं को बहाकर, रो कर, चीखकर अपना अधिकार जमाना चाहती है। उसकी यही रणनीतियाँ हैं। जैसे तुम्हारे पास बाहुबल और शक्ति है, उसका हथियार उसके आँसू हैं। और ऐसा लगभग हमेशा होता है, जब आँसुओं से बाहुबल हार जाता है, क्योंकि कठोर पर कोमलता की विजय होती है।

ऐसा होना एक बाध्यता है, क्योंकि जब वहाँ दो व्यक्ति मिलते हैं तो यह भय उत्पन्न होता है कि दूसरा उस पर अधिकार स्थापित कर लेगा। इससे पहिले के दूसरा अधिकार जमाना शुरू करे, तुम्हें भी योजना बनानी होती है। यह सभी कुछ अचेतन से अपने आप होता है। ऐसा जान-बूझकर नहीं किया जाता, यह स्वाभाविक रूप से एक जैविक प्रवृत्ति है। जन्म से ही यह तुम्हारे अन्दर विद्यमान है। कोई भी एक दूसरे के द्वारा अधिकार जमाने

से भयभीत होता है और तब? इसलिए अच्छा यही है कि दूसरा तुम पर अधिकार जमाना शुरू करे तुम उससे पहिले ही उस पर अधिकार जमा लो। उनके बीच वहाँ निरन्तर एक संघर्ष बने रहना उनकी बाध्यता है।

जब तक स्त्री और पुरुष दोनों इस दो विपरीत ध्रुवों के ढाँचे को गहराई से समझ न लें; जब तक वे अपने गहरे में बसी कामनाओं, शक्ति पाने की होड़ और अहंकार पर ध्यान करते हुए भली भाँति यह न समझ लें कि उनका मन कैसे यांत्रिक रूप से कार्य करता है, तब तक शांति और मौन में बने रहना सम्भव ही नहीं है। संघर्ष बना ही रहेगा।

पुरुष और स्त्री एक दूसरे के अन्तरंग शत्रु हैं–उनमें शत्रुता भी हैं पर साथ ही अंतरंगता भी है। उन दोनों के बीच एक बड़ा आकर्षण और खिंचाव दोनों है, क्योंकि वह अनजाना, अज्ञात, अपरिचित और रहस्यमय है। लेकिन इसी कारण वहाँ संघर्ष भी है।

यदि तुम्हारी स्त्री तुम्हारे साथ है, तब तुम्हें यह अनुभव होना शुरू हो जाता है कि कैसे अकेला रहा जाये? और जब तुम अकेले होते हो, तो कुछ दिनों के बाद तुम्हारे अन्दर स्त्री की भूख और फास जागृत शुरू हो जाती है कि उसके साथ रहा जाये?

यदि तुम अकेले रहते हो, तो प्रेम की भूख जागती है, और यदि तुम किसी के साथ होते हो तो भूख विसर्जित हो जाती है, और तुम सोचने लगते हो–क्यों न हिमालय की किसी गुफा में चलकर शांत बैठा जाए, और क्यों इस व्यर्थ की चीज़ के बारे में चिन्ता की जाए?

कुछ ही दिन पहिले रामानन्द ने मुझे एक पत्र लिखा पहिले वह अकेला रहा करता था, और जब वह अकेलेपन से ऊब और थक चुका–जैसा कि प्रत्येक व्यक्ति के लिए स्वयं से थक जाना और अकेलेपन में ऊब जाना स्वाभाविक है। न कुछ भी तुम्हारे पास करने को है, न कहीं जाने को है, न कोई भी तुम्हारे साथ है जिसकी ओर तुम देख सको, न कोई ऐसा है जिसे तुम अपनी बाँहों में बाँध सको और न कोई ऐसा है, जो तुम्हारी देखभाल करने वाला हो, और कोई ऐसा हो जिसकी तुम्हें फिक्र हो। वह थक कर किसी स्त्री की तलाश करने लगा और जब तुम मुसीबत की ओर देखते हो तो वह आ ही जाती है। इसलिए तभी सुदूर जर्मनी से वाणी आयी

और वे दोनों खुश-खुश रहने लगे–जैसा कि सभी प्रेम कहानियों में होता है। वे दोनों बहुत खुश थे। और तभी उलझनों और मुसीबतों की शुरूआत हुई। उन लोगों में कलह और संघर्ष होना शुरू हो गया–जो सभी कुछ स्वाभाविक है। तब दो दिनों के लिए वाणी बीमार पड़ी और रामानन्द फिर अकेला हो गया। उन दो दिनों का भरपूर आनंद लेते हुए उसने मुझे पत्र में लिखा–"भगवान। अकेले रहना इतना अधिक सुंदर और अतुलनीय है कि इससे पहिले मैंने कभी यह जाना ही न था कि अकेलापन भी इतना अधिक सुन्दर हो सकता है।" मैंने उससे कहा–"रामानन्द! जरा प्रतीक्षा करो। कुछ दिन और गुजरने दो और तुम्हारे अन्दर फिर संग-साथ की चाह उत्पन्न होगी।"

और यह सभी कुछ बार-बार इसी तरह चला जा रहा है।

इसे प्रत्येक व्यक्ति को समझ लेना है। प्रत्येक को इसे भली-भाँति समझ लेना है कि स्त्री और पुरुष में कैसे एक और फिर दूसरा कार्य करता है। और इस बारे में इसे व्यक्तिगत मत बनाओ, इसका तुमसे कुछ भी लेना-देना नहीं है। यह केवल स्त्री और पुरुष का मन ही है, इसका रामानन्द और वाणी से कुछ भी लेना-देना नहीं है। यह बुनियादी रूप से जैविक है। तुम्हें इसे बहुत अवैयक्तिक होकर समझना है, केवल तभी तुम इसके पार जा सकते हो, केवल तभी तुम इसका अतिक्रमण कर सकते हो।

तुम अपनी प्रत्येक गतिविधि का निरीक्षण करो, और स्त्री द्वारा भी होने वाली प्रत्येक गतिविधि को सजगता से देखते रहो। अपने गहरे में अपनी मूल प्रवृत्ति की आवाज सुनो और देखो, वहाँ क्या हो रहा है। इसकी जिम्मेदारी दूसरे पर मत डालो और न किसी अपराध-बोध का अनुभव करो कि तुम कुछ ग़लत कर रहे हो। कोई भी कुछ भी ग़लत नहीं कर रहा है। यह सभी कुछ पूरी तरह स्वाभाविक है।

लेकिन कोई भी व्यक्ति प्रकृति के पार भी जा सकता है, क्योंकि वहाँ एक अति-प्रकृति भी है। मैं यह नहीं कह रहा हूँ, कि तुम्हारा प्रकृति के अनुकूल बने रहना निंदनीय है और तुम हमेशा वैसे ही बने रहोगे, नहीं। समझ के साथ ही कोई भी व्यक्ति बुद्धिमान बनता है, अपनी प्रकृति की अपेक्षा कहीं अधिक समझदार। कोई भी व्यक्ति, जितनी उसकी प्रकृति उसे अनुमति देती है, उससे

कहीं अधिक ध्यानपूर्ण और समझदार बनता है। और इस समझ के द्वारा ही वहाँ आती है मुक्ति।

लेकिन इस मुक्ति का रसायन कुछ ऐसा है कि यह तुम्हें मौलिक रूप से पूरी तरह रूपान्तरित कर देता है। तब तुम मात्र एक पुरुष ही और तुम्हारी स्त्री अपने स्वभाव से एक स्त्री नहीं रह जाती। तब तुम दो आत्माओं के समान हो जाते हो, तब पुरुष और स्त्री होना असंगत हो जाता है। और जब एक पुरुष अपने पुरुष स्वभाव में नहीं रह जाता और एक स्त्री अपने स्वभाव से एक स्त्री नहीं रह जाती, तो इसका अर्थ होता है वे अपने जैव वैज्ञानिक और शरीर की सीमाओं में बन्दी नहीं रह गये–क्योंकि उनमें अन्तर केवल शरीर का होता है। शरीर के पार फिर कोई भी अन्तर नहीं रह जाता। उसके पीछे तुम जैसे ही हो। यह केवल शरीर का माध्यम ही है, जो अंतर उत्पन्न करता है। एक बार तुम यह सीखना शुरू कर दो कि इस माध्यम के कैसे पार जाया जा सके। कैसे जीवन और शरीर विज्ञान का अतिक्रमण किया जाए, फिर तुम दोनों दो प्रज्ञावान मनुष्य अथवा दो आत्माएं बन जाते हो।

और केवल दो प्रज्ञावान व्यक्ति ही हमेशा एक दूसरे से अन्तर्संवाद स्थापित करते हुए एक साथ रह सकते हैं। फिर एक नये तरह के प्रेम का उदय होता है, जिसे मैं मित्रता कहता हूँ। तुम्हारे तथाकथित प्रेम से मित्रता कहीं अधिक गरिमामय चीज़ है। तुम्हारे तथाकथित प्रेम में घृणा भी मिट चुकी। सभी संघर्ष, लड़ना-झगड़ना समाप्त हो चुका। अधिकार और नियन्त्रण की कामना के साथ सारी ईर्ष्या भी विलुप्त हो चुकी। मित्रता, शुद्धतम प्रेम है। जो कुछ जरा भी जरूरी नहीं है, वह अब रही ही नहीं। जो असार और अर्थहीन था, वह पीछे छूट गया। केवल अब सारभूत सुवास ही रह गई।

मित्रता, प्रेम की ही सुवास है। और स्मरण रहे जब तक तुम और तुम्हारी पत्नी, मित्र नहीं बन जाते, तुम कभी भी शांति से न कर सकोगे।

• चौथा प्रश्न–क्या हम अपने मस्तिष्क, अपने मन और अपने अहंकार को पूरे जीवन का एक खण्ड बनाकर उसे स्वीकार कर प्रेम नहीं कर सकते?

उत्तर–मैंने तुमसे उन्हें अस्वीकार करने को कहा ही नहीं है। तुम किसी ऐसी चीज़ को कैसे अस्वीकार कर सकते हो, जो है ही नहीं? मैं केवल तुम्हें उन्हें देखने और समझने के लिए कह रहा हूँ। मैं उन्हें अस्वीकार करने के लिए नहीं कह रहा हूँ अस्वीकार से वे तुम्हारे गहरे अचेतन में दमित बनकर दबे रहेंगे। अस्वीकार करने का अर्थ है–दमन करना। तुम करोगे क्या? अस्वीकारने से वे विलुप्त नहीं होंगे, वे तुम्हारी आत्मा के अन्धेरे कोने में सरक जाएंगे और वहीं वे अपना कार्य करते रहेंगे।

नहीं, मैं यह बताने वाला कि तुम उसे अस्वीकार करो, अन्तिम व्यक्ति हूँ। मैं यह नहीं कहता कि अंधकार को अस्वीकार करो, मैं केवल यही कहता हूँ–'प्रकाश लाओ। एक जलता दीया लाओ और चारों ओर देखो–कहाँ चला गया अंधकार? वह विलुप्त हो गया। उसे अस्वीकारना नहीं है, उससे इन्कार किया ही नहीं जा सकता।

अपने अहंकार को समझो, और वह मिटना शुरू हो जाता है। ऐसा नहीं, तुम उसे अस्वीकार करते हो, ऐसा भी नहीं कि तुम उसके साथ कुछ करते हो–केवल एक गहरी अंतर्दृष्टि के साथ वह विलुप्त हो जाता है।

यह एक छाया की भाँति है। तुम चल रहे हो और छाया तुम्हारा अनुसरण कर रही है। अब, यदि तुम एक मरूस्थल में अकेले हो अथवा एक श्मशान में हो, और यह सोचकर कि कोई तुम्हारा पीछा कर रहा है, तुम डरकर भागना शुरू कर देते हो। और तुम जितनी तेजी से भागते हो, तुम्हारा साया भी उतनी ही तेजी से तुम्हारा पीछा करता है। तब तुम और अधिक भयभीत हो जाते हो, और तर्कनिष्ठ मन कहेगा–'और तेजी से भागो।' इस तरह से तुम उससे जीत न पाओगे? तुम जितनी तेजी से सम्भव हो सके उतनी तेजी से भाग सकते हो, लेकिन छाया तो तुम्हारे साथ रहेगी ही।

और जो कुछ जरूरी है, वह खड़े होकर पीछे घूमकर देखना है–पूरी तरह एक सौ अस्सी डिग्री घूमकर–और फिर देखो छाया की ओर। वहाँ कोई भी नहीं है। वह तुम्हारी ही छाया है। वह केवल एक परछाई है। एक परछाई का अर्थ होता है–कुछ भी नहीं। उसका कोई भी अस्तित्व नहीं है। घूमते ही परछाई मिट जाती है।

उसके मिटने से मेरा अर्थ है वह तुम्हें अब और प्रभावित नहीं करेगी। अब वह तुम्हारे ऊपर शक्तिशाली नहीं रही। अब वह तुम्हें और डरा न सकेगी।

तुम कहते हो, "क्या हम अपने मस्तिष्क, अपने मन और अपने अहंकार को पूरे जीवन का एक खण्ड मानकर क्या उसे स्वीकार करते हुए उससे प्रेम नहीं कर सकते?" ऐसा करना असम्भव है, क्योंकि अहंकार का ढंग कुछ ऐसा है कि खण्ड यह दावा करने का प्रयास करता है कि वही अखण्ड है। यही पूरी समस्या है। अहंकार कहता है–"मैं ही अखण्ड और पूर्ण हूँ।" अहंकार यह स्वीकार करने को कभी तैयार होता ही नहीं कि वह केवल एक खण्ड है। अहंकार कहता है–'मैं ही सम्राट और मैं ही पूर्ण हूँ।'

तुम अहंकार से कैसे प्रेम कर सकते हो और उसे कैसे एक खण्ड के रूप में स्वीकार कर सकते हो? यही वह चीज़ है, जिसे अहंकार अस्वीकार करता है। वह कहता है–'मैं खण्ड नहीं, मैं तो अखण्ड हूँ।' जब खण्ड ही अखण्ड बनने का दावा कर रहा हो, यही है सब कुछ इस अहंकार के बारे में। सिर या बुद्धि दावा कर रही है कि मैं ही पूर्ण और अखण्ड हूँ।

"क्या हम अपने मस्तिष्क, अपने मन और अपने अहंकार को अपने पूरे जीवन का एक खण्ड बनाकर, उसे स्वीकार कर उससे प्रेम नहीं कर सकते?" नहीं। ऐसा कोई रास्ता है ही नहीं। तुम्हें अहंकार को भली-भाँति समझना होगा।

जब अहंकार विसर्जित होता है, तुम तभी जानोगे कि अखण्ड क्या होता है–अन्यथा अहंकार स्वयं ही अखण्ड होने का दावा किए चले जाता है, और तुम उस अखण्ड को कभी न जान पाओगे।

जब अहंकार विसर्जित हो जाता है, जब कोई भी खण्ड, अखण्ड होने का दावा नहीं कर रहा होता है, तभी अखण्ड अस्तित्व में आकर स्वयं कार्य करना शुरू करता है, तब वहाँ एक महान सहमति, एक मत और बहुत बड़ी लयबद्धता होती है।

और तुम अहंकार से प्रेम कर ही नहीं सकते, क्योंकि तुम हो कौन? अहंकार कहता है कि तुम मुझसे पृथक नहीं हो, अहंकार तुम्हारा समग्र होने का दावा करता है। अहंकार ही तुम्हारी पहिचान है। जब तुम कहते

हो–'क्या मैं अपने अहंकार से प्रेम नहीं कर सकता? क्या तुम सोचते हो कि तुम्हारा 'मैं' और अहंकार तुम्हारे पास ऐसी दो चीज़ें हैं? कौन किससे प्रेम करने जा रहा है? यह अहंकार की एक चाल है। यह प्रश्न भी अहंकार ही की ओर से किया जा रहा है, अहंकार ही तुम्हें मूर्ख बनाने का प्रयास कर रहा है। अहंकार ही कह रहा है–"मुझे तुम नष्ट क्यों कर रहे हो? क्या तुम मुझसे प्रेम नहीं कर सकते?" लेकिन तुम हो कौन? यदि तुम अपने को अहंकार से भिन्न जानते हो, तब यह प्रश्न उठेगा ही नहीं। तब तुम अपने आत्मस्वरूप को जानोगे, तब तुम अपने केन्द्र पर पहुँच जाओगे। और उस उपलब्धि में वहाँ कोई अहंकार होगा ही नहीं, वहाँ फिर प्रेम करने वाला भी कोई नहीं बचेगा।

और यदि तुम सोचते हो कि तुम अहंकार से प्रेम कर सकते हो, तो तुम वहाँ हो ही नहीं। यही तुम्हारी दुविधा है। यदि वहाँ अहंकार है, तो तुम नहीं हो। यदि तुम वहाँ हो, तो अहंकार मिट जाता है। वे दोनों साथ-साथ अस्तित्व में नहीं रह सकते, जैसे कि अन्धेरा और रोशनी एक साथ नहीं हो सकते।

और तुम पूछ रहे हो, "कोई अहंकार को प्रेम क्यों नहीं कर सकता?" अहंकार, प्रेम की सभी सम्भावनाओं को नष्ट करने वाला है। वह हृदय की हत्या करता है। वह उसे प्रेम करने में असमर्थ बनाता है। प्रेम नष्ट हो जाता है। तुम एक शुष्क और बंजर मरुस्थल बन जाते हो। फिर उसमें प्रेम उग ही नहीं सकता। तुम अहंकार को प्रेम कैसे कर सकते हो? प्रेम वहाँ है ही नहीं। यदि तुम प्रेमपूर्ण बनना शुरू करते हो, तो तुम अहंकार को मिटते हुए देखोगे। यदि तुम्हारे अन्दर प्रेम प्रवाहित होने लगे, तो तुम अपने अन्दर कोई भी अहंकार नहीं पाओगे। तब हृदय ही तुम्हारा केन्द्र बन जाएगा।

यही है वह जिसे सूफ़ी हृदय की जागृत अवस्था कहते हैं। तब हृदय जाग जाता है। और जिस क्षण हृदय जाग जाता है, सिर यानी कि अहंकार नष्ट हो जाता है। सिर या अहंकार केवल तभी कार्य कर सकता है, जब हृदय सोया हुआ हो।

यह वैसा ही है–जैसा कि गुरजिएफ कहा करता था–जैसे मानो घर का मालिक सोया हुआ हो, तो चौकीदार मालिक होने का बहाना करने लगे।

यदि कोई भी व्यक्ति आता है, तो पहरेदार यों बात करता है जैसे मानो वह ही मालिक हो, चूंकि मालिक सोया हुआ है। और तभी मालिक जागता है और बाहर आता है–चौकीदार फिर से सेवक बन जाता है। वह मालिक नहीं रह जाता। वह अब बहाना नहीं बना सकता है मालिक होने का, क्योंकि मालिक मौजूद है।

क्या तुमने छोटे बच्चों की कक्षा में ऐसा होते नहीं देखा है? शिक्षक वहाँ मौजूद नहीं है और सभी बच्चे चीखते और शोर करते हुए अनेक शरारते कर रहे हैं और तभी शिक्षक आ जाता है। अचानक वे सभी अपनी-अपनी कुर्सी पर आकर बैठ जाते हैं और चित्त एकाग्र कर पढ़ने लगते हैं, जैसे मानो वहाँ कोई भी कोलाहल और शोर हो ही नहीं रहा था। हुआ क्या? शिक्षक की उपस्थिति ही उनके रुपान्तरण का कारण बन जाती है।

ठीक ऐसा ही तुम्हारे अन्दर भी होता है। जब तुम आगे हुए होते हो, अहंकार विसर्जित हो जाता है। तब तुम्हारा सिर और तुम्हारा मत तुम्हारा सेवक बन जाता है, तुम उन्हें न तो स्वीकार कर सकते हो और न अस्वीकार कर सकते हो। तुम्हें उन्हें केवल समझना है और तब सभी कुछ स्वेच्छा से स्वयं होने लगता है।

• अन्तिम प्रश्न–मैं बहुत वर्षों से अध्यात्म से सम्बन्धित साहित्य पढ़ रहा हूँ और पिछले तीन वर्षों से आपकी प्रवचन पुस्तकें भी पढ़ रहा हूँ। और इस अध्ययन के द्वारा अंतर्यात्रा के पथ पर मैंने काफ़ी प्रगति की है। भगवान! क्या आप इस बारे में हमें कुछ बतायेंगे कि अब मुझे क्या करना चाहिए?

उत्तर-तुम किस बारे में बात कर रहे हो? क्या अंतर्यात्रा के पथ के बारे में? केवल पुस्तकों के अध्ययन करने से ही क्या तुम पथ पर हो?

ऐसा होना सम्भव ही नहीं है। पुस्तकों के द्वारा कोई भी पथ पर कभी भी नहीं आता। पुस्तकों के द्वारा कोई भी केवल उस पथ के बारे में अफवाहें सुनता है–मात्र वे अफवाहें कि कहीं किसी पथ का अस्तित्व है, पथ जैसी कोई चीज़ होती भी है, शायद कहीं वह पथ है भी, बस सब कुछ इतना ही जान पाता है वह पुस्तकें केवल तुम्हें उस पथ की खबर देती है, वे तुम्हें उस पथ पर लाकर खड़ा नहीं कर सकतीं।

और प्रत्येक सुबह मैं तुमसे निरन्तर केवल यही कहे जा रहा हूँ कि जानकारी या ज्ञान एक अवरोध है, और उनके अध्ययन से सीखकर कोई कभी भी परमात्मा तक नहीं पहुँचता। कोई भी पहुँचता है–सीखे हुए को अनसीखा करके, ज्ञानी बनकर नहीं, अज्ञानी बनकर। एक व्यक्ति को अपने शास्त्र जला देने होते हैं, जिनमें मेरी पुस्तकें भी सम्मलित हैं।

एक व्यक्ति को सभी भाषाएँ, सभी शाब्दिक अभिव्यक्तियाँ और सोच-विचार जला देना चाहिए, केवल तभी कोई भी उस पथ पर पहुँचता है, इससे पहिले नहीं।

और तुम पूछ रहे हो–मैंने इस पथ पर बहुत प्रगति की है, अब आगे मुझे क्या करना चाहिए? तुमने तो अभी इस पथ पर कदम भी नहीं रखा।

एक स्त्री गम्भीर रूप से बीमार पड़ी। उसके पति ने डॉक्टर को बुलवाया, जो तेजी से भागता हुआ रोगी के कमरे के अन्दर गया और एक मिनट बाद बाहर आकर उसने छैनी माँगी। उसका पति स्तब्ध रह गया, पर व्यग्र होने के बावजूद उसने कोई प्रश्न पूछा नहीं और ढूँढ़कर छैनी दे दी।

कुछ मिनटों के बाद डाक्टर ने हाथ से दरवाजा धकेल कर अपना सिर बाहर निकाल कर पूछा–"क्या आपके पास हथौड़ी है?" उसका पति परेशान होकर उलझन में पड़ गया, लेकिन वह अपना सन्देह डाक्टर के सामने प्रकट न करना चाहता था। उसने डाक्टर को हथौड़ी दे दी। पाँच मिनट बाद डाक्टर ने बाहर आकर आरी माँगी।

लेकिन अब उसका पति पूरी तरह बेचैन होकर चीखते हुए बोला–"डॉक्टर! आपने छैनी और हथौड़ी माँगी और अब आरी। आख़िर आप मेरी पत्नी के साथ क्या करने जा रहे हैं?"

–"आपकी पत्नी के साथ?" डॉक्टर ने उत्तर दिया, "मैं तो बैग के ताले को खोलने की कोशिश कर रहा हूँ।"

तुमने तो अभी तक अपना बैग भी नहीं खोला। तुम आख़िर किस पथ की बात कर रहे हो? डॉक्टर तो अभी अपना बक्सा खोल रहा है। शास्त्र और पुस्तकें इससे अधिक तुम्हारी सहायता नहीं कर सकते। और अधिक सम्भावना यही है कि तुमने जो कुछ भी शास्त्रों में पढ़ा है, वह सब कुछ शास्त्रों में लिखा ही न हो। तुम किसी भी उस चीज़ को कैसे पढ़ कर जान

सकते हो, जिसे तुम पहिले ही से न जानते हो? तुम केवल उतना ही पढ़ सकते हो, जितना कि तुम जानते हो। इसलिए लोग स्वयं ही पुस्तकों को पढ़े चले जाते हैं। वे वास्तव में पुस्तकों को पढ़ते नहीं। जब तुम मेरी पुस्तकें पढ़ते हो, तुम उन्हें पढ़ ही नहीं सकते। तुम केवल उनमें अपने मन के बारे में कुछ चीज़ें पढ़ोगे। तुम उनकी व्याख्या अपने ही ढंग से करोगे। तुम ही उनकी व्याख्या करने वाले बनोगे।

जो कुछ मैं कह रहा हूँ, उसे समझने के लिए तुम्हें उस चित्त दशा में प्रवेश करना पड़ेगा, जहाँ से वह कहा गया। जीसस को समझने के लिए, तुम्हें जीसस की चेतना को प्राप्त करना होगा। कृष्ण को समझने के लिए तुम्हें कृष्ण जैसी चेतना प्राप्त करनी होगी। केवल पढ़कर ही तुम सीखने और समझने में समर्थ न हो सकोगे–तुम उसे ग़लत ही समझोगे। तुम्हारे निकाले अर्थ और व्याख्याएँ ग़लत होने ही जा रही हैं। तुम्हारे निकाले गये सारे अर्थ तुम्हारी तरह की मूढ़ताओं और अज्ञान से ही निकलेंगे।

पादरी स्लोन, आशंकित प्रवृत्ति का व्यक्ति था और आँख मिचकाने की आदत थी। अपने बड़े पादरी द्वारा उसे न्यू यार्क सिटी भेजा गया।

स्लोन ने टैक्सी ड्राइवर से किसी अच्छे होटल में ले चलने को कहा और तभी उनकी आँख दब गयी। उसके आँख मिचकाने का ग़लत अर्थ निकालते हुए टैक्सी ड्राइवर उसे वेश्यालय में ले गया।

वहाँ जाकर पादरी ने वेश्यालय की मैडम से एक अच्छा कमरा देने को कहा और यह कहते हुए आदत के अनुसार उसकी आँख दब गयी। वह उसका हाथ पकड़ कर उस कमरे में ले गयी। जहाँ उसके धंधे की सभी लड़कियाँ मौजूद थीं और उसने उनमें से उसे अपनी पसन्द की लड़की चुनने को कहा।

लेकिन पादरी स्लोन ने कहा कि उसे किसी भी लड़की की कोई भी जरूरत नहीं। लेकिन यह कहते उसकी आँख फिर दब गयी।

मैडम सीढ़ियों के सिरे पर जाकर चीखती हुई बंद बग्घी के कोचवान से बोली–"एक सवारी तेरे लिए यहाँ है।"

लोग जो भी समझते हैं, अपनी चित्त दशा के अनुसार ही समझते हैं। और यह स्वाभाविक भी है। यह क्षमा कर देने योग्य है।

लेकिन मुझे सुनते हुए, मेरी पुस्तकों को पढ़ते हुए तुमने साधारण-सी यह बुनियादी बात भी नहीं समझी, जो मैं बार-बार दोहराये चले जाता हूँ, कि जानकारी उधार ज्ञान के द्वारा परमात्मा को पाना सम्भव नहीं है। ज्ञान के द्वारा जानना नहीं होता, उधार ज्ञान के द्वारा समझ और प्रज्ञा को उपलब्ध होना सम्भव नहीं है।

तुम्हारे प्रश्न से मुझे छोटा-सा प्रसंग याद आ रहा है।

दो अंग्रेज़, फारदिंगटन और स्माइथी, छुट्टियाँ बिताने आयरलैंड गये। फारदिगंटन में ज़रा भी व्यवहार-कुशलता न थी और वह इसके लिए ही विख्यात था, इसलिए स्माइथी ने उसे चेतावनी देते हुए कहा कि वह कैथोलिक चर्च के विरुद्ध उस बारे में कोई भी छोटी-से-छोटी बात भी न कहे।

एक शाम वे लोग एक स्थानीय पब में बैठे डार्ट का खेल खेल रहे थे, तभी रेडियो पर पोप के अस्वस्थ होने का समाचार आया। तुरन्त ही सभी व्यक्ति रेडियो को सुनने उसके आस-पास इकट्ठे हो गये।

तभी फारदिगंटन ने झुंझला कर कहा–"ओह! भाड़ में जाए पोप। अपना खेल फिर शुरू करें।"

उसकी आँख अस्पताल के बेड पर लेटे हुए ही खुली, जहाँ उसकी बगल में स्माइथी बैठा हुआ था। उसने उससे कहा, "मैंने तुम्हें पहले ही से चेतावनी देते हुए कहा था कि उनके धर्म के बारे में कुछ भी मत बोलना।"

फारदिंगटन ने कहा, "हाँ! मैं इस बात को जानता हूँ, लेकिन तुमने यह तो बताया ही नहीं था कि पोप भी कैथोलिक था।"

पाँचवाँ प्रवचन

तुम निर्णय मत लो

23 अगस्त, 1977

बसरा का हसन लोगों को बता रहा था–

मैं स्वयं के बारे में यह समझा करता था कि मैं एक निरहंकारी व्यक्ति हूँ, पर मैं अपने विचारों में और दूसरे व्यक्तियों से व्यवहार करते हुए कुछ कम विनम्र हो जाता था।

तब एक दिन मैं नदी के किनारे खड़ा हुआ था, जब वहाँ मैंने एक व्यक्ति को बैठे हुए देखा। उसकी बगल में एक स्त्री बैठी हुई थी और उनके सामने ही शराब की एक सुराही रखी हुई थी।

मैंने सोचा, "यदि मैं इस व्यक्ति को सुधार कर ऐसे पतित प्राणी की अपेक्षा, यदि इसे अपने जैसा बना सकूँ, तो कितना अच्छा।"

उसी क्षण मैंने देखा कि नदी के बीच एक नाव डूबने लगी। वही दूसरा व्यक्ति तुरन्त नदी में कूद गया, जहाँ सात डूबते लोग जीवन से संघर्ष कर रहे, वह उनमें से छः लोगों को कुशलतापूर्वक बचाकर किनारे तक ले आया।

तब वह व्यक्ति मेरे पास आया और मुझसे कहा, "हसन! यदि तुम मेरी तुलना में एक श्रेष्ठ व्यक्ति हो, तो खुदा के नाम पर उस सातवें व्यक्ति को बचाकर ले आओ।"

मैंने अपने को असहाय पाया कि मैं एक व्यक्ति को भी न बचा सका, और वह व्यक्ति नदी में डूब गया।

अब उस व्यक्ति ने मुझसे कहा, "यह स्त्री जो यहाँ मेरे साथ है, वह मेरी माँ है और शराब की सुराही में केवल पानी भरा है। यही है तुम्हारे निर्णय लेने की क्षमता और यही है–तुम्हारी वह सोच, और तुम, उस जैसे ही बन गये हो।"

मैं उसके चरणों पर गिर पड़ा और रोते हुए उससे कहा, "आपने अपने जीवन को खतरे में डालकर उन सात में से छः लोगों को बचा लिया और मुझे भी उस अहंकार की भंवर में डूबने से बचाया, जो गुणों के वेष में मुझे छल रहा था।

उस अजनबी ने कहा, "मैं परमात्मा से प्रार्थना करता हूँ कि वह तुम्हें लक्ष्य तक ले जाए।"

जीसस कहते हैं, "कोई निर्णय मत लो।" उनका यह वक्तव्य बिना किसी योग्यता के परिपूर्ण है। यह सीधा-सादा स्पष्ट वक्तव्य है। वह यह नहीं कहते–ग़लत निर्णय लो। वह केवल यही कर रहे हैं–निर्णय के मध्य कोई अन्तर नहीं बता रहे हैं। उनका वक्तव्य यह घोषणा कर रहा है कि सभी निर्णय ग़लत होते हैं। निर्णय लेना ही ग़लत है।

यह अत्यधिक गरिमापूर्ण वक्तव्य है–और जीवन के प्रति भी सूफ़ी धर्म का यही दृष्टिकोण है, जिसके पास स्वयं का कोई निर्णय होता ही नहीं। वह निर्णय कर ही नहीं सकता। उसके लिए निर्णय लेने के लिए तुम्हें एक अहंकारी होने की आवश्यकता होती है। अहंकार का होना आवश्यक है। निर्णय लेना केवल तभी सम्भव है, यदि तुम्हारे केन्द्र में अहंकार खड़ा हुआ है। यदि तुम्हारे पास कोई अहंकार बचा ही नहीं, तो निर्णय लेगा कौन? लेगा भी कैसे? और किसकी तुलना में लेगा?

परमात्मा का सच्चा प्रेमी तो 'कुछ नहीं' की भाँति रहता है। वह अस्तित्वहीन बनकर रहता है। उनके अन्दर परमात्मा के सिवा और कोई होता ही नहीं। वह सभी के साथ एक हो जाता है। वह फिर 'मैं' और 'तू' का भेद नहीं कर सकता, वह किसी भी तरह से 'तू' का भेद नहीं कर सकता। वह किसी भी तरह से 'तू' के विरुद्ध खड़ा नहीं हो सकता, क्योंकि वहाँ अब कोई 'मैं' बचा ही नहीं, इसलिए वहाँ कोई 'तू' भी नहीं हो सकता। वह सभी के साथ एक ही हो गया है। चोर के साथ वह चोर है, संत के साथ वह संत है। वह किसी के भी विरुद्ध खड़ा हो ही नहीं सकता, वह किसी और के लिए भी खड़ा नहीं हो सकता, क्योंकि किसी के पक्ष में अथवा विपक्ष में खड़ा होने के लिए अहंकार चाहिए। वह उसकी

आधारभूत आवश्यकता है। वह निर्णय नहीं ले सकता, क्योंकि वह है ही नहीं।

जब जीसस कहते हैं, 'निर्णय लो ही मत' तो वह कह रहे हैं–कृपया विलुप्त हो जाओ। निर्णय, तुम्हारे अहंकार को विसर्जित होने की अनुमति देता ही नहीं, वह उसे भोजन देता रहेगा, वह उसे शक्ति देता रहेगा। इसलिए वे लोग जो निर्णय लेते हैं, बहुत-बहुत अहंकारी बन जाते हैं। वे लोग धार्मिक व्यक्ति नहीं होते, वे लोग सत्य के मार्ग के पथिक होते ही नहीं।

जो दूसरी चीज़ निर्णय करने में होती है–वह है कि तुम्हें किसी मापदण्ड की, नियमों की, और उदाहरणों की जरूरत होती है। नियम आते हैं अतीत से, नियम आते हैं इतिहास से, और जीवन सदा इतिहास का अतिक्रमण करते हुए आगे बढ़ता है। इतिहास वहाँ होता है, एक बार वह जहाँ था, लेकिन अब वह इस स्थान और इस समय में नहीं है। इसीलिए सभी नियम अथवा नैतिक सिद्धान्त अपर्याप्त हैं। वे मृत अतीत से सम्बन्ध रखते हैं, वे वर्तमान जीवन के बारे में कुछ भी नहीं कहते।

मार्टिन लूथर ने कहा है कि विश्वास और आस्था का आधार इतिहास में है। लेकिन यह पूरी तरह निरर्थक वक्तव्य है, और बहुत अधिक ईसाई धर्म के विरुद्ध है। आस्था का आधार इतिहास में नहीं है, आधार की बुनियाद तुम्हारे यहीं और अभी के जीवन के अनुभव में है उसका अतीत से कुछ भी लेना-देना नहीं है। अतीत अब और है ही नहीं। अतीत और कुछ भी नहीं है। बल्कि समय के रेतीले तट पर पड़े पद चिन्ह भर हैं। जीवन वहाँ से गतिशील होकर आगे बढ़ गया है, जैसे कभी कोई सर्प अपनी केंचुल छोड़कर आगे सरक जाता है। जीवित सर्प का मुर्दा केंचुल से निर्णय करना मूर्खता है; इसी तरह मनुष्य का इतिहास के द्वारा निर्णय करना भी मूर्खता है।

लेकिन इतिहास के बिना यहाँ कोई दूसरी कसौटी भी नहीं है, और तुम अतीत से कुछ भी निर्णय नहीं ले सकते, क्योंकि वह अब रहा ही नहीं। तुम भविष्य से भी कुछ निर्णय नहीं कर सकते, क्योंकि वह अभी आया ही नहीं है, और मनुष्य को परखने का जिस समय तुम कोई मापदण्ड वर्तमान

में खोज पाओगे, तब तक वर्तमान भी भूतकाल बन जाएगा। वह प्रति क्षण बदल रहा है।

जीवन एक सतत प्रक्रिया है, एक प्रवाह है। जीवन के सम्बन्ध में कोई भी भविष्यवाणी नहीं की जा सकती। वह कुछ भी नहीं रखता अपने पास। उसके पास परिपूर्ण स्वतन्त्रता है। वह निरन्तर नयी दिशाओं की ओर, नये मार्गों की ओर गतिशील है। वह प्रमोद, प्रसन्नता और परमानन्द के पुण्यों से परिपूर्ण नयी-नयी वादियाँ खोज लेता है।

नैतिक सिद्धान्त और नियम, अतीत से आते हैं और यही कारण है कि प्रत्येक समाज के भिन्न-भिन्न नियम और सिद्धान्त होते हैं–क्योंकि प्रत्येक समाज का एक अलग इतिहास होता है हिन्दू एक अलग तरह की जलवायु वाले एक देश में अपने ढंग से रहते हैं; और तिब्बत में बौद्धों की पूरी तरह भिन्न एक अलग जीवन-शैली है। इन सभी के इतिहास भिन्न हैं और इसी वजह से उनके नैतिक सिद्धान्त और आदर्श अलग-अलग हैं। वे नियम और सिद्धांत उनकी समझ पर आधारित है और उनकी अपनी उपयोगिता है। उनमें कुछ भी वास्तविकता या प्रामाणिकता नहीं है। पर हाँ, एक विशिष्ट समय के क्षण में वे सहायता करते हैं। लेकिन एक बार जब जीवन उस क्षण के पार गतिशील हो जाता है, वे कुरूप, भारयुक्त और बोझ बनकर तुम्हें बिखरा देते हैं। वे तुम्हें सुस्त और मंद बना देते हैं। मार्टिन लूथर जरा भी ठीक नहीं हैं। वह एक प्रामाणिक धार्मिक मनुष्य न होकर एक राजनीतिज्ञ अधिक हैं, वह पोप के सर्वाधिकार को स्वीकार न करने वाला, संघर्ष करने वाला एक क्रान्तिकारी अधिक है। उसके पास कोई धार्मिक चेतना न थी।

आस्था की बुनियाद, इतिहास में नहीं है, आस्था तो अनुभव पर आधारित होती है। और जब मैं 'अनुभव' की बात कहता हूँ तो मेरा अर्थ स्वयं के अनुभव करने से होता है–क्योंकि एक बार जब एक अनुभव कर रहे होते हो, केवल तभी तुम्हारा हृदय उसके ही साथ धड़कता, उमड़ता, जीवन्त और नृत्य पूर्ण होता है और केवल तभी तुम परमात्मा से सम्बन्ध जोड़ सकते हो। और उसी सम्पर्क जुड़ने से आस्था का जन्म होता है। आस्था, समाज द्वारा नीति, नियम और अनुशासन के ढाँचे से नहीं जन्मती, वह तुम्हारे अपने ही जीवन की दिव्यता का अनुभव होता है।

इसलिए स्मरण रहे, आस्था का आधार किसी जाति के इतिहास में नहीं होता। उसका आधार तुम्हारी अपनी आत्मकथा में भी नहीं है, क्योंकि वह आत्मकथात्मक नहीं है। एक प्रामाणिक मनुष्य की आस्था की कोई आत्मकथा होती ही नहीं।

यही कारण है कि पूरब में हमारी जो परम्परा है, उसके अनुसार संन्यासी को अपनी आत्मकथा नहीं लिखनी चाहिए, क्योंकि उसे जीवन गाथा की भाषा में सोचना ही नहीं चाहिए। यदि तुम किसी संन्यासी से प्रश्न करो कि वह कहाँ से आया है, तो वह हँस पड़ेगा, तुम उससे पूछो–कि वह किस समाज से सम्बन्ध रखता है और उसका पुराना नाम क्या है, तो वह हँस पड़ेगा; वह अपने अतीत के सम्बन्ध में कोई संकेत तक न देगा।

योगानन्द ऐसे पहिले हिन्दू संन्यासी हैं, जिन्होंने अपनी आत्मकथा लिखी–'दि ऑटोबायोग्राफी ऑफ ए योगी' के नाम से–अन्यथा संन्यासियों का हमेशा इसी बात पर जोर रहा कि उनका कोई अतीत है ही नहीं। वे अपने अतीत को मिटा देते हैं, उसे महत्त्वहीन समझते हैं ही नहीं। उनके पास केवल वर्तमान होता है–उनके लिए 'अभी' ही सभी कुछ होता है–यही उनकी स्वतन्त्रता, और एक संन्यासी की यही पूर्ण स्वतन्त्रता होती है। क्योंकि उनका कोई अतीत नहीं होता, इसलिए वे कहीं भी किसी बन्धन में नहीं रहते। उनके पास अपनी कोई आत्मकथा भी कहने को नहीं होती।

जरा विचार करो–यदि तुम पूरी तरह से अपनी जीवन गाथा को गिरा दो या छोड़ दो, तो तुम इसी क्षण कितने स्वतन्त्र और मुक्त हो जाओगे।

और यही मेरे भी संन्यास का अर्थ है। जब मैं तुम्हें संन्यास देता हूँ, तो वास्तव में मैं तुमसे यह कह रहा हूँ कि तुम अपना पूरा इतिहास गिरा दो, तुम अपनी पूरी जीवन कथा का विस्मरण कर दो। अब तुम अपने अतीत से कोई भी सम्बन्ध रखो ही मत, उससे पूरी तरह अपना सम्बन्ध विच्छेद कर दो। अब क्षण-क्षण जीओ, अब प्रत्येक क्षण को निर्धारित सिद्धान्तों के अनुसार नहीं उसे प्रेमपूर्ण व होश पूर्ण होकर, स्पष्टता और प्रज्ञा से जीओ। सभी निर्धारित सिद्धान्त तथा नियम अतीत से आते हैं और प्रेम उमगता है इसी क्षण, यहीं और अभी, सिद्धान्त आते हैं अतीत से और प्रज्ञा है अभी और यहीं।

और सदा स्मरण रहे, एक व्यक्ति जो नियमों और निर्धारित नैतिक सिद्धान्तों के अनुसार जीता है, वह बुद्धिहीन होने के लिए बाध्य है। वास्तव में नैतिक सिद्धांतों और नियमों के अनुसार जीने का तरीक़ा ही बुद्धि की अपेक्षा करना है। अब तुम मूढ़ बन कर जीना गवारा कर सकते हो, फिर वहाँ कोई समस्या रह ही नहीं जाती। नियम और सिद्धान्त उसकी फिक्र स्वयं करते हैं। तुम कोई भी दायित्व का अनुभव कर रहे हो और तुम पूरी तरह उसका अनुपालन कर रहे हो। तब तुम्हें बुद्धिमान होने की कोई आवश्यकता नहीं है। फिर बुद्धिमान होने की आवश्यकता ही क्या है?

जब तुम प्रत्येक रविवार गिरजाघर जाते हो, तो स्वःस्फूर्त प्रेरणा से नहीं, केवल एक नियम का अनुसरण करने ही वहाँ जाते हो। तुम्हें वहाँ एक विशिष्ट प्रार्थना दोहरानी होती है, जो सदियों की परम्परा ने तुम्हें दी है। तुम एक ग्रामोफ़ोन रिकार्ड की तरह उसे दोहरा देते हो। उसका किसी भी तरह से तुम्हारे हृदय के साथ कोई सम्बन्ध नहीं होता, उसमें तुम्हारा हृदय नहीं धड़कता, उसमें तरंगे नहीं होती। उसमें तुम मौजूद नहीं होते, तुम्हारे द्वारा परम्परा ही बोलती है उसमें। वह किसी दूसरे व्यक्ति का स्वर होता है, जो तुम्हारे द्वारा प्रतिध्वनित होता है। तुम केवल एक प्रतिध्वनि होते हो–और एक प्रतिध्वनि कैसे प्रज्ञावान हो सकती है?

जो लोग बुद्धिमान नहीं होना चाहते, वे लोग अनुसरणकर्ता, शास्त्रों के अनुसरणकर्ता और नैतिक सिद्धान्तों, नियमों और संस्कारों के अनुगामी बन जाते हैं।

एक प्रज्ञावान व्यक्ति के पास न तो कोई नियम नैतिक सिद्धान्त होते हैं और न संस्कार, पर मेरे कहने का यह अर्थ नहीं कि वह पागल होता है, मेरे कहने का यह भी अर्थ नहीं है कि वह दूसरों को हानि पहुँचाएगा। नहीं वह ऐसा कुछ भी न करेगा। वास्तव में होता तो ठीक इससे विपरीत है, क्योंकि वह बुद्धि और प्रज्ञा से जीता है, इसलिए वह किसी को भी हानि तो पहुँचा ही नहीं सकता। वे लोग जो नैतिक सिद्धान्तों और नियमों का अनुसरण करते हैं, वे लोग हमेशा ही हिंसक होते हैं। हिंसा, मूढ़ता से आती है और अहिंसा, खिलावट है प्रज्ञा की। प्रज्ञा और प्रेम यह दोनों हमेशा साथ-साथ रहते हैं। तुम जितने अधिक प्रज्ञावान होते हो, तुम उतने ही अधिक प्रेमपूर्ण बनते हो, और

तुम जितने अधिक प्रेमपूर्ण होते हो, तुम उतने ही अधिक प्रज्ञावान बनते हो। यह दोनों एक ही सिक्के के दो पहलू हैं।

यह स्मरण रहे, बुद्धिमान अथवा प्रज्ञावान होने से मेरा अर्थ विद्वान होने से नहीं है एक विद्वान अथवा जानकारी बटोरने वाला व्यक्ति प्रज्ञावान नहीं होता। विद्वान या पण्डित तो बार-बार अतीत ही में जीता है। वह वेद-मन्त्रों को तो दोहरा सकता है, लेकिन वह स्वयं एक भी ऋण का सृजन नहीं कर सकता, वह वेदों की गुणात्मकता का एक भी छंद नहीं रच सकता।

वह गीता, कुरान अथवा बाइबिल का पाठ तो कर सकता है, लेकिन वह गीता जैसे गुणों से युक्त एक भी श्लोक अथवा गीत की रचना कर उसे गा नहीं सकता। वह किसी भी सृजनात्मक रूप में स्वयं की उस तरह से अभिव्यक्ति नहीं कर सकता, जिस तरह से मुहम्मद ने की थी। उसके द्वारा उच्चारित गीत उधार के हैं, इसलिए उसके गाने और गुनगुनाने में उसकी श्वासों का कम्पन और हृदय की धड़कने नहीं होतीं। उसमें वह जीवन्तता नहीं होती, जो जीसस के उच्चारण में थी। वह मात्र एक पण्डित, विद्वान या मौलवी होगा।

और पण्डित बनने के द्वारा तुम स्वयं को और दूसरों को धोखा नहीं दे सकते कि तुम एक ज्ञानी हो। समझ का बुद्धि से कोई लेना-देना ही नहीं होता। बुद्धि तो स्मृति का एक भाग होती है, जब कि समझ तुम्हारे सिद्धान्तों और दर्शनशास्त्र के बारे में कुछ भी नहीं जानता।

जीसस के सभी सन्देशवाहक ज्ञानी व्यक्ति न थे, लेकिन वे सभी बहुत प्रज्ञावान थे। जीसस की आवश्यकता होती है। वे लोग बहुत सरल और साधारण थे, लेकिन उनमें इतनी स्पष्टता और पारदर्शिता थी कि वे जीसस की उस दीप्ति को और जो कुछ घट रहा था, उसे समझ सके। विद्वान प्राध्यापक उसे नहीं समझ सके, जबकि मछुवारा, लकड़हारा और माली उसे समझ सके। पुरोहित और रबी भी उसे न समझ सके। उन लोगों ने सोचा कि यह व्यक्ति पागल है, उन लोगों के ख्याल में यह व्यक्ति खतरनाक था। उन लोगों ने अतीत में लिखे शास्त्रों के वचनों से उन्हें परखा और तब विचार किया कि यह शख्स पुराने विधान को पूरा नहीं कर रहा है। वास्तव

में उनके ख्याल से यह शख्स सभी विधानों, नियमों और सिद्धान्तों के विरुद्ध था, यह शख्स तो समाज के लिए एक खतरा था।

और हाँ, यह व्यक्ति समाज के लिए एक खतरा था, क्योंकि वह समाज जो उस समय विद्यमान था, वह समाज पुकारे जाने योग्य था ही नहीं। वह समाज विरोधी तत्त्वों की एक गुमनाम भीड़ थी। लोग उसी शोर में खोये डूबे हुए थे। उन लोगों ने अपनी आत्माएँ भी खो दी थीं।

जब एक व्यक्ति भीड़ का भाग बन जाता है, वह स्वयं को पूरी तरह भूल जाता है। एक मनुष्य को मनुष्य बनकर अपनी निजता में जीना होता है। एक मनुष्य का अपना एक जीवन और जीने की एक जुदा शैली होती है, एक मनुष्य को अपने अनूठे ढंग से अपने कार्यों को करना होता है– केवल तभी वह स्वयं को सन्तुष्ट कर पाता है, केवल तभी वह परमात्मा के निकट आ पाता है। परमात्मा सृजनात्मक कार्यों को समर्पित लोगों से ही प्रेम करता है। वह उन लोगों से प्रेम नहीं करता जो अनाम भीड़ में खोकर समाज के एक भाग बन जाते हैं, जो जाति, धर्म, किसी पूजा गृह अथवा इतिहास के एक भाग बन जाते हैं। परमात्मा तुम्हें, तुम्हारी निजता में ही देखना चाहता है।

एक हसीद सद्‌गुरु जोशुआ जब मर रहा था, तो किसी ने उससे कहा, "मोज़ेज का स्मरण कर लो, जिससे वह तुम्हारी सहायता कर सके। तुम मरने जा रहे हो तो मोज़ेज को याद करो।" जोशुआ ने अपनी आँखें खोलीं। वह हँसा और उसने कहा, "यह सब ठीक व्यर्थ की बकवास बन्द करो। देर या सबेर मैं परमात्मा से साक्षात्कार करने जा रहा हूँ। अब यह अधिक-से-अधिक कुछ मिनटों अथवा कुछ घण्टों का प्रश्न है। मैं अपनी मृत्यु शैय्या पर लेटा हूँ। व्यर्थ की बातें मत करो। जब मैं परमात्मा के सामने खड़ा होऊँगा तो परमात्मा मुझसे यह नहीं पूछेगा–"जोशुआ! तुम मोज़ेज जैसे क्यों नहीं हुए।" वह मुझसे पूछेगा–"जोशुआ! तुम जोशुआ जैसे होकर क्यों नहीं जीए?"

हाँ! परमात्मा तुमसे पूछेगा, कि तुम, तुम क्यों नहीं हो? तुम किसी दूसरे व्यक्ति जैसे क्यों हो? किसी दूसरे व्यक्ति जैसे बनने के प्रयास में तुम परिपूर्ण और संतुष्ट न हो सके। किसी दूसरे जैसा बनने में तुमने परमात्मा के साथ धोखा किया।

इसलिए परमात्मा का प्रामाणिक मनुष्य अपने जीवन को स्वयं जीता है, उसे बहुत बुद्धिमत्तापूर्ण, प्रेमपूर्ण और समझदारी के साथ, परमात्मा की करुणा का प्रसाद मानकर जीता है लेकिन उसके पास कोई पूर्व निर्धारित नियम या सिद्धान्त नहीं होते। वह तरल बनकर जीता है। वह बर्फ की तरह जमा हुआ नहीं होता। वह कैसे निर्णय ले सकता है?

जरा इसे इस ढंग से सोचो...यदि तुम्हारा जन्म किसी जैन या बौद्ध परिवार में हुआ है, जन्म लेने से मेरे कहने का अर्थ यह नहीं है कि वास्तव में तुम बुद्धत्व को उपलब्ध हुए हो अथवा तुमने बुद्ध या जिन होने का कोई स्वाद लिया है–यदि तुम एक जैन या बौद्ध होकर जन्मे हो और तुम जीसस को अपने मित्रों के साथ बैठे शराब पीते हुए देखो तो तुम क्या सोचोगे? तुम क्या निर्णय लोगे? तुम तुरन्त इस बात का निर्णय ले लोगे कि यह व्यक्ति परमात्मा पुत्र नहीं हो सकता। महावीर ने कभी भी शराब नहीं पी, बुद्ध ने उसे कभी चखा भी नहीं, यहाँ तक कि अपने सपनों तक में भी–और एक ईसाई परिवार में तुम्हारा जन्म हुआ है और तुम अपने सामने महावीर को नग्न खड़ा हुआ देखते हो, तो तुम सोचोगे कि यह व्यक्ति पागल या कुछ और है। जीसस तो कभी नग्न खड़े नहीं हुए। यह व्यक्ति मानसिक रूप से जरूर ही रुग्ण है। परमात्मा के प्रिय पात्र को इस तरह का होना ही नहीं चाहिए। ईसाइयत के पूरे इतिहास में कभी कोई भी नग्न रहस्यदर्शी हुआ ही नहीं। इसलिए महावीर नाम का यह व्यक्ति, नग्न खड़ा हुआ आख़िर कर क्या रहा है? उसे जरूर ही ग़लत होना चाहिए।

इसी तरह से हम निर्णय किए चले जाते हैं। हम सभी के पास निश्चित ढांचा, एक विशिष्ट सोच है, जो हमें हमारे इतिहास, हमारी जाति हमारे पूजाघरों और हमारे धर्मों से हमें हस्तान्तरित की गई है, और तब इस विचार के साथ पूर्वाग्रह से ग्रस्त होकर, कोई कैसी भी स्थिति हो, उस पर इसी पूर्व जानकारी के आधार पर विचार करने लगते हैं। तब हम निर्णय ले सकते हैं।

जो परमात्मा का प्रिय पात्र होता है। उसके पास कोई भी पूर्व नीति, नियम, सिद्धान्त अथवा विचार नहीं होते। उसके पास केवल चेतना का

आन्तरिक केन्द्र होता है। वहाँ कोई भी पूर्व निश्चित विचार या धारणा नहीं होते, जिससे वह कुछ भी तय कर सके। परमात्मा का प्रामाणिक व्यक्ति तो जीसस को देखते ही पहिचानने में समर्थ हो सकेगा, भले ही वह अपने मित्रों के साथ बैठे हुए शराब पी रहे हों। और वह बुद्ध को भी पहिचान सकेगा, वह महावीर को भी उनकी नग्नता में खड़ा देखकर पहिचानने में समर्थ हो सकेगा, और वह कृष्ण को भी अपने चारों और नाचती गोपियों के बीच बांसुरी बजाते हुए पहिचानने में समर्थ हो सकेगा। अब यदि तुम बहुत कट्टर ईसाई हो, तो तुम्हारे विचार में परमात्मा के प्रिय पात्र को हमेशा क्रास पर लटका होना चाहिए। यह केवल एक उदाहरण है, ऐसा एक बार हुआ कि जीसस को क्रॉस पर लटकाया गया। लेकिन यह कोई नियम या सिद्धान्त नहीं है–परमात्मा का प्रिय पात्र होने का। वहाँ दूसरी अन्य सम्भावनाएँ भी हैं–वहाँ सुन्दर वस्त्र और आभूषणों से सजे नाचते और बांसुरी बजाते कृष्ण भी हो सकते हैं। अब तुम नृत्य करते हुए जीसस की धारणा नहीं कर सकते।

यदि तुमने क्राइस्ट के बारे में कोई बहुत ठोस धारणा बना ली है, तो जो कुछ जीसस में घट रहा है, तुम उसे समझने में समर्थ न हो सकोगे। परमात्मा अपने आपको लाखों तरह से अभिव्यक्त करता है–क्राइस्ट, बुद्ध महावीर और मुहम्मद के रूप में, जरथ्रुस्त और लाओत्से के रूप में भी–और अन्य लाखों तरीक़ों से। और सभी रूप और सभी ढंग उसी के ही हैं। लेकिन उसे पहिचानने के लिए तुम्हें बहुत बड़ी समझ और प्रज्ञा की जरूरत है। और इस प्रज्ञा को प्राप्त करने के लिए पहिला कदम सभी पूर्व धारणाओं और विचारों को गिराकर उनसे मुक्त होने का है, वे सभी विचार और धारणाओं जो तुम्हें दूसरों ने दी हैं, लेकिन उसे पहिचानने के लिए तुम्हें बहत बड़ी समझ और प्रज्ञा की जरूरत है। और इस प्रज्ञा को प्राप्त करने के लिए पहिला कदम सभी पूर्व धारणाओं और विचारों को गिराकर उनसे मुक्त होने का है, वे सभी विचार और धारणाएँ जो तुम्हें दूसरों ने दी हैं, उन सभी की धूल छह मास तुम्हें अपने चित्त के दर्पण से हटाकर उसे साफ और शुद्ध करना है, जिससे तुम उसमें प्रतिबिम्बत हो सको।

पहिली बात तो यह कि जो परमात्मा का प्रामाणिक प्रिय व्यकि त होता है, उसमें अहंकार जैसी कोई चीज़ होती ही नहीं, उसमें कहने वाला वह 'मैं' होता ही नहीं, जो कोई भी बात पक्ष या विपक्ष में कह सके। दूसरी बात यह कि उसके पास कोई पूर्व निर्धारित नीति, नियम या सिद्धान्त नहीं होते, जिससे वह किसी को नाप-तौल नहीं सकता कि कौन ग़लत कर रहा है और कौन ठीक। तीसरी बात यह–उसकी आत्मा में एक महान स्वीकार की खिलावट होती है और उसके अस्तित्व से ही सर्व स्वीकार भाव प्रकट होता है। उसके लिए सभी कुछ अच्छा ही होता है, क्योंकि वह सभी कुछ परमात्मा से ही आया है। हाँ, वह पूर्ण अस्तित्व के प्रति अहोभाव व्यक त करता है, क्योंकि अस्तित्व ही उस पर चारों ओर से बरस रहा है। उसका अपना कोई निर्णय होता ही नहीं। जब जीसस कहते हैं–'तुम कोई निर्णय लो ही मत', तो उसका यही अर्थ होता है।

इसलिए स्मरण रहे, यहाँ ठीक निर्णय और ग़लत निर्णय जैसा कुछ होता ही नहीं–क्योंकि कोई भी निर्णय लेना ही ग़लत है। निर्णय लेना ही बन्द कर दो। और यदि तुम निर्णय लेने से मुक्त हो सके, तो तुम आश्चर्यचकित हो जाओगे कि तुम्हारे हृदय में एक चट्टान जैसा जो अवरोध और बोझ था, तुम उससे मुक्त हो गये। तुम भार शून्यता का अनुभव करोगे। तुम्हें अनुभव होगा कि जैसे तुम लगभग उड़े जा रहे हो। तुमने ही अपने आपको पूर्वाग्रहों और अतीत की जंजीरों से बाँध रखा है, और इसीलिए तुम्हें जीवन इतना बड़ा बोझ लगता है। जीवन एक भार नहीं है, तुम्हारे अपने साथ अतीत को ढोए हुए चलने से ही वह बोझ बन गया है। यही कारण है कि बच्चे फूल जैसे हल्के होते हैं और वृद्ध लोग बहुत भारी हो जाते हैं–क्योंकि बच्चों की अभी तक कोई जीवन कथा नहीं बनी, उनके पास कोई अतीत नहीं है। जैसे-जैसे वे बड़े होंगे, वे अनुभवों, जानकारियों और 'यह' अथवा 'वह' के कूड़े-कबाड़ को इकट्ठा करना शुरू कर देंगे–और देर-सबेर वे भी अतीत के बोझ तले दब जाएंगे।

निर्णय लेना एक नैतिक कार्य है और नैतिकता का धर्म से कोई लेना-देना नहीं। इस ग़लतफहमी से पूरी तरह मुक्त हो जाना है। लोग धर्म के साथ

नैतिकता को लेकर हमेशा भ्रमित बने रहते हैं। नैतिकता का धर्म के साथ कोई सम्बन्ध ही नहीं है, एक नैतिक व्यक्ति के लिए यह जरूरी नहीं कि वह एक धार्मिक व्यक्ति भी हो। एक नास्तिक भी नैतिक हो सकता है, पूरी तरह से नीति-नियमों का अनुसरण करने वाला। तुम सोवियत रूस में ऐसे बहुत से नैतिक व्यक्ति पा सकते हो, लेकिन वहाँ एक नैतिक व्यक्ति के लिए धार्मिक व्यक्ति बनने की कोई जरूरत नहीं है।

एक धार्मिक मनुष्य का एक नया आयाम होता है।

नैतिकता, समाज के लिए एक आवश्यकता है। समाज को नियमों और सिद्धान्तों की जरूरत होती है, समाज को ठीक और ग़लत में तथा अच्छे और बुरे में भेद करने की जरूरत होती है। निश्चित रूप से यह जरूरत इसलिए होती है क्योंकि लोग बहुत अधिक मुर्च्छित हैं, सोये हुए हैं। इन सोये लोगों को व्यवस्थित करने के लिए तुम्हें कुछ सीमाएँ बनाने की जरूरत होगी ही। तुम्हें उन्हें कुछ तय किए गये नियम और सिद्धान्त देने होंगे. अन्यथा वहाँ एक गड़बड़ी की स्थिति उत्पन्न हो जाएगी।

धार्मिक मनुष्य अपनी नैतिकता को छोड़ सकता है, क्योंकि अब उसके पास अपनी अन्तर्दृष्टि है, उसे अब किसी पथ-प्रदर्शन की कोई आवश्यकता नहीं है। उसकी दृष्टि ही उसके लिए पर्याप्त है। यह ऐसा है, जैसे मानों तुम कभी अन्धे थे, और इधर-उधर चलने-फिरने के लिए तुम एक छड़ी का प्रयोग किया करते थे, जिसकी सहायता से टटोलते हुए तुम अपना रास्ता खोज लेते थे। और तब एक दिन तुम्हें दृष्टि मिल गयी। क्या तुम अब भी अपने साथ छड़ी ढोते चलोगे? तुम उसे दूर फेंक दोगे। अब वह व्यर्थ है, अब तुम्हें टटोलने की कोई जरूरत नहीं रही। अब चलने के लिए छड़ी सहायक न होकर एक बोझ बन गयी।

इसी तरह से नैतिकता भी एक अंधे व्यक्ति की छड़ी की भाँति है। जिन लोगों ने मूढ़ बने रहने का ही निर्णय ले लिया है, उनके लिए नैतिकता की जरूरत है, पर जिन लोगों ने सजग और सचेत बनने के लिए प्रत्येक चीज़ दाँव पर लगा रखी है, उनके लिए नैतिकता की कोई आवश्यकता नहीं है। एक व्यक्ति जो निरन्तर होशपूर्ण रहता है, वह नैतिक होता ही है। उसे अपने साथ नैतिकता को लेकर चलने की कोई जरूरत होती ही नहीं, वह सामान्य

रूप से नैतिक होता ही है। ऐसा नहीं कि वह कुछ अच्छा करने का प्रयास करता है, नहीं बिल्कुल नहीं, लेकिन वह जो कुछ भी करता है, वह अच्छा ही होता है।

इस भेद को जरा समझने का प्रयास करो। यह अत्यधिक महत्त्वपूर्ण है। एक धार्मिक व्यक्ति वह होता है, जो अच्छा ही होता है, क्योंकि उसने स्वयं को परमात्मा को समर्पित कर दिया है, और जो सब कुछ अच्छा होता है, वह परमात्मा के द्वारा अथवा समर्पण के द्वारा ही होता है। वह ग़लत कर ही नहीं सकता। यह सम्भव ही नहीं है। जब तुम सजग होते हो, तो ग़लत होना असम्भव हो जाता है। यह वैसे ही असम्भव होता है जैसे दीवार के पार जाने का तुम प्रयास करते ही नहीं। तुम दरवाजा खोज ही लेते हो। यह उस जैसा ही सामान्य होता है।

लेकिन एक अन्धा व्यक्ति कभी-कभी दीवार के पार जाने का प्रयास करता है, लेकिन वह जा नहीं सकता। उसकी कोई सम्भावना नहीं है। लेकिन एक अन्धा व्यक्ति अन्धा होता है; वह यह देख नहीं सकता कि कहाँ दीवार है। एक धार्मिक व्यक्ति वह होता है जिसकी आँखें खुली होती हैं और वह देख पाता है कि दरवाजा कहाँ है। तब वहाँ किसी ऐसे विचार को साथ ले जाने की आवश्यकता नहीं होती, कि किसी व्यक्ति को हमेशा दरवाजे के द्वारा होकर ही निकलना चाहिए–वह दरवाजे के द्वारा ही सामान्य रूप से बाहर जाता है। जब तुम जानते हो, तब तुम्हारा जानना ही तुम्हारा गुण बन जाता है।

सुकरात कहता है–ज्ञान ही नैतिक गुण होता है। यह बहुत सारभूत वक्तव्य है। जानना ही सत्य को उपलब्ध होना है, जानना ही ठीक कार्य करना है। जानने के द्वारा ही सत्य स्वयं छाया की तरह उसके साथ आता है। सत्य को जानने से नैतिक गुण बाई प्रोडक्ट की भाँति उसके साथ ही आते हैं। उसका अभ्यास करने की कोई आवश्यकता नहीं है। यदि तुम उसका अभ्यास करते हो, तो वह नकली है अभ्यास से उत्पन्न नैतिकता नकली नैतिकता है, वह एक छल अथवा अपने ऊपर ओढ़ी गयी कृत्रिम नैतिकता है। नैतिकता तो वह होती है, जिसका कोई अभ्यास न किया गया हो–वह सहज रूप में घटती है, क्योंकि तुम जानते हो, तुम्हारी आँखें खुली हुई हैं, तुम

उसे अनुभव कर सकते हो, तुम संवेदनशील हो इसलिए कुछ भी ग़लत घट ही नहीं सकता। एक धार्मिक व्यक्ति न तो नैतिक होता है। और न अनैतिक। वह प्रामाणिक रूप से केवल धार्मिक होता है। नैतिकता की अपेक्षा धर्म कहीं अधिक महत्वपूर्ण आधार स्तंभ है। नैतिकता, धार्मिक होने का प्रयास अथवा एक बहाना है।

बिना नैतिकता के, निर्णय भी नहीं रहता। जब नैतिकता का विचार नहीं रह जाता, तो निर्णय लेना भी विदा हो जाता है। यदि वहाँ नैतिकता का विचार है, तो तुम हमेशा निर्णय ही लेते रहोगे, इसी कारण नैतिक और कट्टर धार्मिक लोग निरन्तर विचार करते हुए समालोचना ही करते रहते हैं। वे पूरी रात और पूरे दिन भर चौबीस घंटे–निर्णय ही करते रहते हैं। वे हमेशा उसे प्रत्येक कोण से देखते हुए तुलना करते रहते हैं। वे अतीत के मकबरे में झाँकते रहते हैं। वे लोग प्रत्येक व्यक्ति के जीवन में झाँकते रहते हैं कि तुम क्या कर रहे हो और कौन व्यक्ति ग़लत कार्य कर रहा है? उनका पूरा जीवन दूसरों का निरीक्षण करने में व्यतीत हो जाता है। ये लोग कुरूप और भद्दे हैं। ऐसे नैतिक लोगों के साथ रहना, बहुत कठिन है, यह पूरी तरह उबा देने वाला है। यह बहुत एकरस और मृत जीवन है और यह अपने चारों ओर एक बुझा-बुझा-सा अस्पष्ट और मृत वातावरण उत्पन्न कर देते हैं। वे लोग बहुत दुर्भाग्यशाली हैं, जिन्हें ऐसे नैतिक या आदर्शवादी लोगों के साथ रहना होता है, क्योंकि ये आदर्शवादी लोग देर या सबेर उनके जीवन को विषाक्त बना देंगे।

ऐसे नैतिक लोग एक अपराधबोध उत्पन्न करते हैं, और अपराधबोध, आत्मा का कैंसर है। एक बार तुम अपराधबोध से ग्रस्त हो गये, तो तुम अस्वस्थ हो जाओगे, और तुम्हारे लिए फिर से स्वस्थ होना कठिन हो जाएगा। लेकिन सभी तथाकथित धर्म–जो वास्तव में धर्म हैं ही नहीं, बल्कि उनका आधार बिन्दु केवल नैतिकता है–

उन्होंने मनुष्यता को बहुत हानि पहुँचाई है।

जीसस का यह वक्तव्य कि "निर्णय लो ही मत" जब ध्यानपूर्ण होकर देखा जाए, तो अभी तक के सभी क्रान्तिकारी वक्तव्यों में से एक है।

निर्णय लेने से एक बात निश्चित हो जाती है, कि मनुष्य नियमों का अनुसरण करने के लिए है। यह बात सभी चीज़ों को नीचे धकेल देती है सभी चीज़ें पूरी तरह अव्यवस्थित हो जाती हैं। मनुष्य का अस्तित्व मनुष्य के लिए है। मनुष्य साधन न होकर साध्य है। लेकिन नैतिकतावादी लोग हमेशा यही सोचते हैं कि मनुष्य से भी अधिक महत्त्वपूर्ण नियम और सिद्धान्त हैं। नियमों और सिद्धान्त के लिए मनुष्य को बलिदान नहीं किया जा सकता। नियम और सिद्धान्त ही अधिक महत्त्वपूर्ण बन गये हैं।

यह एक बहुत दुःखद स्थिति है। नियम और सिद्धान्त मनुष्य से अधिक महत्त्वपूर्ण नहीं हो सकते। नियम और सिद्धान्त मनुष्य की सहायता करने के लिए बनाये हैं, अन्यथा यह तो ऐसा होगा, जैसे मानो तुम सहारा देने वाली छड़ी के लिए, अन्धे व्यक्ति त को बलिदान कर देते हो। हाँ! सहारा देने वाली छड़ी सहायक तो जरूर है, लेकिन वह अन्तिम लक्ष्य या मंजिल नहीं है।

जरा निरीक्षण करो, तुम किसी तरह व्यक्तियों के बारे में कोई निर्णय लेते हो। जब तुम किसी व्यक्ति के बारे में निर्णय लेते हो, तो क्या तुम्हारे लक्ष्य में नैतिक सिद्धान्त नहीं होते हैं? क्या तुम सिद्धान्तों की प्रशंसा करते हुए, उस व्यक्ति की निंदा नहीं करते? सभी चीज़ों को ठीक क्रम में रखना चाहिए। सिद्धान्त वहाँ इसीलिए हैं कि उनका उपयोग किया जाए। वे किसी समझदारी पर आधारित हैं। वे केवल सुविधा के लिए हैं। उनके अन्तर्निहित कोई मूल्य नहीं है। जब समय बदल जाता है, जब परिस्थितियां बदल जाती हैं, और जब मनुष्य जीवन में रहने के नये ढंग और तरीक़े खोज लेता है, तो उन्हें छोड़ देना चाहिए। उन नियमों और सिद्धांतों से तुरन्त छुटकारा पा लेना चाहिए। उन्हें मनुष्यता पर एक बोझकर बनकर नहीं रहना चाहिए।

नियम और सिद्धान्त ज्यों के त्यों बने रहते हैं, लेकिन समय बदल जाता है। हिन्दुओं के जीवन की संहिता, पाँच हजार वर्ष पूर्व लिखी गई थी। वह अभी भी आदर्श बनी हुई है। इन पाँच हजार वर्षों में न जाने कितना पानी गंगा जी में बह चुका? प्रत्येक चीज़ बदल गयी। अब ऐसा कुछ भी नहीं रह गया जो कभी मनु के समय में था–मनु ने जो संहिता लिखी, उसका अभी भी अनुसरण किया जा रहा है। अब उसका अनुसरण करना पूरी तरह

व्यर्थ है। वह आज के समय आज के युग और आज के मनुष्य के बारे में कुछ कहती ही नहीं और मनु इसके लिए जिम्मेदार नहीं हैं, क्योंकि जो कुछ उन्होंने लिखा, वह उस युग के लिए अर्थपूर्ण था। यह वह आज वापस लौटकर आते हैं तो वे यह विश्वास कर ही न सकेंगे कि मनुष्य कितना मूर्ख हो सकता है। वह कहेंगे–"अब तुम उन सिद्धान्तों का पालन क्यों कर रहे हो? तुमसे किसने कहा कि तुम अभी भी उनका अनुसरण करो? अब जीवन बदल गया, अब वह पहिले, जैसा जीवन रहा ही नहीं। अब पहिले जैसे कुछ भी तो नहीं रहा।" लेकिन वे नियम और सिद्धान्त अभी तक चले जा रहे हैं।

मोज़ेज, ने जीवनयापन के लिए एक निश्चित ढाँचा दिया, पर वह तीन हजार वर्ष पूर्व दिया था। अब उस बिन्दु से संसार बहुत आगे निकल गया है। अब वह असंगत है। लेकिन लोग़ फिर भी उसका अनुसरण किए चले जाते हैं। हम मुर्दों की पूजा करते हैं, हम उस सभी की पूजा करते हैं, जो असंगत हो चुका है। हम जीवन की ओर उसमें झाँककर देखते ही नहीं। प्रत्येक व्यक्ति को प्रत्येक क्षण जीवन में झाँककर देखते हुए, उसमें से होकर मार्ग खोजना चाहिए। किसी भी व्यक्ति में जीवन से प्रत्युत्तर आना चाहिए, न कि मृत नियमों और संहिताओं से।

जीसस दो हजार वर्ष पूर्व हुए, बुद्ध ढाई हजार वर्ष पूर्व, और जैनों की जीवन की संहिता, सबसे अधिक प्राचीनतम संहिताओं में से एक है, लगभग पांच या सात हजार वर्ष पुरानी...जो आधुनिक, मनुष्य पर एक बोझ जैसी है। यदि तुम उसका अनुसरण करते हो, तो वह अपर्याप्त है, उसमें अनेक कमियाँ हैं, वह तुम्हारे जीवनयापन को असम्भव बना देती है। यदि तुम उसका अनुसरण नहीं करते हो, तो तुम्हें अपराध बोध होना शुरू हो जाता है। इसलिए यह दोनों तरह से विध्वंसक है। यदि तुम मनु, मोज़ेज या महावीर का अनुसरण करते हो, तो तुम अजायब घर की एक प्रदर्शित वस्तु बनकर रह जाओगे। तुम यहीं और अभी नहीं होंगे, और साधुओं और मुनियों की ओर जरा देखो। वे सभी असंगत हैं। वे व्यर्थ समझ कर अलग कूड़ेदान में फेंक देने योग्य हैं। वे इस समय के अनुकूल हैं ही नहीं। वे केवल चलते-फिरते मुर्दे जैसे हैं।

यदि तुम नियमों और सिद्धान्तों का अनुसरण करते हो, तो ऐसा होगा ही। तुम समकालीन नहीं रह पाओगे। तुम मनु, महावीर और मोज़ेज के समकालीन बन जाओगे, लेकिन आज तुम जिस समाज और संसार में रहते हो, तुम उसके समकालीन न हो सकोगे, और न तुम इस बीसवीं सदी के प्राणी ही लगोगे। इस शताब्दी का होने के लिए तुम्हें अतीत की सदियों का बोझ गिरा देना होगा। और यदि तुम ऐसा नहीं कर सकते...ऐसा करना असम्भव है। ऐसा करना इतना कठिन है कि कोई भी इसे परिपूर्णता से नहीं कर सकता। बीसवीं सदी में रहते हुए, तुम पाँच हजार साल पुरानी संहिता के नियन्त्रण में कैसे रह सकते हो? शारीरिक, मानसिक और सामाजिक तरीक़ों से इन्हें ढोते जाने में तुम भले ही श्रेष्ठतम प्रयासों को करो फिर भी तुम हमेशा अधूरे ही बने रहोगे, और सदा यह अनुभव करते रहोगे, जैसे मानो तुमसे कोई चूक हो रही हो। और फिर अपराध-बोध होगा. ..तुम उतने ठीक नहीं हो जितना तुम्हें होना चाहिए था और तुम एक प्रामाणिक धार्मिक मनुष्य नहीं हो, यह एक घाव की तरह बन जायेगा और तुम अपने जीवन को दुःखपूर्ण बना लोगे।

बहुत थोड़े से लोग इन नियमों और सिद्धान्तों का अनुसरण करने का प्रयास करते हैं। लोगों ने होंठों से उनका जाप करने का एक आसान सा तरीक़ा खोज लिया है, जो केवल अपने आप को बचाने के लिए है। लेकिन होंठों से इन्हें मन्त्र की तरह जपना भी हानिकारक है, क्योंकि अपने अन्दर गहरे में तुम सोचते रहते हो कि वे लोग ठीक हैं और तुम ग़लत हो।

यदि तुम उनका अनुसरण नहीं कर रहे हो, तो तुम ग़लत हो। और यह विचार ही कि तुम ग़लत हो, यह तुम्हें सिकोड़ देगा, संकुचित कर देगा और तुम अपने द्वार दरवाजे बन्द कर लोगे, तुम्हें खुलेपन का अहसास न होगा और यह तुम्हें वह प्रसन्नता और उत्तेजना न दे सकेगा, जो विकसित होने के लिए आवश्यक है।

प्रत्येक व्यक्ति को किसी भी व्यक्ति की सत्यता और प्रामाणिकता इतनी समग्रता से स्वीकार करना है, जिससे वहाँ कोई अपराध बोध अथवा उसकी छाया तक भी न रहे। केवल तभी व्यक्ति की खिलावट हो

सकती है। केवल अपराध बोध से मुक्त व्यक्ति की ही खिलावट हो सकती है। और जब मैं कहता हूँ, 'अपराध बोध से मुक्त होकर रहो' तो मेरे कहने का यह अर्थ नहीं है कि इन नियमों और सिद्धान्तों का अनुसरण करो और कोई पाप मत करो, और तभी तुम अपराध बोध से मुक्त हो जाओ, तो मेरे कहने का अर्थ है कि उन सभी नियमों और सिद्धान्तों को पूरी तरह छोड़ दो, जो अपराध बोध उत्पन्न करते हैं। बिना किन्हीं भी नियमों के रहो। वृक्ष बिना किन्हीं भी नियमों या आदर्शों का पालन किए बिना मज़े से झूमते हैं और वे अपराध बोध से मुक्त हैं। सितारे भी बिना नियमों का पालन किए हुए मज़े से चमकते रहते हैं और वे सभी अपराध बोध से मुक्त है। सहज स्वाभाविक बनो, अपराधबोध से मुक्त होकर जीओ केवल एक अन्तर के साथ।

यह अन्तर है कि तुम्हें सजग बने रहना है। वृक्ष सजग नहीं हैं, वे अपराध-बोध से तो मुक्त हैं, पर सजग नहीं हैं। यही कारण है कि वे अस्तित्व में हैं, लेकिन वे नहीं जानते कि वे अस्तित्व या परमात्मा में हैं। सितारे भी अपराध बोध से मुक्त हैं, लेकिन वे सजग नहीं हैं। इसलिए वे अस्तित्व में घूमते हैं, वे कहीं अधिक सुगमता से परिभ्रमण करते हुए, हमारी अपेक्षा कहीं अधिक समग्रता से अस्तित्व में बने हुए हैं, लेकिन वे इसे जान नहीं सकते। वे इसके प्रति मूर्च्छित हैं।

यह मनुष्य की ही गरिमा और उसमें ही छिपी उसकी सम्मावित शक्ति और ऊर्जा है–कि वह अस्तित्व में बने रहने के प्रति पूरी तरह सजग बना रहे, वह होशपूर्ण होकर अस्तित्व में रह सके। यह अपरिमित प्रसन्नता और उत्सव-आनन्द लाती है उसके जीवन में।

'कोई भी निर्णय लो ही मत'–जीसस का यह वक्तव्य न केवल दूसरों के सम्बन्ध में है–यही वह आख़िरी चीज़ भी है, जिसका मैं तुम्हें स्मरण दिलाना चाहता हूँ। थोड़े से लोग यह सोचना शुरू कर देते हैं–ठीक है, हम दूसरों के बारे में कोई निर्णय नहीं लेंगे। यदि कोई व्यक्ति सामने से गुजर रहा है और कुछ भी कर रहा है, तो हम कहेंगे–"हमारा उससे कोई सम्बन्ध नहीं है, यह उसका अपना काम है, मैं निर्णय लेने वाला होता कौन हूँ?"

हाँ, तुम दूसरों के बारे में कोई निर्णय मत लो, यह सम्भव है, लेकिन यदि तुम स्वयं अपने बारे में निर्णय लिए चले जाओगे, तो एक दूसरे तल पर तुम उसी खेल को खेले जा रहे हो। पहिले तुम दूसरों के बारे में निर्णय लेते थे। अब तुमने स्वयं के बारे निर्णय लेना शुरू कर दिया–मैंने यह काम ग़लत किया, मुझे ऐसा नहीं करना चाहिए था। कल मैं स्वयं इसमें सुधार करूँगा। मुझे विकसित होकर आध्यात्मिक बनना है...और यह अथवा वह बनना है। तुम्हारे पास कुछ आदर्श और लक्ष्य हैं और तुम सोचते हो कि तुम्हें पूरा करना है। इसलिए हो सकता है तुम दूसरों के बारे में कोई निर्णय न लो, लेकिन तुम स्वयं के बारे निर्णय लेते रहो। यह वैसा ही खेल है। अब तुम स्वयं को ही नष्ट करोगे।

'तुम निर्णय ही मत लो' का साधारण-सा अर्थ यही है कि तुम निर्णय लो ही मत–न दूसरों के बारे में और न स्वयं के सम्बन्ध में। निर्णय लेना ही मिट जाए। बिना किसी निर्णय के बने रहो और देखो, फिर कैसा आनन्द मिलता है तुम्हें, तुम्हारे अन्दर एक परमानंद का जैसा विस्फोट होने लगता है।

इससे पहिले कि हम इस कहानी में प्रवेश करें, थोड़ी-सी चीज़ें इसे समझने में सहायक होंगी।

विषय और वस्तु के मध्य, बाहर और अन्दर के मध्य वहाँ तीन तरह की सम्भावनाएँ हैं। पहिली सम्भावना राजनीतिज्ञों और पुरोहितों की है। राजनीतिज्ञ की दिलचस्पी केवल इस बात में है कि कैसे लोगों को नियन्त्रण में रखा जाए, उन पर अधिकार जमाया जाए। उसकी दिलचस्पी केवल इसी में है कि कैसे दूसरों पर अधिकार जमा कर उन्हें नियन्त्रित कर कैसे शक्तिशाली बना जाए। उसका सम्बन्ध किसी भी अन्य चीज़ से है ही नहीं। उसकी यात्रा शक्ति और सत्ता पाने की है कि कैसे लोगों पर कब्जा जमाया। जाए। यदि वह कुछ भी कहता है, तो इसी विचार के साथ कहता है। उसे सत्य से कुछ भी मतलब नहीं है।

यही कारण है कि राजनीतिज्ञ लोग झूठ बोले चले जाते हैं, वे उन चीज़ों का वायदा किए चले जाते हैं, जिसके बारे में वे स्वयं जानते हैं कि वे उन्हें पूरा नहीं कर सकते, वे अच्छी तरह जानते हैं कि उन्हें पूरा किया जाना सम्भव ही

नहीं है, लेकिन वे फिर भी वायदे किए चले जाते हैं, क्योंकि तुम यही चाहते हो और यही तुम्हारी जरूरत है। और यदि वे तुम पर अपना अधिकार जमाना चाहते हैं, तो उन्हें तुम्हारी भावनाओं को भड़काना होगा, उन्हें तुम्हें बहलाना होगा और उन्हें तुम्हें सुहाने सपने दिखाने होंगे। राजनेता जो कुछ भी कहता है उसका उद्देश्य दूसरे व्यक्तियों को अपने नियन्त्रण में करने का होता है। उसका पूरा सम्बन्ध शोषण करने से होता है।

और ऐसा ही पुरोहित के भी साथ है। यह उससे कुछ भिन्न नहीं है। वह भी दूसरों पर अधिकार जमाने का प्रयास करता है। उसका सत्ता स्थापित करने का विचार इस संसार का न होकर उस दूसरे संसार पर अधिपत्य जमाने का होता है–लेकिन वह होता है सत्ता या शक्ति पाने का ही। वह भी लोगों पर नियन्त्रण स्थापित करता है, लेकिन परमात्मा के नाम पर।

राजनेता और पुरोहित, दोनों एक दूसरे से भिन्न नहीं हैं, और यही कारण है, कि वे दोनों हमेशा से साथ-साथ हैं। लोगों पर नियन्त्रण करने के लिए, राजनेता और पुरोहित के बीच वहाँ एक दुरभिसंधि रही है। ऐसा प्राचीन समय में था और आज भी है। राजनेता और पुरोहित हमेशा ही दोनों एक साथ लोगों के विरुद्ध षड़यन्त्र रचते आए हैं। पुरोहित लोगों को समझाते रहे हैं कि राजा ईश्वर का प्रतिनिधि होता है और इसके एवज में राजा पुरोहित के पास जाकर उसके चरणों को छूता रहा है। यही दुरभिसन्धि है। उन लोगों के बीच आपस में एक समझ है। काफ़ी पहले ही उन दोनों ने यह निश्चय कर लिया था कि उनका लक्ष्य एक ही है, और उन दोनों के मध्य एक सीमा रेखा निश्चित हो गयी थी–पुरोहित को लोगों की आत्मा पर और राजनीतिकों को लोगों के शरीर पर शासन करना चाहिए। राजनैतिक लोगों को जहाँ तक आत्मा का सम्बन्ध है, कोई दखल नहीं देना चाहिए और जहाँ तक शरीर का सम्बन्ध है, पुरोहित को उसमें दखल नहीं देना चाहिए। उनके बीच यही आपसी समझ और दुरभिसंधि थी।

लोगों से सम्बन्ध जोड़ने का यह पहिला तरीक़ा है। सम्बन्ध जोड़ने का दूसरा तरीक़ा, कवि, चित्रकार, गायक, नर्तक और कलाकार का है। उसका

संबंध लोगों पर नियंत्रण या अधिकार जमाने का होता ही नहीं। वास्तव में दूसरों के साथ उसका अधिक सम्बन्ध होता ही नहीं। उसकी अभिव्यक्ति वैयक्तिक होती है, वह अपने अस्तित्व को अपनी कृति में उड़ेल देता है। राजनेता और पुरोहित का दृष्टिकोण वस्तुगत या पदार्थगत होता है उनका लक्ष्य दूसरा होता है। कवि, चित्रकार, नर्तक और कलाकार का दृष्टिकोण पदार्थगत न होकर वैयक्तिक होता है।

वह अपनी अभिव्यक्ति द्वारा दूसरों से सम्बन्धित होता है, उनसे संवाद जोड़ता है, पर उसका सम्बन्ध जोड़ना और संवाद सूक्ष्म रूप से प्रेरित कर उनके अन्दर एक विस्फोट करने का होता है। यदि वह चाहता है कि दूसरे लोग वहाँ हों, तो वह दूसरों को एक श्रोता अथवा दर्शक के रूप में चाहता है, जिससे वे लोग आनन्दित हो सकें। कवि दूसरों को सहभागी बनाना चाहता है। नर्तक, नृत्य करता है, यदि वह चाहता है कि तुम वहाँ उपस्थित रहो, तो केवल इसीलिए, कि वह अपने नृत्य में तुम्हें सहभागी बना सके। उसके पास कुछ प्रसन्नता और खुशी है और वह उसे बाँटकर तुमसे सम्बन्ध जोड़ना चाहता है। वह चाहता है कि सुवास वह प्रत्येक व्यक्ति तक पहुँचा दे। उसके पास जो उसकी कला की सुवास है, वह उसे हवाओं को सौंप देना चाहता है, जो उसे संसार के दूर-दूर तक ले जाएँ।

लेकिन उसकी कोई दिलचस्पी अधिकार जमाने की नहीं है–और यही कारण है कि कवि और चित्रकार हमेशा निर्धन बने रहते हैं उनके पास कोई सत्ता या शक्ति नहीं होती। ये लोग सबसे अधिक अहिंसक और शक्तिहीन लोग होते हैं।

मैंने सुना है कि एक व्यक्ति एक चिकित्सक के पास गया और उससे कहा, "मैं कई दिनों से कब्ज से पीड़ित हूँ।" चिकित्सक ने उसे दवा लिख दी। वह व्यक्ति इतना अधिक निर्धन था कि उसने कहा–"मैं इस दवा को खरीद नहीं सकता।'' इसलिए चिकित्सक ने उसे अपने पास से खरीद कर दवा दी।

दो या तीन दिनों बाद वही व्यक्ति फिर उस चिकित्सक के पास आया और उससे कहा–"आपकी दवा से कुछ भी नहीं हुआ, कब्ज अभी भी

बरकरार है।" वह चिकित्सिक उलझन में पड़ गया। उसने कहा–"यह दवा पूरी तरह से कारगर है।'' फिर उसने उस आदमी को गौर से देखा जो बहुत गरीब और थका हारा-सा दिखाई दे रहा था। उसने पूछा–"तुम किस तरह का कार्य करते हो?"

उसने उत्तर दिया–"मैं एक कवि हूँ।"

–"तो तुमने मुझे पहिले यह बात क्यों नहीं बतायी? अब यह पैसे लो, और सबसे पहिले जाकर पेट-भर खाना खाओ।"

यही स्थिति थी वह। कवि और चित्रकार निर्धन होते हैं। जब भी कोई व्यक्ति कवि बनना चाहता है, तो परिवार सोचता है जैसे कोई हादसा हो गया है। ये लोग न तो पुरोहित हैं और न राजनीतिज्ञ। इन लोगों का दूसरों से सम्बन्ध उन पर अधिकार स्थापित करने का नहीं है, उन पर शक्तिशाली बनने का नहीं है। यदि वे तुम्हें पुकारते हैं, तो वह एक आमन्त्रण है। यदि तुम उनके निकट जाते हो तो वे खुश होकर तुम्हें धन्यवाद देते हैं। उनके पास तुम्हें देने के लिए कुछ उपहार है। वे तुम्हें अपना सहभागी बनाना चाहते हैं। लेकिन वे लोग वैयक्तिक हैं।

राजनेताओं की दिलचस्पी दूसरे लोगों में होती है, जबकि कवि की दिलचस्पी स्वयं अपने आप में होती है। दोनों ही अधूरे हैं, असंतुलित हैं। दोनों ही खण्ड हैं, अखण्ड कोई भी नहीं है।

तीसरी सम्भावना संत, ऋषि या रहस्यदर्शी की होती है। वह अखण्ड होता है। न तो वह पदार्थगत होता है और न वैयक्तिक। विषय और विषयी दोनों का मिलन होता है उसमें। 'मैं' और 'तू' उसमें मिलकर एक हो जाते हैं। उसकी दिलचस्पी न तो लोगों पर अधिकार जमाने या शक्तिशाली होने की होती है और न उसकी दिलचस्पी तुम्हें अपने साथ अपनी कविता में सहभागी बनाने की होती है। नहीं, उसके पास कुछ ऐसा सत्य है, जो न तो कविता है, न केवल वह एक स्वप्न है और न कोई एक सुन्दर चित्र है। उसके स्वयं के पास परमात्मा ही है, जिसमें वह तुम्हें सहभागी बनाना चाहता है। लेकिन वह सहभागिता ऐसी है कि तुम उसमें तभी सहभागी हो सकते हो, जब तुम उसके साथ घुलकर एक हो जाओ और वह तुम्हारे साथ घुलकर एक बन जाए।

कवि, अपनी कविता में तुम्हें सहभागी बना सकता है, और वहाँ उसके साथ एक बन जाने की कोई भी जरूरत नहीं है। केवल एक ही चीज़ जरूरी है वहाँ–तुम्हें उसके सान्निध्य में सहानुभूतिपूर्ण होना चाहिए। बस इतना ही काफ़ी है कि सामर्थ्य होनी चाहिए और एक क्षण के लिए लिए भी तुम्हें उसकी कविता के बारे में कोई निर्णय नहीं लेना चाहिए। कविता और संगीत को सुनते हुए निर्णय लेने की फिक्र करता ही कौन है? यदि कोई उसमें आनन्द लेता है तो वह वहाँ बना रहता है, अन्यथा वह उसे छोड़कर चला जाता है।

कवि केवल कुछ क्षणों का ही सहयोग माँगता है, जब कि रहस्यदर्शी चाहता है कि तुम उसके इतने अधिक निकट आ जाओ, कि तुम्हारी सारी सीमाएँ पिघलने और मिटने लगे। एक सद्गुरु और शिष्य के मध्य यही एक रिश्ता होता है। धीमे-धीमे वे दो से एक बन जाते हैं। केवल जब वे एक हो जाते हैं, तभी सत्य में सहभागी हुआ जाता है। तब जो कुछ सद्गुरु के आन्तरिक केन्द्र पर घटा होता है, वह शिष्य को सौंप दिया जाता है। लेकिन वह कोई वस्तु नहीं है, इसलिए उसे तब तक नहीं दिया जा सकता, जब तक तुम उससे अलग हो। यह एक अनुभव या अनुभूति है। यह तभी सौंपी जा सकती है, जब तुम एक बन जाओ, जब वहाँ कोई आन्तरिक संसर्ग हो। इसे किसी सम्बन्ध या रिश्ते में दिया जाना सम्भव नहीं है। इसका दिया जाना केवल तभी सम्भव है, जब वहाँ दहाई, इकाई बने। ऐसा किसी रिश्ते में होना सम्भव नहीं। कवि को सम्बन्ध जोड़ने की आवश्यकता होती है, और राजनीतिक व्यक्ति को सम्बन्ध जोड़ने की भी जरूरत नहीं होती। सद्गुरु या रहस्यदर्शी को अस्तित्वगत एकता की जरूरत होती है।

राजनीतिक व्यक्ति तो दूसरे से सम्बन्ध जोड़ना ही नहीं चाहता, राजनीतिक व्यक्ति किसी से मित्रता नहीं जोड़ता, वे लोग ऐसा करने का बहाना बनाते हैं। वे लोगों को अपने अधिक निकट आने की अनुमति देना खतरनाक समझते हैं। राजनेता सभी से दूर अलग रहते हैं। वे न तो किसी के अधिक निकट जाते हैं और न किसी अन्य को ही अपने पास आने की अनुमति देते हैं। उसे निरन्तर रक्षात्मक बनकर रहना होता है। जब लोग तुम्हारे अधिक निकट आ जाएँ, तो फिर तुम उन पर आसानी से आधिपत्य नहीं जमा सकते। राजनीतिक लोग किसी के प्रेम में भी नहीं पड़ते।

एडोल्फ हिटलर ने कभी किसी स्त्री को अपने साथ कमरे में सोने की अनुमति नहीं दी। वह इतना अधिक भयभीत रहता था। पूरे जर्मनी में ऐसा कोई भी व्यक्ति न था, जिससे उसकी मित्रता हो। हिटलर यह गवारा कर ही नहीं सकता था। दूरी बनाये ही रखनी होती थी। वह सभी से दूर रहता था। लोग उसके लिए केवल भीड़ के लोग ही थे।

राजनैतिक व्यक्ति को किसी रिश्ते की कोई जरूरत ही नहीं। कवि या कलाकार को सम्बन्ध जोड़ने की आवश्यकता होती है, लेकिन राजनीतिज्ञ और प्रशंसक अलग ही बने रहते हैं। रहस्यदर्शी को एकल की आवश्यकता होती है, सद्गुरु और शिष्य दोनों पिघलकर एक हो जाते हैं।

राजनीतिक व्यक्ति निरन्तर निर्णय लेता रहता है, वह निरन्तर दूसरों को परखता रहता है। वह नीतिवादी होता है, तुम्हारी जो भी नैतिकता या आदर्श होंगे, वह उनका अनुसरण करेगा, वह उन्हें पूरा करेगा। और कभी-कभी बहुत तमाशा या खेल खेला जाता है।

ऐसा भारत में प्रतिदिन होता है। भारत एक बहत प्राचीन देश है, जिसका नैतिक आदर्शों और नीतिवादी सिद्धान्तों का एक लम्बा इतिहास है। भारत में राजनेता उन्हीं नैतिक आदर्शों को पूरा करने का प्रयास करते हैं। यदि कोई राजनेता उन्हें पूरा कर देता है, तो वह एक बहुत बड़ा संत या महात्मा बन जाता है। वह देश की किसी समस्या को हल करने नहीं जा रहा है, लेकिन यदि वह प्रचार और लोगों का ध्यान आकर्षित करने के लिए संत जैसा आचार-विचार अपना ले...उदाहरण के लिए, भारत के राष्ट्रपति ने ठीक हाल ही में यह निर्णय लिया कि चूँकि देश बहुत अधिक गरीब है, इसलिए उन्हें एक छोटे से मकान में रहना चाहिए। एक बहुत सुन्दर आवरण है यह? लेकिन आपके एक छोटे से घर में जाकर रहने से देश किस तरह धनी हो जाएगा? और पूरा देश इस घोषणा से बहुत खुश है। लोग कह रहे हैं–"एक नेता को इसी तरह का आदर्शवादी होना चाहिए।" अब असली समस्या को छुआ तक नहीं गया। असली समस्या तो यह थी कि लोगों को पेट भर अन्न मिले। केवल राष्ट्रपति के छोटे से घर में शिफ्ट करने से कोई भी समस्या हल होने वाली नहीं। लेकिन लोग ऐसे ही हैं–इतने अधिक मूढ़

कि वे इसकी प्रशंसा करते अघाते नहीं। अब यह व्यक्ति लगभग संत जैसा ही हो गया।

वे लोग मासिक वेतन घटाकर कम वेतन लेंगे, इस घोषणा से ही उनकी प्रशंसा महात्माओं की तरह होगी। और समस्या एक भी हल नहीं हुई देश की। इससे क्या फर्क पड़ता है? राष्ट्रपति प्रति माह दस हजार वेतन लेते हैं और अब उन्होंने तय किया है, कि वह केवल तीन हजार मासिक वेतन लेंगे, यह पूरी तरह ठीक निर्णय है। लेकिन देश को सात हजार देने से, साठ करोड़ आबादी वाले देश को क्या फर्क पड़ेगा? आख़िर आप यह कर क्या रहे हैं? लेकिन देश को बहुत अच्छा लग रहा है, देश को बड़ा सुकून मिल रहा है, कि सभी चीज़ें ऐसी ही होनी चाहिए।

लोगों को नियन्त्रित करने की यह चालबाजियां हैं। बुनियादी रूप से यह एक कुरुप चाल है। लेकिन बाहर-ही-बाहर ऐसे लोग भले दिखाई देते हैं।

राजनीतिक लोग नैतिक और आदर्शवादी होने का ढोंग रचते हैं, क्योंकि लोग एक विशिष्ट तरह की नैतिकता और आदर्श का अनुसरण करते हैं। कम-से-कम उन्हें ऐसा प्रदर्शन तो करना ही चाहिए। और वहाँ धन प्राप्त करने के अन्य कई रास्ते हैं–पिछले दरवाजे खुले हुए हैं इसलिए वहाँ कोई भी कठिनाई नहीं है। तुम यहाँ वेतन तो सात हजार कम ले सकते हो पर अन्य दूसरे स्रोतों से तुम सत्तर हजार ले सकते हो। और किसी को कोई सन्देह तक न होगा, क्योंकि एक महात्मा, जो एक छोटे से घर में रह रहा हो, जिसने अपना वेतन स्वयं घटा लिया हो और जो बड़ी कार छोड़कर एक छोटी सी कार में चलता हो...और वह इस तरह का...। कोई भी कभी संशय कर ही नहीं सकता कि पिछले दरवाजे से कुछ पूरी तरह से भिन्न चीज़ हो रही है। यदि तुम वास्तव में यह चाहते हो कि तुम पिछले दरवाजे से सुविधाएँ लेते रहो, तो तुम्हें अपने सामने वाले दरवाजे पर एक महान आदर्शवादी और नैतिक व्यक्ति का मुखौटा प्रदर्शित करना ही होगा।

भारत एक निर्धन देश है और राजनीतिक नेता पिछले तीस वर्षों से यही चालें चलते आ रहे हैं। यह देखकर कि हमारा देश बहुत गरीब

है, हमारे एक प्रधानमन्त्री लालबहादुर शास्त्री ने सप्ताह में एक दिन का व्रत रखना शुरू कर दिया। लेकिन इससे देश को किस तरह की सहायता मिल सकती है। यह शक्तिहीन आचरण और मुद्राएँ, महज लोगों को बेवकूफ बनाने के लिए हैं। लोगों के मनों में दूसरी ग़ैर जरूरी चीज़ें रखकर, यह केवल असली समस्याओं से उनके मन को दूसरी ओर मोड़ना भर है।

और लोगों की रूचि इस ओर है भी नहीं कि असली समस्याओं का समाधान हो, क्योंकि उन समस्याओं को हल करने के लिए उन्हें अपने मनों को बदलना होगा, वे अपने मन की सोच को बदलने को तैयार नहीं हैं, और वे चाहते हैं कि वे जैसे हैं, वैसे ही बने रहें। और समस्याएँ, जैसे वे रह रहे हैं, उससे ही उत्पन्न हुई हैं इसलिए जब तक वे नहीं बदलते, जब तक उनके मन, जीने के नये तरीके ग्रहण करना करना शुरू नहीं करते, समस्या का समाधान हो सकता। लेकिन यह बहुत अधिक कठिन है और इससे उन्हें चोट लगती है।

राजनीतिक नेता एक मुखौटा लगाकर जीते हैं, और कभी किसी से रिश्ता नहीं जोड़ते। वे लोग न तो लोगों से कोई सम्बन्ध रखते हैं और कभी वास्तविक समस्याओं से कोई सरोकार रखते हैं। वे केवल नकली समस्याएँ और नकली चुनौतियाँ सृजित करते हैं और यह प्रदर्शित करना शुरू कर देते हैं कि वे लोगों की भलाई के लिए कठोर संघर्ष कर रहे हैं–और कुछ भला या अच्छा कभी होता नहीं।

एक कवि की दूसरे लोगों में कुछ भी दिलचस्पी होती ही नहीं। उसकी दिलचस्पी तो एक फूल की तरह खिलने की होती है। वह एक पुष्प की ही भाँति खिलता और महकता है, हाँ यह ठीक है, उसके पास जो कुछ भी है, वह उसमें दूसरों को सहभागी बनाता है। एक राजनेता होने की अपेक्षा, एक कवि बनना कहीं अधिक बेहतर है एक कवि बनना कहीं अधिक सुन्दर, उच्च और आत्मिक रूप से ऊँचा उठने के समान है।

पर प्रामाणिक चीज़ें तो एक रहस्यदर्शी के द्वारा ही घटती हैं, क्योंकि वह स्वयं, दूसरों में धुंधले और मिटने के लिए तैयार होता है, वह स्वयं दूसरों के दुखों को अवशोषित करने के लिए पहले ही से तैयार होता है। वह

सभी कुछ दाँव पर लगाने के लिए पहले से ही तैयार होता है। वह वास्तव में लोगों के मन बदलता है, क्योंकि वह उन्हें एक नयी गुणात्मक चेतना और एक नूतन आयाम देता है। लेकिन वह नैतिक या एक आदर्शवादी नहीं होता।

इसलिए लोग कभी भी एक रहस्यदर्शी के पक्ष में न होकर, उसके विरोध में होते हैं। वे लोग हमेशा राजनीतिज्ञों के पक्ष में होते हैं, क्योंकि राजनीतिक लोग आदर्शवादी हैं। राजनीतिज्ञ उन्हें ऐसा दिखायी देता है, जैसे मानो वही उनका नेता और पथ प्रदर्शक हो, और रहस्यदर्शी या संत उन्हें हमेशा खतरनाक दिखायी देता है। क्राइस्ट, बुद्ध और मोहम्मद, ये सभी खतरनाक लोग हैं– क्योंकि रहस्यदर्शी वास्तव में परिवर्तन करने के लिए पहिले ही से तैयार है और क्रान्ति के द्वारा तुम्हारी सारी समस्याएँ मिट जाएंगी।

तुम्हारी समस्याएँ, तुम्हारे द्वारा ही सृजित की गयी हैं, और जब तक तुम नहीं बदलते, वे हल नहीं हो सकतीं। तुमने अपने दुःखों को स्वयं निर्मित किया है, वे तब तक दूर नहीं हो सकते, जब तक तुम्हीं मौलिक रूप से नहीं बदलते। एक मौलिक परिवर्तन की आवश्यकता है।

लेकिन एक रहस्यदर्शी नैतिक या सदाचारी नहीं होता। कभी-कभी वह एक अनैतिक व्यक्ति जैसा दिखायी देता है, क्योंकि वह पुराने सदाचार का अनुसरण नहीं करता। उसके पास अपना स्वयं का सदाचार होगा, जो वास्तविक जीवन को क्षण-क्षण जीते हुए प्रत्युत्तर के रूप में उत्पन्न होता है। वह अस्तित्व में झाँकेगा और वहीं से उसका जीवन उमगेगा। हो सकता है कि वह सदाचारी न दिखायी दे। जीसस सदाचारी नहीं दिखायी देते और न सूफ़ी ही हमेशा सदाचारी दिखायी देते हैं।

इसे ठीक से समझ लेना है। राजनीतिक व्यक्ति पूरी तरह सदाचारी दिखायी देते हैं, लेकिन कवि सदाचारी नहीं होता उसे नैतिकता या अनैतिकता से कुछ भी लेना-देना नहीं होता। वह न तो कोई वायदा करता है और न कोई समाधान देता है। राजनीतिक व्यक्ति वायदा करता है, लेकिन कभी उसे पूरा नहीं करता। एक रहस्यदर्शी कभी भी कोई वायदा नहीं करता, पर समस्याओं का समाधान देता है और कवि ठीक इन दो के मध्य में है। ये लोगों के निकट आने के तीन ढंग हैं।

अब यह छोटी-सी सूफ़ी कथा था–

बसरा का हसन लोगों को बता रहा था–
मैं स्वयं के बारे में यह समझा करता था
कि मैं एक निरहंकारी व्यक्ति हूँ।
पर मैं विचार करते समय
और दूसरे व्यक्तियों से व्यवहार करते समय
कुछ कम विनम्र हो जाता था।

हसन कहता है कि मैं स्वयं के बारे में यह समझा करता था कि मैं एक बहुत विनम्र व्यक्ति हूँ। वह एक सदाचारी या नैतिक व्यक्ति था, न कि निरहंकारी या विनम्र। अहंकारी व्यक्ति कभी यह नहीं जान सकता कि वह विनम्र है। ओढ़ी गयी निरहंकारिता या विनम्रता कभी भी आत्म चेतना नहीं बनती, अन्यथा वह निरहंकारिता है ही नहीं। एक बार उसमें 'मैं' का प्रवेश हो गया, फिर तुम उसे कैसे निरहंकारिता या विनम्रता कह सकते हो? यदि तुम यह सोचना शुरू कर दो कि मैं संसार भर में सबसे अधिक विनम्र व्यक्ति हूँ, तब तुम अभी भी संसार में ऐसा पहिला व्यक्ति होने का बहाना बना रहे हो। यह फिर अहंकार की ही यात्रा है।

"मैं स्वयं के बारे में यही समझा करता था कि मैं एक निरहंकारी और विनम्र व्यक्ति हूँ।" तुम स्वयं अपने को कुछ भी होना समझ सकते हो। यदि तुम मृत और व्यर्थ के नियमों और सिद्धान्तों का अनुसरण कर रहे हो, तो तुम स्वयं को समझा सकते हो कि मैं अब सभी नैतिक नियमों का अनुसरण कर रहा हूँ और मैं इतने अधिक बलिदान करने के बाद ही इतना बड़ा साधू बना हूँ, इसीलिए मैं एक निरहंकारी और विनम्र व्यक्ति हूँ।

सूफ़ियों में विनम्रता के लिए महान आदर है, लेकिन सच्ची विनम्रता के लिए, जिसके बारे में स्वयं को भी होश न हो। वह कुछ भी जानती नहीं। उसके पास कोई विचार ही नहीं होता। तुम अपनी निरहंकारिता को कैसे जान सकते हो? उसे जानने के लिए तुम्हें दूसरों से तुलना करनी पड़ेगी, और दूसरों से तुलना करने के लिए तुम्हें अहंकार की आवश्यकता होगी।

केवल अहंकार ही तुलना कर सकता है। यदि मैं अपने ज्ञान की किसी दूसरे से तुलना करूँ तो मैं यह कह सकता हूँ कि मैं एक ज्ञानी व्यक्ति हूँ। यदि मैं संसार में अकेला छोड़ दिया जाऊँ, तो मैं यह दावा नहीं कर सकता कि मैं एक ज्ञानी हूँ! यदि मैं यह कहता हूँ–तब? यदि पूरा संसार मिट जाए, और मैं अकेला छोड़ दिया जाऊँ, तब मैं एक सदाचारी व्यक्ति होने का दावा कैसे कर सकता हूँ? वहाँ तुलना करने के लिए कोई भी व्यक्ति नहीं होगा।

सच्ची विनम्रता और निरहंकारिता, तुलनात्मक नहीं होती। तुम तब भी निरहंकारी और विनम्र हो सकते हो यदि वहाँ कोई भी व्यक्ति न हो। एक निरहंकारी व्यक्ति, सहज सरल रूप से निरहंकारी और विनम्र होता है। वहाँ कोई दूसरा व्यक्ति हो अथवा नहीं, इससे कोई भी फर्क नहीं पड़ता। यदि तुम्हें विनम्र बनने के लिए किसी दूसरे व्यक्ति की आवश्यकता हो, तब तुम्हारी विनम्रता दूसरे पर आश्रित है। यह एक निर्भरता है।

और यदि वह व्यक्ति तुमसे अधिक विनम्र बनने का प्रयास करता है–तब होगा क्या? वह उसे कर सकता है। यदि तुम विनम्र बन सकते हो, तो वह तुम्हारी अपेक्षा कहीं अधिक विनम्र हो सकता है। यदि वह तुमसे कहीं अधिक विनम्र बन जाता है, तब फिर...यह अपेक्षाकृत क्रम है।

मैंने सुना है...

एक युवा को निर्धारित गति से तेज मोटर साइकिल चलाने का जुनून सवार था, और इसलिए काम पर जाते समय और वहाँ से घर लौटते समय ट्रेफिक आफ़िसर द्वारा उसका चालान किया जाता था।

अंत में उसने तेज गति से रपटने वाली एक विदेशी कार खरीदी, जो डेढ़ सौ मील प्रति घंटे की गति से दौड़ने में समर्थ थी। लगभग 70 मील प्रति घंटे की गति से कार चलाते हुए जब वह घर लौट रहा था, तो उसकी फिर ट्रेफिक–इंस्पेक्टर से भेंट हुई तो उसने उसकी बगल में मोटरबाइक अड़ाकर कर उसे डाँटते हुए रुकने के लिए कहा। तुरन्त ही उसने मोटर साइकिल से अलग हटकर, एक्सीलेटर दबाकर सौ मील प्रति घण्टे की गति से कार चलानी शुरू कर दी। किसी सम्भावित घटना की वजह से उसने गति धीमी की, और मोटरबाइक पर सवार ट्रेफिक अधिकारी द्वारा उसे फिर पकड़ने की प्रतीक्षा

करने लगा। और जैसे ही ट्रेफिक ऑफ़िसर की मोटरबाइक उसके बगल में आयी उसने पंडिल दबाकर एक सौ चालीस प्रति घण्टे की गति से कार दौड़ानी शुरू कर दी।

चूँकि वह ट्रेफिक आफ़िसर को अपने पीछे आते नहीं देख रहा था, इसलिए चिन्तित होकर कार को पीछे ले जाकर वह उसे खोजने मुड़ा। उसके आश्चर्य का ठिकाना न रहा जब उसने ट्रेफिक ऑफ़िसर को नाली में पड़ी अपनी मोटरबाइक के नीचे से रेंगकर बाहर आते हुए देखा।

उसने चोट ग्रस्त और बहते हुए खून से लिए पुलिसमैन से पूछा–"तुम्हारे साथ क्या हुआ आफ़िसर?"

पुलिस ऑफ़िसर ने स्पष्ट करते हुए कहा, "जब पिछली और आख़िरी बार आपने मेरी मोटरबाइक को हटाकर अलग करते हुए कार दौड़ाई, तो मैंने सोचा कि मेरी मोटर साइकिल रुक गयी है और इसीलिए मैं गिर पड़ा।"

यह सभी सापेक्ष है। यदि तुम्हारी विनम्रता भी किसी की तुलना में सापेक्षिक है, तो वह सच्ची विनम्रता नहीं है, उसमें अभी भी अहंकार है। सभी तुलनाएँ अहंकार के कारण ही होती हैं।

हसन कहता है–मुझे इस बात का भरोसा हो गया था, मैं समझ रहा था...तुम अपने आपको बहुत आसानी से विश्वास दिला सकते हो। तुम किसी चीज़ के बारे में स्वयं अपने को आश्वस्त कर सकते हो। लोग इसी तरह से चले जाते हैं। कोई व्यक्ति स्वयं ही यह समझ लेता है कि वह प्रेमी है, कोई व्यक्ति स्वयं को समझा लेता है कि वह विनम्र है, कोई व्यक्ति स्वयं के प्रति आश्वस्त होकर अपने को ध्यानी समझ लेता है–और इसी तरह से वह अपने को कुछ भी होना समझ लेता है। इसी वजह से तुम निरन्तर वास्तविक जीवन में संघर्ष करते रहते हो। तुम स्वयं के प्रति आश्वस्त हो जाते हो कि तुम एक प्रेमी हो, लेकिन फिर प्रत्येक दिन वहाँ कोई न कोई समस्या उठ खड़ी होती है। और तुम अपनी स्त्री को नहीं समझा सकते कि तुम एक प्रेमी हो, और इसी कारण वहाँ संघर्ष होता है।

अपने आपको समझा लेना बहुत सरल है–और अच्छी चीज़ों के बारे में स्वयं आश्वस्त हो जाना स्वाभाविक रूप से तुम्हारे लिए बहुत आसान है। कौन

नहीं बनना चाहता निरहंकारी, विनम्र और निर्दोष कौन नहीं बनना चाहता है। एक संत और एक ऋषि?

यह हसन तभी कहता है–

मैं स्वयं के बारे में यह समझा करता था कि मैं एक निरहंकारी और विनम्र व्यक्ति हूँ। पर मैं अपने विचारों में और दूसरे व्यक्तियों से व्यवहार करते हुए कुछ कम विनम्र हो जाता था। तब एक दिन मैं नदी के किनारे खड़ा हुआ था, जब वहाँ मैंने एक व्यक्ति को बैठे हुए देखा। उसकी बगल में एक स्त्री बैठी हुई थी और उनके सामने ही शराब की एक सुराही रखी हुई थी। मैंने सोचा–यदि मैं इस व्यक्ति को सुधार कर एक पतित प्राणी की अपेक्षा, उसे अपने जैसा बना सकूँ तो कितना अच्छा हो।

अब यही तो सब कुछ प्रत्येक व्यक्ति के मन में हुए चले जाता है। तुम्हारे पास अपने बारे में एक धारणा होती है, और उसी विचार या धारणा से तुम दूसरे लोगों को देखे चले जाते हो और तुम निरन्तर निर्णय लेते हुए उनकी बुराई किए चले जाते हो, अपने चारों ओर निरन्तर तुम दूसरे की व्याख्या करते हुए विचारों को उछालते रहते हो। और तुम्हें यह अनुभव कर बहुत अच्छा लगता है, जब तुम किसी व्यक्ति को पतित अवस्था में देखते हो। बाहर से तो तुम बहुत अधिक दिलचस्पी लेते हो, लेकिन अपने गहरे में तुम्हें बहुत भला लगता है, क्योंकि वह पतित व्यक्ति तुम्हें यह अहसास कराता है कि तुम उससे कहीं अधिक महान हो।

अब हसन अपने बारे में बहुत अधिक आश्वस्त है कि वह निरहंकारिता, विनम्रता, शुद्धता के साथ एक सदाचारी व्यक्ति है। वह पवित्र है। स्मरण रहे, भगवत्ता को उपलब्ध एक प्रामाणिक व्यक्ति के पास निन्दा का भाव होता ही नहीं। यदि वह जब कभी तुम्हें कुछ ग़लत काम करता हुआ पाता है, तो भी उसके पास निंदा नहीं होती। और यदि वह तुमसे यह कहता है कि वह ग़लत है, तो उसके वक्तव्य का सम्बन्ध तुमसे न होकर तुम्हारे उस कृत्य से होता है। यदि वह किसी चीज़ को ग़लत कहता है, तो वह केवल कुछ भी कह रहा है तो तुम्हारे कार्य के बाबत ही कह रहा है, न कि तुम्हारे बारे में। तुम अपने कार्य से अनछुए बने रहते हो।

यदि वह कहता है कि कुछ चीज़ ग़लत है, तो उसकी दिलचस्पी केवल इसलिए होती है, क्योंकि वह तुमसे प्रेम करता है, इसलिए नहीं क्योंकि उसे किसी नैतिक सिद्धान्त से प्रेम है। ऐसा नहीं कि शराब पीना बुरा है, लेकिन यदि वह कहता है–'मत पियो' तो उसकी दिलचस्पी तुम्हारे स्वास्थ्य में है, वह उस सिद्धान्त या नियम के साथ नहीं है कि पीना बुरा है। सभी स्थितियों में यह बुरा नहीं भी हो सकता। कभी-कभी वह एक दवा के रूप में भी उपयोग में आ सकती है, और तब वह पूरी तरह ठीक है। कभी-कभी उसकी जरूरत भी हो सकती है, वह समय की एक माँग हो सकती है, तब वह अच्छी और ठीक है।

उसकी निन्दा अस्तित्वगत नहीं है, क्योंकि वहाँ कोई निन्दा है ही नहीं। यदि जब कभी वह कहता है कि कुछ चीज़ ग़लत है, तो वह उसे इस तरह नहीं कहता कि वह किसी पाप की तरह दिखायी दे। वह ग़लत केवल इस अर्थ में है, क्योंकि वह एक भूल है, एक ग़लती है। तुम सोचते हो कि दो और दो मिलाकर पाँच होते हैं, और मैं कहता हूँ–"नहीं, यह ग़लत है।" इतना ही कह रहा हूँ कि तुम्हें अपने गणित को सुधारकर ठीक कर लेना चाहिए। तुम यों तो पूरी तरह से भले आदमी हो, लेकिन तुम एक ग़लती कर रहे हो। जरा इस अन्तर को देखो। वास्तव में एक धार्मिक व्यक्ति के लिए वहाँ पाप जैसा कुछ है ही नहीं, केवल हैं तो कुछ ग़ल्तियाँ हैं।

और तब भी वह तुम्हें विवश नहीं करेगा। वह केवल तुमसे इतना ही कहेगा–यह केवल एक सुझाव है, कोई आदेश नहीं। यदि तुम उसका अनुसरण नहीं करते तो तुम कोई अपराधी नहीं बन जाते और न तुम्हें किसी नर्क में फेंका जाएगा। न तुम्हें इसके लिए कोई सजा भुगतनी होगी। तुम्हारी स्वतन्त्रता ज्यों-की-त्यों बनी रहेगी।

मैं चाहता हूँ, मेरे संन्यासी इस बात का स्मरण रखें कि जो कुछ भी मैं तुमसे कहता हूँ, हमेशा याद रहे कि वह तुम्हारी स्वतन्त्रता नष्ट करने के लिए नहीं है, और यहाँ तक कि वह बात तुम्हें छू भी जाए। यदि तुम महसूस करते हो कि वह ठीक है, तो तुम उसे कर सकते हो, और तुम यह अनुभव करते हो कि वह ठीक नहीं है, तो उसे करने की कोई जरूरत नहीं है। और कभी

भी अपराध बोध महसूस मत करना, क्योंकि तुम उसे नहीं कर पा रहे हो। मैं संसार में वह आख़िरी व्यक्ति हूँ, जो तुम्हें किसी भी तरह से अपराधबोध के अनुभव से ग्रस्त होने दे। मैं तुम्हारा सम्मान करता हूँ। मेरा सम्मान तुम्हारे प्रति परिपूर्ण है। और जब कभी मैं तुमसे कुछ चीज़ करने को कहता हूँ–कि यह ठीक नहीं है–तो मैं साधारण रूप से यही कर रहा हूँ कि यह एक भूल है। लेकिन फिर भी तुम स्वतन्त्र हो कि तुम उस परामर्श का अनुसरण करो अथवा न करो।

कभी-कभी ऐसा भी होता है कि एक संन्यासी मेरे पास आकर कहता है–"मैंने आपकी सलाह का अनुसरण नहीं किया और मैं बहुत अपराध बोध का अनुभव कर रहा हूँ।" यह ग़लत है, और पूरी तरह ग़लत है। तब तुम स्वयं ही अनावश्यक रूप से कुछ चीज़ अपने साथ ग़लत कर रहे हो। तुम्हें अपराध बोध अनुभव करने की कोई जरूरत है ही नहीं। यह तो उसकी अपेक्षा जो कुछ ग़लत किया है तुमने, उससे भी बुरा है। वहाँ इसकी कोई आवश्यकता ही नहीं। यदि तुमने कुछ और करने का निर्णय लिया है, तो तुम उसे करने में पूरी तरह स्वतन्त्र हो। और इस बात की फिक्र मत करो कि क्योंकि तुम मेरी सलाह का अनुसरण नहीं कर रहे हो, इसलिए मुझसे दूर चले जाओगे। तुम मुझसे दूर केवल तब जाओगे, यदि तुम अपराध-बोध महसूस करना शुरू करते हो। मेरा प्रेम बेशर्त है–तुम चाहे मेरा अनुसरण करो अथवा नहीं करो, इससे कोई भी फर्क नहीं पड़ता। इसका मेरे प्रेम से कोई सम्बन्ध नहीं है। वास्तव में तुम मुझसे जितने अधिक स्वतन्त्र रहोगे, तुम मेरे उतने ही अधिक निकट रहोगे। इसे सदा स्मरण रखना–मेरी पूरी दिलचस्पी तुम्हें स्वतन्त्र बनाने में है, उतना ही स्वतंत्र जितना स्वतंत्र कि, किसी भी मनुष्य के होने की सम्भावना हो सकती है, मेरी पूरी दिलचस्पी तुम्हें मुक्त करने की है। इसलिए तुम जितने अधिक मुक्त और स्वतन्त्र होंगे, तुम मेरे उतने ही अधिक निकट होंगे।

यदि तुम पाते हो कि मेरा परामर्श ठीक है, इसलिए नहीं, क्योंकि इसे तुम्हें मैंने दिया है, लेकिन यदि तुम पाते हो कि वह ठीक है–तभी उसका अनुसरण करना। तब तुम मेरा अनुसरण नहीं कर रहे हो। यही सब कुछ

बुद्ध अपने शिष्यों से कहा करते थे–"मेरा अनुसरण मत करो, अनुसरण इसलिए मत करो, क्योंकि बुद्ध ने ऐसा कहा है, ऐसा शास्त्रों में लिखा है, क्योंकि सभी संत इस पर एकमत हैं। नहीं। जब तक तुम्हारी बुद्धि यह न कहे–'हाँ, यह ठीक है', तब तक अनुसरण मत करो।" और यही मैं तुमसे भी कहना चाहता हूँ।

"मैंने सोचा–यदि मैं इस व्यक्ति को सुधार कर एक पतित व्यक्ति की अपेक्षा अपने जैसा ही बना सकूँ तो कितना अच्छा हो।"

अब यह किसी भी तरह से कोई आध्यात्मिक दृष्टिकोण नहीं है। एक आध्यात्मिक व्यक्ति कभी भी तुम्हें अपने जैसा नहीं बनाना चाहता। वह तुम्हें अपने जैसा बनाने की कामना कैसे कर सकता है? तब तुम एक नकली व्यक्ति ही बनोगे, जो मूल की एक नकली कार्बन कापी होगी। एक आध्यात्मिक व्यक्ति चाहता है कि तुम वही बनो जो स्वयं तुम हो-प्रामाणिक रूप से असली बनो, कार्बन कापी नहीं। उसका पूरा प्रयास यही होता है। कि तुम्हें अपने स्वभाव के अनुसार खिलने में सहायता दी जाए, उसकी पूरी कोशिश यही होती है कि तुम्हें तुम्हारे अन्तिम लक्ष्य को प्राप्त करने में सहायता दी जाए। यदि तुम एक गुलाब का फूल हो, तो तुम्हें गुलाब की ही तरह खिलना है, यदि तुम एक कमल हो, तो तुम्हें एक कमल ही बनना है, और यदि तुम एक गेंदा हो, तो तुम्हें गेंदे का फूल बनकर ही खिलना है। आध्यात्मिक सद्गुरु की दिलचस्पी यही होती है कि तुम्हारी खिलावट हो, यह नहीं कि तुम्हें गुलाब बनना चाहिए, अथवा कमल, अथवा गेंदा–इसमें कोई दिलचस्पी होती ही नहीं। तुम्हें एक पुष्प होना चाहिए, तुम्हारी खिलावट होनी चाहिए। इस अन्तर को जरा गौर से देखें।

नैतिक और आदर्शवादी लोग हमेशा चाहते हैं कि तुम कार्बन कापी की नकल बनो। यदि वह एक गुलाब है तो वे चाहेंगे कि प्रत्येक व्यक्ति गुलाब के फूल के समान ही बने। तब वे गेंदे के फूल के साथ क्या करेंगे?

वह गेंदे के फूल को भी रंग-रोगन लगाकर गुलाब जैसा ही बना देंगे, वे गेंदे के फूल को काट पीट कर गुलाब जैसा ही बनाकर उसके स्वाभाविक सौन्दर्य को नष्ट कर देंगे। एक गेंदे का पुष्प भी उतना ही सुन्दर

है, जितना कि एक गुलाब। अथवा यदि तुम एक कमल हो, और वे चाहते हैं कि तुम उनकी तरह एक गुलाब बनो, तो वे तुम्हें भी पूरी तरह काट-पीट देंगे। वे तुम्हें नष्ट कर देंगे। अथवा यदि वह कमल है, और तुम एक गुलाब हो, तो वे तुम्हें फैलाकर बड़ा फूल बनाने का प्रयास करेंगे। और फिर जो कुछ भी होगा, वह ग़लत ही होगा। तुम एक नकली चीज़ बनकर रह जाओगे।

एक सच्चा सद्गुरु लोगों को उनकी खिलावट में सहायता देता है। वह जो कुछ भी अपने साथ लिए चल रहा है, और जो कुछ भी उनमें सम्भावनाएँ हैं, उसको अपने ढंग से खिलने में सहायता करता है। उनके हृदय के द्वार खुलने चाहिए, उनकी पंखडियाँ खिलनी चाहिए; उन्हें बीज या कलियाँ बनकर ही नहीं मुरझा जाना चाहिए, उनकी खिलावट होनी चाहिए।

मैंने सोचा, "यदि मैं इस व्यक्ति को सुधारकर एक पतित व्यक्ति की अपेक्षा, अपने जैसा ही बना सकूँ तो कितना अच्छा हो।"

वास्तव में, जो लोग तुम्हें अपने जैसा बनाने का प्रयास करते हैं, वे स्वयं महान अहंकारी हैं। वे अपनी तमाम कार्बन प्रतिलिपियाँ तैयार करना चाहते हैं। जितनी अधिक उनकी जैसी अनुकृतियाँ होंगी, उन्हें उससे उतनी ही अधिक प्रसन्नता मिलती है। तब वे एक मापदण्ड और आदर्श बन जाते हैं।

और वास्तव में कोई भी उस आदर्श को पूरा नहीं कर सकता, इसलिए वे हमेशा शीर्ष पर बने रहते हैं। स्मरण रहे, कोई भी कभी उसे पूरा नहीं कर सकता। यदि मैं भी तुम्हारे जैसा बनना चाहूँ तो मैं भी इसे पूरा नहीं कर सकता। यह असम्भव है। ऐसा चीज़ों का स्वभाव ही नहीं है कि वे किसी अन्य जैसी बन सकें। इसलिए यदि मैं भी तुम्हारे जैसा होने का प्रयास करूँ, तो मैं सदा नीचे रहूँगा और तुम सदा ऊँचाई पर बने रहोगे। यदि तुम हमेशा ऊँचाई पर ही बने रहना चाहते हो, तब सबसे अच्छी तरकीब यही है कि तुम लोगों को अपने जैसा बनाने में उनकी सहायता करो।

यही सब कुछ माता-पिता अपने बच्चों के साथ करते हैं। वे अपने बच्चों को अपने जैसा बनाने की कोशिश करते हैं। वे कभी वैसे हो नहीं सकते। इसलिए माता-पिता को हमेशा यह महसूस करते हुए अच्छा लगता है कि वे उनसे ऊँचे एक श्रेष्ठ प्राणी हैं और ये पवित्र बच्चे और ये पूरी पीढ़ी ही ग़लत दिशा में जा रहे हैं।

कोई भी ग़लत दिशा में नहीं जा रहा है। सभी माता-पिता को अपने बच्चों के बारे में हमेशा यही अनुभव हुआ है कि कहीं कुछ ग़लत हो गया और वे ही उसके लिए अपराधी हैं, वे ही असली गुनाहगार हैं, क्योंकि उन्होंने बच्चों को अपने जैसा बनने के लिए विवश किया था। और यह एक असम्भव प्रयास है।

चीज़ों के स्वभाव के अनुसार ही ऐसा होना सम्भव नहीं है। इसीलिए बच्चा पूरा हृदय खोलकर उसे कर ही नहीं सकता। यदि वह ऐसा प्रयास करता भी है, तो भी वह कभी भी सफल नहीं होगा, और कभी भी अपने पिता जैसा नहीं बन सकेगा। इसीलिए पिता को ऐसा होना हमेशा ही बहुत अच्छा लगता है, कि कोई भी उन जैसा नहीं बन सकता, और वह विशिष्ट अथवा सभी से श्रेष्ठ हैं।

और ऐसा ही सब कुछ तुम्हारे तथाकथित संत-महात्मा और गुरु भी कर रहे हैं। ऐसे गुरुओं से सावधान रहो। सच्चा सद्गुरु वह है, जिसकी दिलचस्पी, तुम जैसे भी हो तुम्हें जो बनना चाहिए अथवा जो तुम बन सकते हो, केवल उसी में है। वह तुम्हारी सहायता करता है। वह तुम्हारी सहायता भर करता है। उसका काम ही सहारा देना है। स्मरण रहे, वह तुम्हें सुधारता नहीं। वह न तो वस्तुतः तुममें कोई मौलिक परिवर्तन करता है और न तुम्हें सूचनाएँ देता है, वह तुम्हें केवल प्रोत्साहित करता है, तुम्हें साहस देता है। सूचनाएँ देना जानकारी देना है, तुममें मौलिक परिवर्तन लाकर तुम्हें बदलना या सुधारना तुम्हारे चरित्र को नियन्त्रित करने का प्रयास करना है। वह कभी भी न तो तुम्हारी जानकारी बढ़ाता है, न कभी तुम्हें बदलता है, वह केवल तुम्हें साहस देता है, सहारा देता है। और उसका यह सहयोग और सहायता बेशर्त है। वह कहता है–"वही बनो, तो तुम स्वयं हो और मेरा पूरा सहयोग, बेशर्त सहायता और सहयोग वहाँ तुम्हारे लिए उपलब्ध है।"

वह एक माली के समान है, जो गलाब, गेंदे और कमल सभी पौधों को सींचता रहता है–और प्रत्येक पौधे को जल देता रहता है। जब कमल खिलता है, वह खुश होता है, जब गुलाब महकता है, वह तब भी आनन्दित होता है। लेकिन वह किसी भी व्यक्ति पर कोई भी ढाँचा बरबस थोपने का प्रयास नहीं करता।

उसी क्षण मैंने देखा–कि नदी के बीच एक नाव डूबने लगी। वही व्यक्ति तुरन्त नदी में कूद गया, जहाँ साथ डूबते हुए सात व्यक्ति, जीवन से संघर्ष कर रहे थे और वह उनमें से छः लोगों को कुशलतापूर्वक बचाकर किनारे तक ले आया।

हसन नदी के किनारे खड़ा रहा, और सात व्यक्ति नदी में डूब रहे। थे, लेकिन उसके अन्दर करुणा नहीं जागी। और वह सोचता है कि वह एक निरहंकारी, विनम्र, धार्मिक और एक नैतिक व्यक्ति है। और वह उस व्यक्ति को बदलना चाहता था, जिसके पास करुणा है।

करुणा ही कसौटी है। जब तुम करुणावश कुछ भी कार्य करते हो, उसी से पता चलता है कि तुम कौन हो। हसन ने इस बारे में सोचा तक नहीं। और इस व्यक्ति ने सात व्यक्तियों को डूबने से बचाया।

तब वह व्यक्ति मेरे पास आया और उसने मुझसे कहा-"हसन! यदि तुम मेरी तुलना में एक श्रेष्ठ व्यक्ति हो, तो खुदा के नाम पर उस सातवें व्यक्ति को बचाकर ले आओ।"

वह दूसरा व्यक्ति कोई साधारण मनुष्य नहीं है। यह सूफ़ियों की एक विशिष्ट धारणा है। सूफ़ी कहते हैं कि वहाँ परमात्मा का एक संदेश वाहक 'खिज्र' है, जो लोगों के द्वारा कार्य करता है। वह सद्गुरुओं का सद्गुरु है। वह पृथ्वी पर ठीक उसी तरह अवतरित होता है, जैसे जीसस या कृष्ण आते हैं, लेकिन वह अलग-अलग तरह से प्रकट होता है। जहाँ कहीं भी जरूरत होती है, जहाँ कहीं भी वह यह देखता है और उसकी मदद करनी है, तभी वह प्रकट होता है। सदियों से वह प्रकट होता आ रहा है।

यह एक बहुत अमूल्य धारणा है। इसका अर्थ समझने जैसा है। यह ठीक प्रतीकात्मक है। इसका प्रामाणिक अर्थ है, कि जहाँ कहीं भी कोई व्यक्ति वास्तव में विकसित होने के लिए तैयार होता है, उसकी विकसित होने की

गहरी प्यास होती है, तो परमात्मा आता है और उसकी सहायता करता है। यह व्यक्ति खिज्र ही है।

वह हसन के पास आकर उससे कहता है–"हसन! यदि तुम मुझसे श्रेष्ठ व्यक्ति हो (उसने उसके विचारों को पढ़ लिया था)–तो परमात्मा के नाम पर उस आख़िरी व्यक्ति को बचा लो। तुम यहाँ खड़े हुए आख़िर क्या कर रहे हो? लोग मर रहे हैं और उनके लिए तुम्हारे अन्दर कोई करुणा नहीं है। अब केवल एक ही व्यक्ति बचा है। तुम जाओ और उसे बचा लो। परमात्मा के नाम पर जरा कोशिश तो करो।"

सूफ़ियों की एक अन्य धारणा भी है–कि जब भी किसी व्यक्ति को परमात्मा की कुछ भी झलक मिलती है, तो वह जो कुछ भी करता है, वह हमेशा उसमें सफल होता है। ऐसा होना ही चाहिए। परमात्मा को ही सफल होना है। यदि तुम परमात्मा के बन्दे हो, तो तुम्हें सफल होना ही चाहिए। यह तुम्हारी अपनी सफलता नहीं है, यह तुम्हारे माध्यम से परमात्मा की ही सफलता है। यदि तुम उसके वाद्ययन्त्र बन गये हो, तब ऐसा घटित होगा ही।

हसन कहता है, "मैं असफल रहा और पाया कि मैं एक व्यक्ति को भी न बचा सका।''

वह डूब गया। यह हसन को यही दिखाने के लिए था–कि तुम अभी परमात्मा के वाहन नहीं बने हो। फिर तुम्हारी यह किस तरह की निरहंकारिता और विनम्रता है? एक निरहंकार व विनम्र व्यक्ति तो बाँस की खाली पोंगरी होता है। परमात्मा ही उसके द्वारा बहता है। फिर यह किसी तरह की निरहंकारिता है? तुम अपने ही अहंकार से भरे हुए हो। तुम एक डूबते हुए इंसान को भी न बचा सके, तुम्हें परमात्मा के वाद्ययन्त्र के रूप में कैसे प्रयुक्त किया जा सकता है?

अब उस व्यक्ति ने मुझसे कहा–"यह स्त्री जो यहाँ मेरे साथ है–मेरी माँ है।''

यह है वह उदाहरण, कि तुम किस तरह निर्णय लेते हो, तुम किसके समान हो। अब उस व्यक्ति ने कहा–"बाह्य आकृतियों से कुछ भी निर्णय मत लो, जो बाहर से दिखायी देता है, वह असली नहीं होता। आकृति को बाहर से देखकर धोखा मत खाओ।"

इसका अर्थ है कि तुम जब भी किसी व्यक्ति को देखते हो, तुम केवल उसके बाह्य आचरण को देखते हो। तुम कभी भी व्यक्ति के अन्दर नहीं झाँकते। कृपया निर्णय लो ही मत। अन्दर से वह व्यक्ति पूरी तरह भिन्न हो सकता है। कभी-भी किसी व्यक्ति के उसके आचरण से कोई भी निर्णय मत लो–और वहाँ निर्णय लेने के लिए कोई दूसरी चीज़ है ही नहीं। तुम केवल बाह्य आचरण ही देखते हो।

हसन ने उस व्यक्ति को एक स्त्री के साथ बैठा हुआ देखा था। मुस्लिम देशों में स्त्रियों के चेहरे बुर्के से ढके रहते हैं, इसलिए यह समझ पाना कि वह स्त्री बूढ़ी है, युवा है। बहुत कठिन है। क्या वह स्त्री ही है, यह भी जानना कठिन है। और खिज्र ने स्त्री के चेहरे से बुर्का उतार कर अलग फेंक दिया और कहा, "देखो, यह मेरी माँ है। लेकिन नदी के किनारे एक स्त्री के साथ बैठा देखकर, तुम्हारे मन में यह विचार कौंधा कि मैं औरतखोर हूँ। इस सुराही में केवल पानी है। इस सुराही को देखकर तुम्हारे मन में विचार आया कि जरूर ही उसमें शराब होनी चाहिए–और यह आदमी यहाँ बैठा क्या कर रहा है? यह किसकी स्त्री यहाँ लेकर आया है? यह किस तरह का विलासी व्यक्ति है? यह एक शराबी है अथवा स्त्रीगामी है, यह सभी तरह के विचार तुम्हारे मन में बिजली की तरह कौंध गये। केवल कुछ चीज़ बाहर से देखकर ही, तुम्हारे निर्णय लेने का क्या यही ढंग है?"

और इससे प्रकट होता है कि तुम किस तरह के व्यक्ति हो? कभी कोई निर्णय निकालो ही मत, क्योंकि वह सब कुछ जो तुम बाहर से देख सकते हो, व्यक्ति जो अन्दर से है, वह बाह्य आकृति के पीछे छिपा रहता है। जब तक तुम उसी व्यक्ति को अन्दर से देखने और समझने में समर्थ न हो सको, कुछ भी निर्णय मत लो। और स्मरण रहे, जो लोग किसी व्यक्ति को अन्दर से देखने और समझने में समर्थ हैं, वे कभी कोई निर्णय लेते ही नहीं। वे लोग कोई निर्णय नहीं लेते ही नहीं–क्योंकि मनुष्य का अंतस हमेशा शुद्ध होता है। जिस मनुष्य के अन्दर हृदय है, वह अपने आप में शुद्ध होता ही है, वह निर्दोष होता है, वह कभी अशुद्ध होता ही नहीं। इसलिए जब तक तुम उसका हृदय न देख सको, कोई भी निर्णय ले ही नहीं सकते। तुम निर्णय लो मत।

"मैं उसके पैरों पर गिर पड़ा, और रोते हुए उससे कहा–आपने अपने जीवन को खतरे में डालकर उन सात में से छः लोगों का बचा लिया और मुझे भी उस अहंकार की भंवर में डूबने से बचा लिया जो अहंकार और नैतिक गुणों के भेष में मुझे छल रहा था। उस अजनबी ने कहा कि मैं परमात्मा से प्रार्थना करता हूँ कि वह तुम्हें तुम्हारे लक्ष्य तक ले जाए।"

ऐसा ही होता है एक प्रामाणिक सद्गुरु। वह यह दावा भी नहीं करता कि वह तुम्हारी सहायता करेगा। वह कहता है, "ठीक है, मैं प्रार्थना करता हूँ कि परमात्मा तुम्हें लक्ष्य तक पहुँचा दे।"

एक प्रामाणिक सद्गुरु केवल एक उपकरण की तरह कार्य करता है। एक सच्चा सद्गुरु अपने को पूरी तरह मिटा देता है। वह केवल परमात्मा ही है, जो उसके माध्यम से कार्य करता है।

हसन उस अजनबी व्यक्ति के चरणों पर गिर पड़ा। हसन एक खोजी था, इसी वजह से खिज्र ने प्रकट होकर उसकी सहायता की। हसन एक ईमानदार खोजी था, लेकिन वह ग़लत रास्ते पर चल रहा था। एक सच्चा खोजी अत्यधिक विचारों के बादलों में घिर गया था, इसीलिए खिज्र प्रकट हुआ।

यदि वहाँ सत्यनिष्ठा होती है, तो भले ही तुम ग़लत हो, तुम एक सद्गुरु को अपने पास पाओगे। यदि वहाँ सत्यनिष्ठा नहीं है और तुम भले और सदाचारी भी हो, तो तुम एक सद्गुरु को न पा सकोगे, क्योंकि एक सद्गुरु केवल एक ईमानदार और सत्यनिष्ठ व्यक्ति से ही सम्पर्क कर सकता है।

यह व्यक्ति एक खोजी है। हसन भी एक बहुत बड़ा खोजी था। वह एक सद्गुरु से दूसरे सद्गुरु के पास गया, वह सूफ़ियों के संसार में निरन्तर घूमता रहा और खोजने का प्रयास करता रहा–और वह पहले ही से तैयार था। जब भी किसी व्यक्ति ने कुछ भी कहा, तो वह उसे समझने के लिए पहिले ही से तैयार था। वह इस संकेत को तुरन्त समझ सका कि इस व्यक्ति ने छः डूबते लोगों को बचा लिया और मैं एक व्यक्ति को भी न बचा सका। मेरे बारे में यह वक्तव्य उसके द्वारा परमात्मा ने ही दिया कि मैं अभी भी उसका एक उपकरण नहीं बना

हूँ। और तब उसने कोई प्रतिरोध किया ही नहीं। वह तुरन्त खिज्र के चरणों पर गिर पड़ा और कहा–"मुझे बचाइए। आपने छः लोगों को तो बचा लिया, मुझे भी अहंकार की भंवर में डूबने से बचाइए। मुझे भी बचाइए, अन्यथा मैं डूब ही जाऊँगा।"

खिज्र ने कहा, "मैं प्रार्थना करता हूँ कि परमात्मा तेरे उद्देश्य की पूर्ति करे।"

छठवाँ प्रवचन

रस्साकशी

24 अगस्त, 1977

प्रथम प्रश्न-भगवान! मैं बुद्धत्व को उपलब्ध होना चाहता हूँ। आप मेरी सहायता क्यों नहीं करते?

उत्तर-तुम क्या सोचते हो कि मैं यहाँ किसके लिए हूँ? जहाँ तक मेरे कार्य का सम्बन्ध है, वह तो पूरा हो चुका है। मैं यहाँ केवल तुम्हारे ही लिए उपस्थित हूँ। और वह सभी कुछ जो मैं कर सकता हूँ, कर रहा हूँ, और तुम जितनी सारी रुकावटें खड़ी कर सकते हो, कर रहे हो। यह एक रस्साकशी है। यह संघर्ष एक सद्गुरु और शिष्य के मध्य चल रहा है।

स्मरण रहे, यह एक संघर्ष है। शिष्य अपनी चाह का विरोधी बन कर रहता है। वह बुद्ध तो बनना चाहता है, लेकिन यह भी चाहता है कि वह जैसा भी है, वैसे ही बुद्ध बन जाए। वह अपने को बदलना नहीं चाहता, यही विरोधाभास है। तुम स्वर्ग तो जाना चाहते हो, लेकिन जैसे तुम हो, वैसे ही जाना चाहते हो। यह असम्भव है। जैसे तुम हो, तुम कभी भी बुद्धत्व को उपलब्ध नहीं हो सकते। तुम्हारे अस्तित्व का एक बड़ा मोटा भाग काटकर अलग फेंक देना होगा। यह लगभग आत्महत्या करने जैसा होगा। यह पीड़ायुक्त है। यह अत्यधिक कष्टदायी है, क्योंकि तुम हमेशा उन मोटी जड़ों के बारे में ही सोचते रहे हो, जिनको तुम्हारे अस्तित्व से उखाड़ फेंकना है। तुमने उनसे इतना अधिक तादात्म्य जोड़ लिया है कि उनके काटने के नाम से ही तुम सिकुड़ जाते हो, भयभीत हो जाते हो, भाग खड़े होते हो, सिकुड़ कर अपने हृदय के द्वार बन्द कर लेते हो।

मैं तुम्हारे प्रश्न और तुम्हारी कामना दोनों को ही समझता हूँ। हाँ, तुम बुद्धत्व को उपलब्ध तो होना चाहते हो, लेकिन तुम बिना किसी पीड़ा से गुजरे हुए बहुत सस्ते में बुद्धत्व चाहते हो। और विकास तो पीड़ाओं से गुजरने के बाद ही होता है। वह महान दुःखों, दर्दों और पीड़ा के द्वारा ही होता है। यह

बहुत श्रमपूर्ण कठिन चढ़ाई जैसी है, और एक को उसे पाने के लिए कीमत चुकानी होती है। और यह भुगतान धन के रूप में नहीं किया जाता, इसकी कीमत चुकाना गहरी बात है। इसके एवज में तुम्हें अपने आपको बलिदान करना होता है। शिष्य को मिटना होता है।

मैं तो सहायता किए चले जाता हूँ, पर तुम्हारी ओर से भी थोड़े से सहयोग की जरूरत है।

एक व्यक्ति एक सुन्दर-सी प्यारी लड़की से मिला और उसके प्रेम में पड़ गया। वह उसे घुमाने के लिए एक दिन नौका दौड़ में ले गया, जहाँ वह तख्ते से नीचे गिर पड़ी। उसे झपट कर उसने उसके केश पकड़े, पर उसके हाथों में उसकी बिग आ गयी। उसने उसे बाँह पकड़ कर उठाना चाहा तो उसके हाथों में उसका लकड़ी का बना कृत्रिम हाथ आ गया।

उसने कहा, "मेरी प्यारी! मैं तुम्हारी सहायता करने के योग्य बनने जा रहा हूँ, तुम्हें भी मेरा थोड़ा सहयोग करना चाहिए।"

कुछ ऐसा ही मेरे और तुम्हारे बीच भी घटे जा रहा है। तुम्हें थोड़ा सा सहयोग देना चाहिए। मैं जानता हूँ कि कभी-कभी थोड़ा-सा सहयोग करते भी हो, लेकिन सहयोग भी केवल देखने भर का सहयोग है। अपने गहरे में तुम्हारा प्रतिरोध बना ही रहता है। यद्यपि जिस समय तुम समर्पण भी करते हो, तब भी तुम आँख की एक कोर से देखते रहते हो कि कितनी दूर तक जाना है? और तुम उतनी ही दूर तक आगे बढ़ते हो, जहाँ तक जाने में तुम्हारा अपने पर पूरा नियन्त्रण रहे और यदि जरूरत हो, तो तुम वापस लौट सको तुम्हारा समर्पण वह यात्रा नहीं है, जहाँ से लौटना नहीं होता है। और जब तक वापस लौटकर जाने वाली यात्रा न हो, यह मेरे लिए असम्भव है कि मैं तुम्हारी सहायता कर सकूँ।

और ऐसा नहीं है कि मैं तुम्हारी सहायता नहीं करना चाहता। मेरे यहाँ होने का अन्य कोई कारण है ही नहीं। मेरा कार्य पूरा हो चुका है। अब मेरे साथ कुछ और घटने नहीं जा रहा–यदि मैं बीस वर्ष, तीस या चालीस वर्ष अथवा सौ या हज़ार वर्ष भी जीवित रहूँ। जो भी घटना था घट चुका है। मेरे लिए समय भी मिट गया है और मेरे पास यही तथाकथित जीवन है।

मैं इस शरीर में इसीलिए हूँ, जिससे तुम मुझे देख सको। मेरे शरीर में भी, बहुत थोड़े से लोग ही मुझे देख सकते हैं। जब मैं शरीर में नहीं हूँ, और जो लोग मुझ देख सकते हैं वे और भी अधिक कम होंगे। लेकिन तुम सहयोग नहीं करते। और तुम मेरे कथन के ग़लत अर्थ निकाले चले जाते हो।

उदाहरण के लिए ठीक दो दिन पहिले एक फ्रेंच संन्यासिनी ने मुझसे कहा कि वह बहुत उलझन में पड़ गयी है और यह तय नहीं कर पा रही है कि उसे वापस चले जाना चाहिए, अथवा थोड़े समय और रुकना चाहिए। मैंने उसकी आँखों में झाँका...उसे कुछ चीज़ घटना सम्भव है यदि वह कुछ समय यहाँ और रुक जाए, लगभग चार या छः सप्ताह, और वह सटोरी में छलांग लगा सकती है। लेकिन यदि मैंने उससे कहा होता, "यहाँ चार छः सप्ताह और रुक जाओ, क्योंकि तुम्हारे साथ कुछ घटने जा रहा है" तब मेरा यह कहना ही उसके लिए रुकावट बन जाता, क्योंकि, तब वह लालच में पड़ जाती और अपेक्षा करना शुरु कर देती। और इतना ही नहीं, उसने माँग करना भी शुरु कर दी होती–"यह घटता क्यों नहीं?" और यह उसके अस्तित्व में एक तनाव उत्पन्न कर देता, और कुछ भी घटना असम्भव हो जाता।

इसलिए मैं उसे पहिले से यह बता भी नहीं सकता था, क्योंकि पहिले से बता देना ही पूरी स्थिति को बदल देगा। मैं प्रत्यक्ष रूप से नहीं कह सकता था कि यहाँ चार या छः सप्ताह और रहो, तुम्हें कुछ घटने जा रहा है। यह सम्भव नहीं था, और ऐसा बताकर कुछ भी न होता। यदि मैं यह भी कहता , "यहाँ चार या छः सप्ताह और बनी रहो, यह तुम्हारे लिए अच्छा या शुभ होगा', तो भी उसके अन्दर एक सूक्ष्म चाह, एक आशा उठना शुरू हो जाती। नहीं, मैं प्रत्यक्ष रूप से उससे कुछ भी नहीं कह सकता था, मुझे बहुत अप्रत्यक्ष रूप से ही उससे कुछ कहना था।

इसलिए मैंने उससे कहा–"यहाँ कुछ सप्ताह और बनी रहो" वह एक ग्रुप लीडर थी, आश्रम में दो तीन ग्रुप का संचालन किया करती थी। इससे उसके विकास का कोई भी लेना-देना नहीं था। मैंने उसके विकास के सम्बन्ध में प्रत्यक्ष रूप से उससे कुछ कहा ही नहीं। वह राज़ी हो गयी,

लेकिन मैं निरीक्षण कर रहा था, और देख रहा था कि उसकी सहमति केवल पचास प्रतिशत ही थी, इसके अधिक जरा भी नहीं, ठीक उतनी ही, जितनी कि ठहर जाने के लिए यथेष्ट थी। उसमें कोई प्रसन्नता और उत्साह न था कि मैंने उससे रुकने को कहा है। वह उपहार और अनुग्रह के रूप में स्वीकार नहीं कर सकी।

और तब कल सुबह मैंने उससे कहा—"यदि तुम कुछ भी करना चाहती हो, भले ही वह मेरे कहने के विरुद्ध ही क्यों न हो, तुम्हें अपराध बोध महसूस करने कोई जरूरत नहीं है।" अचानक वह खुश हो उठी और उसने आश्रम छोड़ दिया। अब वहाँ अपराध-बोध महसूस करने की कोई जरूरत ही न थी, यह कुछ ऐसा था, जैसे मानो वह कुछ कहे जाने की प्रतीक्षा ही कर रही थी। और यद्यपि मैंने उससे ख़ासतौर से रुकने के लिए कहा था, लेकिन उसने न तो मुझसे पूछने की और न मुझे सूचित करने की ही कोई आवश्यकता समझी। उसने बस आश्रम छोड़ दिया। उसने लोगों से कहा—"भगवान ने कहा है कि यदि तुम कुछ भी मेरे परामर्श या सुझाव के विरुद्ध भी करते हो, तो भी तुम्हें अपराध-बोध अनुभव करने की जरा भी जरूरत नहीं है। इसलिए मुझे अपराध-बोध का अनुभव क्यों करना चाहिए? मैं जा रही हूँ।"

इस बारे में केवल एक ही चीज़ अच्छी है, कि वह कभी भी न जान पाएगी कि वह किसी चीज़ से चूक गयी। तुम कैसे जान सकते हो? तुममें से बहुत से लोग चूकते चले जाते हैं, और तुम कभी भी न जान पाओगे कि तुम चूक गये। केवल तुम्हारे लिए मुझे ही अफसोस होता है। जब मैं किसी को चूकते हुए देखता हूँ तो मुझे ही उस पर अपार करुणा होती है। वह तो जान भी नहीं पाएगी कि वह कुछ पाने से चूक गयी। हो सकता है कि वह छः ईंच दूर ही से चूक गयी—वह अपने शाश्वत घर के बहुत निकट थी। लेकिन वह इसके प्रति कभी भी सचेत न हो सकेगी, वह पीछे मुड़कर देखने में ही कभी समर्थ न हो सकेगी। वह हो भी कैसे सकती है?

अब उसने आश्रम छोड़ ही दिया। मैं उससे प्रत्यक्ष रूप से कुछ भी न कह सका। मुझे अप्रत्यक्ष रूप में ही कहना पड़ा। वह अप्रत्यक्ष रूप से कही गयी मेरी बात को न समझ सकी और उसने अपने को तर्क-वितर्क

से समझा लिया–कि अब भगवान ने ऐसा कहा है...। जो कुछ मैंने कहा था वह केवल तुम्हारी सहायता करने के लिए कहा था, जिससे तुम अपने अपराध-बोध के बोझ से ग्रस्त न रहो। मैंने यह नहीं कहा था कि तुम मेरी सलाह के विरुद्ध कार्य करो। मैंने केवल इतना ही कहा था कि यदि तुम्हें कभी यह अनुभव हो कि तुम्हें जाना ही है और मेरी सलाह का अनुसरण करना तुम्हें असम्भव जैसा जान पड़े...।

मैं यह नहीं कह रहा हूँ कि मेरी सलाह न मानकर तुम कुछ चीज़ प्राप्त कर लोगी, मैं कह रहा हूँ किसी चीज़ से चूक जाओगी–लेकिन अपराध बोध महसूस करने की कोई आवश्यकता नहीं है। चूक जाना ही बहुत बड़ी सजा है। इसे अपराध-बोध के साथ अधिक क्यों बनाया जाए?

अब वह चूक चुकी है, यह सजा ही बहुत है उसके लिए। और वह कभी उसे जान भी नहीं पाएगी, वह इसे भूले ही रहेगी। वह इसके प्रति केवल एक दिन तब सचेत होगी, जब वह समझ की खिड़की तक आएगी, जो हृदय का द्वार खोलती है–तो वह यह देख पाने में समर्थ हो सकेगी कि वह खिड़की उसके बहुत निकट थी, और उस समय वह उससे चूक गयी। ठीक अभी तो वह कभी भी यह समझने में समर्थ न हो सकेगी। वह तभी समझने योग्य बन सकेगी, केवल जब वह पाएगी कि उसके विकास का क्षण घट चुका है।

यह अच्छा है कि वह अपराध-बोध का अनुभव न करेगी; लेकिन उस बारे में क्या हो सकता है, जिसे वह चूक चुकी है? मैंने वह वक्तव्य ख़ासतौर से उसी के लिए दिया था, लेकिन वहाँ ऐसे मूर्ख थे जिन्होंने महसूस किया कि जैसे मानो वह मेरा आशीर्वाद था। उसने अपने साथ के लोगों से कहा, "मुझसे भगवान द्वारा बुद्धत्व का ग्रुप छोड़ने को कहा गया है, क्योंकि अब वहाँ मेरे बने कोई जरूरत नहीं है। भगवान ने कहा है कि वैसा ही करो, जो तुम चाहती हो, बल्कि अब वहाँ बने रहने की तुम्हारी कोई जरूरत ही नहीं है। उन्होंने कहा अब तुम स्वयं ही आगे बढ़ सकती हो।"

और तुम पूछ रहे हो, "मैं बुद्धत्व को उपलब्ध होना चाहता हूँ। आप मेरी सहायता क्यों नहीं करते?"

मैं यहाँ और कर ही क्या रहा हूँ? तुम ही मेरी सहायता स्वयं नहीं लेते, सत्य यही है जिम्मेदारी है, मैं सहायता दे सकता हूँ, लेकिन यदि तुम उसे लेने से इनकार कर देते हो, तो यह तुम्हारी ही जिम्मेदारी है। मैं उसे देता ही रहूँगा और मैं उसे बेशर्त देता हूँ। मैं तुम्हारे लिए कोई शर्त भी नहीं लगाता।

मनुष्य जाति की चेतना के इतिहास में ऐसा पहली बार हो रहा है कि संन्यास बिना किसी शर्त के दिया जा रहा है। मैं किसी से यह भी नहीं पूछता कि तुम उसके योग्य हो अथवा हो नहीं? मुझे उसे देने में इतनी अधिक शीघ्रता है, क्योंकि मेरे पास बाँटने के लिए अत्यधिक है। मैं इस बात की जरा भी परवाह नहीं करता, कि तुम इसे ग्रहण करने योग्य हो अथवा नहीं। मैं इसे सामान्य रूप से दिये चले जा रहा हूँ, क्योंकि मुझे अपने को भारयुक्त करना है और मेरे पास वह अपरिचित है। बादल जल से इतने भरे हुए हैं कि वे बरसना ही चाहते हैं; इससे कोई फर्क नहीं पड़ता, कि वह मरुस्थल है अथवा ऊसर या उपजाऊ भूमि है। फूल खिल चुका है और उसकी सुवास से मेरा हृदय इतना अधिक आपूरित है कि उसे चारों ओर बिखराना ही होगा। चाहे कोई उसे सराहे अथवा नहीं, इससे कोई फर्क नहीं पड़ता मैं तुम्हें संन्यास बिना किसी शर्त के दे रहा हूँ।

तुम लोग पृथ्वी पर अभी तक हुए लोगों में सबसे अधिक सौभाग्यशाली हो। पर इससे भी सहायता नहीं मिल सकेगी, क्योंकि तुम चूके चले जा रहे हो।

तुम्हें अस्तित्व का स्वाद लेने के लिए नये तरीके सीखने होंगे। तुम्हें यह सीखना होगा कि कैसे उससे न चूका जाए, जो मिल रहा है। तुम्हें यह भी सीखना होगा कि कैसे सद्गुरु के वचनों के बीच मूढ़ मन को आने और उसकी व्याख्या करने से अलग रखा जाए।

आठ वर्ष का एक छोटा डेनी अपनी प्रायः दोहराने वाली शिकायत लेकर घर लौटा और माँ से कहा, "मेरी अध्यापिका ने आज फिर 'पिकिंग' किया।"

माँ ने क्रोधित होकर कहा, "क्या सचमुच उसने तुझे 'पिक' किया? अब बस बहुत हो चुका। वह पूरी साल तुझे 'पिकिंग' करती रही है। अब

इसे रोकना ही होगा। डेनी! कल मैं तेरे साथ स्कूल चलूँगी और उसकी यह आदत छुड़ा दूँगी।"

अगली सुबह माँ डेनी के साथ स्कूल पहुँची और अध्यापिका से बच्चे को 'पिक' करने की बाबत स्पष्टीकरण माँगा।

माँ से शिकायत सुनकर अध्यापिका ने उत्तर दिया, "बड़ी बेतुकी बात है, आप मुझ पर बच्चे को 'पिकिंग' यानी कान खींचने और नोंचने का आरोप लगा रही हैं। मैंने कभी भी किसी छात्र को न तो नोंचा और न कभी कान खींचा। इसके अलावा आप यह सच भी जान लीजिए कि आपका डेनी पढ़ने-लिखने में जरा भी 'तेज' नहीं है। और जब मैं 'तेज' शब्द का प्रयोग कर रही हूँ, तो यह मेरी अत्यधिक उदारता है। मेरे कहने का जो अर्थ है, वह मैं आपको अभी करके दिखाती हूँ।''

उसने डेनी को सम्बोधित करते हुए पूछा, "मुझे बताओ कि पाँच में यदि पाँच जोड़े जाएँ तो कितने होते हैं?"

डेनी चिल्लाता हुआ बोला, "तुम देख रही हो मम्मी? टीचर मुझे फिर से 'पिकिंग' (नोंच-खोंच) कर रही हैं।"

तुम्हारी व्याख्याएं...तुम्हें यही सीखना होगा कि तुम कैसे अपने मूढ़ मन को मेरे और अपने बीच न आने दो। और इस मन के बीच में आने के हज़ार तरीक़े हैं। और तुम्हारे पास केवल मन ही तो है।

शिष्य बनने में वास्तव में क्या होता है, वास्तव में क्या होना चाहिए, और क्या घटने की अपेक्षा की जाती है?

शिष्य बनने का साधारण-सा यही अर्थ है कि अब तुम अपने मस्तिष्क से कार्य करोगे। और हाँ! जो वक्तव्य मैंने कल दिया था वह अपने ढंग से अपनी जगह ठीक है। कभी-कभी तुम ऐसा नहीं भी कर सकते हो... वहाँ ऐसी परिस्थितियाँ होती हैं... तुम्हारी अपनी सीमाएँ होती हैं...मैं तुमसे कभी असम्भव माँगों या अपेक्षाएँ कभी करता ही नहीं, लेकिन कभी-कभी यह सम्भव है कि तुम कुछ चीज़ों को करने में समर्थ न हो सको।

उदाहरण के लिए उस फ्रेंच संन्यासिनी को वास्तव में वापस जाकर कुछ भी नहीं करना था, वहाँ कोई जिम्मेदारी उसकी प्रतीक्षा नहीं कर रही थी। वहाँ कोई समस्या भी न थी। उसके चार सप्ताह यहीं बने रहने की माँग

कोई बहुत बड़ी माँग नहीं थी–उसके पास धन भी था और उसके पास यहाँ प्रत्येक वस्तु उपलब्ध थी। यहाँ ऐसी भी कोई समस्या न थी कि वह उसके समाधान के लिए उसे वहाँ जाना ही पड़ता। न तो वहाँ उसकी माँ ही बीमार थी और न उसके पिता वहाँ मरने जा रहे थे, और वहाँ कोई समस्या थी ही नहीं। इसलिए उसका जाना निपट मूढ़ता थी।

मैं समझ सकता हूँ कि जब तुम्हारी माँ बीमार हो और वह मृत्यु शैय्या पर पड़ी हो, और मैंने तुमसे ठहरने के लिए भी कहा–लेकिन तब तुम आँसू भरी आँखों से विदा लोगे। जो कुछ मैंने कहा था, वह केवल इतना ही था, अपने अन्दर कोई अपराध-बोध निर्मित मत करो। हाँ! मनुष्य की सीमाएँ हैं। कभी-कभी तुम मेरी सलाह मानने में समर्थ नहीं हो सकते हो। वह ठीक है। लेकिन ऐसा कुछ मामलों में अपवाद स्वरूप हो सकता है, जब तुम मेरे परामर्श को न मान सको, यह केवल तुम्हारी सहायता के लिए है; जिससे तुम अपराध-बोध के बोझ से न दबो। अन्यथा यहाँ ऐसा कुछ भी नहीं है...तुम्हें यह महसूस करना ही होगा कि तुम मेरे परामर्श को मानने में समर्थ न हो सके, और किसी चीज़ से चूक गये, लेकिन यह प्रश्न अपराध बोध का नहीं है। तुम किसी चीज़ से चूक गये, यह सज़ा ही काफ़ी है।

इसलिए यदि ऐसा जब कभी होता है, तो ठीक है, लेकिन इसे नियम नहीं बना लेना चाहिए, यह केवल अपवाद स्वरूप ही हो। लेकिन जब भी तुम्हारे अहंकार को कोई चीज़ अच्छी लगती है, तुम तुरन्त उस पर छलांग लगा जाते हो, अन्यथा तुम बस सुने जाते हो, पूरी तरह बहरे बनकर। तुम वह नहीं सुनते हो, जो मैं कह रहा हूँ, तुम केवल वही सुनते हो, जो तुम सुनना चाहते हो। और तब तुम उसे तोड़-मोड़ कर अपना ही अर्थ निकालने में बहुत कुशल हो।

तुम अपने बचपन से ही तोड़-मोड़ करते रहते रहे हो। तुमने सीखा है–कैसे धोखा दिया जाए, कैसे नकली बना जाए, तुमने सीखा है कि कैसे चीज़ों की व्याख्या की जाए, कि वे हमेशा तुम्हारे अनुरूप बनी रहें। वास्तव में अपने बचपन में लगभग तीन वर्ष की आयु से बच्चा जोड़-तोड़ सीखना शुरू कर देता है। वह संत टिवस्टिोफर का अनुसरणकर्ता बनना चाहता है। शायद तुमने संत टिवस्टिोफर का नाम न सुना हो, यह एक इस तरह के संत

का नमूना है, जो सभी तरह के जोड़-तोड़ कर लड़कियों का पीछा कर उन्हें पटाने में कुशल था।

तुम्हारे अन्दर जड़ों में चीज़ों को तोड़ने-मोड़ने की प्रवृत्ति है–जैसे कुटनीति, राजनीति, बेईमानी आदि। और एक बार बच्चा जोड़-तोड़ करना सीख जाता है, फिर वह जोड़-तोड़ करता ही रहता है। और धीमे-धीमे उसकी पूरी बनावट ही मशीन के कल पुर्जों की तरह हो जाती है, और वह फिर केवल वही सुनता है, जो वह सुनना चाहता है, वह उस चीज़ को नहीं देखता, जिसे नहीं देखना चाहता; वह चुनाव करने वाला बन जाता है।

वैज्ञानिक कहते हैं कि सौ चीज़ों में से तुम केवल दो प्रतिशत ही चुनते हो। और सौ चीज़ों में से तुम केवल दो प्रतिशत चीज़ों को ही देखते हो। लेकिन स्मरण रहे, तब तुम केवल दो प्रतिशत ही जीते हो। और दो प्रतिशत जीना, लगभग न जीने जैसा है। यह किस तरह का जीवन है? ऐसा प्रतिदिन होता है मैं कुछ चीज़ कहता हूँ। तुम वहाँ अपने सभी पूर्वाग्रहों के साथ, अपनी सभी चालाकियों और अपनी सभी मूढ़ताओं के साथ चुस्त-दुरस्त बैठे हुए हो। कोई चीज़ तुम्हारे अन्दर प्रवेश करती है–तुम तुरन्त ही जोड़-तोड़ करना शुरू कर देते हो। तुम्हारी यान्त्रिक व्यवस्था स्पष्ट कार्य करना शुरू कर देती है। जिस समय वह बात तुम्हारी चेतना तक पहुँचती है, वह वही नहीं रह जाती, जो कही गयी थी, वह पूरी तरह कुछ दूसरी ही चीज़ बन जाती है।

यही कारण है कि तुम्हारे लिए सहायता प्राप्त करना इतना अधिक कठिन है। पूरे समय तुम्हें सहायता ही दी जाती है, वह तुम पर चारों ओर से बरस रही है, लेकिन तुम्हें एक अच्छा ग्राहक या ग्रहणकर्ता बनना होगा। तुम अपने को बदलते हो, बदलने का प्रयास करते हो, लेकिन यह बदलना बहुत उथला होता है।

जब मैं लोगों को संन्यास देता हूँ, तो कभी-कभी वे पूछते हैं–"एक व्यक्ति को अपना नाम क्यों बदलना चाहिए? एक व्यक्ति को अपने वस्त्र क्यों बदलना चाहिए? क्या हृदय परिवर्तन ही पर्याप्त नहीं है?" मैं जानता हूँ कि हृदय-परिवर्तन पर्याप्त है, लेकिन ठीक अभी मैं इसकी आशा और अपेक्षा नहीं कर सकता। वस्त्रों के परिवर्तन की भी आशा करना जरूरत

से अधिक है, तुम फिर भी कोई चालाकी भरे तरीक़े खोज लोगे। तुम कुछ तरकीबें निकाल लोगे।

ठीक कुछ दिन पहिले एक भारतीय संन्यासी मेरे पास आया और मैंने उससे पूछा, "तुम्हारे वस्त्रों का क्या हुआ?"

उसने कहा, "यह भगवा वस्त्र ही है।" तब मुझे फिर से उसे देखना पड़ा, क्योंकि उसका रंग सफेद दिखाई दे रहा था। हाँ, वह नारंगी था, पर बहुत अधिक हल्का नारंगी–मेरी दृष्टि पूरी तरह से ठीक है, फिर भी मुझे बहुत सावधानी और बारीकी से देखना पड़ा। तब मैंने उसे उस 'हाँ' को पहिचाना, नारंगी रंग की हल्की-सी झलक मात्र थी वहाँ। यदि मेरी संवेदनशील और दृष्टि वाला मनुष्य भी उसे नहीं देख सकता, फिर तो कोई भी उसे देखने में समर्थ नहीं हो सकता। मुझे आश्चर्य हुआ और मैंने उससे पूछा, "तुम नारंगी रंग को देखने की व्यवस्था किस तरह कर लेते हो? तुम्हारे चश्मे के लैंस तो बहुत मोटे हैं। मेरे ख्याल में तुम भी इस रंग को देख नहीं सकते।"

मैं जानता हूँ कि नाम और वस्त्र बदलने से कुछ भी सारभूत घटने नहीं जा रहा, लेकिन तुम रहते ही वहाँ हो, जो सारभूत नहीं है, अनावश्यक है। मैं कर ही क्या सकता हूँ? मुझे वहीं से शुरू करना होता है, जहाँ तुम हो।

एक बार ऐसा हुआ।

कानून के अनुसार एक बार एक युवक ने अपना नाम बदलने को कोर्ट में प्रार्थना-पत्र दिया।

जब वह कोर्ट में उपस्थित हुआ तो न्यायाधीश ने उससे पूछा, "आपका क्या नाम है?

"बिल स्टिकिंस सर!" प्रार्थी ने उत्तर दिया।

"ठीक है, मैं भली-भाँति समझ सकता हूँ कि तुम इस नाम को क्यों बदलना चाहते हो?" और 'बिल' शब्द कहते हुए जज ने जोरदार ठहाका लगाया। फिर पूछा, "और तुम इसे बदल कर कौन-सा नाम चाहते हो?"

"बिलियम स्टिकिंस" प्रार्थी ने उत्तर दिया।

लेकिन 'बिल स्टिकिंस' हो अथवा 'विलियम स्टिकिंस', इससे क्या फर्क पड़ता है? तुम स्टिकिंस (जो डंक मारता है) तो रहे ही।

मैं जानता हूँ कि नाम बदलने से भी अधिक फर्क नहीं पड़ता, लेकिन मैं तुम्हें नये नाम का अर्थ समझाने में इसीलिए उतना अधिक विस्तार से स्पष्ट करने का श्रम उठाता हूँ, क्योंकि मैं जानता हूँ कि तुम कहाँ और किस तल पर रहते हो–नाम और वस्त्र और आकृति के तल पर ही। अरूप का तो तुमने अभी तक स्वप्न में भी दर्शन नहीं किया। मुझे वहीं से शुरू करना होता है, जहाँ तुम हो। और वहाँ भी तुम मुझे धोखा देते हो। यह धोखा देना बन्द करो, क्योंकि मुझे धोखा देकर तुम स्वयं अपने आप को ही धोखा दे रहे हो।

और मेरे और अपने मध्य तुम अपने मन को दखल देने से रोको। वहाँ हम दोनों के मध्य एक संवाद घटने दो।

बोध का उपलब्ध होना सम्भव है। यदि यह मेरे लिए सम्भव हुआ तो यह तुम्हारे लिए भी सम्भव है। यदि यह एक मनुष्य को घटा है, तो प्रत्येक अपने अन्दर इसी सम्भवना लिए हुए है।

• दूसरा प्रश्न-प्रेम क्या है?

उत्तर–यह दुर्भाग्य है कि हमें यह प्रश्न पूछना पड़ा। चीज़ों के सहज स्वाभाविक प्रवाह में प्रत्येक व्यक्ति यह जानता है कि प्रेम क्या होता है? लेकिन मैं समझता हूँ कि प्रेम क्या होता है–इसे कोई भी व्यक्ति नहीं जानता, अथवा केवल बहुत दुर्लभ व्यक्ति ही इसे जानते हैं।

प्रेम बहुत दुर्लभ अनुभवों में से एक है। हाँ, इसके बारे में बहुत बातचीत की जाती है, इसके बारे में बहुत-सी कविताएँ रची जाती हैं, तुम टी.वी. पर भी इसे देखते हो, रेडियो से सुनते हो और पत्र-पत्रिकाओं में भी पढ़ते हो–एक बहुत बड़ा उद्योग निरन्तर इस विचार के साथ कि प्रेम क्या होता है, विविध सामाग्री तुम्हें निरन्तर और नियमित रूप से दिए चला जाता है। बहुत लोगों की निरन्तर इसी बात में दिलचस्पी रहती है कि वे लोगों को यह समझने में कि प्रेम क्या होता है, सहायता करें। कवि, लेखक और उपन्यासकार से सभी उसकी महिमा का बखान करते थकते नहीं।

लेकिन फिर भी प्रेम एक अज्ञात चीज़ बनी रहती है, जबकि यह सबसे अधिक ज्ञात चीज़ होनी चाहिए। यह लगभग ऐसा ही है, जैसे मानो कोई

आता है और पूछता है, "भोजन क्या होता है?" क्या तुम्हें आश्चर्य नहीं होगा, यदि कोई व्यक्ति तुम्हारे पास आता है और पूछता है–भोजन क्या होता है? यदि कोई व्यक्ति शुरू से ही काफ़ी भूखा है और उसने कभी भी भोजन का स्वाद लिया ही नहीं, तो उसका प्रश्न संगत भी होगा। इसलिए वह प्रश्न पूछ रहा है।

तुम पूछ रहे हो–प्रेम क्या होता है? प्रेम आत्मा का भोजन है। लेकिन तुम सदा भूखे रहे हो। तुम्हारी आत्मा ने कभी प्रेम पाया ही नहीं है, इसीलिए तुम उसका स्वाद तक नहीं जानते, तुम्हारा प्रश्न संगत है, लेकिन यह दुर्भाग्यपूर्ण भी है। शरीर भोजन प्राप्त करता है, इसलिए शरीर जीवित रहता है, लेकिन चूंकि आत्मा ने अपना भोजन प्राप्त नहीं किया है, इसीलिए आत्मा मृत है, अथवा अभी उसका जन्म ही नहीं हुआ है, अथवा वह सदा से ही अपनी मृत्यु शैय्या पर पड़ी है।

जब एक बच्चा जन्म लेता है, वह पूरी तरह से जन्मता है, तो प्रेम करने और प्रेम किए जाने की क्षमता के साथ पूरी तरह सज्जित होता है। प्रत्येक बच्चा प्रेम से भरा हुआ ही जन्म लेता है और वह भली-भाँति जानता है कि प्रेम क्या होता है? वहाँ बच्चे को यह बताने की जरूरत नहीं होती कि प्रेम क्या होता है। लेकिन समस्या उत्पन्न होती है, क्योंकि माता-पिता यह नहीं जानते कि प्रेम क्या होता है? कोई भी बच्चा अपने माता-पिता से वह सब कुछ प्राप्त नहीं करता, जिसका वह अधिकारी है। ऐसे माता-पिता सामान्य रूप से इस पृथ्वी पर रहते ही नहीं। और समय गुजरने पर जब बच्चा स्वयं अभिभावक बनता है, वह प्रेम करने की क्षमता ही खो चुका होता है।

यह लगभग कुछ इस कहानी की तरह है...

मेक्सिको की एक छोटी-सी घाटी में, जहाँ जो भी बच्चे उत्पन्न होते थे, वे सभी तीन महीनों में ही अंधे हो जाते थे। वह आदिम कबीले का एक छोटा-सा समाज था। वहाँ एक मक्खी रहती थी, जो आँखों को विषैला कर अन्ध बना देती थी, इसलिए वहाँ सभी लोग अन्धे थे। प्रत्येक बच्चा आँखों के साथ जन्म लेता था–उसकी आँखें पूरी तरह ठीक होती थीं, लेकिन तीन महीनों में उस मक्खी के एक आक्रमण से उसका विष शरीर में प्रविष्ट हो जाता था और

आँखों की दृष्टि चली जाती थी। अब अपने जीवन में बाद में किसी भी जगह क्या बच्चा यह पूछेगा–आँखें क्या होती हैं? दृष्टि क्या होती है? देखना क्या होता है? आख़िर इन सभी से तुम्हारा मतलब क्या है? और वह प्रश्न सार्थक होगा। बच्चा तो आँखों के साथ जन्मा था, लेकिन अपने तथाकथित विकास पथ पर उसने कहीं उसे खो दिया।

यही सभी कुछ प्रेम के साथ भी हुआ है। प्रत्येक बच्चा उतने ही अधिक से अधिक प्रेम के साथ जन्म लेता है, जितना अधिक कोई अपने पास रख सकता है। वह अतिरेक से प्रवाहित होते प्रेम के साथ ही जन्मता है। एक बच्चा प्रेम जैसा ही जन्मता है, जिस सामग्री से बच्चा बना होता है, उसे प्रेम ही कहा जा सकता है। लेकिन माता-पिता उसे प्रेम नहीं दे सकते। उनके अपने जीवन के वे दुःखद प्रभाव हैं, क्योंकि उनके माता-पिता ने भी उन्हें कभी प्रेम नहीं किया। माता-पिता प्रेम करने का केवल बहाना कर सकते हैं। वे प्रेम के बारे में बातें कर सकते हैं, वे कह सकते हैं–"हम तुम्हें बहुत अधिक प्यार करते हैं," लेकिन वे जो कुछ भी करते हैं, वह जरा भी प्रेमपूर्ण नहीं होता। जिस तरह से वे व्यवहार करते हैं, वह बहुत अपमानपूर्ण होता है; वहाँ उसमें बच्चे के प्रति ज़रा भी सम्मान नहीं होता। कोई भी माता-पिता अपने बच्चे को सम्मान नहीं देते। बच्चे को आदर देने के बारे में कौन कब सोचता है? एक बच्चे के बारे में एक ख्याल किया जाता है कि वह एक समस्या की भाँति है। यदि वह खामोश बना रहता है, तो वह बुनियादी रूप से समझदार और अच्छा समझा जाता है। बच्चे को इस तरह का ही होना चाहिए।

लेकिन वहाँ उसके लिए न तो कोई आदर होता है और न प्रेम। उनके माता-पिता ने स्वयं ही नहीं जाना कि प्रेम क्या होता है? उसकी माँ ने अपने पति को ही प्रेम नहीं किया। उसके पिता ने कभी उसकी माँ को प्रेम नहीं किया। वहाँ प्रेम कभी होता ही नहीं। वहाँ अधिपत्य जमाने की भावना, नियन्त्रण में रखने की हवस, और हर तरह के विष होते हैं, जो प्रेम को नष्ट कर देते हैं। जैसे एक विशिष्ट विष, तुम्हारी दृष्टि को नष्ट कर सकता है, इसी तरह अधिकार जमाने और ईर्ष्या का विष, प्रेम को नष्ट कर देता है।

प्रेम एक बहुत नाजुक फूल की भाँति होता है। उसकी सुरक्षा की जानी चाहिए, उसे शक्ति और ऊर्जा दी जानी चाहिए, उसे सींचना चाहिए, केवल तभी वह पुष्ट होता है। और बच्चे का प्रेम तो बहुत कोमल और नाजुक स्वाभाविक रूप से होता ही है, क्योंकि बच्चे का शरीर और वह स्वयं इतना अधिक कोमल ओर नाजुक होता है, इसलिए क्या तुम यह सोच भी सकते हो, कि यदि बच्चे को स्वयं उसके ऊपर ही छोड़ दिया जाए, तो क्या वह जीवित रह सकेगा? जरा सोचो वह कितना अधिक असहाय है? यदि बच्चे को स्वयं विकसित होने के लिए अकेला छोड़ दिया जाए, तो उसका जीवित रह पाना असम्भव होगा। वह मर जाएगा। और यही सभी कुछ प्रेम के साथ भी हो रहा है।

प्रेम को अकेला छोड़ दिया जाए। माता-पिता उसे प्रेम नहीं कर सकते, वे स्वयं नहीं जानते कि प्रेम क्या होता है, वे कभी प्रेम सरिता के प्रवाह में बहे ही नहीं। तुम अपने ही माता-पिता के बारे में याद करो। और स्मरण रखो, मैं यह नहीं कह रहा हूँ, कि वे लोग इसके लिए उत्तरदायी हैं। वे लोग ठीक वैसे ही मुसीबत का शिकार हैं, जैसे तुम स्वयं हो–उनके अपने माँ-बाप भी ऐसे ही थे। और इसी तरह यह सिलसिला पीछे चलता चला जाता है... तुम पीछे लौटकर आदम और ईव पर और परमात्मा तथा पिता पर जा सकते हो।

ऐसा प्रतीत होता है कि परमपिता परमात्मा भी अपने सृजन, आदम और ईव के प्रति आदरपूर्ण नहीं था; उनके हृदय में कोई सम्मान था ही नहीं। यही कारण है उसने शुरू से ही उन्हें आदेश देने शुरू कर दिए–'ऐसा करो और वैसा मत करो' और उसने वही सब कुछ व्यर्थ की चीज़ें करना शुरू कर दीं, जो सभी माँ-बाप किया करते हैं। "इस वृक्ष का फल मत खाना", इस आदेश के बावजूद भी जब आदम और ईव ने वह खा लिया, तो प्रतिक्रिया स्वरूप परमपिता इतने अधिक नाराज हुए कि उन्होंने आदम और ईव को स्वर्ग से निकालकर बाहर फेंक दिया।

यहाँ यह निष्कासन हमेशा ही से होता रहा है, और प्रत्येक माँ-बाप बच्चे को घर से बाहर फेंकने और निष्कासित करने की धमकियाँ देते हैं। "यदि तुम मेरी बात नहीं सुनोगे, यदि तुम ठीक से आचरण नहीं करोगे, तो हम तुम्हें घर से

बाहर निकाल देंगे।'' और स्वाभाविक है, एक बच्चा इस जीवन की बीहड़ता में फेंके जाने की बात सुनकर भयभीत हो जाता है। वह समझौता करना शुरू कर देता है। बच्चा धीमे-धीमे जोड़-तोड़ करने वाला बन जाता है। वह हेर-फेर करना शुरू कर देता है।

वह मुस्कराना नहीं चाहता, लेकिन यदि माँ पास आ रही है और दूध पीना चाहता है, तो वह मुस्कराता है। अब यह राजनीति है; यह राजनीति का प्रारम्भ है, यही राजनीतिक जीवन का 'अ', 'ब' और 'स' है। अपने गहरे में वह अन्दर नफरत करना शुरू कर देता है, क्योंकि उसे आदर-सम्मान नहीं दिया जाता, अपने अन्दर गहरे में वह कुंठा और निराशा का अनुभव करना शुरू कर देता है, क्योंकि वह जैसा है, उसे वैसे ही प्रेम नहीं मिलता। उससे कुछ विशिष्ट चीज़ें करने की अपेक्षा की जाती है और केवल तभी उसे प्यार मिल सकेगा। प्रेम पाने की कुछ शर्तें हैं, और वह जैसा है वह अभी उस योग्य नहीं है। पहले उसे योग्य बनना होगा, केवल तभी भी माता-पिता का प्रेम उसे मिल सकेगा।

इसलिए वह योग्य बनना शुरू कर देता है और अपने सहज स्वाभाविक मूल्य खोकर नकली बनता जाता है। वह धीमे-धीमे स्वयं के प्रति सम्मान खोने लगता है और यह अनुभव करना शुरू कर देता है कि वह अयोग्य है। वह अपने अन्दर एक अपराध-बोध का अनुभव करना शुरू कर देता है। और कई बार बच्चे के मन में यह विचार आता है–"क्या यही मेरे असली माता-पिता हैं? यह सम्भव है, कहीं उन्होंने मुझे गोद न लिया हो? हो सकता है, वे लोग मुझे धोखा दे रहे हों, क्योंकि वहाँ उनके अन्दर मेरे लिए प्रेम तो है ही नहीं।'' और बहुत-सी छोटी-छोटी-सी चीज़ों के लिए भी, उसने अपने माता-पिता की आँखों में उसके अनुपात से कहीं अधिक क्रोध देखा है, क्रोध से कुरुप उनके चेहरे देखे हैं। केवल बहुत तुच्छ-सी बातों के लिए उसने अपने माता-पिता का उबलता क्रोध देखा है। वह विश्वास ही नहीं कर सकता कि वह इतना अधिक ग़लत और अन्यायपूर्ण है। लेकिन उसे समर्पण करना ही होता था, उसे झुकना ही होता था, एक जरूरत की तरह उसे स्वीकार करना ही होता था। और धीमे-धीमे उसके प्रेम करने की क्षमता ही मर जाती है।

प्रेम केवल प्रेम में ही विकसित होता है। प्रेम को एक प्रेम के वातावरण की जरूरत होती है। यही है वह सबसे अधिक बुनियादी चीज़, जो स्मरण रखनी चाहिए। केवल प्रेम के वातावरण में ही प्रेम विकसित होता है। उसे चारों ओर उसी तरह की धड़कनों की आवश्यकता होती है। यदि माँ प्रेमपूर्ण है, यदि पिता प्रेमपूर्ण है, न केवल बच्चे के प्रति ही, बल्कि वे दोनों एक दूसरे के प्रति भी प्रेमपूर्ण हैं, यदि घर में ही प्रेम का वातावरण हो, जहाँ चारों ओर प्रेम प्रवाहित हो रहा हो, तो बच्चा भी एक प्रेमपूर्ण अस्तित्व के साथ कार्य करना शुरू करेगा और फिर कभी प्रश्न नहीं पूछेगा–कि प्रेम क्या होता है? वह उसे बिल्कुल शुरू से ही जानेगा और वही उसकी बुनियाद होगी।

लेकिन ऐसा नहीं होता, जो दुर्भाग्यपूर्ण है। ऐसा अब तक हुआ ही नहीं। और तुम अपने माता-पिता के लड़ने-झगड़ने और उनके संघर्ष करने के सारे तौर-तरीक़े सीख लेते हो। बस, तुम स्वयं निरीक्षण करते रहो। यदि तुम एक स्त्री हो, अपनी माँ की तरह ही लगभग व्यवहार कर रही हो। जब तुम अपने प्रेमी अथवा पति के साथ हो, तो स्वयं अपना ही निरीक्षण करो, कि तुम क्या कर रही हो? क्या तुम अपनी माँ को नहीं दोहरा रही हो? यदि तुम एक पुरुष हो, तो अपना निरीक्षण करो। तुम क्या कर रहे हो? क्या तुम अपने पिता जैसे तो नहीं बन रहे हो? क्या तुम वह सभी व्यर्थ की बातें तो नहीं कर रहे। जो वह किया करते थे। और एक दिन आश्चर्यचकित रह जाओगे। तुम सब कुछ उसी तरह कर रहे हो, जैसे तुम्हारे पिता किया करते थे।

लोग दोहराये चले जाते हैं, लोग नकलची हैं, जैसे मनुष्य एक बन्दर है। तुम अपने डैडी अथवा अपनी मम्मी को दोहरा रहे हो और बस इसे ही छोड़ देना है। केवल तुम जान सकोगे कि प्रेम क्या होता है, अन्यथा तुम ऐसी ही भूले करते रहोगे।

मैं यह व्याख्या नहीं कर सकता कि प्रेम क्या होता है, क्योंकि प्रेम की कोई परिभाषा है ही नहीं। यह जीवन, मृत्यु, परमात्मा और ध्यान की भाँति अव्याख्य है। यह उन अपरिभाषित चीज़ों में से एक है, जिसकी मैं कोई परिभाषा नहीं कर सकता हूँ।

अपने माता-पिता से छुटकारा पा लेना, इस दिशा में उठाया जाने वाला पहिला कदम है, लेकिन इससे मेरा यह अर्थ नहीं है कि तुम अपने माता-पिता का सम्मान न करो। नहीं, मैं ऐसा आख़िरी व्यक्ति हूँगा जो तुमसे ऐसा कहे। और मेरे कहने का यह अर्थ नहीं तुम भौतिक शरीर में मौजूद अपने माता-पिता को छोड़ दो। मेरे कहने का अर्थ है कि तुम्हारे अन्दर तुम्हारे माता-पिता की जो आदतें, उनकी आवाज़ों के जो टेप हैं, तुम्हारे अन्दर उनका जो कार्यक्रम है, उनसे बस मुक्ति पा लो। उनको रगड़ कर मिटा दो, और यदि तुमने अपने आन्तरिक अस्तित्व से अपने माता-पिता की आदतों से छुटकारा पा लिया, तो तुम आश्चर्यचकित हो जाओगे यह देखकर कि तुम स्वतन्त्र हो गये हो। और तब पहिली बार तुम अपने माता और पिता के प्रति करुणा का अनुभव करने में समर्थ हो सकोगे। प्रत्येक व्यक्ति अपने माता-पिता के प्रति अपने अन्दर रोष रखता है।

तुम कैसे उनके प्रति क्रोधपूर्ण नहीं हो सकते, जब उन्होंने तुम्हें इतना अधिक नुकसान पहुँचाया है–यद्यपि अनजाने में। उन्होंने तुम्हारा भला ही चाहा, वे प्रत्येक चीज़ तुम्हारे भले के लिए करना चाहते थे, वे अच्छा बनाने के लिए ही प्रत्येक चीज़ करना चाहते थे। लेकिन वे आख़िर क्या कर सकते थे? केवल चाहने भर से ही कुछ भी नहीं होता, केवल शुभ कामनाओं से भी कुछ नहीं होता। वे तुम्हारा भला चाहते थे, यह बात तो सच है कि उनके बच्चों को जीवन में सभी आनन्द मिलें। लेकिन आख़िर वह क्या कर सकते हैं? उन्होंने स्वयं भी कभी आनन्द नहीं जाना। वे भी जाने-अनजाने सोच-विचार कर अथवा बिना विचारे एक यन्त्र मानव बने रहे, और फिर उन्होंने एक ऐसा वातावरण तैयार किया, जिसमें देर-सबेर बच्चा भी एक यंत्र मानव बनेगा ही।

यदि तुम एक मशीन बनकर एक मनुष्य बनना चाहते हो, तो अपने माता-पिता से मुक्त हो जाओ। और तब तुम्हें निरीक्षण करना होगा। यह एक कठोर और श्रमपूर्ण कार्य है, और तुम इसे तुरन्त नहीं कर सकते। तुम्हें अपने व्यवहार और आचरण के प्रति बहुत अधिक सावधान और सजग रहना होगा। देखना, जब तुम्हारे अन्दर वहाँ तुम्हारे माध्यम से तुम्हारी माँ कार्य बाँट रही हो, तुरन्त रूक जाना और उससे आगे बढ़ जाना। पूरी तरह

से कुछ ऐसा नया काम करना, जिसके बारे में तुम्हारी माँ कभी सोच भी न सकी हों।

उदाहरण के लिए यदि तुम्हारा प्रेमी अपनी आँखों में महान प्रशंसा का भाव लिए किसी दूसरी स्त्री की ओर देख रहा हो, तब निरीक्षण करना कि तुम क्या कर रही हो? क्या तुम वैसा ही कर रही हो, जैसा तुम्हारी माँ ने, तुम्हारे पिता को किसी दूसरी स्त्री की ओर प्रशंसा भरी दृष्टि से देखने पर किया था? यदि तुम वैसा ही कर रही हो, तो तुम कभी न जान पाओगी कि प्रेम क्या होता है और तुम वही पुरानी कहानी सामान्य रूप से दोहरा रही होगी। यह खेले जाने वाला वैसा ही नाटक होगा, जो भिन्न-भिन्न अभिनेताओं द्वारा घिसे-पिटे ढंग से बार-बार दोहराया गया है। अनुसरणकर्ता मत बनो और इस आदत के बाहर आओ। कुछ नया करो। कुछ ऐसा करो, जिसे तुम्हारी माँ ने कभी सोचा तक न हो। कुछ चीज़ ऐसी नयी करो, जिसे तुम्हारे पिता कभी सोच तक नहीं सके।

तुम्हें अपने अस्तित्व में यह नूतनता लानी होगी, तभी तुम्हारा प्रेम फिर से प्रवाहित होने लगेगा।

इसलिए सर्वप्रथम जरूरी बात है—अपने माता-पिता से छुटकारा पाना, उनसे मुक्त हो जाना।

दूसरी चीज़ यह याद रखने की है कि कभी किसी दोषरहित पूर्ण कुशल और सर्वगुण सम्पन्न पुरुष अथवा स्त्री की खोज न करना। तुम्हारे मन में यह चीज़ भी पहिले से विद्यमान है, कि जब तक तुम किसी ऐसे सर्वगुण सम्पन्न स्त्री अथवा पुरुष को नहीं खोज लेते, तुम प्रसन्न न हो सकोगे। इसलिए तुम चारों ओर उस सर्वगुण सम्पन्न की खोज किए चले जाते हो, और तुम ऐसा कोई भी व्यक्ति नहीं पाते और इसीलिए तुम अप्रसन्न रहते हो।

प्रेम में विकसित और प्रवाहित होने के लिए पूर्ण कुशलता की कोई आवश्यकता नहीं है। प्रेम के पास दूसरे व्यक्ति, प्रामाणिक रूप से बस प्रेम करता है, ठीक वैसे ही, जैसे एक जीवन्त व्यक्ति सांस लेता है, पानी पीता है, भोजन करता है और सो जाता है। ठीक इसी तरह से एक प्रेमपूर्ण व्यक्ति प्रेम करता है। वह यही नहीं कहता है, "अब तक वहाँ पूरी तरह शुद्ध और

अप्रदूषित वायु नहीं होगी, मैं साँस लूँगा ही नहीं।" तुम लॉस एंजेल्स और बंबई के भी प्रदूषित वातावरण में साँस लिए चले जाते। जहाँ कहीं भी वायु प्रदूषित और विषैली है, तुम वहाँ भी श्वास लिए चले जाते हो, केवल इसलिए, क्योंकि वायु इतनी शुद्ध नहीं है, जितनी कि होनी चाहिए, तुम साँस न लेना गवारा नहीं कर सकते। यदि तुम भूखे हो, तुम जो कुछ भी हो, वही चीज़ खा लेते हो।

एक रेगिस्तान में यदि तुम प्यास से मर रहे हो, तुम कोई भी चीज़ पी लोगे–तुम वहाँ कोका-कोला की फरमाइश न करोगे, तुम सादा पानी, हकार या गन्दा जल भी पी लोगे। जब कोई प्यास से मर रहा हो, तो वह किसी बात की फिक्र करता ही नहीं, कि पीने वाली चीज़ है क्या, और ऐसे लोग अपना पेशाब तक पी लेते हैं। पानी पीने के लिए रेगिस्तान में लोगों ने अपने ऊँटों तक को मार डाला है, क्योंकि ऊँट अपने अन्दर एक थैली में पानी इकट्ठा करके रखते हैं। अब उनके लिए ऐसा करना खतरनाक भी है। क्योंकि उन्हें रेगिस्तान में फिर मीलों तक पैदल चलना होगा। लेकिन वे इतने अधिक प्यासे होते हैं कि पहिली जरूर चीज़ प्यास बुझाना होता है, अन्यथा वे मर जाएँगे। यदि ऊँट वहाँ रहता है तो भी वे फिर उसका करेंगे क्या? ऊँट उनके मुर्दा शरीर को ही नगर तक ले जाएगा और वे जीवित नहीं रहेंगे।

एक जीवन्त व्यक्ति सामान्य रूप से बस प्रेम करता है। प्रेम एक सहज स्वाभाविक प्रक्रिया है।

इसलिए दूसरी चीज़ याद रखने की यह है कि कभी भी सर्वगुण सम्पन्न व्यक्ति के बारे में मत सोचो, अन्यथा तुम ऐसे किसी प्रेम को न खोज सकोगे जो तुम्हारे अन्दर प्रवाहित हो सके। इसके विपरीत तुम स्वयं अत्यधिक अप्रेमपूर्ण बन जाओगे। जो लोग प्रेम में पूर्णता और सभी गुणों की माँग करते हैं, वे लोग मानसिक रोगी होते हैं। यदि वे लोग कोई प्रेमी या प्रेमिका प्राप्त भी कर लेते हैं, तो उनसे उनकी माँग सभी गुणों और पूर्ण कुशलता की होती है और इस माँग के कारण ही प्रेम नष्ट हो जाता है।

एक बार जब कोई पुरुष किसी स्त्री से प्रेम करता है अथवा कोई स्त्री किसी पुरुष से प्रेम करती है, तुरन्त ही माँग शुरू हो जाती है। स्त्री यह चाहना

शुरू कर देती है कि पुरुष को पूर्ण कुशल और सर्वगुण सम्पन्न होना चाहिए, केवल इसलिए ही क्योंकि वह उसे प्रेम करता है जैसे मानो प्रेम करके उसने कोई पाप किया हो। अब उसे पूर्ण और कुशल बनना है, अब अचानक उसे अपनी सीमाओं को, केवल इस स्त्री के कारण छोड़ना होगा। अब वह एक साधारण मनुष्य बनकर नहीं रह सकता। या तो उसे एक अतिमानव बनना है अथवा उसे नकली और धोखेबाज बनना है। स्वाभाविक रूप से अतिमानव बनना तो बहुत कठिन है, इसलिए लोग धोखेबाज बन जाते हैं, वे लोग बहाने बनाने लगते हैं और खेल खेलने लगते हैं। प्रेम के नाम पर लोग केवल खेल ही खेल रहे हैं।

इसलिए दूसरी चीज़ जो सदा स्मरण रखनी है–कभी भी किसी के पूर्ण और सभी अर्थों में कुशल होने की माँग मत करो। तुम्हें किसी भी व्यक्ति से कोई भी चीज़ की माँग करने का कोई अधिकार है ही नहीं। यदि कोई व्यक्ति तुम्हें प्रेम करता है, उसके प्रति धन्यवादी बनो, लेकिन उससे किसी भी चीज़ की माँग मत करो–क्योंकि तुम्हें प्रेम करना उसका कोई दायित्व या कर्त्तव्य नहीं है। यदि कोई व्यक्ति प्रेम करता है, तो यह एक चमत्कार है। उस चमत्कार से रोमांचित बने रहो।

लेकिन लोग रोमांचित और पुलकित नहीं हैं। छोटी-छोटी-सी चीज़ों के लिए वे प्रेम की सारी सम्भावनाएँ नष्ट कर देते हैं। उनकी दिलचस्पी तो अहंकार की छोटी-छोटी यात्रा में होती है। अपनी प्रसन्नता से ही सम्बन्ध रखो, पूरी तरह तुम्हारी दिलचस्पी केवल अपने आनन्द में रहे, अन्य प्रत्येक चीज़ अनावश्यक है।

प्रेम एक सहज स्वाभाविक कृत्य है, ठीक तुम्हारे साँस लेने की तरह। और जब तुम किसी व्यक्ति को प्रेम करते हो, तो उससे माँग करना शुरू मत करो, अन्यथा प्रारम्भ से ही तम द्वार बन्द कर रहे हो। उससे किसी भी चीज़ की अपेक्षा मत करो। यदि कोई चीज़ इस राह पर चलते हुए मिल जाती है, तो कृतज्ञता का अनुभव करो। यदि कुछ भी मिलता अथवा तुम तक कुछ भी नहीं आता, तो उसके मिलने या तुम तक आने की कोई जरूरत नहीं है। तुम उसकी आशा या अपेक्षा नहीं कर सकते।

लेकिन लोगों की ओर जरा देखो, वे कैसे एक दूसरे के प्रति यह मानकर चलते हैं कि ऐसा करना उनका दायित्व है। यदि तुम्हारी पत्नी तुम्हारे लिए भोजन बनाती है, तुम कभी इसके लिए उसे धन्यवाद नहीं देते। मैं यह नहीं कह रहा कि तुम्हें शब्दों के द्वारा ही धन्यवाद देना चाहिए, लेकिन वह भाव तुम्हारी आँखों में होना चाहिए। लेकिन तुम इसकी फिक्र ही नहीं करते, तुम तो उसे यह मानकर चलते हो कि यह तो उसका काम ही है। किसने तुमसे कहा था ऐसा करने को?

यदि तुम्हारा पति तुम्हारे लिए बाहर श्रम करने जाता है और कमाकर धन लाता है, तो तुम उसे धन्यवाद नहीं देती और न उसके प्रति कृतज्ञता का अनुभव करती हो। तुम यह मानकर चलती हो कि यह तो हर पुरुष को करना ही चाहिए। ऐसा ही है तुम्हारा मन। फिर प्रेम कैसे विकसित हो सकता है? प्रेम को चाहिए एक प्रेम भरा वातावरण, प्रेम के लिए जरूरी है बिना मांगों और अपेक्षाओं का वातावरण। प्रेम के लिए दूसरी चीज़ सदा स्मरण रखनी है।

और तीसरी चीज़ है—वस्तुतः यह सोचने की अपेक्षा कि कैसे प्रेम प्राप्त किया जाए, उसे देना शुरू कर दो। यदि तुम प्रेम दोगे, तो वह तुम्हें मिलेगा ही। यहाँ दूसरा अन्य रास्ता है ही नहीं। लोगों की अधिक दिलचस्पी इसी में होती है कि उसे छीन कर झपट कर प्राप्त किया जाए। प्रत्येक की दिलचस्पी पाने में है और कोई भी देने में प्रसन्न नहीं दिखायी देता। लोग उसे देते भी हैं, तो बिना इच्छा के यदि कभी देते भी हैं, तो केवल पाने के लिए ही और वे लगभग उसे व्यापार की तरह करते हैं। वह उनके लिए एक सौदा होता है। वे हमेशा यह निरीक्षण करते रहते हैं, कि जितना उन्होंने दिया है, उसकी अपेक्षा उन्हें अधिक मिलना चाहिए, तभी वह एक अच्छा सौदा और अच्छा व्यापार होगा। लेकिन दूसरा व्यक्ति भी यही सब कुछ कर रहा है।

प्रेम एक व्यापार नहीं है, इसलिए उसे एक व्यापार की तरह बनने से रोको, अन्यथा तुम उस सभी में चूक जाओगे, जो भी सुन्दर है और अपने जीवन में प्रेम से भी चूक जाओगे, क्योंकि वह सभी कुछ जो सुन्दर है, वह किसी व्यापार जैसा नहीं है। व्यापार, संसार में एक सबसे अधिक कुरूप

चीज़ है, वह एक अनिवार्य बुराई है। लेकिन अस्तित्व, व्यापार जैसी कोई चीज़ जानता ही नहीं। वृक्ष फलते-फूलते हैं, यह कोई व्यापार नहीं है सितारे चमकते हैं, यह भी कोई व्यापार नहीं है, और तुम्हें इसके लिए कोई कीमत अदा नहीं करनी पड़ती, और कोई भी तुमसे किसी भी चीज़ की कोई भी माँग नहीं करता। एक चिड़िया आती है, तुम्हारे द्वार या देहरी पर बैठकर एक गीत गाती है, और वह तुमसे कुछ भी नहीं माँगती, एक प्रमाण-पत्र तक नहीं माँगती। उसने खुशी-खुशी एक गीत गाया और फिर फुर्र-सी उड़ गयी, अपने पीछे वह कोई चिन्ह तक नहीं छोड़ जाती। प्रेम इसी तरह से विकसित होता है। उसे दो, और यह देखने की प्रतीक्षा तक मत करो कि तुम कितना अधिक उसके एवज में छीन सकते हो।

हाँ! वह आता है, वह उससे हज़ार गुना अधिक होकर आता है, लेकिन वह स्वाभाविक रूप से आता है, वह स्वयं, अपने से आता है। उसे माँगने की कोई जरूरत नहीं है। जब तुम माँगते हो, तो वह कभी नहीं आता। जब तुम माँगते हो, तो उसकी हत्या कर देते हो। इसलिए केवल दो। बस देने ही की शुरूआत करो। शुरू-शुरू में ऐसा करना कठिन होगा, क्योंकि तुम्हें अपने पूरे जीवन में, देने के लिए नहीं, केवल पाने के लिए ही प्रशिक्षित किया गया है। प्रारम्भ में तुम्हें अपने रक्षाकवच के साथ संघर्ष करना पड़ेगा। तुम्हारी माँसपेशियाँ कठोर बन चुकी हैं, तुम्हारा हृदय जमकर पत्थर जैसा बन गया है, और तुम पूरी तरह ठंडे बन चुके हो। शुरू में कठिनाई तो होगी, लेकिन प्रत्येक कदम, तुम्हें दूसरे कदम की ओर ले जाता है और धीरे-धीरे प्रेम की सरिता प्रवाहित होना शुरू हो जाती है।

तुम्हें पहिले अपने माता-पिता से मुक्त होना है। अपने माता-पिता से मुक्त हाने के बाद तुम्हें समाज से मुक्त होना है। अपने माता-पिता से मुक्त होने के साथ ही, तुम उनके द्वारा दी गयी सभ्यता, शिक्षा और प्रत्येक चीज़ से मुक्त हो जाते हो–क्योंकि तुम्हारे माता-पिता इस सभी का प्रतिनिधित्व कर रहे थे। तुम वैयक्तिक बन जाते हो, तुम्हारी अपनी एक निजता होती है। पहिली बार तुम समूह और समाज के एक भाग नहीं रह जाते, तुम्हारी अपनी प्रामाणिक वैयक्तिकता होती है, तुम स्वयं अपने होते हो। यही है वह चीज़, जिसे विकास कहते हैं। ऐसा ही एक विकसित व्यक्ति को होना भी चाहिए। एक विकसित

व्यक्ति वह होता है, जो अपने अकेलेपन में प्रसन्न रहता है–उसका अकेलापन एक गीत और एक उत्सव होता है। एक विकसित व्यक्ति वह होता है, जो स्वयं अपने में बने रहने में आनन्दित रहता है। उसका अकेलापन, एकान्त नहीं होता, उसे सभी से पृथक अपनी निजता में रहने का अहसास होता है और यह ध्यानपूर्ण स्थिति होती है।

एक दिन तुम्हें अपनी माँ के गर्भ से बाहर आना ही होता है। यदि तुम नौ माह से अधिक समय तक गर्भ में ही बने रहो, तो तुम वहाँ मर जाओगे, और तुम ही नहीं, तुम्हारी माँ भी मर जाएगी। एक दिन तुम्हें अपने पारिवारिक वातावरण से भी बाहर आना होगा–यह भी एक तरह का गर्भ है–तब तुम्हें स्कूल जाना होगा; तब एक दिन तुम्हें अपने विद्यालय के वातावरण से भी बाहर जाने के लिए या अपने गहरे में तुम अभी भी एक बच्चे हो। तुम अभी भी एक गर्भ के अन्दर ही हो–गर्भ की एक तह के बाद, गर्भ की दूसरी तह, तहों के ऊपर तहें। इस गर्भ को ही तोड़ कर बाहर आना है।

यही है वह स्थिति, जिसे पूरब में हम दूसरा जन्म होना कहते हैं। पूरब जब कोई व्यक्ति सभी से मुक्त हो जाता है, उसे 'द्विज' कहते हैं, जिसने दूसरा जन्म लिया हो। उसका पुनर्जन्म होता है, वह माता-पिता और समाज के प्रभाव से पूरी तरह मुक्त हो जाता है और इसका सौन्दर्य ऐसा है, कि ऐसा व्यक्ति ही अपने मात-पिता के प्रति कृतज्ञता का अनुभव करता है। और विरोधाभासी चीज़ यह है, कि केवल यही व्यक्ति अपने माता-पिता को क्षमा कर सकता है। वह उनके लिए प्रेम और करुणा का अनुभव करता है, और अत्यधिक करुणा का अनुभव इसलिए करता है, क्योंकि उसी की तरह उन्होंने भी उसी पीड़ा को सहा है। वह उन पर क्रोध नहीं करता, ज़रा भी क्रोध नहीं करता। उसकी आँखों में आँसू हो सकते हैं, लेकिन वह रोष करता ही नहीं, और वह अपने माता-पिता की सहायता करने के लिए वह हर काम करेगा। जिससे वह भी ऐसी ही अकेलेपन की परिपूर्णता और उच्चता की ओर गतिशील हो सके।

पहिली बात यह, वैयक्तिक बनो। दूसरी बात–प्रेमी या दूसरे व्यक्ति में पूर्णता या सभी गुणों की अपेक्षा मत करो, न उससे कुछ पूछो, और न कोई

माँग करो। सामान्य व्यक्ति से ही प्रेम करो। सामान्य व्यक्ति ही असाधारण होता है। प्रत्येक व्यक्ति इतना अधिक अनूठा है। उसके इस अनूठेपन का सम्मान करो।

तीसरी बात–प्रेम दो और बेशर्त दो–और तभी तुम जानोगे, कि प्रेम क्या होता है? मैं इसकी कोई परिभाषा नहीं दे सकता। मैं तुम्हें वह मार्ग प्रशस्त कर सकता हूँ, कि वह कैसे विकसित हो। मैं तुम्हें वह तरीक़ा सुझा सकता हूँ कि प्रेम, जो गुलाब की एक झाड़ी की भाँति है, कैसे उसका रख रखाव किया जाए, कैसे उसे सींचा जाए, कैसे उसमें क्या खाद डाली जाए और कैसे उसकी रक्षा की जाए। तब तक दिन, कहीं अज्ञात से प्रेम का गुलाब खिलता है और तुम्हारा पूरा घर उसकी सुवास से भर जाता है, प्रेम इसी तरह से घटता है।

• चौथा प्रश्न–एक शिष्य यह कैसे जान सकता है, कि उसे सद्‌गुरु द्वारा चुन लिया गया है? इसमें उसकी स्वतन्त्रता और जिम्मेदारी कहाँ है?

उत्तर–यह एक कठिन प्रश्न है। एक शिष्य यह कैसे जान सकता है कि उसे सद्‌गुरु द्वारा चुन लिया गया है? जिस क्षण तुम्हारे अन्दर समर्पण करने की प्रवृत्ति, झुक जाने और उसके प्रेम में पड़कर अपने-आपको मिटा देने की प्रवृत्ति का अनुभव होना शुरू हो जाए, बस उसी क्षण...प्रारम्भ में तो यह आवाज बहुत-बहुत धीमी होती है। इस अन्तर्स्वर को सुनने के लिए तुम्हें बहुत शांत और मौन में डूबना होगा, पर यह आवाज वहाँ होती है। एक बार सद्‌गुरु ने तुम्हें चुन लिया तो तुम्हारे अन्दर गहरे में एक कम्पन और सिहरन होना शुरू हो जाती है।

लेकिन तुम बहुत अधिक शोरगुल और मन में होने वाली निरन्तर चटर-पटर से भरे हो सकते हो और हो सकता है तुम उस सूक्ष्म ध्वनि को न सुन सको।

शान्त होकर खामोश बैठ जाओ और स्वयं अपने ही अन्दर निरीक्षण करो, और तुम अपने ही हृदय में एक नूतन तरह की तरंग और नये किस्म की थिरकन पाओगे, जो पहिले वहाँ कभी न थी। यह लगभग प्रेम में पड़ जाने जैसी होगी। जब सद्‌गुरु ने तुम्हें चुन लिया है, तो तुम उसके साथ प्रेम सम्बन्ध में पड़

गये हो। तुम्हारे साधारण प्रेम सम्बन्ध की अपेक्षा इसमें कहीं अधिक गहराई होती है, और यह कहीं अधिक दूर तक ले जाता है।

लेकिन प्रारम्भ में यह लगभग सामान्य प्रेम-सम्बन्ध जैसा ही होता है। तब तुम किसी के प्रेम में पड़ जाते हो, तो तुम उसे जानोगे कैसे? क्या उसका उत्तर दिया जाता सकता है? तुम उसे कैसे जान सकते हो? तुम्हारे सामने से एक अजनबी स्त्री निकलती है, तुमने उसे पहिले कभी भी नहीं देखा है और न उसने ही तुम्हें पहिले कभी देखा है। एक क्षण के लिए तुम दोनों एक-दूसरे की आँखों में देखते हो और कोई चीज़ अचानक एक ज्योति-सी जल जाती है। तुम इस बारे में कैसे जान सकते हो?

ठीक ऐसा ही तब घटता है, जब तुम किसी सद्गुरु की आँखों में झाँकते हो—और ऐसा केवल उसके किसी चित्र को देखकर भी हो सकता है। तुम अनीता से पूछ सकते हो। वह बिना मुझे देखे हुए ही, केवल मेरे चित्र में मेरी आँखों में झाँकने से ही, महीनों तक मेरे प्रेम में डूबी रही। इसी वजह से मैं अपने फोटो जितनी भी अधिक से अधिक संख्या में विश्व के सुदूर कोनों तक भेजना सम्भव हो, भिजवाता रहता हूँ। मैं कहीं भी नहीं जाता हूँ लेकिन मेरी आँखें यात्रा कर सकती हैं और जहाँ कहीं भी किसी स्त्री या पुरुष में अपने हृदय की आवाज सुनने की क्षमता है, मेरे चित्र की आँखों में देखकर कुछ चीज़ उसे घटना शुरू हो जाए। मैं हज़ारों मील दूर भी हो सकता हूँ, पर उससे कुछ फर्क भी नहीं पड़ता।

तुम मेरी आँखों में देखो, तुम मेरी धडकनों का अनुभव करो, और तुम्हें प्रेम में पड़ जाने जैसा अनुभव होने लगे...तो यह पागल होने जैसा ही होगा। सभी प्रेम एक पागलपन ही होता है, वह एक सनकी होने जैसा ही होगा। यदि तुम बहुत-बहुत तर्कवादी हो, तब तुम उससे चूक जाओगे। तुम तर्क-वितर्क करने लगोगे, तुम उसका स्पष्टीकरण खोजने लगोगे।

प्रश्नकर्ता के बारे में यही मेरा अनुभव है। प्रश्नकर्ता के साथ भी ऐसा ही हुआ है, लेकिन वह उससे बचने का प्रयास कर रहा है, वह उसे न समझने का प्रयास कर रहा है। ऐसा उसे घटा है। प्रश्नकर्ता ने अभी तक संन्यास की दीक्षा नहीं ली है। मैंने उसे पहिले ही चुन लिया है, अब यह तुम पर है कि तुम अपने हृदय की आवाज सुनो। शान्त होकर मौन बैठ जाओ और उस

आवाज को सुनो। वह बहुत स्पष्ट और तेज है। वह बहुत मद्धिम, और सूक्ष्म आवाज लेकिन यदि तुम शान्त हो, तो वह स्पष्ट और तेज़ है। तुम उससे इनकार नहीं कर सकते।

एक शिष्य कैसे जान सकता है कि उसे सद्‌गुरु द्वारा चुन लिया गया है? यदि तुम किसी व्यक्ति के प्रेम को पागल हो जाने जैसा अनुभव करो–यदि तुम्हें ऐसा लगना शुरू हो जाए कि एक नई तरह की लयबद्धता और नूतन विद्युत तरंगों से तुम झंकृत होना शुरू हो गये हो, यदि तुम्हारे अंतस के द्वार खुलना शुरू हो जाए, तुम्हारे सामने नये आयाम प्रकट होने लगें, यदि तुम्हारे चारों ओर फूल-ही-फूल खिलने लगें, यदि तुम्हें अनुभव हो, कि कोई अनजाना अजनबी तुम्हारे द्वार खटपटा रहा है, तो समझना, सद्‌गुरु ने तुम्हें चुन लिया है और उसी ने तुम्हें पुकारा है। अब यह तुम्हारे ऊपर है कि तुम द्वार खोलकर उसका स्वागत करो।

इसमें साहस की आवश्यकता होगी। धर्म केवल साहसी और वीर लोगों के लिए ही है। यह कायरों के लिए नहीं है। और कायर लोग ही हमेशा आसानी से तर्क-विर्तक कर सकते हैं। वे उससे बचने के रास्ते और साधन खोज सकते हैं, लेकिन कारण उनका ही भय है। और स्मरण रहे, एक सद्‌गुरु के साथ रहकर भी वहाँ भय रहेगा ही। कल ही एक युवक मेरे पास आया और उसने कहा कि उसकी दिलचस्पी गुरुजिएफ में थी, लेकिन वह हमेशा उससे डरता रहता था। मैंने उसकी आँखों में झाँका और पूछा–"क्या तुम मुझसे नहीं डर रहे हो?" एक क्षण के लिए उसने मेरी आँखों में देखा और उत्तर दिया–"हाँ! मैं आपसे भी भयभीत हूँ।" तब मैंने उससे कहा–"मैंने तुम्हें चुन लिया है और तुम एक साहसी व्यक्ति हो..." वह तुरन्त नीचे झुका, और उसने समर्पण करते हुए कहा, "भगवान! मुझे संन्यास दीजिए।"

वहाँ भय का होना एक बाध्यता है, लेकिन इस भय के बावजूद भी किसी को आगे बढ़ना होता है। वहाँ भय का होना इसलिए एक बाध्यता है, क्योंकि सद्‌गुरु तुम्हारी मृत्यु बनने जा रहा है। एक सद्‌गुरु तुम्हें पूरी तरह से मारने ही जा रहा है। केवल जब तुम्हारा पुराना सब कुछ जलकर भस्मीभूत हो जाता है, तभी पुराने की राख से नया जन्मता है।

बुद्धत्व एक फोनिक्स पक्षी को जलने की घटना जैसा है। तुम्हें अपने को पूरी तरह जला देना होगा, सद्गुरु ही तुम्हारी अग्नि बनेगा। इसलिए भय तो वहाँ होगा ही। और उसके फुसफुसाने की आवाज भी सुनाई देगी–बल्कि भय और दरवाजे पर दस्तक सद्गुरु की होगी। यदि तुम बहुत अधिक डर गये, तो कायर बनकर तुम अपने आपको बन्द कर लोगे, जिससे फुसफुसाहट की आवाज भी न सुनायी दे।

और तब तुम पूछ रहे हो–"इसमें उसकी स्वतन्त्रता और जिम्मेदारी कहाँ है? तुम्हारे पास कोई स्वतन्त्रता है ही नहीं, क्योंकि अभी तक तुम स्वयं को जानते ही नहीं। जब तुम स्वयं उपस्थित रहते हो, तभी स्वतन्त्रता होती है, और तुम तभी होते हो, जब तुम जाग जाते हो। तुम गहरी मूर्च्छा में हो–फिर किस तरह की स्वतन्त्रता तुम्हारे पास हो सकती है? तुम उसके बारे में स्वप्न देख सकते हो। तुम्हारे पास कोई स्वतन्त्रता है ही नहीं। तुम्हारा पूरा जीवन ठीक-एक संयोग है–एक अवसर है। तुम यह विचार किए चले जाते हो कि तुम अपनी स्वतन्त्रता के कारण ही चुने गये हो। यह सब व्यर्थ की बात है।

मैं कल ही किसी महान कवि के बारे में पढ़ रहा था, जिसने अपने जीवन के बारे में लिखा था कि उसे अच्छी तरह याद है कि उसके पिता एक कहानी सुनाया करते थे कि जब वह युवा और अविवाहित थे, तो वह एक बार रेलगाड़ी में यात्रा कर रहे थे, तो उन्हें सिगरेट पीने की तलब हुई, इसलिए उन्होंने सिगरेट के लिए अपनी जेबें टटोली। पैकेट में केवल छः सिगरेट थीं और डिब्बे में वहाँ पाँच लोग और भी बैठे हुए थे। उन्होंने प्रत्येक को सिगरेट पेश की और प्रत्येक ने सिगरेट लेकर उन्हें धन्यवाद दिया और तब खाली पैकेट उन्होंने अपनी जेब में रख लिया। जब उनका गंतव्य स्टेशन आ गया, तो नीचे उतर कर वह स्टेशन के बाहर एक टैक्सी को बुलाने ही वाले थे, तभी अचानक उन्हें फिर सिगरेट पीने की तलब हुई। उन्होंने अपनी जेब टटोली, लेकिन पैकेट खाली था। इसलिए वह फिर स्टेशन में गये, ताकि वहाँ काउन्टर से कुछ सिगरेट खरीद सकें। सिगरेट काउन्टर पर वह सिगरेट बेचने वाली महिला के प्रेम में पड़ गये। और

वही महिला उस कवि की माँ बनी–क्योंकि उसके पिता ने उस महिला से विवाह कर लिया।

अब वह कवि कहता है–"यदि उस रेल के डिब्बे में उन पाँचों में एक यात्री सिगरेट न पीने वाला होता, तो मेरा जन्म ही न हुआ होता। केवल एक सिगरेट ही मुझे जन्म लेने से रोकने में पर्याप्त होती–क्योंकि यदि पैकेट में एक सिगरेट भी बची होती। मेरे पिता वापस लौटकर स्टेशन के सिगरेट काउन्टर पर नहीं जाते। तब मेरे पिता का मेरी माँ से मिलना ही न हुआ होता।"

निश्चित रूप से उसका विवाह किसी अन्य स्त्री से हुआ होता। लेकिन उस दूसरी स्त्री से इस कवि का जन्म न हुआ होता। इस कवि के जन्म के लिए इस पुरुष और उस स्त्री का मिलन जरूरी था, अन्यथा जन्म ही न हुआ होता।

क्या तुम जानते हो कि इस तरह कितने कवि नहीं जन्मे हैं? यह कहना बहुत कठिन है।

जीवन भी ठीक इसी भाँति है–महज़ एक संयोग। आख़िर तुम किस स्वतन्त्रता और किस जिम्मेदारी की बात कर रहे हो? स्वतन्त्र होने के लिए पहिले तो जरूरी है तुम्हारा होना, तब तुम्हारा प्रत्येक कार्य होशपूर्ण हो। तब तुम मूर्च्छा और संयोगवश होने वाली परिस्थितियों के शिकार नहीं होते हो। तब तुम जो कुछ भी करते हो, उसमें एक चेतना और साक्षी-भाव होता है। तब जीवन फिर महज एक संयोग नहीं रह जाता, तब जीवन में एक दिशा बोध होता है, तब जीवन में एक सत्यनिष्ठा होती है और उसी सत्यनिष्ठा से, एकीकरण के उस केन्द्र से तुम प्रत्युत्तर देते हो।

तुम्हें एक शिष्य बनने की जरूरत है, क्योंकि तुम्हारे पास अभी तक वह सत्यनिष्ठा या ईमानदारी नहीं है, अन्यथा एक शिष्य बनने की आवश्यकता ही क्या है? एक शिष्य बनने का अर्थ है, एक ऐसे व्यक्ति के निकट आना, जिसमें एकीकरण घटित हुआ हो और जो तुम्हारे एकीकरण के लिए एक केटेलेटिक एजेन्ट की भाँति कार्य कर सके। इसका अर्थ एक ऐसे व्यक्ति के निकट आना है, एक ऐसे व्यक्ति के सान्निध्य में आना है, जो अब यन्त्रवत न होकर जाग गया है, जिससे उसका जागरण तुम्हारे

जागने में लहरें उत्पन्न कर सके। एक ऐसे व्यक्ति के प्रति ग्राह्यता बनाए रखना, ऐसे व्यक्ति के प्रति उपलब्ध बने रहना, यही सब कुछ अर्थ होता है–एक शिष्य बनने का।

लेकिन ठीक अभी तो अपने आपको धोखा मत दिए जाओ, कि तुम्हारे पास किसी तरह की स्वतंत्रता अथवा दायित्व बोध है। जब मैं यह कहता हूँ, तो तुम्हें चोट लगती है। इससे तुम्हारा अहंकार आहत होता है और तुम्हें यह अच्छा नहीं लगता। तुम और स्वतन्त्र नहीं हो? तुम, और जिम्मेदार नहीं हो? भगवान इस बारे में क्या व्यर्थ की बात कह रहे हैं? मैं जानता हूँ, कि इससे तुम्हें चोट लगती है, लेकिन यदि तुम इसे समझने का प्रयास करो, यदि तुम सहानुभूतिपूर्ण होकर यह समझने का प्रयास करो कि मैं तुमसे क्या कह रहा हूँ। यदि तुम बिना किसी पूर्वाग्रह और बिना किसी अहंकार के इसे देख सके, तो तुम इस आवश्यक बात को समझ सकोगे। और वास्तविक रूप से यह समझ ही तुम्हारे जीवन को रूपान्तरित कर देगी।

• अन्तिम प्रश्न–जब मैं दुःखी होता हूँ, तभी मैं क्यों परमात्मा का स्मरण करता हूँ?

उत्तर-तुम परमात्मा का स्मरण नहीं करते। जब तुम दुखी और पीड़ित होते हो तो तुम्हारा परमात्मा को याद करना अर्थहीन है, क्योंकि तुम दुःख से छुटकारा पाने के लिए, सुरक्षा की खातिर परमात्मा का स्मरण करते हो। तुम्हारी कोई दिलचस्पी परमात्मा में नहीं है, तुम्हारी दिलचस्पी तो केवल इसमें है कि कैसे तुम्हारे दुःख दूर हो सकें। इसी कारण जब तुम प्रसन्न होते हो, तुम परमात्मा के बारे में भूल ही जाते हो। लेकिन तुम यह अच्छी तरह जानते हो कि केवल जब तुम अपने सुख और प्रसन्नता में परमात्मा का स्मरण करते हो, तो वही सच्चा स्मरण है, अन्यथा वह स्मरण है ही नहीं। दुखों में प्रत्येक व्यक्ति परमात्मा का स्मरण करता है–यहाँ तक कि एक नास्तिक भी। यही कारण है कि जब नास्तिक भी बूढ़े होने लगते हैं, वे आस्तिक बन जाते हैं। और मृत्यु के क्षणों में तो लगभग प्रत्येक नास्तिक, आस्तिक बन जाता है। और मृत्यु की वास्तविक पीड़ा सामने आती है, तो तुम्हारा सारा तत्त्वज्ञान और नास्तिकता विलुप्त हो जाती है। लेकिन यह वास्तविक और प्रामाणिक प्रार्थना तथा प्रामाणिक स्मरण नहीं है।

धार्मिक व्यक्ति ही वही होते हैं, जब वे प्रसन्न और सुखी होते हुए परमात्मा का स्मरण करते हैं, क्योंकि वे कृतज्ञता में उसका स्मरण करते हैं। जब तुम एक गुलाब के फूल को देखते हो, तो वह परमात्मा का स्मरण करने का पर्याप्त प्रमाण है, वही संकेत ही पर्याप्त है, वह कारण और वह अवसर ही उसे स्मरण करने को पर्याप्त है। जब तुम किसी बच्चे को मुस्कराते हुए देखते हो, जब आकाश में एक पक्षी उड़ान भरता है और अपने पंख खोलकर उसमें तैरता है अथवा जब सूर्योदय होता है, या जब भोर का तारा अस्त होने को होता है–तो यदि तुम जानते हो कि सौन्दर्य क्या होता है, तो उस सुन्दरमतम दिव्य क्षणों में तुम परमात्मा को स्मरण करोगे।

यदि तुम जानते हो कि प्रेम क्या होता है, तो जब तुम प्रेम करोगे, तुम परमात्मा का स्मरण करोगे। यदि तुम जानते हो कि आनन्द क्या होता है, तो जब तुम आनन्दित होंगे, तुम परमात्मा का स्मरण करोगे।

यही क्षण धन्यवाद देने के क्षण होते हैं, तब यदि तुम अपने दुखों और पीड़ा में भी उसका स्मरण करते हो, तब वह एक सच्चा स्मरण होगा, अन्यथा वह स्मरण होगा ही नहीं। यदि तुम केवल दुखों में ही उसे याद करते हो तो तुम परमात्मा को याद ही नहीं करते तुम केवल उसकी सहायता पाना चाहते हो। तुम केवल 'परमात्मा' शब्द का उपयोग करना चाहते हो, तुम केवल परमात्मा का भी उपयोग करना चाहते हो, इसके अतिरिक्त और कुछ भी नहीं।

मैंने सुना है–वहाँ एक व्यक्ति की पत्नी के पास एक पालतू और बहुत धार्मिक तोता था, लेकिन वह मर गया। और उसकी पत्नी बहुत व्याकुल हो उठी। उसका पति जो स्वभाव से बहुत नेक और भला था, पक्षियों की दुकान पर दूसरा तोता खरीदने के लिए गया, लेकिन उसे जितने भी तोते दिखाये गये वे उसे पसन्द नहीं आये–कोई बहुत प्यारा था, कोई बहुत बुझा-बुझा सा मन्द था, कोई आकार में बहुत बड़ा था। अन्त में दूकानदार थक गया और वह ग्राहक भी बाहर जाने को मुड़ा। दरवाजे के पास उसने एक तोता देखा, जो वाकई लाजवाब लगता था।

उसने पूछा–"इसके लिए मुझे कितना देना होगा?"

–"यह एक बहुत विशेष होता है। मैं वास्तव में इस तोते को अपने से अलग नहीं करना चाहता, लेकिन यदि मैं ऐसा करता हूँ तो इसकी कीमत दो सौ पाउन्ड होगी।"

– "इसके बारे में ऐसी क्या विशेष बात है?"

–"आप जरा समझिए श्रीमान! ग्रेट ब्रिटेन भर में यह एक अकेली ऐसी तोती है, जो चौकोर अण्डे देती है।"

वह व्यक्ति यह बात मानने को तैयार नहीं था, इसलिए विक्रेता उसे पिछले कमरे में ले गया और एक ट्रे में रखे हुए क्यूब के आकार के अण्डे दिखलाये।

उसने कहा, "तो सौदा पक्का हुआ। मैं इस तोते को अपने साथ ले जा रहा हूँ।"

जब दुकानदार बिल तैयार कर रहा था, तभी उस व्यक्ति के अन्दर एक ख्याल टकराया, जिसने उसे परेशान कर दिया । अपनी पत्नी का ख्याल कर उसने दुकानदार से कहा, "मेरा ख्याल है कि यह तोता बातचीत भी करता होगा। क्या कोई धार्मिक शब्द या प्रार्थना जैसी कोई चीज़ बोल सकता है?"

–जी श्रीमान! यह ऐसा बोल सकती है...यह जानती है कि क्राइस्ट को कैसे याद किया जाता है। लेकिन जहाँ तक उसके बोलने का सवाल है ऐसा लगता है कि वैसा ही बोल रही है वह।"

– "और क्या वाकई ऐसा है! लेकिन वह क्या कहती है?"

– "ओ..ओ की की रिस्ट"।

दुःखों में तुम्हारा भी परमात्मा का स्मरण ठीक ऐसा ही है। इसका न तो क्राइस्ट से और न परमात्मा से ही कुछ लेना-देना है। इसे छोड़ दो, यह व्यर्थ है। अब एक नयी शुरूआत करो। जब तुम प्रसन्नता से भरे हो, गीत गाते हुए नृत्य कर रहे हो, तब उसका स्मरण करो। पहिले परमात्मा को अपने विधायक क्षणों के साथ जोड़ो। वह वहीं से तुम्हारे हृदय में गहरे में पैठ जाएगा। परमात्मा का स्मरण एक उदास कार्य व्यापार न होकर उसे उत्सव आनन्द बनाओ। परमात्मा को एक वरदान, एक आशीर्वाद और अनुग्रह बनने दो।

सातवाँ प्रवचन

थोड़ा-सा जलना टिमटिमाना और बुझ जाना

25 अगस्त, 1977

एक विशिष्ट व्यक्ति, जिसे सभी तरह की विचार पद्धतियों के अध्ययन का शौक था, उसने मक्का के एक सूफ़ी दरवेश और सद्‌गुरु अब्दुल अज़ीज़ को पत्र लिखा और पूछा, "क्या वह सभी विचार प्रणालियों के तुलनात्मक अध्ययन के लिए उससे भेंट कर कुछ चर्चा कर सकता है?"

दरवेश ने उत्तर में उसे तेल और पानी के साथ एक बोतल और रुई की बत्ती भेजी, जिसके साथ एक पत्र संलग्न था।

उस पत्र में लिखा था, "प्रिय मित्र! यदि तुम रुई की बत्ती को तेल में डुबोकर उसे जलाओ, तो वह प्रकाश देगी।

"यदि तुम तेल बाहर उड़ेल कर, उस बत्ती को पानी में रखकर जलाओगे, तो तुम कोई भी प्रकाश नहीं पाओगे।

"और यदि तुम तेल और पानी को मिलाकर, उसके अन्दर बत्ती रखकर जलाओगे तो वह थोड़ा-सा जलकर बुझ जाएगी।

"मुझसे भेंट और बातचीत करने के द्वारा तुलना करने वाले प्रयोग को करने की कोई जरूरत ही नहीं है, जब कि इसे उन साधारण-सी चीज़ों के साथ, जिन्हें मैं भेज रहा हूँ, आसानी से किया जा सकता है।"

सूफी धर्म अस्तित्वगत है, न कि वह अस्तित्ववादी दर्शन है। अस्तित्व के सम्बन्ध में विचार करना एक विरोध को निर्दिष्ट करता है। अस्तित्ववाद की पूरी पहुँच ही यही है कि अस्तित्व एक अनुभव बना रहता है। उससे कोई दर्शनशास्त्र बनाने का कोई उपाय है ही नहीं, लेकिन फिर भी अस्तित्ववाद अपने आपमें एक दर्शनशास्त्र बन गया।

पश्चिमी मन, परिकल्पनाएँ करने और वैचारिक सिद्धान्तों के गढ़ने का इतना अधिक अभ्यस्त है कि भले ही कोई भी चीज़ जो बुनियादी रूप से कोई व्यवस्था या पद्धति न भी हो, वह एक पूर्ण व्यवस्था बन जाती है।

इस तरह से देखा जाए, तो जर्मन मस्तिष्क सबसे अधिक व्यवस्थापक है। जर्मनी में कार्ल जैस्पर ने अस्तित्व के संबंध में अस्तित्ववान पहुँच से ही एक महान व्यवस्था निर्मित की। यह आश्चर्य की बात है। अस्तित्ववाद का पूरा दृष्टिकोण ही यही है कि इससे कोई व्यवस्था या पद्धति बनाया जाना सम्भव ही नहीं है। लेकिन तुम उस दृष्टिकोण और उस तक पहुँचने के ढंग को ही एक व्यवस्था में ढाल सकते हो। तुम तत्व ज्ञान के विरुद्ध ही काल्पनिक सिद्धान्त गढ़ सकते हो, तुम जहाँ तत्वज्ञान न भी हो, तुम उससे भी तत्वज्ञान बना सकते हो, लेकिन तब तुम शब्दों, सिद्धान्तों, कल्पनाओं, विचारों और तर्क के दलदल में धंसकर मिट जाओगे... और यह एक अन्तहीन प्रक्रिया है।

इसी वजह से मैं कहता हूँ कि सूफ़ी धर्म अस्तित्वगत है, पर अस्तित्ववादी नहीं है। उसके पास न तो कोई विशिष्ट सिद्धान्त है और न सिखाने के लिए कोई तत्व ज्ञान या दार्शनिक विचारधारा। उसके पास विचार करने के लिए न तो कोई प्रस्ताव है और न लोगों को सिखाने के लिए कोई धार्मिक निर्देश।

वह तो ठीक चन्द्रमा की ओर उंगुली उठाकर संकेत करने जैसा है, वह तो एक इशारा है, शब्दों की ओर नहीं, अस्तित्व की ओर किया गया एक इशारा। वह अनुभव और एक प्रयोग है। वह सभी तरह के तत्वज्ञान अथवा दार्शनिक विचारधाराओं से घृणा करता है, क्योंकि दर्शन-शास्त्र, मनुष्य को भाषा और भाषागत ढाँचे में भटकाने और खोने का सबसे बड़ा कारण है। जीवन के पास कोई भाषा नहीं है, वह तो मौन है, अथवा केवल मौन ही उसकी भाषा। वह केवल मौन के द्वारा ही मुखरित है। इसलिए जब तुम मौन होते हो, तभी तुम उसके सम्पर्क में होते हो।

जीवन, ध्यानपूर्ण है। वह किसी तरह का विचार-विमर्श न होकर निर्विचार की स्थिति है। तुम जब निर्विचार की स्थिति में होते हो, तभी अचानक तुम्हारा उससे सम्पर्क जुड़ जाता है, तुम्हारे और जीवन के मध्य सारे अवरोध मिट जाते हैं। फिर तुम उसके बारे में सोचते हुए उसके विरुद्ध और अधिक खड़े नहीं रह पाते–तुम 'वही' हो जाते हो। जब तुम 'वही' हो जाते हो, तभी तुम उसे जानते हो। जब वहाँ जानने वाला बचता ही नहीं, केवल तभी तुम उसे जानते हो, जब सारा ज्ञान या जानकारी मिट जाती है, केवल तभी तुम उसे जानते हो। तुम उसे होने के द्वारा जानते हो, न कि जानने के द्वारा।

इसीलिए बहुत पहले से ही सूफ़ी धर्म, दार्शनिक विचारधारा के बारे में अत्यधिक निंदापूर्ण रहा है। सूफ़ी धर्म, शास्त्रगत नहीं है, वह तर्कपूर्ण नहीं है, वह बहुत वास्तविक, मित्रतापूर्ण और व्यावहारिक है। इसलिए यह आधुनिक मन मस्तिष्क को और उस मस्तिष्क को जो दार्शनिक विचार पद्धति की अपेक्षा वैज्ञानिक पद्धति से प्रशिक्षित हुआ है, अधिक अपील करता है। विज्ञान एक प्रयोग है। तुम अनुमान और कल्पना पर विश्वास नहीं कर सकते, तुम्हें प्रामाणिक सत्य के साथ ही प्रयोग करने होंगे। तुम्हें प्रामाणिक सत्य को अपने-अपने पूर्वाग्रहग्रस्त मन के द्वारा न देखकर वह जैसा है उसी रूप में देखना होगा। तुम्हारे पास कोई विश्वास होने की आवश्यकता नहीं है। तुम बिना किसी विश्वास के सामान्य रूप से सत्य में प्रवेश कर सकते हो और सत्य ही सभी कुछ तय कर देगा। सत्य ही निर्णायक है। कोई भी निष्कर्ष सोचने से नहीं आता, वह आता है–सत्य का

निरीक्षण करने से। और यदि तुम्हारे पास पहिले ही से कोई विशिष्ट विचार है, तो वह विचार ही बाधक बन जाता है। जो वास्तव में है, उसे देखने की वह अनुमति ही। नहीं देता।

इसलिए सूफ़ी कहते हैं–न तो अपने पास कोई विचार रखो और न कोई विश्वास। विश्वास करने को यहाँ कुछ है ही नहीं। हाँ! यहाँ जानने को बहुत कुछ है, लेकिन विश्वास करने को कुछ भी नहीं है। सभी तरह के विश्वास भय से ही उत्सन्न होते हैं।

मैंने सुना है... ।

एक वृद्ध सज्जन ने अचानक यह अनुभव किया कि उनका चर्च के परिवार के मध्य रहने का समय अब आ गया है।

पादरी ने उन्हें चेतावनी देते हुए कहा, "अब्राहम! तुम्हें विश्वास करना चाहिए। जो कुछ भी बाइबिल में लिखा है, क्या तुम उस पर विश्वास करते हो?"

अब्राहम ने आग्रहपूर्वक उत्तर दिया, "जी श्रीमान!"

–"क्या तुम जोनाह और खेल की कहानी पर विश्वास करते हो? और डेनियल तथा शेरों की उस कहानी पर भी, जिसमें अफ्रीका के शेरों को कुछ दिनों से खाने को कुछ भी नहीं दिया गया था, और वे भूखे थे। तुम जानते हो कि डेनियल टहलता हुआ सीधे उनकी मांद में जाता है। और उनके चेहरों पर तमाचे मारता है और वे उसके साथ कुछ भी नहीं करते।"

–"यदि यह सब कुछ बाइबिल कहती है, तो मैं इस पर विश्वास करता हूँ।"

–"और क्या तुम हिब्रू बच्चों की आग की भट्टी की कहानी पर भी विश्वास करते हो वे सीधे आग की भट्ठी में प्रवेश कर जाते हैं, जलते लाल कोयलों पर चलते हैं, लेकिन वे जरा भी नहीं जलते।"

–"निरन्तर जलती आग में क्या वे नहीं जले?"

-"हाँ! वे जरा भी नहीं जले।"

–"धर्मपिता!" अब्राहम ने कहा, "मैं इस बात पर विश्वास नहीं करता।"

–"तब तुम्हें चर्च के परिवार के मध्य स्थान नहीं मिल सकता।"

अब्राहम ने उदासी से अपना टोप उठाया और अपने कदम दरवाज़े की ओर रखते हुए कहा, "धर्मपिता! और मैं डेनियल और शेरों वाली कहानी पर भी विश्वास नहीं करता।"

वास्तव में कोई भी इन कहानियों पर विश्वास नहीं करता और वे लोग भी विश्वास करने का बहाना करते हैं, और यहाँ तक कि वे लोग भी जो यह कहते हैं कि उन्हें उस पर गहरी श्रद्धा है। नहीं; यह असम्भव है। चेतना के वास्तविक स्वभाव के लिए यह विश्वास करना ही असम्भव है, जब तक कि उसने स्वयं न जाना हो–सभी तरह के विश्वास, चेतना के स्वभाव के विरुद्ध हैं। और सभी विश्वास तुम्हारे संदेहों को महज दबाने भर से हैं हाँ! यदि वहाँ बहुत भय होता है तो तुम अपने सन्देहों को दबा देते हो।

यदि तुम्हें स्वर्ग के सुखों का लालच दिया जाए और तुम्हें नर्क की

आग में जल्लादों द्वारा जलाये जाने और अनेक यातनाएँ देने की धमकियाँ दी जाएँ, तो तुम अपने सन्देहों को दबा देते हो। यदि यह सभी चीज़ें तुम्हारे मन में डाल दी जाएँ, तो तुम विश्वास करना शुरू कर देते हो। लेकिन तुम हर वक्त, प्रतिक्षण अपने अन्दर गहरे में छिपे सन्देह को भली-भाँति जानते हो।

कोई कैसे विश्वास कर सकता है? कोई भी व्यक्ति कैसे विश्वास कर सकता है, जब तक कि उसने उसे स्वयं न जाना हो? जब तक तुमने उस सत्य का, जैसा वह है, उसका आमना-सामना न किया हो, तब तक वहाँ श्रद्धा होने की कोई सम्भावना ही नहीं है। आस्था और श्रद्धा, भय से नहीं आती, श्रद्धा कभी लोभ या लालच से भी नहीं आती, श्रद्धा केवल अनुभव के द्वारा ही आती है।

सूफ़ी एक अलग किस्म के संसार का दृष्टिकोण सिखलाते हैं–जो विश्वासों पर आधारित न होकर प्रयोगों और अनुभवों पर आधारित है, और स्वाभाविक रूप से परिणाम भी प्रयोगों और अनुभवों के द्वारा ही आता है। तब वहाँ पूरी तरह से भिन्न तरह की आस्था होती है, उसमें कोई सन्देह नहीं दबा होता, वह परिपूर्ण होती है। वह तुम्हें विभाजित नहीं करती, वह तुम्हें ईसाई,

हिन्दू और मुसलमान में बाँटती नहीं, सभी तरह के अलग-अलग विश्वास करने वाले लोग खण्डित व्यक्तित्व रखने वाले मानसिक रूप से रुग्ण व्यक्ति हैं। यह मानसिक रुग्णता लगभग सभी आम मनुष्यों का एक लक्षण है। मनुष्य, मानसिक रूप से रुग्ण क्यों हैं? इसका कारण, तथाकथित धार्मिक शिक्षाओं और आदेशों में खोजना होगा।

जब तुम किसी व्यक्ति से किसी चीज़ पर विश्वास करने को कहते हो, तो तुम उसके अन्दर एक मानसिक अव्यवस्था उत्पन्न कर रहे हो, तुम एक विभाजन उत्पन्न कर रहे हो। अब वह कभी एक न हो सकेगा, वह दो बनकर रहेगा। एक भाग जो असली है, वह सन्देह किए जाएगा, और जो नकली या उथला भाग है, वह विश्वास किए चले जाएगा। और यह दरार बड़ी और बड़ी होती जाएगी। और यह दरार हमेशा तीव्र व्यग्रता को उत्पन्न करती रहेगी।

अपने विश्वासों में से किसी भी एक विश्वास में झाँकों। यदि तुम परमात्मा में विश्वास करते हो और तुम अपने अन्दर झाँकों, तो तुम जानोगे कि तुम सन्देह भी करते हो।

मैंने सुना है...

एक छोटा बच्चा रविवारीय-स्कूल से जब घर लौटा, तो पिता ने उससे पूछा–"आज तुमने स्कूल में क्या सीखा?"

छोटे बच्चे ने उत्तर दिया–"दो हजार साल पहिले यहूदियों ने मिस्र के दुष्ट निवासियों से छुटकारा पाकर वहाँ से पलायन करना चाहा। इसलिए मोज़ेज ने यहूदियों के साथ लाल सागर पार करने के लिए रस्सों का एक अस्थाई पुल निर्मित किया और उस पुल के नीचे बारूद लगा दिया। जब सभी यहूदी पुल पारकर दूसरे किनारे पर पहुँच गये, तो पुल पर पीछा करते हुए मिस्त्रवासियों को उन्होंने पुल के बीच बारूद में आग लगाकर उड़ा दिया, जिससे सभी मिस्त्रवासी समुद्र में डूब गये।"

पिता ने आश्चर्यचकित होकर पूछा, "क्या यह सभी कुछ तुम्हें शिक्षक ने बतलाया?"

पुत्र ने कहा, "नहीं। लेकिन आप उस सनक भरी कहानी पर कभी विश्वास नहीं करेंगे, जो उन्होंने हमें बतलाई थी।"

उस बच्चे ने उस कहानी को सुधारकर विकसित किया।

तुम्हारे सभी तथाकथित धर्म शास्त्र, इस तरह की निरर्थक गप्पों से भरे पड़े हैं, लेकिन तुम उन पर विश्वास किए चले जाते हो, क्योंकि तुम अपने ही अस्तित्व की गहराईयों में नहीं उतरे हो, क्योंकि तुम सत्य की जड़ों तक नहीं पहुँचे हो।

पिता एक ईसाई वैज्ञानिक था और हमेशा अपनी जेब में श्रीमती एडी की एक पुस्तक साथ लेकर ही कहीं बाहर निकलता था। अपने छोटे पुत्र को साथ लिए हुए एक बार उसे भीड़-भाड़ के बीच से होकर जाना पड़ा, जहाँ रास्ते में एक बड़े डील-डौल का बकरा जुगाली कर रहा था। जैसे ही वे दोनों बकरे के पास पहुँचे, लड़का भयभीत हो गया, जिस पर उसके पिता ने उसे समझाया, "तुम मन में यह सोचो कि किसी भी पशु के लिए यह सम्भव ही नहीं कि वह तुम्हें हानि पहुँचा सके।" लेकिन लड़के को बकरे के साथ हुई टक्करों की पुरानी यादें ताजा थीं, जिनमें वह नम्बर दो पर रहा था, इसलिए पिता की बात सुनकर उसके अन्दर साहस नहीं जागा।

उसने कहा, "पापा! यह तो ठीक है कि आप एक वैज्ञानिक हैं और साथ में एक ईसाई भी, जो मैं भी हूँ। लेकिन यह बकरा तो इस बारे में कुछ भी नहीं जानता।"

वास्तविक जीवन का यथार्थ, तुम्हारे विश्वासों, तुम्हारे तत्व ज्ञान और तुम्हारे धर्म के बारे में कभी भी कुछ नहीं सुनता। वह तुम्हारी खोपड़ी द्वारा ढोये जाने वाली निरर्थक बातों के प्रति पूरी तरह बेखबर है। तुम्हारे मस्तिष्क में चल रही विचारों की दौड़-भाग में उसकी जरा भी दिलचस्पी नहीं है, वह पूरी तरह निर्दोष है। न वह हिन्दू है, न मुसलमान और न ईसाई। न वह किसी पर निर्भर है, न उसके पास कोई धर्म-शास्त्र है, और न उसकी कोई पसन्द या नापसन्द है। वह वहाँ पूरी तरह नग्न है।

इस सत्य को जानने के लिए, तुम्हें भी सभी विश्वासों के वस्त्र उतारकर नग्न होना होगा। ये विश्वास तुम्हारे वस्त्रों की भाँति कार्य करते हैं, हाँ, ये तुम्हारे आध्यात्मिक वस्त्रों की ही भाँति हैं। और इन्हीं वस्त्रों के कारण ही तुम कभी भी सत्य के सम्पर्क में आते ही नहीं। किसी भी व्यक्ति को सूर्य की किरणों के सीधे सम्पर्क में आने के लिए नग्न होना होगा। किसी भी व्यक्ति

को यदि वह बरसते मेह में नृत्य करते हुए अपने शरीर और अपनी आत्मा से बरसते मेह की फुहारों का अनुभव करना चाहता है, तो उसे नग्न होना ही होगा। ठीक इसी तरह से किसी भी व्यक्ति को आत्मिक रूप से पूर्ण नग्न बनना होगा। यदि वह सत्य के साथ, जैसा वह है, उसके साथ सहभागी बनना चाहता है।

सूफ़ी धर्म, तुम्हें तुम्हारे सारे विश्वास और शब्दों के मकड़जाल तथा व्यवस्था से मुक्त कर, तुम्हें नग्न बनाने का ही एक प्रयास है। यही कारण है कि सूफ़ी धर्म में सद्‌गुरु एक शिक्षक नहीं है। सद्‌गुरु एक कुशल कारीगर, एक कलाकार, एक चित्रकार के समान होता है, वह एक बढ़ई, मोची या जुलाहा भी हो सकता है। एक सद्‌गुरु कुछ ऐसा हो सकता है जो किसी विशिष्ट कार्य में पूर्ण कुशल हो, जिसे शब्दों के द्वारा न सिखाया जा सकता हो और जिसे केवल अनुभव के द्वारा सिखाया जा सकता हो। इसलिए सूफी धर्म में वहाँ कोई सिखाने या पढ़ाने वाला शिक्षक नहीं होता। वहाँ केवल सद्‌गुरु हैं, शिक्षक नहीं। और सूफ़ी धर्म में शिष्य एक छात्र न होगा, शिष्य सद्‌गुरु की कला या कारीगरी सीखने कला जिज्ञासु होता है।

इस बहुत बड़े अन्तर का निरन्तर ख्याल बना रहे, कि सद्‌गुरु एक शिक्षक नहीं है और शिष्य एक छात्र नहीं है सद्‌गुरु एक कुशल कारीगर है, जो विशिष्ट कला जानता है, जो किसी भी कार्य को करने की एक निर्दोष-विधि जानता है, अपातस्थिति में कार्य करने का ढंग जानता है, और शिष्य वह कला सीखने वाला एक जिज्ञासु है, जो सद्‌गुरु के सान्निध्य को जितना अधिक पी सकता है, पीता है और जो निर्दोष विधि उसके पास है, उसके प्रति सजग बना रह सकता है। यह कला हस्तान्तरित करने की कोई सामान्य चीज़ नहीं है, क्योंकि इसे शब्दों द्वारा अभिव्यक्त नहीं किया जा सकता।

यदि तुम किसी व्यक्ति से यह पूछा कि सबसे महान तैराक कौन है? तुम उसे कैसे करते हो? क्या तुम मुझे यह सिखा सकते हो? क्या तुम इसके कुछ पाठ हमें पढ़ा सकते हो? जब तक तुम अपने कमरे में बैठे हुए हो, उसके लिए तुम्हें तैरना सिखाना कठिन होगा। वह तुमसे कहेगा, "मेरे साथ नदी अथवा किसी तरण ताल में चलो। तैरना एक कला है, उसे मौखिक रूप से सिखाने का कोई भी उपाय नहीं है।

अथवा साइकिल चलाना...तुम जानते हो कि साइकिल कैसे चलाई जाती है, लेकिन यदि कोई व्यक्ति तुमसे पूछता है, "इसके चलाने के सिद्धान्तों को स्पष्ट करो। तुम कैसे इसे व्यवस्थित कर पाते हो?'' तुम उसे स्पष्ट करने में समर्थ न हो सकोगे," तुम कैसे साध लेते हो संतुलन? यह एक तरह की निर्दोष विधि है, जो स्वयं साधने से आती है। तुम इसे कर सकते हो। तुम संतुलन साधने की व्यवस्था स्वयं कर सकते हो, लेकिन तुम शब्दों द्वारा उसे स्पष्ट नहीं कर सकते। उस व्यक्ति को, जो तुम्हारे पास यह पूछने को आया है, उसकी सहायता करने का केवल मात्र एक ही उपाय है कि उसे स्वयं सन्तुलन साधने में मदद करो, वह तभी साइकिल चलाना सीख सकेगा। लेकिन जब वह स्वयं यह कला जान लेता है, तो वह भी अपनी जानकारी को शब्दों द्वारा दूसरों को समझाने में समर्थ नहीं होगा–उसे केवल क्रिया द्वारा ही हस्तान्तरित किया जा सकता है।

एक सूफ़ी सद्गुरु के पास सिखाने जैसा कुछ भी नहीं है, वह स्वयं को ही सीखना है। एक सूफ़ी सद्गुरु सत्य के बारे में कोई सिद्धांत या विचार नहीं देता वह शिष्य के सामने अपना हृदय खोलकर रख देता है, तो वह शब्द केवल संकेत होते हैं–ठीक उसी तरह जैसे रास्ता दिखाने को तीर के निशान या मील के पत्थरों का प्रयोग किया जाता है, वे ठीक इशारे होते हैं कि तुम्हें आगे और आगे बढ़ते जाना है। जैसे-जैसे शिष्य अधिक से अधिक सद्गुरु के साथ लयबद्ध होता जाता है, वैसे-वैसे शब्दों की आवश्यकता कम-से-कम होती जाती है। तब सद्गुरु की उपस्थिति ही पर्याप्त होती है।

एक सद्गुरु दो चीज़ें सिखलाता है–एक है अपनी उपस्थिति और अत्यधिक विरोधाभासी दूसरी बात भी सिखलाता है, वह है अपनी अनुपस्थिति। एक सद्गुरु अपनी उपस्थिति, और अपनी अनुपस्थिति दोनों के द्वारा ही सिखलाता है एक अर्थ में वह पूरी तरह प्रत्येक क्षण वहाँ पूर्ण रूप से उपस्थित रहता है। प्रत्येक क्षण उसकी उपस्थिति से दीप्तिवान होता है, उसकी प्रत्येक मुद्रा और उसका प्रत्येक कार्य उसकी उपस्थिति से भरा होता है, वह कभी भी किसी भी दशा में अनुपस्थित चित्त नहीं होता। वह पूरी तरह से वहीं और तभी होता है। एक शिष्य बहुत कुछ उसकी प्रेमपूर्ण दृष्टि और उसकी दीप्तिमान उपस्थिति से ही अधिक से

अधिक सजग और समग्र बनना सीखता है। और दूसरी और सद्गुरु पूरी तरह अनुपस्थित होता है, क्योंकि उसके पास अहंकार नहीं है, मैं जैसे कोई विचार अब उसमें रहा ही नहीं, वहाँ अब पूर्ण शांति और मौन है, कोई आत्म-भाव भी नहीं है–इसी का सफ़ी 'फना' कहते हैं। अब सद्गुरु मिट ही गया। विलुप्त हो गया।

पहिले शिष्य उसकी उपस्थिति को महसूसते हुए सीखता है और फिर धीमे-धीमे उसकी अनुपस्थिति में भी प्रविष्ट होने में समर्थ बन जाता है।

यह एक तरह की कला है–उपस्थित और अनुपस्थित दोनों एक साथ बने रहने की। यह सबसे अधिक महान कला है, क्योंकि यह सबसे बड़ा विरोधाभास है–उपस्थित बने रहना, और फिर भी अनुपस्थित रहना–उपस्थित इस अर्थ में कि चेतना और सजगता मौजूद है, और अनुपस्थित के अर्थ में कि वहाँ अब कोई 'मैं' या अहंकार शेष नहीं। यह 'कोई नहीं 'कुछ नहीं' होने का खालीपन और यह प्रकाश, जो उस शून्यता में छा जाता है, उसे शब्दों द्वारा अभिव्यक्त अथवा प्रतिसंवेदित नहीं किया जा सकता। शिष्य को सद्गुरु के साथ एक नौसिखिए मुमुक्षु की भाँति बने रहना चाहिए। उसे सद्गुरु के अस्तित्व का स्वाद लेना है।

यह छोटी-सी बोध कथा इस पर और अधिक प्रकाश डालेगी–

एक विशिष्ट व्यक्ति, जिसे सभी तरह की विचार पद्धतियों के अध्ययन करने का शौक था, उसने मक्का के एक सूफ़ी दरवेश और सद्गुरु अब्दुल अज़ीज़ को एक पत्र लिखा और पूछा, "क्या वह सभी विचार पद्धतियों और प्रणालियों के तुलनात्मक अध्ययन के लिए उससे भेंट कर कुछ चर्चा कर सकता है?"

प्रत्येक शब्द पर पूरा ध्यान दो। सूफ़ी शब्दों के बारे में अत्यधिक सूक्ष्मता से विशेष ध्यान देते हैं। वे अधिक शब्दों का प्रयोग नहीं करते–यदि वे करते हैं, तो वह उनका उपयोग टेलीग्राम या तार देने वाली शैली में करते हैं।

"एक विशिष्ट व्यक्ति जिसे सत्य को उपलब्ध होने वाली सभी विचार प्रणालियों और पद्धतियों के अध्ययन करने का शौक था, उसने मक्का को एक सूफ़ी दरवेश और सद्गुरु अब्दुल अज़ीज़ को एक पत्र लिखा और

पूछा, "वह पद्धतियों और प्रणालियों के तुलनात्मक अध्ययन के लिए, उससे भेंट कर क्या कुछ चर्चा करने का सौभाग्य पा सकता है?"

यह सब कुछ वही है, जो लाखों लोग सत्य की खोज करने के नाम पर किये चले जा रहे हैं।

पहिले तो यहाँ वे सांसारिक लोग हैं, जो सत्य के बारे में कभी कोई फिक्र ही नहीं करते, जो न कभी उसकी कोई खोज करते हैं और न कोई तलाश। यह करोड़ों सांसारिक लोग जो असार और व्यर्थ के काम किए चले जा रहे हैं, इनमें से कभी-कभी कोई व्यक्ति जब थोड़ा-सा ऊब जाता है, उन सभी चीज़ों और कामों की व्यर्थता देखकर जिन्हें वह कर रहा है, केवल तभी वह सत्य की खोज प्रारम्भ करता है। वह जीवन का अर्थ जानना चाहता है अथवा चाहता है कि वह है कौन? लेकिन फिर वहाँ उसके लिए एक बहुत बड़ा जाल या फंदा है। वह जाल है कि वह धर्मशास्त्रों और दार्शनिक व्यवस्थाओं की ओर देखना शुरू कर देता है। पहिले वह सांसारिक पदार्थों में खो गया था, अब वह विचारों के संसार में खो जाएगा। और यह दूसरा जाल, पहिले की अपेक्षा कहीं अधिक खतरनाक है। मैं इसे फिर से दोहराना चाहता हूँ, क्योंकि सामान्य रूप से तुम सोचते हो कि दूसरा पहिले से बेहतर है। पर वह वैसा है नहीं।

पहिली स्थिति से जाग जाना बहुत आसान है, क्योंकि वह इतना अधिक मूढ़तापूर्ण है यदि वास्तव में कोई बहुत मूर्ख और मोटी खाल का है, केवल तभी वह धन, शक्ति, सत्ता और पद प्रतिष्ठा की खोज किए चले जाएगा, और वह कभी भी सचेत न हो सकेगा कि वह कूड़े कर्कट की खोज कर रहा है। इसके लिए वास्तव में बहुत जड़ बुद्धि होने की आवश्यकता है। यदि तुम थोड़े से भी बुद्धिमान हो, यदि वहाँ तुम्हारे पास थोड़ी-सी भी समझ है, तो वह इस तथ्य के प्रति सजग होने के लिए यथेष्ट है, कि तुम चाहे जितना भी अधिक-से-अधिक इकट्ठा कर लो, लेकिन एक दिन तुम मर जाओगे और धन कोई भी सहायता करने नहीं जा रहा है। यह धन तुम्हारे साथ भी नहीं जाएगा, जिसे ढोकर तुम संसार के पार दूसरे किनारे पर ले जा सको। यह इतना साधारण-सा तथ्य है...तुम बहुत सम्मानित और प्रतिष्ठित बन सकते हो, लेकिन इसमें ख़ास बात क्या? जब तक तुम प्रसन्न और आनन्दित न बनो, तब तक कुछ भी महत्त्वपूर्ण नहीं।

तुम बहुत से प्रतिष्ठित लोगों को देख सकते हो, जो पूरी तरह अप्रसन्न और दुखी हैं, तुम बहुत से धनी व्यक्तियों को देख सकते हो, जिन्होंने उत्सव आनन्द का एक क्षण भी नहीं जाना, तुम बहुत से प्रसिद्ध और ख्याति प्राप्त व्यक्तियों को देख सकते हो, लेकिन वे उत्सव या समारोह के बारे में कुछ जानते ही नहीं। वास्तव में ये सभी लोग उस दिशा में देख रहे हैं, जो पूरी तरह से व्यर्थ और असंगत है। जब कोई व्यक्ति प्रसिद्धि पाने के लिए बाहर देखना शुरू करता है, और जब वह ख्याति प्राप्त बनना चाहता है, तो वह आख़िर क्या ढूँढ़ रहा है? उसे आख़िर किस चीज़ की तलाश है? यह व्यक्ति जीवन में प्रेम पाने से चूक गया है। वह एक व्यक्ति से भी सच्चा प्रेम प्राप्त नहीं कर सका। चूँकि वह किसी को प्रेम नहीं दे सका, इसलिए प्रेम की सरिता उसकी ओर प्रवाहित ही नहीं हुई। वह प्रेम से चूक गया। उसे प्रेम का वह आनन्द कभी घटा ही नहीं। अब वह प्रेम के प्रतिस्थापन के द्वारा जी रहा है, वह अब लोगों द्वारा मिले हुए सम्मान और प्रसिद्धि के द्वारा जी रहा है–'कि देखो, मुझे कितने अधिक व्यक्ति जानते हैं?'

यह किसी व्यक्ति द्वारा अपनी इच्छा पूरी करने का कि कोई व्यक्ति उसे प्रेम करे, एक स्थानापन्न मार्ग है। लेकिन इस तरह जो लोग तुम्हें जानते हैं, तुम्हें प्रेम नहीं करते, यहाँ तक कि वे तुमसे घृणा करते हैं। और फिर भी यदि तुम्हारे साथ उनकी सहानुभूति है, अथवा यदि वे तुम्हारा सम्मान करते हैं, तो वह तुम्हारी आत्मा के उस अधूरेपन के अन्तराल को भर नहीं सकते। तुम्हारे हृदय का वह घाव केवल प्रेम के द्वारा ही पुट सकता है। यह कोई स्थानापन्न नहीं है, क्योंकि कोई भी स्थानापन्न विकल्प सहायता नहीं कर सकते। इस तरह के सारे विकल्प प्लास्टिक जैसे नकली हैं।

इसलिए एक व्यक्ति, जो धन, प्रसिद्धि और शक्तियाँ, सत्ता अर्जित किए चले जाता है, अपने गहरे में वह बहुत-बहुत बेचारा और दरिद्र बना रहता है–एक बच्चे की तरह। वह जानता है कि उसकी खिलावट इसलिए नहीं हुई, क्योंकि सिवाय प्रेम के माध्यम के बिना वहाँ कोई खिलावट होती ही नहीं। धन अथवा प्रतिष्ठा अथवा शक्ति या सत्ता, प्रेम का प्रतिस्थान तो बन जाता है, लेकिन यह ऐसा है, जैसे मानो तुमने असली भोजन के स्थान पर भोज्य पदार्थों की सूची सुनकर ग़लती की हो। तुम्हारे पास सुंदर और

स्वादिष्ट भोज्य पदार्थों की सूची हो सकती है, लेकिन वे तुम्हें सन्तुष्ट करने के लिए पर्याप्त हैं, इसके लिए जरूरी नहीं कि पूरा संसार तुम्हें प्रेम करे। यदि एक अकेले मनुष्य ने भी तुम्हें प्रेम किया है, तो वहाँ तुम्हें सन्तुष्टि मिलेगी। और मैं तुमसे यह कहना चाहूँगा कि यदि तुमने स्वयं ही से प्रेम किया है, तो इतना ही पर्याप्त है।

लेकिन तुम स्वयं अपने से ही प्रेम नहीं करते और न किसी भी व्यक्ति ने तुमसे प्रेम किया है और न तुमने किसी अन्य व्यक्ति को यह अनुमति ही दी है कि वह तुमसे प्रेम करे, क्योंकि तुम कुछ दे ही नहीं सकते, क्योंकि तुम जानते ही नहीं कि उसे कैसे बाँटा जाए, क्योंकि तुम कृपण हो और एक जमाखोर हो। इसलिए तुम धन से खज़ाना भरे चले जाते हो, और धन ही तुम्हारी प्रेमिका बन जाता है और सत्ता तथा शक्ति ही तुम्हारा परमात्मा बन जाता है। अथवा यदि तुम थोड़े से भी बुद्धिमान हो, तो यह चीज़ें अपने अन्त तक पहुँच कर मिट जाएँगी, तब वहाँ विचार, सिद्धान्त और ज्ञान बटोरना होगा, और यह भौतिक पदार्थों की अपेक्षा भ्रम का कहीं अधिक विस्तृत साम्राज्य होगा।

जब तुम किसी स्त्री का पीछा कर रहे हो, तब कम-से-कम तुम सत्य के निकट हो। जब तुम एक सुन्दर घर की कामना कर रहे हो, तो वह घर कम-से-कम एक असली और वास्तविक घर है, कम-से-कम उसमें ईंट, कंक्रीट आदि वस्तुएँ तो हैं। लेकिन जब तुम विचारों, सपनों, प्रक्षेपणों, परमात्मा और स्वर्ग के संसार में भ्रमण करना शुरू करते हो, और तुम यह कल्पना कर सकते हो, स्वप्न देख सकते हो इसलिए तुम हवाई महल खड़ा करते हो, तब तुम पूरी तरह से नष्ट हो जाते हो।

इसलिए कभी-कभी बुद्धिमान लोग सांसारिक पदार्थों की व्यर्थता के प्रति तो सचेत हो जाते हैं, लेकिन वे विचारों के संसार के फंदे में फँस जाते हैं, विचार तुम्हारी ही ईजाद हैं। तुम्हारे पास बहुत सुन्दर विचार हो सकते हें, लेकिन वे तुम्हें सन्तुष्ट न कर सकेंगे। यदि जब भौतिक पदार्थ ही तुम्हें संतुष्ट न कर सके, तो विचार कैसे तुम्हें तृप्त कर सकते हैं? यदि तुम्हारे लिए वस्तुएँ भी व्यर्थ सिद्ध हुई हैं, तो विचार भी व्यर्थ ही सिद्ध होने जा रहे हैं।

लेकिन विचारों के साथ, वहाँ एक और सम्भावना है–वहाँ लाखों प्रणालियाँ और व्यवस्थाएँ हैं, इसलिए तुम एक पद्धति से दूसरी पद्धति की ओर गतिशील हो सकते हो। और वहाँ बहुत बड़ी सम्भावना यह भी है कि तुम स्वयं अपनी ही कोई प्रणाली निर्मित कर लो–थोड़े से विचार इधर-उधर से उधार लेकर, और ठीक से उनका चुनाव कर, तुम स्वयं अपनी पद्धति निर्मित कर सकते हो। और सत्य इसमें कभी कोई बाधा खड़ी नहीं करेगा, क्योंकि सत्य इस बात की फिक्र नहीं करता कि तुम क्या सोचते हो? कोई भी तुम्हारे सोचने को अपने ख्याल में नहीं लाता। यह तुम्हारा अपना निजी धन्धा है, इसमें किसी की भी कोई दिलचस्पी नहीं, इसीलिए तुम विचार प्रक्रिया को जारी रख सकते हो।

यह कोई संयोग नहीं है कि महान दार्शनिकों की प्रवृत्ति पागलपन की ओर होती है। ऐसा किसी संयोगवश नहीं है कि पश्चिम के सभी महान दार्शनिकों को एक अथवा दूसरे दिन पागलपन के लिए मानसिक चिकित्सालयों में जाना ही होता है। जब तुम विचारों की चरम सीमा पर पहुँचते हो, तो तुम यथार्थ जगत से अपना सम्बन्ध तोड़कर, पागल बन जाते हो।

पागलपन है क्या? यह वास्तविक यथार्थ से सम्पर्क खो देना है, अपने विचारों में इतना अधिक डूब जाना है कि तुम यह सोचने लगते हो कि यहाँ केवल मात्र यही सच्ची वास्तविकता है।

एक विशिष्ट व्यक्ति, जिसे सभी तरह की पद्धतियों और विचार प्रणालियों के अध्ययन करने का शौक था, उसने मक्का के दरवेश और सूफ़ी सद्‌गुरु अब्दुल अज़ीज़ को एक पत्र लिखा और पूछा, "क्या मैं सभी पद्धतियों की तुलना करने के लिए आपसे बातचीत करने के लिए आपसे भेंट करने आ सकता हूँ?

अब अब्दुल अज़ीज़ जैसे सद्‌गुरु से कहना कि वह उनसे थोड़ी-सी बातचीत करना चाहता है, उनके साथ-चर्चा परिचर्चा करना चाहता है, जिससे वह अन्य दूसरी पद्धतियों के साथ तुलना कर सके...यह बात पूरी तरह मूर्खतापूर्ण है। यह ऐसे ही है, जैसे मानो तुम्हें प्यास लगी हो, और तुम पानी के बारे में अध्ययन कर रहे हो, जल के बारे में सुन्दर कविताएँ पढ़ रहे हो, जल से सम्बन्धित महान चित्रों में डूब रहे हो–और तब तुम एक नदी से पूछते हो,

"क्या मैं तुमसे थोड़ी-सी बातचीत करने तुम्हारे पास आ सकता हूँ, जिससे मैं जल के बाबत अपने विचारों की तुम्हारे जल के बारे में विचारों के साथ तुलना कर सकूँ।"

नदी तुम्हारी मूढ़ता और बेतुकी बात सुनकर हँसेगी। नदी तो वहाँ प्रवाहित हो रही है, तुम उसका जल पीकर अपनी प्यास बुझा सकते हो।

अब्दुल अज़ीज़ जैसे सद्गुरु से यह पूछना, "मैं आपके निकट आकर आपसे कुछ बात करना चाहता हूँ, जिससे मैं तुलना कर सकूँ" –यह ठीक मूर्खता की पराकाष्ठा है। कोई भी सद्गुरु के पास उससे बातचीत करने के लिए नहीं, लेकिन उसके दर्शन करने के लिए आता है। कोई भी जो सद्गुरु के पास आता है, वह चर्चा-परिचर्चा करने के लिए नहीं आता, क्योंकि चर्चा-परिचर्चा तो एक अवरोध निर्मित करती है, वह एक धुआँ उत्पन्न करेगी, जो सद्गुरु के पास आता है, वह उसके सान्निध्य का स्वाद लेने और उस स्वाद को अनुभव करने के लिए आता है। कोई भी जो सद्गुरु के पास आता है, वह उसके प्रेम प्याले से एक घूँट पीने के लिए आता है, जिससे वह सद्गुरु के द्वारा देख सकता है, क्योंकि उसने अपने हृदय के द्वार खोल रखे हैं। वह एक झरोखा बन गया है, वह अब कोई दीवार नहीं है। यदि तुम उसके काफ़ी निकट आओ, तुम उसकी आँखों के द्वारा देख सकते हो, तुम उसके कानों के द्वारा सुन सकते हो, तुम उसकी नासिका के द्वारा सूँघ सकते हो, और तुम उसके हृदय के द्वारा छोटी-सी झलक पा सकते हो।

कोई भी सद्गुरु के पास उसका निकट सान्निध्य पाने के लिए आता है। कोई भी केवल उससे आशीर्वाद माँगता है, वह किसी अन्य चीज़ को माँगता ही नहीं।

पूरब में यह एक बहुत लम्बी परम्परा रही है, सबसे अधिक प्राचीनतम परम्पराओं में से एक परम्परा। जब पश्चिम के लोग पूरब आते हैं, वे समझ नहीं पाते कि यह क्या हो रहा है? भारत, ईरान अथवा अरब में, लोग हज़ारों मील की यात्रा केवल सद्गुरु के दर्शन करने के लिए ही करते हैं, केवल दर्शन करने के लिए। वे उससे एक प्रश्न भी नहीं पूछेंगे, वे सामान्य रूप से वहाँ आएँगे। और यह बहुत लम्बी और श्रमपूर्ण यात्रा होती है। कभी-कभी लोग हज़ारों मील पैदल चलकर, सद्गुरु की एक झलक पाने के लिए ही यात्रा करते

हैं। पश्चिमी मन इसे नहीं समझ सकता कि इसमें महत्त्वपूर्ण क्या है? यदि तुम्हारे पास पूछने को कुछ भी नहीं है, तो फिर तुम क्यों जा रहे हो? आख़िर किसके लिए? पश्चिमी मन भली-भाँति समझता है कि कैसे किसी विषय पर बातचीत की जाए, लेकिन वह यह पूरी तरह भूल गया है कि कैसे साथ हुआ जाए। वह यह जानता है कि कैसे प्रश्न पूछे जाएँ, लेकिन वह यह भूल गया है कि कैसे सान्निध्य को पिया जाए। वह बुद्धिगत पहुँच के बारे में जानता है, वह हृदय द्वार के बारे में नहीं जानता कि वहाँ शब्दों पार भी सम्बन्ध जोड़ने का एक अलग रास्ता भी है, और वहाँ शब्दों के पास सहभागी बनने का भी एक तरीक़ा है। इसलिए पश्चिम के लोग पूरब के लोगों को हज़ारों मील चलकर लम्बी, श्रमपूर्ण और कभी-कभी खतरनाक यात्रा केवल सद्गुरु के चरण स्पर्श कर उनसे आशीर्वाद प्राप्त करने के लिए ही देखकर उलझन में पड़ते रहे हैं। और फिर वे लोग परम सन्तुष्ट और प्रसन्न होकर वापस लौट जाएँगे।

बहुत से लोग मुझसे पूछते हैं कि जब मैं पश्चिमी लोगों को संन्यास देता हूँ, तब मैं उनसे बातचीत क्यों करता हूँ और जब मैं भारतीयों को संन्यास देता हूँ तो उनसे क्यों नहीं करता बात?

आख़िर यह मामला क्या है? क्या मैं भारतीयों में रुचि नहीं लेता? मैं भारतीय संन्यासियों के साथ बातचीत क्यों नहीं करता? मैं भाषा के द्वारा उन्हें कुछ चीज़ सम्प्रेषित करने का प्रयास क्यों नहीं करता?

कारण यह नहीं है कि भारतीयों में मेरी दिलचस्पी नहीं है, कारण यह है कि भारतीय यह जानते हैं कि साथ कैसे हुआ जाए। कभी-कभी मैं एक भारतीय से भी बातचीत करता हूँ, जो लगभग पश्चिम के रंग में रंग चुका है, और कभी-कभी मैं एक पश्चिम के व्यक्ति से बातचीत नहीं करता, यदि मैं यह अनुभव करता हूँ कि उसका हृदय पूर्वी है। यह निर्भर करता है। जब कोई पूरब का व्यक्ति मेरे निकट आता है, तो वह पूरी तरह से एक भिन्न कारण से आता है। वह कुछ क्षणों को केवल अपने होने का अनुभव करने के लिए आता है। वे थोड़े से क्षण महान आनंद के क्षण होते हैं वह अपने साथ कोई प्रश्न लेकर नहीं आता। वह एक प्यास लेकर आता है। प्रश्न करना तो उथलापन है, असली चीज़ है प्यास। प्रश्न मस्तिष्क में होता है और प्यास

हृदय में। पूछने को वहाँ है ही क्या? वहाँ पूछने को ऐसा क्या है? जो मैं तुम्हारी आँखों में देखकर नहीं समझ सकता। वहाँ ऐसा है क्या, जो अपने कक्ष में तुम्हारे प्रवेश करते समय ही मैं अपनी दृष्टि से नहीं देख सकता? परमात्मा है अथवा नहीं, इस जैसी व्यर्थ की बातों के बारे में पूछकर आख़िर समय नष्ट क्यों किया जाए?

सदियों से पूरब ने एक भिन्न तरह के भिन्न गुण और भिन्न संवाद के सम्बन्ध को जाना है। एक व्यक्ति आयेगा, वह चरणों का स्पर्श करेगा, वह नीचे झुकेगा, वह सद्गुरु की ओर निहारेगा, सद्गुरु के चारों ओर की वायु को सशब्द नासापुटों में भरेगा और केवल उस सुवास से ही पूर्ण सन्तुष्टि का अनुभव करेगा। वह यह देखने आया है कि असम्भव कैसे घटता है। उसने सुन रखा है कि ऐसा कुछ बुद्ध के समय घटा था, उसने सुना है कि ऐसा ही कुछ मुहम्मद के समय भी घटा था, उसने ऐसा ही कुछ महान सद्गुरु अब्दुल अज़ीज़ के बारे में भी सुना है, और उसने ऐसी बहुत-सी कहानियाँ सुन रखी हैं–और वह यह देखना चाहता है कि क्या ऐसा अभी भी घटता है, क्या बुद्ध अभी भी जीवित हैं, क्या वह मुहम्मद के गुणों जैसा व्यक्ति आज भी पा सकता है, जिससे धर्मशास्त्र फिर से प्रामाणिक बन जायेंगे। प्रत्येक सद्गुरु उन्हें प्रामाणिक किये चले जाता है, प्रत्येक सद्गुरु हर बार इस शाश्वत सत्य का साक्षी बनता है कि सत्य को महसूस किया जा सकता है।

पूरब में लोग तीर्थयात्रा पर जाते हैं, वे अपनी आँखों से दर्शन करने के लिए ही दूर-दूर की यात्राएँ करते हैं–क्योंकि अब तुम बुद्ध के तो दर्शन कर नहीं सकते, उन्हें गुज़रे हुए तो पच्चीस सदियाँ गुजर गईं, वह तो अतीत की बात हो गई, वह तो इतिहास का एक भाग है, तुम केवल उसके बारे में पढ़ सकते हो। तुम अब कृष्ण को देख नहीं सकते, वह तो एक कथा बन गए। पूरब के लोग किसी ऐसे व्यक्ति के दर्शन करना चाहते हैं, वे उन्हीं आँखों में झाँकना चाहते हैं, जिससे उनमें फिर से आत्मविश्वास जागे, जिससे वे फिर से यह विश्वास कर सकें कि ऐसा अभी घटता है, कि परमात्मा ने अभी भी संसार का साथ छोड़ा नहीं है, कि यह केवल अतीत की ही कोई कहानी न होकर वास्तविक यथार्थ का एक भाग है।

मैंने सुना है...

एक शाम कोसावा के हसीदी धर्म के रबी हय्यीम के कई शिष्य अपने सत्संग भवन में एक साथ बैठे हुए एक-दूसरे से सभी पुराने सद्गुरुओं की उन कहानियों का जिक्र कर रहे थे, जिनके बाबत बालशेम टोव बताया करता था।

बालशेम टोव हसीदरी धर्म का संस्थापक था–वह उन महान आत्माओं में से एक था, जिनका पृथ्वी पर अभी तक अवतरण हुआ है।

और चूँकि उन कथाओं को कहना और सुनना इतना मधुर था कि वे सभी आधी रात गुजरने पर भी उनमें मग्न रहे।

हाँ! उन लोगों के जीवन के सर्वाधिक स्वादिष्ट अनुभवों के बारे में बात करना, उनसे सम्बन्धित कथाएँ कहना और सुनना, जो बोध को उपलब्ध हुए हैं, बहुत मधुर और सुन्दर है। यही है वह चीज़, जिसे पूरब में हम सत्संग कहते हैं। परमात्मा के बारे में और परमात्मा तथा बोध को उपलब्ध अन्य लोगों के बारे में, छोटे-से-छोटे प्रसंग-बोध कथाएँ और वे कहानियाँ, जो तुम्हारे हृदय को मथती हैं, जो तुम्हें गीत उमगने और गाने में सहायता देती हैं, जो तुम्हें उस अज्ञात के बारे में सचेत करती हैं, जो तुम्हारे चारों कोनों में सभी ओर व्याप्त है, जो तम्हें परमात्मा को पाने की चाह भर देता है, जो तुम्हें यह अनुभव कराता है कि अतीत की मनुष्य जाति में ही अति मानव अवतरित होते रहे हैं और यह सम्भव है कि उन्हीं लोगों की तरह तुम्हारे साथ भी वह घटना घट सकती है। और हसीदी धर्म में सदगुरुओं के बारे बातचीत करना, उस बातचीत के द्वारा आनन्द मनाते हुए विकसित होना सर्वाधिक बुनियादी चीज़ों में से एक है। सूफ़ी धर्म में भी, ज़ेन में भी और सभी पुरानी कथाओं में भी...ये कथाएँ ज्यों-ज्यों समय गुजरता है, अधिक से अधिक परिष्कृत होती जाती हैं और इकट्ठी होती जाती हैं। इनका सम्बन्ध किसी ऐतिहासिक तथ्य के बारे में नहीं है, इनका अधिक सम्बन्ध उस सारभूत घटना के बारे में है कि दिव्यता घटती है।

इसलिए इस चर्चा-परिचर्चा में आधी रात कभी की गुजर चुकी थी।

तब उनमें से एक ने बालशेम टोव के बारे में एक अन्य कहानी सुनाना शुरू कर दिया। जब वह कहानी पूरा कर चुका, तो अन्य दूसरे

साधक के हृदय के तल से एक हूक उठी, और वह बुदबुदाता हुआ बोला, जैसे वह स्वयं से ही कह रहा हो–"काश! हम आज भी उस जैसा व्यक्ति खोज सकते?''

हाँ! जब तुम कबीर, नानक और दादू के बारे में सुनते हो, जब तुम मीरा के बारे में सुनते हो, जब तुम मन्सूर के बारे में सुनते हो, और जब तुम जलालुद्दीन रूमी, उमर खैय्याम के बारे में सुनते हो, तो यह स्वाभाविक है कि तुम्हारे हृदय में भी एक हूक उठे ओर तुम कहने लगो, "काश! आज भी मैं वैसा ही व्यक्ति खोज सकता?''

पूरब में लोग इसीलिए यात्राएँ करते थे। यदि वे सुनते कि कहीं किसी सद्गुरु को घटना घट गयी है, तो वे यात्रा करते हुए उसके दर्शन करने के लिए जाते थे। लोग बहुत अधिक निर्धन हैं, लम्बी यात्राएँ करने के लिए उनके पास अधिक धन नहीं है। वे तीर्थ यात्रा पर जाने के लिए वर्षों तक धन की बचत करते थे, जहाँ जाकर वे किसी ऐसे व्यक्ति को खोज सकें, जो बुद्धत्व को उपलब्ध हुआ हो। पूरब में इन्हीं निर्धन लोगों की सहायता करने के लिए हमने एक विशेष तरह से जन-समुदाय को एक ही स्थान पर इकट्ठा करने के लिए व्यवस्था बनायी। तुमने इलाहाबाद के कुम्भ मेले में ऐसा होते हुए जरूर देखा होगा। देश गरीब है और लाखों लोग सद्गुरुओं के निकट दूर स्थानों में नहीं जा सकते, इसलिए अतीत में सभी प्रबुद्ध इस बात पर सहमत हुए कि सभी सद्गुरु एक बार उस स्थान पर इकट्ठे होंगे, जहाँ पूरे देश के लोग इकट्ठे होते हैं, क्योंकि गरीब लोगों के लिए पूरे देश भर में सद्गुरुओं की खोज में जाना कठिन होगा। करुणावश ही सद्गुरुओं ने यह निर्णय लिया था कि वे सभी उसी एक स्थान पर इकट्ठे होंगे, जहाँ पूरा देश आ सके।

लाखों लोग कुम्भ मेला में आते हैं, जिससे वहाँ वे बहुत से संतों और ऋषियों के दर्शन करने में समर्थ हो सकें।

यह विचार अत्यधिक उपयोगिता का था–लेकिन अब यह केवल एक विचार भर है। अब और अधिक इतने संत और ऋषि रहे ही नहीं। अब भी यहाँ सद्गुरु तो हैं, लेकिन पुराने दिनों की तरह नहीं। संसार में कुछ चीज़ें पूरी तरह

बदल गयी हैं, और लोगों में परमात्मा की खोज अब रही ही नहीं, अथवा बहुत थोड़े से लोग ही परमात्मा की खोज करते हैं। परमात्मा अब लगभग असंगत बन गया है–लोग उससे किनारा करने लगे हैं। परमात्मा के बारे में लोग इतने अधिक उदासीन हैं कि वे उसका विरोध भी नहीं करते, वे न तो उसके पक्ष में हैं और न उसके विरोध में। वे कहते हैं–"ठीक है, समय बरबाद मत करो। व्यर्थ की चीज़ों के बारे में बात मत करो।" उससे इनकार करने में भी उनकी कोई दिलचस्पी नहीं है। संसार में पहिली बार आस्तिक और नास्तिक दोनों असंगत बन गये हैं। दोनों के ही प्रति संसार उदासीन बन गया है।

उसने कहा, "ओह! हम ऐसा व्यक्ति आज कहाँ खोज सकते हैं?

ठीक तभी उन लोगों ने लकड़ी की सीढ़ियों पर जो रबी हय्यीम के कमरे से नीचे आती थीं, किसी के कदमों की आहट सुनी। दरवाजा खुला और रबी हय्यीम सीढ़ियों पर प्रकट हुआ। वह शाम सामान्य रूप से पहिनने वाली छोटी जैकेट ही पहिने हुए था, उसने बहुत कोमलता से कहा, "मूर्ख! वह प्रत्येक पीढ़ी में मौजूद होता है।" यह कहकर वापस सीढ़ियाँ चढ़कर उसने अपना दरवाजा बन्द कर लिया। वे सभी हसीदी शिष्य एक साथ मौन में बैठे रहे।

हाँ। हर समय सद्‌गुरु हमेशा ही होते हैं–कभी संख्या में अधिक और कभी कम। यह उस विशिष्ट युग की ग्रहणशीलता पर और उस समय की ग्राहकता पर निर्भर करता है। लेकिन ऐसा कभी भी नहीं हुआ कि वे वहाँ न हों। अधिक या कम, पर प्रत्येक दशा में वे हमेशा यहाँ होते अवश्य हैं। चीज़ों का वास्तविक स्वभाव ही नहीं है कि लाखों करोड़ों मनुष्यों में से कोई एक व्यक्ति बोध को उपलब्ध न हो।

इसलिए यदि किसी स्थान में ऐसा व्यक्ति होता है, तो अफवाह तुरन्त फैल जाती है और लोग यात्रा करना शुरू कर देते हैं। लेकिन वे उसे स्वयं अपनी आँखों से देख कर उसका दर्शन करने के लिए, उसका स्पर्श करने के लिए जाते हैं। वे यह देखना चाहते हैं कि परमात्मा को उपलब्ध व्यक्ति के स्पर्श का अनुभव कर कैसा लगता है। वह उसका साकार

अनुभव करना चाहते हैं। वे स्पर्श अनुभव करने वाला और आँखों से देखने वाला परमात्मा चाहते हैं, और परमात्मा है, अदृश्य और निराकार। ऐसा बहुत कम होता है कि वह किसी मनुष्य में अवतरित होता है। जब कोई व्यक्ति पूरी तरह से खाली और शून्य हो जाता है, तो परमात्मा उसमें अवतरित होता है, तब वह अनुभवगम्य और दृश्य बन जाता है। तुम उसकी आँखों में झाँककर देख सकते हो, तुम उसकी बगल में बैठ सकते हो। पूरब में लोग उससे बातचीत करने नहीं, उसे सुनने के लिए, चर्चा-परिचर्चा करने के लिए नहीं, उसके दर्शन करने और उसका अनुभव करने के लिए उसके पास आते हैं।

इस शख्स को जरूर ही बहुत पश्चिमी व्यक्ति जैसा कुतर्की और दार्शनिक सिद्धान्तों में पारंगत होना चाहिए। उसने अब्दुल अज़ीज़ को पत्र लिखते हुए पूछा कि क्या वह सभी प्रणालियों की तुलना करने के लिए उनके पास बातचीत करने आ सकता है? किस तरह की तुलना करने? वह किसके साथ?

किसी भी सद्गुरु की किसी अन्य सद्गुरु से तुलना ही नहीं की जा सकती। प्रत्येक सद्गुरु इतना अधिक अनूठा और अद्वितीय है कि वह अतुलनीय है। तुम बुद्ध की तुलना मुहम्मद से नहीं कर सकते। यदि तुम तुलना करते हो, तो वह महज मूढ़ता होगी और तुम जो कुछ भी निष्कर्ष निकालोगे, वह ग़लत ही होगा। यहाँ तक कि तुम बुद्ध और महावीर की भी तुलना नहीं कर सकते–दोनों ही समकालीन हैं, और एक ही प्रान्त में रहते हुए उन्हीं नगरों और कस्बों में बिहरते रहे, और कभी-कभी तो एक ही नगर में ठहरते रहे, और एक बार तो एक ही धर्मशाला में ठहरे, लेकिन तुम उनकी तुलना नहीं कर सकते। दोनों में दो ध्रुवों जैसी दूरी है। महावीर, महावीर हैं और बुद्ध एक बुद्ध हैं। वे दोनों ही इतने अधिक अनूठे हैं कि उनमें विद्यमान एक भी चीज़ की तुलना नहीं की जा सकती। यदि तुमने तुलना करना शुरू कर दी, तो तुम उनके पूरे आवश्यक संदेश से ही चूक जाओगे, तुम उनके अनुभूत सत्य से ही चूक जाओगे। उनके अनुभूत सत्य अनूठे हैं। सद्गुरुओं की तुलना की ही नहीं जा सकती।

यदि तुम अपने मन में बिना किसी तुलना के उन दोनों का निरीक्षण करो, तो तुम एक ही सत्य पाओगे–इसीलिए दर्शन का महत्त्व है। एक सद्गुरु के दर्शन करना ही पर्याप्त है। उनको देखना ही काफी है। तुम्हें उनके अस्तित्व और आत्मा में गहरे झाँकना चाहिए, बिना पूर्व धारणाओं और पूर्वाग्रहों के, अपने मन में उमड़ते-घुमडते विचारों के बादलों के बिना, चित्त से निर्विचार में तुलना फिर रह ही नहीं जाती। तुम्हें केवल उन्हें देखना ही चाहिए और तब तुम आश्चर्यचकित रह जाओगे। सभी सद्गुरु प्रत्यक्ष रूप से देखने में अद्वितीय और अनूठे होते हैं, लेकिन वे अपने आंतरिक केन्द्र पर एक ही होते हैं। बुद्ध, महावीर, कृष्ण, क्राइस्ट, लाओत्से, जरथुस्त यह सभी अपने आंतरिक केन्द्र पर एक ही होते हैं। उनकी परिधि, बाह्य आकृति, रूप, रंग और ढंग अत्यधिक अनूठे और अद्वितीय होते हैं, लेकिन उनका आंतरिक केन्द्र एक ही होता है।

लेकिन उस केन्द्र में झाँकने से तुम्हें पूरी तरह शांत और मौन होना होगा।

अब यह व्यक्ति कह रहा है, "मैं तुलना करना चाहता हूँ।" यदि तुम तुलना करना चाहते हो, तो तुम शान्त और मौन कैसे बने रह सकते हो? यदि तुम्हें औरों से तुलना ही करना है, तो तुम्हें अपने साथ सभी विचारों को ढोना होगा जितनी सहायता से तुम तुलना और विश्लेषण करना चाहते हो। तुम्हें शास्त्रों का बोझ और अपनी स्मृति का भार ढोए हुए चलना होगा। कैसे तुलना की जाए, इसके लिए तुम्हें अपने पास एक तर्कपूर्ण मापदण्ड भी रखना होगा, जिससे तुम तुलना कर सको। तुम्हें तुलना करने के लिए अपने साथ तराजू और पैमाना भी रखना होगा। तुम अपने तुलना करने के विचार के साथ इतने अधिक बोझिल हो जाओगे, कि तुम प्रामाणिक सत्य को देखने में समर्थ न हो सकोगे।

प्रत्येक सद्गुरु अद्वितीय है और अनूठा होता है फिर भी विश्वजनीन व्यापक अस्तित्व का प्रतिनिधित्व करता है।

दरवेश ने उसे एक बोतल भेजी, जिसके साथ तेल और पानी और रुई की बत्ती भी थी। पैकेट के साथ एक पत्र भी नत्थी था।

सूफ़ी लोग ऐसी ही चीज़ों के लिए जाने जाते हैं, और वे चीजें परिधि पर, बाहर से निरर्थक दिखाई देती हैं। उस व्यक्ति ने एक चीज़ पूछी, और सद्गुरु कुछ और ही कर रहा है। वह व्यक्ति उनके पास दार्शनिक सिद्धान्तों को समझने के बारे में और उनके संदेश और देशना को जानने आना चाहता था, जिससे वह उनकी तलना दूसरे लोगों के संदेशों और विचारों से कर सके। वह उनके सैद्धान्तिक विचारों की व्यवस्था समझना चाहता था। जिससे अन्य विचार प्रणालियों से उनकी तुलना कर यह निर्णय ले सके कि कौन-सी प्रणाली बेहतर है, और कौन-सी शुभ है, जिसका अनुसरण किया जाना है।

अब इस अब्दुल अज़ीज़ ने तो तेल और पानी के साथ और रुई की बत्ती तथा एक बोतल भेज दी, और उस पार्सल के साथ यह पत्र भी नत्थी था...

सूफ़ी कहते हैं, सभी शास्त्र इस पत्र की ही तरह हैं। विशिष्ट सिखावने हैं, कोई सिद्धान्त या विश्वास नहीं। उनमें कुछ खास हिदायतें हैं, यदि तुम उन हिदायतों का पालन करते हो, तो तुम्हारे सामने एक द्वार खुल जाएगा। लेकिन वे कोई सिद्धान्त नहीं हैं, जिन पर विश्वास किया जाए। वे ठीक यह बताते हैं कि किताब में लिखी हिदायतों पर कैसे अमल किया जाए, कैसे उनका अभ्यास किया जाए। वे किसी तत्व ज्ञान को उपदेश नहीं देतीं, वे तुम्हें केवल कुछ सिखावने या दिशा-निर्देश देते हैं। ऐसा करो तो वैसा होगा। यह करो तो वह घटेगा। यह मत करो, अन्यथा ऐसा हो जाएगा।

बुद्ध कहा करते थे–"मेरी पूरी दिलचस्पी तुम्हें थोड़े से दिशा-निर्देश या सिखावने देने में है, जिनके द्वारा तुम्हें बुद्धत्व घट सकता है। यदि तुम अन्य चीज़ पूछते हो, तो मेरी उसमें कोई भी रुचि नहीं है।" और वह कहा करते थे–"मैं तो केवल एक निर्देशक हूँ। मैं सामान्य रूप से थोड़े से निर्देश देता हूँ। उन निर्देशों का पालन करो, तो चीजें घटना शुरू हो जाएंगी। मैं सत्य के बारे में कोई चीज़ भी नहीं कहता, मैं तो कुछ चीज़ उसको पाने के तरीके के बारे में बता रहा हूँ–कि कैसे उस तक पहुँचा जाए। इस मार्ग का अनुसरण करो और तुम सत्य तक पहुँच जाओगे। और सत्य अव्याख्य है। उसके बारे में कुछ भी नहीं कहा जा सकता।"

सूफ़ी कहते हैं कि सभी प्रामाणिक धर्मशास्त्रों में तत्त्वज्ञान सम्बन्धी सिद्धान्त और विचार नहीं हैं, बल्कि वे निर्देशात्मक हैं, वे इस पत्र की भाँति सामान्य रूप से थोड़ी-सी सिखावन या निर्देश देते हैं।

"प्रिय मित्र! यदि तुम रूई की बत्ती को तेल में रखो और फिर उसे जलाओ, तो वह प्रकाश देगी। यदि तुम तेल बाहर उड़ेल कर उस बत्ती में पानी में रखकर जलाओगे तो तुम कोई भी प्रकाश नहीं पाओगे। और यदि तुम तेल और पानी को मिलाकर उसमें रखकर बत्ती जलाओगे, तो वह थोड़ा-सा टिमटिमाने के बाद बुझ जाएगी। मुझसे भेंट कर बातचीत करने के द्वारा तुलना करने वाले प्रयोग को करने की कोई जरूरत ही नहीं है, जबकि इसे साधारण-सी चीज़ों के साथ, जिन्हें मैं भेज रहा हूं, आसानी से किया जा सकता।"

इस बेतुके पत्र को पाकर वह दार्शनिक टाइप व्यक्ति जरूर ही हँसा होगा। यह अब्दुल अज़ीज़ क्या व्यर्थ की बात कह रहा है? और आख़िर इसका अर्थ क्या है? उसने तो कुछ दूसरी ही बात पूछी थी और यह बात ही बेहूदी है।

कई बार सद्गुरुओं के दिए उत्तर व्यर्थ दिखायी देंगे, क्योंकि तुम उनके अर्थ और महत्त्व को समझ नहीं पाते। पहिले समझने का प्रयास करें कि आख़िर इसका अर्थ क्या है?

पहिली बात वह कह रहा है–"मेरे पास आने की तुम्हें कोई भी जरूरत नहीं। आख़िर इतनी दूर की यात्रा करने की जरूरत क्या? यदि तुम वास्तव में सत्य को समझना चाहते हो, तो वह तुम्हारे ही अन्दर है। बस थोड़े से प्रयोग करो और तुम स्वयं अपनी आत्मा में प्रविष्ट हो सकते हो, और वहाँ तुम मुझे भी पा लोगे।''

कल रात ही एक संन्यासी मुझसे कह रहा था, "आपको समर्पण करने में मैं बहुत कठिनाई का अनुभव कर हूँ।" मैं इसे समझ सकता हूँ। समर्पण करना हमेशा से ही बहुत कठिन रहा है। लेकिन मैंने उससे कहा कि कठिन इसलिए है, क्योंकि तुम उसका अर्थ ही नहीं समझते। मुझे समर्पण कर तुम वास्तव में अपने झूठे 'मैं' या अहंकार का समर्पण अपनी प्रामाणिक आत्मा को कर रहे हो। मैं इसमें कहीं भी नहीं हूँ, मैं तो केवल एक बहाना भर हूँ। मेरे माध्यम से

तुम्हारा नकली आत्म या अहंकार मिट जाता है और तुम अपनी प्रामाणिक आत्मा तक पहुँच जाते हो। यदि तुम प्रत्यक्ष रूप से स्वयं कर सकते हो इसे, अथवा थोड़ा बहुत घुमा-फिरा कर तो जरूर कर सकते हो इसे, अथवा थोड़ा करना सम्भव न हो, तो तुम इसे मेरे माध्यम से कर सकते हो। एक सद्गुरु तो ठीक एक माध्यम या द्वार की भाँति होता है। जब सद्गुरु कहता है, "मुझे समर्पण करो', तो उसका अर्थ यह नहीं होता कि तुम उसे अपना समर्पण करो। उसके कहने का प्रामाणिक अर्थ यह होता है–"ठीक अभी तुम जैसे भी हो, वह तुम्हारा असली स्वरूप नहीं है। अपनी आत्मा पर नकली 'मैं' के विचारों का तुमने जो मुखौटा लगा रखा है, तुम मुझे वही दे दो। उस ज़हर को तुम मुझे समर्पण के द्वारा दे दो।

अपना नकली मुखौटा समर्पित कर तुम प्रामाणिक बन जाते हो। और प्रामाणिक आत्मा का तो कभी समर्पण हो ही नहीं सकता, इसलिए सद्गुरु को तुम्हारी आत्मा के बारे में कोई भी फिक्र नहीं होती। आत्मा का तो कभी भी समर्पण हो ही नहीं सकता, उसके समर्पण होने का कोई उपाय है ही नहीं। अथवा मैं कहना चाहता हूँ कि इसी तरह से तुम केवल उस चीज़ का समर्पण करते हो, जो वास्तव में तुम्हारे पास है ही नहीं, और जो चीज़ प्रामाणिक रूप से तुम्हारे पास है ही नहीं, और जो चीज़ प्रामाणिक रूप से तुम्हारे पास है, तुम उसका समर्पण कर ही नहीं सकते। उसका समर्पण करना असम्भव है। तुम केवल उसी चीज़ का समर्पण कर सकते हो, जिसके बारे में तुम यह विश्वास किए बैठे हो, कि तुम वही हो, लेकिन तुम वह हो नहीं। एक सद्गुरु केवल तुम्हारा नकली और छद्म 'मैं' ही लेता है।

जब तुम एक सद्गुरु के पास आते हो, तो वास्तव में स्वयं ही चलकर आते हो। और यही निर्णय करने का मापदण्ड होना चाहिए कि क्या तुम एक प्रामाणिक सद्गुरु के पास आये हो। अथवा कोई ठग अथवा धोखेबाज तुम्हें मूख बना रहा है। यदि कोई सद्गुरु तुम्हारी आत्मा को अपने नियन्त्रण में रखने का प्रयास करे, तब सावधान हो जाना। यह व्यक्ति तुम्हारा दुश्मन है। यदि एक सद्गुरु तुम्हारे अनूठेपन में विकसित होने में सहायता करता है...एक प्रामाणिक सद्गुरु हमेशा तुम्हें, तुम्हारी आत्मा की ओर तुम्हें धकेले चले जाता है। हाँ! वह तुमसे वह सभी कुछ छीन लेगा, जो नकली है, वह उस सभी को फेंक

देगा, जो झूठ है, वह तुम्हारे अस्तित्व के पौधे के आस-पास की खर-पतवार निकाल बाहर करेगा, जिससे गुलाब उग सकें। लेकिन वह गुलाब लेने नहीं जा रहा है, गुलाब लिए भी नहीं जा सकते। तुम्हारे सारभूत अस्तित्व या आत्मा का समर्पण असम्भव है, वह कभी होता ही नहीं। ऐसा होना वस्तुओं का स्वभाव नहीं है।

सद्गुरु उसे बहुत ही निरर्थक चीज़ों के साथ एक मामूली-सा खत भेजता है, एक बोतल, तेल और पानी और रुई की बत्ती के साथ। अब पहिले यह समझने का प्रयास करें कि आख़िर इसका क्या अर्थ है?

यदि वह व्यक्ति वास्तव में थोड़ा-सा भी बुद्धिमान होता, तो वह समझ गया होता, लेकिन यह कहानी इस बारे में कुछ भी नहीं कहती। इसलिए इस स्थान पर पूरी सम्भावना यही है कि वह उसे समझा नहीं, अन्यथा कहानी में इस बात का जिक्र जरूर होता। वह ज़रूर ही इस व्यक्ति की बेवकूफी पर हँसा होगा, और उसने सोचा होगा कि यह अच्छा ही हुआ कि मैं इस अब्दुल अज़ीज़ जैसे व्यक्ति के पास नहीं गया, क्योंकि उसके पास जाना निरर्थक होता। उसने दूसरे लोगों से भी कहा होगा, "देखो! यह मूर्ख मनुष्य अपने को सद्गुरु होने का ढोंग रच रहा है। मैंने एक छोटी-सी चीज़ के बारे में उससे पूछा, "उसकी कार्यविधि का अपनी तथा दूसरों की कार्य प्रणाली से चर्चा-परिचर्चा कर तुलना करनी चाही, और यह उत्तर, जो उसने भेजा है, जरूर ही यह शख्स या तो पागल है अथवा एक बेवकूफ।"

पहिले समझने का प्रयास करें, कि अब्दुल अज़ीज़ का सन्देश है क्या?

"प्रिय मित्र! यदि तुम रुई को बत्ती को तेल में रखकर जलाओ, तो वह प्रकाश देगी। यदि तुम तेल बाहर उड़ेल कर उस बत्ती को पानी में रखकर जलाओगे, तो तुम कोई भी प्रकाश नहीं पाओगे। और यदि तुम तेल और पानी मिलाकर उसमें रखकर बत्ती जलाओगे, तो वह थोड़ा-सा टिमटिमाने के बाद बुझ जाएगी।

मुझसे भेंटकर बातचीत करने के द्वारा तुलना करने वाले प्रयोग को करने की कोई जरूरत ही नहीं है, जबकि इसे साधारण-सी चीज़ों के साथ प्रयोग कर जिन्हें मैं साथ भेज रहा हूँ, आसानी से जाना जा सकता है।"

पहिले इन तीन चीज़ों को समझना है।

मनुष्य एक त्रिमूर्ति है अर्थात तीन चीज़ों का जोड़ है–शरीर, मन और आत्मा; और यह तीनों चीज़ें, भेजी गई चीज़ों का प्रतिनिधित्व करती हैं। पानी, मन को प्रदर्शित करता है, और तेल भी उस मन को, यदि वह ध्यान पूर्ण हो गया है, प्रदर्शित करता है। इसलिए मन की दो सम्भावनाएँ हैं, या तो वह पानी हो सकता है अथवा वह तेल हो सकता है। यदि वह विचारों से भरा हुआ है, तो वह पानी है, और यदि वह निर्विचार है, तो वह तेल है। और आत्मा है–अग्नि। ये तीन चीजें हैं।

हमारे पास बोतल है, और हमारे लिए मुमकिन है कि हम उसे पानी से भरें अथवा तेल से। और यह दोनों ही सम्भावनाएँ मन की हैं। विचारों से भरा मन, पानी बन जाता है–तब उसमें डूबी बत्ती को तुम जलाये चले जाओ, फिर वहाँ अन्धेरा ही रहेगा। यही कारण है कि तुम अन्धकार या मूर्च्छा ही में बने रहते हो–तुम्हारा मन पानी है और तुम्हारी आग निरन्तर बुझी हुई रहती है। जब मन विचारों से पूरा भरा हुआ हो तो, जब तक शरीर विचार शून्य न हो, अथवा निर्विचार मन न हो, तुम बुद्धत्व को उपलब्ध न हो सकोगे। एक बार जब मन में कोई पानी नहीं रह जाता, एक बार जब विचार विसर्जित हो जाते हैं, और वहाँ शान्ति, शुद्धता और निर्दोषता आ जाती है, वह तेल बन जाता है। और अचानक तुम देखते हो कि ज्योति जल उठी। अग्नि तो वहाँ है ही–केवल तेल की 'स्नेह की जरूरत थी। बोतल भी वहाँ थी, अग्नि भी वहाँ थी, लेकिन उन दोनों के मध्य, तब वहाँ पानी था। और पानी के साथ वहाँ ज्योति जलने की कोई सम्भावना नहीं थी। तुम बिना अग्नि और बिना प्रकाश के ही बने रहते हो।

अब्दुल अज़ीज़ कहता है–यदि तुम रुई की बत्ती को तेल में रखते हो... स्मरण रहे, तेल में डुबोकर। यदि आत्मा, तेल में स्थित हो–ध्यानपूर्ण चित्त दशा में–समाधि में–तो तुम प्रकाश पाओगे। फिर वहाँ कठिनाई होगी ही नहीं, तुम बुद्धत्व को उपलब्ध हो जाओगे। इसलिए यहाँ मेरे पास आने की या अन्य कहीं आने-जाने की फिक्र करो ही मत। एक साधारण-सा काम करो; अपने मन को विसर्जित हो जाने दो, अमन की स्थिति उत्पन्न होने दो। यदि शरीर और आत्मा अमन से जुड़ जाएँ, तो वे लयबद्ध या एक तान हो जाते हैं। और अचानक वहाँ तक गीत गूंजने लगता है, वहाँ एक नर्तन और एक

समारोह होने लगता है। वहाँ आनन्द होता है, एक शाश्वत आनन्द जिसे हिन्दू 'सच्चिदानन्द' अर्थात 'सत्-चित्-आनन्द' कहते हैं–सत्य, चैतन्य और आनन्द–यह तीनों एक साथ होते हैं।

एक बार तुम्हारी त्रिमूर्ति लयबद्ध हो जाए...यदि यह त्रिमूर्ति सुर-ताल में नहीं है, तो तुम मूर्च्छा के अन्धकार में ही बने रहोगे। यदि मन वहाँ निरन्तर अधिक-से-अधिक विचार सृजित किये चले जा रहा है, तो तुम पानी से भरे हुए हो। सांसारिक मनुष्य की यही स्थिति है। वह मनुष्य जो जीवन से मृत्यु तक निरन्तर दिन शुरू होने से उसके समाप्त होने तक, दिन-रात सोचता रहता है, निरन्तर उसका सोच-विचार चलता ही रहता है। वहाँ बिना आनन्द के जीता है। वास्तव में वह एक मुर्दा-जीवन जीता है।

अथवा वहाँ एक और सम्भावना भी है, यह स्थिति है तथाकथित धार्मिक लोगों की, दूसरे संसार में रहने वाले लोगों की। तुम इनके पास मन और अमन का मिश्रण पाओगे। तब वहाँ जलने, टिमटिमाने और बुझ जाने वाली स्थिति होगी। तब कभी-कभी टिमटिमाने और बुझ जाने जैसी स्थिति होगी। वास्तव में तुम्हारा कुछ उससे होगा नहीं। ठीक सपनों की तरह यह झलकें आएँगी और चली जाएँगी।

मन की ये तीन स्थितियाँ हो सकती हैं–साधारण सोच-विचार की स्थिति, विचार केन्द्रित करने की असाधारण स्थिति यह किसी विषय या वस्तु पर विचार एकाग्र करने की, पानी और तेल के मिश्रण की स्थिति होती है। और पश्चिम में लोगों ने इस स्थिति के पार कभी कोई चीज़ ही नहीं की। 'ध्यान' अथवा 'जिक्र' के लिए उनके पास एक ही शब्द Contemplation है। 'मेडिटेशन' शब्द का भी सामान्य अर्थ एक बेहतर स्थिति में विचार करना है। 'कन्टेमप्लेशन' का अर्थ भी एक अच्छी तरह से विचार करना ही है, लेकिन विचार बना रहता है वह बस और अधिक सघन और केन्द्रित हो जाता है, यह कम वक्र होता है। उसकी एक दिशा होती है, उसके पास एक लक्ष्य होता है। वह नासमझी नहीं होती, उसका एक विशिष्ट उद्देश्य और अर्थ होता है, लेकिन वह एक विचार प्रक्रिया ही होती है। यह पागल जैसी स्थिति अधिक लम्बी उपाधि की नहीं होती, इसलिए अमन का भी कुछ अंश इसमें प्रविष्ट हो जाता है, लेकिन यह केवल बहुत थोड़ा-सा ही होता है। पानी और तेल मिल

जाते हैं। और कभी-कभी वहाँ अग्नि भी होगी और कभी वह वहाँ नहीं होगी। वहाँ कभी-कभी बिजली के कौंधने जैसे अनुभव होंगे।

ऐसा ही कुछ ईसाई सन्तों के साथ भी घटा है। परमात्मा के बारे में उनके अनुभव, मंसूर, अब्दुल अज़ीज़ अथवा बुद्ध जैसे नहीं हैं, उनके परमात्मा के अनुभव केवल कुछ झलकें हैं, वे आती हैं और चली जाती हैं। कुछ नहीं होने से वे बेहतर हैं, लेकिन उसकी उस अनुभव से तुलना नहीं की जा सकती जो आता है, तो वह कभी जाता नहीं, उनकी बुद्धत्व के साथ तो कुछ तुलना ही नहीं की जा सकती।

इसलिए यह तीन सम्भावनाएँ हैं–या तो पानी और तेल मिला दिए जाएँ, अथवा वहाँ बोतल में केवल पानी हो अथवा वहाँ केवल तेल हो। सांसारिक मनुष्य पानी में बना रहता है। तथाकथित धार्मिक व्यक्ति मिश्रण के साथ रहता है और आध्यात्मिक मनुष्य महत्त्वपूर्ण सार समझना शुरू कर देता है और अपने अस्तित्व को अमन के साथ, निर्विचार जागरुकता के साथ और असन्तुष्ट चेतना से भर लेता है। वह पूरी तरह से सजग होता है, किसी खास चीज़ के प्रति सजग नहीं, पूर्ण सजग होता है। वह होशपूर्ण होता है।

यह जागरुकता ही सभी कुछ है, जो किसी को बनाए रखना होती है। यही अब्दुल अज़ीज़ का सन्देश है, लेकिन इसका निर्णय तुम्हें ही लेना है। और मुझे उस व्यक्ति के लिए बहुत खेद है, जिसे अब्दुल अज़ीज़ ने यह उपहार भेजा। मैं नहीं सोचता कि वह उस सांकेतिक भाषा का अर्थ समझने में समर्थ था, अन्यथा कहानी में उसका उल्लेख किया जाता–सूफ़ी और जेन कहानियाँ इसी तरह से चली चले जा रही हैं। यदि कोई भी चीज़ होती है, तो वे निश्चित रूप से उसका उल्लेख किया जाता। कहानियाँ इसी तरह से चली चले जा रही हैं। यदि कोई भी चीज़ होती है, तो वह निश्चित रूप से उसका उल्लेख होना ही चाहिए। लेकिन यह कहानी इस बाबत भी नहीं कहती।।

प्रिय मित्र!

यदि तुम रुई की बत्ती को तेल में रखकर जलाओ, तो वह प्रकाश देगी। यदि तुम तेल बाहर उड़ेल कर उस बत्ती को पानी में रखकर

जलाओगे, तो तुम कोई भी प्रकाश नहीं पाओगे। और यदि तुम तेल और पानी मिलाकर, उस मिश्रण में रखकर बत्ती जलाओगे तो वह थोड़ा-सा जलने और टिमटिमाने के बाद बुझ जाएगी।

मुझसे भेंट कर बातचीत करने के द्वारा तुलना करने वाले प्रयोग को करने की कोई जरूरत ही नहीं है, जबकि इसे साधारण चीज़ों के साथ प्रयोग कर, जिन्हें में साथ भेज रहा हूँ, आसानी से समझा जा सकता है।

सूफ़ी धर्म, अस्तित्वगत है, प्रयोगात्मक है। वह इस बात पर ज़ोर देता है कि परमात्मा को सामान्य विधियों या तरीक़ों से जाना जा सकता है, लेकिन वहाँ इस बाबत विचार-विमर्श करने की कोई जरूरत नहीं है।

कई बार लोग मेरे पास आते हैं, ऐसे लोग जो ज्ञानी और बुद्धिमान हैं, और वे मुझसे पूछते हैं–विशेष रूप से भारतीय, आख़िर इस नृत्य को करने से आपका क्या मतलब है? कोई भी नृत्य से परमात्मा को कैसे प्राप्त कर सकता है?

नाचना एक प्रयोग है, तुम्हारे शरीर, तुम्हारे मन और तुम्हारी आत्मा को एक सुर-ताल में लाने के लिए, उन्हें लयबद्ध करने के लिए। नृत्य सबसे अधिक लयबद्ध करने वाली चीज़ों में से एक है। यदि तुम वास्तव में नाच रहे हो, तो ऐसी अन्य कोई क्रियात्मक चीज़ नहीं, जो इतना अधिक एकत्व उत्पन्न करती हो। यदि तुम बैठे हुए हो, तो शरीर का प्रयोग नहीं होता और तुम केवल अपने मन का उपयोग करते हो। यदि तुम बहुत तेज दौड़ रहे हो, तुम्हारा जीवन खतरे में है, तब तुम अपने मन का प्रयोग न कर केवल शरीर का ही प्रयोग कर रहे हो। नृत्य करने में तुम न तो बैठे हो और न अपने जीवन को बचाने के लिए भाग रहे हो, यह एक गतिविधि है, एक आनन्दपूर्ण गतिविधि। शरीर घूम रहा है, ऊर्जा प्रवाहित हो रही है, मन भी चक्कर खाते हुए प्रवाहित हो रहा है। और जब यह दोनों चीजें प्रवाहित हो रही हों, तो वे एक दूसरे में पिघल कर एक हो जाती हैं। तुम्हारी आत्मा और शरीर एक हो जाते हैं। एक विशिष्ट रासायनिक प्रक्रिया घटना शुरू हो जाती है।

यही कारण है कि तुम नर्तक के चेहरे पर जो एक नूतन प्रकार की दीप्ति देखते हो; वह रासायनिक प्रक्रिया ही है। जब यह लयबद्धता घटित होती

है, तब तीसरी चीज़ आत्मा भी उसमें प्रविष्ट होना शुरू हो जाती है। तुम्हारे अस्तित्व में आत्मा केवल तभी प्रकट हो सकती है, जब शरीर और मन के मध्य किसी तरह का कोई संघर्ष न रहे, जब तुम्हारे शरीर और मन गहरे प्रेम में एक दूसरे से आलिंगनबद्ध हो रहे हों...यही सभी कुछ नृत्य में घटता है। तभी अचानक तुम पाओगे कि तीसरा भी प्रविष्ट हो रहा है। जब शरीर और मन में तीसरा तभी प्रविष्ट होता है। पहिली बार तुममें तीन का संगम होता है, तुम त्रिमूर्ति बनते हो। परमात्मा के ये ही तीन चेहरे हैं।

और जब तुम नृत्य कर रहे हो, तब कुछ चीज़ घट रही है। यह एक प्रयोग है। यह केवल विचारों की एकाग्रता नहीं है–केवल बैठे हुए यह परमात्मा के बारे में विचार करना नहीं है–यह परमात्मा को अपने अन्दर प्रवेश करने की अनुमति देना है, यह परमात्मा के लिए अपने हृदय के द्वार खोलना है। यह सुबह एक फूल के खिलने के समान है। जब फूल अपनी पंखड़ियों को खोलता है, तभी अचानक सूर्य की किरणें उसकी पंखड़ियों पर नृत्य करने लगती हैं। जब तुम अपने हृदय के द्वार खोलते हो, तो परमात्मा तुम्हारे अन्दर नाचना शुरू कर देता है। परमात्मा केवल नृत्य के द्वारा ही मिल सकता है। वहाँ कोई ऐसी अन्य सक्रियता है ही नहीं, जो नृत्य की अपेक्षा अधिक सामंजस्यपूर्ण हो। इसी वजह से सभी आदिम धर्म नृत्य पर आधारित थे, और सभी आधुनिक समय के तथाकथित सभ्य, और जटिल धर्मों में नृत्य जैसा कुछ भी नहीं है। वे गम्भीर और नीरस कार्य व्यापार जैसे हैं।

एक गिरजाघर तो एक मन्दिर की अपेक्षा कहीं अधिक कब्रिस्तान जैसा दिखलाई देता है। तुम वहाँ नृत्य नहीं कर सकते। तुम वहाँ प्रसन्न और उत्सवपूर्ण होकर नहीं रह सकते, ऐसा होने की अनुमति नहीं है। तुम्हें गम्भीर ही बने रहना होगा। तुम्हें बहुत अधिक गम्भीर और उदास बनकर रहना होगा, जैसे मानों तुम कुछ चीज़ ग़लत कर रहे हो। प्रसन्नता वहाँ है ही नहीं, सभी खुशियों और आनन्द से चूक रहे हो। क्योंकि सभी लोग मूर्तिवत बैठे हुए हैं, वे कोई भी कार्य नहीं कर रहे हैं। और गिरजाघर परमात्मा के बारे में केवल विचार करते हुए चर्चा करते हैं और लोग उन्हें सुनते हैं। उपदेशक भी परमात्मा के बारे में विचार करते हैं और सुनने वाले भी चिन्तन करते हैं। परमात्मा एक विचार है, गिरजाघर में वह कोई कृत्य नहीं है।

इस स्थान पर, इस आश्रम में परमात्मा एक विचार नहीं है, वह एक कृत्य है, वह एक नृत्य है। और नृत्य तो शरीर, मन और आत्मा का समग्रता से होना होता है। यहाँ किसी भी चीज़ से इनकार नहीं करना है, क्योंकि यदि तुम किसी भी चीज़ से इनकार करते हो, तो किसी चीज़ से चूक जाओगे, निश्चित रूप से चूक जाओगे, वह कहीं-न-कहीं निम्न तल पर बना रहेगा और वह गौरीशंकर शिखर पर न पहुँच सकेगा।

वे लोग जो यहाँ आते हैं और लोगों को सक्रिय तथा कुंडलिनी ध्यान करते और नाचते हुए देखते हैं–वे लोग बहुत उलझन में पड़ जाते हैं, क्योंकि उनके ख्याल में प्रत्येक व्यक्ति को शान्त बैठकर गीता का पाठ करते हुए परमात्मा के बारे में सोचना चाहिए। यह सभी कुछ निरर्थक है, क्योंकि गीता का पाठ करने और परमात्मा के बारे में सोचने से तुम्हारे आगे की ओर कोई प्रगति होने नहीं जा रही है। यदि तुम वास्तव में कहीं आगे बढ़ना चाहते हो, तो तुम्हें कुछ प्रयोग करने होंगे। तुम्हें कुछ विधियों का प्रयोग करना होगा।

सूफ़ी धर्म के पास एक विधि है और उसके पास कोई दर्शनशास्त्र नहीं है।

अब्दुल अज़ीज़ कह रहा है–मुझसे भेंट कर चर्चा-परिचर्चा में शब्दों के द्वारा तुलना करने वाले प्रयोग को करने की कोई भी जरूरत नहीं है।

तुम एक प्रयोग को, भेंट करने के दौरान शब्दों के माध्यम से कैसे साथ लिए हुए चल सकते हो? हाँ। निर्देश देने के लिए शब्दों का प्रयोग किया जा सकता है–और मैं प्रत्येक प्रातःकाल यही किए जा रहा हूँ। ये केवल निर्देश या सिखावनें हैं, तब पूरे दिन भर के लिए आश्रम से शब्द मिट जाते हैं। तब तुम नृत्य करते हो, भौरे की तरह गुनगुनाते हो, तब तुम बैठते हो, निरीक्षण करते हो, तब तुम प्रेम करते हो, प्रार्थना करते हो और ध्यान करते हो।

मैं प्रत्येक सुबह की शुरूआत निर्देशों से करता हूँ और तब पूरा दिन तुम्हारे लिए प्रयोग करने के लिए होता है। शब्दों का प्रयोग किया जा सकता है, लेकिन केवल निर्देश देने के लिए, वह विचार करने के लिए नहीं होते। मैं यहाँ तुममें कोई विश्वास करने की व्यवस्था निर्मित नहीं कर रहा

हूँ, मैं तो सारी विश्वास करने की व्यवस्थाओं को ध्वस्त कर रहा हूँ। मैं तुम्हें प्रामाणिक रूप से थोड़ी-सी विधियाँ और थोड़ी-सी कलापटुता दे रहा हूँ। यदि तुम जानते हो कि उनको कैसे किया जाये और यदि तुम्हारी रुचि वास्तव में खोज में है और तुम उनका प्रयोग कर रहे हों, तो फिर कोई भी कारण नहीं कि तुम परमात्मा को उपलब्ध करने वाले न बन सको। यदि ऐसा मुझे घटा है, तो यह तुम्हें भी घट सकता है।

यदि तुम मेरे साथ सहयोग करो, तो यह तुम्हें भी घटने जा रहा है। एक सद्गुरु तुमसे प्रत्येक चीज़ लेता जा है। पहिले वह तुम्हें एक शिष्य बनना सिखाता है, और तब एक दिन वह तुमसे शिष्यत्व भी ले लेता है क्योंकि एक सद्गुरु तब तक सन्तुष्ट नहीं होता, जब तक तुम स्वयं अपनी योग्यता से एक सद्गुरु ही न बन जाओ। सद्गुरु वह होता है, जो सद्गुरुओं को सृजित करता है।

एक सद्गुरु के आसपास कार्य करने की एक श्रृंखला शुरू हो जाती है– एक ज्योति दूसरे बुझे दीयों में छलांग लगाकर उन्हें ज्योर्तिमय करना शुरू कर देती है। और तब वे अपनी योग्यता से स्वयं दूसरे बुझे दीयों पर छलांग लगाना शुरू कर देंगे, और बहुत से दीये जल उठेंगे। लोग मेरे पास आते हैं और पूछते हैं कि मैं संसार में बाहर क्यों नहीं जाता हूँ। मुझे जाने की जरूरत ही नहीं है। मैं बहुत से सद्गुरुओं को सृजित करूँगा, मैं यहाँ बैठे हुए ही अनेक सद्गुरु उत्पन्न करूंगा। वे यात्राएँ करें, वे मेरे राजदूत बनेंगे व पूरे संसार में चारों ओर जाकर अपना प्रकाश फैलाएँगे।

लेकिन प्रत्येक को प्रयोग में गहरे उतरना होगा, क्योंकि केवल प्रयोग के द्वारा ही उस बारे में अनुभव होता है।

विचारों और सिद्धान्तों की व्याख्या के द्वारा लोग जोखिम उठाने से बचते हैं।

मैंने सुना है...

एक प्रौढ़ युगल, किसी गिरजाघर में होने वाली 'प्रार्थना सर्विस' का ब्राडकास्ट सुन रहे थे। दोनों ही गहरी एकाग्रता में उसे आधा घण्टे तक सुनते रहे। तभी अचानक वृद्ध सज्जन को जोर से हँसने का एक दौरा जैसा पड़ गया।

उनकी पत्नी ने आतंकित होकर उनसे इतना अधिक हर्षित होने और हँसने का कारण पूछा।

सेन्डी ने उत्तर दिया, "आह! उपदेशक ने अभी-अभी लोगों से भेंट। देने की अपील की है और मैं यहाँ अपने घर में सुरक्षित बचा बैठा हूँ।"

लोग सुरक्षित बने रहकर बचना चाहते हैं, वे वचनबद्ध होकर उलझन में नहीं पड़ना चाहते। वे विकसित तो होना चाहते हैं, लेकिन वे किसी भी चीज़ का बलिदान नहीं करना चाहते। वे विकसित होने के लिए कुछ भी नहीं करना चाहते, वे कोई भी कीमत अदा नहीं करना चाहते। एक साधक को तो सब कुछ एक साथ दाँव पर लगा देना चाहिए। विकसित होना एक जुआ है, यह एक जोखिम उठाना है।

इसलिए यदि तुम अपने आपको बचाने की कोशिश कर रहे हो–तो मैं तुम्हें सावधान करना चाहता हूँ-यदि तुम अपने को बचाने का प्रयास कर रहे हो, तो तुम सफल हो सकते हो। तुम अपने आपको बचाने में सफल तो हो जाओ, लेकिन तब कुछ भी घटेगा नहीं। तुम्हें अपने-आपको खोलना होगा, तुम्हें अपने-आपको खोने के लिए तैयार रहना होगा–न कि अपने आपको बचाने के लिए।

दर्शनशास्त्र या तत्वज्ञान बहुत अच्छा है, क्योंकि यह कभी तुम्हारे अस्तित्व व आत्मा को स्पर्श नहीं करता। यह सामान्य रूप से तुम्हारे मन के चारों ओर एक बादल की तरह उड़ता रहता है। तुम इसका मज़ा ले सकते हो। यह आरामकुर्सी पर आराम करने जैसी चीज़ है। तुम महान विचारों के बादलों के बीच बिना भय उड़ सकते हो, तुम हमेशा सुरक्षित बने रहोगे, तुम अपने घर अपनी सुरक्षा और सलामती से लंगर डाले दृढ़ता से बने रहोगे। इसी वजह से मैं संन्यास पर जोर देता हूँ, संन्यास लेने का अर्थ है–अब तुम वचनबद्ध हो रहे हो, अब तुम इस कार्य में शामिल हो रहे हो और अब मेरे साथ यह केवल विचारों और तत्वज्ञान की चीज़ नहीं रही। तुम अब अज्ञात में, असुरक्षा और खतरों में जाने के लिए तैयार हो।

बहुत से लोग कहते हैं, "यदि हम आपको सुनते हैं और हम ध्यान करते हैं, तो क्या इतना ही सहायक नहीं होगा? फिर संन्यासी बनने की आख़िर जरूरत क्या है? जरूरत है वचनबद्ध और इस कार्य के प्रतिबद्ध होने की। जरूरत यह है कि तुम्हें अपने आपको बचाते हुए सभी से अलग खड़ा नहीं

होना चाहिए, क्योंकि तब तुम कुछ करने का प्रयास करते हो–यदि तुम इस प्रयास से कुछ चीज़ झपट सके तो अच्छा है, लेकिन तुम किसी चीज़ के अन्दर नहीं जाना चाहते। तुम अपने को किसी कठिनाई में नहीं डालना चाहते। लेकिन लोग मूर्च्छित हैं। उनकी चालाकी इसमें सहायक नहीं होने वाली, उनकी यह चालाकी ही उनके लिए उनकी बरबादी सिद्ध होगी।

दर्शनशास्त्र या विचार प्रक्रिया, पूरी तरह से मन की ही यात्रा है। इससे तुम कहीं भी आगे नहीं बढ़ते, तुम वहीं-के-वहीं बने रहते हो। यह एक सपने का प्रक्षेपण जैसा है। तुम यहाँ बैठकर अपनी आँखें बन्द कर सकते हो, और तुम कलकत्ता या शिकागो में हो सकते हो, तुम अपनी आँखें बन्दकर, तुम जहाँ चाहो, वहाँ हो सकते हो, लेकिन जब तुम अपनी आँखें खोलते हो, तो तुम अपने को यहीं पूना में बैठे हुए पाओगे। यही है वह जो दर्शनशास्त्र किये चले जा रहा है।

तुम बहुत महान विचारों के बारे में सोच सकते हो, और जब तुम सोच रहे होते हो, तुम बहुत रोमांचित होते हो। और जब तुम वापस लौटते हो और अपनी आँखें खोलते हो, तुम ठीक वैसे-के-वैसे रहते हो, जैसे तुम हमेशा से रहे हो। दर्शनशास्त्र के द्वारा कभी कुछ भी नहीं बदलता, क्योंकि दर्शनशास्त्र यथार्थ से बचना या उसे टालना भर है। दर्शनशास्त्र वर्गीकरण करना या लेबिल लगाना है। और स्मरण रहे, तुम किसी और की नहीं बल्कि अपनी ही हँसी उड़ा रहे हो।

एक बार ऐसा हुआ...

एक चिड़ियाघर में दो शेर थे। उनमें से एक तो वहाँ कई वर्षों से था, जबकि दूसरा नया-नया ही लाया गया था।

भोजन के समय नये शेर ने यह बात नोट की कि उसे भोजन में थोड़ी-सी अंजीरें, मूंगफली और केले मिले, जबकि पुराने शेर को स्वादिष्ट गोश्त के रसीले बड़े-बड़े टुकड़े दिये गये।

जब ऐसा ही कई दिनों तक चला तो नये आये युवा शेर ने पुराने शेर से काफी साहस जुटाकर पूछा, "मैं जानता हूँ कि आप यहाँ काफी वरिष्ठ हैं, लेकिन आपको हमेशा गोश्त क्यों मिलता है, जब कि मुझे खाने में फल और मूंगफलियाँ मिलती हैं।"

पुराने शेर ने स्पष्ट करते हुए कहा, "चिड़ियाघर का मैनेजर एक दार्शनिक है, और चिड़ियाघर की आर्थिक स्थिति इतनी अधिक खस्ता है। कि उसके पास एक ही शेर रखने की गुंजाइश है, इसलिए उसने तुम्हारी आमद एक बन्दर की तरह दर्ज की है।''

अब एक शेर को बन्दर की सूची में दर्ज कर लेने से तो एक शेर, बन्दर नहीं हो जाता। लेकिन पुराना शेर कहता है, "क्योंकि वह एक दार्शनिक हैं... वह सोचता है कि वर्गीकरण करने या लेबिल लगाने से ही बात खत्म हो जाती है। वह तुम्हें एक बन्दर समझ कर तुमसे बर्ताव करता है।"

ऐसा ही दर्शनशास्त्र किए चले जा रहा है। तुम चीज़ों का वर्गीकरण कर उन पर लेबिल लगाये जा रहे हो। एक बार तुमने उन पर लेबिल लगा दिये, फिर तुम उनसे उसी तरह का बर्ताव करना शुरू कर देते हो।

इस आदत से बचो। प्रत्येक व्यक्ति की यही आदत है। तुम किसी अन्य व्यक्ति की बगल में बैठे हुए हो और तुम उससे पूछते हो–"आप कौन हैं? आप कहाँ जा रहे हैं? आपका धर्म कौन-सा है, यह अथवा वह, आप इस तरह के तमाम प्रश्न पूछते हैं। और यह केवल उस व्यक्ति पर लेबिल लगाने का प्रयास है। यदि वह कहता है कि वह एक यहूदी है, तो तुमने उस पर एक लेबिल लगा दिया। तब तुम जान जाते हो कि तुम्हें अपने जेबों में रखे धन की रक्षा करनी है क्योंकि वह यहूदी है। अब तुमने उस पर यहूदी होने का लेबिल लगा दिया। और वह वैसा व्यक्ति नहीं हो सकता है, जिस पर तुम यहूदी होने का लेबिल लगा सको-जीसस भी एक यहूदी थे। यदि जीसस भी तुम्हारी बगल में बैठे होते, तो उन्होंने भी कहा होता कि मैं एक यहूदी हूँ।

तुम उन पर फिर लेबिल कैसे लगाते? क्या तुम उन पर यहूदी होने का लेबिल लगा सकते थे? वह संसार में सबसे न्यूनतम यहूदी थे।

अथवा कोई व्यक्ति कहता है–"मैं एक मुसलमान हूँ", और तुम सोचने लगते हो कि यह एक खतरनाक व्यक्ति है। अथवा कोई व्यक्ति कहता है, "मैं एक हिन्दू हूँ और तुम सोचने लगते हो कि वह दम्भी और बहानेबाज है। लोगों के पास विश्वव्यापी लेबिल है और एक बार उन्होंने किसी व्यक्ति पर कोई लेबिल लगा दिया, फिर वे लेबिल के साथ ही व्यवहार करते हैं, वे

फिर उस व्यक्ति के बारे कुछ और सोचते ही नहीं। और यहाँ प्रत्येक व्यक्ति अनूठा है, वह किसी अन्य व्यक्ति का प्रतिनिधित्व न कर स्वयं अपने का ही प्रतिनिधित्व करता है। इसलिए किसी भी व्यक्ति पर कोई भी लेबिल नहीं लगाया जा सकता। लेबिल लगाना ठीक है ही नहीं।

और दर्शनशास्त्र इसे किए चले जा रहा है। वह पूरे अस्तित्व पर लेबिल लगाये चले जा रहा है। एक दार्शनिक या चिन्तक ने प्रत्येक चीज़ पर लगा दिया, तो वह सोचता है कि उसका काम समाप्त हो गया, उसने प्रत्येक चीज़ का हिसाब-किताब साफ कर दिया। और पूरे संसार पर लेबिल लगाकर फिर वह आराम से जीना शुरू कर देता है। परमात्मा ऊपर स्वर्ग में है, और पृथ्वी के नीचे नर्क है और स्वर्ग है आकाश में बहुत ऊचाईयों पर, और यह पृथ्वी है ठीक बीच में। उसने एक नक्शा बनाया है और वह जानता है कि क्या ठीक है और क्या ग़लत है, और यदि तुम ठीक से कार्य करोगे,तो तुम नर्क जाओगे–हर चीज़ का वर्गीकरण कर श्रेणियाँ बना दी गयी हैं, और काम खत्म हो गया। अब वह सभी कुछ जानता है। और वास्तव में एक दार्शनिक कुछ भी नहीं जानता।

दर्शनशास्त्र अथवा तत्वज्ञान को जानना, सत्य का द्वार नहीं है। जानना होता है–प्रयोग करने से और प्रयोगात्मक धर्म ही द्वार है।

एक बार ऐसा हुआ..

एक अस्पताल के नये सचिव पद पर प्रोन्नत हुए व्यक्ति ने तुरन्त यह निर्णय लिया कि अस्पताल की सुरक्षा व्यवस्था को और अधिक मजबूत बनाया जाय। उसने अस्पताल के द्वार पर जिस व्यक्ति को तैनात किया उसने उसे सभी आने वालों की सख्ती से जाँच-पड़ताल करने के निर्देश देते हुए कहा–"जिन लोगों का अस्पताल से कोई भी कार्य-व्यापार न हो, उन्हें सख्ती से बाहर ही रोक दिया जाए।" जिस व्यक्ति को द्वार पर तैनात किया गया, वह व्यक्ति एक महान विचारक था।

तभी जल्दी ही एक युवा स्त्री आयी जो अन्दर जाने को आतुर थी। गेटकीपर जो, एक विचारक भी था, उसने चिल्ला कर कहा, "थोड़ी-सी प्रतीक्षा करो। पहिले यह बतलाओ, तुम्हें क्या काम है?'

उस स्त्री ने उत्तर दिया, "मैं एक मरीज़ हूँ और गर्भवती हूँ।"

–"क्या तुम इसे सिद्ध कर सकती हो कि तुम गर्भ से हो?"

–'बेवकूफी की बातें मत करो। मैंने (इसके अलावा) पिछले छः महीनों से अन्य कोई चीज़ देखी ही नहीं।'

–"ओह! मेरा भी यही ख्याल है, लेकिन तुम ग़लत जगह आ गयी हो। आँख का अस्पताल तो नीचे वाली सड़क से कुछ दूर स्थित है।"

जो लोग सोच-विचार के आदी हैं, उनका अपना तर्क होता है। वे लोग दूसरे की पूरी बात सुनते ही नहीं, और न ठीक से देखते हैं। वे लोग हमेशा अपने ही ढंग से अपने विचारों में डूबे रहते हैं।

वह स्त्री कहती है–"बेवकूफी की बात मत कहो। मैंने पिछले छः महीनों से अन्य कोई भी चीज़ देखी ही नहीं।" और वह चिन्तक अपना निष्कर्ष निकालते हुए कहता है–"ठीक है, मेरा भी यही ख्याल है। तुम ग़लत जगह आ गयी हो। आँख का अस्पताल तो नीचे वाली सड़क से कुछ दूर है।" जो महत्त्वपूर्ण बात भी, वह उससे ही चूक गया।

सोच-विचार इसी तरह का होता है–वह जो महत्त्वपूर्ण बात है, वह उससे पूरी तरह चूके चले जाता है। यदि तुम वास्तव में सत्य के साथ उसके सम्पर्क में रहना चाहते हो, तो उसके मध्य सोच-विचार, कोई पुल न होकर एक अवरोध है।

केवल पिछले तीन सौ वर्षों में ही विज्ञान से महान ऊँचाइयों को छुआ है। और उसका कारण? कारण बहुत साधारण-सा है। कारण यह है कि बेकन ने विज्ञान के संसार का, प्रयोग से परिचय कराया। केवल तीन हज़ार वर्षों अथवा कहना चाहिए पिछले तीस हज़ार वर्षों में नहीं घटी थीं। यह केवल एक व्यक्ति बेकन के कारण हुआ। उसने विज्ञान का पूरा पाठ्यक्रम अथवा उसकी गति ही बदल दी, और उसने प्रयोग का नया द्वार सृजित कर मनुष्य की पूरी चेतना की गति बदल दी। उसने कहा–"अनुमान या विचार प्रक्रिया से कोई सहायता नहीं मिलने वाली। लोग युगों से अनुमान और सोच-विचार करते आये हैं और कुछ भी नहीं हुआ। वे सिद्धान्तों के बारे में लड़ते-झगड़ते रहे औरा उन सिद्धान्तों का अर्थ कोई पदार्थ या वस्तु नहीं है। उसने विज्ञान में प्रयोग को प्रविष्ट किया।"

तुम्हें यह जानकर आश्चर्य होगा कि प्रयोग की यह धारणा बेकन को कहाँ से मिली? तुम इस पर विश्वास नहीं करोगे। उसने यह धारणा सूफ़ी धर्म से

ली। उसे सूफ़ी साहित्य पढ़ने का बहुत अधिक शौक था। उसकी सूफी पुस्तकों में अत्यधिक दिलचस्पी थी और सूफ़ी धारणाओं से ही उसे यह विचार मिला कि यदि आन्तरिक संसार का प्रवेश द्वार प्रयोग है, तो वह बाहर के संसार के रहस्यों का प्रवेश द्वार क्यों नहीं हो सकता? इसी वजह से विज्ञान, सूफ़ी धर्म का बहुत ऋणी है। यदि किसी दिन विज्ञान के प्रामाणिक स्रोत की खोज की गयी, तो विज्ञान के असली पिता या जनक ग्रीक दार्शनिकों के स्थान पर सूफ़ी ही होंगे। अरस्तू-प्लेटो और अन्य दूसरे दार्शनिक नहीं। वे तो सभी चिन्तक और विचारक हैं।

बेकन के मस्तिष्क में प्रयोग की धारणा आख़िर कहाँ से प्रविष्ट हुई? वह सूफ़ी धर्म से ही प्रविष्ट हुई। हो सकता है, उसने यह कहानी अथवा कुछ ऐसी अन्य चीज़ पढ़ी हों, लेकिन वह प्रविष्ट सूफ़ी धर्म से ही हुई, क्योंकि सभी सूफ़ी प्रयोग पर सर्वाधिक जोर देते हैं।

और यदि धर्म ही विकसित होने जा रहा है, तो प्रयोग ही उसकी प्रामाणिक बुनियाद बनेगी। ठीक जैसे विज्ञान, इतनी महान ऊँचाइयों तक इतनी थोड़ी-सी समय-सीमा में पहुँच गया–केवल तीन सौ वर्षों में-इसी तरह यदि धर्म भी प्रयोगात्मक बन जाए, तो उसके विकास की भी महान सम्भावनाएँ हो सकती हैं। धर्मों को सूफ़ी धर्म से बहुत कुछ सीखना है। सूफ़ी धर्म सबसे अधिक सारभूत धर्म है–इसी कारण मैं कहता हूँ कि यह अस्तित्वगत है, प्रयोगात्मक और अनुभवजन्य है।

आठवाँ प्रवचन

शून्यता की झील में खिला एक कमल

26 अगस्त, 1977

पहिला प्रश्न–हम अपनी दिव्यता का विस्मरण क्यों कर देते हैं? आख़िर इसका अर्थ क्या है?

उत्तर–तुमने इसका विस्मरण नहीं किया है, तुमने इसे कभी जाना ही नहीं है–इसलिए तुम इसे कैसे भूल सकते हो? भूलना तो केवल तभी सम्भव है, जब एक बार तुमने उसे जाना हो–और एक बार उसे जान लिया, फिर उसे कभी नहीं भूल सकते।

तुम दिव्य हो, लेकिन तुमने इसे अभी तक जाना नहीं है। ऐसा इसलिए है, क्योंकि तुम दिव्य हो, और इसे जानना सर्वाधिक कठिन है। वह तुम्हारे अस्तित्व के हृदय में है। यदि वह कोई ऐसी चीज़ होती जो तुम्हारे बाहर होती, तो अब तक तुम्हारा उससे आमना-सामना भी हो जाता। यदि वह कोई ऐसी चीज़ नहीं, जो देखी जा सके, वह भविष्य में छिपी है। वह तुम्हारा साक्षी है। जब तक तुम स्वयं अपने पीछे नहीं जाते, तुम उसे जानने में समर्थ न हो सकोगे।

यहाँ संसार में तीन चीज़ें हैं। एक है पदार्थ का संसार–जिसमें तुम्हारे चारों ओर वस्तुएँ हैं। तुम जब स्वयं अपने ही निकट आते हो, तो वहाँ, विचारों, सपनों और कामनाओं का संसार है। तुम उससे चारों ओर से घिरे हुए हो। यह वह है, जिसे सामान्य रूप से तुम आन्तरिक संसार कहते हो। वह वास्तव में आन्तरिक न होकर, है अभी भी बाहर ही। यहाँ दो तरह के बाह्य संसार हैं–एक वह, जिसे तुम खुली आँखों से देखते हो, और दूसरा वह–जिसे तुम बन्द आँखों से देखते हो। लेकिन दोनों ही बाहर हैं, क्योंकि जो कुछ देखा जा सकता है, उसे बाहर ही होना चाहिए। उसे देखा जाना है, तो उसे बाहर ही होना चाहिए, वह तुमसे भिन्न होना चाहिए। पदार्थ या वस्तु को, चेतना से पृथक होना चाहिए।

और तब उसी जगह तीसरा भी है, तुम्हारे आन्तरिक केन्द्र का, तुम्हारी आत्मा या चेतना का संसार, जहाँ से तुम द्रष्टा बने रहते हो। उस तक आकर उसका अनुभव करना ही किसी भी व्यक्ति की दिव्यता होती है। एक व्यक्ति को सभी वस्तओं और विचारों का साक्षी बनना होता है, और साक्षी रहते हुए धीमे-धीमे एक क्षण आता है, जब रूपान्तरण घटित होता है। जब तुम्हारी चेतना में न तो वस्तुएँ और पदार्थ बचते हैं और न विचार रह जाते हैं, जब तुम्हारी चेतना शुद्धतम होती है, तो वह एक सौ अस्सी डिग्री का एक मोड़ लेती है। जब वहाँ देखने को कुछ भी नहीं रहता, देखने वाला स्वयं को ही देखने लगता है।

स्मरण रहे, मैं केवल शब्दों का प्रयोग कर रहा हूँ, और वे किसी तरह से भी पर्याप्त संतोषजनक नहीं है।

'देखने वाला स्वयं को ही देखना शुरू कर देता है'–यह शब्द उचित और ठीक शब्द नहीं है, क्योंकि शब्द फिर एक विभाजन का संकेत देते हैं–द्रष्टा और दृश्य। और अब उस स्थान पर कोई विभाजन नहीं रह जाता–वहाँ केवल तुम और तुम ही होते हो, वहाँ कोई भी ऐसी चीज़ नहीं होती–जो देख रही हो, और न कोई ऐसी चीज़–जो देखी जा रही हो। वह केवल शुद्धतम चेतना ही होती है।

दिव्यता का अर्थ है–शुद्धतम चेतना। तुम्हें पहिले वस्तुओं के संसार से विचारों के संसारों की ओर जाना होगा, और तब तुम्हें एक कदम और उठाना होगा, तुम्हें सोचना-विचारना भी छोड़ना होगा, विचारों को विसर्जित करना होगा, और अस्तित्वहीनता अर्थात शून्यता को घटने देना होगा। इसी अस्तित्वहीनता में मुड़ना घटना है।

तुम इसे कर नहीं सकते। तुम केवल दो चीज़ें कर सकते हो–तुम संसार की ओर से अपनी आँखें बन्द कर सकते हो, और तुम विचारों से निरन्तर यातायात के लिए अपनी चेतना के द्वार बन्द कर सकते हो। तुम्हें इतना ही सब कुछ करना है। तब तीसरी चीज़ स्वतः घटती है। अचानक तुम होशपूर्ण या सचेत हो जाते हो–कि तुम परमात्मा हो, दिव्य हो। जो चेतना है। वही परमात्मा है।

लेकिन जब तुम सचेत होते हो, एक अर्थ में तुम मिट जाते हो; तुम उस स्थान में और रहते ही नहीं। पुराना अहंकार या 'मैं' की अस्मिता फिर वहाँ– रहती ही नहीं। तुम 'मैं' भी नहीं कह सकते क्योंकि मैं निर्भर है–चीज़ों और विचारों पर, 'मैं' चीज़ों और विचारों से ही निर्मित होता है। जब सभी चीज़ों और विचारों की ईंटें मिट कर तिरोहित हो जाती हैं, तो 'मैं' का भवन भी गिर जाता है। फिर उस जगह शुद्ध शून्यता रह जाती है। इसी को बुद्ध 'अनत्ता' या 'अनात्मा' कहते हैं। अपने अस्तित्व के प्रामाणिक केन्द्र पर, अपने सबसे भीतरी सिंहासन पर तुम वहाँ– स्वयं अपने को भी नहीं पाओगे–इसी तरह से कोई स्वयं को खोज पाता है। जब आत्म भी मिट जाता है, तभी आत्मा का बोध होता है।

इसी कारण इस बिन्दू पर सभी महान सद्गुरु असंगत और विरोधाभासी बन जाते हैं। जीसस कहते हैं–"यदि तुम स्वयं को मिटाना चाहते हो, तो स्वयं अपने में ही बने रहो। यह बहुत विरोधाभासी है। जो स्वयं अपने से बंधे रहते हैं, वे मिट जाएँगे और जो मिटने को तैयार हैं, वे उसे प्राप्त कर लेंगे।

तुम मुझसे पूछ रहे हो, "हम अपनी दिव्यता को क्यों भूल जाते हैं?'' नहीं, तुम भूले नहीं हो–कोई कभी भी नहीं भूलता–पर पहिली बात यह तुमने उसे बिल्कुल जाना ही नहीं है। एक बार उसे जान लिया, तो वह सदा के लिए जान लिया। लेकिन मैं यह नहीं कह रहा हूँ– कि तुम दिव्य नहीं हो। तुम दिव्य हो।

जब तुम कहते हो कि कोई उसे भूला बैठा है, तो यह 'भुला बैठना' शब्द आलंकारिक रूप से प्रयक्त किया गया है। यह वास्तविकता नहीं है, यह प्रामाणिक सत्य नहीं है। कोई भी व्यक्ति इसे भूल नहीं सकता। एक बुद्ध, एक बुद्ध होने के अतिरिक्त कभी भी कुछ और हो ही नहीं सकता। वह कभी भी भूल नहीं सकता। वह जानता है। वह तब भी जानता है, जब वह सोता है। उसे भूलने का कोई उपाय है ही नहीं। एक बार उसे जान लिया, तो वह शाश्वत रूप से जान लिया। लेकिन हमने उसे जाना ही नहीं–और वह हमेशा और हमारे पास ही है। बिल्कुल प्रारम्भ से ही

वह हमारे पास है। लेकिन हमने अपनी ऊर्जा को अपनी ओर मुड़ने की कभी अनुमति ही नहीं दी।

तुमने पुराने प्रतीक चिन्हों को जरूर देखा होगा–इस बारे में अपनी ही ओर मुड़ने वाले सर्प का मिश्री चिन्ह है, जिसमें सर्प को एकं वृत्त के रूप में दिखाया गया है। सर्प के मुँह में उसकी अपनी ही पूँछ है, यही है। वह, जिसे स्वयं का जानना कहते हैं। सर्प की अपनी ही पूँछ उसके मुँह में है, यह एक वृत्त है, जिसमें दोनों छोर मिलते हैं।

जब तुम स्वयं अपनी ही ओर मुड़ते हो तो चक्र पूरा हो जाता है। यही कारण है कि बहुत-सी रहस्यमय परम्पराओं में सर्वोच्च उपलब्धि का प्रतीक एक चक्र है। ठीक अभी तो तुम एक वृत्त या चक्र नहीं हो, तुम केवल एक रेखा हो। तुम स्वयं अपने से आगे तो जाते हो, लेकिन कभी स्वयं पर वापस नहीं आते। तुम्हारी चेतना की किरण एक ही आयाम में एक सीधी रेखा में जाती है। रेखावत चेतना सीधी एक ही रेखा में इसी तरह से निरन्तर लाखों वर्षों से गतिशील हो रही है।

जब यह वृत्ताकार मुड़ना शुरू हो जाती है, जब घूमकर घर वापस लौटना शुरू हो जाती है, तो एक दिन अचानक स्वयं से टकराती है, स्वयं ही पर गिर जाती है, तब उसी स्थान पर जानना घटता है। और यह जानना फिर कभी नहीं जाता।

तुम स्वयं परमात्मा हो, लेकिन तुमने इस तथ्य को अभी पहिचाना नहीं है। तुम पहिचान करने से चूक रहे हो, ऐसा नहीं है तुम उसे भूल गये हो।

• दूसरा प्रश्न–जब कोई व्यक्ति मेरे निकट आता है, तो मैं भय का अनुभव क्यों करता हूँ?

उत्तर–कम या ज्यादा, प्रत्येक व्यक्ति भय का अनुभव करता है। इसी कारण लोग दूसरों को अपने बहुत निकट आने की अनुमति नहीं देते, और इसी वजह से लोग प्रेम करने से बचते हैं। कभी-कभी इसी प्रेम के नाम के नाम पर वे प्रेम को टालते चले जाते हैं। लोग एक दूसरे से दूरी बनाये रखते हैं–वे दूसरों को केवल कुछ दूर तक ही आने की अनुमति देते हैं। तभी भय उत्पन्न होता है।

भय है क्या? भय है कि दूसरा व्यक्ति, यदि वह बहुत अधिक निकट आता है, तो वह तुम्हारी रिक्तता अथवा खालीपन को देखने में समर्थ हो सकता है। इससे दूसरे व्यक्ति का कोई भी लेना-देना नहीं है। तुम कभी भी अपनी आन्तरिक रिक्तता अथवा शून्यता को स्वीकार करने में समर्थ नहीं रहे हो–यही तुम्हारा भय है। तुमने बाहर परिधि पर अपने को बहुत सजा कर प्रस्तुत किया है तुम्हारे पास एक सुन्दर चेहरा है, तुम्हारे होंठों पर मीठी मधुर मुस्कान है, तुम अच्छी तरह से बातचीत करने में बहुत पारंगत हो, तुम बहुत अच्छा गाते हो, और तुम एक सुन्दर व्यक्ति के रूप स्वीकार किए जाते हो।

लेकिन ये सभी गुण बाहर परिधि पर हैं। इनके पीछे एक निष्फलता और रिक्तता है। तुम भयभीत हो कि यदि कोई व्यक्ति तुम्हारे अधिक निकट आ जाता है, तो वह तुम्हारे ओढ़े गये मुखौटे के पार, तुम्हारी मुस्कान के पार और वह तुम्हारे मधुर शब्दों के पार, वास्तविकता देखने में समर्थ हो सकेगा। और यह तुम्हें भयभीत बना देता है।

और तुम जानते हो कि वहाँ अन्य कुछ भी नहीं है। तुम ठीक एक परिधि हो–यही तुम्हारा भय है, तुम्हारे अन्दर कोई गहराई है ही नहीं।

ऐसा नहीं है कि तुम वह गहराई नहीं पा सकते, तुम उसे पा सकते हो, लेकिन तमने अभी पहिला कदम उठाया ही नहीं। पहिला कदम उठाना, अपनी आन्तरिक रिक्तता को प्रसन्नता से स्वीकार करना है, और उसके अन्दर प्रवेश करना है। अपनी आन्तरिक रिक्तता से बचो मत। यदि तुम अपनी रिक्तता में आनन्द लेते हो, तो तुम पूरी तरह खुल जाओगे और लोगों को अपने निकट आने के लिए आमन्त्रित करोगे और अपने अन्दर गहराई में स्थित उस शून्यता में एक विशेष गुण भिन्न होता है। यह अन्तर तुम्हारे मन में होता है। यदि तुम उसे अस्वीकार करते हो, तो वह मृत्यु सदृश्य लगता है, और यदि तुम उसे स्वीकार करते हो, तो वही चीज़ जीवन का प्रामाणिक स्त्रोत बन जाती है।

केवल ध्यान के द्वारा ही तुम दूसरों को अपने निकट आने की स्वीकृति देने में समर्थ हो सकते हो। केवल ध्यान के द्वारा ही जब तुम्हें अपनी आन्तरिक रिक्तता या खालीपन का आनन्द जैसा महसूस होना शुरू होता है, जब वह

शून्यता एक गीत और उत्सव लगने लगती है, जब तुम्हारी आन्तरिक रिक्तता तुम्हारे मन को पागल नहीं बनाती, जब वह तुम्हें और भयभीत नहीं बनाती जब तुम्हारी आन्तरिक शून्यता या रिक्तता एक सुकून, एक शरणस्थली और एक विश्राम बन जाती है और जब भी तुम थके होते हो, तो अपनी आन्तरिक शून्यता और प्रसन्नता को जो ध्यान से उत्पन्न हो रही होती है, प्रेम करना प्रारम्भ कर देते हो, तो उस शून्यता में हज़ारों कमल खिल जाते हैं और वे शून्यता की उस झील में तैरने लगते हैं।

लेकिन तुम उस खालीपन या रिक्तता से इतने अधिक भयभीत हो, कि तुम उसकी ओर देखते तक नहीं। तुम उससे बचने और दूर रहने का हर सम्भव प्रयास करते हो। तुम रेडियो सुनोगे, तुम फिल्म देखने चले जाओगे, तुम टी.वी. देखने लगोगे, लेकिन तुम अपने अन्दर के खालीपन से निरन्तर बचते रहोगे। जब तुम थक जाओगे तो सो जाओगे और सपने देखने लगोगे, लेकिन तुम कभी उसका सामना नहीं करते, तुम कभी उसके निकट नहीं जाते, और न कभी तुम उसका आलिंगन लेते हो। तुम्हारे भय का यही कारण है।

तुम पुछ रहे हो–**"जब कोई व्यक्ति मेरे निकट आता है, तो मुझे भय क्यों लगता है?"**

यह एक महान अन्तर्दृष्टि है, जो तुम्हारे अन्दर घटी है। जब कोई भी व्यक्ति किसी के निकट आता है, तो वह भय का ही अनुभव करता है, लेकिन बहुत थोड़े से लोग ही उसके प्रति सचेत हो पाते हैं।

निकटता को पसन्द नहीं किया जाता। तुम केवल किसी बड़ी शर्त पर किसी व्यक्ति को निकट आने की अनुमति देते हो–यदि वह तुम्हारी पत्नी है, तब तुम उसे अपने बिस्तर पर अपने साथ सोने की अनुमति देते हो। लेकिन तुम फिर भी अपने और पत्नी के मध्य एक अदृश्य दीवार बनाये रखते हो। वह दीवार अदृश्य है, लेकिन वह वहाँ है। तुम स्वयं के अपने लिए गुप्त और रहस्यमय बनी रहती है। तुम्हारी पत्नी भी अपने आप में रहस्यमय बनी रहती है, और तुम्हारी निजताएँ और रहस्य कभी एक दूसरे से नहीं मिलते। तुम्हारे पास अपने रहस्य हैं और उसके पास अपनी गुप्त बातें हैं। तुम वास्तव में एक दूसरे के लिए खुले हुए उपलब्ध नहीं रहते।

प्रेम में भी तुम किसी दूसरे को वास्तव में अपने अन्दर गहरे प्रवेश करने की अनुमति नहीं देते। जब दो प्रेमियों के शरीर एक दूसरे के आर-पार हो जाते हैं, तो वहाँ शारीरिक एकात्म में शिखर आनन्द घटता है, जब दो मन एक दूसरे में प्रविष्ट हो जाते हैं, तो वहाँ मनोवैज्ञानिक एकात्मक का सर्वोच्च आनन्द घटता है, और जब दो आत्माएँ एक दूसरे में समाहित होती हैं, तो वहाँ आध्यात्मिक परमानन्द घटता है।

तुमने हो सकता है अभी तक अन्तिम दो एकत्व के बारे में न सुना हो। पहिला एकत्व भी बहुत कम होता है। बहुत थोड़े से लोग ही संभोग के शिखर का आनन्द प्राप्त कर पाते हैं, शेष तो उसके बारे में भूल ही गये हैं। वे सोचते हैं कि स्खलन ही सर्वोच्च आनन्द है। बहुत से पुरुष विश्वास करते हैं कि उन्होंने सम्भोग के शिखर आनन्द को पा लिया और क्योंकि स्त्रियाँ कम-से-कम दृश्य रूप से स्खलित नहीं होतीं, और अस्सी प्रतिशत स्त्रियाँ सोचती हैं कि शिखर आनन्द जैसा अनुभव उन्हें कभी होता ही नहीं। लेकिन स्खलन, सम्भोग के सर्वोच्च परमानन्द का शिखर नहीं है। केवल तनाव का शिथिल हो जाना या सेक्स ऊर्जा का मुक्त हो जाना ही संभोग का शिखर परमानन्द नहीं होता। ऊर्जा का मुक्त हो जाना एक नकारात्मक चीज़ है–तुम पूरी तरह ऊर्जा खो देते हो–जबकि सम्भोग का शिखर आनन्द, पूरी तरह से कुछ अलग ही चीज़ है। यह ऊर्जा का कोष–कोष में नर्तन है, उसका मुक्त होना नहीं। यह ऊर्जा की परमानन्द की एक स्थिति है। ऊर्जा एक प्रवाह बन जाती है और वह पूरी शरीर के सौन्दर्य और शक्ति का एक चमत्कार होती है। तुम्हारे शरीर का प्रत्येक कोष और रेशा एक नूतन आनन्द से थिरकने लगता है। और एक गहन शान्ति उसका अनुसरण करती हुए आती है।

लेकिन लोग शारीरिक मिलन के इस सर्वोच्च शिखर आनन्द के बारे में ही नहीं जानते, फिर मनोवैज्ञानिक एकात्म के शिखर आनन्द या 'आरगेज्म' के बारे में आख़िर कैसे बताया जाए?

जब तुम किसी व्यक्ति को अपने पास आने की अनुमति देते हो एक मित्र, प्रेमिका, एक पुत्र, एक पिता अथवा एक सद्‌गुरु, इससे कोई भी अन्तर नहीं पड़ता कि वह किस किस्म का रिश्ता है–जब तुम किसी को भी अपने

निकट आने की अनुमति अथवा स्वीकृति देते हो, तो तुम्हारे मन एक दूसरे को आच्छादित करते हुए एक दूसरे में प्रविष्ट हो जाते हैं, तब वहाँ शरीरगत एकात्म के शिखर आनंद के अनुभव के भी पार एक छलाँग लगती है। शरीरगत एकात्म शिखर अनुभव बहुत सुन्दर था, लेकिन मनों के एकात्म होने के लिए शिखर अनुभव की तुलना में वह कुछ भी नहीं है। एक बार तुमने दो मनों के एकात्म के सर्वोच्च शिखर आनन्द के अनुभव को जान लिया तो शरीरगत शिखर आनन्द का अनुभव धीमे-धीमे अपना पूरा आकर्षण खो देता है। वह उसका बहुत छोटा-सा स्थानापन्न है।

लेकिन मनों के एकात्म का शिखर अनुभव भी, दो आत्माओं के मिलन से उत्पन्न सर्वोच्च परमानन्द के आगे कुछ भी नहीं है। जब दो आत्माएँ–आत्माओं से मेरा अर्थ दो शून्यताओं, दो शून्यों के मिलन से है, जिसमें वे एक दूसरे को आच्छादित कर लेती हैं। स्मरण रहे, दो शरीर केवल एक दूसरे का स्पर्श कर सकते हैं, लेकिन वे एक दूसरे को आच्छादित नहीं कर सकते, केवल वे पदार्थगत या भौतिक हैं। एक ही स्थान में दो शरीर एक साथ कैसे बने रह सकते हैं? यह असम्भव है। इसलिए अधिक-से-अधिक बहुत निकटता से किया गया स्पर्श ही अधिक नहीं होता–क्योंकि दो भौतिक वस्तुएँ एक ही स्थान में नहीं रह सकतीं। यदि मैं यहाँ इस कुर्सी पर बैठा हुआ हूँ, तो कोई दूसरा ठीक इसी स्थान पर नहीं बैठ सकता। यदि किसी खास स्थान में कोई पत्थर पड़ा हुआ है, तो तुम उसी स्थान पर दूसरी चीज़ नहीं रख सकते। वह स्थान घिरा हुआ है।

भौतिक पदार्थ स्थान घेरते हैं–यही प्रेम भौतिक शरीर केवल एक-दूसरे का स्पर्श कर सकते हैं–यही प्रेम की पीड़ा है। यदि तुम शारीरिक प्रेम ही जानते हो, तो तुम सदा दुःखी रहोगे, क्योंकि तुम केवल एक-दूसरे का स्पर्श ही करते रहोगे, और गहरी चाह होती है–एक हो जाने की। दो भौतिक शरीर एक बन ही नहीं सकते। यह सम्भव ही नहीं है।

इससे बेहतर सम्पर्क तो दो मनों के मिलने का होता है। वे निकट से निकटतम हो सकते हैं। लेकिन दो विचार भी एक ही स्थान में एक साथ नहीं रह सकते, भले ही विचार बहुत सूक्ष्म होते हों। वे एक दूसरे को कहीं बेहतर तरह से छू सकते हैं...चीजें बड़ी ठोस होती हैं, जबकि विचार तरल होते हैं।

जब दो प्रेमियों के शरीर मिलते हैं, तो वह दो पत्थरों का एक दूसरे के निकट आना होता है; और जब दो मन मिलते हैं, तो पानी और तेल के मिलने जैसा होता है। हाँ, यह मिलन, पहिले की तुलना में बेहतर है, लेकिन फिर भी वहाँ एक सूक्ष्म विभाजन...।

दो विचार एक ही स्थान में नहीं समा सकते। जब तुम एक विचार के बारे में सोच रहे हो, तो ठीक उसी समय दूसरे विचार के बारे में नहीं सोच सकते–पहिले विचार को चले जाना होगा, तुम केवल तभी दूसरे विचार की ओर ध्यान देने में समर्थ हो सकते हो। तुम्हारे मन में एक स्थान और एक समय में केवल एक विचार ही रह सकता है। इसलिए मित्रता में, मनों के मिलने वाली मित्रता में भी हम किसी चीज़ से चूक जाते हैं। उसमें किसी चीज़ की कमी रह जाती है। यह पहिले मिलन से तो बेहतर पर, तीसरे मिलन की तुलना में यह कुछ भी नहीं है।

दो आत्माओं के एक दूसरे के आर-पार प्रविष्ट हो जाने वाले मिलन में ही, वास्तव में एक अस्तित्व के दूसरे में विलय हो जाने की सम्भावना होती है, क्योंकि आत्मा का अर्थ होता है–शून्यता। दो शून्यताएँ ही एक साथ हो सकती हैं। वे साथ-साथ एक ही स्थान को घेर सकती हैं, इसमें कोई भी समस्या नहीं है–क्योंकि वे न तो ठोस कंकरीट की तरह भौतिक वस्तुएँ हैं और न तरल जल की भाँति विचार हैं। वे प्रामाणिक रूप से अपने आप में खाली शून्यताएँ ही हैं। तुम एक दूसरे के साथ जितनी भी अधिक शून्यता सम्भव हो, उसका अनुभव कर सकते हो।

यही सब कुछ एक सद्गुरु के चारों ओर घटता है। जब संसार में एक बुद्ध जीवित रहता है, तो हज़ारों लोग उसके शिष्य बनेंगे। और कभी-कभी शिष्य चिन्तित भी हो जाते हैं। ठीक आज ही एक प्रश्न निर्गुण की ओर से प्राप्त हुआ है–**"अब यहाँ लोग बहुत दूर-दूर के स्थानों से आ रहे हैं। और आश्रम में अधिक-से-अधिक भीड़ बढ़ती जा रही है, फिर आप अपने शिष्यों को अपना प्रेम देने में कैसे समर्थ हो सकेंगे? इस स्थान पर अब तो इतने अधिक लोग हो गये हैं।"**

यह प्रश्न संगत प्रतीत होता है। यह भौतिक दृष्टिकोण से देखने पर तो संगत प्रतीत होता है–लेकिन आत्मिक-दृष्टिकोण से नहीं। मैं किसी भी

व्यक्ति को अपना प्रेम नहीं दे रहा हूँ, मैं पूर्ण रूप से प्रेम ही हूँ। यदि मैं प्रेम दे रहा हूँ, तब उसे जरूर ही किसी किस्म की चीज़ होना चाहिए, जिसकी मात्रा और परिणाम होता है। तब निश्चित रूप से मैं केवल कुछ लोगों को ही उसे दे सकता हूँ, और अन्य लोग उसे पाने में समर्थ न हो सकेंगे।

पर यह मात्रा या परिमाण में नहीं है, यह सामान्य रूप से एक गुण है। यह सीमित नहीं है, उसकी परिभाषा अथवा व्याख्या नहीं की जा सकती। यह कोई भी स्थान नहीं घेरती। मैं ठीक एक शून्यता हूँ। इसलिए चाहे यहाँ एक शिष्य हो अथवा यहाँ दस लाख शिष्य हों, इससे कोई भी अन्तर नहीं पड़ता। इसमें एक ही अन्तर है, और यह शिष्य पर ही निर्भर है—यदि वह मेरी शून्यता में पिघलने और मिटने को तैयार नहीं होते, तो वह चूक जाएगा।

जब तुम प्रसन्नता से अपनी शून्यता का अनुभव करना शुरू कर देते हो—स्मरण रहे, तभी तुम लोगों को अपने निकट सम्पर्क में आने के लिए अनुमति देने में समर्थ हो सकोगे। न केवल तुम उन्हें अनुमति देने में समर्थ हो सकोगे, तुम हमेशा स्वागत पूर्ण होकर लोगों को आमन्त्रित करोगे—क्योंकि तभी कोई व्यक्ति तुम्हारे अन्दर प्रवेश कर सकता है, यदि वह भी तुम्हें अपने अन्दर प्रवेश करने की अनुमति देता है। केवल यही एक उपाय है और इसके अतिरिक्त अन्य कोई उपाय है ही नहीं। यदि तुम मेरे अन्दर प्रवेश करना चाहते हो, तो केवल एक ही उपाय है कि तुम मुझे अपने अन्दर आने की अनुमति दो। वहाँ अन्य कोई दूसरा रास्ता है ही नहीं।

कभी-कभी ऐसा घटता है...

एक बार एक युवक दो वर्षों तक मेरे साथ रहा। वह एक स्त्री के गहरे प्रेम में डूबा था। वे दोनों साथ ही रहते थे। उनके माता-पिता इसके विरुद्ध थे, यही कारण था कि उन्होंने मेरे पास शरण ली थी। मैंने उन दोनों को केवल एक ध्यान प्रयोग करने को कहा। उस ध्यान प्रयोग में प्रतिदिन सुबह शाम कम-से-कम दो बार एक निश्चित समय पर नियमित रूप से एक दूसरे के सामने बैठकर एक दूसरे को देखते हुए यह अनुभव करना था कि वे दोनों एक दूसरे के अन्दर प्रवेश कर रहे हैं।

छः महीनों के प्रयोग के बाद एक दिन वे लोग जैसे पागल हो गये। हुआ यह कि दिन में दो बार, छः महीनों के नियमित प्रयोग से, पुरुष आत्मिक

रूप से स्त्री के अंदर प्रविष्ट हो गया और स्त्री आत्मिक रूप में पुरुष के अन्दर प्रवेश कर गयी। तब वे लोग बहुत अधिक डर गये– अब आख़िर होगा क्या? पुरुष ने स्त्री की तरह अनुभव करना शुरू कर दिया। उनके पूरे व्यक्तित्व बदल गये। यहाँ तक कि उनकी आवाज, उनके चलने का ढंग भी अचानक बदल गया। पुरुष ने स्त्री की तरह चलना शुरू कर दिया और स्त्री ने पुरुष की तरह चलना शुरू कर दिया। स्त्री की आवाज खुरदरी और कठोर हो गयी और पुरुष की आवाज बहुत अधिक स्त्रैण हो गयी।

स्वाभाविक रूप से वे लोग बहुत अधिक भयभीत हो गये। और मुझे उन्हें स्वयं में वापस लौटने के लिए विपरीत विधि देनी पड़ी। तीन दिन के लिए उन्हें एक कमरे के अन्दर तक ही सीमित कर दिया गया, वे उससे बाहर नहीं जा सकते थे। और उन लोगों को निरन्तर एक दूसरे की आँखों में देखना था, जिससे वे वापस लौटकर अपने घर आ सकें। वे तीन दिन बहुत उपद्रव के थे। वे समझ ही नहीं सके कि आख़िर हुआ क्या? क्योंकि वे इतने अधिक विपरीत दिशाओं में चले गये थे।

वे लोग एक महान परमानंद से चूक गये। वे लोग मुझसे इतने अधिक डर गये कि तीन दिनों बाद वे लोग ठीक होते ही स्वयं अपने घर वापस लौट गये। वे लोग मुझे सूचना दिये बिना यहाँ से पलायन कर गये। मैंने उन लोगों को तभी से नहीं देखा।

हाँ! यह अनुभव करना कि तुम अब वही व्यक्ति न रहकर दूसरे व्यक्ति बन गये हो, तुम अब दूसरे व्यक्ति के अधिकार में उसके द्वारा नियन्त्रित किये जा रहे हो, तुम्हारी आत्मा तुम्हारा शरीर छोड़ चुकी है और किसी दूसरे व्यक्ति की आत्मा तुम्हारे अन्दर प्रवेश कर गयी है, वास्तव में पागल बना देने वाली घटना है, तुम भली-भाँति कल्पना कर सकते हो।

लेकिन वे लोग इसे स्वीकार नहीं कर सके, इसी कारण वे लोग आधे पागल जैसे हो गये। यदि उन लोगों ने इसे स्वीकार कर लिया होता, तो वे पुरानी स्थिति में वापस लौटना भी सीख गये होते। तब वे धीमे-धीमे प्रतिदिन एक दूसरे को अन्दर प्रवेश करने और फिर वापस लौट आने का उपाय भी सीख जाते। धीमे-धीमे आने-जाने का रास्ता बहुत सुगम हो गया होता और वे इसे जानने में कुशल हो जाते। और मैं उन्हें वह महान प्रयोग दे

रहा था, जो उन्हें सर्वोच्च और अन्तिम परमानन्द के शिखर अनुभव पर पहुँचा देता, जो दो आत्माओं या शून्यताओं के मिलन से घटित होता है। लेकिन वे लोग इससे चूक गये।

यहाँ प्रतिदिन चारों ओर ऐसी ही घटनाएँ घट रही हैं। जब कभी भी कोई चीज़ घटना शुरू होती है, तुम भयभीत हो जाते हो, और पलायन करना शुरू कर देते हो। इसे स्मरण रखना। जब भी कोई चीज़ बहत भयभीत करने वाली घटे, तो याद रहे कि यह समय कहीं भी जाने का नहीं है, यह समय यहीं बने रहने का है। जब कोई चीज़ भय उत्पन्न करने वाली घट रही है, तभी कुछ घटना घटने जा रही है। यह क्षण बहुत फलप्रद परिणाम लाने वाला है और तुम्हें यहीं बने रहना है और तुम्हें उसके अन्दर प्रवेश करना है।

यह एक अच्छी अन्तर्दृष्टि है–कि **तुम यह पूछ रहे हो कि जब भी कोई व्यक्ति मेरे निकट आता है, मुझे भय का अनुभव क्यों होता है?** तुम अपनी शून्यता के प्रति थोड़ा बहुत सचेत बनते जा रहे हो। अब इस चेतना में वृद्धि करो। अब इस चेतना को एक महान अनुभव बन जाने दो। इस शून्यता में प्रवेश करो और शीघ्र ही तुम आश्चर्य में पड़ जाओगे कि यह शून्यता वही है, जो ध्यान है। यह वही शून्यता है, जिसे मैं दिव्यता या परमात्मा पुकारता हूँ। और तब तुम एक मन्दिर बन जाओगे, जो प्रत्येक उस अजनबी के लिए खुला होगा, जो यहाँ आना चाहता है।

• **तीसरा प्रश्न–आप एक स्त्री क्यों नहीं हैं?**

उत्तर–लेकिन मैं हूँ।

पुरुष और स्त्री–यह द्वैतता अब और मेरे लिए अस्तित्व में रह ही नहीं गयी। और यदि तुम श्रम करते हुए निरन्तर अपने अन्दर की ओर गतिशील होते जाओ, तो एक दिन द्वैतता तुम्हारे लिए भी फिर रहेगी नहीं। स्त्री और पुरुष के भेद केवल जैविक और शरीरगत हैं, और यह चीज़ बहुत गहरी न होकर उथली है। यह बहुत गहरे तक नहीं जाती। वे ठीक त्वचा की गहराई तक ही भिन्न हैं। अन्दर की गहराई में वहाँ केवल एक ही चीज़ है–चेतना।

और चेतना न तो पुरुष के बारे में कुछ जानती है, और न कुछ स्त्री के बारे में। वह शुद्ध रूप से मात्र चेतना है। लेकिन तुम्हारा शरीर के साथ बहुत अधिक तादात्म्य है, इसी वजह से यह समस्या उत्पन्न होती है। तब तुम यह सोचना भी प्रारम्भ कर देते हो कि तुम युवा हो अथवा वृद्ध, सुन्दर हो अथवा कुरुप, स्वस्थ हो अथवा बीमार।

ये सभी ग़लतफहमियाँ हैं। तुम रहते तो शरीर में हो, लेकिन तुम शरीर नहीं हो। शरीर तुम्हारा केवल घर है, तुम्हारा निवास स्थान है, तुम्हारा घोंसला है एक दिन तुम उसे छोड़कर भी उड़ जाओगे। तुम फिर किसी दूसरे घोंसले में जाकर शरण लोगे। तुम अतीत में भी बहुत से घोंसलों में रहे हो और भविष्य में भी तुम्हें बहुत से मिलेंगे। तुम बहुत से शरीरों में रहे हो और भविष्य में भी तुम्हें अनेक शरीरों में रहना होगा। तुम निरन्तर अपने घरों को बदलते जा रहे हो। जब एक घर जर्जर और मरम्मत के काबिल भी नहीं रह जाता, तुम्हें उसे छोड़कर जाना ही पड़ता है, और कोई दूसरा नया तथा युवा घर अधिक जीवन्त और विकास की अधिक छिपी शक्ति वाला खोजना होता है।

मेरा अब शरीर से कोई भी तादात्म्य नहीं रह गया है, इसलिए जब तुम पूछते हो–"आप एक स्त्री क्यों नहीं हैं?" तो तुम एक निरर्थक प्रश्न पूछ रहे हो। मैं न पुरुष हूँ और न स्त्री, और न दोनों ही। मैं इन सीमाओं का अतिक्रमण कर गया हूँ, और मैं चाहता हूँ–तुम भी ऐसा ही करो–सीमा का अतिक्रमण कर जाओ। यदि तुम एक पुरुष हो, तो शरीर पुरुष का ही रहेगा, और यदि तुम स्त्री हो, तो शरीर एक स्त्री का रहेगा, लेकिन यह केवल तुम्हारे घर की शक्ल है। एक बार तुम जान गये कि इस सभी के साक्षी हो, तो तुम सभी सीमाओं के पार चले गये। यह अतिक्रमण करना ही स्वतन्त्रता है।

लेकिन मैं समझता हूँ यह प्रश्न है–माँ प्रेम मदिरा का। उसका यह प्रश्न किसी दूसरे अर्थ में संगत है। वह पूछ रही हैं कि सभी बुद्ध, पुरुष ही क्यों होते हैं? वे स्त्रियों में से क्यों नहीं होते, अर्थात स्त्रियाँ, बुद्ध क्यों नहीं होती? पहिले भी स्त्रियाँ बुद्धत्व को उपलब्ध होती रही हैं, लेकिन इतिहास उन्हें दर्ज नहीं करता। एक विशिष्ट कारण है इसका...वह कारण है कि इतिहास

पुरुषों द्वारा लिखा गया है। कारण यह है कि हमेशा ही यह पुरुष के अहंकार विरुद्ध रहा है कि वह सोच भी सके कि एक स्त्री बुद्धत्व को उपलब्ध हो सकती है। सदा संघर्ष को तत्पर पुरुष-चित्त के लिए यह सोचना भी असम्भव है कि स्त्री, एक सद्‌गुरु हो। उनके लिए यह स्वीकार कर पाना एक दुर्लभ बात है, क्योंकि यह घटना इतनी अधिक दीप्तिवान और उज्ज्वल थी, कि आख़िर उन्हें स्वीकार करना पड़ा।

मीरा में अथवा राबिया में अथवा थेरेसा में उन्होंने यह स्वीकार किया, लेकिन बहुत अनिच्छा और बहुत बेमन से। कभी-कभी महान जैन सद्‌गुरुओं की परम्परा में एक स्त्री थी, जिसका नाम था मल्लीबाई। लेकिन उसकी पहिचान बदल कर उसे स्त्री से पुरुष बना दिया।

वहाँ चौबीस तीर्थंकार हैं, जिसमें तेईस पुरुष हैं और एक स्त्री, लेकिन वे लोग इसे सहन न कर सके। उन्होंने इतिहास बदल दिया। वे कहते हैं कि वह भी एक पुरुष थी।

ऐसा प्रतिदिन होता है कि जब इतिहास बदल दिया जाता है। इसी सदी में जब जोसेफ स्तालिन को सत्ता मिली, उसने रूसी-क्रान्ति के पूरे इतिहास को बदल दिया। लियो-ट्राटस्की के चित्र हर स्थान से हटा दिये गये, सभी फोटोग्राफ्स में भी। उसका नाम इतिहास की पुस्तकों में से हटा दिया गया। उसे परी तरह से इस तरह मिटा दिया गया कि यदि कोई व्यक्ति खोज भी करना चाहते, तो वह कहीं भी उसका कोई सन्दर्भ तक न खोज सकेगा कि लियो-ट्राटस्की का कभी यहाँ कोई अस्तित्व भी था। और वह क्रान्ति के सबसे अधिक महत्त्वपूर्ण व्यक्तियों में से एक था, लेनिन के बाद अगला महत्त्वपूर्ण व्यक्ति। स्तालिन कुछ भी नहीं था, जरा भी महत्त्वपूर्ण नहीं था। लेकिन जब वह सत्ता में आया तो उसने लियो-ट्राटस्की की हत्या करवा दी और पूरा इतिहास ही बदल दिया।

और तब यह फिर दोबारा घटा। जब स्तालिन की मृत्यु हुई और सत्ता दूसरे लोगों के हाथों में आयी, उन्होंने इतिहास को फिर बदल दिया। अब स्तालिन का कहीं कोई अस्तित्व ही नहीं रह गया। रूस की इतिहास पुस्तकों से स्तालिन का नाम हटा दिया गया, वह फुटनोट में भी नहीं रहा। वह ऐसा हो गया, जैसे मानो वह कभी हुआ ही नहीं था।

युगों से हमेशा ऐसा ही होता आया है। लोग इतिहास को बदले चले जाते हैं। जब वे सत्ता में होते हैं, वे इतिहास बदल देते हैं। और जो कोई भी सत्ता में हो, वह एक ख़ास तरह के इतिहास को बनाने की व्यवस्था करता है, जिसमें उसका नाम बना रहे। इसलिए पूरा इतिहास एक ढोंग और बकवास है। उसका सत्य से कुछ भी लेना-देना नहीं है। वह सभी नकली और झूठा है। वह किसी काल्पनिक कथा जैसा काल्पनिक है।

उदाहरण के लिए महावीर जैसा व्यक्ति भारत में हुआ, लेकिन हिन्दुओं ने अपनी पुस्तकों में उनका उल्लेख तक नहीं किया, उनके नाम तक का नहीं। क्यों? इतना महान व्यक्ति और उसका जिक्र तक नहीं। यदि पृथ्वी पर कभी जैन न रहें, तो महावीर भी मिट जाएँ। और जैन संख्या में बहुत कम हैं–केवल तीस लाख, जहाँ तक उनकी संख्या का प्रश्न है, इससे कोई भी अन्तर नहीं पड़ता–महावीर बहुत महत्त्वहीन बनकर रहते हैं जब कि वह उतने ही महत्त्वपूर्ण हैं–जितने बुद्ध, वह उतने ही महत्त्वपूर्ण हैं, जितने कृष्ण और मुहम्मद, लेकिन उनका नाम का कहीं भी उल्लेख तक नहीं किया गया, क्योंकि उनके अनुयायियों की संख्या बहुत थोड़ी-सी है, वे अल्पसंख्यक हैं। उनके बारे में फिक्र कौन करता है? जीसस बहुत विशाल दिखाई देते हैं, क्योंकि आधी पृथ्वी ईसाई है। बुद्ध का रूप भी विशाल और विस्तृत दिखाई देता है क्योंकि लगभग पूरा एशिया बौद्ध है; कृष्ण का रूप भी विराट दिखायी देता है, क्योंकि वहाँ हिन्दू करोड़ों में हैं। और यही स्थिति मुहम्मद की है। और महावीर भी उतने ही महत्त्वपूर्ण हैं, जितना इनमें कोई भी अन्य। लेकिन फिर भी कम-से-कम उनका नाम कहीं किसी फुटनोट में, अथवा यहाँ-वहाँ किसी प्रसंग में बना तो रहता।

लेकिन महावीर जैसी श्रेणी के वहाँ अन्य सद्गुरु भी हुए हैं, जिनके नाम पूरी तरह लुप्त हो गये, क्योंकि अपने पीछे उन्होंने कभी अपने अनुयाई नहीं बनाये। महावीर के ही समय में वहाँ एक महान शिक्षक गौशालक था, जो महावीर का प्रतिद्वंद्वी था। वह लगभग जे. कृष्णामूर्ति के समान था। उसका विश्वास न तो स्वयं सद्गुरु बनने में और न लोगों को शिष्य बनाने में था। उसका विश्वास किसी धर्म को सृजित करने में भी नहीं था। इसलिए जब उसकी मृत्यु हुई, तो सभी कुछ विलुप्त हो गया। अब उसका नाम सिवाय

उन टिप्पणियों के जो महावीर ने उसके विरुद्ध की हैं, कहीं भी नहीं रह गया। स्वाभाविक रूप से तुम उस वक्तव्यों और टिप्पणियों पर विश्वास नहीं कर सकते। वे या तो महावीर के द्वारा अथवा महावीर के वक्तव्यों के लिखने वालों द्वारा दर्ज किए गये हैं। लेकिन वे प्रसंग उनके शत्रुओं द्वारा लिखे गये हैं, अतः उन पर विश्वास नहीं किया जा सकता।

यह ठीक उसी तरह है, जैसे ट्राटस्की के बारे में स्तालिन द्वारा दिये गये वक्तव्य...जरा विचार करें, यदि एडोल्फ हिटलर की विजय हुई होती, तो इतिहास की सारी धारणा और दृष्टिकोण पूरी तरह भिन्न होता, क्योंकि वह पराजित किया गया, इसलिए यहाँ पूरी तरह से एक भिन्न इतिहास है, जिसे चर्चिल, स्तालिन और रुजवेल्ट द्वारा लिखा गया, जिसे हिटलर के शत्रुओं द्वारा लिखा गया है। यहाँ ऐसे किसी इतिहास का अस्तित्व ही नहीं है–जो निष्पक्ष हो–क्योंकि इस बारे में ऐसा कोई भी इतिहासकार है ही नहीं, जो निष्पक्ष हो।

और विशेष रूप से स्त्री-सद्गुरुओं के सम्बन्ध में...इस बारे में सभी जानते हैं कि हमेशा से ही स्त्री और पुरुष के मध्य एक संघर्ष होता आया है। पुरुष ने स्त्री को किसी भी चीज़ पर अपनी बात कहने की कभी अनुमति ही नहीं दी। यदि ऐसा कभी हुआ भी कि एक स्त्री सद्गुरु बनी, बुद्धत्व को उपलब्ध हुई, तो अभिलेखों में उसके कथन को दर्ज ही नहीं किया गया। और एक स्त्री का अनुसरण करना, यह पुरुष अहंकार के बहुत अधिक विरुद्ध था, इसीलिए उसका अनुसरण करने वाले बड़ी संख्या में कभी आस-पास जुड़े ही नहीं।

एक चीज़ और भी है। तुम स्त्री को भली-भाँति जानते हो। हम कह सकते हैं कि कोई पुरुष तो राबिया का अनुसरण नहीं कर सका–लेकिन स्त्रियों के बारे में क्या हुआ? उन्होंने उसका अनुसरण क्यों नहीं किया? स्त्रियाँ एक दूसरे के इतनी अधिक विरुद्ध होती हैं, कि ऐसा करना उनके लिए कठिन है। यह असम्भव है। स्त्रियाँ एक दूसरे के प्रति इतनी अधिक ईर्ष्यालु होती हैं। कोई स्त्री यह विश्वास ही नहीं कर सकती कि कोई अन्य स्त्री बुद्धत्व को उपलब्ध हो गयी है। कोई भी स्त्री सुन्दर हो सकती है। स्त्रियाँ हमेशा स्त्रियों के बारे में ही बातचीत करती हैं। वे यह नहीं समझ

सकतीं कि कोई पुरुष किसी स्त्री के प्रेम में पड़ गया है, कोई स्त्री यह नहीं समझ सकती कि वह उसमें क्या देखता है–"मैं तो उसमें ऐसा कुछ नहीं देखती।"

और वे सभी इस बात पर सहमत है–"वह आख़िर क्या देखता है उसके अन्दर?"

स्त्री चित्त की यह निरन्तर ईर्ष्या दूसरा अवरोध बन गयी।

इसीलिए राबिया, स्त्री अनुयाइयों को इकट्ठा न कर सकी और स्वाभाविक रूप से वह पुरुष अनुयाइयों को अपने चारों इकट्ठा न कर सकी। वह इतनी ही अधिक महत्त्वपूर्ण थी, जैसे बुद्ध, मुहम्मद, रुमी, कबीर और नानक। लेकिन उसका स्त्री होना एक दुर्भाग्य बन गया।

यदि तुम थोड़ी-सी अधिक सजग बनी हो, तो अब ऐसा भविष्य में नहीं होना चाहिए।

• चौथा प्रश्न–यदि जीवन परस्पर एक दूसरे पर आश्रित और एक या जैविक समग्रता है, तो कोई एक व्यक्ति कैसे जागृत हो सकता है, जबकि शेष मनुष्यता गहरी नींद में सोई हुई मूर्च्छित है?

उत्तर–यह प्रश्न है–स्वामी योग चिन्मय का।

कभी भी कोई ऐसा प्रश्न मत पूछो, जिसका प्रारम्भ 'यदि' के साथ हो–क्योंकि यह किसी इरादे से किया गया प्रश्न है, यह अर्थहीन है।

तुम पूछ रहे हो–"यदि जीवन परस्पर एक दूसरे पर आश्रित और एक आंगिक इकाई या जैविक समग्रता है, तो एक व्यक्ति कैसे जाग सकता है, जब शेष मनुष्यता गहरी नींद में सोई हुई मूर्च्छित है। यह प्रश्न ज्ञान और जानकारी बढ़ाने योग्य तो है पर निर्दोष नहीं है।

पहिली बात तो यह, कि जब भी कोई व्यक्ति जागृत हो जाता है, तो वह इस विचार से बाहर आ जाता है कि कोई एक वहाँ था, वह इस विचार से मुक्त हो जाता है कि कोई एक पृथक था, जब कोई व्यक्ति जागता है, तो कोई एक मिट जाता है–और तब, 'शेष मनुष्यता' के बारे में कुछ कहना जरूरी नहीं रह जाता। इसी कारण बुद्ध ने कहा, "मैं जिस दिन बुद्धत्व को उपलब्ध हुआ, पूरा अस्तित्व ही बोध को उपलब्ध हो गया।"

हाँ! वह किस तरह भी हो, बुद्ध के लिए ऐसा ही होता है। तुम्हारे लिए अस्तित्व अभी बोध को उपलब्ध नहीं हुआ है, क्योंकि तुम गहरी नींद या मूर्च्छा में हो। अपनी मूर्च्छा में ही तुम सोचते हो कि तुम पृथक हो। पृथक होने का यह विचार ही, मूर्च्छा का ही भाग है। तुमने अपनी नींद या मूर्च्छा में ही मुझे अस्तित्व की आंगिक इकाई और जैविक एकत्व के बारे में बातचीत करते हुए सुना है। इसलिए तुम्हारी मूर्च्छा में यह प्रश्न उठा है कि यदि जीवन परस्पर एक-दूसरे पर आश्रित और एक आंगिक इकाई या समग्रता है, तो कोई व्यक्ति कैसे जाग सकता है, जब शेष मनुष्यता गहरी नींद में सोई हुई मूर्च्छित है।

हाँ! कोई फिर भी जाग सकता है। लेकिन इस प्रामाणिक जागरण में वह 'एक' मिट जाता है। एक अकेला खण्डित बना रहकर कोई नहीं जागता, कोई जब जागता है, तो जैसे अखंड अस्तित्व जाग जाता है। सोये हुए या मूर्च्छित तुम अकेले एक होते हो, और जागने के बाद तुम अखण्ड या सम्पूर्ण अस्तित्व बन जाते हो। सपनों, कामनाओं और विचारों में सोये हुए तुम अस्तित्व से पृथक होते हो, ये विचार, स्वप्न और कामनाएँ एक पृथकता निर्मित कर देती हैं। एक बार ये विचार, सपने और कामनाएँ मिट जाएँ, फिर कोई पृथकता नहीं रह जाती, तुम्हें विभाजित करने को फिर कुछ भी नहीं रह जाता। और उस क्षण तुम देखते हो कि पहिले ही से वह सभी जागा हुआ है।

अस्तित्व पहिले ही से बोध को उपलब्ध है। इसी कारण यह कहा जाता है कि जब बोधि धर्म बुद्धत्व को उपलब्ध हुआ, तो वह वर्षों तक हँसता ही रहा–उसका अट्टहास आश्चर्यजनक रूप से पागल बनाने वाला था। लोग उससे पूछा करते, "आप क्यों हँसे चले जा रहे हैं?" और वह कहता, "यह सभी कुछ इतना बेतुका और हास्यास्पद है कि यहाँ प्रत्येक व्यक्ति बुद्ध है और फिर भी प्रत्येक व्यक्ति बुद्धत्व की खोज कर रहा है। और यहाँ प्रत्येक व्यक्ति पहिले ही से वहाँ है, जहाँ वह जाकर पहुँचना चाहता है यह कितना अधिक हास्यास्पद है, जहाँ वह जाकर पहुँचना चाहता है। यह कितना अधिक हास्यास्पद है? यहाँ प्रत्येक व्यक्ति पहिले ही से प्रसन्न है, लेकिन वे लोग फिर भी प्रसन्नता की खोज कर रहे हैं, और

केवल इस खोज करने के कारण ही वे उस प्रसन्नता से चूके चले जा रहे हैं, जो यहाँ पहिले ही से है। यहाँ प्रत्येक व्यक्ति इधर-उधर कुछ ऐसी चीज़ के लिए अधीर है, जो स्वयं उसके पास उसके अन्दर ही है। यह कितना बड़ा मजाक है?"

बोधिधर्म कहा करता था–"इसी वजह से तो मेरी हँसी रुकने का नाम नहीं लेती।''

इस स्थान पर अन्य सद्गुरु भी हुए हैं और यदि तुम उनसे पूछो कि कैसे बुद्धत्व को उपलब्ध हुआ जाए, तो वे तुम पर प्रहार करेंगे। रिनझाई ने एक व्यक्ति पर डंडे से प्रहार किया, क्योंकि उसने उससे पूछा था कि कैसे बुद्ध हुआ जाए। जब उसने उस पर चोट की, तो वह व्यक्ति उलझन में पड़ गया और कहा, "क्या मैंने आपसे कुछ चीज़ ग़लत पूछी?'' और रिनझाई ने कहा, "इससे अधिक और क्या हुआ जा सकता है? इससे अधिक ग़लत और क्या पूछा जाना सम्भव है? इससे अधिक निरर्थक चीज़ किसी व्यक्ति के द्वारा और क्या पूछी जा सकती है? तुम एक बुद्ध होना चाहते हो? तुम बुद्ध तो पहिले ही से हो ही। एक बुद्ध, कैसे बुद्ध बन सकता है? इस बारे में प्रयास करना ही व्यर्थ है। इसलिए मैंने तुम पर चोट पहुँचा कर सोचा थोड़ा-सा जगा दूँ। हो सकता है इस चोट से तुम यह देख सको कि तुम पहिले ही से एक बुद्ध हो।"

पूरा अस्तित्व अखण्ड है।

यदि तुम सोचते हो कि वह पृथक है, तो यह केवल तुम्हारी एक धारणा है। यदि तुम सोचते हो कि तुम बुद्धत्व को उपलब्ध नहीं हो, तो यह भी तुम्हारा एक विचार है। बुद्धत्व की स्थिति में तुम पहिले ही से हो, क्योंकि केवल सर्वत्र परमात्मा ही का अस्तित्व है।

इसलिए वस्तुतः यह पूछने की अपेक्षा कि ऐसा कैसे सम्भव है, जागने का प्रयास करो। बस थोड़ा-सा सचेत बनना है, एक छोटा-सा अन्तराल उत्पन्न हो, सचेत होने को थोड़ा-सा अवकाश मिले और अचानक तुम देखोगे–हाँ! वह है, किसी भी स्थिति में वही है। मैं हूँ ही नहीं और उस अखण्ड तथा मेरे बीच वहाँ कोई विभाजन है ही नहीं। सभी कुछ एक ही है, अन्दर-ही-अन्दर सभी एक-दूसरे पर ही आश्रित हैं।

लेकिन मैं तुम्हारी कठिनाई समझ सकता हूँ। जब तुम सागर की सतह पर लाखों लहरों को देखते हो, और यदि वे लहरें तुम्हारी तरह सचेत हों, तब प्रत्येक लहर यह सोचेगी कि वह अन्य लहरों से पृथक है। और यह इतना ही तर्कपूर्ण होगा जितना कि तुम्हारा प्रश्न है–क्योंकि प्रत्येक लहर यह कहेगी–"मैं पृथक हूँ, मैं इसे देख सकती हूँ।" और इसे सिद्ध भी किया जा सकता है। लहर कह सकती है–"जब दूसरी लहरें मिट जाती हैं, मैं बनी रहती हूँ, इसलिए यह किस तरह सम्भव है? यदि हम एक जैसे ही एक साथ थे, तो दूसरी लहरों के मिटने पर मैं भी मिट गई होती, क्योंकि जब मैं मिट जाती हूँ, लेकिन दूसरी लहरें बनी रहती हैं, इसलिए हम एक दूसरे के साथ कैसे हो सकते हैं?"

यही तो तुम पूछ रहे हो। एक व्यक्ति मर जाता है अब तुम पूछ सकते हो–"यदि वह पूर्ण अस्तित्व के साथ एक है, तब वह अकेला कैसे मर सकता है? पूरे अस्तित्व को मर जाना चहिए था।" एक बच्चा जन्म लेता है और तुम पूछ सकते हो–"इस बच्चे का जन्म हुआ, लेकिन इसके साथ पूरे अस्तित्व का तो जन्म नहीं हुआ। वह तो वहाँ पहिले ही से है। इसलिए यह कैसे सम्भव है?"

जरा सागर का निरीक्षण करो। जाओ, और सागर के तट पर बैठ कर उसका निरीक्षण करो। एक लहर उठती है, लेकिन इससे ऐसा नहीं होता कि सभी लहरें साथ उठे। एक लहर लुप्त हो जाती है, लेकिन इसका यह अर्थ नहीं है कि सभी लहरें मिट जाएँ। लेकिन क्या तुम यह नहीं देख सकते कि सागर में सभी लहरें एक साथ हैं। वे एक दूसरे से जुड़ी हुई हैं। वे परस्पर एक दूसरे पर आश्रित हैं। क्या तुम ऐसी घटना सृजित कर सकते हो कि वहाँ सागर की सतह पर केवल एक ही लहर हो और दूसरी सभी लहरें मिट जाएँ? क्या तुम ऐसी घटना सृजित कर सकते हो? अकेली एक लहर ही अस्तित्व में नहीं हो सकती। उसे समुद्र तल पर अपने प्रवाह के। लिए अपने चारों ओर लाखों लहरों की जरूरत होगी, अन्यथा वह मिट जाएगी। लहरें अकेले भी नहीं आतीं। क्या तुमने कभी किसी अकेली लहर को देखा ही नहीं है। वे जब कभी भी अस्तित्व में होती हैं, वे एक समूह के रूप में होती हैं। एक लहर का अर्थ है–बहुत-सी लहरें–क्योंकि एक लहर

तरंगित हो रही है, वह एक प्रक्रिया है। जब वहाँ एक लहर होती है, तो उसके चारों ओर बहुत-सी उठती–गिरती हल्की-सी लहरें उठेगी और वे पूर्ण लहरें बन जाएँगी।

लेकिन सभी लहरें, सागर में एक दूसरे से जुड़ी रहती हैं, वे सभी एक संघठनात्मक ईकाई बनकर रहती हैं। क्या तुम किसी एक लहर को सागर से बाहर निकाल सकते हो? क्या तुम उसे अपने घर ला सकते हो? वह फिर एक लहर नहीं रह जाएगी। तुम केवल पानी ही साथ लाओगे–लेकिन पानी तो लहर नहीं है। जिस क्षण तुम सागर से बाहर कोई लहर निकालते हो, वह केवल पानी ही होता है। लहर मिट चुकी है। वह उसकी आकृति, वह उसके गर्जन का गुण, वह उसका रूप तथा नर्तन, वह उसका सौन्दर्य और ध्वनि, ये सभी लुप्त हो गये हैं, तुम लहर को सागर से बाहर नहीं ले जा सकते, और तुम यह भी नहीं कर सकते कि सागर बिना लहरों के हो; वे एक साथ ही रहते हैं, उनमें एक साहचर्य है। यह कहना भी कि वे एक साथ हैं, ठीक, नहीं होगा, क्योंकि 'एक साथ' शब्द ही उनके दो होने का संकेत देता है। जबकि वे दो नहीं हैं। वह एक ही ऊर्जा है। यही उसका अर्थ है, जब मैं कहता हूँ कि जीवन एक आंगिक इकाई है–यह एक ही है। हम सभी लहरें हैं, और परमात्मा ही वह सागर है।

लेकिन हम अपने आपको दो तरह से समझ सकते हैं। एक तो हम अपने आप को पृथक होना समझ सकते हैं–जिसको मैं नींद या मूर्च्छा कहकर पुकारता हूँ–अन्यथा हम अपने आप को एक इकाई के रूप में समझ सकते हैं–यही है वह जिसे बुद्धत्व कहकर जाना जाता है।

सत्य को जान लेना ही बुद्ध हो जाता है, और असत्य के साथ बंधे रहना ही बिना बुद्धत्व के रह जाना है। उस एक व्यक्ति के लिए जो बुद्धत्व को उपलब्ध हो जाता है, उसी क्षण प्रत्येक व्यक्ति बुद्धत्व को उपलब्ध हो जाता है, तब उसके लिए पूरा अस्तित्व जिस चीज़ से परिपूर्ण है, वह बुद्धत्व ही है।

लेकिन तुम्हारे पास तुम्हारे निज की कल्पनाएँ और विचार हैं और तुम उन्हीं कल्पनाओं में बने रहना चाहते हो। मैं तुम्हारे लिए भी यह घोषणा करता हूँ कि मेरे बुद्धत्व के साथ ही तुम सभी बुद्धत्व को उपलब्ध हो गये

हो। इससे अन्यथा कुछ और हो ही नहीं सकता। मेरे बुद्धत्व में पूरा अस्तित्व ही बोध को उपलब्ध हो गया है। तभी उस क्षण से ही मैंने कभी एक क्षण के लिए भी किसी के बुद्धत्व को उपलब्ध न होने की बात सोची ही नहीं। मैं सोच भी नहीं सकता। किसी भी व्यक्ति के लिए यह सोचना ही असम्भव है कि वह बुद्धत्व को उपलब्ध न हो।

लेकिन तुम्हारे पास अपने निजी विचार, कल्पनाएँ और सपने हैं। तुम यह विश्वास किए चले जाते हो कि तुम बुद्ध नहीं हो। इतनी स्वतन्त्रता तो तुम्हारी है ही। तुम अपने आपको धोखा दिये चले जा सकते हो, लेकिन यह तुम्हारा स्वयं का ही किया गया निजी सृजन और ईजाद है। सत्य इसका समर्थन नहीं कर रहा है और इसी वजह से तुम इतने दुःखी हो। तुम्हारे विचारों को किसी का भी समर्थन प्राप्त नहीं है। तुम यह कहावत जानते हो, यह संसार की सभी भाषाओं में किसी-न-किसी रूप में विद्यमान है–जिसमें लोग कहते हैं–मनुष्य प्रस्तावित करता है और परमात्मा उसे निस्तारित करता है–अर्थात 'अपनी सोच होत नहीं, प्रभु सोची तत्काल!' तुम्हारी कही कहावतें मूढ़तापूर्ण और व्यर्थ हैं। ऐसा नहीं है कि परमात्मा उनका निस्तारण करता है–क्योंकि वे मूढ़तापूर्ण, यथार्थ में असंगत और बेवकूफी भरी हैं, तुम उन्हें प्रस्तावित करते समय ही निपटा देते हो।

तुम कहते हो–'मैं हूँ'। तुम कुछ चीज़ पूरी तरह इतनी ना समझी की कह रहे हो, कि तुम्हारे कहने में ही उसका निपटारा हो जाता है। तुम नहीं हों। अब इसमें परमात्मा का क्या कसूर? यह मत कहो–परमात्मा उसका निबटारा करता है। तुम्हारा कहा गया वक्तव्य पूरी तरह से इतना अधिक असत्य है कि वह कहीं से भी कोई समर्थन न पा सकेगा। वह सत्य के विरुद्ध तुम्हारे विचार का निस्तारण कर रहा है। कोई भी उसे नहीं निपटा रहा है।

यह ऐसा है। जैसे मानो पेड़ हरे हों और तुम कल्पित सपने में यह भ्रम पाल बैठो कि वे लाल हैं। अब जब भी तुम अपनी आँखें खोलते हो, वे हरे दिखाई देते हैं, इसलिए तुम्हें अपनी आँखें बन्द ही रखनी होंगी। केवल आँखें मूँदे हुए ही तुम यह कल्पना किये चले जा सकते हो कि वे लाल हैं। लेकिन जब भी एक क्षण के लिए भी तुम अपनी आँखें खोलते हो, तुम

सोचोगे–"परमात्मा मेरे विरुद्ध है और वह मेरे विचारों पर निर्णय दिये चले जा रहा है कि पेड़ लाल हैं।" परमात्मा कुछ भी नहीं कर रहा है। सभी वृक्ष सामान्य रूप से हरे ही हैं। तुम्हारा विचार केवल तुम्हारा ही विचार है, वह तुम्हारी ही ईजाद है। और तुम्हारी ईजाद इतनी अधिक झूठी है कि कहीं से भी कोई समर्थन नहीं पा सकती।

अहंकार ही सबसे बड़ा झूठ है। यह सोचना कि–'मैं हूँ', यह अभी तक ईजाद की गई सबसे बड़ी कल्पित कथा है, ठीक उसके अन्दर जाओ, और उसे खोजने का प्रयास करो कि वह है कहाँ–यह 'मैं' ? निरीक्षण करो, वह है कहाँ? तुम उसे कहीं भी न पा सकोगे। कोई भी उसे खोजने में अभी तक समर्थ न हो सका है। यदि तुम अपने अन्दर जाओ और उसे खोजो, तो तुम बहुत उलझन में पड़ जाओगे। वह वहाँ बिल्कुल है ही नहीं। प्रामाणिक रूप में उसका कोई अस्तित्व है ही नहीं। लेकिन तुम उसके सहारे के लिए खम्भा निर्मित किये चले जा सकते हो। तुम्हारे पास बहुत अधिक धन हो सकता है और तब तुम्हारे पास कहीं अधिक बड़ा 'मैं' होगा, तुम्हारे पास एक बड़ा पद हो सकता है, और तुम एक महान राज्य स्थापित कर सकते हो, और तुम्हारे पास फिर और बड़ा 'मैं' हो सकता है, तुम बहुत बड़े ज्ञानी बन सकते हो और तुम्हारे पास और बड़ा 'मैं' हो सकता है, अथवा तुम एक संन्यासी या महात्मा हो सकते हो, लेकिन ये सभी सहारे हैं, जिन्हें तुम निर्मित कर रहे हो। और परमात्मा उन्हें निपटाये चला जाएगा–निपटाना इस अर्थ में कि सत्य, झूठ का समर्थन नहीं कर सकता। तुम्हारा वह विचार ही इतना अधिक अप्रामाणिक है कि अस्तित्व में उसे कहीं से भी कोई पोषण नहीं मिल सकता–इसी वजह से तुम दुःखी हो जाओगे, तुम अपने को कष्ट में पाओगे। निरन्तर तुम्हें यह अनुभव होगा, "मैं पराजित हो गया हूँ। बार-बार मैं पराजित हुआ हूँ।"

और फिर इस बारे में तुम्हें निराशा या कुंठा होगी।

लेकिन तुम यह निराशा स्वयं सृजित कर रहे हो। तुम अपनी उस आशा और अपेक्षा में कुंठा और निराशा के बीज बो रहे हो। अपनी इस कामना को बनाये रखने के लिए, तुम मृत्यु का सृजन कर रहे हो। तुम अपनी इस इच्छा के लिए कि –'मैं हूँ' तुम अस्तित्व के साथ शत्रुता को निर्मित कर रहे हो।

उसे देखो, समझो, अपने अन्दर जाओ। निरीक्षण करो। खोजने का प्रयास करो कि वह है कहाँ। उसे अभी तक खोजने में कोई भी समर्थ नहीं हुआ है। बुद्ध अपने अन्दर गये और वह उसे न खोज सके। वह बाहर आये और उन्होंने लोगों से कहा, "वहाँ अन्दर कोई 'आत्मा' भी नहीं है।" और उसी क्षण से फिर कोई दुःख या पीड़ा रही ही नहीं–क्योंकि वह अस्तित्वगत सत्य के विरुद्ध किसी भी झूठ को और अधिक समय तक पकड़े नहीं रह सकते थे। इसलिए अब वहाँ कोई संघर्ष रहा ही नहीं, अब वहाँ केवल लयबद्धता और अनुरूपता थी। और एक लयबद्धता या समस्वरता ही आनन्द है।

जो लोग भी स्वयं अपने ही अन्दर गये। उन लोगों ने बिना किसी अपवाद के यह घोषणा की कि, उस जगह उन्होंने कहीं भी कोई 'मैं' नहीं पाया। उसका कहीं कोई आधार है ही नहीं, और वह दुःख सृजित करता है। असत्य में बने रहना ही दुःखी बने रहना है और सत्य में बने रहना ही परम आनन्द में बने रहना है।

• पाँचवाँ प्रश्न–आपके वचन मेरे हृदय को उतनी अधिक प्रसन्नता देते हैं, कि वे असत्य कैसे हो सकते हैं?

उत्तर-पहिली बात, झूठ बहुत अधिक मधुर और प्रसन्नता देने वाले होते हैं। वास्तव में सत्य की अपेक्षा असत्य कहीं अधिक मधुर और प्रसन्नता देने वाला होता है। इसलिए इस बारे में यह बात आवश्यक नहीं है। सत्य कहीं अधिक आघात पहुँचाता है, वह कहीं अधिक मिटाता है। सत्य तो एक अग्नि की भाँति है, जो तुम्हें जलाएगा।

लेकिन जो कुछ मैंने तुमसे कहा है, उसका यह अर्थ नहीं है। जो कुछ मैं तुमसे कह रहा हूँ, वह सत्य है, लेकिन जब तुम उसे सुनते हो, और उसकी व्याख्या करते हुए उसका जो अर्थ निकालते हो, वह असत्य बन जाता है। मैं यह नहीं कह रहा हूँ कि बुद्ध असत्य कहते रहे–लेकिन लोग असत्य ही सुनते रहे हैं। जब मैं कुछ भी कह रहा हूँ, तो वह मेरा अपना अनुभव है। यदि तुम उस पर विश्वास करते हो, तो वह एक असत्य है। जब तक तुम स्वयं उसका अनुभव न कर लो, वह झूठ ही रहेगा। सारे

विश्वास झूठे होते हैं। विश्वास एक अवरोध है। सूफ़ी धर्म में प्रवेश द्वार है–कि सभी विश्वास झूठे हैं। प्रयोग करो, अनुभव करो, केवल सत्य तब बनते हैं, जब तुम उनको जीते हुए रहते हो। तुम्हारे जीवन के द्वारा ही, वे सत्य के गुण को उपलब्ध हो जाते हैं।

मैं तुमसे कुछ बात कर रहा हूँ...मैंने जाना है कि प्रेम क्या होता है और मैं तुम्हें उसके सम्बन्ध में कुछ बता रहा हूँ। तुम केवल उसे सुनोगे, यह कोई उसको जीने वाला अनुभव न होगा। हाँ! तुम प्रेम की पूरी धारणा के साथ, उसके पूरे काव्य के साथ, प्रेम की पूरी दृष्टि के साथ, प्रसन्नता का अनुभव कर सकते हो। उससे तुम्हारे अन्दर महान स्वप्न निर्मित हो सकते हैं, वे तुम्हारे लिए महान आदर्श बन सकते हैं, वे तुम्हें फिर से आशा के संसार में वापस ला सकते हैं, वे तुम्हारी निराशा कम होने में तुम्हारे दुःख को कम करने में तुम्हारी सहायता कर सकते हैं, वे तुम्हें स्वप्न दे सकते हैं, वे तुम्हें प्रसन्नता दे सकते हैं, और तुम्हें उनमें सौन्दर्य का अनुभव हो सकता है–लेकिन इन सभी से तुम्हें कोई भी सहायता मिलने वाली नहीं।

जब मैं प्रेम के बारे में बातचीत कर रहा हूँ, तो उस बारे में दो सम्भावनाएँ हैं। पहिली तो यह है कि तुम सामान्य रूप से मेरी बात सुनते हो। वे तुम्हें शांत और प्रसन्न करती हैं, वे तुम्हें आश्वस्त करती हैं, वह रिमझिम वर्षा की तरह तुम्हें आनन्द का अनुभव कराती हैं। तब तुमने केवल मेरा काव्य सुना, और इससे कोई अधिक सहायता मिलने वाली नहीं। यह एक तरह नशीला रसायन बन जाएगा। तुमने मेरे शब्दों का उपभोग किया, तुम्हें उन शब्दों में निहित दृष्टिकोण से सुख मिला, लेकिन यह एक तरह आत्मिक मनोरंजन होगा, लेकिन इनका भी अधिक मूल्य नहीं है।

दूसरा रास्ता यह है कि जब मैं प्रेम के बारे में कुछ बातचीत कर रहा हूँ, तुम निरीक्षण करो कि तुम कहाँ हो, और तुम अपने आपको घृणा से भरे हुए पाओगे। जब मैं प्रेम के बारे में बातचीत कर रहा हूँ, तो उस प्रेम को तुम अपनी घृणा का एक संकेत बना लो। उस प्रेम के विचार से तुम उन सभी विचारों को भड़का कर उत्तेजित करो, जिन्हें तुम अब तक प्रेम के नाम पर अपने साथ लिए हुए चल रहे थे, इसे एक चुनौती बनने दो। तब इससे तुम्हें चोट लगेगी, तब वह वचन इतने मधुर नहीं लगेंगे।

तब उससे तुम्हें आघात पहुँचेगा, वह पीड़ायुक्त बनेगा। वह तुम्हारे जख्मों को खोलेगा। लेकिन तभी वह सहायक होगा, क्योंकि तभी एक परिवर्तन होना शुरू होता है, एक रूपान्तरण होना शुरू हो जाता है।

मुझे ऐसे मत सुनो, जैसे मानो तुम कोई व्याख्या अथवा संगीत सुन रहे हो। मुझे ऐसे सुनो जैसे कोई मृत्यु की आहट सुन रहे हो। मुझे ऐसे सुनो जैसे कोई अपने को बदलने की बात सुने। मैं तुम्हारे लिए रूपान्तरण का संदेश लेकर आया हूँ, मैं तुम्हें प्रसन्न करने के लिए नशीली दवा लेकर नहीं आया हूँ। मैं तुम्हारे लिए कोई नींद की गोली लेकर नहीं आया हूँ।

इसलिए जब मेरे शब्द तुम्हें चोट पहुँचाते हैं, तो यह कहीं अधिक अच्छा है, क्योंकि तब वहाँ कुछ परिवर्तन होने की सम्भावना होती है। जब मेरे शब्द तुम्हारे लिए पीड़ा और असहनीय दर्द देने वाले हों, तब वास्तव में कुछ चीज़ शुभ ही घटने जा रही है। क्योंकि वे तुम्हें सत्य के प्रति, और तुम जहाँ हो, उसके प्रति सचेत बनाएँगे, और वे शब्द, जहाँ तुम्हें होना चाहिए किस तरह की चीज़ें यहाँ हैं, और कैसी चीज़ें यहाँ होनी चाहिए, यह भी स्पष्ट करेंगे।

और उस अन्तराल को जब तुम पहिचानोगे, तो वह तुम्हें चोट पहुँचाएगा, तुम्हारे जख्मों को उघारेगा। तुम प्रेम के बारे में बातें तो किये चले जाते हो, लेकिन तुम घृणा में रहते हो। तुम्हारा प्रेम ठीक एक बाहर दिखने वाला मुखौटा है, उसके पीछे ईर्ष्या, अधिकार और स्वामित्व जमाना और सभी तरह की बीमारियाँ छिपी हुई हैं। तुम्हारा प्रेम एक मानसिक रुग्णता है।

यह तुम्हें तो मारता ही है, यह दूसरे की भी हत्या करता है। यह प्रेम है ही नहीं। तुम जानते ही नहीं कि प्रेम क्या होता है? इसलिए जब मैं प्रेम के बारे में बात करता हूँ, तो उसे अत्यधिक सावधानी से सुनना, जिससे वह तुम्हें तुम्हारी वास्तविक स्थिति और तथ्यों के प्रति तुम्हें सचेत बना सके।

यह सोचना शुरू मत करो कि जिस बारे में बात कर रहा हूँ, तुम उसे समझ गये हो। तुम उसे तब तक नहीं समझ सकते, जब तक उसका अनुभव न कर लो। यहाँ अनुभव की तुलना में अन्य कोई समझ होती ही

नहीं। हाँ, बुद्धिगत रूप से तुम समझने में समर्थ हो जाओगे, क्योंकि मैं जो कुछ कह रहा हूँ, वह इतना अधिक गूढ़ है, कि जब तक तुम अनुभव के द्वारा गहरी डुबकी न लगाओ, वह तुम्हारे मन में एक बौद्धिक विचार ही बना रहेगा।

तुम कह रहे हो–"आपके शब्द मेरे हृदय को इतनी अधिक प्रसन्नता और सुख देते हैं कि वे असत्य कैसे हो सकते हैं?"

यह प्रश्न है अरूप का। वह निश्चित रूप से मुझे हृदय से सुनते हैं। लोग तो अपने सिर या मस्तिष्क से सुनते हैं। हृदय से सुनने का विचार ही बहुत अवैज्ञानिक और मूर्खतापूर्ण प्रतीत होता है। कोई हृदय से कैसे सुन सकता है? कान तो सिर में ही होते हैं, और हृदय के पास कोई भी कान नहीं हैं। फिर कोई हृदय से कैसे सन सकता है?

लेकिन मुझे सुनने का केवल मात्र तरीक़ा हृदय ही से सुनना है। और यदि तुम मुझे हृदय से सुनते हो, तो तुम दोनों चीज़ों का मजा ले सकते हो–उसकी पीड़ा का भी और उसके आनन्द का भी। तब तुम दोनों का मजा ले सकते हो–उसके आघात का भी और उसके वायदे का भी। तब किया गया वायदा तुम्हें आनन्द के साथ उत्तेजित करेगा–यही सब कुछ अरूप के हृदय में भी जरूर ही घट रहा होगा। वह वायदा, वह सम्भावना, कि तुम्हें अब इसी निराश स्थिति में बने रहने की कोई जरूरत नहीं है, तुम्हारे हृदय का द्वार खुलते ही परमात्मा प्रकट होता है, प्रेम घटता है, कि प्रार्थना व्यर्थ और निष्फल नहीं होती, आख़िर उसके अन्दर कुछ अर्थ है, और जीवन अर्थहीन न होकर, उसमें वह कुछ महत्त्वपूर्ण है, जिसके लिए प्रत्येक व्यक्ति को उसकी खोज कर उसे तलाश करना है...

हाँ, यह सच है कि उस जगह अनेक काँटे हैं, लेकिन फिर भी वहाँ गुलाब के फूल भी खिलते हैं। उसकी पूरी सम्भावना ही हृदय में एक साहसिक उत्तेजना भर देती है। लेकिन सिर या मस्तिष्क में तो वह केवल एक विचार ही बना रहेगा, जब कि हृदय में वह एक नृत्य बन जाएगा।

पहिले मैंने कहा था कि तुम मुझे बुद्धि या मस्तिष्क से सुनते हो, तो मेरे वचन तुम्हारे लिए असत्य होंगे, और अब इस बारे में यह दूसरी सम्भावना भी है, जो एक दुर्लभ सम्भावना है, कि यदि उसे तुम हृदय से,

महान सहानुभूति और संवेदना से मेरे निकट सान्निध्य में मेरे साथ लगभग लयबद्ध होकर सुनते हो, यदि तुम्हारा हृदय मेरे हृदय के साथ धड़कता है और इस तरह से सुनते हुए मेरे हृदय की बात तुम्हारे हृदय तक सम्प्रेषित हो जाती है, तब मेरे वचन तुम्हारे लिए जिन्हें मैं कह रहा हूँ फिर वह शब्द ही रह जाते, क्योंकि तब तुमने उन्हें उसी अर्थ में उसी समझ के साथ सुना है, और तब तुमने उनकी व्याख्या करते हुए अपने अलग अर्थ नहीं निकाले हैं।

हृदय, कोई व्याख्या नहीं कर सकता। हृदय इतना अधिक निर्दोष होता है कि वह उसके अपने अलग अर्थ नहीं निकाल सकता। हृदय किसी जानकारी या ज्ञान के बाबत कुछ जानता ही नहीं। हृदय का पूरी तरह से निर्दोष होना ही उसका अपना सौन्दर्य है, जिसे किसी ज्ञान या जानकारी से प्रदूषित या भ्रष्ट नहीं किया जा सकता। तब वह सत्य तुम्हारा सत्य बन जाता है, क्योंकि तुम्हारा हृदय, मेरा ही हृदय बन जाता है।

लेकिन यदि तुम मुझे मस्तिष्क या बुद्धि से सुनते हो, तब मैं जो कुछ भी कहता हूँ, वह तुरन्त असत्य में बदल जाता है। तुम्हारी बुद्धि अर्थात मन के पास ऐसी महान यान्त्रिक व्यवस्था है, जो सत्य को असत्य में परिवर्तित कर देती है। वह एक चीज़ को दूसरी चीज़ में रुपान्तरित करने का एक यन्त्र है। वह तुरन्त किसी भी चीज़ को सिर की 'स्लोट' मशीन में रखता है और वह पूरी तरह से उसका पूरा रंग रूप ही नहीं बदल देती, वह उसे कुछ ऐसी चीज़ बना देती है, जो उसमें वहाँ पहिले थी, और इस तरह वह उस चीज़ को भ्रष्ट और प्रदूषित कर देती है। और तब पूरी तरह भिन्न कुछ इस तरह की चीज़ तुम्हारा मन उत्पन्न करता है, जो उसकी अपनी व्याख्या होती है।

यदि तुम हृदय से सुनते हो, तब निश्चित रूप से तुम्हारा प्रश्न पूर्ण संगत है। तब तुम बहुत-बहुत आनन्दित होंगे। हाँ! तुम्हें पीड़ा का भी अनुभव होगा, लेकिन वह पीड़ा भी एक प्रसव-पीड़ा है। वह भी एक प्रसन्नता है– उसे अनुभव करना, यह अनुभव करना है, जैसे कोई किसी खतरे भरे किसी साहसिक अभियान पर है। हाँ! सभी साहसिक अभियान खतरनाक होते हैं। सभी साहसिक अभियानों में असुरक्षा होती है, पर केवल इस असुरक्षा

और जोखिम लेने के द्वारा ही जीवन में एक सौन्दर्य और एक दीप्ति होती है। केवल जोखिम उठाने के द्वारा ही जीवन सदा ही कोई एक जीवन्त बना रह सकता है। जब चुनौती ही नहीं रह जाती, फिर तुम कैसे जीवन्त बने रह सकते हो? तुम मूर्च्छा में पड़ जाते हो, तुम गहरी नींद में चले जाते हो। फिर वहाँ तुम्हें जगाये रखने के लिए कुछ भी नहीं होता।

मुझे हृदय से सुनो–तब वहाँ तुम्हें अपार प्रसन्नता मिलेगी। वास्तव में जब तुम मेरे शब्दों को हृदय से सुनते हो, फिर वे और अधिक समय तक शब्द ही नहीं रह जाते–जब तुम हृदय से सुनते हो–तो तुम मेरे निःशब्द संदेश को सुनते हो। तब शब्द असंगत हो जाते हैं। हृदय शब्दों को नहीं सुन सकता, इसके लिए उसके पास कोई यान्त्रिक व्यवस्था है ही नहीं। शब्द तो मन में जाते हैं। मन ही उन्हें विभिन्न वर्गों में छाँटता है, उनकी श्रेणियाँ बनाकर उनकी व्याख्या करता है, उनकी निन्दा या प्रशंसा करता है, उन पर विश्वास या अविश्वास करता है, उनकी आलोचना करता है–यह सभी काम मन या खोपड़ी में ही होता है, क्योंकि शब्द सीधे मस्तिष्क में ही प्रवेश करते हैं।

लेकिन यदि शब्द के अन्दर निःशब्द जैसी भी कुछ चीज़ है, यदि शब्द का उच्चारण किसी ऐसे व्यक्ति द्वारा किया जाता है, जो शब्दों के पार है, तब उसके मौन की भी कुछ चीज़, शब्दों के चारों ओर गुथी रहती है। तब उसके मौन के साथ एक स्वाद और सुवास जैसी कोई चीज़ भी शब्द के साथ ही यात्रा करती है। शब्द तो मन में जाता है और उसका स्वाद इस हृदय में प्रविष्ट होता है। शब्द तो खोपड़ी के अन्दर जाता है, पर निःशब्द का सन्देश सीधे हृदय में प्रविष्ट हो जाता है; सार तत्व हृदय में प्रवेश करता है। तभी वहाँ अपार प्रसन्नता और आनन्द घटता है। और अरूप ठीक ही कह रही है।

“आपके शब्द मेरे हृदय को इतना अधिक प्रसन्नता और आनन्द देते हैं, फिर वे कैसे असत्य हो सकते हैं?”

यदि तुम मुझे हृदय से सुनते हो, तो तुम झूठ सुन ही नहीं सकते, क्योंकि हृदय के पास व्याख्या करने को कोई उपाय ही नहीं है। हृदय तो पूरी तरह श्रद्धा करता है।

हृदय में श्रद्धा और आस्था होती है। यदि तुम बुद्धि या मस्तिष्क से सुनते हो, तो एक छात्र हो, और यदि तुम हृदय से सुनते हो, तो तुम एक शिष्य हो, यदि तुम मुझे बुद्धि से सुनोगे, तो तुम मुझे चूकते चले जाओगे, और यदि तुम मुझे हृदय से सुनते हो, तो मुझसे चूकने का वहाँ फिर कोई भी उपाय नहीं है। तब तुम अपने घर पहुँच गये।

• अन्तिम प्रश्न–जब आप शरीर छोड़ देंगे, फिर हमें क्या करना चाहिए? क्या आपके साथ रुककर यह जोखिम उठायी जाए कि जब आपका यह आन्दोलन एक तरह के पुराने धर्म में परिवर्तित हो जाए अथवा मिट जाए, तो क्या यह किसी अन्य जीवन्त सद्‌गुरु की पुकार के लिए खुल जाएगा?

उत्तर–यह प्रश्न है स्वामी आदि की ओर से।

पहिली बात, क्या तुमने अभी तक मेरी कोई पुकार सुनी है? एक जीवन्त सद्‌गुरु तुम्हारे आमने-सामने बैठा है–क्या तुमने अभी तक मेरी कोई पुकार सुनी? और यदि तुम मेरी पुकार नहीं सुन सकते, फिर इस बारे में यह कैसे की जाए, कि तुम किसी अन्य जीवन्त सद्‌गुरु की पुकार सुन सकोगे।

तुम्हारी इस पूरी धारणा से ही यह प्रकट होता है कि तुम मुझसे चूक रहे हो–अन्यथा मृत्यु के बारे में कौन करता है फिक्र? यदि तुमने मुझे सुना है, तो इस स्थान पर मृत्यु जैसा कुछ है ही नहीं। यदि तुमने मुझे थोड़ा बहुत ही सुना है, तो उसे पूरी तरह सुन लेने से ही मृत्यु लुप्त हो जाती है। मेरी मृत्यु के बारे में तुम्हारी इतनी दिलचस्पी क्यों है? मैं कैसे मर सकता हूँ? मैं तो अभी भी हूँ ही नहीं। मृत्यु तो केवल अहंकार के लिए ही सम्भव है। हाँ! शरीर तो मिट जाएगा, लेकिन मैं लुप्त नहीं हो सकता।

रमण महर्षि अपना शरीर छोड़ रहे थे, और उनके एक शिष्य ने रोना चीखना शुरू कर दिया। रमण ने अपनी आँखें खोलीं और कहा, "आख़िर क्या मामला है? तुम क्यों रो रहे हो?" और शिष्य ने कहा, "भगवान् ! आप हम लोगों को छोड़कर जा रहे हो। यह असहनीय है।"

और यद्यपि रमण महान पीड़ा का अनुभव कर रहे थे, क्योंकि वह गले के कैंसर से बहुत दिनों से पीड़ित थे और उनके लिए कुछ बोलना भी

बहुत कठिन था, रमण हँसे ओर उन्होंने कहा, "लेकिन मैं कहाँ जा सकता हूँ? मैं यहाँ उतना ही अधिक बना रहूँगा, जितना कि मैं ठीक अभी हूँ। मैं कहाँ जा सकता हूँ? तुम्हीं मुझे बताओ। इस स्थान में कहीं भी ऐसी कोई जगह नहीं, जहाँ जाना हो। यहाँ से कहीं भी तो नहीं जाना है।

आदि! यही मैं तुमसे कहता हूँ–मैं कैसे मर सकता हूँ? वह जो मर सकता था, वह पहले ही चला गया है, वह और मर नहीं सकता, वह यहाँ तुम्हारे सामने है।

लेकिन ऐसा लगता है, तुम मुझसे चूक रहे हो। चूँकि तुम चूक रहे हो, तुम सोचते हो–"मेरा क्या होगा, जब भगवान चले जाएँगे?" वस्तुतः उसके साथ सम्बन्ध बनाने की अपेक्षा, उससे सम्बन्ध बनाओ, जो ठीक अभी तुम्हारे साथ भगवान के यहाँ रहते हुए घट रहा है। तुम्हारी दिलचस्पी उसी में होनी चाहिए। जब मैं यहाँ हूँ, और तुम भी यहाँ हो, तब इस स्थान पर मिलन होने दो, इसी जगह तरलीकरण और विघटन होने दो, और इसी जगह एक अन्तर्संवाद होने दो। तुम क्या व्यर्थ की बात पूछ रहे हो–जब मैं मर जाऊँगा, तो तुम करोगे क्या? कुछ तो अभी करो, जब तक मैं यहाँ हूँ।

और इसकी जरा भी फिक्र नहीं करता मैं, कि मेरे जाने के बाद तुम क्या करोगे, जब मैं यहाँ हूँ तब यदि तुम कोई भी चीज़ नहीं कर सकते, तो फिर तुम्हारे बारे में और क्या आशा की जा सकती है, यदि तम, जब तक मैं यहाँ हूँ, मुझसे चूकते ही रहे, तो यह स्वाभाविक है कि जब मैं चला जाऊँगा, तब भी तुम चूकते ही रहोगे। इससे तुम्हारे लिए कोई अधिक अन्तर नहीं पड़ेगा।

और इससे उन दूसरे लोगों को भी अधिक फर्क नहीं पड़ेगा, जो ठीक अभी मुझसे नहीं चूक रहे हैं। वे लोग मुझे कभी भी भूलेंगे नहीं। जब मैं चला भी जाऊँगा, तो भी मैं उनके हृदयों में जितना पहिले बना रहा, उतना ही बना रहूँगा। एक बार वास्तव में तुम जब किसी जीवन्त सद्गुरु के सम्पर्क में आते हो, तो वह सद्गुरु हमेशा के लिए तुम्हारा जीवन्त सद्गुरु बन जाता है। तब वहाँ कोई ज़रूरत नहीं रह जाती।

लेकिन यदि तुम उसके सम्पर्क में नहीं हो, तो स्वाभाविक रूप से तुम्हें किसी अन्य को खोजना होगा। और वास्तव में, तुम उसे पहिले ही से

खोज रहे हो। तुम्हारे इस प्रश्न से ही यह प्रकट होता है कि तुम पहिले ही से चिन्तित हो और तुमने खोज शुरू कर दी है। वास्तव में तुम मुझसे वह कह रहे हो–"भगवान, आप जल्दी मर जाएँ, जिससे मैं दूसरा जीवित सद्गुरु खोज सकूँ।" तुम्हारे प्रश्न का असली अर्थ यही है। यदि तुम ऐसा चाहते हो, तो मैं ऐसा कर सकता हूँ। तुम्हारी खातिर मैं मर सकता हूँ, जिससे तुम दूसरा सद्गुरु खोजने के लिए स्वतन्त्र हो जाओगे।

लेकिन तुम ठीक अभी भी स्वतन्त्र हो। तुम्हें स्वतन्त्र बनाने के लिए मुझे क्यों मरना चाहिए? तुम स्वतन्त्र हो। यदि तुम मेरे साथ कोई सम्पर्क नहीं रखना चाहते, तब यहाँ तुम्हें कौन पकड़ कर रोके रखना चाहता है?

अपने आपको धोखा मत दो। तुम पूरी तरह स्वतन्त्र हो। मैं किसी भी व्यक्ति के लिए बन्धन नहीं हूँ। मैं यहाँ तुम्हें मुक्त करने के लिए हूँ, न कि तुम्हारे लिए कारागार निर्मित करने के लिए। यदि तुम मेरे हृदय के साथ अपने हृदय का सम्बन्ध नहीं जोड़ सकते, तो यहाँ से छुटकारा पा लो। यह स्थान तुम्हारे लिए है ही नहीं।

तुम्हारा प्रश्न बहुत स्पष्ट है। वह कहता है–**"जब आप अपना शरीर छोड़ देंगे, फिर हमें क्या करना चाहिए? क्या आपके साथ रुके रहकर यह जोखिम उठाई जाये कि जब आपका यह आन्दोलन एक तरह के पुराने धर्म में बदल जाए अथवा मिट जाए, तो क्या वह किसी अन्य जीवन्त सद्गुरु की पुकार के लिए खुल जाएगा?**

यदि तुमने मुझे सुना है, तो इस बारे में फिक्र करने की कोई जरूरत नहीं है। यदि तुमने मुझे नहीं सुना है, तब यहाँ से पलायन कर जाना जरूरी है। तब मैं तुम्हारे लिए हूँ ही नहीं।

लेकिन अभी इस क्षण को सोचो/भविष्य के बारे में कोई चिन्ता मत करो–उससे तुम्हारा कोई सम्बन्ध ही नहीं।

दूसरी बात यह, प्रत्येक धर्म धीमे-धीमे एक संगठन बन जाता है। चीज़ों के प्रामाणिक स्वभाव के अनुसार उसे ऐसा होना ही होता है। जब तक सद्गुरु जीवित है, तब तक यह एक अलग बात है, जब सद्गुरु चला जाता है, तब वह बिल्कुल दूसरी बात हो जाती है। लेकिन उन लोगों के लिए जिन्होंने सद्गुरु से प्रेम किया है, सद्गुरु उनके साथ हमेशा बना रहता

है। उन लोगों के लिए, जिन्हें महर्षि रमण से प्रेम था, वे अभी भी उनके साथ ही हैं। वे अभी भी वैसा ही अनुभव करते हैं। जब वे अरुणाचल जाते हैं, उसी पर्वत और उसी स्थान पर, जब वे उनकी समाधि के निकट बैठते हैं, उन्हें अभी भी ठीक वैसी ही सुवास, वैसी ही उनकी उपस्थिति और उसी दीप्ति का अनुभव होता है और रमण अभी भी उन्हें उत्तर देते हैं, और रमण अभी भी उन्हें दर्शन देते हैं। उन लोगों के लिए कहीं भी और जाने की कोई जरूरत नहीं है, उन्होंने अपना सद्गुरु पा लिया है।

इसके साथ अन्य दूसरे लोग भी हैं, जो रमण के उस स्थान पर जाते हैं– लेकिन वे उस स्थान पर उनकी उपस्थिति का अनुभव नहीं करते। वे सोचते हैं कि वह मर गये, वे जानते हैं कि वह मृत हैं। उनके लिए वह स्थान केवल अब एक कब्रगाह है, एक पुराना मन्दिर या स्मृति स्थल मात्र है। लेकिन वे लोग उनके सम्प्रदाय से बंधे हैं। वे अभी भी इस विचार का पोषण करते हैं कि वे रमण के अनुयायी हैं। ऐसे लोग मृत व्यक्ति जैसे हैं। उनके लिए अच्छा है, यदि वे लोग कोई नया सद्गुरु खोज लें–क्योंकि वे पुराने सद्गुरु का सान्निध्य चूक गये। उन्हें नया सद्गुरु खोज लेना चाहिए।

इसलिए मैं इस बारे में, कि जब मैं चला जाऊँ, तो तुम्हें क्या करना चाहिए, तुमसे प्रत्यक्ष रूप से मैं कुछ भी नहीं कह सकता। उन लोगों के लिए जो मेरे निकट सम्पर्क में रहे हैं, मैं कभी भी नहीं जाऊँगा और उन लोगों के लिए, जिनका मुझसे कोई सम्पर्क नहीं हो सकता, मैं पहले ही से चला गया हूँ। उन लोगों को यह स्थान ठीक अभी छोड़ देना चाहिए उन्हें मेरी मृत्यु होने की प्रतीक्षा नहीं करनी चाहिए। हाँ, मेरी मृत्यु के बाद तो उन्हें मुझे छोड़कर जाना ही होगा–लेकिन मैं कह रहा हूँ, उन लोगों को ठीक अभी मुझे छोड़ कर चला जाना चाहिए। तुम अपना समय और नष्ट मत करो।

यह तुम पर निर्भर करता है, कि मेरे जाने के बाद मेरा धर्म रहेगा या नहीं? यह तुम्हीं पर निर्भर है थोड़े से लोगों के लिए वह मर जाएगा... उन लोगों के लिए यह अभी भी मृत है।...शेष अन्य लोगों के लिए यह अभी भी जीवन्त है और हमेशा जीवन्त रहेगा। इसलिए प्रत्येक व्यक्ति को स्वयं अपने लिए निर्णय लेना है।

जब मै चला जाता हूँ, यदि तुम अनुभव करते हो कि मैं तुम्हारी सहायता करने के लिए वहाँ मौजूद हूँ, तो मैं तुम्हारी सहायता करने को वहाँ रहूँगा ही। यदि तुम यह अनुभव करते हो कि मैं तुम्हारी सहायता करने को अब रहा ही नहीं, तो स्वाभाविक है कि तुम्हें दूसरा सद्गुरु चुनना ही होगा।

और मैं तुमसे कह रहा हूँ कि तुम्हें ठीक अभी चुन लेना चाहिए। उस क्षण के लिए क्यों प्रतीक्षा करते हो? हो सकता है मैं इतनी जल्दी न मरूँ। लोग मुझे चाहते हैं इसके बारे में कोई भी भविष्यवाणी नहीं की जा सकती। मै कल भी मर सकता हूँ अथवा हो सकता है, मैं इतनी शीघ्र न मरूँ। इसलिए इस बात पर निर्भर मत रहो। तुम बस अपने हृदय की बात सुनो। यदि तुम्हारा हृदय मेरे साथ विकसित हो रहा है, यदि उसमें नयी-नयी कोंपलें फूट रही हैं, नयी-नयी कलियां आ रही हैं, यदि तुम्हारा हृदय कमल खिल रहा है, तब समझना मैं ही तुम्हारा सद्गुरु हूँ। यदि ऐसा नहीं हो रहा है, तब कहीं किसी ओर की खोज करने निकल जाना, मेरे सभी आशीर्वाद तुम्हारे साथ हैं।

●●●